U0120320

内蒙古文学重点作品创作工程

阿尔善河

韩伟林 著

远方出版社

图书在版编目（CIP）数据

阿尔善河 / 韩伟林著 . -- 呼和浩特 : 远方出版社，2023.12

ISBN 978-7-5555-2011-5

Ⅰ . ①阿… Ⅱ . ①韩… Ⅲ . ①长篇小说－中国－当代 Ⅳ . ① I247.5

中国国家版本馆 CIP 数据核字（2023）第 255345 号

阿尔善河

A' ERSHAN HE

总 策 划	苏那嘎
著　　者	韩伟林
责任编辑	于丽慧
特约编辑	王　春
封面设计	李鸣真
封面绘画	颜　青
版式设计	王改英
出版发行	远方出版社
社　　址	呼和浩特市乌兰察布东路 666 号　邮编 010010
电　　话	（0471）2236473 总编室　2236460 发行部
经　　销	新华书店
印　　刷	内蒙古爱信达教育印务有限责任公司
开　　本	787 毫米 ×1092 毫米　1/16
字　　数	468 千
印　　张	27.25
印　　数	1–5 000
版　　次	2023 年 12 月第 1 版
印　　次	2023 年 12 月第 1 次印刷
标准书号	ISBN 978-7-5555-2011-5
定　　价	68.00 元

序　言

内蒙古位于祖国北疆，广袤无垠的草原、葳蕤茂密的森林、浩瀚辽远的大漠、纵横千里的阴山组成内蒙古多姿多彩的地理风貌。千百年来，各族人民在此繁衍、生息，丰富着绵历之久、镕凝之广的中华文化。文学传承，生生不息。源远流长的内蒙古文学，在牧野上传唱，在群山中回响，点亮了祖国北疆一盏盏温暖的生命明灯。

进入新时代，在习近平新时代中国特色社会主义思想的指引下，内蒙古文学工作者坚持深入生活，扎根人民，把澎湃的现实生活、昂扬的时代精神、丰富的经验和情感提炼造型。人、生活、岁月在他们笔下是砥砺行进的历史，是绵厚的家国之爱，是浓烈的人间烟火。一批批贴近时代、贴近人民、贴近大地的现实题材作品带着生活之感、时代之悟和人民之思传向全国。

为进一步加强文学的组织化程度，推出更多高品位的优秀作品，培养更多高素质的文学人才，内蒙古自治区党委宣传部牵头，内蒙古文联、内蒙古作协组织推进“内蒙古文学重点作品创作工程”，汇集内蒙古众多优秀作家作品，努力推动内蒙古文学事业繁荣发展。该工程坚持以精品奉献人民，在宽广的世界视野中描绘中华民族精神图谱，有121部作品入选，已出版作品53部（57册），部分作品荣获鲁迅文学奖、全国少数民族文学创作“骏马奖”、全国精神文明建设“五个一工程”奖、内蒙古自治区文学创作“索龙嘎”奖、内蒙古自治区精神文明建设“五个一工程”奖等，为满足人民文化需求、增强人民精神力量做出积极贡献。

伴随习近平总书记代表党和人民的庄严宣告，中国人民踏上了实现第二个百年奋斗目标的新征程。内蒙古大地焕发出前所未有的活力，人民创造历史的伟大实践为文学提供了丰沛的源泉和广阔的天地。讲好内蒙古故事，发出富有影响力和感染力的声音，创作出不负时代、不负人民的优秀作品，这是一个作家的光荣与梦想，也是推动内蒙古文艺蓬勃发展，汇聚建设亮丽内蒙古的精神力量。

“内蒙古文学重点作品创作工程”入选作品，以无数真切的、鲜活的声音，书写着属于这个时代的、有质地的、有温度的内蒙古故事。这些作品从内蒙古脱贫攻坚的现实课题中来，从当代内蒙古的发展进步和人们的精彩生活中来，以体现精神高度、文化内涵和艺术价值相统一的书写，为无数创造历史的人们立传。

破浪前行风正劲，奋楫扬帆正当时。衷心希望内蒙古文学工作者以深邃的历史眼光和宏阔的现实视野，倾听内蒙古从历史走向现在、走向未来的脚步声，创作一批见历史之大势、发时代之先声的优秀作品，展现新时代中国共产党和中国人民再创中华文化新辉煌、书写中华民族新史诗的文化自信和历史雄心；希望内蒙古文学工作者更加珍爱文学、诚实写作，记录内蒙古人民在建设美好内蒙古的奋斗姿态，把新的灵魂、新的梦想注入文学，努力为铿锵内蒙古书写新时代的史诗。

薪火传承，旗帜高扬。在习近平新时代中国特色社会主义思想的指引下，期待内蒙古文学工作者担当使命，以浩瀚的文学弘扬中华优秀传统文化，展示内蒙古文学弦歌不辍、日新又新的文化活力；期待更多的读者在文学世界中感受辽阔大地上的人文情怀，感受内蒙古文学的独特魅力；期待内蒙古文学在中华文学版图上绽放出绚烂的光辉。

内蒙古文联党组书记、主席　冀晓青

目录

001 第一章　月出之光

035 第二章　漂亮的姑娘是眼睛的钩

072 第三章　秘方

114 第四章　有羊草的地方，不只恰克图

157 第五章　婴儿需要奶汁，生活需要真理

198 第六章　有比正午更热的时辰吗

233 第七章　水库

268 第八章　阿尔善河水长又清

303 第九章　财富

346 第十章　牛踩下去比羊轻

381 第十一章　草香

417 尾声

第一章

月出之光

一

山色变得幽暗，山泉无心无肺地在乱石上来回跳跃，然后细碎地分出几股往下流泻，溅到一块元宝形状的大石头上，在中间回旋一大圈又落了下去。一双黝黑干瘦的大手接过白花花的泉水，冰凉刺骨，这个人接连捧起来咕嘟咕嘟喝了三大口。水珠从嘴角和指头缝钻进山羊胡子，湿了蒙古袍前襟，可他并不在意，沉浸在四十多年来突然冒出来的惊人消息里。时光已经残忍地把一位少年郎交给花甲老人。于是高兴，冷不丁膨胀成一团硕大的痛楚。

永青扎布没等客人再说什么，借口出去放羊就到了草场。“活着是活着，可是见不上啊！”他唉地叹了一口气，用一双湿手使劲拍了一下大腿站了起来，顺手把别在腰布上的灰色粗布蒙古袍衣襟放了下来。泉水一激，永青扎布至少表面上又恢复了一个牧人该有的不急不躁的样子，从而匹配了他的漂亮小胡子。

每天，一轮太阳从阿尔善河那边隆隆升起，在罕乌拉山后面徐徐落下。对于修长干瘦，将要步入老年的永青扎布来说，他的一天，他的半生就在太阳的一升一落，在熟悉的阿尔善草原日复一日游动，风风雨雨转眼度过了五十多年光景。

旗里的领导带来了妹妹的天大消息。南斯日玛一猜一个准儿，老伴儿着急忙慌，是怕在老友面前哭鼻子抹泪，那成什么样子了。她追过去给他带上水壶。带是带了，可他用不着，看南斯日玛气喘吁吁的样子，突然发现她圆了笨了许多。曾经那么喜人，两眼发光啊！

牙口还好，就着泉水吃口干粮，简单垫了肚子。永青扎布把在一旁吃草的海骝马马绊取了，扔上鞍子扎紧，眯着一双细眼望了望正在山坳对面阴凉处的羊群，羊羔蹦跳着顶撞安卧的大羊，他看着出神，然后麻利地上马，慢悠悠奔了过去。

看来，这天又要变了。

他已经品出来了，阿勇嘎虽然没有说，实则就是奔着这个来的。阿尔善变了好，不死不活，不变怎么行。只要能把妹妹变回来，就是再变成一穷二白，他依旧心甘情愿。

“真是人老成精。”阿勇嘎嘿嘿笑。

“只要不是多年前的那个怪模样，就好。”

永青扎布回了一嘴，听听还挺幽默。此时，他不知道自己需要继续伤神，还是应该纵声高歌了。打破大锅饭，按劳分配，永青扎布不免有些莫名的神往。

阿尔善，蒙古语“圣水”之意。阿尔善草原，阿尔善苏木，也是他们嘎查的名称。也不知地名因河流而取，还是河流因地名而叫。吉祥的名字怎么叫都叫不烦。阿尔善河是下游几万平方公里干旱草原和阿尔善湿地的生命线，发源于大兴安岭及其宝格都山的宽广腰身。永青扎布在罕乌拉山脚下喝的山泉水，就汇入了那条奔腾不息的河流。有一年地质队过来探矿，说山脚下还有许许多多看不见的地下暗河作为补充。罕乌拉山中段西麓，距离永青扎布家十多里处就有七个泉眼，有的泉与泉仅几步间隔，水温差别却很大。每一处的泉眼各有各的用途，有的能喝，有的用于洗，有的用来往身上涂泥巴，方圆几十里的牧民们时常过来饮用，洗眼睛，泡脚，据说对治疗胃病、眼病、腰腿疼病、皮肤病等慢性疾病特别见效。

永青扎布打小就不知道什么叫感冒难受。可是这一天，心里却堵得慌，正是圣水难治心病啊！

马蹄嗒嗒，敲打在心上，还是那条出牧归牧的路，前方威武的大石头，当年阿爸每次路过都要过去碰碰头，阿爸一心向佛，他倒是向来淡漠，至于为什么，他也讲不出所以然来。抬头看了一眼大石头，大石头一定也看过许多来来往往的人，多少故事就藏在周围。还像小时候，他的心里不免怀着一丝复杂和矛盾。一方面，希望阿爸所有的念经卜卦有用管用。另一方面，又觉得那都是不可能的事情，空惹起一家人的热情和想象。外国人也有自己的神，若是妹妹在别的国家碰到有人念经，会有什么感受，大概早已记不得了吧……

永青扎布抖了一下缰绳，用靴子轻轻磕了磕马肚，海骝马凸着大眼睛即刻领会了主人的意思，飞快地颠起了碎步，一溜烟上了弯弯曲曲的土路，沿着阿尔善河一路向前。如果不看路边的电线杆子，还像几十年前的样子，仿佛所有的人和事，只是藏在那个叫作时间的东西后面。永青扎布忘不了第一次经过大石头出远门时的样子，时不时回忆着往事。

红红的太阳升了起来。欢快的心情和五月充满生机的春日是分不开的。稚嫩的永青扎布皱着眉头使劲想，内——蒙古——自治——学院。什么意思，他不懂。内蒙古，旧称内札萨克蒙古，听阿爸说，自从男人留辫子时就这么叫了。叫作“自治”的学堂，原来在一个叫喀拉根的商业重镇，阿爸从那里迎请回来一尊巴掌大小的佛像。听说那儿距离京城不远了，那是皇帝大总统住的地方。天下是他们的，于是他们被尊称为天子。阿爸说了，阿尔善草原也是天子的。天子的圣旨放在匣子里，供奉在王府议事堂“正大光明”匾额后面，王爷每天三叩六拜禀告，皇帝大总统在京城就能听到。王爷按照皇帝大总统的旨意，署理旗政，占有草原和牧民。再一个是阿贵庙大喇嘛，牲畜多到可以装满罕乌拉山最大的山坳。不去瞎想了，他只是送了一次马而已。

那里的敞亮如同一道闪电，一下子刺到了他……

一回来，永青扎布的心就野了。天刚蒙蒙亮，他早早起来牵马。外面怎么就那么热闹啊，那些和他们说着一样的话，放着同样牛羊的牧人，个个都是那么的舒坦。再看看阿尔善吧，人们时不时跪倒在地，愁容满面，仿佛遭受着无穷无尽的罪过和灾难。他挠挠头想不明白，那番喜悦、欢快，还有满满的不解，他要告诉好伙伴金香。金香的阿爸人称鹰钩鼻子宝力，是他们家的马倌。

转眼送马的日子到了，天还黑着，永青扎布穿戴好，蹬上他的小马靴，提着油灯，早早起来照看黑旋风。黑旋风是他将要成为男子汉的第一匹乘骑，四蹄雪白，马掌刚刚钉了没有几天，周围还有一股马蹄磨平烧焦的味道。黑旋风见到小主人，接连打了两个哈欠。

寅时，启明星刚刚跃上黝黑的天幕，草尖上露水乌亮，地上好像铺了一层雪，马群挤在一起打着响鼻，不管不顾左冲右撞，炸开草丛上的水泡，膨胀了晨曦的凉意。马倌们骑在马上哦哦吆喝，一派紧张忙乱的样子。在他们的后面，一位中年妇女用木勺舀起鲜奶，不紧不慢地洒向黝黑的罕乌拉山和河流草原，喃喃低语。仁秦道尔吉此刻在蒙古包抓紧念经。昨天投进火堆的达拉，有人叫肩胛骨，纹路有道裂痕，心头掠过一丝不安，他赶紧把宝力叫过来左嘱咐右叮咛，只求人马逢凶化吉。

永青扎布十四五的样子，一头乌黑的卷发，灰蓝的大眼睛，抿着小嘴巴的样子让人顿生喜欢。不要说他的阿爸额吉，就是牧工宝力也喜欢。学娇不如吃苦，从小放羊，捡牛粪，喂牛，养成了良好的劳动习惯。永青扎布骑着黑旋风到罕乌拉山一处向阳有风的草场上找到阿爸，这是他家一块不大的春季草场。肩胛骨突起的地方伸出单指正好盖住，说明仁秦道尔吉家底殷实。百十来只羊，还有十多匹马，谁人不知，谁人不晓。可他也是一个牧人，家里的羊倌。

“我也要去送马。”永青扎布小嘴一抿就一句话。

太阳快要落山，背后的罕乌拉山黝黑深沉，仁秦道尔吉立在那儿，羊群归牧看也看不见了，他怎么就惯出了这样的不肖儿子。回到家，他站在蒙古包外面团团转，宝力赶着马群回来了。

“宝力，你回来！”

仁秦道尔吉大喊一声。宝力从来没见过哥哥一样的主人这么大的嗓门，立马猜出了他生的是哪门子气了，垂手站在那儿。仁秦道尔吉双手拽了拽马鞭，啪地抽到拴马桩上，顺手一丢，狠狠挖了一眼，气呼呼进了包。宝力捡起地上的马鞭挂在外面，想想自己就是嘴欠。几天前，不小心说了那么一嘴，让我们的少年听到了。

“孩子大了，总要出远门，佛爷上天的安排也许就是现在吧，出去见识见识也好！”仁秦道尔吉好像突然想开了，他又喊来宝力，马倌吓得腿肚子打战，东家不是要给他补上那一鞭，而是让他喝茶。人家的奶茶怎么就那么好喝，那么香。非年非节，还宰了一只羊，他都不知自己有多少年没有这样吃顿手扒肉了。

太阳毒辣辣穿刺过来的时候，马倌们看到了前方山包上的敖包，此处正是阿尔善草原到南部农耕地区的分界线。如果前面奔跑的长鬃儿马带头望一望，应该最先看到低矮的土坯房，烟筒冒出的白烟有气无力地飘着，孩童们有的骑墙，有的站着，大人们蹲在墙根抽着烟袋。站在墙头张望的男孩，最先看到了马队，咚咚一股风，像是要踏破脚下刚要开春的土地。

马倌们也看到一个个土坯房，大人小孩不见了踪影，悄无声息，连狗吠声都没有，静得让人头皮发麻。永青扎布吧唧着嘴吐出燥热，他还想着进哪一家讨碗水喝，可这次都要听宝力的，他不敢放慢速度，焦躁不安的马群一冲而过。出来前阿爸交代的，不听话就不能去。

拐过了小树林，永青扎布不由得用他那还没有变粗的童音惊叫了一声，一条小河缓缓流淌。马群早已飞奔过去大口大口痛饮，然后窜到对岸，镰刀一样快速扫荡冒出地面的青草。此地比阿尔善暖和了许多，河面上的冰化了，只有河中央还有奶皮厚的浮冰，野鸭在上面警惕地来回张望。

他们牵着马让马痛快地喝个饱，然后把缰绳挂在马鞍上，下了绊，乘马一步一颠，跟着前面的一群疯马，低着头寻找这个春天的第一份美味。几个人在河岸暖乎乎的流沙上坐下来，打开皮囊喝水，吃炒面。永青扎布吃了几口，头一歪睡着了，宝力取下袍子盖在他的身上，怜爱地擦掉他嘴角上的饭渣。这孩子虽生在富裕人家可没有养成好吃懒做的习气，时不时就往他家的破包跑。女儿金香小他一岁。每次缠着他讲这讲那，他除了唠叨穷人的苦，老掉牙的神话，诗人阿哈的传说，还有半辈子制香，不知道再讲什么了。这次东家一点头，他毫不犹豫地带过来了。出门在外辛苦，可是离不开家的孩子哪有什么出息？

太阳正足，地上暖洋洋的。马倌们东倒西歪，老虎下山一张皮，他们长年累月身上就是这件白茬皮袄，白天穿，晚上盖，每个人都有暖和的太阳，在身上晒着，一个个沉默寡言，可没有不开心。他们有着自己的希望，所有人的命生来就是苦的，可是还有念想，哪怕是渺茫的，盼着来生的幸福。愿望本无所谓有，无所谓无的，却依然蓬勃生长，因为命中注定的日子原本就是这样的。一位大叔从怀里急急忙忙掏出旱烟袋，将烟丝重重一捏，吧嗒吧嗒过烟瘾。有的瞅准机会打盹儿，玩性大的兴致勃勃扔水漂，奶皮冰上的野鸭吓得嘎嘎飞去。还有的手伸进裆部扑哧扑哧挠，许是虱子不老实。马倌们各忙各的，互不打扰。

“砰！”一声尖利的巨响炸开，谁没事干挥动鞭子，鞭梢甩直又卷起，发出枪响似的啸声，把几个人的耳朵都给震蒙了，嗡嗡响。砰的又一响，大伙儿慌里慌张爬起来。手伸到裆部的那位跟着站，裤子掉了，可是谁也没有机会笑话他的光腚。那响声是真家伙，赶马人转眼工夫被二十来个骑马持枪的人团团围住了。

宝力腰里别着东家交给的短把砂枪，可是晚了，他顺势用袍子盖住。永青扎布惊醒坐起来，迷迷糊糊喊：“怎么了？”

宝力吓得弯下腰捂住他的嘴巴，哆哆嗦嗦顺势把他藏在身后。怕什么来什么，他们遭了劫。

“行不更名，坐不改姓。我是岗呼。不想死的留下马，快快滚蛋！”马上黑脸壮汉恶狠狠地喊。

“岗呼”，马倌们听了吓破了胆，脸色煞白。借着一股领头的胆气，宝力怯怯地望过去。

“还请行行好，丢了马群怎么得了，我们死路一条。”

“这不是鹰钩鼻子宝力吗，你一个奴才，要命，还是要马！”

壮汉轻蔑一笑。宝力再瞅，好生面熟，有一次路过他家，他拿出所有好吃的送走。他悬着的心稍稍放了一些：“原来是乌力吉乖，上次到我家，招待不周，看在我们这些只是下人的份儿上，放过我们吧！”

“我放了你们，谁养我们大头兵，都是出来混饭吃，别废话，否则别怪我不客气！”乌力吉或是岗呼，一时火起，用手中的匣子枪托了托黑礼帽。

宝力着急，脱口而出，连自己都奇怪：“我只听说咱们草原上的英雄，千百年来都是顶天立地，从来不偷不抢，这些马是送给红兵官府的，你们不怕，可我们得罪不起啊！”

“呵呵呵，算你说对了，我就是和红兵对着干的国民政府委任的镇边保安团上校团长岗呼，乌力吉是骗你这个傻瓜的。兄弟们赶马，谁要敢动一下，一枪崩了他。”

永青扎布气得眼睛仿佛冒出了血，悄悄拿起一块石头捏在袖子里，站起来就要朝岗呼扔过去，脑袋开花，然后恶狼一样扑过去把他摁倒……突然他的手被紧紧抓住，捏得生疼，石块咚地落了地，他扭头狠狠挖了宝力一眼。宝力木了、傻了，面对黑洞洞的枪口，向前挪了挪步子，嘴唇一张一合想要发出什么哀求，子弹砰一声打在脚下，下一发会是胸口，咕咕冒出黑血还有泡沫，然后像挑了脉的绵羊，死掉。东家宰羊每次都由他掏心，他知道其中利害。

浓重的灰尘冷不丁散了，土匪赶着马群不见了。

仿佛只是一场噩梦。几个人趺趺撞撞爬上坡，寻找土匪和马群留下的踪迹，他们捶头顿足哇哇哭，一把鼻涕一把泪。宝力悔得肠子青了，都是他胆小怕死，都是他不小心！他要把永青扎布托付给穷弟兄，他去追，追不到，他也不回去了，让岗呼乱枪打死，反正横竖一死。几个人谁也说动不了谁，在那儿拉扯。

阿爸曾经说过，马打哈欠带来好运。临出来，他的黑旋风接连打过几个哈欠，可结果哪！永青扎布咬了咬嘴唇，抬起头开了腔：“阿巴格，咱们怕岗呼，岗呼怕谁，看那架势怕红衣红帽红头发的红兵，咱们找红兵去！”

宝力愣住了，这孩子人小鬼大，说对了。他死了，裹上白布拉到黑风口扔掉，倒是省事。孩子他妈早先跟着大福晋出远门，不明不白没有回来。女儿还小，一个人往后怎么活？遇到难事寻死觅活，还是草原上的男人嘛！二百年前，他的先祖从遥远的大雪山一路向东，乞讨做工，后来在万里之遥的阿尔善草原扎下了根，那是何等的苦难啊！

在巴林旗的地界，宝力拉起同样陷入绝望的同伴。走南闯北的买卖沁李掌柜悄声说过，巴林草原现在是红兵的天下。

二

在陌生的地方被一群官匪抢了马匹，几个人沿着小河漫无目的地走着。河水叮咚，怎么会知道这群苦命人心头的乌云。就在这个让他们心碎的一天的早上，巴林草原上发生了另外一件离奇的事情。

暗夜里草原已经苏醒了，沐浴在迷人的霞光里。自治学院文艺宣传队走草原过沙漠，走一路演一路。夜里村庄静悄悄无声，文艺宣传队收拾停当，连夜行军，他们力量薄弱，白天赶路有太多危险。天还没亮已经快要走到北部牧区。此行的临时队长、侦察员阿勇嘎指挥队伍停下来休整，派出哨兵到前方山包秘密观察，组织队员们原地抓紧休息，他和几名骨干牵着乘骑辕马吃草。前方是黑幽幽的红柳丛生的沙漠地带。

阿尔善草原的上方是太阳月亮和星星，地上是星星一样数不清的寺庙，老百姓无论是红白喜事，生病长灾，请喇嘛念经是必备的功课。从大清国到民国没有变过一丝一毫。牧民的苦日子无边无际，积贫积弱……

阴历五月十三，巴林旗按照惯例举行一年一度的祭敖包。民主政府祭敖包和文艺演出的消息传遍了草原，国民党杂牌军镇边保安团在岗呼的带领下，偷偷赶了两天的路，准备设下圈套实施恶毒的伏击。让岗呼没有想到的是，歪打正着，半路上遇到一群穷棒子，马群已经笑纳了。岗呼吩咐下去就地露营，玩闹个通宵。离祭敖包和那个人们神乎其神疯传的文艺演出还有整整两天，一百来里地，他们半天就可以扑过去。

“牧主的冬牧场地窨子旁有三处火堆，木桩上拴着马，多少看不清楚，柳条棚里圈着一群马。”

听了哨兵报告，阿勇嘎叫过来两名党员骨干商量对策。阿勇嘎年轻，却是从卓索图盟纵队过来的老革命，看火堆，对方少说也有二十来人，是土匪还是自己人？如果遇到的是敌人，文艺队这一点战斗力，是没法儿对付的。悄悄撤退，胶轮车勒勒车吱嘎一响，马上暴露目标，天一亮更加无遮无拦。马上投入战斗。自治学院说来只有二十来条枪，日式的，俄式的，加上套筒枪，几把骑兵军刀，每支枪也就几发子弹。这一带惯匪还没有消灭，为保证安全，文艺演出队出来时带了五支枪、两把马刀用于自卫。

又黑又低的夜，掩护着伏击手按照散兵线悄无声息埋伏了下来。山包上传来了两声猫头鹰短促而拉长的哦哦声，这是阿勇嘎发出的暗号。如果对方是自己的队伍，听到了一定会有呼应。

远处的欢闹还在继续。

夜空在午夜交手，这是一群无恶不作的土匪。骨干队员压在草丛上面，露水湿冷，他们钉在那儿纹丝不动。身后的洼地红柳丛，隐蔽着看守马匹车辆的女队员、小队员和赶车的老乡。阿勇嘎的战斗部署是，派出枪法好的两名队员从下风处悄悄摸上山包占领有利地形，四名队员迂回，抢先在惯匪的必经之地埋伏好，从远处形成包抄合围之势。他和一名队员隐蔽在最近的位置。狭路相逢勇者胜，让心狠手辣的土匪继续祸害老百姓，绝对做不到。

“砰”的一声光亮射倒敌军岗哨。喝得烂醉，睡得正香，欢闹中消停了下来的土匪们怎么也没有想到，在这神不知鬼不觉的荒野之地遭到伏击。叫骂声从地窨子、火堆旁，慌里慌张钻了出来，土匪们顺着枪响的方向，砰砰齐射，压制了文艺队的枪声。然后解下缰绳摸爬蹬跨，骑上马背火速撤往沙漠沟口。一匹快马突然落入虚掩的坑洞，把匪徒摔了出去，动弹不得哭爹喊娘哇哇喊叫，前面的人马又被拴在两边榆树上的绳子绊倒了一大串。

岗呼好不容易集合队伍，摸黑清点了人数，少了两人，想必当了枪下之鬼。对方的招式虽然管用，还不算高明，火力太弱，判定遇到的不是正规连队。他们的行踪历来神不知鬼不觉，问题出在哪儿了？来不及多想，指挥队伍调转马头，朝着打冷枪的方向来了一个反包围。他不信偷袭队精良的美式装备干不过土八路的几把破枪。

阿勇嘎经历过追歼日伪残余和国民党匪帮的大小战斗。几个回合对射，压住了敌人。短暂的静寂，他收起已经没有子弹的驳壳枪，端着一把马刀猫腰跑过去，队员们只剩下五发子弹。形势万分危急，怎么办，他灵机一动，弯腰奔向下方的胶轮车，取出一个小包裹，说干就干，指挥女队员用化妆用的麻纸，将里面的东西迅速分成鸡蛋大小的几个小包，系紧，后面留出小尾巴。

枪声砰砰直响，土匪重新集合队伍，大喊大叫，一百米，三十米，眼看马蹄就要呼啸着踏到身上。阿勇嘎猫着腰突然将一个个小圆包抛向敌阵，只见圆包炸裂，粉尘弥漫，刺鼻的味道瞬间炸在匪帮上方，呛得土匪痛苦难忍，火辣辣泪流满面、剧烈咳嗽，土匪从来没有见过这样的武器，慌得抱头就窜。战马受到强烈的惊吓，直打喷嚏，前蹄还没有挨地，后蹄旋转方向，扭头就跑。

趴在草丛中的阿勇嘎见状，狼一样扑了过去，稳稳地跃到一个土匪后面，借势把土匪扔到一边。抓起缰绳一抖，马刀一挥，劈死前面一个匪徒。左劈右砍，黎明前的黑暗，匪徒捂着眼睛被冲得七零八落，完全失去了战斗力。最后面的岗呼不明就里，跟着跑，冲出重围，土八路的新式武器让他纳闷，此时他剧烈咳嗽，鼻涕眼泪全下来了。划了一根火柴一看，落在身上，杀伤他们的原来是辣椒粉。他气得要吐血，举起马刀命令冲击，匪帮们龇牙咧嘴，眼睛刺痛灼烧，勒着马团团转，溃不成军。

突然，身后飞出一梭突突的点射声，山包后面还有旗子在闪动。火力全开，这是准备全歼他们的架势。

“不好，后面埋伏有蒙古八路。”

岗呼惊出一身冷汗，立即呼哨两声，眼睛鼻子刚刚好受一些的匪兵，调转马头火速撤了下去。为了额外到手的马群，暴露了袭扰集会、大捞一把的大好时机，还死了弟兄，多么的不甘心啊！岗呼如丧家之犬，仗着地方熟，逃进了三百里黄羊滩。

胜利了！谁说文艺宣传队打仗不行，敌人闻风丧胆。小队员最兴奋，按照阿勇嘎的安排，他举着红旗在沙窝子后面来回跑。土匪一定是被迷惑他们的伏兵吓坏了。大家兴高采烈，缴获四支枪二十来发子弹、一颗手榴弹，还有圈在柳条棚的一群马。“什么，辣椒粉居然能当武器？”上一场耗来营村的演出，一位老大娘将自己用石臼捣出来的一小包辣椒粉塞给阿勇嘎，要他们吃饭时发汗御寒（阿勇嘎临出门随手把钱放在炕席下），如今倒是发挥了更大功效。

微微的晨光下，一辆胶轮马车迎面而来，骑在马上的人挎着匣枪、背着长枪，足有一个班。阿勇嘎叫队员们不要慌，他早就听到了敌人背后的那一梭机枪声。友邻部队相见分外亲切，原来他们是贝勒旗旗队的，正好路过。由于刚刚组建，他们的装备极差，自治运动联合会分会首长派人带着介绍信，到晋察冀六分区求助。他原来的警卫员现在是团长。那位团长特别高兴，写了一张字条让二人找军需部门。领到了二十支步枪、五箱手榴弹，还有一挺歪把子轻机枪、两千发子弹，还派了一个班的战士护送。刚才遇到前方战事，就从后面给了敌人一梭子。此前，闲散台吉玄孙仁秦道尔吉接到买卖沁李掌柜捎来的信，派人远道送马，对自治学院这支物资极为匮乏的革命队伍实在是太紧要了。送马，救马，贝勒旗和自治学院有缘，双方欣喜万分。

奔行在巴林草原的马倌们，正午时分在沿着小河的路上，迎面遇到的正是这队人马。衣衫褴褛的牧人们乐坏了，不过红兵可不是红衣红帽红头发，而是穿戴着八路军衣帽，和他们长的一个样，说着同样的话儿。

“原来是学堂一帮跳查玛舞的。”

“什么，跳大神的打跑了官匪，抢回了马群？”

宝力瞪大眼睛呆住了，扑通一声跪下，向着敖包的方向磕了头，再向眼前的神兵天将磕头，感谢山川人神带来的莫大恩赐。马倌们听到了马群的嘶鸣，跑过去拍打着一路相伴的爱马，马群也一定闻到了家乡牧人的熟悉气味，一匹匹兴奋得扬头甩着长尾。

这时，有个人过来拍了拍永青扎布的肩膀，笑着一字一顿说道：“小兄弟，我们可不是什么跳神的，我们是自治——学院——文艺宣传队。”

永青扎布有些蒙，不是跳大神的，自治——学堂——文艺宣传队！什么意思？他挠了挠头，说声：“阿哈，毕——莫图亥。”把那位年轻小伙给逗乐了，不管听懂没有听懂，他嗯了一声，好像答应了要当这位小弟弟的阿哈哥哥了。原来他们是受巴林旗民主政府要求，到农村牧区进行反恶霸和减租减息巡回演出。他看着永青扎布眨了眨眼跑了，不远处有人喊他卸车。哦，他叫阿勇嘎，多么英俊阳刚，他的眉毛小刀一样笔直，眼神却是那么的暖人。永青扎布追着他的背影望了又望。

附近整训的骑兵连也赶了过来，经过短暂的会合，跟着匪帮的方向追了过去。小榆树、红柳丛上挑挂着一团团绒毛，匪徒恶习不改，那是他们驱赶畜群留下的痕迹。

“好险啊！”仁秦道尔吉倒吸了一口气，他无心掂量宝力交给他的现大洋，那是自治学院买马的钱，买卖公平，一文不少。听到动静他顺着包门往外瞅，儿子跳上马背跑了。人马的影子印在远处的草原上，跑到阿尔善河边东北方向，望也望不到了。这孩子小小年纪就能坐稳马背，看那个满不在乎的样子，仁秦道尔吉后背还在发凉。女儿出了一趟门没了音讯，要是儿子再遇到三长两短怎么办？这回全靠宝力了，他们家离不开的穷兄弟。仁秦道尔吉重重地赏了宝力一只羊，叫他自己在群里挑。

在阿尔善草原上，王公富人的获得，穷人为了来世的福分，都如前世注定。永青扎布还小，可是仿佛就那么几天，他的骨骼咯吱作响，裂变长大，感受着新的一天的降临。

三

不用说，永青扎布骑马去找金香了。

他急匆匆地要去告诉金香，叫作革命文艺的演出，比王府赛歌会还热闹！

那一天，文艺宣传队到了附近牧村。宝力跟阿勇嘎絮叨马群不好调教，希望让他们再照料两天，等文艺宣传队有了时间再接手。马匹不到安全的地方，马倌们不放心，也有些舍不得。于是一行人赶着马也跟着过来了。

演出放在晚上，五六盏汽灯照亮了周围很远的地方。文艺宣传队的乐器都是战利品和从反动分子家里没收的物资中挑选出来的，有两把四胡、一支笛子、一把马头琴，还有喇嘛用的鼓钹、铃铛，这是他们的全部乐器。服装有王公及夫人小姐穿过的衣服，还有两件喇嘛僧衣。他们在羊圈栏杆上压腿，在草地上拉琴、吹笛子、练嗓子。牧民们骑马，赶着勒勒车，从很远的地方过来了，就像来赶一场美好欢乐的节日盛会。好像战争年代的苦难已经过去了，孩子们乐得蹦蹦跳跳，大人们个个健壮，没有伤兵，没有哀号的寡妇。演出还没开始，永青扎布瞪大眼睛，充满了好奇。

文艺宣传队演职人员骑乘战马高举红旗，在乐器声中身着演出服进入了会场，他们威风凛凛、飒爽英姿，顿时会场上叫好声鼓掌声一片沸腾。首先出场的是文艺队自编自演的歌舞剧《永远跟着八路军》，用的是当地流传的曲调，在戏里阿勇嘎扮演一位老大爷。不想，用糨糊粘的胡子脱落了，他灵机一动，现编台词："外面谁找我？"用手按着胡子到了后台。表演诙谐逼真，观众们拍红了手掌。

那些节目，永青扎布后来才一一对上号。有反对阶级压迫的《复仇记》，揭露王公勾结日本人残酷压迫贫苦农牧民的舞剧《三部曲》，宣传破除迷信的《牛疫》。汉语节目欢快热烈，依稀记得有改造游手好闲者的舞剧《懒汉桑布》。鼓励劳动的《哥俩打草》，听说是根据革命圣地延安的《兄妹开荒》改编，戏里喇嘛神气的举止，醉汉的失态，就像从人群中找出来的一样。还有一个绝活叫踩高跷，演员们踩着又高又长的木腿如同刚刚学会走路的孩童。

牧民们沉浸在喜悦和激动的时光，篝火映红了天地，真是一个让人难以忘怀的夜晚。

观众席后面，突然传来了悠扬的长调歌声，一对牧民夫妇骑在马上提着僵，正在对唱：

我的云青马哟，跑起来如腾云，
美丽的巴林草原，数它最有名。
高高的马头，佩戴着银缰绳……

两个人唯恐前面的人听不清，放开马绕到了人群前面唱：

瞪起的两只眼睛，闪电一样明亮。
勇敢的牧民骑着它，在草原上飞奔。
啊哈呼依，啊哈呼依……

长长的尾音回响天地之间，夫妇俩唱毕赞美家乡的《云青马》，在马上鞠躬致意，好像在用歌声感谢民主政府，感谢革命的文艺队，演员和群众报以热烈的掌声回敬。原来是道沁芒来和他的妻子高娃，人们是那么的舒畅和自豪。他们谁人不知，贫苦牧民的儿子芒来，从小就爱唱歌，他唱的乌尔汀道高亢嘹亮，被巴林王召进王府当道沁，王爷饮酒作乐，芒来歌声不绝，后来生生唱坏了嗓子。直到解放，芒来获得了新生，成为草原的主人，他又拿起了套马杆为努图克放牧，娶了心爱的高娃姑娘。搏克赛场上他唱《搏克歌》，打草的时候唱《打草歌》，婚礼上唱婚宴歌。牧民们还以为芒来的出场是专门的演出安排。歌声，口号声，那一夜响彻云天。多好的牧民啊，质朴的感情，金子一样的心，人们的笑容像花朵一样。解放区真好啊，什么都和阿尔善不一样，还有这么胆大的歌手。

歌儿，在牧人的一生中是一个很重要的词，叫作“道”。

歌手，旧社会受尽封建压榨，新社会最受敬重，他们有自己响亮的称呼：道沁。

而长调，叫乌尔汀道，意思是长歌，草原有多辽阔，长歌就有多宽广。听着歌儿，永青扎布醉了，直到他被宝力捅醒。

报幕员存心让远道而来的外乡人出丑吗？当她又一次喊出请贝勒旗民众来一首时，盘腿坐在草地上观看节目的马倌们吓坏了。民众——“阿日得图们”，代表民众的只有王爷，他们只是蚂蚁。马倌们脸上发烧，垂着头，恨不得把脑袋拱进地底。永青扎布不知怎么就已经走到了舞台中央，他稍稍有些胆怯，把手放在胸前深深鞠了一躬。闪亮的汽灯照耀下，脱口唱出了在他们家不知流传了多少代的长调《罕乌拉》，别看他的喉结刚要凸起，可胸中沉积的力量却是那么的辽远，童音划破了朦胧，唱给苍天大地，唱给致敬的爱人。此时，永青扎布眼前站着一位梳着数不清小辫子的小姑娘，随着嗓子飞出的歌儿，眼睛闪亮，尖细通透，轻柔纯净，就像站在清澈的阿尔善河边打捞一捧月光。一首歌，如果直抵了心底，那实在不是他的歌，而是妹妹的《月出之光》……

许多许多年之后，永青扎布一想起这个心底的画面，眼睛就开始潮湿。似梦，清晰而又模糊，就像昨天刚刚听过，就像才从雕梁画栋的王府厅堂传出。道，除了心头萦绕的绵绵曲调。几十年了，所有的故事都发生在阿尔善河边台地上的一户蒙古人家！

夕阳照在了，
起伏的大地上。
西边是茂密的森林，

东面是长长流淌的阿尔善河。

还有那，
巍峨神圣的罕乌拉山，
护佑草原吉祥平安……

乌尔汀道落下了。永青扎布泪流满面，抬起手臂又一次深深鞠躬。差不多互相递过鼻烟的工夫，场下静悄悄一片，难道是我们的少年唱砸了吗？像，又不像。

文艺队演员，还有巴林旗的歌者、牧民们深深地震撼了，每个人眼前出现了各种各样的画面，妻子、情人、战火、离别和悲伤，还有对草原的深深爱恋。人们到底寻求什么？这个大男孩分明在唱所有人的心声。阿勇嘎第一个站了起来，热烈地鼓起掌来，台下顿时欢声雷动。

永青扎布第一次听到了自己的心怦怦跳，一定是牛奶一样的新鲜装满了心房。文艺队员个个站有站相，坐有坐姿，他们是一团火，欢歌笑语，传递着新生活的热气。这个生活和他们阿尔善的距离不是二百里而是一千年。接下来的两天，阿勇嘎带着永青扎布到处转，准备道具，挂幕布，哪儿有活儿就到哪儿。马倌们也没有闲着，他们个个手艺精湛，有的帮着修理文艺队松动的勒勒车，有的整一整笼头，还有的暗自琢磨巴林马鞍的式样和贝勒旗的有什么不同。女队员提过来一壶砖茶放在马倌中间，受苦人瞪大了眼睛，把女队员吓跑了，他们担惊受怕惯了，何曾领受过这样的尊重？于是盘腿坐下，从怀里喜滋滋掏出木碗倒上茶就喝，再用布子擦净包好揣回怀里。

跟着阿勇嘎，永青扎布举着红旗，从这家到了那家，一来借些工具用，二来用阿勇嘎的话来说叫“宣传革命道理”。牧民们摇着头直说“莫图亥”，他们还不懂得什么叫革命。哪有当兵不欺压祸害穷人的，难道是活佛派来的？永青扎布也不懂，他只是阿勇嘎的跟屁虫。

这一天，挂好幕布，永青扎布随手把锤子扔到一边，却惹恼了阿勇嘎，跟他变了脸。

“小屁孩，上次给你说过，你还扔！”

“阿哈，我做错什么了吗？”永青扎布愣了，他不知道自己错在哪儿，站在一边委屈得扑哧扑哧抹泪。

“哦，小弟弟，是我错了。”

听到小伙伴抽泣，阿勇嘎懊悔不已，他这是干什么啊，一时恍惚还以为永青扎布是自己的队员。他一边说，一边抓起永青扎布的手就往自己身上抽。

“阿哈，您是上场前入戏了，还是怎么了？”

永青扎布扑哧乐了，阿勇嘎哥哥一会儿风风火火，一会儿生气，抽的哪门子疯，敢情入戏都这样啦！

原来这里有一个故事。以往文艺队到一个地方演出，只能用棍棒和石头钉钉子挂幕布。有一次盟工委乌书记看到了，把阿勇嘎叫到办公室，“你们的演出很好，现在我们的物质生活很困难，连你们的常备工具都解决不了，我这里有一把砸煤的锤子，当礼物送给你们文艺队，礼轻义重嘛。”乌书记这把锤子是他父亲当年给日本人修南满铁路时偷跑带回来的。后来乌书记拿着这把锤子，砸破欺压穷人的狗汉奸脑袋，参加了革命。阿勇嘎双手接过锤子，这对于全体队员真是极大的鼓励。这把锤子是他们的工具，也是道具，为此还把这个故事编排进了节目里面。

永青扎布心潮起伏，他只见过牧人给王爷下跪磕头，人家红兵的官老爷怎么就这么好！看来，那个叫作“革命”的东西还真不错。

阿勇嘎弄哭永青扎布，还有法子逗乐。前一阵子演出，他和同伴住在一户地主家，地主家明明有锅，却不让借宿的队员拿来烧水，就怕用了他家的几根柴，晚间更是不给点灯。第二天，演出舞台剧《认识八路军》，他们有意加进地主面对穷人待人接物的几段台词，加之惟妙惟肖的动作，戏演得生动风趣，乡亲们笑得肚子疼。晚上再回去住宿，主人的态度来了一百八十度大转弯，又是上茶又是端瓜子，热情招待。没有想到文艺演出会有这么大的作用。永青扎布笑够了，瞪大了眼睛。

晚上睡觉，永青扎布把红旗叠得方方正正放在身旁。这几天红旗归他扛，归他保管，心里别提多美了。那面红旗正中是一颗红色五角星，下方一把锄头和一根套马杆交叉在一起。他摸着旗子甜甜地入睡了。

祭敖包和群众大会上的演出圆满结束了。

文艺宣传队匆匆套着马车，他们又要去下一个地方演出。阿尔善草原的牧人也要返回家乡了。他们拍打爱抚着一路相伴的伙伴，依依不舍地交了马匹。马群已经和队员们熟悉得不分彼此，他们放心。最舍不得离开的是永青扎布，皱着眉头伤心难过。临行，阿勇嘎拍了拍永青扎布的肩膀："你要为革命出力。用不了多久，广大牧区都要走牧场公有、放牧自由的道路。"永青扎布似懂非懂，点了点头。

永青扎布一直想看到金香一家也有自己的一群羊，而不是一年到头的那么六只。此时他恨不得把革命掰下一小块，分给金香，叫她品尝。等到快要到家了，他摸了一下胸口，兴奋得想要呼喊，难道要喊一声惊人的口号？万万不可。

他的手碰到胸前鼓鼓囊囊的东西。坏了，文艺宣传队的红旗还揣在蒙古袍怀里。怎么办，此时他是那么的焦急，好像看到了分别没两天的阿勇嘎正在不停地翻找，一定气坏了，一定正在埋怨他。他忘了问一问，那个"自治"到底是什么意思？

听永青扎布不停地叨叨，金香跟着高兴。她在蒙古包里待烦待木了，看看包里都成什么了，一堆花花草草，每天捣鼓来捣鼓去。永青扎布盘腿一坐，完全像个大人那样摆出一副很有气派的架势。天哪，他嘴上都有了胡子！永青扎布笑嘻嘻说她是花仙变的。金香就笑，追着打，打着打着，两个人就害羞地抱在了一起，这是催促他们长大的灵丹妙药。听阿爸说，宝力原在王府制香，如今能在他家当牧工也算是福分。永青扎布却觉得，他得到的福分最美妙最神奇。

几十年一转眼，那条打马走过的地方，修了公路。永青扎布想想，就像刚刚发生过那样。

等到收牧回来，阿勇嘎坐上吉普车已经离开了。

四

又是一年过去了，阿尔善河静静地流。

岸边的永青扎布长高了，长壮实了，还大人似的学会了想事。一天早上喝茶，冷不丁来了一句："阿爸，咱们是不是给宝力阿巴格工钱增加几只羊！"额吉担心，偷偷望了一眼家主，这孩子怎么这样和大人说话。

没头没尾，就那么生碎碎一句。仁秦道尔吉蹊跷，是不是去年去了一趟巴林草原，宝力护过他，他一直想着报答？有句谚语：“不走不知路遥，不学不明事理。”突然间觉得孩子有些不一样。

“傻儿子，咱家的畜群本来就不大，卦上看以后还会更少。宝力在咱家多年，我待他如弟弟，可他是咱家的牧工，王爷撵出来，我不收留，他早死定了！”

“咱家的大活儿小活儿哪一个不是他做，可一年到头就六只羊打发了人家，公平吗？”永青扎布不服气，嘴一噘。

仁秦道尔吉愣住了，在他的眼里不管儿子长得高了、结实了，总归还是不懂事的孩子。这孩子怎么说话和他上次去努图克参加牧民大会听来的一个腔调。什么对牧主不分不斗、不划阶级，实行牧工牧主两利。第一步就是让富人提高雇工工钱。他算富人吗，可家里的哪一个不是辛辛苦苦干出来的！他正为这个事情发愁。

“你听谁在那儿胡说八道！”仁秦道尔吉生气，端起茶喝一口，差点儿呛着了。出这个头，还不让远近大户戳脊梁骨。

“阿爸，您就当落后分子吧。人家救了我们，救出了咱们的马。人家说了，这世道不是王公贵族的，人人自由平等，以后还要牧场公有、放牧自由哪！”永青扎布说着说着，和“人家”共产党文艺宣传队比，他快要声讨他的阶级（他家有一群羊，十多匹马）的可恨来。

仁秦道尔吉狠狠挖了一眼，嘭地撂下碗。推开包门，只听马的一声嘶鸣，他只想快些出牧，到野外躲避一下无处安放的烦闷。难道，这个变化这么快就要来了吗？半个月前的一天晚上，有人轻轻敲门，进来的是王爷。他惊骇，碰了一下木在那儿的女人，一同跪了下去，灰短的辫子也顺着垂了下来。膘肥体壮的王爷挥了挥手，气喘吁吁。

“工作队一来，看你儿子跳的。”

“不敢啊，他那是不懂事。工作队跟咱一不沾亲，二不带故。”

“算你说了一句良心话，工作队是待不长的。”

“您，王爷，尽管吩咐。”

“投豆子。”没等跪着的人反应过来，毡门吱一声，桑王转身走了。

马背上，闲散台吉玄孙第一次感到心头的秤砣，沉重生疼。他猛地抽了一下马。那红马一惊，主人这是怎么了，无缘无故的，于是大眼睛一转，噗地飞奔，差点把仁秦道尔吉摔下来。要不是他两腿一夹收紧，老骑手早被弄下了马。

太阳还没有落山，仁秦道尔吉吆喝着早早收了牧，对他来说几十年来就出现了两次。上一次是去开会，也就是早先的议事。谁不知道王爷历来都是世袭，紫禁城里的皇帝大总统直接任命。这回，选举旗长。主持会议的人说了，投豆子主要是照顾不识字的贫牧，识字的除了王府当差的，商铺作坊烧锅的掌柜们，还真没有两个人。仁秦道尔吉虽然识些字，可也马马虎虎。会场上背对选民坐着两个人，最显赫的当然是让牧民们胆战心惊的王爷——他们头顶不怒自威的土皇上。

两个人背后放着喇嘛放经的小桌子，上面是碗。谁碗里的黄豆多，谁就当选。这是规则。

阿贵庙大殿如此的热，仁秦道尔吉捏着一颗豆子，出了一身大汗。他的远房堂兄、桑杰王爷头上更是开了锅，拿起袖子不停地擦。坐在旁边英武干练的是儿子时常提及的自治运动联合会工作队的阿勇嘎。按道理黄豆投给他，明摆着阿尔善草原的天已经是穷人的，共产党是穷人的主心骨。投给王爷吧，那是阿尔善河倒流，可是他又于心不忍。放下身段到家门求助，说远不远、说近不近血亲的力量，还有一丝无名的惧怕，催促着他把捏出了汗的那颗黄豆，艰难地投到大屁股肥猪后面……

桑杰一改往日王者做派，破天荒穿了一身粗布长袍马褂，背对满屋子下人，这于他是莫大的羞辱。可他只能忍，一忍再忍，不动声色，心里面早已升腾出了万道杀机。世道要变，穷人要翻天，秋后算账是有名单的。还有远远地坐在角落的那个处处向着贫牧的远房堂弟，他偷偷瞟了一眼。临出门，他在西配房梅雨斋磕头作揖点了香，祈求逢凶化吉，穷鬼们都投他的豆子，当民主政府的旗长，富贵常在。

以往到王府，堂兄归堂兄，规矩就是规矩，跪拜是少不得的。仁秦道尔吉懂。王爷走到哪儿前呼后拥，行人和路旁的人都得当街跪下，轿车过去了才敢悄悄抬头站起来。谁要从王府门前经过，骑马的要下马，牵马通过。就是醉汉，也得规规矩矩。王爷就是阿尔善的天。那是一个平平常常的日子，宝力满头大汗跑在草场上找到他——到庙里开会，红兵有请……

于是，仁秦道尔吉知道外面要变天了。其实他早有过预感，去年冬天的一个晚上，王爷不见了，兴许就是出去躲起来了。如今怎么屈尊，看他也在所不惜了。

永青扎布骑着黑旋风心情大好，鞍前抱着一只羊，下了马，双手把羊丢进枯木垒的羊圈，给马下了绊子，朝着前方破黑的蒙古包走去。

听到远处熟悉的马蹄声，金香跑了出来，早上的太阳打在她的身上一起一伏，像一只跳跃的小兔，她也长大了不少，快成俊俏的大姑娘了。永青扎布瘦瘦高高的，一副傻傻的样子。每次他来，在他不注意时，总是悄悄看一眼，看不够。永青扎布是不是也在偷看？要不，两个人的目光怎么总是缠到一起，让人心慌。要说美，还是金香的大眼睛最美，长长的睫毛下，投向那个人的目光是那么的纯真明亮。

“阿巴格不在吗？”

金香假装恼火，这人简直是没脑子，于是话里有话，气呼呼地说：“我阿爸是你们家的宝——勒，大白天不干活儿，怎么会在家？”她把“力”故意说成“勒”，把“牧工”的读音拖得好长。说罢辫子一甩，扭过头作了个鬼脸。

永青扎布本来没话找话，想着巴结一下。白天大人一堆忙不完的活儿。他走到金香跟前，希望女神永远快快乐乐。

“我这不是忘记了吗，好了，我带过来一只羊，扔到圈里了。”

“阿哈，这是怎么回事，别不是你偷了谁家的，这要是让老爹知道了，不把我阿爸抽死？”金香急了。

永青扎布挠挠头，看样子真把金香吓着了，她的脸色白里透红，做了多少粗活儿还是那么白净细腻。便说：“你把我看成啥人了，昨天我跟阿爸说了，阿勇嘎哥哥告诉过我，人人生来自由平等，咱们以后还要牧场公有、放牧自由哪，提高牧工工钱是努图克早就说了的，阿爸就是不敢。我好说歹说把你们家一年六只羊增加到八只，把我家老抠气的，喝茶烫了嘴，最后答应了。不过上次阿爸一高兴给的那只顶了数，这只我先送过来了。”

金香听到老爹喝茶烫了嘴，笑得合不拢嘴，上气不接下气。

永青扎布故意放低声音：“我再悄悄告诉你，这只——有了。”

“什么，有了？”等到回过了神，金香脸一红，“讨厌。”

进了包，永青扎布盘腿坐下，金香倒了一碗茶，双手递给心爱的人。永青扎布接过来吸溜喝了一口，放在黑亮的硬木小桌上。普通的粗茶像是南面运过来的蜂蜜，又黏又甜，诱惑着他的舌头。地上一堆花花草草，就知道金香又在制作她的秘密，也就不再问。

有那么一次，永青扎布在包外咳嗽了一声，推门进来。金香一时没有听到外面的动静，吓得一哆嗦，铁杵重重地砸在手上，惊叫一声，脸也白了。永青扎布蹲下来赶紧抓起她的手，看有没有受伤。她又羞又急，说了声“阿哈”，两个人离得这么近，慌得眼睛都没有地方安放了。铁臼旁摊着一本很旧的簿书，封皮下方盖着一个黑色的“ᠪ”字方印。簿书上那首写得歪歪斜斜的诗，她看得出神，半懂不懂的。阿爸说过，那是诗人阿哈写给弟弟——她的四世高祖的。她红了脸，慌张抽回手，合上簿书藏到毡子下面，圆圆的屁股一挪，坐在了上面。

“金香，你这是？”

“阿哈，什么呀，你别问了。”

因为有妹妹一样亲近的金香。时间一长，永青扎布快要忘了妹妹，也并不那么难过了。金香看永青扎布抿着嘴不痛快，心一软，说声：“阿哈，以后你就知道了。”脸一红，扭过了头。

那是他们八九岁的时候，以残忍暴虐著称的王爷，早年娶回来的大福晋金夫人倒是开明，京城新派学生出身，小王子六岁了，福晋和王爷说理，从欧洲列强讲起，又说到日俄战争、南满铁路，从日本明治维新，说到开办学堂的诸多好处。说动王爷，腾出王府一间厢房，叫木工打了长桌长椅，制作了写字用的沙盘，张罗开办学堂。王府贴出告示招募学龄儿童，人们吓破了胆，听信幼稚好笑的谣传。王爷借用日本人债款无法偿还，要送童男童女去日本还债，去则挖目剖心，于是乡人纷纷变卖牲畜出走。王爷差人开导并禁止他们走出旗境。他就不信分文不取，居然没有响应。于是哀叹旗民愚不可及。

旗民懵懂，不知送孩子上学有什么用处。新式学堂办得颇费周折。为了发动学童入学，王府内的侍女、官员的儿女都被招收入学，以示垂范。后来总算凑齐了十六个学童，外面的学童不用交钱，自带干粮就行。金夫人亲自教算术、美术、音乐，笔帖式教授蒙古文，从外地请来一位师爷教三字经。宝力是王府的制香师，金香额吉是小王子的奶妈，后来专事照料小王子起居。学童你来我往，这边流失，那边又有新进的，退学的是因为不懂，新来的还是由于不懂。所以差不多阿尔善有钱没钱的蒙古包都有金夫人的学生。

金香也不懂，可她一脸神气，王府里弥漫的香味，哪一个不是她阿爸制作，藏香，草香，花香，反正每一股香气都让人说不出来的喜欢。在王府学堂读书识字是她度过的最快乐的两年，仿佛吉祥神鸟降临。金夫人走后，王府学堂的学生作鸟兽散。永青扎布、金香再没有机会玩耍，离开学堂，再没有上学。多少年下来，那一茬学生没有不念金夫人好的。

王府和阿贵庙是阿尔善草原的中心，弥漫着王权神权交加的威严。王府时不时贴出布告，庙里举办法事，周边成为僧俗们聚集、采买生活用品的场所，簇拥在一起又成了定居点。王府学堂一时更是声名鹊起，成了治理边疆的典范。北平城的蒙古王公大会在即，一道日本人电台传过来的指令，要旗府组织人才到京城做一番模范演示。日本人的飞机飞过来接人，此行有大福晋金夫人、小王子，专门照料小王子的金香额吉，还有仁秦道尔吉的女儿艾义思，她唱的长调最动听。笔帖式负责方方面面的联络。

多年后听闻，在京的蒙古王公大会上，他们精彩地展示了贝勒旗的风采，后被接到新京。王爷不想得罪重庆国民政府，可是这个政府离他们实在山高水远，大员和军队丢下王公百姓，全部撤走了。来了两句没用的电文，便再没了音讯。王爷对新京的态度有些复杂。驻在阿贵庙的日本地质调查队有什么指令，他小心照办。

后来就没有了后来，好不容易逃出沦陷区，贝勒旗展示模范的贵妇平民如同人间蒸发，不知所终。王爷多方打听，苦无音讯，经此巨大变故，他性情大变，脾气坏了，常常摔碗、骂人、打人，以对下人残忍暴虐取乐，就是他最喜爱的三福晋，也常挨他的骂。王府大小丫鬟除了个别死硬脾气的，差不多被他祸害了个遍。还时不时骑马奔向山包远眺，好像要把他唯一的骨肉看回来。

其他人嘛，还有大福晋金夫人，他倒是并不在意。

五

那一年冬天的一个深夜，王府火光四射，诡异瘆人，噼里啪啦的声音响彻草原。前来送香的宝力和下人们一起打火。暗影彤彤，他挑着木桶来回担水。猛然间，迎面重重地撞上一道人影，借着火光抬头一看，就是那个什么保安团团长。

岗呼也愣了，抓起他的耳朵厉声呵斥。

“不要说话，否则要你的命，我是过来接王爷的！”

“您要接王爷去哪里？”宝力连遭劫都摊上了，还怕什么，仗着之前的两次遇见，他壮着胆子问。

“蒙古八路要来了，我奉上峰命令过来接王爷，大福晋在海边等着他。”

宝力的两眼放射出一丝无名的渴望，不管不顾地抓住他的手：“告诉我，我那低贱的女人在哪里，还有王爷的远房侄女艾义思？”

“什么乱七八糟的，我怎么知道，兵荒马乱的兴许死了吧。他妈的，误了老子大事，砍死你！”岗呼厌恶地瞪了一眼，狠狠地甩开他的手，转身不见了。

宝力呆立在那儿，一步步走向火光汹涌的议事堂。他这不是去救火，而是扑火。忙乱中被人一把揪回来扔到一边，得以幸免于难。第二天在王府钉有纵横各七计四十九颗铁制门钉的两扇紫红色大门外，人们发现了石狮下面血肉模糊的宝力，他的右手四指齐刷刷不见了。

以后的岁月，宝力始终想不起来自己的手指，怎么就突然砍掉了一样不见了。他过去送香，还是送手指，土匪头子干的，还是他自己？

无休无止地制香，只因为做砸了一次，他被王爷赶了出来。女人走的那一天，他应该早些过去下跪乞求。只要不叫他的女人去什么北平新京，一辈子当牛做马也心甘情愿。至于宝力和他的香，在那一天作了彻底的交割。

文艺队阿勇嘎如今是贝勒旗人民政府副旗长，正在抓畜牧业社会主义改造。至于改造，永青扎布可没少干，多年前就是他，硬是拧着阿爸，给未来的老丈人提高了两只羊的工钱。当然他是出于一颗公道心，觉得阿勇嘎告诉他的是对的，惹着阿爸在所不惜。永青扎布是互助组积极肯干的青年，每个人看在眼里。

“增加两只羊怎么够。”

永青扎布心里犯嘀咕，他不想成为和别人不一样的人。他家有不少牛羊，都是阿爸舍不得吃，舍不得卖，辛辛苦苦攒起来的。付出了多少辛苦，他最清楚。他和金香是海子里一对头缠绕着头的天鹅情侣，心心相印，盼着早日走到一起。他俩自小就知道，长大了他们就是一家人。可他心里隐隐作痛，毕竟她要从贫寒人家嫁到他们殷实大户，这是改变不了的事实。他不想金香在心里有那么一丝放不下的东西在里面，虽然她从来没有提及。

“你要为革命出力！”阿勇嘎跟他说过的。可是如今解放了，什么还是革命啊？永青扎布皱着眉头苦巴巴想。

眼下，阿尔善互助组最热心的非革瓦莫属了。

想当年，这位阿贵庙的小沙弥，念经都是跟着别人瞎哼哼，虽然只是个干粗活儿的下层喇嘛，因是师傅自小领过来带大，颇得赏识。为了让他见些世面，还送到王府当杂役。自从还俗，接羔保育一直不是他的强项，二十大几了还笨手笨脚，时不时弄出笑话，家里从来缺吃少用。如今他是喇嘛还俗，封建压迫的象征，加之表现积极，成了互助组组长的不二人选。

群众大会一结束，革瓦带头赶着九只吉祥数字的羊交到了集体。家里留下五只，至于够不够女儿放，以后的事情以后再说。媳妇斯琴花日一动不动早不用指望了，接连夭折了四个孩子，怀怕了，第五个孩子命大，生下来有一丝气息，请喇嘛念经总算保住了。于是这个女儿从小也就任由天性，自由生长。

穷人家的孩子早当家。娇小面好的南斯日玛从小学会了做饭、放羊、捡牛粪。长大了风风火火，张口就哼一段《罕乌拉》，那是她家搬过来后，前面蒙古包的永青扎布教的。

罕乌拉山到阿尔善河之间方圆十多里的河谷草原，闲散台吉败家抵了债，玄孙仁秦道尔吉费尽周折，花费所有积蓄从庙仓赎了回来，如今牧鞭交给了儿子。哪一块背风向阳草高留着冬季雪大时用，哪一块夏季走场，哪一块秋天打草，永青扎布计划得十分周详。此刻，他在河湾处扎了一顶蒙古包，夏天走场放牧。阿尔善河在草原上冲刷出一个巨大的蒙古文“ᠣ”字形状，羊群在弯弯曲曲的河畔自由自在地游动。

永青扎布每隔两天到青石井台拉水，时常遇到也来提水的南斯日玛。永青扎布来了，喊一声：“南斯日玛，歇一歇，我来。”招呼她歇一歇喘口气，接过井绳，拉开架式，三两下打出一斗水，斗斗水满，干净利落。小妹妹看傻了眼，她何来这般功夫。他看南斯日玛蹦蹦跳跳开心的样子，放下帆布水斗子，偶尔和她开个玩笑。那个时候南斯日玛也该十五六了吧。

每一次都是偶遇。永青扎布觉得自然而然，其实大多是南斯日玛掰着指头算出来的。每次依着井台边的大青石傻傻地等待。这个粗实的大青石是永青扎布领着几名青壮年从罕乌拉山下滚过来立到井台下方的，石头上可以拴马拴牛，石头上方凹陷处放水斗子，牲畜够不上。从蒙古包里出来一眼望去就是弯弯曲曲的阿尔善河，中间是那顶扎起来有些时日的蒙古包，进进出出的那个人，紧紧吸引了她。也许更早的时候开始的吧！

革瓦装好半车羊毛，赶着牛车出发了。又是一年去买卖沁李掌柜那儿送羊毛。漠北局势动荡，掐断了大库伦的驼道，旅蒙商攀附王公贵族，专跑口内，到南方驮运茶砖。日本侵略军一来，将几十种商品列为统治商品，如粮食、皮毛等，只能由伪政府买卖。归绥的商号被排挤倒闭，山西人会做生意，李掌柜舍不得这些年打下的天地，咬咬牙盘下杂货铺，惨淡经营。那一天，革瓦带上病病恹恹的南斯日玛，送了羊毛，到庙里抓了一点药，吃了斋饭，就迎着呼啸的北风赶路了。一路受冻挨饿，天擦了黑，留宿在沿途人家。

牛车停在蒙古包前面，永青扎布骑上马正要回家。

南斯日玛下车一瞥，看到了那个人向她投过来的一道闪电，她的脸红了，这是怎么了，难道那是刮骨的小刀？心跳心慌，她猛地低头躲闪。一位姑娘正在门口痴痴张望，没有注意停在一侧的牛车。宝力认出了钉满铆钉的牛车，拍了拍，直夸革瓦命好，分到了王府最好的牛车。牛车这边，乖张女孩一瞥，那位姑娘亮晶晶的目光，好像带着吸力，要把马上的青年唤回。南斯日玛顿时生出一丝无名的嫉妒，头一扭跟着大人进了蒙古包。

包里包外两重天。

一股馨香飘散，一个条框，正中是佛龛，毛毡打着补丁却也干净，这是一户过日子的勤快人家。金香已经从冲昏了头脑的爱意中醒了，她不知道小姑娘那么仔细地打量，进入到她的内心。递茶，端过去可怜的一些奶食放在客人面前。革瓦向主人表示着在包里歇息过夜的感谢。不能怠慢过往路人，这在牧民的生计中极其平常。纠结的还是对食物的不安，毕竟家家都过得太难了。好在除了主人招待不周的不安和歉意，大家说过了也就不去想这些。

革瓦刚刚从消息灵通的旗府回来，三言两语问候之后，高兴地把看到的听到的道给宝力。宝力无意也有心，毕竟上面说的什么“三不两利”有几年了，太阳升起又落下，阿尔善草原上发生着缓慢的变化。他给东家放牧的工钱又多出了三只羊，怎么说也让人高兴。革瓦说有个畜牧业社会主义改造要来了。他不懂。

“这个人怎么这么一个名号……”

“我的哥哥，不是人，是人过来运动。”

“那还不是人？”

“跟你说不清。反正，咱们日子不会再这样了。上面说了牧工也要有牲畜。”

“那基础母畜从哪儿来？”

“成立互助组，牧主富户交呗，咱们穷人有什么！”

牤牛一样壮实的革瓦笑了笑，好意地瞪了一下宝力。宝力眯着凹陷眼睛没有应声，他放着仁秦道尔吉的马，可人家把他当弟弟，没有当外人下人看，收留他和孩子，就这恩情怎么报答也不为过。永青扎布，他看着长大，两个孩子好，互相爱护着，都是懂事的好孩子，真能走到一起，他烧高香。让他分东家的牛羊，无论如何是做不出来的。

两个姑娘也不闲着，一大一小的世界简单而美好。金香看南斯日玛风吹零乱的辫子，拿过梳子给她梳头，递给她一面小圆镜打量。镜子后面是穿着旗袍手拿扇子的美人，鞋跟还高出了一大块。南斯日玛从怀里也掏出一面，悄悄说：“姐，我有，在杂货铺买的，阿爸不高兴，差不多一袋子羊毛换的，家里少买了不少吃的用的！”

金香不知道小镜子还这么金贵，是永青扎布到努图克参加畜牧知识学习班时在供销社买的。说是平价买的，不像买卖沁云里雾里盘剥你没商量。阿尔善草原二百来年还不是这样过来的。听他那口气，像是长了不少见识。老早以前，她在水井里看到过自己的模样，水斗子晃悠悠掉下去，就把自己打碎了。那一天，她第一次在镜子里贴近了看自己，摇摇头，镜子里的人也跟着摇头，难道那个红扑扑的美人就是她吗？永青扎布就是这样看着她的，心里顿时美美的。

从前，阿爸领着她在阿贵庙沿街杂货铺，置办家用。他家只有十来只羊，没有多少皮毛可卖。杂货铺可以以货易货，一双马靴换一头牛，一斤白酒、一块砖茶换两张羊皮、一只羊，一个鼻烟壶换一匹马。阿爸换了一块茶和一些炒米、大青盐。大青盐说来就在贝勒旗的额吉湖出产，一直由王府派人捞盐，控制生产经营，后来由国民政府的人拿着关卡凭证。牧民守着盐湖吃不上盐。金香看到喜欢的小物件，眼睛挪不开，阿爸黑着脸就走。看阿爸唯一的破皮袍，她如何忍心！

蒙古袍日可为衣，夜可当被。革瓦、宝力睡在上手位置，二人如出一辙，脱下蒙古袍一半铺在身下，一半盖在了身上。不一会儿鼾声赛马，一个冲上去了，另一个又越过，夜色是男人放马狂奔的另一片宽广草原。

家里唯一的被褥给了最小的南斯日玛。金香看她瘦弱无力的样子，就和她睡在了一个被窝，把自己的皮衣铺在身下，这样身下就暖和了，再把南斯日玛破旧的皮衣盖在两个人身上的薄被上。她把南斯日玛放到怀里，只一件夏天的汗衫包裹的饱满身体，顿时结结实实地把南斯日玛盖住了。

一丝月色从门缝透露过来，蒙古包里影影绰绰。南斯日玛惊呆了，她也是姑娘，可她不知道一个姑娘的身体还这么鼓，这么柔软，这么暖和，这么香。不经意间，南斯日玛嗯了一声，双手按压着搂紧过去，把头埋在金香大而挺拔的乳房里。顿时，她的身子麻嗖嗖生疼，好像草木拔节，这是从来没有过的。不知为什么，她无声地哭了。姐姐的身子好香好软，就像夏天厚厚的青草地，梦里影影绰绰的额吉。这一觉，让她无比安心。

南斯日玛并不知道，那个骑上马投过来无比深情的青年，不知多少年了，其实也喜欢她抱着的这个人。

六

永青扎布从努图克回来的路上，正和天上一排嘎嘎鸣叫的天鹅愉快地打了个照面，南飞的天鹅和他共同望过去的罕乌拉山顶，已经盖上了白茫茫的积雪。

说是过去学畜牧知识，其实还不准确，旗里要求各地积极推进互助合作。永青扎布一路琢磨。他在王府学堂听过几天《蒙古秘史》，古代的古列延围院战法，在放牧方式上还在沿用，看起来几千头只很是壮观，保有了畜群的超大规模。遇到天灾，却毫无灵活应对之法，眼睁睁看着大批牲畜倒毙。可是以户或以相邻牧户为单位形成合作，在很短的时间内集结起来统一行动，遇到灾害，每家可以迅速得到亲属和乡亲们的救济帮助。灯不拨不亮，永青扎布清楚，干旱和风雪是畜牧业离也离不开的两大天敌，往往会给游牧经济带来毁灭性打击，牧民生产资料极度匮乏，需要大力推行社会主义互助合作。

就在这深秋的草原上，坐着一位身穿藏青色棉袍的老人，他一边放牧，一边注视路人，掏出九枚锃亮的铜钱不停摩挲。眼里有活儿，脑子里有事，既然儿子当家了，就由他去。这孩子有一番做事的韧性和为人的仁义，以后的时日不管发生什么，有了这些已经够了。仁秦道尔吉悠闲地盯着羊群，心里很是欣慰。几年前，儿子怀揣回来的红旗一度让他惊惶失措，悄悄藏到了佛龛后面。回想起来，难道这是天意？

半路上，永青扎布碰到正在寒风中放牧的阿爸，他心疼。男人的情感是不动声色的，简单说了几句，一同赶着羊群往回走。阿爸说过，他们祖上是台吉，小时候家里有过一把镶银把手的小刀，祖传之物，稀罕的很。阿爸饱经风霜，受尽磨难，心里面的疙瘩，不是一时能抚平的。步子不能大了，家底总归都是阿爸精打细算攒下的，没有什么是强夺别人的。说什么剥削，他第一个接受不了。

“母畜入社，按劳畜比例，分当年成活仔畜和畜产品。”

阿勇嘎一字一顿，口气认真。永青扎布到了努图克大院，大门处只有门墩没有门扇，门口立着两个拴马的石桩，拴了马，进了黄泥小屋，阿勇嘎招呼他坐下来，递过来搪瓷缸让他先喝口水，最近一直想着找永青扎布好好谈一谈。

自治政府实行民主改革，根据广大牧区牧主、富牧经营的牲畜，同地主经营的土地不完全相同，于是针对牧区实际和畜牧业生产力的低水平和脆弱性制订了“三不两利”政策，即“不分、不斗、不划阶级”与“牧工、牧主两利”。为劳苦人众着想的特殊政策却让富人和牧工心怀恐惧，贝勒旗推行缓慢。他希望小伙子带个好头。

“牧工承包牧主畜群，一个牧工放一千五百只羊，每月可得报酬四只中等母羊。过去牧工给牧主放羊，从早忙到晚，干杂活儿，一年下来只有六只羊。如今牧主看上去多支了羊，可他家的畜群一年里比往年多发展了一百来只。新苏鲁克畜群制，证明是牧工、牧主两利。”阿勇嘎接着说。

永青扎布望着副旗长哥哥，说了自己还不算成熟的想法。阿勇嘎听了，正是他这几天一直没有想透的问题所在。他掰下一块永青扎布带给他的奶豆腐，扔进嘴里吃，抢过来搪瓷缸又喝了一口水。急躁冒进要不得，就像草原上的醉马草，到处疯长，让他举步维艰。人总是吃一堑长一智，若没有犯过错，他是不会这么积极的推进“三不两利”政策的。

早先，自治运动联合会一行十三个人过来开辟巴彦图嘎盟工作，到贝勒旗的正是文艺宣传队的阿勇嘎。他们住在阿贵庙的一间厢房，没有火炉，牛粪更是一块都没有，有人想把他和三名战友冻死冻跑。他们在冰冷的屋里背靠背依偎取暖。大雪覆盖，马没有草料，瘦得爬不上沙坨，翻不了坡，一匹马生生饿死了。

阿勇嘎深深懂得，在阿尔善草原建立人民政权，第一步必须取得牧民群众的支持和信任，这是能否站稳脚跟的关键所在。越是困难，越要执行党的民族政策和人民军队的纪律。

阿勇嘎先到王府拜见了桑杰王爷，送达了自治运动联合会任命他为副盟长、贝勒旗旗长的任命书。桑杰显出特别高兴的样子，双手接过任命书，汉文蒙古文横过来竖过去看了又看。这说明投豆子还真起了作用。共产党对他是信任的，抱有很大的希望。

“你们先遣队到了，大部队几时到达呀？”

“暂时就我们几个人。至于部队来不来，我们准备和桑杰先生商量后再定。如果暂时不需要部队进驻暂时就可以不来，因为给养和草料运输都是问题。再说，我们来这里工作，靠的是党的政策，靠的是大家，当然也要靠你们。”阿勇嘎笑了笑，看样子桑王还有不小的疑虑。

桑王听了阿勇嘎的话，眉开眼笑地说：“请你们放心，贝勒旗不会出问题。你们考虑得很周到，部队进来后，粮草供应和运输确实有很多困难。社会治安，包括你们的安全，都由我们负责，请你们尽管放心。”

“现在，日本投降了，傀儡政权垮了，我们蒙古族得到了解放，但是邻近地区走投无路的国民党特务非常顽固，有可能来，土匪还很猖獗，我们应当共同反对它。”

阿勇嘎以具体事例向他说明，只有跟着共产党，我们蒙古族才有出路。桑王连连点头。接下来和桑王商讨了召开贝勒旗政府会议，成立自治运动联合会分会的事项，讨论了旗政府成立后的财政收入问题，以解决政府和部队的费用。

说到钱粮，桑杰轻轻咳嗽了一下，不再吭声。如今的贝勒旗，处在非常紧张、混乱和动荡的状态，谣言四起。私底下他时不时招来岗呼商量对策。

“旗务百般凋敝，你们也看到了，给新政府的支持实在有限。”

“有桑杰先生这句话就行，现在最主要的是发动群众。”

“哦，那就按着你们的方式做吧。本王的旗民还算温顺可嘉。”

“牧民的日子太苦了。”

“有什么办法，都是命。”

桑王打心眼里看不起眼前不知天高地厚的年轻人，可当前的形势如此，只好周旋一下，谈起外面的战事，他的话锋一转：“打内战是他们的事，我们不应参加任何一方。”

前门迎客，后门送客，阿勇嘎在桑王身上真切地领受了封建上层的那一套。动摇于敌我之间，他们更要做好教育、争取、团结的工作。他一五一十讲国内战争和民族问题的本质，讲自治运动联合会在共产党领导下为民族解放和全中国的解放所取得的显著战果。桑王一时思想转不过弯，不怕，还有下次。这是阿勇嘎在自治学院学到的革命理论。

内蒙古自治学院是由内蒙古自治运动联合会和中共冀热辽分局商定，由热河省政府在解放区主办的专门培训蒙古族党政军干部的学校。据后来的统计，学院在其存在的三年半时间先后培养了一千多名蒙古族干部，他们分配到各地，为宣传群众、组织群众、建立人民政权、充实人民军队、支援全国解放战争发挥了重要作用。阿勇嘎待过一段时间的自治学院文艺宣传队，就是为了进行生动活泼的思想政治工作成立的一支独特的队伍。

阿勇嘎和战友们的身份保密，实业公司商业贸易却大张旗鼓地开张了。投入民族解放洪流的革命者此行有备而来。贝勒旗牧民过着极其贫困的生活，尤其是生活资料非常匮乏，有限的牲畜，无人购买，即使卖出去了，随即要买必不可少的茶、米、面、盐……除了靠胡度拉奇，什么货也买不到。这个问题解决不了，其他无从谈起。第一件事情就是敲打李掌柜。清朝时期，以诚信名闻的旅蒙商，日久天长也坏了心肠，底层牧民慢慢识破了他们的底细，称他们是“胡度拉奇”，意思是不诚实的欺诈者。胡度拉奇，以至于成了专有名词，可见影响时间之漫长。通过活生生的事例，阿勇嘎对曾经难啃的马克思主义政治经济学，有了全新的认识。

实业公司从敌占区购入牧民急需的生活日用品，在巴林旗建立了后方基地，设小型皮毛加工厂、铁匠铺，种了蔬菜，担负起了贝勒旗的商品流通任务。马鞍具、毡靴、锅碗、刀斧、铲子、勒勒车、砖茶、火柴、布匹、粮食，牧民群众需要什么，应有尽有。同时收购牧民急于出卖的牲畜、皮毛及药材，实行公平交易、自由买卖。皮毛一动百业兴，牲畜交易、杂货业眼看着一天天火了起来。李掌柜以往贱买贵卖，扩大门面，如今再不敢坑害牧民。阿贵庙还给工作队腾出又一间厢房，改造成医院，大喇嘛派来了满巴殿学徒小喇嘛，跑前跑后，方便了群众求医问药。剿匪反霸、民主建政、民族贸易、发动群众宣传党的政策和主张。俗话说得好，有理无理，全在众人心里。

在一个普普通通的夜晚，自治运动联合会贝勒旗分会在阿贵庙西厢房一间狭窄的居所秘密召开会议，宣布成立中共贝勒旗支部，阿勇嘎为书记。阿勇嘎恨不得一天当成两天用。连日来，他在外面跑，斗争成了半拉子，"三不两利"雨过地皮湿，王府还是那个王府，阿贵庙的香火也没有减少几分。老牛拉车慢吞吞，这就是当前的工作效率。隔壁屋里传来阵阵歌声，这是队员们新近从贫苦牧民那里学来的。

阿勇嘎坐在那儿心情烦闷，不想唱，也没有闲心过去唠嗑儿。他想起党中央的《五四指示》，想起了自治运动联合会的传达报告。他也想起了队员们的争论，他完全同意昨晚永青扎布悄悄过来对他的提醒，牧民们还在观望，也就是说群众还没有真正发动起来。

阿勇嘎一边想着事情，一边在油灯下翻看自治报，不漏一期，不落一篇文章。看看吧，外面的景象那是多么的兴旺。《依靠贫雇平分土地》，没收封建剥削阶级的土地，实行了耕者有其田。《人人分得可心地》，西科中旗和西科后旗掀起土地改革运动热潮。《东北我军大捷　攻克战略中心四平》《各努群众不分男女老幼普遍投入打草运动》，一件件……无不发生着巨大的变化。

"在牧业区也要消灭封建压迫和剥削"，读着读着，阿勇嘎突然被社论中的这一句话吸引，好像困扰他的所有难题有了现成的答案。真要感谢邮递员骑马辛辛苦苦送来的这一摞报纸。

结果是一长串的。阿勇嘎组织牧民群众斗争了牧主，分了牲畜，划分了阶级，开了诉苦大会，组建了除奸小组和贫雇牧民会，实行牧者有畜。早就听说庙仓的牛羊可以装满罕乌拉山山谷，一直由王府代管，牧工负责放养，牛马屁股上的吉祥海云烙印，清晰可辨。没收日伪财产，他带人果断没收了桑王和大喇嘛的几千头只牲畜。当年苏联红军途经于此前往攻打日本关东军，轰掉阿贵庙大殿是有原因的。一切为了前线，没什么说的。

一位身穿蒙古袍的“商人”来到实业公司。

具有重大历史意义的内蒙古自治政府在王爷庙成立了，自治运动联合会分会乌书记代表巴彦图嘎盟光荣地参加了代表大会，并在自治政府民政部工作了一年多时间。这次他打扮成旅蒙商，武器不外露，藏在袍子里面，途经贝勒旗。他温和而又严正和阿勇嘎谈了两次，针对机械套用农区土地改革政策，专门作出指示。

“你们提出有仇报仇、有冤报冤，过于急了。大喇嘛虽然反动，可他的牲畜在王府名下喂养，桑王是我们的副盟长和旗长，是我们的统战对象。我们对王公和民族宗教上层人士，不是打倒而是团结改造，只要他们愿意放弃封建特权，赞成民族平等、民主自治，我们就团结他们。你们这样做，实际上影响了和桑王的关系，不利于团结。”

“没收他的牲畜错了，是不是要还回去？”阿勇嘎现在连见到一个牧民都比较困难，思想疙瘩解开了，对急躁冒进有了切身体会。

“虽然没收是不妥的，可还回去，以后的工作更不好开展了。干工作要学会调查研究，一定要注意态度和言辞，考虑效果。”

桑王跑到京城躲了起来，如今又回到旗里观望。听闻白天来了七八个骑快马的商人，后面还跟着一辆胶轮马车。商人们径直去了实业公司小院。就知道有大人物来了。桑王果然过来告了一状。首长到底是首长，对自己的身份并不保密，他现在是中共巴彦图嘎盟工作委员会书记，准备以更加努力的工作迎接即将到来的全国解放。桑王的举止，乌书记看在眼里。

“你是副盟长，还是旗长，他是你的部下，你应该多指导他，帮助他嘛！”

“这个嘛……我怎么……”

“至于没收的牲畜，你可不可以写个说明，证明大喇嘛没有问题，如果那样，没收的牲畜，一只还他两只。”

桑杰听了一愣，不再吱声，他非等闲之人。经过了清朝、民国、日本人的伪政权统治，什么情况没有遇到。蜡黄的脸上看不出高兴还是犯愁，张了张嘴，什么也没说。从桑王的表现，可以看出他对革命的软弱性。

阿勇嘎暗地里查找桑王勾结国民党匪徒岗呼的线索，一个蒙古包接着一个蒙古包动员，发动牧民群众把蒙古包搬到王府四周，围住王府造成了较大的声势，准备发动群众进行斗争。在庙前组织了批斗大会，牧民中的积极分子革瓦历数了桑王的罪行，强烈要求惩处桑王的亲信梅林。工作队在他家的地下刨出了电台。

桑王到底有多少财产谁也不知道。有人告发，桑王将家财托付给了阿贵庙一位老喇嘛。他们连夜找到老喇嘛，在一处沙窝子里挖出了两大缸元宝首饰现大洋。因没有经验，工作队只牵去一峰骆驼，将所有物品装进大麻袋，把麻袋抬到驼峰，骆驼一起身，麻袋太重撑破了，金银财宝撒满一地。派人赶来一辆勒勒车，才将东西全部运回去。整整折腾了一夜，动静挺大。这辆勒勒车，前几天桑王安排拉着满车财物悄悄出了一趟远门……

就在那一夜，桑王跑了。

轰轰烈烈斗了王爷、活佛，没收了他们的财宝，牧民反倒恐慌。

加之当年冬天大雪灾，牧民所分的牲畜绝大部分因灾死亡、跑散或丢失。有的抓紧送到李掌柜那儿卖掉换些米面茶糖，个别宰杀吃掉。牧民几乎没有得到什么实惠。

宝力在东家吃到的那一顿手扒肉，同理。

当年送马时的一别，阿勇嘎和永青扎布结下了深厚的情谊，阿勇嘎讲过的革命道理感染了小小年纪的永青扎布。如果不是永青扎布妹妹少小离家不知死活，阿勇嘎早就想把他拉到队伍。自治学院就是为党培养民族干部的一所学校，还可以让他当文艺宣传队的歌手。可是到了队伍，脑袋别在裤腰带上，三长两短都是说不准的事情。他不能这么做。

阿勇嘎时时关注着永青扎布，偶尔捋一捋他的思想，小伙子满怀着牧人的纯朴、年轻人的一团火热，尤其说到要把家里的母畜交到集体，这样可以平等地和自己心爱的姑娘相处了，真觉得有一股朴素的道理。虽然他的出发点小了那么一点，可设身处地想到了他人的感受，这是难能可贵的。打下江山，实行民族区域自治，不就是为了改变各民族悲惨命运的吗?

几十年以后的一个晴朗午后，几乎和永青扎布在罕乌拉山脚下的泉水边浮想联翩的同一时段，距离蒙古高原很远很远的东南亚某国。一个叫班的年轻人照例来到海滩跑步。

突然，脚丫子被什么东西硌了一下。蹲下用手掏开一看，一个上面结满沙石贝壳的瓶子赫然出现在眼前。他拿起来在海水中冲去上面的淤泥，像是可口可乐瓶子。摇了摇，里面有东西在滚动。班好奇拿回家，他用小刀轻轻剥开瓶盖，泛黄的一团纸球从瓶子里迫不及待地掉了出来，散发出一股淡淡的甜甜的味道。

班吓了一跳，他想起一股烟从取下瓶塞的瓶子飞出来，变成巨人的传说。瓶子突然飞出一股烟，那烟又变成巨人。巨人面目狰狞，曾在瓶子里暗暗发誓，如果第一年被人放了出来他要报答，实现救命恩人的所有愿望。一年又一年，在里面一等千年，于是他（还是它、牠？）恼羞成怒……

巨人到底没有出现，徐徐展开那团纸条，竖写着几行班从来没有见过的文字，下方还有几笔下去的手绘。班拿着照片四处求教，终于有了消息，国立大学的一位教授确认是回鹘体蒙古文。班年轻貌美的妻子，念叨给爷爷，老人家愣住了。

他依稀记得长辈提及，他家曾经有过一个金符，上面也有这样的文字，那是在遥远的东方国度畅通无阻的通行证，沿途驿站提供车马住行服务。当年的那个东方大国官方使用三种语言文字，其中就有这种文字。在他们家族，从古到今一直流传着祖上是暹国使者，数次出使中国，还迎娶了一位东方大国的女子……

班仔细端详夫人。呵，多么神奇，看她兴高采烈的样子吧，好像美丽的脸庞真的有了一些东方王朝贵族的特别印记。

把信翻译出来，故事发生在中国。

好心人：

我们坐在船上不知要去哪里，我想给阿爸额吉报个平安，可是没有办法，我把信塞进了空瓶子里。如果您捡到这只瓶子，请替我给巴彦图嘎盟贝勒旗阿尔善佐的仁钦多吉（音），他是我阿爸。等到不打仗了，我很快回家。请您一定转告，得不到消息，他们一定十分担心和难过。

爱义思（音）

第二章

漂亮的姑娘是眼睛的钩

一

那一夜，金香是世上最幸福的姑娘。

太阳落山的时候，金香到井台摇着辘轳打水，接连打了两桶提回家，插了毡门，烧了整整三锅热水。她怯生生褪去身上的衣物，慢慢坐进木盆，海子里的睡莲背阴，花瓣加快生长，就要闭合了。拿起木瓢，一瓢又一瓢，浇在白净的溜肩和后背，弹奏的水珠，流向浑圆的臀部，又冲过坚挺的山峰，沉睡的山口苏醒了，然后顺着悬崖，流入山谷密林……穷人没有办法不穷，可穷人也有穷人的尊严，姑娘家的身子也是金贵的。

她不知不觉有些伤感，对着小圆镜看着干干净净的脸庞，默默垂泪，终于失声痛哭了起来。好在高空下的那顶蒙古包孤立一隅，响亮的哭声只有熟悉这包里的神灵听到，来来回回晚归歇息的百灵听到。拿着一面崭新的粗布毛巾细细地擦，浓重的白雾渐渐散去，穿好一身大红蒙古袍，静静地等候阿爸赶回来给她完成最后一道庄重的仪式。那是家里拿出所有置办的一套嘉丝勒——从头顶垂到胸前的头饰，还有珊瑚耳环、绿松石戒指，这是一个将要出嫁的牧家姑娘的标配。金香怀着遐想，倦了，头一歪睡着了。

夜半时分，门吱地响了，宝力赶了回来，待女儿醒来，一五一十讲起婚礼的准备情况。穿上一身半新不旧的蒙古袍，由于一只手断了四指，他费力地给女儿戴上头饰，絮絮叨叨地叮嘱，“以后早上要早点打开包顶。”金香知道这个习俗，人们以打开包顶早晚来判断女主人的勤快。她任凭阿爸手忙脚乱摆布，胡乱地点了点头。这一切对她来说是那么的新奇。

熬了茶，吃了一点东西。

金香焚了香，把一个薄薄的包裹收藏好，放进怀里。听说接她的带篷马车是王爷娶亲用过的，新社会人人可用，这些年阿尔善迎娶回来的新娘，谁又没有坐过哪！阿尔善河夏季牧场的那顶蒙古包，将是他们的新家，阿哈悄悄告诉的。早先去过一回，她好喜欢那个地方。金香突然生出一丝无端的担心，马车会不会在半路上误住，寅时能不能出发？

正是吉时，百灵鸟啾啾欢唱，接亲马车准时出发了。马车愈走，金香愈发觉得正在一点点远离自己的家，这是一种自然涌流出来的情感，她默默地哭成了泪人。宝力朝着马车方向抛洒了洁白的牛奶，随着一声“出发”，眼泪还是止不住地流了下来。送了女儿，拴了包门，他骑上马也出发了，新社会新事新办，他要快马加鞭先行赶过去，还有许多事情要做，一件也马虎不得。

永青扎布、金香喜滋滋进了大包，婚宴准时开始了。仁秦道尔吉是婚礼当之无愧的主人，给羊背子剪彩前须有一段神秘而又精彩的祝词。他先介绍全羊术斯，颂扬阿尔善羊，为所有的宾客送去美好的祝愿。接下来从全羊卸开的各个部位象征性地割取少许，放在木碗蘸上一点酒，高举着走到包外，然后双手将酒肉扬撒出去，高喊：“德吉献了！”转身回到包里，将同样的少许酒肉献给灶火。之后从胸椎上取少许肉，放在羊的额头上轻轻压住，然后拿起小刀在羊背子上横竖两刀划了一个“+”字，割下来的一块肉要送给最尊贵的人。这块肉送给谁哪？

仁秦道尔吉径直递给坐在旁边的宝力。鹰钩鼻子宝力稍稍有些吃惊，右手接过来一口吃了，心绪慢慢平复下来。第一次和亲家平起平坐，接受这样的敬重，从此以后他跟东家哥哥的关系真真正正发生了改变。说来他们的关系不仅现在，其实自从“三不两利”时就变了，只是心里一直过不了这道坎。

下一个礼节请乡里乡亲尝份子，共同享用肥美的羊背子。包里热闹非凡，在座的宾客不再那么拘谨，开始慢慢地、不拘礼节地、舒心地边喝边聊，按自己的所好，从托盘里抓起肉大口嚼着。许多人第一次开眼，享受以往只有少数王爷、仕官、活佛拥有的待遇。人们互道着一长串的吉祥话，一口喝下递过来的美酒，有说有笑，以示真诚的祝福。许多年前仁秦道尔吉在王府为尊贵的王爷主持过一次仪式，这次给自己争气的儿子。

蒙古包里推杯换盏，有说有笑。在众人的簇拥下，宝力居然唱起了歌，他放下了所有的包袱，显得异常兴奋，先是说了一些致谢的话，动情的歌儿水击河岸，潺潺流泻：

江格尔到了七岁，

他将勇猛不凡。

东方的千百万魔鬼，

向他归降。

江格尔无私无畏，

心怀坦荡。

六千又十二名勇士团聚在他身旁，

英雄的业绩光照四方。

江格尔的英名，

到处传扬……

宝力沙哑低沉的歌声，是他的先祖从孪生兄弟那儿学来，装进肚子里从遥远的故乡带过来。一代又一代传到了他，战乱贫困使得他仅会那么两个段落。此时，他的眉毛上下波动，歌声时而低垂，时而向上铺展。他开心地望了望客人们，脸上露出愉快的深情的表情，相信乡邻们和他一样欢畅。

众人张大了嘴，听呆了，他们第一次发现老实巴交的宝力，除了是个制香手、好马倌，摇起头唱起歌更是动听极了。仁秦道尔吉喝了酒，那么的兴奋。不管是富户，还是生活拮据的人，大家坐到一起欢宴，多么高兴啊！老伴儿坐在那儿坐立不安，看着喝红了脸的家主，唯恐说出什么不着边际的话来，惹别人不高兴。

喜宴就像变戏法变出来的，永青扎布想都没有想到。前两天，阿爸指使他从旁边当作仓房的小包地下挖出一个大坛子。那是阿爸十年前从巴林旗烧锅拉回来埋下的老酒，打开封口满包飘香。还提前采买回来不少点心、饼干、糖块、毛巾等物品，参加婚礼的人走时要给带上，不能让人们空手回去，以免失礼。两张桌子两个羊背子，一次宰两只羊，这在他们家的历史上更是头一次。

酒席开始了一会儿，阿勇嘎骑着马赶来了。

旗领导一来，更显出婚礼特有的敞亮，包里顿时安静了下来。阿勇嘎发表了热情洋溢的讲话，他首先祝愿牧民群众快马加鞭，共同建设社会主义牧区。共产党和牧民群众的心贴得很近，他真切地感受到只有和群众站在一起，才有力量。蒙古包里响起了噼里啪啦的热烈掌声。

第二句话，他肯定了仁秦道尔吉当年冒着还未解放的凶险为自治学院送去马匹，接下来积极参加抗美援朝、保家卫国运动，在全旗购买飞机大炮捐献活动中，率先捐献三两黄金和五匹马。阿勇嘎举着杯，又望了望永青扎布，当年揣回来红旗，害得他挨了处分，现在想来这个处分值了，新郎官已经把红旗扛在前头，在畜牧业社会主义改造中积极踊跃，成了领头羊。为此，他提议为了一对新人的幸福，为了阿尔善草原人畜两旺干一杯。蒙古包里热火朝天，酒席掀起了又一次高潮。

阿勇嘎拿起小刀也在羊背子上划了“+”字，这个壮硕漂亮的羊背子一直在等着他剪彩，他割了一块先给今天最亮丽的新人。永青扎布吃了一口交给金香，团结肉羊脖子须两个人一起吃，象征骨骼紧密、难舍难分、白头偕老。金香红着脸吃了，品尝到的都是冲昏了头脑的幸福和喜悦。

坐在上宾的还有革瓦。老酒入口绵软，他的心里翻江倒海，宴席一开始，原以为会请他给羊背子剪彩。以他现在的地位，还有谁？可是让他失望的是，仁秦道尔吉当仁不让自己上手了，虽然是他娶儿媳妇，是他自家的羊背子，可他也配？革瓦不声不响地和仁秦道尔吉碰了杯。哼，牧主做好事，那是他精明，善于投机，反动阶级的反动那是根子上的。当年把少不更事的他踢倒在王爷面前，这是他心里面埋下的仇恨。

革瓦喝多了，他用复杂的眼神打量着大包——毛绳发亮结实，哈那那么的粗实。他突然想到这是他的，一定是他的。难道新社会的互助组不能气派一下，他这个组长要在这个包里办公闹革命。他要清算的就是阿尔善草原的牧主老爷，今天叫得欢，秋后算总账。互助组现在的破旧蒙古包背靠罕乌拉山，前头是阿尔善河，掐指一算，正是大干社会主义改造的风水宝地。

大包里的欢宴，人们有说有笑。革瓦愈加觉得悲苦，他有的是力气，可女人有毛病，他的力气全都用在互助组，那儿最适合他。革瓦不声不响吸溜喝一口闷酒，偶尔应付一下别人的劝酒，他怀着某种优越感，迷迷糊糊偷乐。他是在座的所有人中腰里唯一扎着皮带的人。那是日本调查队的老物件。

永青扎布、金香按长尊之别一一敬过了酒。纸烟呛鼻的烟雾和众人身上的热气，一股脑窜向大敞的陶脑，从天窗飘了出去。阿勇嘎也喝多了，他难得地走近牧人们，不管富人还有穷人，通过喝酒聊天传递着下一步发展的道理。阿尔善有那么一些青年，那是他开展工作的骨干成员，新郎官就是其中之一。他扫了一眼自己的爱将，那对疲惫不堪的新人，可怜巴巴地坐在角落点头瞌睡。

阿勇嘎顿时清醒了许多，酒席离散场无边无际，他不由分说催促一对新人，套上马车先行回了家。仁秦道尔吉两口子感激地望向他们的旗长。想当年，实业公司的年轻买卖沁，他们的皮毛价比多伦、归绥来的商户高出不少，让牧民们得到了收益，出售锅碗瓢盆、米面糖茶、洋火洋蜡，价格十分公道。真是牧民的主心骨啊！宝力则瘫在地毯上呼呼大睡。这一天对于阿尔善牧村的大多数人来说是多么难得的好时光啊！酒席在热闹、狼藉中到了后半夜才散。

一对新人后来才知道的。

星星顽皮地闪烁，照亮路上的新人。永青扎布嘚嘚吆喝着辕马，他高兴得有些焦急，有些茫然，幸福真的来了啊！黑暗处，金香从背后大胆地抱住了他。头顶着爱人的后背，她陶醉了，吸吮着他的衣服，好像嗅到了里面的神秘。

金香趁永青扎布生火加热还很冷清的蒙古包，早早把两人的新被褥铺放在一起，之后把辫子放了下来，小猫一样早早钻进了被窝。这是不是一个女人捂热一个陌生新包的开始？想到这儿，顿时红了脸，用被子蒙住。等到张开被子偷看，那个人正在温柔地看着她。好像也褪去最后的一丝衣物，金香羞得又盖。

永青扎布轻轻说声："不要盖了，就咱俩。"

金香又害羞又紧张，突然泪就下来了。永青扎布发蒙，就问："怎么了，爱人，你不高兴吗？"

"阿哈，我是高兴，我想这是不是真的，你真是我的男人了，多少年前就怕你不要我，要了别人。我们家那么穷，现在好了，你总算要我了，咱俩总算在一起了，还有政府发的奖状！"这些话金香好像想了许久，又像自自然然脱口而出。说毕，她把被子撩开，闭上了眼睛。

于是，我们年轻的永青扎布看到了横亘在他面前的人世间最美的一道风景，那是由凹凸的山峰、亮丽的草原、谷地，包括陶脑投射进来的月光组成。阿尔善草原深处，儿马追逐着牝马，牝马时不时欢快地尥起蹶子，儿马轻轻摩挲牝马，在耳边低语："那是政府的奖状，也是你给我的奖状，我会一生待你如神。"

他们那么美好地交合在了一起，仿佛许多年的压抑，尽情地放飞到了陶脑上方的隐秘时空。

等到夜半，他们相拥醒来。永青扎布用大手轻轻抚摸着亲爱的人，悄悄说："我把咱们家的母畜全给了互助组，你不生气吧？"

"阿哈，你做什么总会有道理的。告诉我，你的想法。"金香缠在永青扎布怀里，抬起头。

永青扎布看着一双月色朦胧，平静地说：“因为你，我想和你一样一样穷。”

金香顿时惊呆了，泪泉流泻。

这个人深爱着她，她想都没有想过。多少年一直以为只是她一个人痴痴妄想，原来他也这样敬爱着她！大地的中心，地火突然喷涌，只见一道白色牝马的精灵，抖了抖月色，结结实实地翻滚腾跃。

他们一同奔向神秘的自治领地，在美好的新生活快马前行。

二

阿尔善河是梦，流过一个又一个有心人的心坎。

南斯日玛在久远前的那天，看到骑上马的那个人，那个人用收起来的余光轻轻扫了她一眼。正好她也望着他。于是她的目光掉在地上碎了，牧羊姑娘痴痴如梦。他们一起在青石井台打水，他们还要一起放牧，一起上山。

家里阿爸一点指望不上，病恹恹的额吉痴痴坐在那儿。听阿爸说，额吉在他们的第四个男婴也就是她上面的哥哥生下没有了声息后，就有些不正常了，好不容易生下了她——唯一活了下来的孩子。

天气好的时候，南斯日玛喊那么一嗓子，叫来前面的永青扎布过来帮忙。两个人把额吉抱到外面的勒勒车上晒太阳，跟她说说话，虽然没有回应，眼神也呆滞，偶尔闪亮一下像是传导着某种意思。额吉动与不动，永远是她的额吉。

阿爸骑上马去了努图克开会。大人的会怎么就那么多啊，什么驱梅，建种畜场，社会主义改造，互助组划界，偷盗纠纷，开荒种地，学习班，接羔保育，爱国卫生。南斯日玛似懂非懂，听都听怕了。

家里家外，女人永远是最累的。收了羊，进包点火，做好酸奶面，南斯日玛喂了额吉，着急出门进了羊圈，一大一小咩咩哀鸣，让她揪心，小的没了妈，大的产下的羊羔被狡猾的狐狸叼走。她灵机一动，把可怜的羊羔放在陌生的母亲腹下，母羊忍不住欺生躲闪，南斯日玛挤出它的奶涂在羊羔背上，跪下来用手按住大羊，试图让羊羔一点点接近鼓胀的奶头。呔——咕，呔——咕，她轻轻地吟唱《呔咕歌》：

呔咕！呔咕！呔咕！
你的白羔饿得慌呀，
呔咕！呔咕！呔咕！
你快发发软心肠吧……

少女的歌声循环反复，到底感动了柔情的母亲，母羊低下头嗅舔，羊羔咩咩着两只前蹄一跪，拱起奶头吸吮，小尾巴来回甩动。一对可怜的孤儿寡母终于成为幸福的一家。南斯日玛的腿木了，她站起来抬起袖子擦了汗。接羔保育，每天充满着焦急劳累，更有迎接新生命的这般喜悦。

大片大片的雪花飞舞着盖住了脚脖子，又刮起了白毛风。这一天上午，前面白茫茫一片，已经辨不清方向，南斯日玛凭着记忆往罕乌拉山方向赶着羊群，只要到了背风、牧草高出雪的地方就好了。家里草没有一捆，羊和人一样，没有吃的怎么行！

永青扎布跟她说过合作互助，抗灾保畜。想想前两年的那场罕见白灾，阿尔善死掉了六成多牛羊，让人眼睁睁看着毫无法了。一般的年景差不多也要死掉三分之一。多少机灵的狗都被冻掉半个耳朵。最糟的是入秋就开始下雪，奇冷无比，牲畜无法觅食，更是大批死掉，勒紧裤腰忍饥挨饿的还是穷人。阿爸看什么都不顺眼，嘴上说得最多的就是好人坏人。他认准了一个理儿，阶级的问题解决不好，你不是在给集体，而是给坏人放牧，做得再好也是没有丝毫用处的。

南斯日玛不懂大人的事情。永青扎布也是大人，最多只是哥哥级的大人，可做事就是那么稳当。南斯日玛想到他便偷偷乐了。羊群闻着干草的味道呼啦啦向着前方奔走，一个个低着脑袋从雪地上面揪着枯草尖。羊啊，总算吃到东西了。只要羊吃上草，就能活下来，就有了来年的盼头。

阿尔善的冬天黑得早。早上出来前安顿好额吉，给她披上皮袍，炉灶里加满了羊粪砖。额吉虽然不能动，却也没有那么麻烦人，这一点倒让她放心。天完全黑了。白昼与黑夜短兵相接败退下来，太阳将落未落，白毛风突然停了又狂妄起来。雪地反射的光芒给了她错觉，看过去但凡一个突出的地方，都仿佛是不真实的，那个东西的轮廓、形状、颜色和距离都成了黑乎乎模糊的样子，飘忽不定。

风雪越来越大了，南斯日玛挥舞牧鞭，吃力地赶着羊群。有几次，一处高大的芨芨草，一个小圆包，催着她吃力地到了跟前，以为找到了羊。往回走的方向已经看也看不清了，不能往回赶，只有往山脚下顶风的方向，向西，向北，艰难向上。

罕乌拉山衬托着天空中还有那么一丝低低的光亮。

羊群如何知道南斯日玛的心思？赶了这边羊群，那边又朝下飞奔，拼命抽打，扯开嗓子吆喝，都无济于事。嗓子哑了，鞭子断成两截，等到把羊群赶到山脚下大石头下方，南斯日玛瘫软得快要趴下了。此处避风又避雪，羊群挤成一堆，低着头一动不动互相取暖。

南斯日玛开心地笑了，总算没让雪埋了。此时，才发现头上出的汗珠结成了一个个小冰珠，嘴里鼻子呼出的热气，在皮帽四周结成了一圈冰碴，嘴角、眉毛结了霜，显得格外的沉。她望向东南方向，灰蒙蒙一片，她担心额吉，炉灶续不上羊粪砖怕是早灭了吧，蒙古包千万别让雪埋了啊！一天跟着羊群，她的脸一定冻得红扑扑的，牧羊女的心思雪花一样晶莹剔透，漫天飞舞。而今一丁点力气都没有了。

天上的黑云压了过来，永青扎布早早收了羊。他家的羊圈是用山上捡回来的枯木墩子围起来的，结实无比，不怕飞雪冲撞。进包，加了灶火，搓了搓冻僵的大手，身上暖和了。他突然想起什么，推开毡门向着西北望过去，那儿是革瓦家的蒙古包。早上看到革瓦骑马走了一直没有回来，南斯日玛应该早就赶回羊群，或许正在家里生火做饭。风雪弥漫，那顶蒙古包只剩下一道模糊的轮廓，悄无声息。下午开始，蒙古高原南缘的阿尔善草原起了风，来自西伯利亚的寒流，猛烈发威。雪一停，风向突变，风卷着雪，不停地呼啸。牧民们管这种暴风雪叫“旭日干”，风雪肆虐下，气温急剧下降。

拉开门，永青扎布划了一根火柴，微光下斯琴花日额吉静静地坐着，火柴烫了手，燃尽了，他又划了一根点上条柜上的油灯。包里冷冷清清，南斯日玛不在家。永青扎布问了一句，她那忽闪的眼神瞟向门外。哦，她知道孩子还在外面。

永青扎布急了，这个时候还没有收牧，一定是遇到了麻烦。他往炉灶添满羊粪砖，炉盘压了一多半，这样火着得会慢一些。他把斯琴花日额吉当作常人，叮嘱她不要着急。吹灭了油灯，弯腰低头就出了门，把毡门从外面紧紧拴牢。

永青扎布骑上黑旋风钻进飞舞肆虐的暴风雪。南斯日玛一定朝罕乌拉山方向去了，那儿背风。这个孩子，那儿的确背风，可雪一时停不下来，怎么收牧，山上还有饿狼……

永青扎布猛抽着黑旋风狂奔，由于视线不佳，冷不丁陷进雪坑，把他抛进雪里，他手脚并用站起来，黑旋风猛地一冲，跳上来。他骑马继续往上奔，前面就是大石头，聪明的小不点儿找对地方了，他长舒了一口气。骑马一点点靠近，南斯日玛应该已经看见他了啊，怎么没有回应。他朝着前方大声喊："嗨——嘀依！嗨——嘀依！南斯日玛！"山谷中声音闷闷地回响，看见前方的一道道蓝光，心里一喜。

他急急忙忙推开羊群，远远地，大石头和羊群中间有一抹白亮的东西一闪，那是南斯日玛袍子上的银扣在辉光下闪动。"南斯日玛！"永青扎布蹲下来，把手放在昏睡的南斯日玛额头，好冰好烫，这是冻的！

永青扎布拨开羊群，用袍子前襟兜满雪，他把自己外面的皮衣脱了下来，不由分说，抱起南斯日玛放在上面，把她的靴子拽下来，从冰凉的双脚开始推雪揉搓，搓热了捧起雪再搓，直到感觉手上有了痛感热气，才给她的脚裹上布子套进靴子。南斯日玛哼哼着，说着胡话。接下来取下她的皮帽子和皮手套，轻轻地搓了她的脸部、脖颈和手。然后解开她的皮衣扣子，把她仰面放平。

永青扎布是那么的迟疑，他还未婚，他深爱着金香，可这么多年他还只看过一次金香的身子。这一次真是罪过了。

盛夏的一天，天热得要烤出了油。金香冒着酷热骑马过来给他送缝补好的衣裳。他领着金香来到阿尔善河边，阳光打在河底，清澈暖人，小鱼游动，水草跟着飘舞，金香偷偷瞟了一眼。心有灵犀，于是他猜出了金香的心思，他看着心爱的人点了点头，这是只许意会不可言说的。老祖宗传下来的法令。可是水的诱惑，柔柔的，谁人可以抵挡。他们是罕乌拉山子民、阿尔善河的儿女，这里无上的神灵会喜欢他们的喜欢。于是金香勇敢地努努嘴，远远地支走永青扎布，交给他一个任务，站岗放哨。

金香解下深红色粗布蒙古袍盘扣，解下汗衫胸衣等等身上之物，战战兢兢地走进了神灵之怀抱，静静地躺下。阳光正足，那弯水波，暖暖地流过肌肤，她在滑动的慵懒中小心嬉戏。多么难得，多么美好啊！

高坡上的永青扎布想象着爱人在水中嬉戏的样子，心情舒畅无比，顿时脱口唱出了《罕乌拉》，歌中那山是那么的厚实，眼前的河水又是如此的轻柔，脉脉柔情好似水中伊人。水中的金香在听，她已经分不清是长调悠扬的努古拉，也就是叫作“折叠”的发音，还是水流的波纹，一同在身边合拢过来，随着她扭动身体，又分成声音和水折叠的细浪，向外扩散。她的胆子渐大，走到更深的地方试图游那么两下，水漫过全身。后来，她枕着河岸晕眩入睡了。长发在水中飘散，也不知过了多久，小鱼围过来一触一碰地吸吮，推醒了她，有的藏在她的长发里面，有的在腋下捉迷藏，有的撞击粉红的火山口，身上麻嗖嗖的。

一步一回头，不得不上岸了。身上大珠小珠不停地撞击滚动，她发现前面的山峰不知怎么变得坚挺了，不小心碰了一下，轻轻地弹了回去，她羞红了脸，赶紧从树枝上取衣。刚才进水前，她把自己的内衣裤洗完了晾在树枝上，把两个人的蒙古袍放进木盆，放入一小片碱块，洗完的黑水倒在河岸外面。派永青扎布放哨前，拧着他脱了满是汗渍的灰布蒙古袍。等他离开，她悄悄地把鼻子扎在里面，闻不够这个人身上的气味。

永青扎布光着膀子坐在坡上的一棵老榆树下，把一根树枝笔直地插在阳光暴晒的地方，看树影落在蚁巢，蚂蚁正在来回搬运草叶。他算好了时间，一个时辰够了吧，那就让她尽情地在水中嬉戏吧。日子苦，又是那么的甜。生活的河流漫长而又广阔，他们是谁，除了他们自己，没有多少人知道，可他们就是他们自己的中心。到贝勒旗要经过好几道坡地，好大一片草原。京城更远，不知要经过多少座山，多少条河。早先的时候，艾义思和金香额吉他们一行人，坐上日本人的飞机，大鸟一样从天上飞了过去。

听叽叽喳喳的百灵鸟欢唱，永青扎布不知道，还有什么可以比得过相爱的人，相爱的鸟在一起更快乐。就让她破一次例，老祖宗看他们的难得的笑，也会开心的。他计算好了时机，革瓦早上出去放羊，南斯日玛赶着牛车拉硝土去了。所以他才这么放心大胆地让金香由着性子畅快。树影挪过去好远，金香是不是在那儿美美地睡觉？

永青扎布下了坡，拐过了弯。

金香正要拎起树枝上的衣物。永青扎布抬头望见了四五步开外的金香，没有想到她还没有穿衣，完完整整地面对着他，她的身子雪白，显得那么的娇美。永青扎布顿时眩晕，这是金香，还是天上的仙女？

金香也看见了，吓得尖叫一声，抓起树枝上的蒙古袍捂住，颤巍巍立在了那里。永青扎布热血沸腾，疾步上前一把抱住了金香，嘴唇胡乱地亲着她的脖子脸颊，终于盖住了柔软的嘴唇，舌头无师自通地纠缠在了一起，两个人已经躺倒在软软的细沙上。

金香像是推脱又像迎合，她醉了，挣扎着反抗着接受着，今天就当是他们的盛大节日吧！装满了阳光的细沙热热地烫了眩晕的金香，这是沙子的故意。她醒了，艰难地推着发狂的人，双手插入他的卷发，捧起了他的额头，轻轻一亲。

“行了，好吗？”她轻轻地说道，低得连自己都没有听到。

“那样——不好。”

“就好，就要。”

金香笑了，阿哈今天真像一个不听话的孩子：“不要，咱们奖状都没有领。要不，你再娶了南斯日玛，我怎么有脸活下去！”

金香把另一个人放了进来，永青扎布也醒了，虽然百般不舍，可他懂，怜爱地扭过了头。金香羞红了脸，哆哆嗦嗦穿好衣衫，扣好蒙古袍。嗨了一声，于是金香远远地围着永青扎布转，一圈圈转到了永青扎布面前，腰布系好了。永青扎布的眼前立即出现了光彩照人还有那么一丝腼腆的美人。闻着爱人身上散发的香气，他惊呆了。金香看着他嘻嘻笑：“你还不穿？”

永青扎布飞身抓起蒙古袍，双手往上一举，像极了当年敖包山下举手投降的土匪，蒙古袍就势滑了进来，这回永青扎布远远地围着金香旋转，等转到了金香跟前，五米长的黄布腰带系好了。今天他是金香的俘虏，大手顺势一伸抱住了美人：“金香，你的身子真美。”

金香羞得低下了头：“讨厌，美什么啊，女人还不是一个样！”

你看着我，我看着你，两个人手拉着手，一路上你追我赶，逗乐玩笑。

“你和我，怎么说起了人家小孩子南斯日玛？”

“那个丫头片子的眼神，恨不得把你吃了，你不知道？”

“不可能吧，她还不清楚我和你好！”

“你可注意了，别想着一指按下两个虱子。”

“嘿嘿，没有的事儿。”永青扎布挠了挠头笑了。

他们就要奔过去的那顶陈旧的蒙古包，坐落在绿草茵茵鲜花绽放的阿尔善草原上，随着他们欢快的脚步，百灵鸟一波又一波飞起来又落下，那是阿尔善河畔普普通通的一天，那是两个相爱的年轻人将要开启的美好与浓情。

很远的地方，孤狼一样色眯眯的眼睛，狠狠地撕咬着河水中的那道白色之光。

三

迟疑也就一瞬，永青扎布回过神。

南斯日玛又累又饿又冻，救人要紧。他抓起雪就往南斯日玛身上搓。他不知道，到底是他的手在发热，还是她的身体即将爆炸。南斯日玛唉的一声醒了，看到一个人在蒙蒙黑暗中又凉又热地搓着她的身体。她想喊，可喊不出声，话到了嗓子眼儿如一根筷子卡住了。这个人是谁，为什么不声不响在她身上揉搓，阵阵发烫，又如针扎一样生疼，难道这个人是在划破她的身体吗？

哦，这个人是永青扎布！

南斯日玛睁开眼睛，费尽力气坐了起来。永青扎布长长地舒了一口气，赶紧扣好她的皮袍，说道：“好了，你是累瘫了，加之又冻，总算缓过来了！下次再遇到这种天，要逆风赶，越远越好，羊群再顺风跑，离家也就越近了。”

脸上火辣辣生疼，伸手一摸两个火辣辣生疼的大水泡，南斯日玛无比伤心起滑嫩嫩的脸蛋。她看了看四周，那是她的羊群，闪着漂亮的蓝绿眼睛；那是罕乌拉山脚下的大石头，他们阿尔善儿女的寄托和依靠；那是永青扎布，她默默喜欢的人。“永青扎布！”她轻轻地叫了一声，无名的委屈加之哽咽说不出话来，无力地把头埋进他的怀里，双手抱紧，流下了泪。

永青扎布每一天远远地看着这位坚强的妹妹，用柔弱的身体从事着繁重的劳动。他真想更多地给她以哥哥般的帮助，希望她少受些苦，别累垮了。他从怀里掏出麻纸包的窝窝头递过去，南斯日玛抓起来塞进嘴里，几口下去，干涩的粗纤维堵在喉咙，噎得咯咯打嗝。“慢点吃。”永青扎布递过水壶（早年间阿勇嘎送给他的），怜爱地拍着她的后背。南斯日玛扭过头，羞涩地看了一眼。她这是饿坏了，又经这个人不停地揉搓，肚子火辣辣地早已咕咕叫了，早上喝茶到现在滴水未进、粒米未沾了。

风和雪都停了。羊群乏了，人也乏了。这一夜，注定要在大石头的庇护下在野外过夜了。两个人都懂。这个地方好多人迷过路，第二天天亮，发现来来回回一直就在附近转圈，不由得吓一跳，而且这种情况一再出现，过后遇到的人心有余悸，可还是喜欢讲给他人听。好像真的有一股人们所不知道的神秘力量或者鬼怪在作祟。按照李掌柜的说法，那个地方不干净，碰上了无常。黑暗中南斯日玛望了望抱着她的这个人，噙着眼泪，轻轻地说："永青扎布，你教我《罕乌拉》吧！"

南斯日玛不叫他阿哈，她自己都觉得奇怪，她为什么不叫一个比她大了好多岁的这个男人为哥哥，而直呼直名，她丝毫没有觉得不敬。永青扎布想起依稀留下一丝印象的妹妹，觉得此时的南斯日玛真的就是他的妹妹了。他脱口轻轻地哼唱起了《罕乌拉》：

夕阳照在了，
起伏的大地上。
西边是茂密的森林，
东面是长长流淌的阿尔善河。

还有那，
巍峨神圣的罕乌拉山，
护佑草原吉祥平安……

在奇冷的风雪之夜，在高大神秘的罕乌拉山下。南斯日玛静静聆听，羊群竖起了耳朵聆听，黑旋风听不够再一次聆听。那悠扬的歌声绕过了大石头，向着罕乌拉山神灵之所在不停地升腾。

永青扎布是生产队出了名的好劳力，堂堂的脸庞和精干有力的身躯，年纪轻轻却显得颇为持重。他轻轻地哼唱，进而放声高歌，低缓处仿佛阅尽生活的曲折，高亢时那是草原望也望不到边的绿色波澜，歌声里他似乎摆脱了世间的所有磨难，将生命中所相遇的人和事唱进了他的长调，表达着对命运的紧紧依恋。南斯日玛的心抑扬起伏，仿佛世上所有的一切对她开放了——欢乐、悲哀、相思。牧人为什么要唱歌，这是谁也说不出来道理的一件事情，他们因为唱而唱，唱的不是歌，而是人生。

山上传过来两声狼嚎，歌声戛然而止。

狼群听烦了长调，人类真是让它们捉摸不透，男男女女说唱就唱，高兴了会唱，烦闷了也要大唱特唱。什么意思，有意思吗？以为那是他们的全部。现在该它们盛大出场了。“嗷呜——”这多少带着悲怆的嚎叫，是它们奋勇出击的战斗号角。

永青扎布又急又快地捡来一堆柴草，抖落上面的浮雪，取下腰间的火镰，大石头下面遍地都是大大小小的火石，不愁打不着火，他从裤兜里掏出一把蒲公英绒球，一个合格的牧人平时总要离不得一些引火之物的。他握着火镰往脚下的火石上打了几下，细软的绒球冒出了烟，轻轻一吹，火堆燃起来了。火神的光芒射向茫茫天宇，射向将要猖狂进攻的狼群。羊群外围，黑旋风喷着响鼻，用坚硬的蹄铁不安地刨着雪地。

永青扎布提起长鞭。突然间，长鞭重重地啪地一抖向着空中打了一个爆脆的响鞭。挺起胸，迎着暗黑的夜色大喊：“嗨——嗨——嗨——”他的喊声一声比一声高，一声比一声长，他的长鞭响彻天宇，一声比一声有力，大石头上的浮雪震醒跌落。那四周闪动的一对对绿眼睛，吓得藏了起来，在高处以天幕作背景的头狼剪影，不声不响也隐退了回去。也许，这只是一个短得不能再短的刹那。群狼一定在用它们的语言火热地交流下一场实施的猛烈袭击。

黑旋风阵阵嘶鸣，耳朵后竖，抬起脖子，翘起尾巴，猛地腾空站立了起来，丝毫不去理会结实的缰绳紧紧地拽着。这是黑旋风在给主人传递危险的信号。突然，一对晃动的绿眼睛直扑过来，永青扎布的长鞭早已飞了过去，之前他掏出一个小铜锤绑到鞭梢，以增强爆发力。嘭的一声闷响，鞭子前梢的小铜锤如同陷进了狼头，只听见一声哀嚎般的惨叫，那头想要立下头功的成年母狼扑倒在地，打了一个滚儿，踉跄而去。

待永青扎布把四处奔逃的羊群收拢好，南斯日玛挣扎着站了起来，她看着惊心动魄的一幕，想过去帮忙，可她浑身无力，拼尽力气大喊：“永青——扎——布。”

“加火，快放开黑旋风。”

永青扎布瞪大眼睛，回过头大声喝令。

奄奄一息的火苗蹿了上来，狼群又一次退了回去。下一波袭击静悄悄开始了，三匹狼从三个方向直冲而来，快要到了永青扎布长鞭所及的位置，突然间两匹狼调转头穿插斜穿而过。惊吓骚动的羊群，挤来挤去，游动奔逃。情况万分危急。

蓦然间，羊群中间被撕出了一道大空当。永青扎布回过头甩过一个长鞭，震住了羊群。南斯日玛踉踉跄跄跑过来挡住了缺口，一手拿着半截鞭杆，一手挥舞着另一半鞭子，稳住了羊群。

站立在高处观战的头狼看着妻妾子孙的拙劣表现，显然非常生气，一声长啸，它要亲自出击了。说时迟那时快，它径直扑向了永青扎布，想着一口咬断这个不知好赖的男人的喉咙，吸食甘美的鲜血。永青扎布挥起鞭子一甩，头狼虚晃一下，鞭子落空，等到他再次抡起鞭子，头狼扑向羊群，原来头狼要让羊群大乱，好趁机下手。

交战双方谁也没有注意到。黑旋风飞过来闪击，做出用嘴咬、用前蹄刨的架势，猛然间它后躯转向，抬起两个后蹄直踢了过去，铁蹄的猛力下毫无防备的狼王哀嚎两声，被踢出了老远。头狼想象着玩命冲击羊群，撕咬，饱餐，狂欢，看来全部落了空。它带领怏怏无趣的狼群退进山里，独享属于它们的寒冷与黑暗。

那一夜，长鞭声响彻罕乌拉山，那是一杆猎枪，一次次射向蒙圈傻掉，准备逃命的群狼。那一夜，成为阿尔善人记忆了几十年的一个传奇。身体上的滚烫大手，男人怀里的浓重味道，歌声，长鞭声，深深地扎进了南斯日玛的心田。

怀春少女的师傅，另一位是金香姑娘。

早些年，那还是南斯日玛和阿爸路边借宿的清晨。月亮醒了，大地还在沉睡，草原上笼盖着细珠一样若隐若现的薄雾，牛羊哞哞咩咩偶尔叫唤几声，百灵鸟叽叽喳喳开始欢唱了。

南斯日玛早早醒了，金香还在沉睡。她不敢动，傻傻地看着姐姐，睫毛长而弯曲，嘴唇好像羊油加了花汁，她差一点伸手触摸了。姐姐身上那么的好闻，难道这就是女人的味道吗？可她身上怎么就没有。一对乳房顶开了汗衫的扣子，在那儿张着嘴巴，一张一合。南斯日玛贪婪地看着，神奇美妙吸引着她。也许额吉神志不清、自小失去母爱的缘故，也许她还记着含过额吉干干的乳头。南斯日玛假装沉睡中正在做梦，“额吉。”她不由自主轻轻呢喃，鼻子嘴唇悄悄贴了过去。她想，可她不敢。她多么想，还像小时候那样用小牙咬住，吸吮。

金香醒了，怀里的南斯日玛还在埋头酣睡，居然，她说不出口，居然孩子一样歪着脑袋含着她的……头一天在羊圈起粪砖许是累了，睡得沉，她怎么就一点不知道，这个丫头片子。

金香羞得脸红到了脖根，悄悄挪了挪身子，拽出乳头，赶紧将汗衫扣上。南斯日玛眼一睁，醒了。金香红着脸正在望着她，她羞坏了，悄悄说：“姐姐，你看我干什么。”

“姐姐让你多睡一会儿，我好起来熬茶啊。”

金香用手拉过来长辫，笑着说。在她眼里南斯日玛还是孩子。金香脸上的两个小酒盅跟着含羞的笑意，越发深了美了。

南斯日玛就是罕乌拉山上的红果果，就那么一夜。经了霜，熟了。

四

畜牧业社会主义改造，贝勒旗走在全盟前头，阿尔善的步子也不小，在努图克出了名，革瓦正是其中的中坚分子。小时候当喇嘛，还俗，女人有病。最关键的是他特别热心集体。

对于革瓦来说，有事没事，一天不到嘎查的那间四面透风的蒙古包，浑身不舒服。永青扎布、金香帮衬他这一家转眼七八年了，革瓦打心眼里心存感激。另一方面，怀恨的火苗压也压不住。他恨，好像是他们，害得他接二连三失去本该拥有的儿子，害得斯琴花日失去了光芒。他才三十来岁，有的是精力，只有在嘎查跑前跑后，才好像找到了活着的乐趣和满足，而不是每天呆子一样跟着羊屁股，那样怎么能知道外面的热闹。惊天动地，一场新的革命就要来了。

王府烧毁了一半，黑洞洞的，让人畏惧，院子里旧草压着新草，一年又一年的荒草高出人头，除了野狗狐狸出没，那是大人吓唬人的鬼地方，哪个熊孩子不怕。王府因庙而建。传说当年清军出征准噶尔军，准噶尔军摆万峰驼阵，捆住骆驼的四脚卧在地上，在驼背上放上毛毡覆盖的木箱，再浇水结冰摆成驼阵迎战，兵士在驼阵掩体后开枪放炮。内札萨克蒙古一部头领，率兵丁骑着快马长途奔袭而来，两军对垒，准噶尔军首领以为来了帮手。马队靠近驼阵，突然扔进去两包铁砂火药，炸得几峰骆驼血肉模糊，受惊没死的纷纷冲出阵地。没等准噶尔军填充缺口，清军趁机突击，攻破了坚固的阵地。

头领主动领战，立了惊世战功，顺理成章成了朝廷的贝勒。于是在阿尔善河畔奉旨兴建寺庙，设札萨克世袭罔替，管理旗政。四年后建毕正殿，朝廷赐蒙古、藏、汉三体“福胜寺”匾额，又称阿贵庙。阿贵庙最辉煌时共有殿堂十座，有的为内地汉式大殿结构，外观白壁尖顶金色，内部雕梁画栋，有的则以藏式平顶白墙建筑，整个三座连串逐级降低的建筑，造型优美。

在绵绵起伏的阿尔善草原上骑马骑骆驼，从很远的地方都能看到时隐时现的阿贵庙。苏古沁大殿南是却日殿，是学习显教学的经殿。东南是朱德布殿，为喇嘛们诵经的殿堂。苏古沁东是洞科尔殿，为学习时轮、数学部的经堂。西侧为学习医学的满巴殿，东侧为研究天文的吉如海殿。阿贵庙初建时喇嘛极少，桑王祖父、老王爷向朝廷请求从外旗移入一部分喇嘛，还收留了部分云游僧侣。锡埒喇嘛是阿贵庙的活佛，通称大喇嘛。在鼎盛时期，庙里最多有二百多个喇嘛，还建有章嘉呼图克图府邸，民国时期这位蒙旗宣化使曾来此驻锡。

苏联红军进入中国攻打日本关东军，其中一部途经于此。伪装成喇嘛的日本调查队特务从后面打冷枪。传言，苏联红军原路返回来时发威，红头发蓝眼睛大兵对准苏古沁大殿一炮轰塌。夹道欢迎的牧民们四散逃离……

王府和阿贵庙比起来，虽然破败不堪，还算幸运，大体保留了下来，孤零零地堆在阿尔善草原深处。一个女人，如同鬼魂，时不时隐现在王府的灰瓦红墙下边。十天半个月，急匆匆步行十多里路采买一次生活日用品。有人偶尔会在供销社，就是那个早先公私合营过来的杂货铺里还能碰见。谁能想到，她就是当年被王爷打入冷宫的二福晋，在王府旁蜗居多年。像那座陈旧的行将倒塌的建筑，不觉得多余，也没有看出有什么用途。

那个时候下人们悄悄疯传，王爷到南京参加国民大会，大会都干了些什么不清楚，一个月时间里倒是在秦淮河烟花柳巷染上病。回来，新派大福晋金夫人遭了殃，阿贵庙满巴殿的猛药不顶用，后来从北平城守军那儿花上大价钱搞到一种叫盘尼西林的外国药。金夫人使女悄悄跟二福晋使女耳语。二福晋听到了极为害怕，王爷过来临幸，谎称起了病。

一天，二福晋身上疼痛难忍，打发使女小凤叫来杂役革瓦。革瓦在庙里学过一些疗术，他用以火攻心之法，为她拔罐，祛除湿气。

王爷踱着方步进来了，也没有人陪同，他有半年没到二福晋这儿了。桑王进来，不见迎接，猛然看到一男一女两个下人围在床榻，男的居然还敢坐着，两眼紧盯。桑杰王爷的眼里那不是毫不起眼的火罐，而是女人白白净净的后背，活色生香。这叫有病？分明大逆不道。这位福晋由于没有生养，身材还像姑娘一般吸引眼球。

桑王看在眼里，顿时火冒三丈，王府的威仪再怎么没落，不至于让一个奴才蹬鼻子上脸，无法无天，盯着他的女人，虽然被他荒废日久。他抓起八仙桌上的茶碗砸过去……

王爷吼叫，早有差役把革瓦打出二福晋的厢房。王爷进也没进去，拂袖而去。战事日紧，他原本过来交代二福晋写信了解东北时局，贱人不写也罢，写了何用？

革瓦被梅林拎着，扔进两丈多深的枯井。那是王府的地下牢房，枯井中间横着几片木板，囚犯就在木板上小心坐卧，急了往下便溺。白天有人在井口石槽扔下一些吃的喝的，打开井口包着圆钉的盖子，人从里面爬出来，狗一样匍匐啃食，吃完了再下去，井口咣当锁住。地牢里阴冷腐臭，一丈之余的木板上，稍不留神就会跌落下去，下面蠕动着蛇鼠蟑螂，等候上面何时落下活物。其境惨绝人寰。后来，庙里送过来一石粮才算完事，吓破胆的革瓦又被打回庙里。此前他也办砸过差事，被在场的仁秦道尔吉重重给了一脚……

王爷跑了。

那位二福晋虽是东土默特旗破落官员的后人，却也性情刚烈，颇有个性。当年居然没有跟王爷哀嚎，求饶。也不知有心还是无意，王爷走时唯独扔下了她，也算在理吧！

她有股英气，没有哭哭哀哀，带着使女小凤逃难不成，又返回来，就在王府东南角的磨坊安顿了下来，依靠缝缝补补，种一点粮菜烟叶，勉强度日。以至于多年过去了，没有多少人注意。

使女小凤打小陪嫁过来，眼看着长大成人，她悄悄找阿贵庙大喇嘛念经超度，完结了小凤和马鞭一段荒唐之极的婚配，张罗着将她许配给了拉盐的阿木古楞，恩人老额吉的儿子。如今边民内迁，小两口搬到了罕乌拉山北坡。

说来，这位二福晋当年时常关照革瓦。衣服破了给他细密地缝补，由于一场无缘无故的灾祸，害得革瓦头破血流。无辜的年少喇嘛被投入地牢，王府深院的女人蒙在鼓里，只当是平安回到庙里。

过了山包，革瓦就看到了旧王府屋顶上的灰瓦，还有瓦片缝隙里疯长的杂草。府门上的紫红色矿物涂料裂出好几条密密麻麻的口子，铁制门钉七零八落，没剩下几颗。革瓦骑马从张着大嘴的石狮旁经过，拉了一下缰绳拐过弯，下了马。白马有些兴奋，扑哧着摇头晃脑，原来它就是这座王府原卫队的战马。革瓦撩起前襟对着墙根狠狠地滋，顿时畅快极了。

王府无人管护，门窗大敞，原来的雕梁画栋开裂脱落，院子里左右对称的两棵古榆半死不活耷拉着枝叶，粗壮的枝干垂到地上，砖瓦之上落满枯枝败叶。整个王府人去屋空，更显出破败的样子。自从旗府搬到二百多里开外的贝子镇，这个地方已经彻底让人们遗忘了，没有人进去，更没有人会有闲心在周边来回走动。革瓦系紧红裤带，抬起头。奇怪，东南面墙外模模糊糊有个人影在晃动。

靠着灰砖红墙是一处围栏，有个包着头巾的女人蹲在那儿，手里拿着锄头正在松土除草。随着手上的动作，女人一扭一扭向前活动。革瓦拴了马，走进用枯木沙柳枝扎了起来的围栏。真是不错的办法，防止牲畜闯进来祸害。女人听到后面重重的脚步声发现来了人，赶紧站了起来，用手拉了拉衣襟，灰蓝色衣服肩头上是补丁，黑裤子缅在一起，膝盖上也打着补丁，就差露出肉来。

“是革瓦啊！”

声音特别柔和，那么的好听，革瓦一时有些蒙住，在他们这儿不穿蒙古袍的女人比较少见，等到回过了神，赶紧应声：“哦，哦，原来是二福晋，你怎么没有走啊？”

“快别叫福晋了，这都什么世道了，让人笑话死了，就是让人扔了的封建余孽，以后就叫我本名努恩吉雅。”女人看着他，从头上拉下灰色头巾，拘谨一笑。

福晋大名努恩吉雅，东部的女子，这么巧啊！那首《努恩吉雅》，可是让人久久传唱的。围栏里面，这是福晋，不，是努恩吉雅的小菜园。还是人家大户出来的女子，干什么都有模有样。不一会儿，努恩吉雅摘了一大把菜，领着革瓦回了磨坊改造的家，小院里，一只公鸡领着几只母鸡一跛一跛迈着方步，低头啄着沙子，青瓦屋顶小屋的窗户糊着窗纸，下方镶着一块方形玻璃，擦得亮堂堂。家里利利落落，炕上摊着做了一半的羔羊皮蒙古袍。

努恩吉雅请革瓦上了炕，沏了一碗红茶放在他面前的小炕桌上。让他先喝茶休息。然后来回小跑洗菜切肉，她这是要留下革瓦吃饭。

“不麻烦了，一会儿还要回去。”

革瓦盘腿坐在炕上，他把两只黑臭的大脚藏在炕桌下面。说心里话，跑了半天，肚子还真饿了。听他的口气，跟着咕咕叫的肚子干瘪无力。抓起一块奶豆腐吃了，喝了一口红茶，酽而又甜，大热天的正好解渴。革瓦端起茶碗，一瞅，虽然少了下面讲究的碗托，这碗莫不是当年打到他头上的那一种？他顿时冒出一股无名火。

“你家这个茶碗有些眼熟啊！”

“您大人不记小人过，茶碗就是砸到您头上的那一种。我从王府捡回来的。”努恩吉雅正要给茶碗蓄水，紧张万分。

革瓦看努恩吉雅实诚，况且打破脑袋的又不是她。说起来，她被人扔了岂不是更惨？伸手不打笑脸人，低头吸溜一声喝了口茶，再没言语。

努恩吉雅想起过去的是是非非，说不清道不明，由他去吧，便说：“相请不如偶遇，今天的饭您得吃，想当年您可是没少照顾我的。”

“当年我是奴仆，做什么都是应该的。”

“可不能那么说，什么王爷下人，还不都是一样的人。大清国倒台三十来年，咱们这儿什么都没变，王爷还是王爷，奴仆还是奴仆，这民国可不就是假的。它不倒，谁倒。”努恩吉雅一边忙活手中的活儿，一边话赶了过来。

革瓦听了心里十分妥帖，趁着努恩吉雅洗菜做饭不注意，偷偷看。除了一身粗布衣裳，她还真没有多少变化，光洁的额头，齐齐的刘海，柳兰一样的浓眉，小巧笔直的鼻子，厚实的嘴唇，眼睛大而有神，含着温柔良善。革瓦看不够，忍不住还看，鼓胀的胸，屁股又大又圆。革瓦看得发直，努恩吉雅叫了两声，才回过神，挠了挠头。努恩吉雅在围裙上擦了擦手。哦，就是那块蒙在头上的灰布头巾。

恶霸王爷那是呱呱叫的南飞雁，革瓦早忘记了。他怎么就突然遇见了阿尔善草原上落了单的这一只？下了炕，解下衣服外面的宽皮带放到一边，上面的铜环磨得锃亮。脸盆里面印着三面红旗，用胰子手心手背洗了又洗。洗什么洗，穷讲究。可人家说了只好照办，整整倒了一盆黑水。这在他的生活中还是头一次。小屋里真香，不知是胰子香，还是努恩吉雅身上的香，又飘来了一股饭香。

炕桌上端上来的饭菜，革瓦不认得。嘭一声又多出一瓶罕乌拉老白干，不知这个努恩吉雅还会变出多少好东西。革瓦看得发直，直咽口水。

“知道这些年您发达了，没去找，就是怕给您添麻烦。”

“当年给我缝补袍子，我可没忘，有事尽管说。”

“可不能，咱成分低。”

“那是他，又不是你。”

“这个叫羊肉炒芹菜，这个是西红柿炒鸡蛋，说来都是家常菜，当年我跟着王府厨子学的。今天好好吃，就算嫂子犒劳您的，感谢曾经对努恩吉雅的莫大帮衬。”

二福晋，哦，又错了，努恩吉雅指了指炕桌上的菜，一一道来。她先给革瓦夹过来一张馅饼。空腹喝酒伤身体。说罢给自己也倒上了酒。她这是要和革瓦单挑啊！两只牛眼小酒盅，互相亲切地对望着。

革瓦吞下了两张馅饼，这叫什么饭，这么好吃，酒更是好久没有喝了。他捏着小酒盅仰头扔进嘴里，又辣又香，好酒。这才叫过日子啊！革瓦叹了一口气，抬起头。

“这里没有嫂子，更没有什么福晋。解放这么多年了，只有你，苦命人努恩吉雅，还有当年苦命的小喇嘛革瓦。好不好？”

“这样最好了，我不想再让人叫福晋，那是这辈子跳进哈敦高勒河都洗不净的耻辱。谢谢你，没把我看得那么下贱。”不经意间，努恩吉雅话里的“您”变成了“你”，自自然然。说毕，没等革瓦说什么，她一饮而尽，眼含泪花，只觉得这是此生遇到的头一份尊重。

革瓦种种思绪涌上心头，也干了。

吸溜一口酒，吧唧一口菜。革瓦甚至告诉她，阿尔善草原下一步就要发生的变化。作为生产队二把手，他的支书——一名外地来的毡毛匠，受苦人，如今变了个人似的，把一户老实巴交的牧民打成“坏分子”。按照上面的指示，昨天给他们支委下达指令。真把严肃斗争当作儿戏，让他心里很不舒服。今天出来转一转，顺便回一趟家。

有句谚语，对于猫来说是戏耍问题，而对老鼠来说就是生死存亡的大事。无论多么不情愿，他是队长，只能硬着头皮上。你劝酒，我夹菜，革瓦不想提烦心的事，努恩吉雅想听。她用胳臂碰了碰，革瓦犯迷糊醒了，又说起外面努恩吉雅闻所未闻的事情。她出身没落封建家庭，属极复杂的阶级成分。最近牧民们人心惶惶，户与户、人与人之间原本祥和融洽的关系变得紧张，平静的草原变得草木皆兵。努恩吉雅一个弱女子，身上一颤，嘴唇一抖，呜呜垂泪。

“你不要哭嘛，没你的事儿。你也是咱们受苦人，在团结大多数的范围。有我在，你放心。”革瓦醉眼蒙眬，拍了拍胸脯。

努恩吉雅害怕极了。就要到来的什么革命她不甚了了。多少个晚上，那些光棍二流子时常敲窗户，她惊恐，她不敢，她不是那样随随便便的人。

早听说革瓦现在是生产队的红人。她看准了，他心底里是一个好人，而且当年由于给她拔罐，头破血流。她担心手艺人这种自由职业者的身份不小心被人挖出来。打心眼里她是多么需要保护啊！

借着酒劲，她壮着胆偷看对面的人，听他的身世，知道了他有一位多少年一动不动的女人。酒是好东西，麻辣香醇间就那样揭开了人的痛楚、人的本真。其实革瓦谁又不认识哪？可他在外面就是一个凶神恶煞。每次外面闹腾，她都躲得远远的，恨不得钻进耗子洞里，于是几年也没有碰到过。就是去供销社悄悄出售一点烟叶，采买东西，她叫花子般穿得破破烂烂，只希望这个世上的人都嫌弃她、躲着她。这回算是看到了革瓦背后不一样的样子。

“有骨气啊，一个女人无依无靠的。”革瓦忍不住感慨。

老哈河的岸上，
老马拖着缰。
性情温柔的努恩吉雅，
嫁到遥远的地方。

酒过三巡，歌儿突然飞了出来，没有邀约，努恩吉雅轻轻哼唱。老歌《努恩吉雅》是那么的缠绵凄切，好像那歌里就是她，还有她回不去的故乡。她和小凤涂着满脸的锅底黑灰，一路装疯卖傻，半路上遇到同村两个逃难的人，听到日夜思念的父母已经不在人世，前方正在打仗，已经寸步难行。好在有老额吉收留，她俩得以返回阿尔善草原。

努恩吉雅一阵哽咽，泪花奔流，落入炕桌上的小酒盅，一粒粒飞溅。革瓦伸出大手轻轻拭去她的咸水养育的珍珠。

革瓦跟着也哼唱了起来，于是两个人的声音汇合到歌里。一个婉转，一个宽阔。只见细碎追寻着厚实，高歌等待着佳音，歌声变得更加浓醇醉人，如同秘史上成吉思汗痛饮洁白的策格一般，畅快无比。

驾起长辕的车，
走也走不回故乡。
花翅膀的小凤凰，
飞也飞不回家乡……

那一夜，你劝酒，我夹菜，歌里的哀愁，一桩桩心事，在小小的牛眼酒盅里跌宕起伏。努恩吉雅凑过来倒酒，酒瓶空了，咚一声倒了，就像她突然栽倒在革瓦的黑臭脚丫子上。从来没有喝过酒的她，醉倒了。

革瓦晕头转向，不过还算清醒。

他把努恩吉雅轻轻放平，下了炕把碗筷酒具放到灶间的大磨盘上，收起小炕桌，吹灭油灯，一咬牙推开门，闯进黑夜里。

凉风一激，身体里数不清的毛孔忽然涌出酒，重重地上了头，他从门口抄起马鞭，跌跌撞撞出了菜园。这不是努恩吉雅的古列延吗？古代有环车为营的古列延阵法，用来保护，也是部落的基层组织。她为什么这样防备？

走，还是留下呢？

望一眼磨坊小屋，虽低矮却温暖，和他那顶冷清的蒙古包一比，天壤之别。

“很晚了，还是不要回了吧！”

白马打着响鼻，咀嚼着缰绳以里的稀疏青草。他卸了鞍，取了笼头，给马下了皮绊，好像只是为了马，嘀咕：“跑了一天得吃草啊，可不能亏待了老伙计！”

鬼使神差，革瓦又返回屋里，摇晃发呆。睡意渐浓，他踢掉马靴上了炕。月色透过窗户纸，努恩吉雅发出哎哎呀呀的呻吟，嘿嘿着还发出笑声，露出笑意。眼前的热气，在革瓦的生活中早已抹掉了。鼻子一酸，他好像为自己单调无聊地度过许多岁月而惋惜，也为了眼前的一幕而欣喜。不由伸出大手轻轻摸了一下努恩吉雅的脸，手上细滑绵软，着了火发烫。拉过被子给她轻轻地盖上。被子就一条。革瓦仰面躺下，呼呼大睡了。

公鸡几声打鸣，努恩吉雅醒了，太阳照到窗户的上半截，屋里亮亮堂堂，她看了看身上的蓝布碎花被子，难道她是醉过去了吗？旁边鼾声如雷，男人的味道——汗馊味、脚臭味，各种味道一起扑过来，怎么回事？睡觉的是革瓦。她不敢看，难道他……努恩吉雅心惊肉跳，摸了摸身上，打着补丁的衣服整整齐齐还在，缅裆裤系着死结。她长舒了一口气。

离男人这么近，她忘记了，至少新社会以来在她的生活中还是第一次。努恩吉雅坐了起来，木木地看，革瓦睡得正香，胡子拉碴的，一定很扎手，她为自己突然冒出的奇怪念头，吓得一抖。

突然，努恩吉雅惊呆了。

中军帐高高升起，那是罕乌拉山顶峰。

五

正当本命年的革瓦，第一次以王府为视角，背靠山，面朝水，东西南北通达，他为自己无端绕道多年懊恼不已。白马沿着踏过多少遍的小路，哪一处有坑有坎一清二楚，用不着主人抖动缰绳催促，最先认了新家。由头简单，说来也不算什么由头，革瓦破天荒把从不离身的日本宽皮带忘下了，他过去取。一来二去，磨坊人家成了革瓦的另一个家，一个收藏舒适和隐秘的福地。

于是在那么一天，磨坊传出了婴儿响亮的啼哭声，独居的努恩吉雅生了孩子。豁阑豁阿“感光生子”，秘史上说的。难道发光之人飞入屋内也抚摸了努恩吉雅的腹部，还是那个逃跑日久的王爷黑灯瞎火潜回来，悄悄种上了他的王种？阿尔善人百思不得其解。

阿尔善方圆几十里，细思量，哪一个牧人没有穿过她缝制的蒙古袍！在草原古老的传统里，生命的降临总是神圣的。女人们悄悄送来了奶豆腐黄油。有人还早早给叫来了乌都根，草原上的接生婆什么产妇没有见过，只需胎位正，高龄不算什么。加之革瓦悄悄过去请来了小凤，小凤陪着努恩吉雅安安静静坐月子，下了地。她俩早已姐妹相称，每天有说不完的话，不分彼此。磨坊的门楣挂上了剔肉小刀，这是男婴的标志。作为努恩吉雅老家习俗的红布条，也在小刀旁随风舞动。

努恩吉雅是那么的卑微，往常恨不得给所有认识不认识的男女老少点头哈腰。这一回，努恩吉雅不吐半句，不再惊恐。咿咿呀呀的赤子融化了她，脸色安详，能吃能睡，奶水泉涌一样饱满。她真想放开嗓子喊，原来她也是会生的，孩子的阿爸不是坏人桑杰，而是他的奴仆革瓦。曾几何时，每逢正月十五元宵节的晚上，作为二福晋的她，总要过去摸一摸王府紫红色大门上的门钉，因为门钉的“钉”与添丁的“丁”谐音。汉地过来的算命先生说过，摸门钉能祛除百病，早生贵子。她信。

夜色深了，革瓦悄悄潜回来，他在门口呸呸两下，赶跑夜游鬼怪。等到身上的寒气没了，他凑过来贪婪地看着儿子圆嘟嘟的小脸，然后抓起爱人的手拍了一下，表达着无言的爱抚。努恩吉雅抽回手，顽皮地撩起衣襟，拾起鼓胀的奶子滋了他一脸，革瓦的大嘴就扑了过去，努恩吉雅痒得咯咯笑。

他想起第二次去见努恩吉雅，夕阳闪亮地打在努恩吉雅的身上，努恩吉雅正在菜园苦巴巴望着他，好像人都瘦了一圈。他看了心里猛地一紧，走过去一句话也没说，将努恩吉雅一夹，横直直，扔到后屋的磨盘上铺展。欲行好事，一拉一拽，革瓦硬是脱不掉她的单裤，急得干脆探下脑袋，用牙一扯，解下系得死死的裤带，那是一根差不多已经搓成绳子的布条。后来油灯黑了，荒废多少年的磨坊又一次发出毛驴扑哧扑哧的响鼻和转磨的声音。

“这个——磨盘大是不——大。”

“磨盘再大，没——你的屁股大。”

胡言乱语间，努恩吉雅白生生被碾碎，啊的一声死了过去。革瓦此生除了在公社食堂吃过那么一顿白馒头。揉面，上蒸，大手捏着吃到了又一顿白白软软的大馒头。

革瓦站在刀尖忍不住狂喜，迎接这不期而遇的盛大节日，又好像要害一场大病。这种心理使得他心惊肉跳，似乎又被扔进地牢，黑漆漆的下方是毒蛇臭虫，时刻准备撕咬像他这样随时掉落的沉甸甸反动透顶的一坨臭肉。他害怕回到把他牢牢钉着大概从来不会变化的那顶蒙古包，那原来就是他的归宿。他理应过那样的生活，无欲无求，照顾病妻。他突发奇想过，要是能找到一个谁也不认识的地方该有多好（有一次想翻过铁丝网逃走，着实把自己吓坏了），他和努恩吉雅长相厮守，把斯琴花日和两个孩子带去，这样他就不用为自己眼前的非分之举感到恐慌了。他是一个让斗争、病妻、生产队绑得死死的人，他拿着前程乃至性命，越过了纲常不可逾越的鸿沟。那就骗，瞒下去，只要看到他们母子俩平平安安就行了……

外面抓不完的“坏分子”，没完没了的口号，就在这一扇温情的薄门之外。距离藏在岁月褶皱的这一户奇怪人家，感觉是那么的迫近，又好像十分遥远。

端着五六式半自动步枪，腰里别着手榴弹，一帮基干民兵神不知鬼不觉潜伏在王府墙根。子弹推上膛，扣好保险，等待虚无中潜回来的反革命分子。革瓦心里乐开了花，终于有了儿子，上苍开眼啊！说归说，跑前跑后假装真实。由着基干民兵说，“活腻了，敢过来，看不把他千刀万剐。”

私底下，革瓦存心要支走这帮碍事的基干民兵。他找民兵连长诉苦，借口没了口粮，说的话有条有理：“一朝分娩，那是十个月前干下的，难不成桑杰还敢过来庆贺他狗崽子的满月！”

民兵连长寸功未立，无动于衷。革瓦又生一计，指派永青扎布从羊群抓回来一只大羯羊，掏了心，派人修整王府厨房后面坍塌了许久的大烤炉，下足功夫来了个烤全羊，又喊来两个女人灌了血肠。招呼基干民兵胡吃海喝了一整夜。将头蹄和割下来的两块肉，悄悄交给永青扎布。他惦记着阿尔善河岸的母女俩和一对可怜人。

第二天，基干民兵坐上手扶拖拉机撤走了。民兵连长心满意足，只当进行了三天野营拉练。

抓捕桑杰不了了之，平常如昨。

革瓦一头浓密短发，身材不高却敦实，好像有使不完的蛮力，一双闪亮的鹰眼，让人猜不透他在想什么。脸白，一看不怎么干外面的体力活儿，开惯了有用没用的大会小会。他到谁家闲逛，那是访贫问苦，检查“二月逆流”。至于那个爹还没有着落的新生儿，谁人敢怀疑生产队队长革瓦同志。

南斯日玛出落成了大姑娘，害相思不是一年两年了。痛苦更是没有减轻几分。革瓦参加婚宴喝醉了酒，第二天早上才回来，唠叨永青扎布成了家，当天晚上就领着新娘子回到了前面的蒙古包。南斯日玛呆住了，她不敢不信，此前一直蒙在鼓里，心心念念的永青扎布成了家，新娘就是和她睡在一个被窝的金香。眼睛是爱情的信使，原来永青扎布骑上马回头深情注目的不是她。她怎么那么傻啊！

南斯日玛嘭地踢开包门，出去了。革瓦看女儿发了火，有些摸不着头脑，突然想起什么似的，愣住了。风雪之夜的第二天早上，永青扎布牵马驮着南斯日玛，赶着羊群回来了，还拿过来獾油给她擦冻伤的脸蛋。他们一起在外面过了夜。难道傻丫头喜欢上了永青扎布？两个人莫不是——，永青扎布现在却反过来娶了金香！

革瓦恨得牙咯吱一咬，使劲捶了一下小饭桌，木碗里的炒米嘭的飞到黑亮的帆布上。痴女人木木地看他。

南斯日玛狠狠地踢着石子，走着走着，停了下来，她这是要干什么。永青扎布对她那么好，金香姐姐更好，她小孩子一样还偷偷含过人家的奶，多害臊啊！

那顶蒙古包的烟筒总算冒出了一道白烟，往常可是早早冒出来的。她看到有个红衣袍女子出来倒灰。金香手搭凉篷，也看到了南斯日玛，招了招手。

“南斯日玛，过来。”

南斯日玛唉地一声应答，犹豫片刻，还是不紧不慢跑了过去，噘着嘴什么也不说，攀住金香左看右看。金香不高不胖不瘦，脸上白里透红，眼神脉脉含情，眼眶乌黑一片。金香想起什么，脸上微微发烫。

“不认识姐姐了，这样看我，让人怪不好意思的。”

“姐姐，你真是他的妻子啊。我可是从来没有想到。”

“这有什么想不到的，那天我还让你哥过来叫你去参加婚礼，可你不在。怎么，生气了？”

“姐姐，我就是生气，可怎么敢啊！”南斯日玛当然生气，她在暗暗地生永青扎布的气，金香又怎么知道！

进了包，南斯日玛顿时羞红了脸。永青扎布还没有起来，光着膀子还在睡觉，腿还露在外面，上面是黑乎乎的毛。这是怎么了，病了？

金香红了脸，后半夜两个人才睡了那么一会儿，怎么能不累！她急急地抓起永青扎布耳朵，叫一声："起来，南斯日玛来了。"

永青扎布睁开眼，吓了一跳。这个妹子，早不来晚不来，偏偏这个时候来，他还光着。便无由头地怪起了金香："你也不早点告诉我一下。"

"我起来拉开顶毡，以为你也起了的，你也不看看太阳照在什么位置了。"永青扎布扭头一看，太阳照在偏西北，龙时八点。这在他的生活中还是头一次。

夫妻俩说话间，南斯日玛退了出来，站在外面，她远远地望着前方渐已开化的阿尔善河出神。长长的河，由东向西，再向南，奔流不息，终究一去不复返啊！他们二人艰难地走到了一起，细细思量又是那么的天造地设。她听阿爸说，永青扎布把母畜全都白送给了互助组，还说他怎么就那么傻。阿爸一贯说一套做一套，她早就见怪不怪了。永青扎布一定是为了他深爱的金香。此时的她，彻底懂了。

回了包，南斯日玛恢复了平时的机灵样，嘻嘻哈哈逗笑他俩。那个糖块，那么甜，甜在了心里，她还是第一次吃。她带过来好多两个人带给她吃的用的物品。她剥了糖纸，放进额吉嘴里，额吉抿抿嘴，好像还笑了一下。南斯日玛看到了，她急急忙忙喊过来阿爸。革瓦看了一眼，女人一动不动，依旧木在那儿。他瞪了一眼，回她一句："胡说八道，怎么可能！"

这些年，女儿的个人问题成了他的一块心病。

托人给她介绍的对象有赤脚医生、民办教师，还有公社新分配下来的小年轻，那可是吃细粮的国家干部。一次问得急了，她回过来一句，"不如永青扎布的一律不找。"这回答真是叫绝了。

革瓦指着女儿，呵斥道："永青扎布，咱们关起门可以说一说，是个不错的青年。可如今他们那个成分说不清道不明，现在躲都躲不过来，你却照他的样子找，况且人家成家都已经几年了。傻丫头，你怎么就这么不着调！"

革瓦恨不得狠狠抽她两下，就像抽打那些坏分子，可又舍不得，这孩子从小惯得没个样。他已经毫无法子。家里的女人，一个一动不动，一个痴痴傻傻。看她那个狗脾气，和他年轻时一模一样。自此也就歇了心，再不去想那些说也说不清的事情。就比如，他给别人讲的道理一个比一个高大，可他能离得开温柔贤惠的努恩吉雅，离得开给了他中年生活无尽快乐的儿子蒙更高勒吗？那种偷偷摸摸拥有的欢愉，唯恐被人揪出来，所以更加浓烈。

一年又是一年，南斯日玛陷入深深的苦闷当中，她不去理会别人怎么想。没有前面的他俩，她怎么能知道男女之爱，怎么就突然长大了？不远不近心碎地看着他们的蜜意，尝遍相思之苦。她想过闯入他们的生活，又或突然把永青扎布抢过来，缠着他，两个人一起偷偷跑掉。她可以不管不顾地对永青扎布好，给他生一堆孩子。让他们二人从此再无可见，看金香现在连孩子都生不了。可这是多么的不现实啊！

野外放牧时，永青扎布连她大胆的贴近都看不出来，看她一眼都越发难了。难道她就不是含苞欲放的大姑娘？她现在大了，身子也在胀啊！

一段时间，南斯日玛唯一的活动，就是天黑了到阿尔善河边，一待就到很晚。只有这个时候她才不孤独，白天的光亮和夜晚的黑暗，以及光亮和黑暗里面活跃的因子，互相抵消，作着某种平衡，顺着河水不紧不慢地向着前方流淌，给她的心灵一点自由。有时她从记忆深处挑选几首长调，如果说足以表达心之所感的还是《罕乌拉》，于是时不时低声哼唱：

夕阳照在了，
起伏的大地上。
西边是茂密的森林，
东面是长长流淌的阿尔善河。

还有那，
巍峨神圣的罕乌拉山，
护佑草原吉祥平安……

公社举办毛泽东思想学习班，阿勇嘎过来讲了话。他鼓动革瓦送女儿过去，一个大姑娘不识字、不懂毛泽东思想怎么行！革瓦回来一说，南斯日玛痛快地答应了。革瓦让她别多想，家里有他，放心。况且只是一年而已。可她还是放心不下。

南斯日玛咬咬牙暗暗下了决心，那种想着改变，本是一个人内心原本存在的，她还是时不时蹦着跳着走的年龄。每次放羊归牧，她胡思乱想，小的时候放家里的五只自留羊，后来挣工分放生产队的羊。阿爸永远有出不完的门，好像这个家就是他过来住两天的地方，他眼里只有队部，也不知里面有金子还是银子。额吉一头黑发冒出了好几根白发，难道一个人不声不响坐着也会变老吗？

犹豫片刻，她咳嗽了一声，拉开毡门。哦，前面的蒙古包，整整一年没有来了。永青扎布、金香一致支持她出去学习，让她放心，他们会每天照料斯琴花日额吉。自己的三位老人时不时过去安顿一下，再加一个又何妨。父母岁数大了，岳父手有伤残，三个人互相有个照应。就像外人知道的那样，阿爸担心落下的树叶砸破头，想着离儿子儿媳远一些，他们年轻，戴不起那顶大帽子啊！

南斯日玛激动得望向两个亲爱的人，每天想见又怕见到的两位。说多么重的感激，对她都太轻了。她不知道永青扎布怎么就这么沉得住气，以德报怨，干干净净。六个哈那蒙古包被征用，实则没收归了公，成了她阿爸享用的队部大帐。

南斯日玛离家的日子越来越近了。前一阵子那股高兴劲儿过去了，她一刻闲不下来，恨不得把家里以后的活儿，攒到一起都干了，这样心里好受一些。额吉可是离不得人啊！可是，她大了，已经到了非离家不可的境地。

“额吉，我走了。”

南斯日玛喉头哽咽，转身又望了一眼一动不动的额吉。父女二人提着包，一前一后出了毡门。谁也没有发觉身后那双眼神闪过的一丝光亮。

南斯日玛是极聪明的姑娘，学习班难不倒她。接着又插班上了旗里的学校。她是班里的骆驼，不怕，至少这样可以看不到永青扎布和他的爱妻。她虽然羡慕嫉妒，还有嫉恨，可是她没有权利夺走对她对他们一家有着莫大恩情的一对夫妻的幸福。她怀着一种深埋的爱、一种深切思念之情想着他，从心眼里打算成为在各个方面都可以使他信赖喜欢的人。她多少次想要让他知道，她南斯日玛是世界上最忠实、最爱他的人，他会感到非常幸福的。她要装出一副别的样子，好像她对他什么特别的想法都没有了，也不应该有。那是多么的痛苦啊……

生产建设兵团第九师轰轰烈烈开进阿尔善草原。

南斯日玛就在那个时候当上了一名光荣的兵团战士。知识青年到农村去，广阔天地，大有作为。她也要当一名毛主席派来的知识青年。

单丝不成线，单恋不成爱，她终究是懂得的。

六

不知从什么时候起，阿尔善草原外来人口多了，盖起了一排排土坯房。拆完了阿贵庙，有人赶着车到王府拉砖。阿木古楞居然也来了，努恩吉雅骂跑自家妹夫。这么多人和车，王府拆了，磨坊怎么办？

努恩吉雅借了匹马，急匆匆去找革瓦。不在队部，又到牧业组、农业队、配种站，该找的地方都找了，还是不见人影。怎么办啊，她急得哭出了声。情急之下，一咬牙，骑马直奔他家的方向。顺着阿尔善河边的一条小路一直走，不远也不近。革瓦说过，河湾有棵大榆树，顺着左手再往北，从很远处就能看到台地上一前一后两座蒙古包。这在她的生活中还是第一次。

拴了马，双腿像灌了铅，不知是骑马僵直了腿，还是害怕，努恩吉雅用手理了一下头发，拉了拉衣襟，咳嗽一声，拉开门低头进了包。心里直犯嘀咕：革瓦在还是不在，听得耳朵生了膙子的斯琴花日什么模样？冷不丁碰面，斯琴花日像一尊神，一动不动，努恩吉雅顿时惊惧无比，头皮一炸。

努恩吉雅想了一路，见了怎么打招呼、怎么问声大姐好，猛地见了，打乱了她的所有计划。尤其看到那双眼睛流露出来的神情，不知如何是好了。革瓦真是不管不顾，粗枝大叶。女人的心啊，藏在眼神里，大姐明镜似的！她越发有些不安，搓着手想从手心里搓出主意来。私底下她占了人家的丈夫，哪有什么正大光明。家里有女人，外面再找一个，那可是犯法！

革瓦说过家里脏得不成样，乱堆乱放。她拧着他回去好好拾掇拾掇。革瓦说了，“不穷不脏，我还参加不了互助组，也当选不了组长哩！”革瓦说过女人（当然是眼前的这位）瘫了，不会说话，只会吃。她还不信。

放下手中的小包袱，那是带过来的几张馅饼。努恩吉雅从土炉旁民兵训练用的弹药箱里取了牛粪加了火，放上小铁锅，翻箱倒柜找到一块羊油，刮了刮，热了带过来的馅饼，放进碗里。她颤巍巍递给斯琴花日。不仅她的手在抖，嘴唇抖，心抖得更厉害，一句话磕磕绊绊。

“姐——你吃——看好——吃不？”

斯琴花日瞟了一眼，一动不动，原来她的全身真是动弹不了的。努恩吉雅鼻子一酸，泪就下来了，姐姐真苦啊，这么多年怎么过来的啊！她端起碗，用筷子小口喂了斯琴花日。她费力地张嘴，搅动着僵直的舌头，看起来吃得很香，一双眼睛表达出极为丰富的内容。两双眼睛碰到了一起，努恩吉雅好像读懂了许多。

金香拉开包门进来了，见了努恩吉雅，点了点头，今天来晚了，坐下来先给额吉喂饭当紧。这位阿姨在哪儿见过，一时又想不起来，一看就是一个勤快人，擦的擦，收拢的收拢，洗了脏衣物，把家收拾得干净利落。努恩吉雅见到生人有些慌张，手脚也有些不自在了。

“孩子，别喂了，刚给大姐吃了一张馅饼。”

“啥是馅饼，我怎么没吃过。”金香好奇。

“就是我们东土默特人家常吃的面食，你尝尝。”努恩吉雅笑了笑，端起锅放在炉子上，上下一翻热好了，金香嘴馋，几口吃下一张。努恩吉雅又加过来一张，她接过来放下不吃了，头一低，腼腆一笑。

“馅是油渣做的，还有菜，味道有些熟悉。”

“哈拉海，就是荨麻叶子，王府墙外多了。”

说起王府，金香突然就想起了什么似的，她看了看：“阿姨，我想起来了，我见过您的，您原来是王府的……”

努恩吉雅吃了一惊，立在那儿有些惴惴不安。金香绝顶聪明，岔开话，说留下的那一张馅饼要带给阿哈吃，让阿姨不要笑话。努恩吉雅就知道了那是小媳妇的男人。她管男人叫队长。每个人的叫法各不相同，爱意却一模一样。

“我阿爸是王府制香匠人，额吉是小王子的奶妈，王府赛歌会我家阿哈的妹妹唱的《月出之光》，您记得了吧？”

努恩吉雅倒记不得了小时候的永青扎布，可她对赛歌会一直记忆犹新。那时她被打入了冷宫。偷偷地在厢房外面听了一夜的歌，那一夜一首《月出之光》已经够了，她惊为天籁。其中一句“他们睡下了”，平平常常，最让她心动，于是就有些感慨。

“孩子，你一说我知道了，你是仁秦道尔吉大哥的儿媳妇，好多年前我还给你缝制过羔羊皮袍哪。我不说，你也知道我的，我就在王府旁边的磨坊住。”

金香怎么也不会把眼前好看和善的阿姨和那位没有男人就生了孩子、让人指指点点的女人挂上钩儿，感觉到传说的极不真实。看她一直忙着干这干那，知道还没有吃饭。

“阿姨，这个您吃。”

努恩吉雅停下手中的活儿，她还真饿得有些心慌，感激地望向小媳妇，嗯了一声，接过碗，酸奶拌炒米，拿起小木勺咯吱吱地嚼得那个香，又舔净了碗里面。金香看了，这哪里是原先的贵夫人，只见过公公婆婆还有阿爸吃完饭舔碗的。少有的古风、美德。

金香出去了，不一会儿气喘吁吁地跑回来。

“阿姨，这是一张羔羊皮、一张獭皮，熟好的，放家里也没用，您拿去或许有用。”

“这么贵重，怎么可以的。”

“这是我家阿哈在野外遇到的别人不要的冻羔，还有他打的獭子，没什么的。”金香把皮子一卷放进努恩吉雅碎布片缝制的布袋。

“阿姨，孩子一个人在家？”

努恩吉雅回过神，这才恍然想起此行的目的。

“你不说，差点误了事，有人在拆王府，我满大队找队长，找不到，就过来了，这可怎么办啊，我那个破磨坊就挨着王府仓库墙根的。一着急，把孩子放在家里，就赶了过来。我这就——回。”

门拉开，革瓦低头进来了。三个常人抬起头，都愣了。革瓦更是惊出了一身汗，他唯恐别人知道，瞒着捂着，可这娘们儿却找上门来了，给他丢人现眼。于是假装不熟，狠狠地挖了一眼。

“你到家里，有什么事？”

努恩吉雅一看这架势，这是惹了大祸，抠着衣襟，说道：“我去队部还有几个地方找您，没有找到，一时着急，就到了家里。有人在拆王府，您知道吗？拆了磨坊我们娘儿俩可怎么活啊？”她又是着急又是生气。心里气骂：“狠心的东西，看你要不要儿子。”却又说不得。

革瓦一听，还真是一个很紧迫的事情，况且他只是说给金香听的，他在那个家早已是努恩吉雅的手下败将，百依百顺的。拆王府危及他们娘儿俩生活，直指他的小日子。

“你及时报告是很好的，王府可不是谁想拆就能拆的，那是旧社会封建压迫的罪证，没有旗革委会的命令随便动，那是犯法的。你带路，咱们现在就过去，如果情况属实，我抓紧报告公社。”

革瓦屁股还没坐稳，做出公事公办的样子。他抬头看了看包里，亮堂堂规整了许多。

“孩子，自从南斯日玛上学又进了九师，可是辛苦你们了。”他对金香说道。眼前猛然间闪过多年前的那一道白光，稍稍有些慌张，好像什么秘密让人一揪。

“队长阿巴格，可不能这样说，南斯日玛是我们的好妹妹，这是应该的。家里不是我收拾的，是阿姨。阿姨做的馅饼真是太好吃了。”

革瓦看了一眼努恩吉雅，心里有一股说不出来的难过。他们偷偷摸摸在一起，本就亏欠人家，如今到了家里，没有怨言不说，还给斯琴花日洗了脸，擦了身子，喂饭，收拾他的破窝。馅饼，他第一次吃就吃上了瘾，努恩吉雅时常做的，皮儿薄薄的，能看清里面的馅儿。他的心底涌动着亏欠。可他只能装，做出生气又要走的样子。

两个人骑上马出发了。临出来，努恩吉雅不安地偷偷看了一眼斯琴花日。斯琴花日的眼神闪了一下，上天不让她从嘴里发出的声音，从她的眼神中散发了出来。努恩吉雅觉得已经或多或少译出了她的目光。

一前一后两个背影，转眼工夫消失在昏暗的夜色里，马蹄声也愈来愈远。草丛间的蝉鸣无人管束，敲击着金香的耳畔，她对刚才的一幕有些惊讶，慢慢踱回家。听了她的叨咕，永青扎布哦了一声躺着没有吭声，从男人的角度其实他早就知道了。

有那么一次，他前去探望三位老人，路过王府。有个男孩正在路边扔着石子，旁边是捡了半筐的牛粪。一问，小孩神气地说他叫蒙更高勒，五岁。乍一看，怎么就看出圆乎乎的小脸上有着南斯日玛的样子，眼睛还是嘴巴，反正说不清，他全明白了。他倒不操心别人的事情，况且斯琴花日额吉多少年都那样不声不响了。此时，他的儿马黑旋风又几天不见了踪影，何况正当壮年的男人！

此前有过那么几次，在斯琴花日额吉面前提及那对母子是犯忌的。每次她的眼睛变得呆滞，饭到了嘴边也不给张开。于是，他和金香悄悄说起这些，总会避开这位颇有些大智若愚的病人。这次，努恩吉雅冷不丁过来了，斯琴花日却不像从前，难道她接受了另一个女人的无端闯入？永青扎布不解，还有疑惑，他对自己之前的判断又有些怀疑了。

草原如同一口倒扣的黑锅，一片沉寂。蒙古包里不热，但是有火苗，那是永青扎布和金香身体的火焰，那漫长的黑夜里，他们时不时需要黏在一起，探求彼此的全部秘密。金香的肚子总是那么的平滑，永青扎布有些隐隐的担心，金香制起香来像个疯子，她的秘制已经大有进展，可一放下手中的活儿，身上处处疼。

奔出了很远，努恩吉雅的马鞭落在了革瓦身上，那条鞭子还是他费了三个晚上精心做的哪！虽然轻轻甩了一下，可由于马上的缘故，鞭子就有了加速度，后背嗖地有些生疼，革瓦心里有亏欠，也就不作声。努恩吉雅气不打一处来，强压的恼怒弹射了出来。

“混账东西，刚才真是队长教训牧主婆，你是不是人，怎么就那么狠心！”

“我那不是做给金香看的吗，真是的。我一个队长怎么也得有个威信吧，要不，革命工作怎么做！”革瓦嘿嘿笑。

努恩吉雅将缰绳稍向一侧抖了抖，凑了过来，狠狠地说：“说了一句还喘起来了，看把你能的。一会儿看怎么收拾你，见了人家金香那个德行。”

气话说完，也就过去了，急匆匆到了家，儿子乖巧无事，两个人高兴坏了。夜半，狠心的老鹰于是变成了和平的鸽子，几天来的一次相聚，使得生活的美好，在一张不大的窄炕上灿烂盛开。

努恩吉雅跑了大半天，又经过刚才的体力劳动，累坏了，轻轻地打起了鼾。革瓦给她掖了掖被子，吹灭油灯。白天，他陪着旗革委会主任阿勇嘎沟沟坎坎跑了好些地方，确定修筑工事的地点，努恩吉雅如何能够找到他。摸了摸齐刷刷扎手短发，革瓦暗暗打定了主意。

他第一时间想到的是大队六个哈那蒙古包的新去处。

越快越好，马上从现在兔子不拉屎的风口搬出来，搬到王府，靠近照壁，把写有“队部”的小木板钉到包门上方。再收拾出几间厢房当仓库，堆上上面下来的救济粮返销粮和社员们种出来的玉米。还需要一个保管员，应该是从封建恶霸欺压下解放出来的社会主义新人，还得是个眼里有活的女人，给下乡干部做饭。

上面规定地富分子家、干部家不派饭，不吃肉蛋，咱们就粗粮细做。关键的关键要有高度的警惕性，破坏分子一有风吹草动，立即报告。

这样谁还敢拆王府！

第二天，革瓦快马到了公社，往旗里摇过去摇把儿电话……

第三章

秘方

一

一天当中太阳照在身上最暖和的时候，送午饭的马车到了。

平平常常的饭菜在野外已经是难得的大餐了。木桶盛着满满的高粱米饭，又一桶是飘着香气热气的猪肉酸菜粉条大烩菜，小桶里则是切成手指般粗细的咸菜。战士们端着清一色搪瓷饭盆，一拥而上，好不热闹。

战士们在田埂上或蹲或坐，吧唧着嘴巴吃得那个香。吃完了再打，抢肉片。年轻人到底能吃，两个大桶一个小桶转眼见了底。喂饱了肚子，一个个又活了，开玩笑说闲话，有的跑到棚里打盹儿休息。南斯日玛记得清楚，下午三点多刚下地劳动，阿尔善河方向有一股浓烟冲上了天。

“着火啦！”

听到喊声，大伙儿停下作业。天空弥漫着灰蒙蒙烟火的气息，火灾最让人担心。连长指导员去团里开会去了，排长应该起个带头作用，排长也不在，难道在偷懒睡大觉？大伙儿七嘴八舌，没人指挥，急死人了！有人抄起家伙直奔火海，地里的人们不明就里，以为有了指令，跟着追，于是大伙儿一起追。火灾看起来很近，有经验的老同志知道，少说也在十里八里开外。

跑出去没有多远，加之刚吃过饭，战士们一个个捂着肚子，疼得要命，气喘吁吁，全身湿透，有人脱下外衣扔到地上，有的干脆脱了绒衣绒裤，草原上扔着清一色的黄军衣。时间紧迫，谁还有闲心管衣服，新的，旧的，大的，小的，顿时摞成了一堆。女战士带有香皂肥皂雪花膏味的衣服，开始还放在一边，后来也都淹没到了臭烘烘的衣服堆里。

赶到阿尔善河边，热浪一股脑袭了过来，呼啸的火海在对岸横行霸道，噼噼啪啪的爆裂声，不由得让人毛骨悚然。阿尔善河上的薄冰挤压碰撞，冰下是潜伏的水流。有人试着踩上去，冰块摇摇晃晃，吓得人们纷纷退了回去。

以阿尔善河为界，右岸是五星生产队草场，左岸是四十一团开垦的麦田。对岸发生火灾，南斯日玛最着急。一种从未有过的恐惧，压倒了那些英雄主义口号，她本能地想着往后退。然而，战友们就在旁边，一个个摩拳擦掌，有的拿着铁锹，有的背着扫把，有的拿着麻袋当作武器。想着退一步的她咬了咬牙，不管不顾地在冰水中打了一个滚儿，最先从冰块上踏了过去，迈出了勇敢的一步。

众人看得真切，紧跟着踏过冰块冲到对岸。不知是谁踩到薄冰，扑通一声陷到河里，赶紧让人拉上来。上了岸，看准风向，队伍成扇面散开，从背风处直接冲到火海边缘，紧追着明火扑打。

着火点层出不穷，扑灭了一处，还有下一处，战士们忘记了时间，忘记了劳累，时间过得飞快，又感觉那么的漫长，每一秒钟都是生与死的考验。不知不觉过去了四五个小时。大家体力不支，湿衣服烤干了，每个人浑身草木灰，脸上淌着灰黑的汗珠，鼻子、耳朵、手脚都被火苗燎得渗出黄水，只剩下洁白的牙齿和一闪一闪的眼珠。女战士蓬散的头发杂草一样翘立，像是《西游记》里的女魔，看着吓人。

“向兵团学习，感谢你们！”夹杂着汉语、蒙古语的呼号声一浪高过一浪，激动人心。南斯日玛从远处看到了阿爸和永青扎布。在他们最需要支援的时候，战士们和生产大队的打火队汇合了。社员们带来了力量和经验。

火场全线告捷，人们开心得嗷嗷叫。南斯日玛那个怪模样，他们又怎么能认得出来。她正想着跑过去打声招呼，两支打火队伍刚刚碰头就分开了。分头返回去再踏查一遍，暗藏的火苗最危险。

等到原路小心过了河，众人打着寒战，才觉出单衣的冰凉，脱缰的野马乱了队形，他们只能靠跑步取暖了。衣服堆都是一样的黄军装，一时如何分得清楚。一个个抓起来就穿，还有男女混穿的，全乱了套。

回到连队，战士们因疲惫寒冷，脱下脏衣就钻进了被窝，至于穿错的衣服谁也没有力气走动调换了。炊事班的同志把饭菜送到每个班，有的就在被窝里啃了几口窝头，喝下几口白菜萝卜汤，碗筷一撂，纷纷昏睡了过去。不一会儿，飘扬的呼噜声此起彼伏，就像山里发出的阵阵狼嚎。此时只有睡觉才能治愈浑身的疼痛。

女兵宿舍的大通铺上，南斯日玛呼呼大睡，旁边两个空铺上的战友，看守麦种，没有回来。夜里，她突然醒了过来，伸手摸了摸旁边，铺上打过来一道月光，更显得空空荡荡。

凌晨时分，暗夜里突然传来一声哨响，一阵紧似一阵，紧急集合的哨声凄厉瘆人。呼噜声接到了严厉的指令，猛地停了。战士们一骨碌爬起来，在黑暗中摸索着穿衣、蹬裤子、找鞋，冲出了宿舍，哈欠声、叫骂声、整队集合声不绝于耳。五分钟，以排为单位，齐刷刷列队完毕。情况已经不用再细说。战士们看得真切，前方的天幕被照得通红，如果在平时也许那是一道壮观的风景，可在他们的眼里却显得异常的恐怖，又是火灾，而且大致是连队大会战的方向。

黎明静悄悄，疲惫恐慌的神情已经从每个人脸上一扫而光。连长做了详细的部署。男兵每班一组，拉着炕毡冲在前面压灭火头，女战士拿着扫把，跟在后面打余火。团里刚刚下达推广的新战法非常管用，打火队伍第一次有了战斗队形。加之队伍吸取了头一天打火的经验，压住了一处处明火，人也安全了。

高出人头的一股明火忽然窜到沟底，火借高密的丛草，燃烧起来有一丈多高，然后再没有了乱窜的力气，山坡上的火势由于草低稀疏，已经被扑灭。绵延十多里的一股股火龙纷纷被合围、降服。大家上气不接下气跑上前方的山包，远远望去，他们这几天新开垦的几千亩处女地，此时悄无声息。

“难道没有过火？”

“不可能。”

南斯日玛的心，忽上忽下乱飞。外围还没有开垦的地方分明黑乎乎一片，上面飘动着烟雾，队伍骤然紧张了起来。

就在昨天下午，全连战士一溜烟蹚过阿尔善河打火，其实还有两个女战士留下来看护麦种。她俩又急又羞，急得是想去，去不了，麦种没人看怎么行。羞的是别人都去打火，好像她俩落后掉了队。其实下夜责任大，两个人没有轻闲片刻，白天一直在给麦种拌农药，晚上更需认真看护，野猪狐狸时不时过来偷吃破坏。

夜里，西北方向的草原着了大火。风很大，火借风势很快烧到了田间地头。此时，她俩躲到耕地就不会有任何危险，一千多亩耕地没有可燃物，大火是烧不过去的。可她俩没有这么做，而是迎着火头，脱下棉衣奋力扑打，防止大火烧到几大麻袋麦种。人们之所以这样判断，是因为战友们发现，她们倒在了麦种的来火一侧，面向大火倒下的。这是草原上打火的大忌，扑火的人会因瞬间窒息而烧伤或烧死。不幸的是，我们年轻的战士就是这样做的。

战友们跑过去，地头上的几麻袋麦种已经烧焦冒着白烟，冷不丁一碰，轰然倒塌。猛地，地里站起来一个人，像是从死亡线上爬出来的残躯或烧黑的木头，挣扎着立起来，发出微弱的声音：“那儿还有……”然后断成一节摔在地上。连长扑了过去，用衣服把她包住。可是，四下看看地里哪里还有人，只有一堆黑乎乎的物体、两块烧焦的鞋底，还有一根冒烟的木头。看见这一幕，战友们忍不住失声痛哭。他们不知道如何捡起战友的身体、怎么能够安装在一起，完整起来，重新说笑。

太阳下山了，西天一片血红，草原暗淡昏黑。女兵们横七竖八瘫作一团，像是受到天大委屈和惊吓的孩子。不知是谁第一个哭出了声，接着一片抽泣。带着极度的疲劳和痛苦，身子一软，一个个躺倒在松软的地里。是啊，他们毕竟不是英雄好汉，大多还不到二十岁。南斯日玛的脑子里一片空白，原本灵巧的腿软得迈不动步子。

战友们赶到时，一位女战士已经牺牲了，另一位挣扎着站起来，呼喊“抢救麦种”。麦种烧了，还能再拉。团里没有，还有师里，总归是有的。此时，大家最关心的是她的安危。傻姑娘，你怎么那么傻啊？支在耕地里的半自动步枪，完好无损，她们唯独忘记了自己。

女兵们惊叫、叹息、哭泣，男兵们跺脚、呼喊、呵斥、命令，去团部的路怎么那么远啊。两个年轻人担着用衣服拧成的担架飞快地奔跑，抬不动了，赶紧换人，脚步没有停下一刻，时间就是生命。可是死神已经不再等待，担架重重地一沉，无情的指令下来了。

对于烈士的遗言，南斯日玛听到悄悄流传的另一个版本。说她看到战友们之后，只喊了一句：“妈妈。”想妈妈还是麦种，按标准，那是截然不同的思想境界。两个好姐妹上了九师战报，成了人们学习的榜样。在南斯日玛心里，她想妈妈还是想麦种，没有什么两样。学习会上，南斯日玛说了一嘴，排长严厉提醒她不要再说了，免得传出去产生不良影响，更影响战友是否评为革命烈士。南斯日玛吓得再不敢大声说话。

大火，给南斯日玛留下了抹不掉的伤疤。

火神发威了，他们不能这样贸然冲过去。草原火不能迎头打，而且也挡不住，牧民们都懂。可她从来没敢跟连长指导员提及，就怕影响，怕自己落后，怕被说成拖革命的后腿。被火烧软的胶鞋使得脚趾起了好几个水泡，痛得钻心。宁肯掉一层皮，不能“私”字抬头。于是总想表现得成熟些、勇敢些，和男同志步调一致，这两种心理一直互相打着架。麦子歉收了，还有下一个秋收。一望无际的草原郁郁葱葱，转眼覆盖了所有烧过的失去的，可是年轻的生命却不会重来。她们这些柔弱的女孩，对于刚刚承受的痛苦，都有种说不出来的委屈，还有惊吓。舍身救火当然是很了不起的英雄行为。然而，面对大火，她多么想转过身跑啊！南斯日玛痛苦自责，脑海里满是和她如此亲近的那两双清澈的眼神……

这一年的春播会战，一个月前刚刚开始。

牧民不吃亏心粮，兵团更不在话下。南斯日玛一个月来一直在田间劳动，机务排的六台东方红拖拉机全部出动了，耕、耙、播、压各种机具齐上阵，就连维修加油也都放在田间地头。团里决定八连摘取耕种面积全师第一的桂冠，发出了“摘红旗、争第一、超三万、夺丰收”的响亮口号。除了要把这些年已有的耕地全部播种外，还需要开垦三千亩荒地，以求突破三万亩的耕种目标。

“当——当——当当”“同志们，下地喽！”指挥部帐篷外悬挂的废旧车轮钢圈敲响了，锤子的敲击声一阵紧似一阵，夹杂着值班排长的吆喝声，震醒了清晨的静谧。

“这么早把人敲起来，有病啊！”

“半夜鸡叫，周扒皮。”

天还黑洞洞的。吆喝那些赖床不想起的，谁值班谁就早起，早起的滋味更难受。棚子里有人骂骂咧咧，有的小声嘟囔。南斯日玛一激灵醒了，伸了一下懒腰，爬出被窝抓紧穿衣。早上恰恰是出活儿的好时候，凉快。一个半小时大干特干，利利落落收工。然后洗漱，整理内务，开始吃早饭。

北方的春日，昼长夜短。太阳上来了，无遮无拦能把汗水烤干，人也懒了。那段时间，田埂上到处是搭建的马架棚，吃住都在棚子里，白天黑夜连轴转。一三五不洗、二四六干擦，几天不洗脸是常事，就因为水特别宝贵，都是水罐车从二十里外拉来的，首先要保证拖拉机的冷却水和伙食用水。由于不能清洗，无法更换衣服，大家的身上生了虱子，好在咬咬牙都能挺。女战士由于特殊的生理更为困难一些，那是外人不得而知的隐秘世界，可她们从来没有当成多大的不能克服的困难。

阿尔善死气沉沉的模样需要彻底改变了。难道王爷和贫牧放羊有区别吗？没有。都是一样骑在马上，跟着羊屁股，都是一样的落后。知识武装了南斯日玛的头脑，她对过去司空见惯的畜牧业生产，已经有些嗤之以鼻了。不能像快要报废的拖拉机，每个零件都出现毛病，不听使唤。腰疼、腿疼，直起腰，歇歇脚。事事怕苦，打起仗来肯定是个逃兵。她觉得这是不严格要求自己。和王杰同志那种“自找苦吃、以苦为乐”的精神比起来，差距还很远。

大干了一个月，八连夺冠成功，南斯日玛得到了一张通令嘉奖。那年雨水好，加上上面有好政策，每开垦一亩补贴三十元，第一年一亩就收了一百多斤粮食。

说来那张奖状是南斯日玛拿命换来的。她的牧羊鞭换作东方红拖拉机，从地头甩到地尾，接着再甩。那一天擦了黑，播种机下籽总是不均，需要排除，她蹲在播种机踏板上查找毛病。盯着盯着，结果因困乏，眼前一花，从拖拉机上掉到松软的地里，倒头熟睡了过去。幸亏后面碾压作业的拖拉机手发现了前面黑乎乎的东西。南斯日玛被叫醒，慌里慌张爬起来，轰隆隆巨响居然没有震醒她。打了一个盹儿，极度的疲乏就过去了，她差点被种进地里。

初春，几万亩过火的草原翻开了泥土，夹杂着浓烈的枯草燃烧过的呛鼻气味。过来鼓动士气的指导员开玩笑，说地里正好多了一层氮磷钾。南斯日玛听不大懂。如果知道他说的是化肥，夹杂了战友青春的血肉，打死她也笑不起来。那是一道撕开了口子的伤疤。

南斯日玛一个月骑马回一次家。她家的情况人人皆知，额吉常年有病离不开人。路过队部，阿爸不在，兴冲冲到下夜房，永青扎布没有听到声响，正躺着看书。看看吧，她曾经那么痴情以对的永青扎布，居然把《打狼》《打草贮草》《破雪工具》《抓膘保畜》《驱虫》这样一套书，拿到下夜房。她哎呀一声，一把把书抢了过来。如果换作别人，早添进火炉了。两年前，这些书还是她从盟新华书店买来送给他的。怎么回事，怎么就不长进？她为永青扎布还在偷看这种旧书感到恼火。一赌气，话也没说，扭头就走。看他不急不躁，她着急上火。

别看年轻，南斯日玛已是“老兵团”了。

二

在牧人的规则里，永青扎布当然是一条能屈能伸、什么重活儿都能承担的硬汉。可是他怎么也接受不了阿爸、额吉和岳父三个人一起一氧化碳中毒悄然过世的深痛。他悔恨得生生揪掉了自己的一把头发。

他们家被划为富牧已经多年，草场充了公。按永青扎布的说法，家里没有一件东西是剥削得来的，顶多是中牧。永青扎布还年轻，有人强迫他在批斗会揭发，表示坚决支持“斗私批修”，阶级敌人终究逃不出人民战争的汪洋大海。他低着头一言不发。于是，心甘情愿干所有能干的苦活儿累活儿。

南斯日玛捎来两大麻袋连队挖的煤。永青扎布趁拉草，顺路把一个麻袋送到三位老人的土坯房。岳父宝力听说这是他们草原的下面挖出来的，抬起头惊住了：“阿尔善地底什么时候——种下这样的黑石头？”

“已经是深秋时分了。”阿爸自言自语。

“地上的倒了又倒，地下的挖了又挖，就像我们这副模样啊。”

阿爸这些话，永青扎布已经听惯，也就没去说什么。只是重复阿爸的话：“哦，是深秋了。”

“生产队羊群，都怎么样？”阿爸轻声问道。

“开始配种了，上面派阿木古楞两口子放种公羊，倒是轻闲。”

“嗯。”永青扎布转身离开，听到阿爸在后面回应。

那一天，快马传来噩耗。永青扎布打死也不信，羊圈里空气沉闷，没有一丝风，由于巨大的痛苦，他喘不过气来。他找到黑旋风拼命抽打，黑旋风蹄子好像不沾地似的，飞了过去。金香借了马车和孩子随后也到了。额吉和岳父在熟睡中平静地过去了。阿爸倒在炉灶旁，手里还端着一扇烧焦的达拉，难道占卜了他们眼下的厄运？

有了几位社员的帮助，三位离去的至亲在黑风口顺利火葬了。永青扎布拉来三车柴火，亲手点燃，神圣的火如泣如诉，飞舞起无限的温暖与光明，他心如刀绞：“我对不起你们啊，如果我不送过去那袋煤，如果我提醒那么一下，如果早些把你们接过来……”

双亲心心念念的夙愿再也不能实现了。那就由他等着妹妹。他死了，还有儿子。这是家族记取的一件大事。

永青扎布把悲痛生生咽进肚子。他憎恨自己，他把这种恨转嫁到生产队种畜选育、抓膘保膘、配种、接羔育羔、剪毛收绒、种畜去势、烙印标记、防灾保畜，还有没完没了的学习上。他像一头猛兽，不知劳累的工具，拼命干活儿……

晚上下了马，好不容易进了包，头一歪睡死了过去。金香不敢问，每次悄悄给他盖上被子，吹灭油灯。一天早上，他醒来发现手里还攥着一根羊油馃条，坐起来，扔进嘴里嚼碎。

无论多么悲伤与痛苦，生活还得继续。

五月中下旬最忙，永青扎布骑上黑旋风出发了，几个小队三岁以下牛羊和马排队等着去势。众人压倒公畜，没等人们看清楚，他用刀尖一抹，用大手将大畜小畜的大小睾丸热热地挤出来扔进桶里。然后将空皮囊左右一缝，糊一把草木灰，完事。永青扎布龇着牙，摘取着一个又一个少年公畜的圆丸。不走运的家伙们弓着腰亏空了根本的样子，等到伤口愈合了，儿马将变成漂亮的乘骑，驮着主人四处游荡。牛和羊就是温顺的肉牛羯羊，长得快，肉好吃。黑旋风站在一旁，知道它早已不在骟取之列，龇牙咧嘴，自鸣得意，头一抬嘶鸣几下，惹得主人瞪它一眼，不得不低下头。每个群里只有极少品种好、体格壮的才会幸免这一刀，成为威风凛凛的王者，播撒爱情，那是它们唯一的任务。

结束一天的劳动，挤在一起活蹦乱跳的睾丸按照大小被分成若干份分到各家各户，变成物资匮乏时期壮汉巧妇孩童们的美食，给久已清淡的生活一丝力量……

努恩吉雅脖子上挂着破鞋，头发被剪成阴阳头，游街批斗已经两天了。那个时候革瓦风光无限，正在首府光荣地参加全区第二届贫农、贫下中农和贫苦牧民、不富裕牧民大会。

努恩吉雅和七八个蓬头垢面的同类站成一排。

这破鞋到底挂到了脖子上。当轮到她自报罪行和姓名，真像到阴曹地府走了一遭。参加生产队批斗会兼而看热闹的牧民和知青们席地而坐，大队干部、贫下中牧和知青代表先后发了言，由于方言难懂，坐在下面的社员们常常不知道上面说的是什么，却还是坐得板板正正地听着，显出立场坚定的样子。有那么三四个女社员，有一位从兜里掏出一把麻籽，分了，一边磕，一边窃窃私语。

“别看装得可怜，保不准早把一帮不要脸的男人教坏了。”

“呸，看她逞能的，再生一个看看，反了天了。”

“活该！”

努恩吉雅臊得慌，哭天抹泪，以后还怎么做人。对面指指点点讥笑的女人她认得，时常求她缝补衣裳。她恨革瓦，天杀的，都是他做的好事，跑得倒欢实。

熬过一天，不经意看了一眼垂到前面的破鞋，她一愣，扑哧一声忍不住差一点笑出了声。这靴子是革瓦穿烂的，几天前刚扔在沟里。回到家，她连哭带笑，笑出了泪，笑得浑身舒畅，把坐着一辆顺路车偷偷过来的小凤吓了一跳。努恩吉雅悄悄嘀咕，小凤笑得直不起腰来，偷风不偷月，偷黑不偷月亮，说的是小偷，想想姐姐姐夫偷人，可不就是一对破鞋！

“你好到哪里去了，倒埋汰起了人家。”努恩吉雅不依不饶。

“姐，我看你又来劲了。”

小凤真没想过，她要好到哪里去。自小，多少次服侍王爷和这位福晋宽衣解带，云雨作乐，她站立在门外，听闻奇怪的声响，呆立着，长大着，这是怎样的折磨啊！姐姐关在厢房，她被打发到伙房烧火。有一天，三福晋在庙里上香听经，王爷差人叫她，她光着身子跑了出来，拂逆了高高在上的王爷，差点没被皮鞭抽死。

以后的时日，王爷倒是再没有唤她，冷不丁却把她给嫁了，就是抽她的皮鞭。晚上还要和马鞭男人一个被窝睡觉。什么开化文明，在阿尔善是不存在的，让你嫁给傻子就是傻子，树就是树，说白了就是叫你终身为奴。她认了，自己的前世一定也是马鞭，喇嘛念了经的怎么会有假！

一天夜里，小凤做了一个梦，一个壮实可亲的人压住了她。她羞愧得喘不过气来，半推半就，壮实的男人突然不见了。正在不得其解的紧要关头，她一时难耐，抓起身旁的马鞭。有那么两天起不了炕。姐姐着急赶过来，知道了底细，敲着她的脑袋一顿痛骂。以后再没有呆傻胡闹。

哪壶不开提哪壶。此时，姐妹俩在屋里你追我打，苦中作乐，好像没有革瓦的日子也有了不一样的意思。努恩吉雅想起多年前王爷酒醉饭饱时不时过来折磨，她紧闭双眼，小心顺从，那双臭脚让她恶心透顶。现如今，有革瓦的破靴子作伴，她倒觉得不那么难熬了，再没有嚷嚷。小将们看她老实巴交，触动了思想，免了她的破鞋。努恩吉雅舍不得破靴子，背回了家。小凤指着她的鼻子骂，拎着靴子扔进灰堆埋了。努恩吉雅心里一时还有些空落落的。

首府宾馆的床太软，好像躺在生产队的羊毛堆上，革瓦睁着大眼睡不着。干脆睡在地毯上，这么好的地毯居然铺在地上，他踮起脚尖，唯恐踩脏了，实在浪费。随口吐痰、泼水、小孩把尿的地上怎么能铺地毯哪？他给服务员叨咕了一条意见，能不能给他们支援一条。他的磨坊只有一张巴林旗农村炕席。

夜里，革瓦翻来覆去压在一朵朵鲜花上，如同在阿尔善草原上的萨日朗花上打滚，朦朦胧胧间努恩吉雅走过来，光着头愁苦地望着他。革瓦咯噔醒了，越发睡不踏实。努恩吉雅的发髻放下来能垂到屁股上，怎么就成了光头？

几天的大会，听讲话，参观周边农村，热烈喜庆，放开肚皮随便吃的好饭好菜，压不住萦绕在革瓦心头的巨大不安。盟代表团团长说他吃苦在前、享受在后，睡地铺，开会不忘生产队革命工作，人都瘦了一圈。团长到代表房间寒暄慰问，革瓦房间的门虚掩着，一推就开，他正香甜地睡在地上。宾馆还给他们代表团送来了感谢信，原来革瓦每天早上拖宾馆走廊。只怨革瓦没有见过拖布，好奇地面还能这样拖，越拖越欢实。多么朴实的基层干部啊！团长一说，革瓦倒有些不好意思。软床上头一次睡得出奇的香，可惜只睡了这么一个好觉，大会结束了。

贝勒旗革委会主任阿勇嘎却挨了批，人还没有离开首府就已经靠边站了。分组讨论期间，他以去年遭受的特大自然灾害为例，提出“千条万条增加牲畜是第一条”“搞不搞生产是关系到生死存亡的大问题，是真革命与假革命的问题。”惹得盟代表团团长、革委会主任非常生气，拍桌子直接打断了他的发言。指控他是一个典型的经济主义者和实用主义者，用生产代替阶级斗争……

首府什么都高级，房间里有茅房，茅房里还可以洗澡，革瓦又一次躺进大瓷盆，热水冲击着身体，搓出的泥铺满了盆底，放水冲泥，换上新水，躺在里面舍不得出来。想想在阿尔善过的那是什么日子。人们认为进水洗澡有害健康。夏天他在河里洗过那么两回。后来都是努恩吉雅拧着他洗这洗那的。革瓦突然有些冲动，下身胀成了铁棒。要是让自己的女人也能享用，躺在白白的瓷盆洗一洗。那才对得起人家的好！

会议散了，会务组还真的奖励了革瓦一块单人地毯，怎么回事？除了听了一肚子“大干快上”的道理，他最看重的其实是地毯。宾馆的澡盆只能想想而已，想想儿子在地毯上打滚那才带劲，而且还是上面的奖赏，这是一辈子的荣耀。阿尔善除了死去的仁秦道尔吉那个坏蛋，后来传给永青扎布的磨损破旧的那一块。谁还有，谁不眼馋！

革瓦背着一卷地毯，拎着会上发的人造革黑提包，提包里面是会上发的小袋茉莉花茶，三张首府人爱吃的白皮焙子，新华书店买的小人书《智取威虎山》《草原英雄小姐妹》。还有叠得方方正正的红头巾，这是给努恩吉雅的一个惊喜。他总忘不下努恩吉雅在小菜园摘下灰布头巾的那一幕。

飞机降落到盟里，革瓦晕头转向走在大街上，摸黑放开脚板就往长途汽车站赶去。当天夜里有一趟贝勒旗的班车，四处透风的破车，赶不上还要再等三天。

推开磨坊，已经是从首府返程的第三天晚上。努恩吉雅不在家，孩子也不在，家里乱糟糟的样子。革瓦跑到外面，哪有什么人影，努恩吉雅自从逃荒回来，就再也没有离开过阿尔善啊！革瓦的头嗡的一声大了，地毯滑了下去。他抽了筋一样无力地蹲在地上，号啕大哭，他的梦成了真。难道苦命的女人被抓起来了吗？真是天大的笑话，抓来抓去抓到了他的头上。这“内人党”，解放前不是早就解散了吗！

他两手一拉打开橱柜，工业学大庆，农业学大寨，左右两扇竖写的大字清晰可见。抓起罕乌拉老白干，嘭地咬开瓶盖吐出去，瓶盖咕隆隆转了两圈，滚进墙角的耗子洞。咕咚，咕咚，转眼灌进了大半瓶。

从后门拐到队部，劳动改造分子老赵迷迷糊糊，一问三不知，只说后面磨坊的那一位被剃成阴阳头批斗。还有，一个礼拜前有人拿着他的命令过来借马。革瓦眼睛通红，好像滴出了血，老赵遇到什么事情从来不闻不问，白马照应得倒是不错，溜光水滑的。革瓦骑上马折回磨坊。他多么希望娘俩儿此时突然回来了，对着他笑，可是除了风，眼前什么也没有。他摇摇晃晃骑上马飞奔。

女人无声无息躺着。斯琴花日就是这个样子，多少年了，除了眨巴一下眼睛，嘴巴半张着吞咽一点吃的，浑身没有一个地方是能动的。醒了，还是睡下了，没有什么区别。灶里的火苗奄奄一息，灰烬漏了下去，等待着谁能添粪加火，可是革瓦不会看到。“女人孩子到底去哪儿了？”心，小刀划了一样生疼，他干坐着一阵阵发呆发愣。真想干上一仗，哪怕让他去对付边境对面社会帝国主义的坦克大炮，不在话下！

包门吱一声，进来一个人，跟着闪进来一扇白月，借着月的光亮给灶里加了牛粪，不一会儿火起来了。躺倒在一边正在犯迷糊的革瓦，感到了窸窸窣窣的声音和一丝暖意，醉眼一看，女人蹲到土灶旁边搓着手，长发遮住了脸。努恩吉雅！他是那么的激动。好像看见努恩吉雅回头对着他笑，她的脸上是那么的红润。只见她的蒙古袍下摆往上撩到白花花大腿上，花裤衩包裹的丰满臀部和股沟，在灶火的照耀下发出光芒。

猝不及防，革瓦以为自己在做梦，掐了掐大腿，又麻又疼。“努恩吉雅，你在这儿啊！”兴奋得大喊一声，冲到跟前，定睛一看，不是努恩吉雅，而是前头的金香。

一道黑影噌地窜出来，吓得金香魂飞魄散。“鬼！”她失声尖叫，站起来就跑。可是早被革瓦抱起来扔到了一边，没有扣住扣子的长袍转眼被拽掉。金香发现是人，是革瓦，大叫：“阿巴格，你要干什么？”

“干什么，我能干什么！”

好一个金香，一定是她男人趁自己不在告的状，好歹毒啊！这次努恩吉雅被抓被剃头，不知去向，除了蔫坏的永青扎布，谁还有这个胆量。我要报仇！

努恩吉雅和金香叠加的影子冲进脑海，革瓦哼的一声奸笑，借着酒劲蛮力，手脚并用轻易地占有了金香。早先他只是在望远镜里定定地看过那道白色之光，一时难耐，用手拿着硬硬的丑物急切地射出了里面的液体。此时，他就像误在泥塘里的一条臭鱼，吐出了泥巴，浑身轻松。好像还和自己少时积攒起来的天大的仇恨以及多少年的非分之想，一下子扯平了。

“这事，还不是你知我知。说出去，我叫你们一家都去蹲黑屋子。”撇嘴说完，没有人性的革瓦倒头便睡。

金香恨自己，因为夜深加之着急，方圆十来里又没有其他人家，她披着袍子就跑过来加火，火在她脸上身上闪亮发红。可巧，偏偏遇到夜里十年八年不回来的革瓦。这个魔鬼，他怎么能这样。

永青扎布在生产队下夜，平时这里只有她和孩子、瘫额吉相依为命。天啊，这是为什么啊？她从来没有想过和另一个人……她如何面对永青扎布！金香用袍子紧紧地裹着身子，恨不得挤出里面所有的不洁之物，她蜷曲在那儿抽搐痛哭，哆哆嗦嗦着也不知怎么回的家。

旁边的一双眼睛，喷发着火山一样的怒火……

设在王府第一进院回事处的队部成了革瓦的家，也是他和努恩吉雅的窝。孩子大了上了学，他没法儿再回磨坊过夜，只好委屈努恩吉雅到队部偷偷相聚。为此指派木工在厢房连通院墙开了个小门。这是革瓦的主意。革瓦有的是力气，有的是堂而皇之的理由。就是睡觉也要睁只眼，确保仓库里面的集体财产安全。公社干部说来就来，尤其黑夜，一年里总有那么几次，让他们恐慌。有人敲击大门铁环，住在门厅的老赵穿起衣服，领到队部。他穿戴好，打着哈欠踱步开门。努恩吉雅不紧不慢，七扭八拐回了磨坊。

这种生活让他们压抑，也让他们激情难耐。

在阿尔善，让人发愁的雨雪湿滑天气，却是革瓦、努恩吉雅心照不宣的节日，安然入睡更是对他们的最好犒赏。昨夜，阵雨狂风啪啪作响，大而又急，误入牧村的小兽找不到回去的方向，发狂挠抓窗户玻璃。革瓦、努恩吉雅也在制造雨声，这不是叹息，不是低低呻吟，其中的一位终于从堵塞的嗓子里发出一声呜咽，不管不顾失声尖叫了，另一位跟着也响亮地吼出了一声。于是两种音贝两个幽灵一个接着一个穿墙而过了。外面密集的雨幕收听收看了这一次的精彩。这声响，赞颂着乡间纯真理想主义的爱情，并试图冲破一切矛盾，消除罪孽，甚至抵消时间。平日里两个人在一起偷偷摸摸，虽说习惯了，可革瓦总是亏欠人家，每次极力表现。努恩吉雅咬破嘴唇，只要那么一瘫，气也就扯平了。两个罪人，每一次都像是最后一次。

多少年恩恩爱爱，加之小心翼翼，除了努恩吉雅，还真没几个人知道革瓦的真面目。这种事可不敢有一丁点闪失，那是重罪。

革瓦的头发愈发少了，可力气丝毫没减半分，队里掰手腕还没有人掰得过他。熟悉的人喊他“腰子队长”，革瓦当是夸奖，嘿嘿乐也不恼。他就信吃什么补什么，身体是革命的本钱，只有身体好，才能干好革命工作。除了五月份吃一个月的珍珠睾丸，平时就爱吃个腰子，队里的，别人家的，水煮的，火堆里烤的，羊的，牛的，马的，通吃。加之努恩吉雅还悄悄给他泡了一坛子酒，里面有罕乌拉山上的马鹿鹿鞭，还有枸杞苁蓉，那是阿尔善人不知道的稀罕物。这是在生产队参加劳动锻炼的阿古拉采挖回来的，只有他认得。用六十二度罕乌拉老白干泡的鹿鞭酒，劲冲，每天晚上用牛眼小酒盅喝那么一盅，多了没有。努恩吉雅瞪一下，革瓦乖乖听话。

三

社员心里乐开花，

公社是颗红太阳，

社员都是向阳花……

南斯日玛哼着歌儿回来了。每次回家，看到永青扎布、金香那顶破蒙古包，那匹正当风头的黑旋风，都显得那么的落后。尤其永青扎布说过的草香，那些草只有涩，只有苦，何来香？额吉常年要永青扎布、金香照顾，南斯日玛心中有愧，可毫无办法。她不想回来，真的不想回来。

一回来，她发现金香姐姐的病有些反复，症状还是之前的发热、多汗、关节肌肉疼痛、浑身乏力。她拧着阿爸给永青扎布放了一天假，生产队忙怎么了，人生病就得治。带着金香到师部医院，专找支边专家号脉问诊。

三个人在师部大门口还碰到了阿勇嘎，说了几句话分了手。阿勇嘎恢复工作不久，带领一批技术人员过来取经，学习煤炭开采。在极其困难的条件下，阿勇嘎比平时更加忙碌了。他带领干部群众抵制和抗争错误路线，使得贝勒旗没有偏离方向，经济得以逐步恢复和发展。

小半天，金香的化验结果出来了，是布病，全称布鲁氏杆菌病，牧区传统的一种地方病。专家说，人接触了病畜就可能感染。

“咱们队，上点岁数的，哪一个不是这样。没事儿，你们不用为我担心。”

金香倒是乐观，一路上一副听天由命的样子。她的烛香刚刚制出来，身上的疼痛跟着减轻了不少。

抓了药，回到家，南斯日玛挽着金香进了包，她闻到一股说不出来的清香，虽然好闻，可是她却不免有些担心。

“姐姐，你可要当心，人家都在打听你的秘方。如果有，干脆上交了，咱们平安无事就好。”

金香脸色苍白，她看着南斯日玛，心头生出无端的悲苦。人为什么总是和自已过不去，反正她不知道这个道理，不想那么复杂的事情。她笑了笑。

“哪有什么秘方，就是按比例放在一起研磨而已。好妹妹，你现在是国家的人，放心吧，姐姐不会拖累你。阿哈在队里下夜，我在小学当保育员，都有工分的。制香，我想着总是一门手艺，保不准也挣了工分不是？”

说来这是革瓦的特别安排。

队里天天抓斗争，他哪能每天回得去家。有时一周也就回来那么一次两次，抽一袋烟就走了。一闻到烟味，斯琴花日憋红脸，咳又咳不出来，难受好几天。一来二去，他回来得更少了。这里的人实则也并不盼他过来。每次他一走，不管是永青扎布，还是金香，就得把毡门打开，陶脑大敞放烟。何苦互相受罪。明面上这是对牧主富牧阶层的监督改造，实则革瓦心里明镜似的，没有这两口子，他的女人怕是早不成什么样了，在不在人世都难说。而且他酒后失德，还对金香……

制香，永青扎布多少年一直由着金香。后来到处砸封资修，他劝她求她，跟她翻脸，趁她不注意，悄悄扔掉她好不容易采捡回来的一堆花草。金香虎目圆睁，拿起剪刀就扎，不是扎他，而是自己的大腿。要不是他及时抢过来，都不知道会是什么后果。永青扎布彻底怕了，忍了，也就一直暗地里护着，掩饰着，担心无比。

至于金香为什么一门心思痴迷制香。这么多年，连她自己也说不清。为了什么，就因为这是祖辈传下来的？也不确切。王府和阿贵庙老旧的库房被砸开扔出来的书籍经卷，家家上交的佛像转经筒，烧掉毁掉的还少吗？她并不觉得有多么的可惜。可她就是停不下让人提醒过无数遍的制香，奇怪不奇怪。

“这是心魔，往好了说就是一种执念，常语偏执。”四十一团卫生队的喇嘛大夫偷偷告诉永青扎布。

最近，南斯日玛记住了一个人的目光，多年紧锁的心房撞开了一条缝隙。那个戴眼镜的瘦高个儿叫吴喜德，首府来的知识青年。

“日落西山红霞飞，战士打靶把营归把营归”，饭前一首歌，还是那首《打靶归来》。兵团战士高歌起来非常嘹亮，非常有气势。唱完了歌，大伙儿前呼后拥进了食堂。困难的岁月里没有比吃饱饭更让人幸福的了。狼吞虎咽的，细嚼慢咽的，男的看女的，女的看男的，大伙儿一起看连长指导员。等到连长指导员前脚离开，饭堂里炸了窝。打闹说笑，起哄，老乡见老乡窃窃私语，抽烟解乏，乱了套。

南斯日玛是连队的骨干，这次她被派到炊事班当班长。饭堂里的吵闹，她早见怪不怪，穷开心，闲得蛋疼。更别说从打饭的小窗户好奇地张望那么一下了。两口大锅要刷，那么多碗筷要洗，还要削土豆摘白菜，泡米发面准备下顿的。猪圈里的七八口猪一定在嗷嗷叫，等着这帮杂碎制造的泔水……

接下来的一幕，吴喜德愧疚了好长时间。

那是他到连队报到的第一天，他悄悄地怯怯地站在食堂打饭队伍后面，前面的人打完了，好不容易凑近窗口。南斯日玛是在他极不友好的态度下认识的。

“嘿，你是缺弦啊，愣瞅什么？”

“我——我碗里——”

别人碗里都有肉片，可他就一勺清汤寡水白菜帮子。吴喜德气得憋红了脸，这不是欺负新来的吗？他顿时火起，指着南斯日玛骂出一大串别人听不懂的话来。

南斯日玛本来就是一句玩笑话，菜确实没了，她有什么本事变出肉片。新来的脸皮薄，蹦出来一大串话，虽说听不懂，估计也不是什么好话。累了一天让人指着鼻子骂，她气得勺子一甩，跑回了宿舍。

“上士人好，热心肠。你怎么张口就骂人，好在人家听不懂你的首府官话。”一位老乡过来训吴喜德。

南斯日玛照样该笑笑，该骂骂。看来是他误解了人家，一百来号人众口难调，一天对付下来已经很不错了。过后，吴喜德躲着她，没好意思过去搭讪。

排队打饭，多了少了没法儿掌控。炊事班几个人，费尽口舌，忙得一塌糊涂。南斯日玛一不做二不休，废除打饭。开饭前，她指挥炊事班在饭堂中间桌子上放好饭菜，一笸箩馒头或窝头，大盆盛着大烩菜，有时是小米粥，还有小盆腌菜。每班值日先行打好饭，随吃随取。司务长看见了有些怄气，这么重要的事情，南斯日玛竟敢自作主张，成何体统，批评算便宜了她。

一天下来，饭堂秩序立马好了许多，那些趁机捣乱的家伙没了机会，吃完饭拍屁股老老实实走人。好在司务长没有多那么一嘴，转而在全连大会上好好表扬了一番。

吴喜德一直想着找个机会给南斯日玛道歉，可碍于面子，每次远远地看到她就跑。南斯日玛倒觉得上次是她的错，新来的，不应该拿话呛人。看他一副老实本分的样子，不像有些没脸没皮的家伙，一双贼眼盯来盯去，让人恶心。直到南斯日玛离开炊事班回连队正常出勤，两个人都没有单独说过话。

辽阔的阿尔善草原仿佛千百年没有什么变化，密匝匝的牧草下沉积着一层腐殖质，一锹挖下去，盘根错节。开荒大会战开始了，吴喜德喜欢羊草草原，风一吹绿油油抖动的样子，让他无比舒畅。

一天下来，有些吃不消了。他是学习挺上心，干起活儿来却像捆住了手脚，要多笨有多笨。

突击队的红旗看样子要砸在这位公子哥身上了。老知青们生气，收了工，互相使了个眼色，直接把他丢在地里，驾上马车就走。他们要给这位新来的上上眼药，让他知道马王爷有几只眼。

“您慢点儿，留着劲儿对付晚上的肥肉片哇！”

“这不是欺负老实人吗，停车！”

坐在马车上的南斯日玛看到了，大喊一声，可是没人听。她气得纵身一跳下了车，有人嘻嘻哈哈吹口哨，几辆马车真的走远了。

吴喜德懊恼地坐着，手掌起泡磨出了血，他忽地站起来又开始挖。连里新开的这块地，接近阿尔善河，草高且密，极难清理铲平。由于师里开了太多的地，人停机不停，康拜因、东方红、铁牛拖拉机昼夜不停，连里还是争取不上一辆，只好人工翻地。要求每人一天至少翻一亩。一天下来，吴喜德还差了不少。

“吴秀的，你还是不是男人，这点活儿让你整的，来，我教你。”南斯日玛走过来，这是他们上次发生口角后的第一次对话。

“谁让你教。”他没好气地回应。字都咬不准，还一个劲——秀的。

“翻地没有力气不行，光靠蛮力也不行。你看我的，铁锹要平整地踩下去，再用巧力往上一翻，这样草根就不缠你了。”南斯日玛看不出吴喜德的懊恼和鄙视，踩下去一锹，给他做示范。

吴喜德嘴上倔，试着踩了几锹，还真是那么回事。

“地也欺负新来的，我可是阿尔善人了，在这里扎根落户了，你们这些破草根可要识相了。”

他自言自语，脱了上衣，一锹锹踩下去铲到一边，总算找到了窍门。想一想拖了突击队后腿是够丢人的了。两人紧挨着，一个赶一个，白天落下的一点点往后移动。等到干完了，天已经漆黑一片。夜色不等人，他们怎么就没有发现啊？

“走吧。”两个人抓起衣服就走，南斯日玛顺手扛上铁锹。

吴喜德的眼睛闪出欢乐、胜利的神情，一天的沮丧消失了，觉得旁边的南斯日玛也不再那么凶了。她拿起锹，多像大寨的铁姑娘。人家女同志，一锹踩下去，用腰胯之力一顶就是一大块，看起来一点不费力。

他递给南斯日玛一条毛巾，投过去感激的目光，顺便说了好久以前迟到的歉意。南斯日玛想想还有过这样的事情，她早已忘得一干二净。

“这么好的毛巾擦个臭汗白瞎了。”南斯日玛接过毛巾，好软。

“擦吧，我爸骑兵部队发的，等我探家回去拿两条，送你。”

南斯日玛轻轻擦了擦脸和脖子，递给他毛巾。吴喜德接过来顺手搭在肩上，毛巾上也不知是南斯日玛的汗味还是什么味道，忽然要迷醉了他。他一边走，走了神。

蒙蒙夜色，两个人顺着依稀亮闪的土路，说说笑笑就到了罕乌拉山山脚下，绕过去就能看见连队营房了。南斯日玛大步流星，还哼起了歌。

“你这歌儿唱得真不赖，革命歌曲硬是唱出了草原味道！”

“呸呸，还以为是夸，原来损我唱得不好啊。”

“你这叫入乡随俗嘛。”

“你以为我闲得没事儿唱歌啊，我是吓得，山上有狼窝，想当年我差点儿在这儿报销了。你得小心一些，拿块石头防身。”南斯日玛想想还是告诉他此时的险境。

吴喜德听了，半信半疑，又拿他开涮。他闪亮地吹起了口哨，不经意地往旁边一看，顿时魂儿都飞了。那是什么，一闪一闪，蓝绿蓝绿的。他急急抓住了南斯日玛的手，她的手冰凉。

“你看看左边，那是……”

南斯日玛其实早发现了，可她没有点破，怕吓呆了没有见过狼的家伙，不小心瞎跑一气，反倒中了狼的诡计。

“没事儿，咱们退到大石头那儿。”

前方不远处就是青白色大石头，狼眼在弯弯曲曲的土路两旁来回闪动。头狼已记不清它和妻妾子孙有多久没有撕扯到牛羊了。生产队的几群牛羊昼夜有人管护，几乎让它们绝望。只好袭击野外跑出群的牛犊马驹，还有孤独地行将就木的病牛病羊，干蹦难闻，聊以果腹。此时土路上方飘荡着来来回回过往的人类的味道，尤其飘来一股熟悉的味道，裹挟深仇大恨！

嚎叫声落下了又起，头狼用不同音调指挥妻妾子孙，怎么猛扑，怎么撕咬，怎么扬长而去，怎么呼啸山林！

南斯日玛哈哈狂笑，声声震耳。

“她已经吓傻了，完了。”吴喜德眼前一黑就要瘫倒。

“又开荒来，又战斗，只把敌人消灭掉，只把草原种上粮。”南斯日玛唱起了铿锵有力的九师师歌。她的一连串疯癫，突然打乱了头狼的排兵布阵，路边一字排开的蓝绿灯灭了，退回暗黑的山石后面。

南斯日玛拽着迈不开步子的吴喜德跑到了大石头底下，曾经被永青扎布搓雪疗伤、战胜狼群的神秘之地。蓝绿眼睛晃来晃去，发现有诈。

顾不得多想，南斯日玛、吴喜德弯腰捡起能捡到的所有石头，火速堆到一起。男儿本色，吴喜德拿起石块咚咚投向前方，吓唬狼群。只可惜他们身上没有火柴，上一次火灾死了人，师部大抓防火安全，野外除了炊事班，任谁也不准带火用火。用火要经过连长、指导员两个人批准。

有两匹狼作为先锋发起了攻击，吴喜德怕得要命，可看看旁边的南斯日玛，他敢怕吗，咬牙豁出去了。用力一甩，嘭地打中了狼。

狼群正在试探，南斯日玛焦急万分，两手胡乱摸索，已经堆出了一堆石块，专供吴喜德。摸着摸着忽然心头一喜，她在身后石头凹槽碰到了一个东西，手里一抓，“火镰！”兴奋得尖叫了起来。当年永青扎布以为在回去的路上丢了火镰，来回找过数次。南斯日玛从兜里掏出一把棉花，这是女人的应急之物。她拿起火镰往脚底下的火石上打了几下，棉花冒出了一条细烟，轻轻一吹，火苗起来了，加了一把干草，又加上几根干柴，生命之火转眼蹿了上来。

真是太险了，南斯日玛喜极而泣，不知怎的，捧起吴喜德的脸啵啵亲了两口，她哭丧着脸：“吴秀的，你这个傻瓜，你怎么什么都不懂，咱俩刚才差一点报销了，你知道不知道！”

吴喜德惊呆了，身在凶险却茫然无知。鲁迅先生说过的，他差点成了铁屋中慢慢死掉的那个人。

红彤彤的火光照耀下，几匹狼纵有万般不甘，悻悻隐入雄壮的罕乌拉山。南斯日玛盯着慵懒的火堆，累了，乏了，头一歪睡着了。

她看到了头狼，知道头狼已经认出了自己。她紧紧盯着头狼，一动不动，只等头狼怎么冲到跟前。头狼又一次看到了火苗，那是让它遗恨终生的耻辱。它害怕那道红光，那是祖先传下来让子孙永远记住的诅咒，那是人类萨满连接开天之神的狂语。可是今晚它需要疯了，它要妻妾子孙面前无上的威严，它要奋不顾身地撕毁眼前的一切，就是永世不得翻身，也在所不惜。

头狼旋风一样扑来了。南斯日玛握紧铁锹就要狠狠地砸过去，她决计砸烂狼头。狡诈的头狼忽然虚晃一闪，铁锹咣当一声偏了，失手飞去。南斯日玛最后看了一眼头狼，深灰的背上有一条竖立的黑色鬃毛，两耳直竖，目露凶光，张着獠牙直扑而来。

南斯日玛啊的一声大喊，抱住吴喜德扑倒在地……

四

后半夜，永青扎布悄悄出发了。

金香在不停地咳嗽，他从小瓶取出一片土霉素递给她吃了，里面只剩了两三片，一瓶下去没见多大起色。他时时为自己的无能和无力感到难过。现在所能做的就是早早穿戴好，备下马鞍等待。金香外表健健康康，浑身却酸疼无比，最近受了风寒不停地咳嗽，让她备受折磨。如果病痛能够替换，他真想抢过来放到自己身上。

马蹄的嘚嘚声平稳迅疾，他这是偷偷去找喇嘛大夫抓药。金香的病，大队赤脚医生毫无办法，于是十天半个月就得出一趟门。喇嘛大夫和他年龄相仿，自小在满巴殿学习蒙医，又师从庙里的日本地质调查队医生。他的日本师傅是不是特务，谁也说不清楚，世上的事情就是这么复杂，等到大喇嘛示寂，除了同门师兄革瓦再没有第二个人知道。人们只知道他是蒙医，实则他一直是西医、蒙医结合看病，施以蒙药治疗。他的这一疗法少有人知。自治运动联合会分会在庙里开办医院，喇嘛大夫小小年纪就给牧民看过病。还俗后，在苏木卫生院打杂。兵团成立后，安置到了四十一团卫生队。

绕过山脚第一站是八连，再绕过八连就离家不远了。这处险峻的路口是连接南北的必经通道，一头是山坡，下方是深沟，平时有民兵巡逻把守。永青扎布摸准了撤岗的时间。上次九师医院的西药倒是管用，可他们买不起。喇嘛大夫的药已经断了一个礼拜，今天非抓不可了。

那一夜，月亮只挂出来半张脸，看着人间忧愁的影子来回奔波。临出来，永青扎布顺手拿起套马索挂在鞍后。那个地方，他忘不下，相信狼王记得更牢，还是小心防备为妙。

赶路心切，永青扎布勒马悄无声息奔行，侧耳倾听，草原一片沉静，只有路边草丛中宿夜的野兔偶尔惊起，一掠而过。他抖了抖缰绳，放心大胆地加快了速度。黑夜是他这种人的好朋友，只要取回金香的药，抓住他也认了。他盯紧前方，黑旋风噗噗打着喷嚏，两只耳朵像两把小刀直直竖了起来，情深性烈的伙伴正在发出某种危险的信号。

突然前方传来了笑声，还有歌声，难道女鬼现身？

永青扎布天生胆大，可在夜半之下的山脚下，还是哆嗦出了一身冷汗，后背麻嗖嗖的，这是从来没有过的。他取下套马索抓在手上，双腿一蹬一夹，黑旋风飞也似的向前狂奔。

“不好，好像狼群在攻击着什么。”那个久远前的画面深深地印在他的脑海。

他飞马疾驰。那是年轻的时候，也是在一个个噩梦里，他晴天霹雳大喊一声，一声沉闷的巨响，套马索箭一样飞向狼头。头狼呼的一声，拼尽全力扑了过去，忘记了一切的禁忌，忘记了火神，忘记了威猛的对手技高一筹，忽然踉跄，滚落在地。怎么回事？头狼扑了空，而且还受了伤，在草地上翻滚出了好远，滑出长长的深坑……永青扎布暗暗思谋，遇到他这样熟悉气味的老对手，头狼照样屁滚尿流，滚得要多远有多远。

凶猛扑来的头狼变得异常温柔，用前爪轻轻地拍打。

南斯日玛迷迷糊糊，可她分明感受到了那位首领对她的藐视以及万般折磨。撕就撕了，这是草原的规则，何必羞辱一个交了武器的敌人。她顿时火起，转过身突然一记猛拳，她只希望自己临死前，拼尽全力敲掉一两颗狼牙，才不愧为阿尔善草原上长大的蒙古姑娘。

拳头没有落在生硬的狼头，而是软塌塌的绵羊身上。她怎么睁开了眼睛，怎么能看东西了，怎么会是男人的胸膛？直愣愣间，南斯日玛鼻子一酸，哭了。

她醒了，原来做了一场噩梦。她不知是喜还是怒，双拳捶打着永青扎布的宽胸。日有所思，夜有所梦，她是吓得。为自己的不彻底、不完满，她现在心甘情愿。就算真的被头狼撕扯了，永青扎布赶过来，也一定会制伏。

吴喜德醒来，见到草原上的打狼英雄，原来却是这么一个胡子拉碴的落魄牧人，可是稍加注意还是能够发现他的特别，真可谓目光如炬。南斯日玛交了火镰，永青扎布欣喜万分，接过来仔细摩挲，顺手挂在腰带上。火镰，那可是阿爸年轻时在绥远城大盛魁商行花了三块大洋的老物件了。多年前就在这个地方丢失，让他心疼不已。

“好在火镰当年忘在这儿，要不危险了。我怎么觉得还是上次那群狼？”

“那你下次问问狼。”爱物失而复得，永青扎布心情不错，故意揶揄。

“你坏啊，还想让我碰上狼，吓死人了。”

永青扎布牵着马和他俩抓紧离开险恶之地。他对南斯日玛没有隐瞒，一五一十地说起金香的病情。南斯日玛心疼，可亲的姐姐得了病，可她丝毫帮不上什么忙，说着说着，又哭了。

远远地连队铁大门上方的五角星露出了一角。永青扎布放了心，翻身上马，摆了摆手，他撇下南斯日玛和吴喜德，踏着压过来的浓浓雾气向前奔去。南斯日玛还在抽泣流泪，为了金香。

吴喜德虽然不知道阿尔善人彼此之间的情感纠葛，却分明感受到了他们的哀怨，那是和所有人家一样的酸甜苦辣。他不假思索地说道：“亲爱的，别哭了，我写信问一下我妈，看二五三医院有没有什么药能治这个病。”

“你刚才——？”虽然悸哭，南斯日玛还是隐隐听到了他突然涌出来的奇怪用语。

清晨的美好时光，天地人间褪下了重重包裹的黑色晚衣，披挂起了橘黄色的暖阳，重新照耀芸芸众生。一前一后，吴喜德、南斯日玛走进大院。吴喜德有些不好意思，一男一女在一起算怎么回事。他半是假装，半是真实，蹲下来拧了拧裤腿上沉沉的露水，发现解放鞋鞋带也松了。抬头望了望急匆匆的人们，好像看着往日时光的自己。知识青年一个接一个从宿舍跑出来，奔向后面的茅厕，着急排出一个晚上积累的清苦。

他站起来看了一眼前面的南斯日玛，心里一甜，南斯日玛揪着小辫子傻乎乎等着他。两个人相视一笑，一时忘记了一夜遭遇的险境，真是少年不识愁滋味。

哪个少男不钟情，哪个少女不怀春，大学的时候老师偷偷读给他们听。吴喜德的心就像少年维特一样鬼使神差怦怦跳，眼前总是那个人的一笑一颦。经过了这一次的周折，出工如果看不到南斯日玛的影子，越发无法忍受。收了工，偷偷来到女兵宿舍外面，像二流子在墙上抠出一个小洞偷窥，直到那摇曳的倩影盛开在他的心里。难道他喜欢上了那个做梦扑到身上试图保护他，那般铁骨柔情的姑娘？

“今天去一趟五星大队送饲料。”一天早上，正要出工，吴喜德被连长一个大嗓门叫到了连部。他唉的一声问清了任务，到小车班报到。南斯日玛装好了马车，正在等他。

“怎么回事？”

“怎么回事，支援生产队！”

饲料倒是送了过来，革瓦发现有些蹊跷，莫不是这丫头存着什么鬼点子，趁没人，狠狠刮了一下女儿的鼻子。

“看得出来，你跟那个吴什么德，有点儿……”

南斯日玛羞红了脸，小拳头打了过去。

“您想那么多干吗！”

兵团有规定，知青到兵团的前三年一律不准搞对象。南斯日玛懂，她找连长打了包票，软磨硬泡带上了吴喜德。其实真的送饲料，她只是想带上他而已。

革瓦出了门，喜滋滋的神情绷不住，两步跳下台阶，拐了个弯不见了踪影。他今天高兴，女儿懂得疼人了，虽然每个月津贴费不多，可总是攒了又攒，换粮票换布票。这不，又给他买了一双部队上的解放鞋，又结实又好看！他一个叫花子小喇嘛出身，女儿要是找了这个大城市的小伙子，还用说什么。人家要个儿有个儿，要文化有文化。当然他们家应该也有茅房，茅房里也会有白白的澡盆……他想这想那，趁他俩在队部休息，急匆匆拐回家。

他要努恩吉雅抓紧烙馅饼，犒劳八连战士——黑而精干的女儿，尤其那个戴眼镜的小伙子。眼下生产队青黄不接，各小队就差把他给吃了，个个找他要饲料。兵团支援的一马车精饲料，够瘦弱的羊羔牛犊吃一个春天了。

革瓦在外面瞎转一气，儿子提着篮子笑嘻嘻跑过来交给了他，馅饼上还苫着布子。革瓦拧了一下儿子的圆脸蛋，哼了两嗓子《智取威虎山》，紧赶慢赶端到了队部。女儿认得这个馅饼，好像之前吃过。问阿爸，革瓦有些不自在，“生产队保管员做的，赶紧吃，一会儿还要赶路”。

吴喜德第一次见革瓦，他不知道南斯日玛的小九九，吃过饭，喝了几口黑砖茶，闲得没事，端过炕沿上的小铁盒，笨拙地捏卷了纸烟递给革瓦，他一时羡慕起能把吸在嘴里的烟喷出蓝圈圈的老知青来（以往可是颇为看不起的）。这一表现，顿时博得了革瓦的好感。革瓦双手接了，他平时是不吸纸烟的。吴喜德点上火柴凑过去，革瓦接过火，自己点上。他从腰间解下烟包，取出烟袋，羊骨做的烟杆，头上安的是锯短的弹壳，填满烟丝用指头压了压，递给有些好奇的吴喜德。烟袋壳装满烟顶多吸三口，人称“一口香”。吴喜德好奇，猛地吸了一口烟袋，呛得直咳嗽，还逼出了眼泪。

“这孩子，不会吸就别吸嘛！”

吴喜德问起生产队社员、牲畜、所辖面积、草场、河流等情况，革瓦一五一十介绍。对于牧区流行的布病，吴喜德提出请公社卫生院派赤脚医生摸准底数，逐级上报，重点做好预防工作。这些也是上次他母亲信上说的意思。现在全区不少地方都开始了行动，五星生产队也不能落后啊！

革瓦在靴子后跟捻灭了烟头，大加赞赏：“最高指示，赤脚医生就是好。可到底怎么个好法，生产队苦无法子，现在好了，还是年轻人有想法。”

南斯日玛看着一老一小谈得投机，心里像吃了蜜一样，趁机出来在破落的王府大院溜达。曾经的旗府中心到底有什么好，阴暗得如同那帮过去的王公贵族。当院左右对称立着两棵老榆树，从上面垂下来落到地上的树干，比南斯日玛的腰围还粗，当然它那粗硬的树皮，长满青苔的模样，怎能比得上南斯日玛娇嫩的身躯。一棵榆树光秃秃枝丫上方托着一个鸦巢，黑乌鸦在两棵老榆树上方不停地盘旋，发出低哑的呱呱声，难听死了。

一个七八岁样子的男孩正端着一碗肥皂水，快活地把五彩缤纷的肥皂泡吹到院里，又开心地拿手指戳破一个又一个彩色的小圆球。南斯日玛看到一个带着花纹的肥皂泡越吹越大、越来越薄、越来越轻，飘得越来越高，就在这时，突然砰的一声响，四散炸开，把她吓了一跳。虽然第一次见到小男孩，南斯日玛并不觉得陌生，还有些熟悉的样子，可怎么也想不起来在哪儿见过。她摸了摸兜子，还好，有几块糖。排长结婚发的喜糖，她一直舍不得消灭。“给你糖。”她伸手塞给衣服打着补丁却也干净的小不点儿。

“高勒——高勒，回家吃饭啦。”

随着丁零当啷的铃声，努恩吉雅从后门抬脚进来，走起路来脚步细碎，扯开嗓子喊。高勒，在蒙古语里随即成了“宝贝、根儿”，昵称那么的贴切。抬头发现儿子旁边站着南斯日玛，好久没见，越发漂亮喜人了。

小男孩把水果糖揣进小兜，一块糖早已扔进嘴里，小手捏着高级糖纸，拿着碗，活蹦乱跳，从母亲旁边噌地跑回了家。努恩吉雅皮肤白净，眼神温柔良善，打扮得利利索索。南斯日玛张口叫了声“阿姨”。努恩吉雅脸上挂着笑，听了不觉心颤，她确实算是这个姑娘的阿姨了。冷不丁遇上，她有些手忙脚乱，无名地慌张。

“我是大队——保管员，看这孩子瞎跑的。”

“阿姨，您烙的馅饼真好吃。”原来他们刚才吃的，还有之前不知什么时候吃过的馅饼，都是这位好看的阿姨烙的。

“哪里，就是我们老家的家常饭。上面来人，时常做一下，算工分，队里照顾呗！”

如果真如外面的传言，南斯日玛突然生出奇怪的想法。她真的不知道自己是需要恨，还是默默地接受。在碰不得的禁忌面前，她只能装聋作哑，难道她像一个泼妇骂街吗，骂谁？骂她的阿爸，还是眼前的这个微笑的阿姨！她的笑跳跃在每一条皱纹里，挑动着眼角和眉毛。连她都忍不住喜……

阿爸忙里忙外，免不了别人说什么的，而且隔三岔五回去照顾额吉，加上永青扎布、金香帮着搭照，她也能放心地待在连队。怀着一种无法言说的复杂心情，她张了张嘴，无言以对。努恩吉雅递过来一个小包裹，吞吞吐吐。

“队长——你——阿爸刚才说，要你回去时拐个弯，顺便回一趟家，把这个给你——额吉送过去。”

碎花蓝布包着的铝制饭盒，拿在手上还有些温暖烫手。南斯日玛扭过头，阿姨腰里别着一堆钥匙，钥匙上系着一个小铜铃，走出老远，也许已经跨出了小门。她听着丁零当啷的声音，大大的眼睛已经浸满泪花。

五

全团大会上宣布了副政委的任职命令。

政委调走，副政委以副代正。副政委叫铜川，一身军装，紧扣风纪扣，他的脸显得黑而青。轮到副政委讲话，他神色凝重，很费劲地站起来敬了个军礼。至于费劲，师政治部副主任刚刚作了介绍，副政委参加解放战争落下伤病，为此他特别希望团里要给予副政委无微不至的关心。副政委插话，说自己主要是来学习锻炼的。

副政委的讲话让人有些奇怪，他只讲了一个问题——阶级斗争。从红军长征第五次反围剿，讲到绥远方式，接着抨击社会帝国主义对我百般诬蔑。说到激动处站起来，帽子往桌子上一丢，挥了挥手："阶级斗争不只战争年代有，现在更猖獗，贝勒旗、四十一团有没有，我看也是有的。"

铜川副政委不下地，管人的思想。

他喜欢到处转转，晒得黑不溜秋，试图在广阔草原拉直他那条肌肉僵直的大腿。阳光是最好的大夫。战争年代伤员不停地晒太阳，就是为了减少伤口化脓。如今的他多么希望，有人时不时帮他拉伸一下硬腿。来四十一团之前他就对师政治部领导提及。副主任是他的战友，为了他的个人问题，私下没少交流。那天的会上，副主任说得不是很明白了吗！大半年过去了，这个团的头头脑脑，怎么看起来都是一帮榆木脑袋。

这一天，铜川甩开膀子又是十里。

前方红旗招展，八连的年轻人正在劳动竞赛。他想着过去鼓鼓劲，迈开步子越走越热乎，身上一冒汗，他就特别兴奋，估计伤腿也跟着喜欢。出来前他没有走出这么远的打算。

水壶没带，他口干舌燥，嗓子冒烟。走到地头，他没有多想，蹲下来翻包找水壶。一个军挎里装了一把钥匙，一个藏着一个窝头一块咸菜。他顿时来了兴致，部队行军打仗，作为班长他时常翻看战士们的个人物品，生怕有人私藏缴获的弹药、金银首饰。那是纯洁队伍的需要。

一个挎包有一面小圆镜，镜子后面是南京长江大桥。又一个包里叠着一把草纸，无疑是女战士挎包。他来了精神，有一个包里居然装着女人胸衣，的确良的，他犹豫片刻，抓起来放在鼻子上嗅了一下，这是他从来没有闻过的气味，难道是这个女知青身上的味道？不知怎的，身上突然过了电一样，这让他无比兴奋起来。他不记得自己多长时间身上没有了这样的反应，一直以为战场上伤到了根本。铜川如同发现了一道美味佳肴，狠狠地又闻，不得不放进去，扣好。挎包上用圆珠笔画了一只鸟，几笔下去活灵活现。

铜川好奇，年轻人的世界还真有些奇妙，他已经管不住自己，想着继续这种不算高明的窥探。他又从旁边的一个包，翻出一本《草原手册》，书中夹着一封短信，文绉绉的，一看就是穷酸知识分子写的。一本笔记本上画有图案，类似他们开的地，记着羊草、沙蓬之类，他坐在那儿翻，恰克图、贝加尔唐松草、准噶尔草，还有一些莫名其妙的外国字。铜川眉头紧锁，他最恨帝国主义，什么八国联军、日本军国主义、美帝国主义，哪一个不是侵略成性，写这些外国名称外文，什么意思？破包和画鸟的挎包软塌塌单独靠在一起，不由得让人产生联想。

铜川一时火起，没有由来。他抓起装书的军挎起身就走。忘记了找水壶，更别说喝水了。

团长不在团部，不能等，等不得。

铜川走到后面的平房，走廊最里面是总机，接通了师部，他把话务员支到了外面。他多了个心眼，从办公室打，就怕总机在中间截听。接下来他又到保卫股。眼看就要扑灭危险的火花，大腿的隐隐作痛，一时全然忘记了。

对于即将出现的事件，吴喜德和他最要好的战友南斯日玛，还有其他人，自然一点都不知道。至于那天副政委到任时的一番高论，吴喜德、南斯日玛坐在一起，跟着也拍红了手掌。就在这个礼堂，他们几天前看过军区过来巡演的《红色娘子军》，说不出由来地激动。吴喜德上了一年的农牧学院停办了，辍学闹革命。他们低年级学生和高年级学生分成两派打派仗。有一天他在墙根下站岗，突然感到一种说不出来的无聊，后来想起来，当时确有不断革命、不断开拓前进方向的热忱，但是潜意识中是不是也有摆脱歧视及困惑，寻找出路的渴望哪？

赶上上山下乡政策，他带着光荣的、沉甸甸的使命，像上战场一样，晕晕乎乎、义无反顾地北上到了四十一团。刚来时的新鲜好奇自然早已消失了，随之而来的开荒、扶犁、播种、除草、秋收、打场，冬天拾粪，放马。阶级斗争固然重要，阶级敌人在哪儿，难道藏在人烟稀少的草原上，开什么国际玩笑！

参加大会在连队的历史上没有什么特别，却是难得不用正常出工的日子。知青们天天盼着下雨，盼着老天爷给他们放放假，哪怕只有半天，好让他们喘口气。院子里抖肩甩手，有的则像是到了礼拜天抓紧清洗衣服，女战士在吆喝声中唱起了欢快的革命歌曲。他们难得放松一下连续开荒耕作的辛苦。每年开春，连队的任务就是开荒，开出新的广阔农田。吴喜德躺在大通铺上美美地翻看《草原手册》。他档案里填的是高中，他不想提及大学辍学。这是大学班主任老师寄来的书，书中夹着一封短信：

吴喜德同学：

知你在阿尔善草原广阔天地上山下乡，老师甚感欣慰。今邮去老师参与编写的书，希望对你的生产劳动有所裨益。阿尔善草原地处祖国北疆，草原资源丰富，希望你认识草原，种好粮食，无产阶级专政下继续革命。

此致

革命的敬礼

文老师于小黑河五七干校

收工的时候，吴喜德发现挎包不见了。

不知道是哪个捣蛋鬼藏起来了，喊了两嗓无人应答，也就不再找。等到开玩笑无趣了，自然乖乖地送他过来。里面无非一本书、近期抄录的笔记。

团部大院气氛骤然紧张，基干民兵荷枪实弹。保卫人员以连为单位开始甄别，很快就把吴喜德押了起来。吴喜德慌了，他从来没有见到过这样的阵式。他怎么了，难道父亲骑兵部队的问题又大了，过来调查？知道了情况，他哆哆嗦嗦一口咬定“不知道”，可在上百号人的火辣辣注视下，还是浑身打战，羞得低弯了头。

铜川副政委走到队伍前，郑重地从上衣兜里掏出一张折叠工整的纸张，上百多双眼睛紧盯着他的一举一动，空气仿佛凝固了，他脸色严肃，汽灯下显得愈加铁青，给现场令人窒息的气氛平添了几分恐慌。

“全体知青同志们，今天我们破获了一起严重的现行反革命案件，参与或者被蒙骗的战士要大胆地检举揭发。让我们做好一切战斗准备，共同保卫无产阶级铁打江山。”

副政委的讲话很短。队伍一解散，叽叽喳喳炸了锅，慌乱间大家的脸上露出惊讶和疑问。南斯日玛惊慌失措，看见副政委，小跑追了过去。至于南斯日玛问了什么，铜川倒没注意，他突然看见了黄色挎包上的那只生动的小鸟，横挎的挎包和武装带勒着她，上面好像也有两只鸟骄傲地卧着，正在张嘴望着他。

铜川的大腿倏尔又活了，旁边有人打招呼，他答非所问，有些恍惚，有些尴尬。他问了那位女战士在哪个连，叫什么名字，然后笑眯眯地告诉她，让她相信组织。

回到办公室，铜川一直在想一个问题，这个问题好像比案件简单，又或许更为复杂。这个叫南斯日玛的女战士干活儿怎么就不戴胸衣哪？

“那些文字和苏联实打实有关联。”铜川为自己到四十一团实实在在办了一起案子，颇有些得意。

团长关键不同意铜川的审查意见，在报告上画了圈，写了“存疑再核实”，扔给了他。

首次攻心，吴喜德态度顽固，否认了一切指控，他有些发蒙，或许那些书本真有问题，他只是一直没有发觉？在校的时候，老师时常教这些，难道这是一种潜移默化的鼓动？禁闭室里他胡思乱想。

南斯日玛找不到吴喜德。问谁，没人知道。她焦急万分，请了假，骑上马去找阿爸。革瓦大吃一惊，为了女儿，为了自己，如果和女儿要好的知青有问题，怕是他这个队长也得被撸掉。他急匆匆赶到四十一团，进了大院，一路打听，找到了铜川副政委的办公室。铜川正在懊恼，师保卫科来电话批评，怎么能这么简单粗暴！

见过革瓦，铜川正在气头上，几句话打发走了。别看是大队干部，他懂什么是政治，乱弹琴。

铜川把自己关在办公室。此地阶级斗争形势复杂，仅五星大队外逃就有两人，全旗第一。前天傍晚公社西边突然升起两颗信号弹，边防站、公社军管人员及基干民兵从三个方向火速包抄，结果空无一人，虚惊一场。

他的推断出现了严重失误，作为一名老同志不应该啊！他端起茶缸猛地喝了一口，原来正是这口水，还有随之而来的内心的虚弱、无名嫉妒与某种需求，再无其他。

铜川主意已定，吴喜德可以没事（他当然没有什么事），可他笃定要娶南斯日玛了。她是阿尔善草原上唯一一个让他的身体活了过来的好姑娘。他不敢确定这是不是爱情，反正只一眼，从两只鸟开始，已经无可救药地喜欢上了她。那就从吴喜德入手，进而让她就范。这没有什么可耻的，战争年代“左”和右的问题，哪一个一时又能分得清清楚楚。

“你这样替他跑，惹怒了师部的人。”

“我……我……”

“《钢铁是怎样炼成的》看过吗？”

“没有。听说保尔具有钢铁般的意志。”实则南斯日玛从战友那儿借过来偷偷看过，她尤其喜欢保尔和冬妮亚那个那个。难道让人哭鼻子的都是黄色小说吗？

“以后不要提了。现在只要沾上那边的东西就是修正主义。要看就看《金光大道》。”

“难道我替他说明情况也不对吗？”

“你这是典型的觉悟不高，感情用事，让人家要手腕，上当受骗。”

南斯日玛想了又想，怎么也想不明白，难道吴喜德送给她的铁锚牌小闹钟算是收买？

阿爸说了，吴喜德的事儿不能说了，再说下去就要出大事了。南斯日玛好像经历了一次心灵的炼狱，她梳理着自己所能知晓的，乃至自己身上具有的某种政治的东西，用以换取吴喜德的平安无事。砸烂封资修，这是眼下公社生产队还有他们四十一团的最大政治。

牧民们当成宝贝的罕乌拉山、阿尔善河有什么用？帝王将相发动战争，征战死去的永远是劳动人民。让人无不唾骂的格里丹来到阿尔善草原安营扎寨，据说当年前线指挥部就设在大石头下面，他在那儿发号施令。由此可以证明自然界是靠不住的，它没有阶级性，随便就为某个反动集团所利用。所以他们现在就是改造这片毫无用处的荒地，伐木，种地，挖煤，修水库，更好地为劳苦大众服务，为全人类的解放而奋斗。南斯日玛一时想了许多本不该她想的大问题，运用副政委说的阶级分析法一分为二，许多以前不甚了了的问题，随之豁然开朗了。铜川在南斯日玛眼前不由得高大了起来。这个领导能解决眼下的难题。

副政委步步紧逼，她怎么办，吴喜德怎么办？

说来，南斯日玛老早就知道一个秘密。秘密就是私，私就是祸根，那就斗私批修。这是少年时留在心底用嫉妒培养出来一株艳丽的野罂粟。这么远的路赶过来，她忘了饿。副政委正忙，身边围着好多人，不是说话的时候。她在长条椅子上坐了许久，一直等到不再人来人往，走廊最后一个走动的人出了大门。她不能这么做，但是……南斯日玛和自己打了一场惊天动地的战斗，野罂粟流出了酸涩的白色毒汁，从而稀释了从额吉还有额吉一样姐姐的乳房里吸吮出来的牧人的特质。激越于是归于平静。站起来理了理齐耳短发，她把衣角都揉皱了。咚咚，办公室的门开了……

铜川枯坐了两天，苦无应对之策。

他板着脸看了一眼南斯日玛，她的眼神里有一种奇怪的强压了下去的安静，但更多的是惊惧。铜川把眼睛移开了，悠闲地打量起顶棚——用阿尔善少有的白灰抹成，上面落着两只苍蝇，仔细一瞧还有一只鼓着肚子的蚊子，夜里一定蜇进皮肤饱吸了他的鲜血。平平整整的顶棚泛着一抹黄，难道是他抽烟熏出来的吗？南斯日玛没有闲心陪他看什么顶棚，神情紧张地注视着他，翘而巧的鼻子上沁出了一层油珠。

南斯日玛恨不得写满了恳求的神情让铜川心碎，他不需要她为那个人痴情。因为这个，他也要假装狠一点，撕扯她，让她求他，把希望全部寄托于他。他突然想起小时候奶奶在破庙小心翼翼献祭。

他倒了一杯水递过去，多想让南斯日玛一直这样面对他坐啊！此时，只觉得她身上的一股青春的气息，已经充满了这间屋子，这是以前从来没有过的，难道女人身上都有这么一股好闻的味道吗？连年扛枪打仗，为了活命，为了胜利，他们日夜奔波在荒野村落。如今，解放都已经二十多年了，他支边来到边疆，却……

南斯日玛走上去悄悄地说，声音低得估计连自己都没有听清：“有这样一个秘……”

铜川好像听到了，不为所动。

“铜政委，铜政委。”南斯日玛叫了两声。铜川从浮想联翩中醒了，他懊恼，不知说什么恰当一些，一时语塞，挥挥手让她走了。这个南斯日玛怎么就不知道他的心思，看着她转身出去，多想自己有一股超常的魔力，眼睛里飞过去一条看不见的绳索把她紧紧拴住，让她乖乖就范。解放鞋咚咚踩上去发出很瓷实的声音，已经消失在走廊尽头。

铜川拿出笔记本，写了几笔，撕下来扔进纸篓。此时他才发现自己的字是那么的丑，歪七扭八，只一页，已经写了三四个错别字。小时候在村里的高等小学上了两年，后来到部队，首长教了一些。他恨不得把钢笔掰断，想一想还是忍住了，别到上衣兜上。钢笔是当年首长送给他的。他这是怎么了，为了一个黄毛丫头抓狂发疯。

刚过晌午，铜川带着军务股参谋出发了。阿尔善草原死气沉沉，是该投放一颗炸弹了。这件事和吴喜德并不是没有一丁点关系，至少是对南斯日玛的一种考验。他想核实清楚再作决定，打草惊蛇的事情不能做。军务股参谋是现役军人，他没有一帮农夫那种产多少粮、放多少羊的概念。起伏连绵的草原，尤其是罕乌拉山可伏兵几万，阿尔善河更是一道优良的天然堑壕。以他的判断，敌人突入边境，兵团所能做的就是设置堑壕、兵力阻截，用于迟缓敌军坦克集群长驱直入，尤其需要做好反敌特反情报斗争，为大部队战胜来犯之敌赢得时间和空间。

走进了那户人家，空无一人。绳子上，勒勒车上到处挂着堆着花花草草，简易帐篷里也是花草，地上有两口大缸，还围着大小不等的坛坛罐罐，简陋的小作坊不由得让人生疑！

有那么一刻钟，铜川基本掌握了情况，还真是一个穷户，除了一堆花花草草，要什么没什么。这是不是一个陷阱，等着人们失去警觉，而平常之下隐藏着某种不为人知的计划或者阴谋？距离此处一直向北，升起过一次信号弹。

天黑之前，副政委和军务参谋一路颠簸回到了团部。

两个人各取所需，军务参谋绘制作战地图了然于胸，而副政委割来了资本主义尾巴。

六

倒退是没有出路的。

为了吴喜德幸免一死（南斯日玛绝望地想），豁出去了！听不到他的一丁点消息，她快急疯了。三十里路紧走慢赶，走进团部大院，从兜里掏出皮筋扎了散乱的头发，长长地舒了一口气，攥拳轻轻敲了三下，又一次来到副政委办公室。他到底想干什么?

铜川瞟了一眼，看南斯日玛那个毛躁样，暗暗有些惊喜。她说的秘密，和吴喜德有何相干，权当搂草打兔子，按照属地管理，他当天就打电话移交给了贝勒旗。短兵相接，眼下正是当口，给她来一个措手不及，突然袭击。

“你觉得我怎么样？”

“您是领导，很好啊。”

“我是说，我想和你建立革命家庭。”

“您是大干部，我没有想过……”

南斯日玛不是原来那个不懂事的丫头片子，吓唬她没门儿。不禁暗暗嘀咕，不害臊，连这种话都敢说。

一个回合，对方纹丝不动。铜川眉头一皱，此前的无数遍预演看来全部失效。打蛇打七寸，就看接下来的一击。如果南斯日玛挺住了进攻，那他将归于完败。

“吴喜德的事特别严重。”

“他有什么问题？”

“那些材料会要了他的命。如果没你的话……”

“我跟他没有什么。”

一问一答。铜川絮絮不休。她和这起事件看似毫不相关，实则“存在”丝丝入扣的某种关联。南斯日玛一来，他以曾经军人的敏锐，观察她的些许变化，只几天的工夫，嘴唇裂开了两道口子。火候差不多了，于是他轻轻咳嗽了一声，盯着茶缸上的“将革命进行到底”，端起来咕咚喝了一大口。

“不过……”他说了一声打住了，看她能硬撑多久。

“不过？”南斯日玛也跟着不经意叨咕了一声。不过什么，经过这些年的历练，已经再明白不过地听出了他的意思。歪点子，馊主意，自以为正儿八经，由着她早先的脾气早一通臭骂了。可是要把自己交给这个人、和他成家，她丝毫没有想过，怎么可能！说来她和吴喜德除了拉拉手，只有那么一次偷偷抱在一起，胡乱抚摸一番，亲嘴，甜甜的舍不得。除此再没有过任何亲密举动。人家是首府来的，她来自底层牧区，她一时头脑发热，可以对他不经意表露的某种优越视而不见，但是直觉不会骗……

铜川拉开抽屉拿出两样东西，一张结婚申请，一沓案件调查报告，他不动声色整整齐齐码放到南斯日玛面前。这是铜川的最后武器。爱情是自私的，有时也是卑鄙的。结婚申请，只要她签了字，什么都解决了。旁边的材料，他希望南斯日玛明白，他签了字，后果会很严重。

南斯日玛急切地一页页翻看材料，这才知道全部缘由。吴喜德在笔记本上确实写了外国名称、外国字，它的含义确实可以有多种解读。“他傻呀！”南斯日玛无言以对，身体猛然剧烈抖动，好像经历了一场漫长的斗争，抬起头，眼泪汪汪地望向铜川。她咬了咬牙，决定先拖一拖再说。救人一命胜造七级浮屠。她不懂，反正救人一命是没有错的。为了救人，什么又可以不能舍弃？打开天窗说亮话吧！

“我签字，吴秀的会怎么样？”她气鼓鼓地问。

铜川瞪了一眼，他有些生气，对那个吴喜德，她怎么就这么在意，非亲非故的，难道她……此时的他，不想深究细枝末节，心里就像罗布泊冲天升腾的巨大蘑菇云，欣喜抓狂。想不到南斯日玛真是一个直筒子，两招下去举手投降，解决了问题。又或许是她与人为善的秉性吧。他有些不明就里地感动，还有感激。这个姑娘不仅让他动了心，善良的心地也是世上少有的。他的本事到此为止，职权范围。难道为了一个破书和笔记本还真能要了人家的命？再往下编造，关团长的关也过不去。他的腿关节如同注进了热热的润滑油，痛快地站了起来，豁出去了。

“我把这份报告烧了，再准备另一份报告，让他走得远远的。”

“去哪儿？”

“保送他当工农兵大学生！”

“你骗人，去年师里招考教师，政审一关就打了下来。他父亲有历史问题，正在隔离审查。”勇敢的小鸟，抖动着受伤的翅膀作最后的挣扎。

“我想到了，他符合入党条件。”

这句话的分量太重了。铜川不是一个爱开玩笑的人。他到八连摸过底，调阅了吴喜德的入党志愿书。至此彻底挡住南斯日玛其他试图补救的想法，开始救出吴喜德，之后再想办法救出自己，看来全部失败了。足以压垮任何一丝挣扎。南斯日玛懵懂中看着前面的一束亮光引导着她步入毫无准备、毫无悬念的婚姻世界，就和面前这位引导她步步就范的人，她的老谋深算的副政委。

南斯日玛的心，突然间奇怪地平复下来，好像连一丁点恨意都没有了。一念之间，为了她认为值得的那个人不至于坐牢、判刑枪毙、投进阿尔善河喂鱼。

铜川驾着马车不紧不慢地赶路。

马车上坐着南斯日玛，她用头巾把脸包得严严实实。两个人还没有多少交流，一个是干部，一个是有求于他的战士。他们穿着同样的黄军装，不是解放军，不是盲流，特定历史时期出现的特殊群体。前面弯弯曲曲的路，望也望不到头，那是一条几百年来受苦人赶着勒勒车的盐路。此时在南斯日玛眼里就是她的命，每一个女人都会遇到的命。命来了，就要安静地领受。说实话，除了铜川，这世上还没有一个男人对她这么好过，虽然胡搅蛮缠，可她懂。除了傻傻的爱情，人还有很多种身份。

马车忽而上坡，忽而下坡，平坦处任意驰骋，坑坑洼洼的地方，颠起来又落下。在铜川看来，草原上无比单调的长路，今天却显得那么的美丽多彩。两边的草浪起伏翻滚，野兔不时跃过“搓板路”跳进另一边，它又因何而急？

南斯日玛是铜川专门带上的。

因为此行具有浓重的个人色彩，他不便坐吉普车，况且有司机也不方便，便到运输队要了一辆马车。不知道的人还以为他要运送什么货物。铜川跟南斯日玛说了，一是要去师部收回现行反革命案件的报告，再一个是办理保送上大学的手续。也不知是真是假。两个人单独在一起，南斯日玛本能地害怕，可是能不去吗！而且还要装出求之不得的样子。她第一次感激地望向那张铁青脸。他怎么就对她这么上心？她那么普通，鼻子上有雀斑，也不美……

前方一条又一条岔路，铜川赶起马车眼花缭乱，好在有南斯日玛，他迷不了路。成群结队的麻雀在路边的电线（或许电话线）上落下又飞起，那条铁丝里声音（或电流）怎么就能传过来送过去？这世上怎么不是好人就是坏人，难道就没有不好不坏中等的人？南斯日玛盯着电线，这条细线里铜川一定说起过吴喜德，还有金香姐姐。

颠簸的马车超过前面费劲拉货的马车。南斯日玛扫了一眼，赶车的是九连马车班的小青年王进财，多年前逃荒过来的受苦人。南斯日玛只露出眼睛，他认不出来。一辆拖拉机坏在路边，前后左右放了几块石头，车上没人，许是搭车到镇上取零件去了。

班车在后面按着刺耳的喇叭，铜川赶着马车靠近路基让路。班车兜起浓重的尘土，从旁边飞了过去。他看了羡慕不已，“要是有这样的班车可坐，早早到了师部，少受多少罪，马车干着急跑不快，遇到紧急情况怎么行！”前面的班车在岔路上拐了弯，原来不是去红星镇。他叹了一口气甩了一个长鞭，辕马不紧不慢踩着碎步。突然间，左前方一道银光，那是一条河，阳光打在上面有些晃眼。铜川莫名地激动了起来，他叫醒南斯日玛。

“快看，快看，那儿有河。”

“阿尔善河一直在这儿，有什么大惊小怪的。”

蒙蒙眬眬间，南斯日玛听了有些好笑，她怎么能明白另一个人因为她的原因想了什么哪？铜川鼓动南斯日玛下了车，两个人一前一后，顺着高高的苇草，走向阿尔善河缓缓流过的河岸。

吴喜德没有挨枪子，只是垂着头，坐上长途班车孤单地离开了。

他从一名“现行犯”转眼成了遨游知识海洋的优秀知识青年代表被保送上学。政审，他是预备党员，这样的条件完全没有问题。曾几何时，开赴荒原，胸有朝阳，他抱着志在边疆的崇高理想，三次递交入党志愿书，次次悄无声息。第三次，他对着狂风放声大哭，喊叫，就像一匹受伤的狼，在寒冬的荒野发出哀号。哭罢，心里多少好受了许多，反正已是伤痕累累，再多一次又何妨。

让他颇为奇怪的是，自从他被抓起来又放出来，就没有见到南斯日玛。一定是躲起来了，典型的胆小鬼。屈辱，无助，荒诞，莫名其妙的草原，不可思议的草原姑娘，变得比天气还快，比变色龙还着急。于他，从此再不要有什么纠葛。

此时，躲也躲不掉的羊茅和碱草的涩涩味道从车窗缝隙挤了进来，车里填满了这种空气，他接连打了几个喷嚏。莫不是在这无情无义的草原，有人躲在什么地方咒骂，他想起了老辈人的说法。远远地，一棵孤零零碗口粗的树从眼前一晃而过，那是来到四十一团之前看到的最后一棵树。他用目光远远地和那棵没有什么变化的树致以莫名的道别。他不仅告别了阿尔善草原，也告别了自己无法言说的知青岁月。

稍显遗憾的是，不知他的《草原手册》和笔记本命运如何。他在上面潦草地记过这样的一些文字：

1.贝加尔唐松草（学名：Thalictrum baicalense Turcz. ex Ledeb.），是毛茛科唐松草属草本植物，植株全部无毛。生山地林下或湿润草坡。分布于中国、朝鲜和苏联远东地区。根含小檗碱，入药，可代替黄连用。根及根状茎：苦，寒。清热燥湿，解毒。用于痢疾，目赤。

2.恰克图位于苏联、蒙古人民共和国边境。地名是由禾本科羊草的蒙古文原名音译而来。准确音译应“荷雅格”，加上“图”字即是“荷雅格图”，意为“有羊草的地方”；俄文音译后中文拼写成“恰克图”。历史上，恰克图曾是中国境内的中俄通商要埠。

……

七

在吴喜德心心念念，毅然决然上学后的又一个夏天，凝结着数千名兵团人心血的阿尔善河水库竣工了。知识青年和农工们兴高采烈。看看吧，他们不仅能够开荒种地，上交公粮，一双双或粗壮或纤细的手，挥舞铁锹，驾驭拖拉机，推着小推车，汗水搅拌在热火朝天的轰鸣声里，还能建成改造自然的非凡杰作。千百年无从驯服的阿尔善河，第一次在人类的伟力面前驯服了，接受劳动人民的指挥。南斯日玛挺着大肚子，也在看那道长长的纪念碑，她的脸上满是安详。

就在吴喜德离开的那一天，她的肚子里说来很突然地被注入了万颗种子。尤其神奇的是，最强劲的一颗，以一种千军万马的姿态排兵布阵，瞬间爆发强烈闪光，并不理会母体如何排斥，如何担惊受怕，如何哭肿了眼睛，剩下的事情，归制造受精卵的大人自己处理。

接下来的一段特定时间，南斯日玛没有由来地干呕。她害怕，害怕别人投过来的眼神。此时的她，已经不再怕那个色厉内荏的家伙，都是他干的好事。她没有了之前的扭捏，推开门一点儿也不含蓄，大吼一声，一巴掌扇得铜川在那儿愣神。

“我有了，怎么办，你这个流氓！”

铜川久经沙场，他摸了摸发烧的铁青脸，一个干部居然让将要成为妻子的部下打了。这是他作的，如何敢作声。“他要有自己的孩子了！”他强压内心的狂喜，赶紧过去关了门，按住南斯日玛的肩膀要她坐下，端过去他的大茶缸，极力劝慰，绞尽脑汁想着对策。

那是去师部的路上，两个人坐在阿尔善河边平整发烫的大白石头上，周围仅此一块，不知什么时候的天外之物。蓝天白云，静静的流水，广阔无垠的原野之下，现代人和原始人又有什么区别。铜川眼尖，一把抓住了从白石头上掉下去的胸衣，和上次军挎里的一模一样柔软。

等到拽着南斯日玛重新坐上马车，铜川沉浸在生动的景象里久醉不醒。醒了，又醉了。手里摇晃着鞭子也不去抽打，在空中摇晃出一道又一道弧线，心不在焉地任由辕马慢悠悠向前。回味不够复杂而又奇简的经过，那是人生的所有之路。他时不时回过头，揪心地看着低着头一言不发的南斯日玛，多么希望她也和他一样高兴。那一天，他们注定很晚赶到师部所在地红星镇。

铜川过去把马车交到师后勤处运输队，辕马自然有人照料。之后提着提包，领着南斯日玛走进师部招待所。房间就剩一间，服务员抬头看了看两个人，年轻的好像害了病。铜川铁青着脸瞪了服务员一眼，只说带女儿过来看病。服务员看是个不小的干部，睡眼惺忪瞟了一眼介绍信，还没看清，铜川已经把介绍信叠起来放进了黑提包。

铜川突然觉出自己的卑鄙，已经深深地伤害了这个无辜的姑娘。可是，可是，他真的深深地喜欢上了她。为了得到爱的人，谁又没有坏过，何止是他。南斯日玛在招待所的炕上躺了两天疗伤。铜川带她去澡堂洗澡，他到食堂打饭，端茶倒水，还从师部搞来了两个苹果，这可是稀罕物。他想着法子献殷勤，看着她慢慢缓了过来，脸色也红润了许多。

铜川到师部，专门过来给吴喜德办事是假，去跟保卫科的同志说明情况是真。随后又办了外地流入人员安置手续、增加评功授奖名额等等杂七杂八的事情，当然他把身边正在害怕痛苦难过的亲人也放进了名单。南斯日玛当过班长，现在是代理排长，原本就是表现积极的好战士。

至于保送吴喜德上学，上次南斯日玛一点头，他就趁热打铁，指示连里按正常手续补办了入党积极分子考察，支部研究决定其正式成为预备党员。这件事后来经过政审推荐等环节抓紧办成了。出来前，他往师政治部打电话又核实了一遍，一两天就可以走人。他专门安顿连队，让吴喜德不要告诉任何人，悄悄走，以免发生什么差池。说心里话这是关系到他和南斯日玛的终身大事，尤其南斯日玛，和吴喜德更是没有必要见了。所以说，诸事顺遂，别提心里有多美了。

直到返程，南斯日玛还是那么疼着木着。铜川说了吴喜德的事情办妥了，说了评功授奖有她一个名额，说了又批回来了三十多个外地盲流落户。南斯日玛什么也没说，也不知是听到了，还是听到了无动于衷。铜川看她一副恍恍惚惚的样子，怕说多了反倒刺激她。至于结婚的事情更是只字没敢提。

老早之前，女儿骑马过来，革瓦就有些纳闷，一个兵团领导怎么就跟毛头小伙子摽上了劲，而且中间不明不白夹带上了他的闺女，跟他女儿连半毛钱关系都没有。眼镜小吴的事情他能有什么办法，不知天高地厚还去找了铜川，直接给了他二比〇，就差把他撵出办公室，让他丢尽了脸。铜川是个什么东西，他能管得着大队干部？看他一脸铁青，到底什么意思，难道看上了他的……一定是，革瓦想到这儿拍了一下脑门，顿时什么都明白了。

“他对你不错。革瓦拿根树枝划拉，敲敲点点分析利弊，觉得女儿还是应该再去找一找副政委。当面说，问一问，或者求一求。

“我去就是了。”南斯日玛没好气。

“这才是啦，凭我这么俊的姑娘，这是个机会。”革瓦暗暗思忖。

吴喜德的问题，兹事体大，南斯日玛不敢跟班里姐妹提及，过来找阿爸商量，却是这样一个不是结果的结果。她不耐烦地瞪了一眼一脸无辜的阿爸，或许这是她的敏感？她也糊涂了，隐约感到了一丝不安。

“我只希望，这是一个解决问题的机会，而并不是别的什么机会。您在别人面前可别说这一类话。”

南斯日玛的预感，不幸而言中……

从师部回来的日子里，铜川日夜想着南斯日玛。他没有家，没有单身宿舍，办公室就是他的家。他待够了，他需要温情，需要有人修理他的城府，还有迂腐。身体机能更是彻底恢复了，一通百通，夜晚做了春梦，床单上斑斑点点洗也洗不掉。人来人往，让他十分的难堪。

“你可真没出息，更是没本事，团里那么多大姑娘，还把大政委憋成这样，像什么话。”老搭档关团长指着鼻子数落。

“咱是有纪律的，可不能抢啊！”老大不小的铜川红了脸，摸了摸钢直的短发，实则他做的事情比抢还严重许多。

他一直瞅准时机，想着和南斯日玛挑明，抓紧把婚事办了，可干部战士毕竟不能经常见面，甚至一两个月也没有机会见上一次。他借检查工作去过两次三十里开外的八连，可都没有遇到南斯日玛。碍于面子又不好意思和连队干部说。

这下好了，挨了一巴掌，反倒有了主意。

第二天，铜川赶着马车领着南斯日玛再一次去了师部，这一次是去办理结婚证，还到照相馆拍了一张合影。办完事，来到师部招待所入住，服务员瞪大了眼睛不敢相信。她明明记得，这个铁青脸的“四个兜”和这位俊俏姑娘上次登记房间，说两个人是“父女”，现在怎么就成了夫妻。奇了，怪了。人家出示了结婚证，证上印着三面红旗，还有最高指示：我们都是来自五湖四海，为了一个共同的革命目标，走到一起来了。一切革命队伍的人都要互相关心，互相爱护，互相帮助。

回来的路上，铜川望向阿尔善河那边，用肩膀顶了顶南斯日玛。南斯日玛的脸唰地红了，说声“讨厌”。于是他们又来到初始之地。南斯日玛闭上眼睛，第一次心甘情愿地把自己交给了铜川。

铜川、南斯日玛结婚的消息惊动了阿尔善河两岸，不管在左岸的五星生产大队，还是右岸的四十一团，都成了爆炸性新闻。人们猜不透他俩，一大一小，一个古板一个活泼，一个干部一个战士，怎么就对上了眼，打得火热，还悄无声息走到了一起。

开春，团里给铜川收拾出两间家属房，刷了墙，搬来桌椅板凳。革瓦赶着马车送来嫁妆，那是努恩吉雅准备的被褥、一对枕巾，还有脸盆。两个新人到供销社置办了不少生活日用品，把原来自己用的物品归拢到一起，抓紧布置新家，算正式建立了革命式家庭。

结婚典礼很简朴，就在团部食堂举办。关团长主持，一拜天地，改成了向主席像敬礼，新郎新娘和至亲战友客人一起唱《东方红》，又唱了《大海航行靠舵手》。三桌婚宴吃的是汤菜席、白米饭，这是铜川提前预订的，每桌五元钱。团部干部纷纷过来祝贺祝福，手头宽裕的，掏出两元钱随礼。从这一天起，生产队社员们，因为和四十一团有了这样的特殊联系而高兴。从天南海北过来的兵团人突然觉得他俩很般配，生活就是一个互相搭配的过程，看人家相敬如宾的样子就知道了。

婚后第三天，南斯日玛就回到连队参加生产劳动。一对燕子好像和这对新人约好，径直飞落他们家，在屋檐下衔泥筑巢。没有多久，半碗状的巢里探出来三只叽叽喳喳叫的雏鸟。

第四章

有羊草的地方，不只恰克图

一

草原是一个盛放不尽物品的容器，多少往事在里面发酵，又在里面溶解。每一个到来的人，不管是先来，还是后到，看到的总是它的广阔和最初。

恶狠狠地汪汪叫，狗很少这么厉害，一定来了生人。永青扎布急忙出去劝狗，一辆过路的农用车上下来一个人，走到蒙古包跟前。阿古拉，怎么会是他？一别十五六年，还是那个模样。

永青扎布快步迎过去，紧紧地握住阿古拉的手，满脸堆笑，流露出激动的心情。老朋友相见分外亲切，他们热烈拥抱。黑狗摇着尾巴左观右望，发呆惭愧，在它的所有认知里，明明是从来没有闻到过的陌生人，主人何来如此亲热？

那个时候，下放到五星生产队的阿古拉，和同样倒霉的永青扎布偷偷结缘，他们醉心于草原、牧草、牧业生产的交流。永青扎布第一次听到有人说草是香的，草原是宝贵的、有用的。他帮助阿古拉识遍阿尔善草原上的饲草植物。那是一段苦中作乐的难忘经历。

白发和皱纹又算什么，旧人也是曾经的新人。

结束劳动锻炼后，这是阿古拉第一次回来。他望着永青扎布和曾经齐耳短发的铁姑娘在一起，一时搞不清其中缘由。一句话，经过多少艰难曲折，无论是他，还是眼前的一对，他们的生活终于进入了应有的、合乎正常的人生轨道。他在永青扎布、南斯日玛家一住好多天，多年不见，他们没有隔阂，还是那么不由自主地呵呵傻笑，愉快地交流。欢快的，忧郁的，每个人的脸上都发生了变化，深深的皱纹和岁月的苍老下面，印有了动荡年代刻下的不易察觉的悲伤，还有新生活的一份恬淡。

那个时候，他和永青扎布毗邻而居。这个眼睛眯起来拧巴出几道皱纹的牧民，骑着马每天忙于生产队的各种各样疑难活计，由于常年风吹日晒，脸上成了褐色，大手结着厚厚的硬茧。阿古拉一下子就对他产生了敬重，勤劳肯干，又有主见。这个人不简单，他知道草原的秘密。

阿古拉的眼前满是过去的回忆。

搭窝棚，两个人一拍即合——方便休息，尤其作为遮风避雨应急之用。他们拿着砍刀斧锯，几天工夫就在半山腰的两棵大树中间搭了一个漂亮的窝棚。一个放牛，一个放羊，牛羊吃饱了在树荫下歇息，两个人躺在窝棚里休息，别提多带劲了。彼此交换带过来的炒米窝头，天南海北闲聊。一次，阿古拉找走丢的小畜，晚了没有回去，就在窝棚住了一夜。立柱（自然生长的大树）上挂着马灯，玻璃罩发出的光亮，从敞开的三角形门口投向外面的昏暗夜色，像是扎向山峦的一镞巨箭。

窝棚里平时放些简单的物品，方便路过的人歇脚取用。可是除了他俩，还真没有人涉足，夹在树杈中间的一小包馃条硬得像干树枝，最后还是他们自己放入黑茶消灭了。阿古拉闻听着声声鸟鸣，一副很享受的样子。

“教授，什么喜事，这么高兴？”

“你我这种人又臭又硬，不是‘剥削阶级’就是‘反动权威’，哪敢有什么喜事。我是喜欢这儿环境优美，咱们天天泡天然氧吧，乐山乐水，就这样一辈子放牧也不错啊！”

羊在狼面前总是有罪的。阿古拉在无法言说的沉郁中感叹，像是自嘲，又像煞有其事，真的是在美美地享受。

“草原上这样的好日子说来也就三个来月。其他时候，你是没有遇上黑灾白灾，那可是要人命的。唉……”永青扎布又想到了外面沸沸扬扬的斗争场面。没有说。

阿古拉听社员们说，永青扎布脸上的疤就是在这个地方被狼王划下的，他正想问一下，扭头一看永青扎布倒头睡着了，窝棚上面斑驳的光线下，那道疤又深又硬。

趁午休，阿古拉提起镰刀，到山脚下的一处阳坡打草。自己打草，自己储存，遇到天灾就知道他的先见之明了。每天抽空打一些，能打多少算多少。打了差不多一个小时，返回来时他抄近道，前面的杂草有一人多高，用两手往外一撩跨了过去，上了坡有一道围栏围挡在前面。阿古拉眼前一亮，看到一处空地上刚刚长出来毛茸茸的新草。

“谁撒的草籽呀？”

他暗自琢磨，新草不是风刮过来自然生长的。这个地方距离生产队最远，骑马起码半天的路程，离他和永青扎布的蒙古包最近，而且正是他们在半山腰放牧时常常经过的地方。永青扎布醒来，走到泉眼下方的元宝形白石头上洗了一把脸，神清气爽，立马恢复了精干，自然默认了。“让人知道，又要上纲上线，可不得了。”老祖宗传下来的教益，自然而然的事情。

永青扎布无意间发现，山脚下的一片坡地，由于生产队挖沙子，伐掉大树又挖走了树桩，裸露的沙坑周边慢慢成了沙地。加之牛羊来回踩踏，流沙一点点扩大。他便搂了一些草籽撒了，上面铺了一层干草，外围横七竖八插了一圈枯树枝。还别说，在晨雾的湿润下，干草慢慢贴在沙土上，围栏挡住了牛羊，流沙乖乖地待在原地不见了，于是神奇地出现了一小片绿洲。阿古拉激灵一下，受到无以名状的启发，他在窝棚外面来回踱步。

“城里不能搞草原研究，马路上不能种草。”阿古拉胸一挺像模像样，扑哧一乐，因为感同身受，记得最牢。

傍晚，阿古拉收牧，看到革瓦回来了，真是想什么来什么，欣喜万分。他咳嗽一声，搓了搓手。

“老阿，这里没有别人，有话就说，有屁就放！”原来放羊羔，现在让他放大羊有意见，一定是想回一趟家，裤裆里难受，谁还不是一个样。革瓦想不出还有什么。

“队长，是这样的，阿尔善河对面有一块空地。四十一团在那儿开荒种麦子撂了荒，我想在上面种草。”

阿古拉这人怪了，他压根没有说大羊、想回家，而是在说一些让人听不懂的话。革瓦愣住一笑。

“你们臭老九脑子是不是都有毛病，地荒了可以再开，咱们这儿，还缺个草？”

“队长，亏你还是从小在牧区长大的干部，咱们阿尔善草原地表有活力的营养层很薄，下面是地质时期沉积的沙层，一旦表土遭到破坏，很容易沙化，积少成多那是很危险的。”

革瓦白了阿古拉一眼，没有说话。

他不懂什么地质时期。从他到阿贵庙当小沙弥算起，草原上开垦的耕地都归王爷府，叫旗公地。开垦的土地比较复杂，其中有王府的出租地，有按仕官等级分的户口地，二十顷、四十顷、六十顷不等，桑杰王爷占有的户口地就有八十顷。此外还有庙地、永租地。这些土地放租子，农民租种，或当雇工，受尽剥削。牧民们走场搭建蒙古包，搬走了，个把月下来，草还是直挺挺的样子。可他能说什么，他一个小小的队长算个屁，管得了吗？每天假装跟风，只要私情没人捅出去，队长当得好好的就行。

可是这个人不是他，他在生产队无亲无故，为了什么？为了表现积极，早点回城，也不见得。下来接受劳动锻炼的第一天，阿古拉被分到他家。他连夜把儿子送到小凤家，多惊险啊！前一阵子，下来抓训练的民兵连长悄悄对他说，之前大抓畜牧业的旗长阿勇嘎从五七干校回来了，上面又安排他工作了，降半格任了革委会副主任。

阿古拉见革瓦不说话，知趣地出了包，估计又去永青扎布家了。这两个人一个鼻孔里出气，不知又在一起捣鼓什么，天天如此。革瓦给病妻斯琴花日捏腿捶背，简单做了一口饭喂了她。忙完，难得躺了一会儿。多么厉害的形势，说来还不是一阵风，别哪一天没有把住风向，刮到自己身上。也许人家见得多，说的是对的。革瓦暗暗拍板作了决定。

晚上掌灯，革瓦要回去了，喊过来正在外面干坐的阿古拉：“你想做就做吧，别人问起来，就说抓革命促生产。”

“队长，你这人还是挺民主的。”阿古拉扑哧一声笑了。

革瓦听了一愣，这民主可不是阶级敌人队伍里的东西。阿古拉孩子一样跑出去了，又去找永青扎布了。那个人更怪，正在蒙古包前立了一根光秃秃细长木头。这两个人没得救了。革瓦骑上马，摇了摇头。

在阿古拉的世界里，放牧是非常令人快意的事情。冬天找一块向阳的地方，在洁白的雪地上或坐或躺，暖洋洋的阳光晒在身上。夏天绿油油的草地，由着你遐想，白云一样的羊群在草地上缓缓移动。只有回归自然，一个人才会真切地感受自己的渺小与卑微。受苦算什么，劳动锻炼算什么。寂寞是肯定的，谁的人生不寂寞？他发现之前没有见过的饲草，就掏出随身携带的小本本描描写写。有时候唱唱歌，大声说笑，反正方圆十里八里没有人，聊以排解心曲。做一个草原上的阿Q也是不错的。如果和别的畜群碰到一起，那就和羊倌坐下来聊天，兴致来了摔摔跤，在嬉笑玩闹中拉近彼此的距离。时间过得也快了许多。

放羊累人，可阿古拉像老成的牧人永青扎布一样好面子。他坚决不做打石头挖井、搭棚盖圈那些低端的杂活儿。世上还有人喜欢吃苦，社员们迷惑不解，可他们愿意接受和他们很像的这个人。出去放羊，科学家背两个袋子，一个是薄毡缝制的接羔袋，另一个是缝上背带的编织袋。有时，他的两个袋子都是满的。出牧的时候，羊群到哪儿说不准羊羔就产在哪儿，待母羊把羊羔身上的黏膜舔干净了，小羊羔就能站起来，这个时候最容易冻伤。羊倌就要把羊羔放进毡袋送回家里。胎盘是好东西。每次阿古拉都留给乌鸦、狐狸。这青黄不接的，都是它们难得的美味。

队长一点头，他不再藏着掖着，坡上坡下搂下来不同自然条件下生长发育的优良披碱草籽，那是适应性强的多年生牧草。不知不觉差不多收集了几十种草种。晚上，斯琴花日半躺着一动不动看他干活儿。惊奇，还有疑惑，全部汇聚在她的眼神。阿古拉在油灯下用簸箕簸除瘪子，清选出来的种子籽粒饱满，一定特别适合栽培驯化撂荒地。此时的蒙古包里除了特有的肉奶膻气，又多了草籽的涩涩滋味。

五月一到，积雪融化在低洼处，汇集成一个又一个水泡子，引来鸿雁野鸭嬉戏。仿佛一夜间，阿尔善草原嫩黄一片。牛羊马追寻着青草，冬天产下的羊羔牛犊马驹，蹦跳撒欢。

春寒压不住心头涌动的欢欣。阿古拉一大早赶着牛车，车上驮着几大麻袋草籽，永青扎布躺在麻袋上面，他们这是要把草籽拉到阿尔善河对面的撂荒地。革瓦派来了帮手扶犁杖。阿古拉的要求有些苛刻，耕深不能浅于二十三至二十五厘米，带小铧，使草垡及生长的野生草覆盖严密，平整时用重耙、轻耙整地，直至地里确实平整，这是保证播种质量的重要一环，省不得。按照他的打算，确定种植披碱草的地块，应该在去年秋季进行耕翻，这样能够使得土壤熟化，提高肥力，保证种子很好地萌发出苗，根系得到伸展。

好在十多天前下了一场透雨，犁下去地里湿乎乎的，散发出一股泥土的气息。他和永青扎布跟在犁后面撒草种。

永青扎布的收获也不少。黑旋风低头闻了闻地上的马粪，抬起头得意地甩了甩头，犁地的两匹马是它的后代，其中一匹是黑旋风和边防连军马下的崽。永青扎布看着也有些眼熟。两匹马见了长辈谦恭有加，黑旋风骄傲地仰仰头，接受着晚辈的礼敬。

麻雀飞起来又落下，蹦蹦跳跳过来啄食。阿古拉扎了几个草人挂上布条驱赶，几天来他就睡在田间地头。胶轮车既是交通工具，也是他的临时居所，有羊皮袄抵御风寒足矣。望向苍穹，那是长生天的大手挥洒的灿烂群星，而三百亩荒地里是他亲手播撒的全部希望！

“只听说种麦子玉米高粱大豆，哪有种草的？”

“草是要除掉的东西，还有人种？”

“有这点儿工夫，多种些粮食多好。”

……

阿尔善河两岸的五星生产队、四十一团议论纷纷，看热闹的不少，喜鹊喳喳，乌鸦聒噪，各唱各的歌，各吹各的调。阿古拉不想回应什么，还是保持沉默吧！

上大学的时候赶时髦，他参加诗剧《浮士德》的排演。浮士德的故事是众所周知的：魔鬼墨非斯特瞧不起人类的理性，与上帝打赌，自信能够引诱勤学精进的饱学之士——浮士德，使其堕落并将其灵魂劫往地狱。一天，有个学生前来向浮士德博士求教，魔鬼墨非斯特穿着浮士德的长袍，装扮成浮士德，回答那个学生关于做学问的一堆问题。阿古拉扮演的正是魔鬼墨非斯特。老师说了，他的口音最适合这个角色。阿古拉老大不高兴，觉得自己应该是老学究浮士德。不过他喜欢那句经典名言——“理论是灰色的，唯有生命之树常青。”等到了秋天，他的实验自见分晓。

不到九月，阿尔善草原入了秋，青干草在抽穗期刈割最佳，这个时候的营养价值最高。革瓦带人过来打草了。有人传言，是他批准阿古拉种的草，他哼了一声，没有承认也没有否认。有一次，他骑马偷偷过来看，一片碧绿，没问题，还专门打了一捆草。支书和打算盘的会计是支持种粮的，见了撂荒地真的种出了好草，也就不再说什么。

打草的日子是阿古拉定的，他交代秘诀：为了不影响越冬，割草最好在霜冻期前一个月，留茬高度七到十厘米，以利披碱草的再生和越冬。割的草晒干再上垛，防止霉烂。收籽在植株有八成种子成熟时最好。成熟与否看花序葶是否变黄为准，因为披碱草的种子成熟后容易脱落，所以不能过迟，否则会减产，甚至造成颗粒无收。收获的种子要进行清理，晒干入库。人们骂他迂腐，他笑一笑，一言不发。等到干透打捆，亩产干草二百五十多公斤。周边草原上打的草，亩产不过二十五公斤上下，足足超出了十倍。

铜川也过来转了一圈，不知本就是脸青还是什么，反正是铁青着脸。

“种粮食能打多少？”

“没有种过粮食，不知道。”

阿古拉实话实说，语气但也不软不硬。有句谚语：“天空中的彩虹，用手抓不住；多智慧的人，用话难不住。”两人各说各话，谁也没想迎合谁。

“生产队是生产队，咱们是咱们，咱们不搞他们那一套。”

离开撂荒地，铜川不由得对司机叨咕。他并不想隐瞒自己的态度，说来他就是反对种草。九师自从开进阿尔善草原，贝勒旗总计一万六千平方公里面积草原划归兵团。春种秋收的壮观场面印在铜川的脑海。四十一团是农业团，红旗招展，机器轰鸣，那才是大农业、大机械化、大兵团作战。只有亲身经历了，才明白什么是兵团，什么叫屯垦戍边。

种地打粮，也不是没有异议。去年年底的团务会，会计拿着报表讲，他们团小麦播种每亩单产三十一公斤，油菜十二点二公斤，胡麻十六公斤。财务决算方面，小麦亩均收入六点四元，亏损八十八元；油菜亩均收入六十七元，亏损七十六元。按播种面积计算，每亩地平均亏损三十一点六一元。按人头计算，每人平均亏损二百六十九元……

辛辛苦苦一年，怎么会是这样的结果？会上吵得很厉害。铜川算大账，粮食实现自给自足，总体经营核算是净亏损，好像失大于得，可这点亏损比起没粮食吃、饿死人不知要强过多少倍，而且建设反修前哨的现实意义还用提吗！九师六个团承担着反修防修战备任务，平时主要开荒种地、放牧、伐木、挖煤、发电，还率先实现了向国家上交钱粮的目标。荒地种草，他打心眼里看不起。

“来到了南泥湾，南泥湾好地方……”

“十五的月亮升上了天空哟，为什么旁边没有云彩，我等待着美丽的姑娘哟……”

铜川心情不错，还有小小的得意。下了车，他背着手在家属院踱着八字步，还哼起了歌，夜色下倒也婉转入耳。南斯日玛趿拉着布鞋跑出来，紧赶慢赶把他拉进了家，指鼻子瞪眼一顿剋：“你这唱的什么乱七八糟的。”铜川丈二和尚摸不着头脑，回过神，拍一下脑门，刚才一得意居然唱起了违禁歌曲。

贝勒旗革委会副主任阿勇嘎也看见了，来到生产队，他看到黑板上写的一首打油诗，有点意思，板书规整利落。他大嗓门读出了声：

荒山秃岭遍地荒，
老鼠一跑一溜烟；
以牧为主是根本，
种草种料是方向。

读毕，他回过头看了看：“谁写的？”

公社书记不知所措，瞪了一眼革瓦，点头示意。革瓦冒出一头汗，现在上上下下抓以粮为纲，这可如何是好。阿副主任笑呵呵意味深长的样子让人发怵。种草还真种出了问题，等着狠狠挨批吧！

“这是，这是，接受劳动锻炼的技术员写的。”

叫来了阿古拉，阿勇嘎不是劈头盖脸地批评，而是积极肯定。阿古拉的观点，完全符合阿尔善草原实际，希望他大胆地试，大胆地种，面积再扩大，种上千亩万亩，补播改良，在全旗推广建设优质高产人工饲草基地。阿勇嘎肯定生产队方向对头，指挥有方，说阿古拉通过劳动锻炼，改造了世界观，作出了科技工作者的贡献，还当场表示可以让阿古拉发挥更大的作用。在困难的时期，贝勒旗没有停下苦苦探索的步伐。一路下来，阿勇嘎发现了不少这样的典型。

革瓦有理由让阿古拉少放牧，或者干脆就不放了。公社的任命下来了，就让生产队副队长阿古拉同志在草原上瞎跑吧！

阿古拉心花怒放。

当年拿着研究所的介绍信到生产队报到。介绍信他看不懂，支书、队长更是丈二和尚摸不着头脑。大意是说，在改造主观世界的同时改造客观世界，当主观世界比较忙的时候，可以不用改造客观世界了。三年下来，他有了新的感悟，当老本行开始忙不完的时候，可以不用放牧了。难不成就是这个意思？

政治学是人类很高的学问。他望尘莫及，甘当小学生。

二

多年前挨饿的时候，生产队组织青壮年进山打野味，罕乌拉山山高林密草深，太阳照射进来的时间很短，看到了阳光，日头近午，晃一晃就到了黄昏。阿古拉早早出发，就是为了赶中间的那一段亮堂，在山上多做些调查。罕乌拉山是植物世界特别是牧草资源的宝库，他的劲头一点不逊于出色的猎人，只不过他猎取牧草。

自从参与国家农牧渔业部牧草资源调查项目，他已经搜集罕乌拉山及周边草地四十五属一百零四种及八个变种，初步掌握了阿尔善草原饲用禾草的种类分布，以及生态生物学特性、饲用价值，只待如何发掘利用。

阿古拉真切地感受到了此生的幸运。

罕乌拉山北坡，一片丛草在他眼前突然一闪。

他第一次经过这个地方，之前多在阳坡活动。凭借禾本科分类学的深厚功底，他忘不了当时的狂喜。眼前闪现的不仅是一种优良牧草，很可能还是尚未发现的一个草种。

那一天，平平常常，天空没有吉兆。

没有人注意，阿古拉自己也没有提及具体时间和地点，发现的过程也语焉不详。此时，他刚刚渡过一段隐秘的波涛上岸，心里填满了美好而不舍的回忆。

他就觉出人生的珍贵，引导着他遇见了凡间的珍本。此番原本在他的人生字典里没有的所有蜜意，怎么离经叛道也不为过。他心甘情愿地领受批判。

等到原路返回，作为一名出色的植物学家，他掏出随身携带的笔记本，当场记下了采集到的，阿尔善草原再没有第二个人看得懂的密码：

“多年生，疏丛型禾草。秆直立，高100~160厘米，直径可达5毫米，平滑无毛，具4~5节，基部的节略膝曲。叶鞘短于节间，平滑无毛；叶舌膜质，顶端钝裂；叶片扁平，长15~25厘米，宽5~10毫米，表面被柔毛，背面沿脉被微硬毛。……

花期在7月，果期在8月。

本种与狭颖鹅观草相近，但有显著区别。

生长于林缘草地。”

生长于林缘草地，冥冥注定。

阿古拉背着标本，路上也不知耽搁了多久，这是一种面对可知与未知的莫名兴奋。他径直走进前面永青扎布的蒙古包，举了举手中的标本。

“这种草，咱们这儿很多吗？”

涩涩的、清新的滋味弥漫了整个蒙古包，永青扎布扭头看到草，他大吃一惊，脸红脖子粗，慌张站起来，有些喘不过气来，踱步出去透气，转身又折返回来，好像不可告人的秘密被人当场揭穿。幸好陶脑上的毡子只揭开一小半，蒙古包里的暗，收藏了他于暗处的慌张。永青扎布恢复了常态，支支吾吾地回应。

“牛羊爱吃，放牧时见过，罕乌拉山——北坡那儿的吧？”

他何止见过，这是金香告诉他的一剂香方的关键配方！

罕乌拉山北坡，已经无可救药地燃烧阿古拉的心了。他采集到宝贵的植物种属标本，还有一段珍贵的人生果实。他怎么会忘记，那起伏的山体，山脚下曲径往复，细水潺潺，多少幽深，静静地收藏在阔大的山间，阳光不失时机地倾斜照射，显出斑驳陆离。一切都从一年多前说起……

剃阴阳头、游街，挺一挺对努恩吉雅不算什么。她担心孩子，害怕王府废弃的地牢，黑夜里的狼嚎。她不敢想了，母子连心，低弯了腰，忍不住哭，希望得到一丝可怜。

“别哭了，哭死了，有人更高兴。”

“为啥？”她蒙了，望了望，下面一个个讥笑的样子，人家确实无动于衷。

“王爷的种，谁稀罕！”

话糙理不糙。努恩吉雅望向旁边同样倒霉的人，点了点头。抽泣于是成了某种掩护，她快急疯了，希望能遇到熟悉的社员。

又是一个上午，马车拉着他们赶往临近的牧业点，一场批斗会正等着这几个倒霉蛋。马车拐到阿尔善河边的土路，前方一群出牧的羊群拦住了去路。羊倌骑在马上吆喝着羊群，她激灵坐起来，那人穿一身熏羊皮蒙古袍。方圆几十里，会制作熏羊皮蒙古袍的就她一人，而且多年没有做了。当年能够穿得起的也没有几家，莫不是永青扎布？

努恩吉雅支棱凑到车沿，马车就要从那个人旁边飞过去，她面向确定无疑的那个人大喊。

“我儿子，小凤……”

车夫跳下来，这还了得，多少怨气涌上心头，马鞭啪地一甩。多少年了，他敲过窗，踢过门，学过猫头鹰咕咕叫，这个女人让他欲罢不能。后来，黑夜里闯进来更厉害的主，他不敢惹事，才乖乖退出。此时，努恩吉雅身上钻心的疼，心里却高兴，手还向北面指了指。

永青扎布愣了一下，还没有回过神，马车飞快地消失在“搓板路”上的尘土里。除了熟悉的声音，只看到马车上一堆人影一晃而过。

这是努恩吉雅发出的求助啊！

怎么办？此时的永青扎布满头大汗，不是身上闷热，而是棘手问题突然堆到一起，让他异常焦急。冒出来的汗，有的地方是热汗，有些地方却是冷汗。此时，他原本正在思谋着自己的周密计划，等到月亮升起来就动身，偷偷绕过后边的大石头山口，然后抄近道，去四十一团找大夫抓药。

时间是箭，来去迅疾。一个人急到了极致，反倒出奇的冷静。此时的永青扎布像是一位胸有成竹的司令，不动声色地将羊群调转方向，太阳落山前羊群自然会自己归圈。他打马回来找到阿古拉，简单交代了一下。只有这位兄弟，而且除了让他速速前去，没有给出任何的帮助。要马没有，他晚上要用。怎么去，让他自己想办法！

几年的牧区生活，使得阿古拉掌握了一身牧人的生存本领，还有沉稳。他往炉灶里加了羊粪砖，虚掩一下。我们的竞走运动员手里拎着一根木棒出发了，迈开大步转眼消失在茫茫原野的怀抱，他即便按照墨非斯特的神通，也依然赶不上焦急的心情。走远路，不能跑，踱步又过于慢，那就介于跑与走之间。后半夜的时候他已经走到了旧王府。

推开磨坊，小家伙出奇的安静，也许哭了一天已经哭不动了。阿古拉笑了笑安慰孩子，以便尽快熟悉起来减少孩子的抗拒。奇怪，接下来他不是风风火火马上出发，而是脱鞋上炕，舒展在革瓦风光无限的宝地，痛快地伸了个懒腰，来回活动僵直的脚丫脚腕。眼珠一转，他想出了一剂妙招。

他抓起门上的铁环敲开了队部大门。昏暗的灯光照过去，不远处，下了绊子的白马，拖着长长的影子正在饱食夜草。

“一个臭劳改，居然三更半夜的……”

下夜的老赵惺忪浊眼絮叨，而且劳教还升级成了和他同样的劳改。阿古拉赶紧搬出革瓦。

“可是，可是，这马是他让我照看的，没说外借啊？”

“反正，队长说了，看着办吧！”

只一个回合，阿古拉已经过去把皮绊子取了，放上鞍，勒紧了马肚。他点头哈腰表示了感谢，心里犯着嘀咕暗骂。

“这么多年除了睡，还不清楚队长和后面的啥关系，猪脑子。”

按照努恩吉雅的意思，他抱着小蒙更高勒，骑着马，黎明前就赶到了罕乌拉山北坡。那儿他熟悉，除了放牧，也是时常过去探寻植物资源的地方。小凤家就在北坡以北的一处草原上。前面是一道山包，难怪从罕乌拉山北坡望不到。其实并不远，也就六七里的样子。

他急急忙忙敲门进了包，包里刚刚点上油灯，人影带风，灯芯晃晃悠悠，还没有升上来。光线幽幽，女人着急披着袍子，小蒙更高勒一蹦，早就钻进了女人的怀里。

“哦，小凤吧，你姐交代，孩子在这儿住几天。”

阿古拉扫了一眼女人，原来他们认识。小凤梳着两条又黑又粗的大辫子，野外放牧时见过面的，他长舒了一口气。受人之托，重如千钧，誓言一样违背不得。阿古拉嗒了一声，猫腰就要离开。

“兄弟，刚来，不能走啊！”

原来北侧躺着家里的男人。刚刚油灯昏暗，蒙更高勒一扑挡住了，阿古拉没有看到。以为狭窄的包里只有小凤一个女人，他如何留下过夜？

阿古拉歉意地点了点头，重又打量起寒简的蒙古包，单薄两层，透露着外面的寒风。这户人家连一条看门的狗都没有，刚才轻易就进来了。阿古拉在右侧盘腿坐下，大头鞋耷拉在毡子外面，淌着污黑的雪水。

炉子旺了，红光涂在大人小孩身上。阿古拉喝了几口热热的黑茶，一路寒风的身上，顿时暖和了许多。

小凤开始忙碌，她从柜子里面的口袋刮出一小碗面，跪在炉灶左侧，顶着小面板做饭。刮面的唰唰声，听得真切，这户人家日子真苦啊！一会儿工夫，一锅拌汤做好了，小孩子饿坏了大口吃着。阿古拉一碗足矣，吸溜一声很响地吃着，他不想再吃，占用这一家不多的口粮。小凤急了，抢过碗加满，还给自家男人盛了一碗，自己则倒了一碗茶，放了几根馃条。

阿古拉望了一眼喂孩子的小凤，一身干活儿时穿的深红色破旧蒙古袍，袖口磨破了，油灯下怜爱地抚摸着孩子，脸上印着阳光和寒风交给的一圈高原红。“他们怎么没有孩子？”阿古拉暗暗想，他躺在男主人的旁边。另一边，孩子早早埋进小凤温暖的怀里睡着了，连脑袋都没有露出一点。外面的风呼啸着撞击蒙古包，在硬朗的原野上抖落着威武。牧人家的一夜就这样过去了。

第二天上午，阿古拉骑马离开，他总是忘不下早上涌现过来的一幕幕情形。醒来，包里烧得热热的，有人在黄泥垒的炉灶旁烤干了他的大头鞋，还有毡底鞋垫。如果不是他睡觉前把脏袜子藏在褥子下面，估计也被烤干了。男主人低着头进了包，原来是去照看他的白马，气喘吁吁地坐下来。一问，多年的老毛病了。

简单地喝了茶。他们一家好像一切都在简单中度过着。包里却很温暖，有了温暖，人生还需要什么哪？他奔出老远，扭过头，小凤站在羊砖堆旁边朝着他的方向张望。

几天以后，等到革瓦从首府回来，再次支使阿古拉去接蒙更高勒。那一天巧得很，阿古拉在半路上遇到了出牧的小凤。下了马，他拉着缰绳靠了过去。两个人相视而笑。小凤把包着脸的围巾拉到脖子上。她笑起来的样子，很好看，具有劳动人民的健康与活力。

阿古拉简单说了过来接孩子回去。小凤突然哭了，一定是舍不得孩子。让阿古拉有些猝不及防，他灵机一动。

“哭什么啊，别人的孩子舍不得，自己生他四个五个。”

“阿哈，您就别开我的玩笑了。”说完，她羞得转身别过脸去。

“为啥，看你们还年轻的？”

“您也是过来人，不怕您笑话，阿木古楞当年让土匪打坏了。”小凤抿抿嘴抬起头，像是下了很大的决心。

世上还有这样的事儿？他隐约听说小凤当年和马鞭成亲，好不容易逃出魔窟，又掉进了生活的深渊。阿古拉本来想开个玩笑，缓和一下气氛，不小心却触到了人家的隐痛，话匣子一下子卡了壳。

“没事儿的，这么多年都过去了。”

小凤打破了彼此的难堪，望着他，笑了笑。阿古拉重又打量小凤，高颧骨，鼻梁直而正，下巴有些向前翘，脸上的皮肤泛出健康的黑红色，一双棕色眼睛好似含着凄楚的笑。

阿古拉牵着马，心里紧巴巴的，腿上像灌了铅。羊群已经走出了好远。小凤蹬着镶着紫边的黑靴子，不紧不慢走在前面，两条又黑又粗的麻花辫，一条垂在前面，一条甩到后面，宽宽的蓝绸带紧束着腰身，宽大的粉红色蒙古袍掩不住她那丰腴优美的曲线。在他面前不禁恍惚了起来。

三

七月，明晃晃的太阳底下，永青扎布、阿古拉躲在窝棚里简单吃了一点东西，躺下眯了一觉，两个人差不多同时醒了。

“教授，你说这制香，跟‘反动’有什么关系？”

“哪儿跟哪儿啊，没关系。”

“那怎么就当成封资修砸了？”

“兄弟，不要较真，两码事。”

“我文化低，不知道生产队这唱的是哪一出。”

“你有秘籍就够了，不用知道。呵呵！”

早就听说他爱人是制香世家出身，传说家里还有一本秘不示人的手册。他本来想了解一下制香都用到哪些草木，或许对自己有些用。永青扎布涨红了脸，摆了摆手。阿古拉只是随口一说，看把他给吓得。谣传他的妹妹和金香的额吉在宝岛，于是他们家先天性地被怀疑是台湾妄图反攻大陆、苏军越过边境线偷袭的可靠接应站。

“早年听她念叨过，我只知道一些皮毛。”永青扎布讪讪着，不经意间搬动了心头那道重重的痛楚。

阿古拉倒不去管他有没有秘方，他一一看在眼里。永青扎布时不时做贼一样上山割榆树皮，扔掉外部的老皮，只要树皮中的芯皮，磨成粉，掺在玉米面中食用，当地谁人知道！想来他有这个经验，制香时拿来用作黏合剂。永青扎布过的日子很苦，生活了无新意，家里家外，每天一个人不声不响地忙活。邻居的病人他落不下，还要拉扯自己的孩子，没有见过一个女人给他暖过被窝。

永青扎布一次醉酒，说只要两口子情投意合，住草屋也像住宫殿一样美丽。他的金香惊人的美，像阿盖夫人一样年轻，阿尔善女人没有一个比得过。他看着她长大成人，又看着她在烟火中升腾消散。这是他永远不能原谅自己的地方。男人连自己的女人都保护不了，还有什么屁用？

有的人被一件事情缠得久了，不是要说起来，喊出来，而是沉默，眼含热切。那是永青扎布永远放不下的惦念，哪怕天人永隔，一个人默默面对。

以后经年，永青扎布无尽地自责悔恨，少女金香像仙女一样在阿尔善河中嬉戏，那是他点头同意的。虽然不会像老辈人说的引来雷电那么严重，可是后来不是印证了吗！

那一天，中年男人永青扎布的目光放射着一种和他的年龄不相仿的柔情，好像正在望着他的光彩照人的爱人。金香交给他的何止是一包秘方手册，而是心头久久萦绕的重重嘱托。他曾经痴心妄想过，等到条件好了，就带着金香去一趟西域，越过大雪山，去寻找她的另一支血亲。那首诗在，一定能够找到。

可是他从来没有透露这一美好的计划。他怎么就那么傻啊！眼泪啊，何止痛苦愧疚不设防地尽情宣泄，莫不如说是一种心底奔涌出来的思念。在那里，天与地、心与心交接相会。

阿古拉看在眼里，莫名地想起了欢快与无比伤感交织的人和事。有那些人和事勾引，他跟着偷偷抹泪。香在牧人的日常生活中处在什么位置，他不清楚。如果运用植物学理论分析制香过程，自有物理化学常识在里面。他的叔叔远足修行，早年回到家乡，见到他颇为喜欢，有意带着他去布达拉宫。他去当喇嘛，爷爷奶奶求之不得，父亲却极力反对。年少时，父亲曾入沈阳的蒙旗师范学校学习，接受了新思想新风气的教育。什么混账规矩。凡有兄弟八人者，七人须当喇嘛，兄弟五人者，四人须当喇嘛，仅有一人可为娶妻生子的平民。当喇嘛者有红黄缎子穿，又可坐享俸禄。

父亲不允许前朝的事情在自己家里发生。阿古拉依稀记得，讲起佛理叔叔娓娓道来，燃起的一味藏香，飘荡在他幼年的记忆里。阿尔善牧人也喜欢香。急了，喜了，时不时点香祈福。

过了许多年，有人写到了这段历史："……像净心明志、修身养性这样的观念也被当作消极反动。具有鲜明传统特征的香文化受到牵缠也是必然的事情。"

阿古拉不声不响请假回了一趟家。

探家嘛，充满了惦记。一个字——急。可他却冷静异常，打定主意解决掉心窝里的事儿。辗转回到家，久别后难得躺在一起的冷漠，让热望丈夫回来的妻子颇为不解。

他先回了一趟老家。两个孩子放在农村的爷爷奶奶家，到了上学的年龄也该接回来了。一个礼拜过后，他带着孩子们回到盟里，又买了第二天回十九团的班车票。草原研究所从京城搬到首府，再到盟里，后来又被放到了灰腾锡勒牧场，也就是十九团。他在盟畜牧局招待所准备住一晚，第二天回家。巧得很，在招待所他碰到了一位同事，那个人满脸惊讶。

"不回家，跑这儿住店，有野女人了？"

"我不住，怎么回家，回哪儿？"阿古拉脸上有些挂不住，以为什么风吹到了这儿。

"你家早搬了。"

"什么，什么？"

同事领着阿古拉，阿古拉领着两个孩子回到了家。

原来在他不在的几天，草原研究所搬到了盟里。至于家，妻子一个人打包装车张罗着完成了。找不到家的奇事，阿古拉已经遇到不止一次了。有一次，他参加国家畜牧学会代表团到国外考察。三个月后回国，他才知道自己的家随着草原研究所从首都搬到了首府，又搬到一个叫灰腾锡勒的草原上。于是他来到自治区畜牧厅，问清楚草原研究所的新址，长途奔波，也是同事带着他，到十九团才找到了家门。

阿古拉假装没有看到妻子的忙碌辛劳，一头钻进抄家后如今还了回来的图书报刊堆里，还到研究所图书室翻阅最新期刊。他找了一大圈，没有找到采集到的那株饲草的任何记载。他惊喜万分，之前没有缘由的愁眉好像舒展了一些。

暗地里观察的妻子，跟着高兴，晚饭专门给他炒了两盘下酒菜。西红柿炒野鸭蛋，野鸭蛋是从沼泽地里捡的。阿古拉不悦，瞪了一眼，人家野生动物下的蛋，能这样随便祸害？另一盘是羊肉炒木耳。妻子笑嘻嘻地说，木耳是她跟着一帮家属钻山林摘的。“这不，脸上还划了一下。”好像故意指给自己的男人，谁让他都不正眼看她。

阿古拉瞟了一眼，妻子高娃虽年轻，在他劳动锻炼期间，带着三个孩子，一个人操持家里，猛然间好像失去了曾经的许多光泽。他心里有些隐隐作痛。他将妻子倒的一大杯酒端起来一口干了。

“他娘的，真烈啊！”

阿古拉一肚子想说的、想要解决的，那一晚上在炕上全部融化了、忘掉了，也都咽了回去。草木无心无肺，自由开放，没有人类那么多稀奇古怪的想法。只有科学研究能帮他放下解也解不开的烦恼。

在家的几天，阿古拉字斟句酌，论文写得不是很长，已经足够说明问题了。到邮电局用挂号信寄走，他把评判权交到了国家植物分类学领域最高学术水平的期刊。办理了这件大事，他如释重负地回到生产队。回到解也解不开，和之前没有什么两样的生活里面。罕乌拉山北坡林缘草地，还是那样冷着热着疼着，让人牵肠挂肚。

四年后的冬天，首都来信了。红蓝齿轮航空信封，两圈黑邮戳，如同不紧不慢的牛车轮子，让人怀着闲适和倦意，美美地驶入梦的旅程。研究员同志鉴定出来的新种论文和模式标本经权威专家审定，确证是一种从未被发现的全新草种。阿古拉由此成为世界上发现这一草种的第一人。这种草，他命名为“短芒鹅观草”。

彼时，阿古拉已经结束劳动锻炼，继续担任草原研究所副所长。科学又回到了原点，可是已经意味深长。

一眨眼，永青扎布、阿古拉年近花甲。

他们长时间进入到一种愉快的感慨和回味当中。生活从来没有某种预设，只有永不停歇的过往。有人当喇嘛，有人当科学家，可这科学家真要是当了喇嘛，这世间还是会少了许多东西。至少永青扎布面前坐着的不会是举止儒雅的阿古拉。

感慨间，阿古拉拍了一下脑门好像想起了什么，说道：“嗨，老了，你们猜我碰到了谁，兴许你们都熟……吴喜德。”

坐在一旁的南斯日玛打了一个寒战。这么多年来，她还是第一次听到他的行踪。那些回忆突然不合时宜地勾起了她从前的痛苦，还有许许多多谜团。

“怎么了？”

“哦，外面跑了两趟，晒的，一会儿就好了。”

永青扎布看南斯日玛脸色煞白，知道揭开了她的痛楚，催她到卧室休息。南斯日玛摆了摆手，过来给客人倒茶。埋葬的东西永远埋着好了。至于那个人，风言风语还少过吗，她一概保持了沉默。这么多年无声无息，挺好的。

永青扎布和阿古拉坐到沙发上，一壶奶茶，慢悠悠聊。阿古拉熟悉永青扎布脸上的那道疤，熟悉前面的蒙古包。至于永青扎布又当爹又当妈，将孩子送到旗里念书，又送到盟里的牧业学校，还是头一次听说。坐在他家两间砖石土坯混搭里生外熟的房子里，也是头一次。

永青扎布不忘提醒阿古拉。草原上的时间，大把大把有的是，完全不需要他左看右看手表，那块熟悉的西铁城。等到歇息好了，外面凉快了一些，想去哪儿就去哪儿。是的，阿古拉需要歇息，需要重新适应。

阿古拉是在一次研讨会上遇到的吴喜德，两个人作了短暂交流。说起过去，那时吴喜德带着几本书、针线包、常用药品、十元钱，还有一个铁锚牌袖珍闹钟，更主要的是一颗雄心。他把三年的青春献给了草原，可草原给了他什么，颇有些愤愤不平的样子。

阿古拉却不那样看，也许有人会说他唱高调，但他觉得，给过他们以斗争和力量的正是某种崇高理想的激励。有羊草的地方，不只恰克图。无论是下放还是插队，他们在这片草原获得了力量，从而勇敢地迎接人生所有的新的挑战。吴喜德的眼睛收藏着一丝光亮，不知道的人以为那是微笑，实则那是他没有地方投射的恨意。

他俩是南京大学差那么几届的校友。一个保送进修，另一个是工农兵大学生。两个人年轻时有过那么几次交集，只不过那时一个就要离开，另一个则刚刚接受劳动锻炼。说起来，两个文化人是在野外不期而遇的，还进行了一番推心置腹的交流。阿古拉想，既然没有更好的出路，那么吴喜德就应该在兵团好好生活下去，正好未婚，找个不错的姑娘先把家支起来，尽最大努力把自己的生活安顿好，用不着像卖花姑娘那样要死要活、唉声叹气。言谈中吴喜德说，有一个叫南斯日玛的本地知青，有机会叫他给参谋参谋。阿古拉让吴喜德给打听一下，红星镇能不能买到部队大头鞋，他为越过阿尔善草原的严寒做着一番打算。还打听九师有没有图书室，社员能不能过去借阅……

第二天还不到晌午，阿古拉骑着永青扎布的乘骑，从外面急匆匆回来了。他说怕永青扎布急用，不敢过多耽搁。实则没有什么急的，现在划分草场由个人承包经营，各忙各的，没人催，全凭自觉自愿。给马下了绊子，旅游鞋一脚踩进去的泥泞，风一吹，已经干了。他跺跺脚、磕掉泥巴，低头进了正房下方的蒙古包。永青扎布看着他，有些恍惚，如果不是那一头黑白相间的头发，真像是回到了大集体的那个时候。

阿古拉还没有忘记罕乌拉山北坡的林缘草地……

四

七点三十五分雷打不动。铜川大步流星走进大院，营房上方的五角星，在他眼里显出特别的亲切。到传达室取了报纸，他坐到办公室看报，至于报上的内容，收音机里已经听过了。看报主要是把握政策，发现一些动向。一天不学习是不行的。

外面传来唰唰的刹车声。铜川急忙望向窗外，七八辆清一色的吉普车一字排开已经停在院子当中高大的塑像右边，紧挨着一排碗口粗的榆树。首长这是过来视察还是慰问，铜川怀着一丝疑问。他从挂钩上摘下帽子戴上，刚刚走到门口，边防连刘连长领着几位首长已经进了他的办公室。之前公社军管就是刘连长带领十名军人进驻的，他认得。铜川赶紧迎过去，向为首的首长敬礼。首长没有还礼。

“没有领章帽徽，敬个啥子。”

坏了，铜川一紧张倒忘了这一茬儿。他总是有意无意混淆甚至忘记这一关键。到兵团走上中层领导岗位，铜川自己也没有想到。有人传言，战争年代他救过上面司令部的一位首长，还有人说他在农场赶上了兵团接收，作为骨干在评级定级时提拔了上来。不戴领章帽徽当上中层领导，还真少见。首长叨咕了一声，一屁股坐在椅子上。铜川不便搭话，不知发生了什么大事。正在猜测，二号首长介绍，自治区军管领导小组组长方司令视察工作。

铜川多年没有见到这么大的首长了，有些激动。二号首长拿着笔，摊开笔记本，开始了提问。

“你是干什么的，叫什么名字？”

“我是生产建设兵团九师四十一团副政委铜川。报告完毕。”

“姓什么？”

“姓刁，觉得这个姓没有革命精神，就一直改叫名字了。”

“典型的望文生义，和刁德一有啥子关系嘛！其他团领导都去哪儿了？”一直没有说话的方司令拍了一下桌子，接过话茬。

“班子成员分头下连抓春耕备耕、接羔保育、火电采煤去了，我因伤病留在团部，做机关工作。”

“什么因伤，你每天在家伺候小媳妇不下连队，快快下去劳动。不行，劳动改造！”

“我爱人在三十里开外的八连，不在这里。孩子一直由她照看，我没有伺候媳妇。”

铜川一看要坏事，一号首长知道这么细，一定是刘连长打了报告。上次刘连长到团里传达上级命令，北部重兵压境，公社阶级斗争复杂。上级命令兵团参与军管，干部进入军管小组，战士和大队知识青年一起参加行动。还说，全盟军管工作得到六千多名知识青年的支持，能量很大。铜川当即做出布置。

二号首长拿着本子又问：“你是怎么来的？”

“从国营农场调来的。”

“团里下辖几个连有多少职工，多少知青？”

“十个连一千七百八十多人。”

“莫急，说清楚，一千七百八十几？”方司令再次插话。

“一千七百八十八人，其中知青占百分之七十五，其余是农工。八名临时工，是边防站随军家属。”这些难不倒铜川，他掰着指头如数家珍。全团耕种面积多少，挖了几个煤矿，养了多少牛羊，有多少杆枪，距离边境线多远，一口气全汇报了。

两位首长一个叉腰，一个背着手作交流，他们并不回避铜川。

“看来这个团比较大，他还是一个当权派。”

“走遍四盟二市，我就没有发现像样的干部，那就再考验考验他。”

首长站起来抬脚就走，一行人呼啦啦跟着，没有人看铜川，也不和他道别。铜川垂手站在那儿，一头钢发越发直了，这是把他放到了对立面。他感到问题很严重，不声不响跟在众人后面。车队卷起一股长烟，顺着后面的反修生产队方向，直奔边防站去了。

铜川转眼就要劳改改造，这是丝毫没有商量余地的结果。方司令现在管总。传言，自治区革委会机关除留守少数人员，其余都去外地参加学习班。所有自治区部门单位和盟市、旗县、公社三级干部送到五七干校，部分到农村牧区劳动锻炼。他的老领导就去了，听说学习时间超长，一年零四个月。

铜川正坐在办公室胡思乱想，上面的电话就过来了，不由分说要他通知铜川，明天到五星生产队劳动改造。挂了电话，他用不着通知自己，赶紧派人去连队找来团长。团长一回来，铜川介绍了情况，然后嚷着岂有此理，一通臭骂。骂完，气也消了。交了工作、办公室钥匙，揣了一本语录，抱着一堆报纸，有团长的吉普车相送，回了家。

第二天临近中午，铜川背上三横二竖打好的行李，南斯日玛赔着笑脸到小车班借了一辆马车，按时把他送到生产队。她不敢停留片刻，赶紧返了回去，如今不比往常，还是小心为妙。想当年大江大河都过来了，阿尔善小河槽又能怎么样，铜川做好了思想准备。革瓦避嫌不说话，支书支使铜川放上面发下来的二十只改良羊。改良羊原来由一个女人放，女人生了娃，正好来了一个劳力。铜川嘿嘿一乐，愉快地接受了新任务。心想又不用动脑子，这不是很简单！

一名转战南北的老兵受到这样的处理，他有些寒心。他给东野出来的司令当过六年警卫员，他的司令可不是这样的。说来他也打过不少仗的。自支边过来，还从来没有跟他人提及过。他躺在炕上翻来覆去“贴烙饼”。这回不说，恐怕不行了。下一步，从劳改真成了那个“内人党”可就麻烦了。除了自己的政治生命，还要连累媳妇孩子。她们娘俩又有什么过错！于是，他本着解剖、审视、回顾，还有保护自己的复杂心情，找来纸笔，用了三个晚上，把灯芯拨亮一点，一五一十地写下了自己的简历和战斗经历，上交了。

放羊，铜川倒不怕。小时候，他给地主家放过三年猪，一年工钱三升小米，外加一顶草帽。现在跟着羊屁股也不错，至少什么都不用去想，他的硬腿还可以天天晒太阳。

有那么一天，师部战报记者找到南斯日玛了解情况。南斯日玛大吃一惊，想不到当年对她连哄带骗的古板丈夫还有过这样的英雄壮举，她这心里就有了许多安慰。前两年，她在柜底翻出好几块奖章，他支支吾吾，她当时还有些纳闷。这个人说话霸道总占理，人是错不了的。家属们聊天比男人，铜川官儿最大。有一个不服，说他岁数大得没边。岁数大怎么了，南斯日玛的回答逗死人——老葱劲大。

铜川蔫了，劳动改造就是参加劳动。说起来容易，不久就有些难以承受了。他那好不容易好起来的胃，虽然吃的是红薯面和杂交高粱面，每个月三两油，是南斯日玛想着法子粗粮细做，一点点保养出来的。生产队不一样，忙时吃干，闲时吃稀，不忙不闲，半干半稀。尤其冬天，活儿少，一天只吃两顿饭。

上面打嗝，下面放屁。一到夜里，胃开始反抗，发胀难受。铜川有些吃惊，老百姓守着牛羊，开着荒，却在饿肚子。有一个新来的知青，偷吃喂牛马的豆饼，嚼起来很香，结果肚子胀得不成样子，差点死掉。

支边过来，铜川在思想深处第一次打上了一个问号。劳动改造，呸，活该。

一个屋檐下，一个古板，一个开朗，女儿铜力嘎是他们的果实。那还是去师部的路上，一望无际的草浪隐没了所有，也观望了一切……没人的时候，南斯日玛有时不怀好意地说出来取笑，这是她心里没完没了的一个梗。

铜川放下报，干咳两声也不说什么。当年战场的惨烈，可不是嘴上说说那么简单，天天有人倒下。他倒不怕，可心不甘啊！他想女人，连女人都没有碰过，就那么死了，多冤枉。南斯日玛给了他人生的重要一课。机关有干不完的工作，晚上还要参加学习，烤火期漫长，点炉子取暖，拉煤买粮，家务事也不少，一家人经常睡得很晚。加之屋里忽冷忽热，铜力嘎时常闹病，吐奶、啼哭。铜川累得散了架，南斯日玛有时心情也不好，两人就拌嘴斗气，她出工、喂奶、照顾孩子，可谁又不累？有一天，他用胳臂不小心把结婚时的镜子碰出一条裂缝，一来气干脆摘下来，摔碎了事。南斯日玛默默地扫了，孩子光脚来回疯跑，可了不得。家里哪一件事不是她操持。南斯日玛的心，金子一样高贵，无声的舍得。他一一领受了。

南斯日玛总是把家收拾得利利落落，因陋就简有的是办法。铜川看完的报纸，她一一收起来，码放整齐。到了腊月，烧开水打一锅糨糊，拿出来糊墙糊顶棚。那个时候，铜川总是不停地叮嘱，千万不要贴反了，这样的事情可不能发生。他在九连就处理过一起。入户调查，看到农工王进财家糊墙的报纸上插着好几个针，正好插在一张照片上，密密麻麻的小眼。铜川训斥，让他们立即取下来。小婆姨辩解。跟着铜川的参谋一一记在小本本上，后果很严重。

等到整整齐齐贴满了报纸，家里一下子亮堂了，散发出一股好闻的油墨香。南斯日玛一边干活儿，一边嘴巴闲不着，轻轻哼起了《努恩吉雅》。

“小南，你唱人家，咱爸还不够唱啊？”

“讨厌，没大没小的，反了你。”

想来，这件事在这个家那已经不是什么秘密。铜川打趣，她就追，把满手糨糊抹到他的脸上。于是铜川的铁青脸白一块红一块，又是糨糊又是字，那个字还是“打倒”。南斯日玛笑弯了腰。

铜川照镜子，奇了怪了——“打倒”。

“我又不是牛鬼蛇神，谁敢打倒？”

铜川擦掉糨糊和“打倒”，看媳妇年轻轻白白胖胖的那股媚眼浪劲，不知怎的身上忽地热了。一时兴起，大白天插了门就“打倒”了。

他们辛苦操持的家，和别人家没什么两样。不少内地的风俗，也在这个家安了家。红梅牌收音机是家里最值钱的大件，说来还是铜川托老战友从天津买回来的。南斯日玛在上面方方正正地苫了一块黄布。立柜上的铁锚牌小闹钟欢快地滴答作响。三大件还差一辆自行车。她看别人骑，心里痒得不行，攒钱也想买一辆。铜川站在野外，盯着眼前撒欢的改良羊，心里奔跑的却是先结婚、后恋爱的媳妇，还有宝贝女儿，这是他心底最为美好的爱情。

铜川的问题搞清了。

一连几天，记者流着泪听，飞快地记着。在生产队采访出来的稿子却被压下了。前指方司令发过话，谁也不敢说什么。铜川继续着他的改造。经过一番波折，他的心反倒一下子敞亮了。

与天斗其乐无穷，与虱子斗其乐无穷。铜川搔痒之余，脱下秋衣，时不时两个拇指盖一按，一只准备钻进缝隙的虱子啪的炸开，小小野心家的美梦转眼破灭。于是他扩大战果，看见圆鼓鼓的家伙从身下的狗皮褥子往衣服里钻。哼，白日做梦。有那么几回，铜川懒得再费劲消灭一个个反动派，便把衣服挂在外面冷冻，效果奇佳。可也就是那么一两回，他怕冻死了虱子，他的衣服长了翅膀飞到了别人家，那样就再无可穿。后来，他发现在火炉上噼里啪啦抖一抖也不错。

一次，铜川正在消灭虱子。南斯日玛过来看见了，鼻子一酸，呜呜哭。这过的什么日子啊，一个大活人，组织怎么处理咱没说的，可不能让这么个小东西欺负吧！南斯日玛到库房找来装马料的木盆，刷洗干净，倒进一大锅热水。铜川瞪大眼睛不知道她这是要干什么。南斯日玛努了努嘴，这是要他脱衣服，他俩多年的暗号。这女人疯了，铜川愣在那儿。

“天还没黑，你急什么，来了人怎么办？”

“我还嫌你脏哪，想得倒美。”

“那插门——？”

“洗你这个脏猪，别废话，快脱，一会儿水凉了。”

铜川被按进满满的热水当中，搓去一层多余难受的盔甲，换了干净衣服，坐在炕上裹着媳妇从家里带过来的毯子，乖巧如婴儿。嘎嘣活动一下痉挛的脚指头，顿时浑身舒坦，如同进入了好久以前的那种挑剔的整洁生活。南斯日玛出去倒了脏水，又把床单脏衣堆到盆里，放入一块烧碱，浇上开水，做了一番彻底的清洗。

生活亏待于我，我们不能怠慢了生活。

人生之路，冷也罢，热也罢，悠悠长长，过着就好。

五

那个久远前的一夜，还是那么清晰。

当阿古拉再次来到这户人家，多了一份亲切。进了包，阿木古楞正在坐着修理笼头，见到他来了，直起腰，递过来一碗茶。小凤进来不声不响收拾孩子的衣物。阿古拉出去从马背上取下两个口袋，一个装着小米，另一个装有一块豆饼、几条干肉。这是革瓦、努恩吉雅偷偷接济他们的。刚才，他在井台帮着小凤打水饮羊，一口气打了二十个水斗，一时忘记拿了进来。阿古拉又取了马鞍，给马下了绊子。弯腰抬脚，把两个口袋放到躺柜上。

小凤不在包里，许是到附近找孩子去了。羊群一来，这孩子就喜欢骑大公羊。阿木古楞脸色通红，好像喝醉了酒，他示意阿古拉坐下，讪讪着说出了几句显得十分唐突的话。阿古拉感到一阵惊愕。

于是他说："……不能……不行……"

阿古拉的回应，在阿木古楞看来，是对他的莫大羞辱，羞辱上面又重重地压上一车沙土，将要彻底埋藏了他。就因为家里收留的两个女人，祸端来源于他对小凤的感情。人生之路，只有走过了才知道其中的悲惨。

王府发生大火的那一夜，两个女人趁着混乱也逃了出来。一路逃难，后来机缘巧合在老额吉家落了脚。阿木古楞如同撞上了一头小鹿，突然莫名地开心和不安。每次出门，总是默默地望一眼小凤。等到拉完一趟盐回来，他想着法子用多拉几锹盐的工钱买些好吃的，带给小凤。

一天傍晚，阿木古楞空车往回走，路上闪出两个人。一个头戴瓜皮帽，戴着一副夹鼻眼镜，另一个头戴黑礼帽，礼帽压得很低。两天前，阿木古楞见过这两个人的身影，像是有钱的买卖沁。人家不偷不抢，递过一块大洋，坐他的车，努努嘴要去一个地方。他爽快地答应了。有了这块"袁大头"可以置办好多东西，这次回去就叫小凤留下来，当他的媳妇。

车上的人悄无声息，只有勒勒车吱吱作响。半路上，阿木古楞絮絮叨叨，如同遇到难得倾诉的好人，最近的心事，快让他憋出了病。他赶着车，一五一十说起家里来的两个女人，她们是那么的好，一个帮衬额吉缝缝补补，学习制作蒙古袍和熏皮袍技艺。另一个得了伤寒，刚刚下地，他准备娶她当媳……

天蒙蒙亮，突然车上的人拿出藏在袍子里的什么东西，冷不丁把他打倒在地。怎么回事，阿木古楞蒙了，难道想讹他，要抢走银圆？前面没了路，绕过山脚就是铁路，可以直达京城。赶了一夜的路，老牛口吐白沫，都快要倒下了。

"兔崽子，居然想吃王府窝边的草。"

"您消消气，咱们抓紧赶路，让蒙古八路抓住，可就没命了。"

"要走你先走，不把他宰了，我愧为旗王。看我返回去再处理掉那两个贱人。”

“王爷，您可别因小失大，出去了，女人还不是有的是！”

“岗呼，放你娘的狗屁。那个小凤，我都没上，难道他一个穷鬼也配。”

“没事儿，交给我，我叫他永远上不了，您的小凤永远荒着。让他们生不如死！”

戴礼帽的土匪岗呼拿起枪托，对准阿木古楞生生一杵。只听啊的一声，阿木古楞昏死了过去。等他醒来，天已经大亮，老牛不离不弃正舔着他的脸，把他弄醒。他挣扎着爬起来，手哆哆嗦嗦一抓，裤裆里血肉模糊，生猛起来硬邦邦的命根子断了，他坐在那儿哇哇大哭。

为了这一天，他一定要给小凤的肚子种出结果。可是这么多年了，少男少女已步入中年，他只剩下念想。

“不中用的东西，留它何用？”

阿木古楞猛地从毡子下面摸出一把刀，刺向下身。刀扎歪了，刺破了袍子。一把兽医用于阉割的尖刀，难道这个人提前预备好了？阿木古楞的极端想法，埋在心里久了，已经长了毛。谁人知道他心底掀起的暴风骤雨？没有。只有他一个人独自品尝。

阿古拉惊呆了，还没等阿木古楞扎出第二刀，迅疾抢过来，顺手一甩，刀嗖一声扎进躺柜上他刚刚带过来的口袋，锃亮发黑的口袋顿时涌出一股金黄的小米溪流。两个男人抹着泪，呜呜哭。一个为了牧人神圣的名誉，一个为了一丝无法言说无法接受的某种愧疚。

门吱的一声开了，小凤领着孩子进来了。阿古拉错愕，难道，难道他们商量过？

小凤的脸色惊恐惨白，如李经理供销社柜台上的几刀白纸。她在外面一定听到了阿古拉对她这个下贱女人的鄙视。

阿古拉带着孩子，急匆匆摸黑回来了。

一段时间，他绷着脸，心情变得很糟很差。差到冷不丁就和永青扎布吵上一架。永青扎布大为震惊。这是怎么了，一个大知识分子，莫不是遇到了什么难办的大事？

以后的很长一段时日，阿古拉也不知自己是怎么度过的，反正他的眼前满是那户人家让人愁苦让人愤恨的样子。他再没有理由过去，也不便过去。站在罕乌拉山北坡，那户人家好像很近，却望也望不到，只能看见远处的烟筒，时不时冒出几缕无精打采的白烟，眨眼工夫就被吸进一张一合的天地间，立马被稀释，无影无踪。如同所有的人和事都没有见到过、发生过，却又真真正正就在眼前。命运的安排，使得他毫无缘由地记挂着那户人家，那两个可怜人。他从来没有对别人的不幸，有过这么深厚的同情。

六月到了，罕乌拉山的花儿开了，开得那么的自由奔放，好像在抗议一冬天的压抑和沉闷，就那么一股脑光辉绚烂。红的、黄的、紫的、蓝的、白的，要什么样的就有什么样的。花儿独自开了，默默地败了，落地成泥，自有一份坦然。那是它们的世界，而不是百灵鸟的，狼群狐狸的，蚊虫的，更不是人类的。虽然人类会第一个啧啧称羡，想着赋予虚无缥缈的某种象征，可那只是他们自以为是的可怜的心境而已。阿古拉奔走于山间沟壑，用忙碌忘却痛楚，他成了草神花仙，观察着一株株植物的块茎授粉，从生长到开花，零乱蒂落，向草木学习爱情。时不时向永青扎布讨教，一一记在本子上，夹在自制的标本夹上。

阿古拉在林间遇到了一盘白蘑，这是雨后初霁的一天。他欣喜地捡了又捡，整整一大筐。他提着就下了山，走进了那一家，鬼使神差，连他自己都没有想到。那两位又惊又喜，这位朋友的心底，真不是他们所能理解的。

洗了一盆蘑菇，用一点干肉，炖了一锅，三个人就着高粱米小米掺杂的二米饭美美地吃了。小凤把余下的蘑菇小心摊在蒙古包顶毡，干透了，这可是难得的特产。传说清朝时期，宫里的公公每年都要到阿尔善草原验收干货。王爷一声令下，规定旗民三天内把皇差贡品送到王府。有的年份，由于天气干旱、阴雨成灾，牧民交不上贡品，重则砍手割耳，轻者五只母羊顶一两上等白蘑。康熙四十三年议准，蒙古台吉，定为一年一次进贡。公公在宫里是奴才，出来了那是一等一的凶神恶煞。山珍海味，游山玩水，搂美妇吃人奶，处处好生伺候。等到装满五车上等白蘑，王爷陪着公公，押车送到京城进贡。现在也很紧俏，可以送到供销社出售，送多少要多少。

小凤跟着阿古拉上了山。

步行不到一个钟头就到了茂密的森林，半山腰绿油油一片，清爽宁静。小凤像欢快的小鸟飞进山林，喜滋滋地走在前面，可转了半天，两手空空。这蘑菇也认生，她怎么就寻而不得？回头，乖乖地等着大树后面闪动的那个人。

阿古拉走过来努了努嘴，小凤低头一看，她脚底下便是，一大圈铺满了草丛树叶。真是丢死人了。于是她心甘情愿给阿古拉提筐。渴了从篮子里取出水壶递给他，她有自己的细皮囊。这样一分工，倒比头一天两人各捡各的，多出两大筐。看准位置，阿古拉还下了套，山上有的是野兔，偷偷打两只没什么。小凤暗想，他们本地人不吃，可总比饿肚子强啊！

两个人抓紧往家里送了一回。中午吃了兔肉，然后又返回山林。等过了一两天蘑菇就老了黑了，得抓紧。

小凤收获的心情愈发紧迫，在林子里钻进钻出。突然一声尖叫，她一屁股坐在地上，一只脚陷进鼠洞，阿古拉吓得一激灵。钻山林最怕的是毒蛇，幸亏之前他拧着小凤穿了靴子，还好不是蛇。蹲下来两手小心地把小凤的崴脚拽出来，背起来就往窝棚送。小凤贴在他的背上，羞得不知如何是好，脚阵阵生疼，任由他在森林里来回穿梭颠簸。阿古拉只觉得搂着脖子的手紧了，又感觉到一股水滴。下雨了吗？阳光分明打在他的身上。

到了窝棚，小心放下小凤，阿古拉发现了那条小溪，小凤无声地哭了好久。他什么也没说，把脖子上的毛巾递过去。小凤擦了汗和泪水，红了脸。

阿古拉坐在地上，五指重重捏了捏小凤红肿的脚腕。

“阿哈——痛，轻点儿。”她低声哀求。

他有些不忍心，可正骨就这样。还好，没有伤到骨头，他放下了一颗悬着的心，又轻轻地揉。

“唉，现在这样轰轰烈烈地打狼，狼是少了，可老鼠就成了灾。这不，把你给伤着了。”阿古拉心疼地看了一眼小凤，都是他逞能，本来想领着小凤增加一些收入，谁承想……

“阿哈，没事的，您给捏得感觉好了许多，过两天兴许就好了。歇一会儿吧，我这么重压着您了，让您受累。”

阿古拉原路返回去取了柳条筐和口袋，磨磨蹭蹭用了好长时间。刚才背上阵阵发麻发烫，那不是生疼，而是留在上面的金色烙印。两个人坐在一起，要多别扭就有多别扭。他耷拉着脑袋坐到窝棚外面的木墩上。小凤累坏了，躺下就睡着了，醒过来怯怯地望过去。

“阿哈，是不是怕我吃了您，从去年到现在很少到家里了。”

“不是，只是觉得不方便。”

阿古拉扭头不见了。过了那么一刻钟，满头大汗，抱着一堆花草回来了。他把花草放到一块大石头上，抓起鹅卵石捣碎，将一抹新鲜草药汤汁涂在小凤肿胀的脚上，嗖地凉爽无比。阿古拉脱下满是汗渍的中山装，脱了背心撕成长条，把她的脚紧紧地绑住了。村里的一位长辈擅长传统正骨，他稍稍学了一些。找几味消肿化瘀的草药更不是什么难事。小凤的脚一时动弹不得。她忘记了一个人还可以领受这样的呵护。

阿古拉闲不下，他在窝棚外面铺了一层干草，把筐和口袋里的蘑菇倒出来，在干草上满满铺了一层。小凤看了看，今天不送回去了吗?

阿古拉观察小凤的脚，近一个时辰了，他捏了捏。此时谁也没有理会，太阳的光线从云层冒出来，突然就打在窝棚顶上。漏进来的光影，像一片片飘荡的树叶，顶在两个人的头顶上方，头碰到一起，他们慌张，一左一右抬头看外面的叶子，看同样的迷离，同样的斑驳，目光就碰到一起。阿古拉闻到一股别样的气息，涌进身体里面。而羞涩照亮了小凤的红脸蛋，她的呼吸变得急促，眼神已经无处安放了。

阿古拉窘得脸色通红，慌张站起来，腿麻，小凤双手一扶，两个人顿时撞了个满怀。于是他抱住了温软结实的她，紧紧地一动不动。她的身上散发着女人特有的味道，青草牛羊还有生产队刚刚翻耕的土地就是这种馨香。一股热流带着声响，从小凤的心底清脆涌流，甜甜的，滑滑的。

空中回荡着微风吹起树叶的沙沙响，还有布谷鸟的咕咕声，两个人只觉得在窝棚里待了好久好久。其实，一分钟足以容纳所有的爱意，就像狭窄的窝棚里已经容纳了他俩一样。

小凤两条又黑又粗的大辫子不见了，披散着长发。山石夹击的泉水细微地叮咚作响，一只小松鼠跳上旁边的枯木顿时不见了。小凤心头不觉一颤，融化了从来没有过的痛和快意，她大胆地贴了过去。

“阿哈，我没有这样，您是不是永远不会？”

“对！”

“我不漂亮吗？”

“漂亮。”

“那为什么？”

“不为什么。”

小凤无声地又流下了泪。她明白，这样的幸福是那么的短暂，短到也许一生只有这么一次两次。她永远不会进入他的生活，他终究会离去。

阿古拉用粗糙的大手抚摸着小凤瓷瓶一样光洁的背脊。年逾四十，她怎么会是第一次？他真的只想无可救药地无比地吝惜她、爱恋她。可是她家里有男人，可是他有家室。他不想再去想那么多没用的可是，只觉得此地是他们的天下，没有斗争、没有规则，感知着天地的默许。只愿占山为王，再无所求。

连续两天两夜，他们热烈地纠缠、交谈，用阿尔善美妙的卷舌音，彼此倾诉，书本上的学问又算什么，大地上自有书写的朴素真知。小凤肚子里的学问让他惊奇。这是牧人的智慧，千百年传承下来书写在民间和草木上的信息。

小凤浑身无力，蒙蒙眬眬间身旁的人起来了，她想轻轻喊一声，手微微一举，头一沉又睡下了。窝棚下面泉水叮咚飞溅，洼地里便形成了一个二十米见方的池塘，时不时野鸭掠过，激起一圈一圈水花。阿古拉头上扣着一顶用柳枝编织的帽子纳凉，那是小凤随手编的。他蹲在池塘流出的豁口下方，静静地观望着放在元宝形大石头下方的网子，冷不丁蹦进来两条鱼，在中间回旋。半山腰上的池塘怎么会有鱼？难不成鸟儿吃了阿尔善河里的鱼，把鱼子吐到了池塘？还是下游的鱼洄游过来产卵？他百思不得其解。

“有那么四五条够了，让它们自由自在地游吧，游到下游的阿尔善河，流进远方的大湖，那是它们的造化。”大湖古称鱼儿泺，成吉思汗在大雪山召请山东莱州昊天观丘处机，长春真人欣然接受，途经于此，前往漠北，追寻至极西之地，谈论帝王之道和人生哲理。阿古拉收网时急急地把口子往一边一拧。小凤不知什么时候站在身后。

“阿哈，我可从来没有吃过鱼，不敢吃。”

“嘎日笛，吃过一次保证你还想吃下一回。鱼肉全是蛋白质，女人吃了不长肉。”阿古拉直呼小凤的蒙古语名字，显得特别的亲切。

“真的？那我吃！”

这天下午，阿古拉从池塘里摘了荷叶裹了鱼，外面糊上泥巴，埋进燃尽的火堆。他把鱼夹上来，放在捣碎花草的平整大石头上，这是他俩的饭桌。敲掉泥块外壳，撕掉荷叶和鱼鳞，他先撕下一块鱼肉喂小凤。小凤张嘴紧张地吃了，鲜美可口。小凤照着他的样子，也用手取下一小块，去了刺，放进他的嘴里。两个人你吃我喂，吃了一顿别致的晚餐。小凤拉着阿古拉来到泉眼处，用手给他打湿额头，她说这样可以洗去沾在身上的不干净的东西。

半山腰密林里的窝棚，奇巧而又简略，外面难以辨识，难道是为他们特别预备？两个人不管不顾蜗居在里面，饿了有打下的野兔鲜鱼烤食，渴了有山泉之水解渴，冻了有暖暖的羊皮大衣钻入。谁让他们纠缠着吸食着彼此的全部力量啊！直到时间再不允许他们，两块吸附在一起的磁铁，才不得不生生地掰开。

小凤的脚好了，又恢复了两条又黑又粗的大辫子，脸上闪着十五的月亮，光彩照人。“月夜啊……他们睡着了。”她轻轻哼着歌儿，这次什么也没有往家带。她除了幸福，什么都忘记了。

正当梨花开遍了天涯，
河上飘着柔曼的轻纱；
喀秋莎站在那峻峭的岸上，
歌声好像明媚的春光。

阿古拉欢快地哼着曾经无比热爱的歌儿，背着小凤在山林中穿梭。他们没有言语，心照不宣的返程充满着几多欢快。歌声忽而又成了《智取威虎山》：

今日痛饮庆功酒，
壮志未酬誓不休。
来日方长……

小凤醉了，可爱的人啊，不多也已经不少的情爱，已经把她全部淹没了。艰苦的日子里，她知足了，足以面对往后的所有时光。

小凤用头拱，甜甜的热气扑过来，痒痒的。阿古拉站住了，突然间，他的目光落在身旁摇曳的丛草，于是便问背上的可人：“这个地方，这种草是不是很多？”

而那位，每分每秒都在享受移动的暖意，蒙眬着双眼，看了看：“有啊，敖浩日—朱日敏—苏勒！”俗名“大眼贼尾巴”。“敖浩日”，短短的。想起巨大的猛力过后，他的下面来回晃荡的软物，她忍不住扑哧乐了。

山林密不透风，到了山林和草原的交汇地段，一股风开始奔突，突然间脱离了束缚，一股脑儿向着广阔的草原奔泻。这是熟悉的一幕，这又是痛苦的一道墙，一边是点点滴滴的美好，另一边则是所有的无助。这是两个困苦中畸形爱恋的人，就要面对的外部世界。

阿古拉蹲下来，默默地放下小凤。

这辈子有过的两天两夜，贪得无厌，仿佛补偿了渴求的所有欠债。小凤如梦方醒，好日子到头了，她靠在一棵出了山林的大树，哭了。孤零零突兀出来的大树，一定是多少个岁月前被遗弃在最后面的小苗，最先经受狂风雪雨的摧残而生成。小凤哭成了泪人，那棵大树于是换成了大树一样高大的阿古拉。他们紧紧地抱在一起，多么想把她（他）裹入身体里面，永不分离。

也不知过了多久，两个人从神界回到了人间，有了心灵感应一样，默默地看了一眼彼此，手牵着手，一同迈向前方的草原。草原，那是许许多多牧民的生命母体。他们也是其中的一员！

他们肩并肩走着，看着，看着，走着。拐过一个弯，小山包后面孤零零、黑漆漆的蒙古包进入他们共同的眼帘。两个人心里一紧，用蒙着一层黑幕的眼神，忍不住对视。他们从头一天开始已经互道珍重了无数次，可是还是忍不住再一次用目光勾住，偷偷吻别，试图装下此时此刻的另一方。

他们一前一后进了包。

眼睛是无字的书，无形的手，无言的拥抱。此番无声的情境，男主人瞥了一眼，他愣住了，什么都明白了。难道这不是他想要的吗？等到阿古拉前脚离开，他都忘记了刚刚彼此问候了什么。草场，羊群，天气，还是惹事的蘑菇！

两口子，一个真真切切感冒了，另一个好像浑身充满了生活的热气。外面传来了阵阵歌声。把羊群收进圈，小凤在外面拍了拍衣服进了包。这些天，不仅她的脸上，好像又黑又粗的大辫子也闪着光亮。“月夜啊，他们睡着了。”很少唱歌的小凤唱起歌来，歌声悠扬，含着许多哀伤。难道是她说的《月出之光》？

又是一个夜晚，阿木古楞突然掀开小凤盖在身上的袍子，用藏在身旁的马鞭狠狠地抽向她的屁股，那两片圆嘟嘟的地方让人痛快地受用，而他只能想象。他呜呜地哭，牙齿磨得咯吱咯吱响。

小凤咬着嘴唇，悄无声息。

六

铜川官复原职。

可他不想再待在机关，也要出工，而且下到了老婆的连队，一天不落，一起出工收工，再不管别人说三道四。只要没有这个会那个会，一概算数。

南斯日玛每月跑一趟团部，代领铜川的工资，他只管干活儿吃饭。这个人真是改造好了。铜川的变化，外面的人猜不透，也让南斯日玛有些害臊，两个人原来一直聚少离多，一下子形影不离，这个岁数整这个咋回事了！

又是一个腊月，铜川带着解放大卡车跑了一趟首府。团里给兵团司令部送冬储肉，一年一次，多少年没有变过。阿尔善草原除了牛羊肉，没有别的什么稀罕玩意儿。会上，关团长随口一说，铜川满口应承下来。往年这种事就算轮到他头上，打死他也不会去的。太阳真是从西边出来了。路上来回一个礼拜，咣当来咣当去，也不知他是怎么挺过来的。

招待所在兵团二层办公楼后院。铜川和助理员通过内线电话一一通知到位。到了晚上，一片忙碌。肉按照司、政、后分门别类作了记号，有的纸箱精装，绝大部分就是整只白条羊。车上卸的，下面接的，自行车拉走的，手里提的，道一声感谢的，忙而不乱，繁而有序。忙碌两个晚上办妥了差事。这种事情不大也不小，送错了，短了谁，都不好交代。给上级部门送冬储肉，意思意思，不一定起到什么作用。不送，还真保不准什么事上发生差池。

领导的那一份，铜川单独留着。最后专门给扛到了家，外加一小袋羊蛋。领导好这一口，多年前到四十一团，他一直记得。领导开了一天的会刚刚到家，非常高兴，留下铜川吃饭。领导主厨，铜川当下手。炖了牛排，煮了羊蛋，还有一盘花生米、一碟芥菜丝，已经很丰盛了。关键酒是好酒——茅台。划了拳，罚了酒，高兴的酒一杯又一杯。说到激动处，眼泪稀里哗啦。渡江战役，领导是火线提拔的连长，他是战士，感情深着哪！

领导唉声叹气，情绪有些低落。铜川大眼迷茫，领导还有什么烦心事！哪像他们下面，问题一大堆，都是多年积攒的陈芝麻烂谷子，没有一件是他们基层能解决的。除了上报，继续放着。酒又开了一瓶，领导滋地下了一口，也不知想起什么，筷子蘸着酒在圆桌上写了一个字，画了一个圈，再用筷子在上面敲了敲。铜川眨巴醉眼，什么意思，他带来的羊蛋带劲好吃？

铜川不能问领导，这是纪律。领导问什么，实话实说，这也是纪律。他掏出心窝子，眼下他们团确实遇到了不小的问题。地越种越薄，看看吧，刚刚统计出来：今年粮食亩产比头一年少了十四斤，小麦亩产只有六十六斤。反正继续挂账亏损。阿尔善草原年降水量二百至三百五十毫米，无霜期九十五至一百二十天，枯草期二百天左右。自然环境不佳，常有干旱缺水，多风雪灾害，是否适合大规模农业生产？像他们这样开荒，农业发展不起来，牧业也受到了制约。这已经不是他一个人有所醒悟的问题了。

再一个知识青年普遍遇到的现实问题，兵团属于部队序列，当初他们对紧张严肃的军事生活抱有美好向往，一股脑儿涌到农村牧区。早先的新鲜劲儿过去了，剩下的非常棘手。就说三年供给制以后要改为工资制。几年过去了，一直拖到现在，二十九块五角钱一直没有变过。加之反修前哨的压力也没有原来那么严峻了，刻板的说辞已经无法解决同志们迫在眉睫的现实问题。生活在阿尔善草原，就是一块铁一块铜，也会在火热的洪流里融化。铜川酒喝多了，话也说多了。只觉得自己又一次自由散漫，太不像话了。

第二天一大早，领导过来送铜川。解放车上装满了桌椅板凳、锅炉、机器零配件、化肥、种子、玻璃，样样齐全。他鼻子一酸，用力挥了挥手。这就是兵团人啊，有困难，解决困难也要往前冲……

铜川又下到了八连，是蹲点，包片，还是探亲，反正谁也说不清楚。

这一天，南斯日玛到运输队，牵过一头黑牛塞进车辕。两口子吃得饱饱的，穿得厚厚的，赶着牛车出发了。他们要去阿尔善河对岸拉干草。团里出台了奖励机制，他们想增加一点收入，才这么卖力。

铜川抓过来鞭子，自告奋勇替她赶车。南斯日玛笑疼了肚子。让他赶，一个方向，路就一条。狂奔，还是慢悠悠，由他。南斯日玛难得躺在车上，车上铺着麦秸，颠过来颠过去，别提多舒服了。钻进皮大衣的南斯日玛，没走出多远，睡熟了。

金香姐姐坐起来，羞答答地望着她。她孩子一样含着人家大姑娘的奶头，牙口一松，粉红色小球弹了回去。金香是她温暖的太阳。伤害最深的为什么往往是身边最亲密的人？脱离父子关系的，妻子揭发丈夫的，而她告状举报了姐姐。心口剜的伤口，来到梦里发作，以金香含着羞人的一笑开始，又以她无尽的悔恨结束。她找不出任何一条理由原谅自己。

阳光毒辣，天气微凉。阿尔善河岸不远处，她学着别人的样子，裤腿挽得高高的，吃力地搅动着两条腿，吱轧吱轧踩着冰凉的泥水。泥水一激，只能快速拔出脚脱离，重又踩进去，摇来晃去，打着寒战。大家喊着号子，和泥脱坯。旁边两个人见了她那个模样，一唱一和耍嘴皮。

“轮船打哆嗦那是怎么了？”

“浪催的。”

“十六不浪十七浪，十八正在浪头上。”

“浪哩个浪哩个浪呀！”

“快看啊，咱们战友长得还挺浪！”

“我如果能娶上这样的媳妇，一辈子扎根边疆。”

南斯日玛牙齿打战，咬牙坚持，有人还拿她开涮，气死人了，脚一滑，一屁股坐到泥巴堆。两个臭嘴呱呱如乌鸦，反应倒挺机灵，搭把手把她拎了上来。

南斯日玛羞得满脸通红，不羞不臊的东西，没完没了。抓起泥巴就往两个人身上甩，泥雨飞溅。二人也不生气，不约而同地用袖子擦擦脸上的泥浆，还乐。南斯日玛还不知道，损人的“浪”，在他们家乡就像一首歌里那样，唱要亮，扭要浪，几乎全是褒义。

那个时候年轻，什么都不怕。阿尔善草原一下子涌进来一万多人，盖房子是个大问题。脱坯有定量，男的一天二百五十块，女的二百块。黑胶泥掺上轧成小段的干草，踩透，沤好，倒进模子抹平，双手将坯模向上一拽，成了。在阳光和风的作用下，翻动土坯，立起来，几天工夫砖头一样硬实。小燕子和他们一样能干，飞舞着围着脱坯队伍。它们很喜欢泥水，看看无人，飞到泥堆上，用翅膀点着泥浆，差一点没有被粘住。可它们不怕，衔起泥巴，头也不回地飞走了。

南斯日玛摇摇晃晃，脚底麻嗖嗖的，又踩进了秋天冰凉的泥水。只听啊的一声尖叫，铜川知道媳妇的毛病，回过头，嗨嗨拍打安慰。醒过来的南斯日玛满头是汗。

暖阳下的积雪化了一些，天气阴凉又凝固成冰，牛踩在上面嘎吱嘎吱作响，还有一两里，他们就要过河了。黑牛也不知是被南斯日玛的一声吼叫吓着了，还是看到陌生的车把式欺生。深一脚、浅一脚，突然耍脾气不干了，张扬着大鼻子时不时望一望。

铜川坐不稳，一会儿歪到左边，一会儿挪到右边。他吆喝着，挥起鞭子抽打，强使辕牛奔走起来。黑牛鼻孔噗噗喷出白气，一层层结成了霜，摇头摆尾，鸡蛋大的眼睛一转，像是存心捣乱，噌的发飙狂奔。

铜川紧张万分，抓着缰绳不撒手，折腾了一身汗。南斯日玛用力抓着车沿，牛车冲出了弯弯曲曲的小路，那架势有些惊险，压过老鼠、大眼贼掏出来的土堆，一个接着一个，颠起来，又狠狠地砸下来。两个人五脏六腑就要颠出来了，牛车架不住地吱吱作响。

“吁——吁——”南斯日玛坐到前头，两个人一同拽着缰绳想要停下牛车。缰绳前头是穿过牛鼻子的铁条，铁条紧紧勒着黑牛，可还是管不住。不好，前面是河。他俩用力拽，用脚猛蹬牛屁股。岸上与冰面高低相差足有半米，由于惯性，牛刹不住腿，牛车滑出好远，两个人失去重心，脑袋磕在车帮上嗡嗡响，也被甩出老远。

南斯日玛从冰上扶起铜川站起来，铜川的大腿木了，试着走了两步，还好没有什么事。牛车翻了，一个轮子朝上，另一个轮子陷进冰窟窿，连车轴也陷了进去。黑牛掉进河里哞哞大吼，胡踢乱闯，冰面上滑，加上车竖了起来，黑牛用尽力气也无济于事，没命地向天悲号，可它被绳索拴着，被车身压着，只能不停地狂躁。两个人用死劲搬车辕，牛车纹丝不动，黑牛瞪着大眼睛喘着粗气一动不动。冰面上站久了，寒气从脚底直往上涌，两人浑身冰凉，哆哆嗦嗦上岸。南斯日玛抓紧给铜川捏敲大腿，只有她知道铜川腿疾病灶，只要往他的大腿内侧揉压筋脉，很快就能止住痉挛。

风细细地呼啸着，越坐越冷。从连队到阿尔善河十三四里，附近连个人影都没有。当年南斯日玛和吴喜德有过那么一出，万一再遇上狼咋办？两人重又下到冰面，用力掀车辕。南斯日玛舍不得打牛，可只能打，用鞭子使劲抽，反震得虎口酸疼。铜川拿根棍子笨手笨脚地抽打牛屁股，又拽牛尾巴，捅牛蛋，气得南斯日玛叹一口气，哭笑不得。可恨的黑牛纹丝不动竟闭上眼睛倒起嚼来。时间久了，它会活活冻死在河里！

怎么办，时间一点点过去，天越来越黑，铜川突然计上心来。渡江战役结束后，部队一路打到湘西，那个地方山尖洞深，土匪都像是猴子变的，钻山洞打冷枪，寻而不得。他们用烟熏，用火燎，用手榴弹爆炸的冲击波，攻击敌人，四通八达的洞穴才得以被一一端掉。铜川抱来干草，一不做二不休，塞到黑牛屁股下面，从兜里掏出火柴，哆哆嗦嗦点上干草，红红的火苗在黑牛屁股下方噼啪作响。他就不信，治不了黑牛傻牛不知好歹的疯牛。牛尾巴点着了，牛屁股糊了，周围满是皮毛烧焦的味道——难道今夜是一道烤全牛的盛宴？

突然，黑牛嘭地在冰上拼命翻腾，四蹄突地跳出了冰面，往岸上冲去，丝毫不去理会被河堤卡住的牛车，挣脱了脖子上的绳子和肚带，猛踹几脚和大车彻底脱离，一溜烟窜出去，哀嚎两声，跑进黑洞洞的夜幕。

铜川和南斯日玛，手忙脚乱地把翻滚的火堆推进冰窟窿弄灭。什么烤全牛，想得倒美。只听说桑王迎请上师举办消灾祈福大法会，烤过全牛。后来，贝勒旗那口唯一的巨型大铁锅被砸得稀巴烂，去了该去的地方。听说上面是竖写的蒙古文，还有“敕命铸造”等字，可见大有来头。

惊走的黑牛倒不用担心。两人费了全身力气把牛车拖上岸，一个拉，一个推。等到把牛车弄回连里，夜已经很深了，他们忘记了饥渴乏累，身上的棉衣都被汗水浸透了。值班的连长打着哈欠扫了一眼。

“政委、排长你们怎么这么死心眼，牛车扔在那儿，明天牵着牛拉回来不就得了。”

两个人你看我，我看你，想想也是啊！人一急，怎么就那么傻，白白地当了一回牛。

回到家，两个人热了炕，里里外外脱了，洗洗擦擦，简单弄了一些干肉面，吃完就躺下了。南斯日玛屁股上青紫了一块，不知是在车上颠的，还是在冰上磕的。铜川拿来一壶散酒，学着喇嘛大夫的样子，含在嘴里猛地一喷，南斯日玛屁股上麻嗖嗖一片。他伸出巴掌揉，她倒好，哼哼唧唧酸疼间已经打起了呼噜。铜川对准塑料壶喝了一口，咂摸嘴，味道怎么和茅台差距这么大啊！

第二天早上，公鸡跳上篱笆打鸣，两个人都没醒。

热炕头，真让人依依难舍。南斯日玛醒来，拿起枕头旁的手电筒照了照立柜上的小闹钟，快七点了，窗外还蒙蒙黑，被窝里赖了一会儿，又睡着了。睁开眼睛已经九点，两个人难得睡了个懒觉。到邻居关团长家，孩子早上学走了。孩子有关团长的丈母娘帮着照应，他们放心。换了辕牛又出发，好在连里这回给他们派了一名知青跟车。饲草一捆接着一捆往车上装，直到牛车装得像座小山，用长绳拧紧。

说起来，这一块地里的草是他俩打的，也是他俩捆的。她都不知道弯下过多少回腰了。捆草是技术活儿，他俩一人一排比赛，收拢好干草，抽出两把草接上，拧紧捆住，看谁捆得快，捆得结实。那个时候，谁又不是这样啊，没有一天不是在干活儿。头一天累得半死，第二天无条件接着再干。

赶着堆得高高的牛车不紧不慢往回走，路边是一群散乱撒欢的牛群，大牛呼唤着跑远的小牛，小牛来回钻过大牛肚子下面捉迷藏。大黑牛冲他们哞了一声，屁股烧焦一片，不知是朝他俩示威，还是致谢。铜川、南斯日玛相视一笑。

南斯日玛理了理齐耳短发，青丝染了原先的颜色。不仅阿古拉看得惊奇。恍惚间，她就觉得一切都好像发生在不久之前。她的生活，不能没有现在的永青扎布，更少不得当年的铜川。

七

又是一年的春天，太阳滚动一天就要落山，肥尾羊、阿尔善马和草原红牛散漫地铺展在起伏的草原上，一一归牧。班车拐过岔路，终于看到了远处红砖灰瓦整齐划一的营房。铜川心头不觉一热。到革命圣地参加红色革命教育培训班，平日里单调无比的草原，离开了才感觉割舍不下，最是魂牵梦萦。

班车在路边停留片刻，拖着白烟继续驶向红星镇方向。铜川下了车，径直朝着四十一团驻地走去。稀稀落落的泥顶房不规则散布，走在熟悉的地方步子也轻盈了许多，让人心旷神怡。一堵白墙，上面用红油漆写着“屯垦戍边，寓兵于民”八个大字，虽然旧了一些，还是那么威风有力。绕过去，对面墙上的五角星一闪，他兴冲冲走进家属院的一排红砖房。

抬起头，他猛地停下脚步，张大嘴愣在那儿。离开才两个来月，大院里空空荡荡，虽然是礼拜天，里里外外感觉搬迁一空。在反帝、反修、保卫祖国的北部边疆，他们难道集体转移？没有这样的道理！

原来就在他离开的这段时间，一条不确切的消息折磨着他的战友们。这种不平静，在一天天忙乱、车轱辘话、走动中度过。有人无所事事打赌，愿意用一盒红梅烟换取别人知道的实情，从而验证满天飞的消息是假的。晚上，男人们聚到礼堂外面的台阶上交换着各自听来的消息。然后三三两两回到宿舍、下夜房、供销社，到能够聚集的地方，借酒浇愁。每个人的脸上挂上了让人捉摸不透的变化，心里面滋生出无法言明的惶恐。迷信的，取出柜底本地制香人家的香烛，在升腾的烟火中祈求一家老小平平安安。

晴天霹雳——兵团撤销。

命令层层传达下来了。铜川想起了领导酒后写的字——变。真变了，思想上一时还真有些转不过弯来。

转了一圈，到处嘈杂忙碌。连一级干部都是现役军人。拖家带口的连长指导员们，解放车上除了家当，装满了被装、煤块、木板、轮胎、猪槽、鸡笼，什么都舍不得丢下。女人们走动勤快，提着篮子到要好的街坊邻居，压低嗓子说着悄悄话。一处墙角旮旯，军务参谋和一个女知青紧挨着搂抱说笑。真是太过分了。

铜川再也看不下去了，咳嗽一声，把冲到嗓子的一股说不清道不明的重重苦涩，吐了出去。墙角的两个人听到动静，扭头不见了。

白天，干部们车轮战似的参加各式各样的会议，强调正规有序，站好最后一班岗。炊事班变着花样改善伙食，平时少见的肥肉片天天有。生活看似恢复了日常，可人们的心里开了锅，热切地争论着接下来无法捉摸的波澜……

四十一团转制为阿尔善农牧场管理局，白底黑字，蒙汉双语两块新牌子已经一左一右挂到大门口。连队则称为农牧场。军事化管理转眼消失了，现役军人回部队，知青们开始返城，农工没有什么变化，还干老本行，继续种地打粮。原有的工程建设任务照旧，准备加高阿尔善河水库大坝，规划农田基本建设，兼而养鱼。

体制调整的过渡期，铜川没有闲着。他想开了，兵团撤销那是国家大事，坚决服从。作为一个人，他不是生铁，回首这些年，正事好事不用说了，职责所在。经过这些年的工作，还有生活的摔打，他再也听不得那些官僚主义形式主义的说教了。毋庸讳言，他也办过一些不得人心的事儿。有的悔之晚矣，有的只有抓紧弥补了。九连王进财就是其中之一。

王进财是那种能干、苦干加巧干的农工，是连队不可多得的骨干。团党委会研究提拔干部把他列了进来。自治区规定基层连队的干部由兵团负责选配。铜川先到户籍股，把他爱人档案里的那一页抽了出来。他们结婚是他出的主意，劳动改造，也是他办的。

大量撤销对知青、农工的处分，是干部偿还的一笔人情债。兵团交给地方之前，自上而下，对个人档案普遍进行了清理规范。除了违法犯罪，由于打架斗殴、小偷小摸、超假、男女作风的处分报告和决定，统统从档案中撤除。这一做法颇得人心。年轻人纷纷松了一口气。原来那些大声呵斥，只知道指挥劳动、学习、战备的干部们，可亲了几分。严格地说，有的处分原本就是不恰当的。给人以新的希望，没有什么不好。

从团部到九连足有二十五里，铜川骑着自行车驮着南斯日玛，到王进财家串门。这在之前可是从来没有过的。迫在眉睫的撤编改制使得干部和农工、知青们突然接近了。王进财现在是哈达图农牧场的代理副场长。

屋子中间是铁炉，旁边放着两个烤熟的红薯。南斯日玛看着焦黄的红薯直咽口水。铜川提起呼呼冒着热气的白铁皮水壶，把那页纸晃了晃投进去，一缕烟过后纸落到火里消失了。这要是留着，以后孩子招工接班都受影响。贵客盈门，王进财和婆姨改枝搓着手，感激万分。

多年前，年轻轻的改枝私奔过来。家里来信举报王进财，连队上报到团部，铜川下来调查。原来女方家长做主，准备把她许配给本村的一个光棍，她哥哥再娶光棍的妹妹。只等光棍妹妹再过几个月达到法定年龄，马上换亲。那妹子还在念书，悄悄找到改枝哭诉，还替她写了一封信，贴上五分钱邮票悄悄寄走了。王进财接到信风风火火赶回来，托了媒婆到改枝家提亲。改枝父母早有打算，又不便挑明，张口要五百元彩礼。说白了，就是嫌他家穷，人又在寒天冻土的草地上受苦，死活不同意。小伙子别说是五百元，连两百也拿不出来，这几年挣的钱都花在母亲看病上了。两个年轻人难舍难分，钻玉米地互诉衷肠。

换亲带有严重的包办强迫性质，违反婚姻法，应予坚决禁止。铜川到九连如此这般指示，发出一纸“中国人民解放军五七九部队128信箱”公函，大队介绍信很快邮来了。被告强奸的壮汉，走投无路的姑娘，到团部欢天喜地领了结婚证。连里杀了一头猪，热热闹闹操办了婚宴。美好的祝词，热烈的歌声，婚礼红火了大半天，小夫妻风采照人，他们永远不会忘记。棘手的老大难问题变成了好事一桩。小两口当然不会知道上面的一番运作。

此时的改枝不再水灵，裂口子抹着凡士林的胖手，不知往哪儿放了，眼泪汪汪。一转眼到灶间准备饭菜，她捏的莜面鱼鱼小有名气，老家侄儿背过来的莜面还有一些。南斯日玛抓起火炉上的红薯就吃，然后打下手。她做的羊肉汤原汁原味，外来的女人一时也是学不来的。往碗里放入切碎的羊肉，放入葱花、盐和水，然后用擀好的面皮将碗盖住，放在笼屉蒸。说来没有什么秘诀，锁住自然的味道就好。

铜川、王进财喝着酒，上下一起共事多年，互相也颇为了解。寥寥数语，他们猛然间醒悟，不管是干部、农工，还是知青，作为曾经的异乡人，他们都是同一条战壕的战友。想一想，投入全部汗水和热血的战壕塌了，如同投入口中的薯干酒，有一股甜，还有一丝说不出来的苦涩。可是作为阿尔善草原的一分子，生活还将继续……

铜川原本就是在兵团工作的地方干部，他自愿留在管理局，具体职务待分配。他没有其他额外的想法，老婆孩子热炕头，知足。阿尔善养人啊，那山那河那草原，待久了，熟悉亲切，舒适安心，离也离不开了，身体也不允许折腾了。当年看病，喇嘛大夫和南斯日玛悄悄耳语，应该就是他的病情。他听之任之，该吃吃，该睡睡，不去管它。

在南斯日玛眼里，军管小组撤销，方司令调走，那是离她八竿子打不着的事情。最大的变化就是上次师部记者写的稿子，到底还是醒目地登在了《九师战报》。虽然登出来不长时间，九师撤销了，可还是让她无比骄傲。战报和上面的大报自然没法儿比。每周三期，每期都是连团动态、身边的好人好事、扑灭草原大火、开展劳动竞赛和救助失学儿童等等。所以每次发下来，极为抢手，人们纷纷传看。有的知青上了报，想方设法弄到一份寄回家，那是一份荣耀。

那篇《战斗，兵团战士的回忆》反响极好，说起来是由铜川费了三个晚上写的材料改编而成。他的事迹不需要修饰和任何拔高，本身具有质朴真实的力量。铜川自嘲那是自己受不了苦，写的交代材料，这要是战争年代就是叛徒。

“怎么好事到了你嘴上，就臭不可闻，还叛徒，你叛谁了！”南斯日玛瞪眼。

1948年，铜川从家乡的县大队参加中国人民解放军，编入东北野战军六纵队新编补充第二师入关，会同华北野战军共同参加了平津战役、淮海战役。

……

1955年，他荣获解放奖章。担任司令员警卫员的六年，司令员经常对他说：“新中国刚刚成立，需要有文化的建设人才。你还年轻，有机会一定要认真学习。”

1958年春天的一天，铜川同志作为支援边疆干部从上海公安学院学习期满，来到了阿尔善草原，被分配到国营农场工作，参加边疆社会主义建设。当时的草原人烟稀少，冬天白雪皑皑，气候寒冷，他们这群历经战火洗礼朝气蓬勃的年轻人，从繁华的大都市来到边疆草原，受到了盟党政领导和各族群众的热烈欢迎。

1969年，由于他是参加过解放战争的优秀同志，被调到新成立的兵团九师政治部工作，义无反顾地投入保卫边疆、寓兵于民的历史洪流。

南斯日玛嘴上恼怒，心里乐开了花，一五一十地读。她的文化水平不高，可就是喜欢读，磕磕绊绊不怕，就像读那些时下流行的小说，喜欢里面的故事，喜欢激昂的人生。

女儿铜力嘎躺在爸爸怀里嘻嘻笑，好奇地瞪大了眼睛。铜川依旧是一头钢直短发，他眯着眼睛，好像在听别人的遥远的故事。

第五章

婴儿需要奶汁，生活需要真理

一

渡江战役期间，突击连流行疟疾，减员很厉害。好不容易从国民党军仓库搞到一箱奎宁，还是外国货。铜川觉得特效药吃得越多越扛病，抓起一把就吞，之后什么都不知道了。迷迷糊糊睁开眼睛，他才知道中毒昏睡了一天一夜。不少战友却没有那样的幸运。他的病就是那个时候落下的。喇嘛大夫说没有科学依据，后遗症还能等你上点岁数再来发作？喇嘛居然讲科学，太可笑了。铜川哼了一声，他完全不能同意。南斯日玛笑笑，不说话。

铜川啊，铜川，当年也是一个很傻的样子。

南斯日玛回到两个额吉和阿爸身边。她和女儿是兵团户籍，兵团改制后换成别人求之不得的城市户口，可她并不稀罕。划分草场没有她的份儿。说来，她只是过来照顾额吉而已。

一天，南斯日玛骑着马风风火火过来。见了额吉，摸摸她的额头，额吉定定地看。好像在说，我的孩子当了妈，为一家老小操劳奔忙，千万别累坏了啊！南斯日玛没有注意到额吉眼神里的温柔。

前面传过来吱吱扭扭的声响，过去一看，永青扎布正在编皮绳。铁摇把安在拴马桩上连上一股绳坯，另一头固定纺绳架的四个铁摇把，底座压着大石头，中间安装有几个沟槽的瓜支。这边摇动摇把，给各股绳坯均匀加劲，拉动瓜支前进，瓜支再推动四个铁钩转动，拧成皮绳。粗细不等，已经编了好几条。制作皮绳是闲散台吉传下来的一项绝活儿，阿尔善独此一家。这也是永青扎布极力把自家归入劳动人民的一个例证。

听到动静，他抬起头看了看，笑一笑：“来啦。”眉头上方的疤，又黑又深。南斯日玛心里猛地一揪，那是年轻时为救她留下的一道纪念。想一想真奇怪，她怎么一有事就来找永青扎布哪？

说来，还不是为了男人铜川。

铜川突然手脚发麻，一屁股坐在田垄上，汗珠从额头上吧嗒吧嗒往下滴，秋衣秋裤里面的虱子大概被一股热气吵扰，不停地爬动，奇痒无比。动弹不得，他心里明镜似的，想说什么却说不出话来。一群改良羊看到没了吆喝管束，甩着尾巴疯跑，蹦跳着蹚过阿尔善河，祸害起连队麦地。铜川半张着嘴，知道身体发生了状况，也就不再挣扎，在那儿痴看。难道他要倒下？他多么希望妻女突然间出现在跟前，这样闭眼也死而无憾了。

后来，四连职工发现了揪吃麦穗的羊群，四处追打，这才发现他们的副政委，于是把他送到了团卫生队。主治医师确诊是偏瘫，打针输液，人还是那样半死不活的。南斯日玛接回家。她借了连队马车着急赶到生产队找阿爸，告之铜川的病情，替他请了病假。革瓦已经知道了女婿的情况，也在一筹莫展，突然想起什么似的，悄悄和女儿耳语。

入夜，永青扎布和南斯日玛赶着马车出发了，赶到团家属院，摸黑悄悄把铜川抬上了马车。一个赶车，一个照料病人，车轮吱呀，只有马蹄的嘚嘚声追赶着夜路。躺在马车上的铜川随着马车不停地颠簸，却动弹不得，走过了很长的一段路，车上的两个人不说话，猜不透要把他拉到哪里去。大石头一闪而过。脑海里突然闪过来一道不祥之感，难道一对狗男女反了天，要把他扔到黑风口喂狼喂雕，好给金香报仇？

他这一想不要紧，头一歪，晕了过去。

东方刚刚露出鱼肚白，原野一片寂静，一辆马车神不知鬼不觉赶到喇嘛大夫家。大夫早起，正在石碾上捣药，立即放下手中的活计，把脉，扎针，先把人弄醒再说。烂熟于胸的古籍《甘露》，有“六种基础症候”之说，人的疾病虽然复杂多变，但寻其规律，究其根源，可归纳为赫依、希拉、巴达干、楚斯、协日乌斯、好日害六种原因。类似中医的气、风、经络以及西医的细菌、病毒、微生物。若对这六种基础症候准确辨证，恰当用药治疗，大多都能达到根除病因的目的。古籍早已不知所终，他在心里牢牢记下了。

喇嘛大夫的银针扎得好深，一刻不停地把脉。南斯日玛盯着，大气不敢出。喇嘛大夫告之自己的治疗方法，偷偷行医本就承担巨大的风险，况且这位病人又是他的领导。

很少有人知道，喇嘛大夫是革瓦当年在阿贵庙当小沙弥时的同门师兄。如今，他在团卫生队药房负责抓药。熟人故交找过来，还是会偷偷给看的。看看他家外面零乱的车辙、牛马粪，房前屋后的草场被大畜啃食的样子，人来人往，一定没有断过。把病人抱进屋里后，永青扎布卸了车，给辕马下了皮绊子。他跷着二郎腿坐在车沿上休息，看马焦急地扑过去收割吃草。

不仅喇嘛大夫，南斯日玛也发现了，不会说话的铜川醒过来，歪着头，听到了媳妇和喇嘛大夫的一番对话。他的手下居然在眼皮底下搞这种封建迷信。解放快三十年了，还有这种事，而且用到了他的身上。他瞪大眼睛，想发作又无能为力，憋红了脸。

南斯日玛扑哧乐了，怜爱地摸了摸他的钢直灰发。

“我的政委老头子，放心吧，这是蒙医。一个疗程下来，你就可以说话了，几天下地回家，好不好？”

铜川听懂了，慢慢平复了许多。

永青扎布发现，铜川的病情稳定了下来，可看他的眼神很奇怪。前面已经有过了吴喜德，他不想让铜川再去瞎想。冲着南斯日玛使了个眼色，到了外面，安顿几句，迈开步子赶路了。南斯日玛望着他日渐蹉跎的背影，眼睛潮湿了，幸好背后是墙，那个机关枪一样机警的人看不到。

铜川好了伤疤忘了疼，不仅一路上胡思乱想，闪过一丝鬼念头，刚刚还在想：昨晚这么小的两间半房子，有病人，那么多孩子，还有大人，妻子和永青扎布是怎么睡的。年轻时，听说两个人在大石头底下一起过过夜。看到永青扎布转身离开，他还有些幸灾乐祸。“哼，走了才好呢！”

后屋放着一个马槽，原是生产队废弃不用的旧物，喇嘛大夫找革瓦要的。他安顿女人取出里面的杂物，收拾干净。正午，外面晒的细沙正热，倒进去铺平，铜川一身秋衣秋裤被抱上去平躺，再用热沙埋上。铜川有些莫名其妙，此时毛孔里涌出了汗，好像接通五脏六腑，身上顿时轻松舒适，不一会儿睡着了。

喇嘛大夫施用的沙疗治法，蒙医称沙灸。授业恩师曾经讲过，将病体部位埋入沙中，利用阳光、干热、压力、磁力的综合作用治疗疾病。对症的是风湿痛、关节炎、颈椎病、肩周炎等草原多发病，对风湿性关节炎、偏瘫有显著功效。沙疗由御医巴彦罕家族发明于十三世纪初，专为汗王贵族享用。明代李时珍《本草纲目》对沙疗也有记载：“六月取河沙，烈日暴令极热，伏坐其中，冷即易之。以取热彻通汗为度。”

“建一庙胜养十万兵。”很早以前，清朝康熙皇帝说过的。草原上遍布寺庙，人们只图摄心静念，为来世而不问今生。不少高僧大德，除了用精妙的哲学功夫排解信众的心曲，还用精湛的医术治疗他们的病痛。喇嘛大夫从小听恩师讲，“蒙医的手里有眼睛”。直到带着恩师的良苦用心，走上为患者解除病痛这条路，他才真正明白这句话的分量。恩师传授一生所学，他铭记于心，不敢吐露半句。只说是在盟卫生学校进修时学的。

南斯日玛不懂什么沙疗，只要治好丈夫的病就是好医生，那位方司令还不是喇嘛大夫给治好的。听说方司令在下面看到大量荒地不种地，还要国家给牧区供应粮食，甚是焦急。下令：牧民不要再吃亏心粮啦！那一次，他下来查看阿尔善草原落实开垦情况，吉普车上颠出了一点毛病。喇嘛大夫三两下搞定。

第三天上，铜川开口说话了，在那儿哼哼。

“喇嘛，你这是偷偷使的什么幺蛾子。这问题可大了，四十一团典型的灯下黑。”

“铜川，你他妈的别好赖不分。人家喇嘛大夫不给你治，说不定你王八蛋两腿一蹬，早球死了，哪有机会在这儿喊疼，胡说八道。”南斯日玛生气，胸口堵得慌，流着泪呵斥。

铜川顿觉奇怪，他怎么就突然会说话了？这医术还真有些神奇，草原上说不清的东西实在太多了。他看媳妇生了气，还骂出了脏话，老老实实不敢言语了。这些年，风风雨雨，看把她辛苦的。此时他虽无力，却也记在心上。骂就骂吧，又不疼，只要她心里舒坦一些。

喇嘛大夫也不见怪，说道：“我的政委，只要您好了，怎么处理我都行。这些都是咱们阿尔善河滩的沙子，沙子里面含有的东西各不一样，道理就这些。不是封建迷信。不过我会念经祈祷，使得诸位神佛菩萨及阴阳二气降恩润泽，去除您身上的邪瘴之气。”

说毕，冲他宽厚加之狡黠一笑，那是一副调皮的神情，然后双手合十，唵嘛呢叭咪吽。

铜川紧张得闭上了眼睛。慢慢，慢慢，悠扬沉静，这是一种无从懂得又无从悟起的奥妙。头一沉，他又睡下了。也不知过了多久，听到有人小声嘀咕：

好热，说明正在疏通经络。

火辣，说明身体气好重。

好痒，说明身体风邪重或血燥热。

出水，说明身体湿气太重。

好麻，说明身体有痛症。

好酸，说明筋络没完全打通。

好痛，痛则不通，通则不痛，说明血液正在疏通循环。

好疼，说明病情好转，按疗程继续巩固至痊愈。

半梦半醒。

南方潮湿炎热的战场，枪炮声杂乱炸响。炮弹雨点一样落下来，没有一丁点声音，各种各样东西飞到空中，不少人也被抛了上去，一个个又慢慢落回地面。铜川拉起枪栓砰砰射击，也没有声音，只有流星一样的闪光，划向通红通红的天地。战友们一个接着一个倒下，一个接着一个冲锋。

不一会儿，蹦跳着闪到了老屋。奶奶笑眯眯地摸着他的锅盖头，他拽着奶奶的衣襟嘻嘻笑，耍赖皮。他饿，房梁上挂的篮子里有窝头。奶奶操着小脚一转身不见了。他哇哇大哭。

第九天上，铜川在喇嘛大夫家站了起来。他用手摩挲一下脸颊，多少天没有刮过的胡子硬硬地扎手，真成了一把胡子的老头儿。这在他的生活里可是从来没有过的。他把手一伸，南斯日玛啪地打了回去。

“毛病，要刮，回家再说，我还能顾上带刮胡刀，美的你。”

铜川嘿嘿笑，于是抓了七天的药，坐上马车，没事儿一样回了家。好在胡子一大把，路上没人认出来。

“南斯日玛。”

家属房外面有人喊，南斯日玛跑了过去。家属们搭帮结伙，有一段时间没有见到她了。女人们见了面，直夸她有本事，居然治好了老头子的疑难杂症。一惊一乍，挤眉弄眼，一看没安什么好心。南斯日玛就和她们掐掐打打，笑成一团。这帮家属天天出去割野菜喂猪，每天路过面粉厂没想过动一动成堆的麦麸，就是平时喜欢满嘴喷粪。

铜川左等右等，肚子咕咕叫，站在门口台阶上，一帮女人还在瞎嚷嚷，弄得满地都是猪草，他伸长脖子冲着大喊："小南，回家。"

大小媳妇们提着筐，知趣地散去了。胆大的回头看，这个人怎么就这么快好了，卫生队不是治不了吗！他们家开了澡堂，还是药铺，进去蓬头满面，出来神清气爽。奇怪，怎么就突然好了？就像当年他们成家，这件事在四十一团又成了一大新闻。

南斯日玛洗手，准备做饭，脸盆里的一对金鱼围着囍字游动。她没好气地白了一眼。

"就不准我在外面说点儿话寻开心啊，看这段时间把我愁的。"

"愁什么愁，巴不得我腿一伸，你好自在。我看你和那个永青扎布，就很不一般。"

铜川没了病，不当不正，正好敲打敲打。人家凭什么照顾他的瘫岳母，反正不清不楚。半路害得他死过去一回。

无缘无故说起永青扎布，那是南斯日玛说不清道不明，但也无可指摘的一方净地。她顿时来了气，脸盆一摔。

"没有良心的东西，人家想着法子救你，你倒这样对人家。当年是吴喜德，现在又是永青扎布，你是不是一个个整死才放心？我怎么就瞎了眼，白白让你糟蹋，跟了你？"

"我只是提个醒，没说你和他有什么关系。"

"铜川，今天我跟你明说了，年轻时我死皮赖脸就是想跟他，可人家有金香，看不上我。就因为这个我告了金香。没你，没我，金香能死吗！"

南斯日玛把脸盆往木架上重重一摔，眼泪汪汪。

铜川看她说生气就生气，又提起了过去的永远迈不过去的沉重话题。他把脸盆扶正，溅出去的水已经渗进砖地。南斯日玛气呼呼饭也不做了，上了炕，把鞋踢到炕沿下面，背过身。人是铁，饭是钢，一顿不吃饿得慌。铜川不会做饭，进厨房胡乱热了点剩饭。惹着媳妇没有好果子吃，至理名言。

这一病，铜川有了更多的时间想事。南斯日玛的一句话，使他身体里潜伏的另一个思想突然蹦了出来，主宰着他，好像在他耳边喊叫："你整死过人。"闭上眼睛，自责满满地占据了他的心房。当年金香的死，说起来导火索就是他的那通电话，往事真是不堪回首啊！

天人一脉，是蒙医药的精髓。其理论源于自然万象，凝聚着人与自然的整体观和深邃智慧。喇嘛大夫擅长蒙医诊断三法：问、望、触，其中的诊脉名声在外。在他的眼里，人体就是和外界联系的有机整体。每个人，身体表面的细微变化写着体内的疾病。每一次，他都在犯难，可看到求上门的病人，又什么都忘了。非法行医，投机倒把，罪加一等。要抓要判随便吧！

临去接铜川，南斯日玛提了一个兜子交给喇嘛大夫，几件孩子穿小了的衣服，虽然旧了一些，干干净净的。喇嘛大夫高兴地收了。等到他们离开，发现还有一个信封，里面有一张工农兵票子，一摞粮票、布票、棉花票、灯泡票、肥皂票，还有豆腐票、酱油票、粉条票、食盐票，有新票，还有皱皱巴巴的旧票。手捧五颜六色的票，喇嘛大夫犯了愁，看样子都是南斯日玛精打细算从牙缝里抠出来的。还回去吧，他如何舍得。凭票的年代，这些对他的一大家子太当紧了，五个孩子小狼似的就差吃了他。

世上再好的医术也不能包治百病。草畜双承包的忙乱之年，铜川脑梗复发还是走了。想一想，南斯日玛在那个温暖了十多年的房子里已经徒增伤悲，她在农牧场办了病退……

摘下“人民公社”牌子的当天，五星生产队又称回阿尔善嘎查。

嘎查发还早些年没收的个人物品。永青扎布心里着了火，跑到队部找革瓦。有些东西比钱财还重要。这对邻居，就威望而言，一直有“生产队两强”之说。一个是政治强人，一个是好劳力。当然了，政治是盖过好劳力的。可是遇到生产队难啃的活计，好劳力偶尔也占上风。好劳力，意味着他在技术、体力、能干和卖力这几个方面，同时具备。别看他们两家的黑狗黄狗是好朋友，如果中间不是夹着斯琴花日以及南斯日玛，估计老死不相往来。一老一少成为翁婿，那是后来意想不到的事情。这一天，他们难得凑到同一屋檐下。

“有什么事？”

“我阿爸是被错划的富牧，我有证据，他顶多是中牧。”

“永青扎布，你想办什么事？”

“不平反，就把东西还回来，这说不过去。”

“牧主、富牧、中牧，现在谁还管这个，都叫群众。你就别在这里碍事了。富人又要风光了，偷着乐吧！”

“母畜当年是我主动上交集体的。还回来没收的就行了。”

“这么多年了，谁还能算得清这些。”

革瓦连自己都说服不了，怎么能说服别人。永青扎布一张张清点了当年母畜入社以来返还回来的畜股报酬。他这辈子还从来没有见过这么多工农兵大团结。当年他把牲畜交给合作社，本来就是心甘情愿。合作社却记着账，牲畜作价入社，规定按年利率的百分之二至百分之三，付给固定利息。快三十年了，羊是活的，数字是死的，给他算的百分之二的利息。说来还是一笔糊涂账。

革瓦心事重重，正在生闷气。

他咬牙拍板实行牲畜归户经营，被人责备搞歪门邪道，旗里召开的生产队干部会议都没有通知他。涉嫌犯重婚罪，灰头土脸地放回来，件件让他闹心。还有这个永青扎布，不知好歹。要不是歪打正着早早上交母畜，他家怎么会是富牧，还什么中牧。牧主那是没的说！

永青扎布有了一笔钱，他找到一家在牧区揽活儿的工程队，盖了两间房子。地基用的是从罕乌拉山上滚下来的石头，圆润结实，地基上面和四个墙角用的是青砖，这叫里生外熟。草场承包到户，没有一个固定的房子可不行。

至于返还个人物品，金香特别珍爱的嘉丝勒再没有出现。上面的绿松石，倒是在努恩吉雅的发髻上那么闪亮过一回。至于银饰，回炉打了多少耳钉戒指，谁能说得清。当年的六个哈那蒙古包也回来了，虽然破旧，上连陶脑、下接哈那的榆木乌尼，也就是椽子还很结实。他到王府毡厂订制新毡，换了带子、围绳、压绳、捆绳，围上新毡。修补一新的蒙古包，气派不减当年。永青扎布想也没想，送给了刚刚回来的南斯日玛。

她是典型的拍脑门想事，地无一亩，房无一间，又要照顾瘫额吉。现在不比当年能穷对付，没有一个像样的地方住，怎么行！

二

南斯日玛又出现在眼前。她的一颦一笑，使得永青扎布猛然回想起过去的事，尤其十来年安放在心头的金香。六月，那是一个凝固的季节，唯独属于金香。

过去了这么多年，他想着可以细说究竟了。

短短十天半个月，草原上的花草开始谈情说爱。那时的金香忙碌采摘。每每由暗香浮动的花草，想到香的调制，这是一种奇怪的感觉，又像是自然的契合。她是草原上的哲人，不以物喜，不以己悲，默默地调制平静的人生。

香一定要含有草原女人的美。她们的美，首先由名字发端。乌优、灿丹、乌扬嘎，蒙古语里说的是绿松石、檀香、梧桐，红彤彤、紫莹莹、黄灿灿，每一朵每一丛，无不幽香致远。

香还要调和出良善。诃额伦母亲抚育一个个孤儿，放飞长大。生产队牧户抱养了三个南方孤儿，这里没有什么原因能够说清的。孩子们找到的其实只是额吉温暖的乳房。他家的领养申请无声无息。听到保育院只剩下最后一个女娃娃，他们急匆匆赶过去，还是晚了一步。有个男人刚刚抱走，据说是巴林旗公社干部。难道阿尔善没人了吗？她伤心得流了泪。

额吉的勤劳，一生难以忘怀。依稀记得她没有一刻不是在忙碌，作为女儿的她记得，远去的阿爸记得，做过的无数香烛也一定记得。一有了空闲，额吉就背起柳条筐捡牛粪。弯腰，转身，一个个重复的动作凝固在那儿。接过额吉的衣钵，放牧，熬茶煮饭，接羔保育，打水饮羊，缝制衣袍，反正没有哪一件事情没有她。

花儿般的女人，和花儿一样灿烂开放，零落凋谢。牧妇金香只觉得世上的所有安排，都是生之必然。铁杵的咚咚声，很久以前自西域大雪山而来就没有中断过，如今已经成了她家那顶蒙古包的标配。烛香是有灵魂的，只有研磨了人生的恬淡，才称其为香。那是辛劳与善美的亲近。

香有复杂的工艺，离不得日复一日的劳作。

原料就有一百多种，多数是由艾蒿、马莲、益母草和柳树叶配制而成。制作时按照它们的药理属性搭配使用，做出不同的香品。这不是她的什么不传之密，资产阶级奢侈品。实在是繁而又繁的苦累，看过的人再不想瞧上第二遍的东西。

第一步原料采集，就有严格的时间限定。比如，艾蒿、柳叶和马莲要在端午节前后七天完成。采割回的原料也不能完全放在阳光下暴晒。按照她的叮嘱，永青扎布加工成粉。

再熟悉的人也记不住金香制香的第二步——制作香引子。香引子由香头和料头组成。制作香头时，按照默记下来的口诀，原材料进行熬、炒、烘、浸、闷，然后在吉日吉时放到固定的地方困料。困到一定天数，起出香头。她那制香的坛子不一般，当年阿爸被赶出王府，哀求收留他的仁秦老伯从王府求回来。仁秦道尔吉当然没有胆量找他的远房堂兄，他找的是大喇嘛。大喇嘛又找到梅林，谎称满巴寺院要用。豁出两只羊要回来的坛子，最终又回到他家。也算因果分明了。

香头入坛和出坛，阿爸当年都要举行仪式，召请喇嘛临坛护佑。现在这道程序早已没有了，让他们制香已经万幸了。

制作料头是中间的一道步骤。料头要用十三种蒙药，掺到柏木、柳木、榆木、檀香木和含香蒿草中，封闭存放。主要是去除主料里的邪瘴之气，她对别人不敢讲这些，请教劳动锻炼的阿古拉学到一个新词，叫化学反应。俗话说“困料三年出好香”。这是最见制香功底的环节。

出香，这第三步，更是来不得半点闪失，算是金香的独家秘籍。香头和料头制好后，按估算的比例均匀地掺合在一起，二次碎料加工，然后封闭存放七天以上。加工成粉面的香料加入适量的水，须是阿尔善河纯净的活水才行。拌好料之后，老物件派上用场，压条出香。

最后一步是晾香。两个人把接满香条的托盘码放到通风、阳光照不到的包里。除了自家蒙古包，简陋帐篷，还拿到斯琴花日额吉的蒙古包。一对忙碌的人，欢快地穿梭在他们的丰收里。安静的香，除了人与物最初始的因缘际会，吸收着阳光真气。许多年前实行的遮上五彩布、燃香祈祷、用孔雀羽毛或青马尾，将水淋洒在五彩布上的仪式，也都省略了。过日子就是一个舍得。两个人日夜操劳，巴不得少了几道工序，祈盼每日工分再记上零点七分。工分，工分，社员的命根子。这是他们唯一的心愿。

十根一小包，十个小包是一大包。每隔一段时间，永青扎布小心翼翼地把码放整齐的香烛放入马背上的褡裢，骑着黑旋风送到生产队。周而复始，多少年没有变过。他们的香，据说送到公社，又送到了外面。

金香的聪颖在于野，在于静。每每背起背篓上山，她便放下了全部的愁苦，觉得自己原本就是山野的女儿。山上山下，沟沟坎坎，葱郁的花草，诱惑着她的味蕾，差不多嗅遍了吧！每一次上山，她都觉得不是简单的采集，而是索取。所以每次需要一个，就绝不拿走第二个，不辜负大地的馈赠。她的心事简单而又丰盈，虽然没有离开过阿尔善，却好像洞悉了外面的世界。攀上山岩，看那些凿刻的长角动物、看不懂的符号。这些图画，一定有人如她一样攀爬上去，留下了曾经的一种张扬，还有如她极力隐藏、倍感耻辱的凄楚。

金香识字不多，一辈子也不会知道学问高的人对这些岩画做了什么研究。每次背着满满的背篓下山，胡乱猜。从春猜到了冬，无论背篓里的花草多了蜜汁，还是脱了水分，没有人指使，也没有人倾听，就那么捂在心里。有一天她惊呆于自己的异想天开。

重重凿画那一幅幅图画的他们，姑且这样称呼久远前的那些智者吧，或许在向族人传达一种信号，抑或在和族人进行一场较量，争夺狩猎场，争夺健美的姑娘，或者只是留下和她一样的一段心事。

那时天地辽阔，人迹罕至，他们的家庭所在充其量只是一个个村落，和他们现在的阿尔善没有什么两样吧。不经意间，金香只觉得四周变得湿润，突然想起香册上面先祖的诗，揪心地哭了。

说起来，曾经压在毡子下面用油纸包的长不及盈尺的簿册，永青扎布见过。有时，金香会拿出来在油灯上翻看，遇到不解的字句，喊他认一认。一来二去，永青扎布也算了解一些大概。这些年制的香，拉到队里，队里记了工分，工分换成不多的钞票，换来炒米、砖茶、玉米面，还有一点白面。最不当紧的就是他给金香买的友谊牌雪花膏，她一阵数落。说归说，用了足足两年。用完的瓶子留着，到供销社买散装的，打满，接着用。

静静流淌的阿尔善河畔，他们辛勤劳作，平静以对，忧郁着灿烂着。白天有太阳的照耀，到了夜晚吹灭了灯，肌肤相亲，那是人类最伟大的照耀。

在很长的一段时间里，金香都怕记起这个灰暗的日子。她家的手工作坊歇了业，晾晒的花花草草被扫卷一空，扔进牛栏。金香一闲，心里长了草。她拿着用了多年的小镜子，发现三条细细的皱纹爬上了额头。她指给男人，永青扎布乐了，故意逗她。

“别照了，看看眼角。”

“怎么这么多啊，阿哈，你怎么就不告诉我。”金香气呼呼地说。

“说与不说，还不是一样的。”

“你不稀罕了，看到看不到都一样。是不是？”

“你就犟吧，看把你闲得。”

“东西都砸了，怎么办？”

“不做了呗，上面不让，咱们还做什么！”

“这可是祖上传下来的，怎么能到我这儿就断了？”

夜色深了，时不时传来几声蛙鸣。金香不再说话，翻过身无声地抽泣。永青扎布大手就揽了过来。他的金香没了嘉丝勒、耳钉、戒指，多了还是少了皱纹，都一样。在牧人的朴素哲学里面，不多上那么几条皱纹，怎么能匹配经历过的悲喜。

一天上午，革瓦低头进了他们的蒙古包。这是多少年没有过的事情。金香递过去一碗茶出来了，躲到了斯琴花日额吉那儿。她一天又不是来一次两次，一有了时间就过来。病人需要照料的地方很多，清理床铺，撤换褥子，擦洗……

当周围的人称赞她能干时，金香总是微微一笑。她对额吉话语不多，大多只是自言自语而已。但是不管额吉有什么需要，她总是很快就能知道。照顾额吉的起居已经成了她和永青扎布每天必修的功课。没有人指使，所有的只是成了习惯，苦命的人彼此的依托。额吉无声地需要他们，就如同他们需要有个额吉照料一样。

斯琴花日盯着她不放。男人出去，金香进来了。眼神好像在问，那个浑蛋又让你受惊了吗？金香懂，摇了摇头。过去了这么多年，金香只希望那一份委屈和难以启齿的耻辱，只属于自己，跟额吉无关。额吉的手软弱无力，却也温暖，静悄悄地传递给她。女人的承受，没有言语，有的只是久久的沉默，还有怜惜。金香陪着额吉坐了一会儿，开始端屎端尿，这个时间雷打不动。额吉保持了很好的卫生习惯。

金香指挥，永青扎布打下手，香又可以做了。至于原因，上面的电话打到公社，公社通知生产队要他们接着做。这不，革瓦专门过来说的。好在大缸里面盛着生产队的饲料，清理出来接着用。

好香就像良药，既要有好的材料，还要有好的配方。一段时间过后，金香的香给生产队挣足了面子。他们的香，要说材料好，任谁也不会相信。他们穷得叮当两响，何来麝香等名贵配方。都是罕乌拉山、阿尔善草原上遍布的平常之物。社员们路过到包里喝茶，走的时候，永青扎布、金香总是以麻纸包着的小包线香相赠。麻纸包上盖一枚“ᠣ”字，这是他们小作坊的标记。这两口子谁人不夸，一个像牛一样能干，一个百灵一样灵巧。于是，阿尔善人家差不多都在用他们的香。细思量，这些人家只是置身于他们身边的自然万物。那个香全部由阿尔善地地道道的草木制成。

薄薄的香册上面新记了一条，取名牧野飞香。这是永青扎布最为喜欢的味道。没有浓重的庙堂之气，有的只是青草的清香。他猜对了，金香突发奇想，一次把之前从来没有用过的一种青草做了混合，说简单也不简单。

天亮和天黑是牧人的生活坐标。劳累一天，最好的休息就是早早躺下。一天晚上，金香不知想起了什么，睡不着发呆，推了推男人。

“你说，以后这手艺传给谁啊？”

永青扎布嗯了一声没有接茬。她之前也痴痴地说过。以后，这以后的事情谁知道。除了儿子锡林还有谁？

金香发了神经一样毫无睡意，又推。永青扎布翻身面对痴想的金香，两人立马脸贴脸，倒把金香吓了一跳。她用放开的长发甩了一下。永青扎布抓起抽过来的武器，嗅了嗅。这个人怎么这么迂！

“你说交给谁就是谁，你是传人。”

“这个，交给豁日黑之人。放心。”

此时，精光的金香正是豁日黑之人。她催醒了永青扎布，于是他们又开始了一番战斗。一炷香计时，其烟气浅淡，香气清新，如妙药灵丹，助开窍通关，悟妙成真。香尽。金香大汗淋漓，鼻息咻咻，安静地进入梦乡。她的梦平常而美好。

永青扎布却一时睡不着了。女人真怪，还学会了打哑谜。

此后的时日，永青扎布一直不解“豁日黑之人”。除了金香，下一个会是谁，渐已成人的儿子，还是什么样的人，谁能担此可怜、可爱、更有深沉怜爱的那份责任？

三

这一天，金香气喘吁吁，等待永青扎布抓药快些回来。手搭凉棚，阳光最刺眼的地方突然涌过来一群年轻人。

刺耳的口号振动耳膜。她吓坏了，这是什么人？难道制香真的错了？永青扎布无数次劝她，她制香成痴。辛苦挣工分，惹着谁了。

有人冲进蒙古包，找什么，一堆枯枝败叶而已。

“你们要干什么？”眼看砸的砸，扔的扔，脸色憋得通红的金香瞪大眼睛大声质问。

领头的头目从羊圈出来。大手一挥，喝令找罪证。井台上、棚圈里、河边、草原上，找不到不要回来见他。他们说什么，金香听不懂，除了一句“不懂”再无其他。外号“大手”的头目是首府钢铁厂工人，他气急败坏，把她手里的一个小药片抢过来，踩进土里。那可是她唯一一片磺胺啊！

他强拉着女主人进了蒙古包。难道包里藏着什么罪证？蒙古包里面到底发生了什么，我们无从得知。只听见阵阵摔打的声音。不一会儿，“大手”捂着血淋淋的肩膀，拎着怒目圆瞪的金香出来了。

金香的香到底害了她。她在惊恐中遭受了此生从来没有过的屈辱，随着轻飘飘的脚步，身上一软。她的脑海顿时涌进来无数个从前，从前破裂了，刹那间飞越了从前的全部美好。

这一天，造反派接到一份秘密指令。他们截住一辆手扶拖拉机，把车上的豆饼扔到路边，浩浩荡荡奔走在阿尔善河边的土路上。唱着歌曲，欢呼口号，拖拉机左右摇摆，跟着也革起了命……

一辆飞驰的吉普车，迎面遇到返程的手扶拖拉机。人民保卫部干警问明情况。手扶拖拉机冒着黑烟继续赶路，卸掉的豆饼，不去管它，他们只想离得越远越好。“大手”包扎起来的肩膀被咬掉了一口肉，疼得要命。

他们一定都不会再想起这个地方和那个可怜的女人。那一对夫妇淳朴、善良、热情好客，他们困难却也幸福的生活，由于一起无端的缘起，被击得粉碎。这群年轻人还要长大，然后娶妻生子，谁也不会因为这一偶然的事情而活得更糟。可他们的激情，成为这户人家永生难忘的痛苦。

天快要黑了，带路的革瓦，从谈话中隐约听到了什么。他焦急万分，到底发生了什么，他还猜不出来。金香再怎么，不至于里通外国啊？

几名干警发现了外面昏暗处躺着一个人。革瓦跑过去一看，正是金香，身下是一片被压倒的青草。几个人把金香抬到包里，安排革瓦抓紧施救。他们顺着阿尔善河湾展开了新一轮的地毯式搜索。

革瓦跪倒在那儿，想把金香抱起来。他絮絮叨叨呼叫，试图唤醒哆嗦抖动的金香。他想不通，这场运动落到了和他、和他们一家如此亲近的一个人，一个天大的好人。两口子对他们家的恩情更是延续了二十来年。还有他强势夺取过来的肉体之欢。他为什么要肆意占有本该不属于他的东西。她是那么的害怕，而他像一条吃饱撑坏的疯狗。

“金香——金香——”革瓦一把鼻涕，一把泪，紧紧抓住了金香的手。金香的面庞洁白安静，由于剧烈的疼痛和与这个说是长辈又有失长辈操守的人在一起，脸上露出了一种痛苦和羞涩混合起来的复杂表情。

一天，太阳落山时分，金香从学校回来了，回来的路上还捡了满满一筐牛粪，大老远看到蒙古包前儿子正蹦跳拍着一个白亮白亮的圆球，足有公羊头那么大，靠近一瞅，小屁孩从哪儿弄到那个玩意？好像自己被凌辱的隐秘猛地曝了光，她顿时羞恼气炸，丢下筐，牛粪撒了一地，伸手一巴掌扇了过去，吓得锡林双手抱头，充了气的圆球嗖地从头顶飞过，转眼被弹射到了天上。那貌似气球的东西一晃，借着一股风，拐了个弯儿，飞过前方的阿尔善河……

永青扎布、金香以德报怨，无边的善、承受和羸弱，鞭挞着革瓦的丑恶灵魂，融化了他的铁石心肠。革瓦此时仿佛抱着自己的牺牲品和沉重的罪孽。

昏死过去的金香微微睁开眼睛。

“金香，会没事了。我——我来晚了一步。”金香醒了，他咧嘴笑了。

“是祸躲不开，这都是命，告诉阿哈，我不是特务。”金香露出拼命挣扎的神情，睁开她那临终前呆滞的眼睛。

“把锡林叫到我——跟前。”

革瓦左右寻找，原来小不点儿咬着衣襟，蜷曲在柜角死死地盯着。由于惊吓他已经不会说话了。

他把孩子抱到金香跟前……

革瓦跑到外面，多么希望有一辆马车从远处绝尘而来。他好送去救救这个可怜的女人。可是哪里有什么马车，连一只鸟都没有飞过。他急匆匆跑向后面自家的蒙古包，阿古拉不在。

“金香，你没事了，一会儿我找车送你到喇嘛大夫那儿，阿巴格——对不起你啊！”

“过去了，不要再提了。阿——你要对斯琴花日——额吉，努恩吉——雅——好！”

金香憋红了脸，好像咳出心中全部的郁闷。没有咳出来的，仿佛又全部返回到喉咙。于是手一沉，在革瓦面前滑了下去。

革瓦牢牢地保持着在生产队的权势。一有机会，表现出对上面没有根由的绝对服从。运动开始时也曾折磨他的一种怜悯他人的心情，后来慢慢消磨得也没有了。因此以能干而闻名。

他的心在滴血。

此前所有的仇恨只是建立于他的虚构。一次实则出于保护他的谩骂。那还是他当小沙弥的时候，由于害怕，有一次他倒水时失手打碎了王爷的茶碗。那一套茶具共有八个，包括茶壶、茶碗、茶托和茶盘等器具，是王府从南方景德镇专门定制的稀罕物。王爷恨不得削掉他的脑袋。仁秦道尔吉过来请安，看见了，飞起一脚把小沙弥踢翻在地。王爷看了看远房堂弟。一问一答间，大喇嘛的朋友梅林把他揪出了厅堂，他得以逃过一劫。

“都什么时候了，还挖这挖那。坏人当道，好人蒙冤！”革瓦沙哑着嗓子呼喊。如果手里有枪，他第一个就想给自己的脑袋上来一颗，愧为人啊！

革瓦含着泪把金香放平，盖上毯子。他盘腿坐在旁边，嘴里念叨起了那些半熟半忘的经文，力求把那些对佛祖说的话，诵得准确些、流利些。只有佛祖苍天知道每个人的生与死、始与终。自从混沌时期，人就是这样生死，没有什么变化。那些诵唱的经文，也从来没有变过一句，从而减轻生者的悲哀，死者能够放下所有，安详无比。此时的革瓦再无他法，他于无人处（金香死了！）又反动了一回，只希望用记得不全的一段诵经声，带给彷徨无助的金香于暗处的指引，保佑她永无痛苦。

那一天，永青扎布再一次匆匆绕过大石头。

抓药回家，发现包里包外分明发生了一场战争：柜子倒了，被褥东倒西歪，碗筷翻了，炒米撒了一地，炉灰扬得到处都是……圈在角落的三只山羊羔不知怎么拱了出来，尤其那只混血羊羔歪着小脑袋蹦上蹦下，左冲右撞，顶牛正欢。这是山上的盘羊悄悄接近他家羊群制造出来的杰作。

他急急点灯，金香安然地躺着一动不动。叫她，不应。她只是布病、哮喘，好好的怎么就……谁害死了金香?

永青扎布抽出菜刀冲了出去。望着黑沉沉没有尽头的夜，枯立在那儿，心如刀绞，摇晃的身体蜷曲成一张多年不用的老弓，没有光泽的眼睛直直地勾着，咧得大大的嘴角阴郁地、不由自主地抽搐着，脸上的皱纹保留着被鞭打得狼狈不堪的黑旋风一样被驯服的表情。菜刀咣当掉在地上。

面对种种遭遇，他们默默地在互相体贴中找到活着的慰藉，在生活的狂风暴雨中默默拼命。他一个人干两个人的活儿，表现积极，就是试图小心翼翼地保护这个家。可是此时他还是失去了最亲爱的人!

他强迫自己不能再想了，他只是猜测，他还没有遇到一个人对他说起今天晚上的任何事。巨大的悲苦需要强压平复。他盘腿坐在金香旁边，仔细地端详着，她的双手放在胸前，脸庞出奇的安详，眼睛微张，瞳孔失去了往日的光亮，如两盏刚刚熄灭的灯，发散到了广阔的天地。他看啊看，直到把她全部装进心里，轻轻地合上了她的眼睛。

开始为金香擦洗换衣，他从柜底拿出她新婚时穿过的大红蒙古袍。曾经无比健壮美丽的她，难道就这样轻易地被吸食人间烟火的恶魔莽古斯收走了吗?曾经无与伦比的女神，一起平静度日的爱人，孩子他妈，悄无声息地走了，再也无处寻觅。仿佛在这一瞬间，灯光照亮了他同金香共度的所有岁月。永青扎布第一次盼望起世外真有另外一个世界。

阿古拉进来了，垂手站立。

结束了庄严的一切，永青扎布扭过头，恳请阿古拉连夜去一趟公社，到供销社扯上十尺白布。阿古拉默默地点头出去了。他刚刚从外面回来，听到了前面蒙古包里男人撕心裂肺的痛哭。半躺着的斯琴花日知道发生了大事，脸憋得如同羊肝，想哭，怎么也哭不出来。

藏在柜角，吓坏吓傻的儿子看着阿爸，突然抱住大人的大腿，好长时间才出了声，哇哇大哭。他说额吉不停地咳嗽、喘气，突然没事一样好了过来，叫他到跟前，他只记住了一句，她要他做一个像阿爸那样的好人。然后队长爷爷念经。他摇啊摇，额吉睡着了，再没有醒来。

那是阿古拉下来接受劳动锻炼的第一天。革瓦找他谈话，宣布了纪律。因为他出身好，除了牧业劳动之外，还担负一项监管永青扎布一家的任务。阿古拉放畜群组羊羔，时不时搭把手照应队长的“木头人”妻子。毕竟永青扎布、金香还有顾不上的时候，一个白天放牛晚上下夜，另一个在小学做饭，照看学生起居。上面有了任务，两人还要制香。

那个时候，永青扎布和阿古拉出去放牧，总要互相打声招呼，以便有一个人照顾病人。让永青扎布高兴的是，阿古拉还教他的儿子识字，减轻了他们的不少压力。永青扎布暗自为有这样的朋友而感到自豪，他尊重有学问的人。他不明白，眼下生产队为什么闹革命。可生产是一刻也停不得的，难道让牛羊不吃草，天下掉下来粮食？阿古拉是一个有文化的人，哪怕再晚，守着一盏昏暗的油灯在小桌子上看书写字。

照顾病人、放牧，阿古拉没有什么不愿意的地方。但他为住得最差、干得最多的永青扎布一家愤愤不平，因不能替他们说句公道话而痛苦。他在这个新家，一扫刚刚下来时的沉郁。他有他的计划，一个胆大包天的计划，与人无忤，与世无争，反之，他怎么能够活下去！偷偷探索草木世界，才是他的光亮。

傍晚时分的灰暗，掩盖了风景中所有的丑陋部分。说来，阿古拉差一点在三岔路口迎面碰上手扶拖拉机和后来的吉普车。躲进沟里的阿古拉吓出了一身冷汗，谁让他是反动权威，不斗争他，难道要斗争老实巴交的牧民。于是悄悄跑到半山腰上的窝棚躲了起来……

正当春分，永青扎布、阿古拉赶着勒勒车早早到了黑风口。永青扎布和金香的日子还没有过够，而他不得不把她放入白布缝制的大口袋，按照习俗摆放好，右手枕在头下，左手收在胸前，使得金香呈现着安然入睡的姿态，她的脸朝向太阳升起的地方。他最后一次贴近金香，把她身下的袍角拉平，口袋的两角对合打上一个活结。他把一包线香放在她的旁边，香火顿时拥抱了金香，一起消散在天地之间，那是她亲手调制的馨香。金香一定乘愿到了生机盎然的宝木巴，那是苍天之下最好的地方。那里没有冬天的寒冷，温暖如春，美丽的草场四季常青，人们没有死亡，永远年轻。

快马驰来的是革瓦，他跑到队部骑上马赶到四十一团。阿尔善河边发生的大事早已惊动四十一团，喇嘛大夫被看管了起来。可他到底还是急急忙忙赶了过来，他无法相信自己的预感，情急之下撒了一个大谎，借口给团长扎针，直奔而来。可是一切施救都没有用了。他从褡裢里拿出来绛红色僧袍披上，盘腿坐下，金石一样的声音穿过清晨的薄雾，低沉而又响亮地奔向山谷，声声回荡。远处的树上一大群喜鹊落下了，又飞起。

永青扎布撒尽细碎的温热的骨殖，非常简单，就像倾撒枯草燃尽的灰烬。他回过头望了望。此时，太阳的光芒照射在金香非常喜欢的罕乌拉山余脉，挥洒了她的山坡上。金香转眼间成了这片草原的土壤。成了那个荒唐岁月未竟的一个注脚。

四

阿勇嘎时时思索过去走过的路，尤其是那些走过的弯路。

贝勒旗阴郁的日子过去了，满怀着新的梦想，可人们还不敢卸下身上的铠甲。“若照虫子脚印走，走半年；若照蜘蛛足迹走，走一年。”他们纠结于看不见摸不着，却又无处不在的路线问题。

又是一个牧草萌发、鸟兽撒欢的季节。永青扎布、南斯日玛欣喜地迎接了老朋友的到来。阿勇嘎现在是盟政协副主席、旗委书记。

“什么风把哥哥吹过来了？”

“呵呵，改革开放的春风！”

“阿领导来了，我们非常高兴，这次一定多住上两天。”

迎面走来的两位，不再年轻。年轻时一个英俊，一个漂亮，岁月催人老啊！阿勇嘎握住永青扎布的手，他的手因为终年劳动，关节扭结，钢铁一样硬实。古铜色的面庞，既饱经风霜，又蕴含着纯朴和善良，给人以温暖和欣慰。虽然留了小胡子，可还像是那个长不大的送马男孩，站在那儿搓着手，诚实可爱。谁能想到，当年他不小心揣回来的红旗现在成了稀有的文物。由于战争年代行军打仗，条件艰苦，那面绣着五角星、锄头、套马杆的旗子，成了自治运动联合会留存下来的唯一一面会旗。弥足珍贵。

阿勇嘎已经跑了不少地方。牧区浅表层水，含氟、含硝量超标，老百姓日常饮用全部取自这样的水，还有的用水罐车拉水吃。打一眼深水井需要打到一百多米甚至二百多米，没有十多万下不来。阿尔善731广播电视发射台曾打了一口深不见底的干井，白白投进去一大笔钱，让有心打井的牧民再不敢一试。

上面拨下来深水井专项资金，加上旗里配套资金，启动了饮水工程。群众不想吃苦水，更不想继续过苦日子。不管怎样，党和政府时时为老百姓着想，人们在想下一步的路……

永青扎布有一肚子的疑惑。

带着阿书记滩里滩外找水脉。书记到牧户，拿起水瓢就尝水缸里的水甜不甜，抬头三句离了本行，问的怎么就成了联产承包责任制？他有些来气，阿书记官做大了，学会藏着掖着。他们牧民谁不议论，哪一个不急！

永青扎布狠狠地挖了一眼，阿勇嘎笑了笑，什么也没说。他确实另有目的。五星生产队曾是盟委乌书记的蹲点队，他也比较熟悉。前几年，该队队长革瓦找他，他们队因灾穷得要命，人均牲畜由八九十头只一下子减到五六头只，七十来户牧民中有六十多户欠队里的钱还不上，已经到了难以为继的地步，急需上面支援。

这不是一个生产队的问题，而是普遍存在的一大难题。他当即对革瓦说："现在盟里和旗里都穷，无力再调拨救灾牲畜，可否把牲畜分到户，让各户自谋生路。"

革瓦虽然空手而归，眼前却愈发开朗。

牲畜归到牧户经营，三年牲畜头数翻了一番，已有五十多户还清了欠款。贝勒旗三分之二的土地是牧区，农区占三分之一，类似这样的改革试点队，其发展速度出现了比没有改革队快的可喜局面。这一次下来，他想了解方方面面的情况。看看永青扎布家吧，老式柜子掉了漆，看不出原来的颜色了，喝的还是黑茶一碗。生活在牧区，喝不上奶茶。十一届三中全会召开几年了，说得过去吗？

永青扎布当然有话要说，老朋友来了就是想看到实情，听到实话。他要带着旗领导，看看阿尔善河上下游，看看罕乌拉山前后坡，这一大片有山有水的草原到底怎么分，怎么切豆腐那样一块是一块。阿勇嘎来了兴致，眼下最难听到的就是真话。

"你说牲畜归户经营，为什么发展得就快？"

"家家有经理，人人使上劲。就这么简单。"永青扎布一直觉得这是他现今的岳父做过的为数不多的实事之一。

"家庭经营比生产队经营核算有着经营自主、利益贴近这两大优势。"阿勇嘎回应。

思想僵化已经成为改革的最大障碍。一个普通牧民都明白的道理，我们的干部们却还在脸红脖子粗地争论不休。甚至把家庭、私有制、资本主义等同起来，牲畜归户怕被批为长“资本主义尾巴”，走了资本主义道路。为弄清是非，他重翻马恩有关原著，结果让他吃惊的是那些等同论的说法，完全是对马克思主义科学论断的断章取义。从生产者与市场的关系来说，家庭有了自主权，可以跟市场直接相连，随行就市，容易适应价值规律，进而解放生产力，增加社会财富。这样做何乐而不为。

“很好。你想怎么说，就怎么说！”

“我放了一辈子牧，不知道外面的事情，可知道放牧是怎么回事，知道草是怎么回事。羊一年四季需要到处游动食草，随着季节选择不同的地方去吃草，不然不好抓膘。抓膘不好，冬春两季就很难存活。”

“哦。你这是牧区辩证法啊！”

“草场里的有些草是当作药的。可这类草不是到处都有，有些地方长，有些地方不长。所以，我们队的羊群是轮流用这种草场的，而且有些草是不能经常吃的，牲畜吃多了会生病。如果把这类草场分给个人的话，分给谁，以后大家还怎样用？”

“难道就没有别的什么办法吗？”

“办法倒是有，就看您大领导敢不敢做主。咱们干脆不分。我没事儿的时候琢磨，每家每户分了草场，总觉得以后会遇到大麻烦。再说，遭了灾走场怎么办？”

阿勇嘎的眉头皱得很紧很紧。

吃过了饭，永青扎布去滩里找马，马不知跑哪里去了，两天没见踪影。明天早上他要套车带着书记去看看当年开荒留下的大片沙地，那儿吉普车过不去。

阿勇嘎太了解这位老弟了。他这次过来其实主要是印证一下自己的判断。生产队把牲畜包给社员，成畜保本保值，增产全归社员，双方按比例分成仔畜和畜产品，实行“新苏鲁克制”；而畜多人少的牧区，实行“三定一补”或“两定一奖”；还有的实行队有户养，保本保值或保本利平，增产全归社员，几年不变；再就是专业承包，以产计酬……这些适合牧区的试点，无疑为推进改革做出了样子。实践是检验真理的唯一标准，发聩震耳。我们的工作是不是实事求是的，围绕群众利益的？为人民服务的宗旨是实的，还是写在墙上，主席台上喊一喊？以经济建设为中心这是无比正确的，工农兵学商，农田草原牲畜烟筒蒙古包的阶级性，还用继续争论下去吗？

倒上热热的奶茶，虽然奶子少了一些，到底还是香了许多。这是南斯日玛派孙子努尔金跑到前面一户人家借了一茶缸羊奶。这家牧户儿媳妇要坐月子，家里养了一只刚刚下了羔的母羊。努尔金嘴馋，回来的路上忍不住偷偷喝了两次，干进去一半，嘴巴上还粘着奶渍。小家伙诚实，一进来便喊："奶奶，我没喝奶。"逗得大人哈哈大笑。

三个人有一搭没一搭地聊，除了孩子、草场、天气，还有过去的种种。只觉得岁月是一阵风，吹着吹着，就把人吹老了。仿佛苍天之下，只有阿尔善河蜿蜒流淌，美丽的草原包容着所有。他们热切地盼望草原迎来明媚的春天。

老话说："婴儿需要奶汁，生活需要真理。"这是再明白不过的道理。阿勇嘎遍访了阿尔善嘎查的老户新人。群众改善生活的愿望显而易见，关键是搞活发展。就在这个地方，当年他和战友们推行民主改革，那是一种什么精神。有一次，一位同志取牛粪烧火，从粪堆里刨出一个新马鞍，这位同志就拿他的旧马鞍换了回来。阿勇嘎知道了，让那位同志把牧民的新鞍马上送回去。工作队还不时把国民党军队和土匪抢走的牲畜、财产夺回来，如数交还给牧民。吹散了牧民们眼前的迷雾，他们相信共产党的军队不同于以往见到的任何军队，而是一支真正为草原人民利益的队伍。蒙古族人民历来就具有善良憨厚、热情好客、坚忍不拔的性格，当他们明白了道理，给红色政权送马送给养，腾出蒙古包让官兵们住。工作队得以在阿尔善草原稳稳地扎下了根。

发展问题，本质上就是改革。

打破大锅饭，单干，农村没人不愿意。至于牧区，什么形式合适，就采取什么形式，不搞"一刀切"。阿勇嘎在脑海中刻画着崭新的蓝图：全面推行改革，已成为势在必行的大趋势。

一张报纸，一则惊人的消息，使得南斯日玛的心脏不由得怦怦直跳，她惊呆了。

阿勇嘎告诉她，等商量好再告诉永青扎布。他出牧走了，听到了还不乱了分寸。世上没有过不去的坎。想一想，也就想开了。

说起来，阿勇嘎、南斯日玛也曾打过交道的。在他的鼓动下，南斯日玛参加学习班。铁姑娘了不得，后来给旗里争取回来四十户社员，两万多头只牲畜。当年小有轰动，还上了报。那件事既敏感又无先例，因涉及地方和兵团两家，看起来简单，实则十分棘手。笨办法解决巧问题，南斯日玛快马一鞭、快人一言，立了功。那是真正的群众首创精神。两个人呵呵笑。难忘的时刻，谁不记得！

做过饭喂过猪，种过地开过拖拉机，可南斯日玛打心眼里还是更擅长放牧。四十一团开荒种地是主业，人吃马喂是个大工程。地是年年种、年年亏损，原因固然多种多样，生产结构单一的问题早就有人提了出来。南斯日玛就是其中的一位。她也是一步步总结出来的，谁又不曾头脑发热。鄙视永青扎布看畜牧业书籍，不也是她吗！

说来凑巧，四十一团接管阿尔善河南岸哈达图牧场成立九连。原本走场借地的银根生产队社员，还在九连放牧。银根生产队位于贝勒旗西部，因连年干旱，全队男女老少骑着马赶着勒勒车、赶着牛羊，一路迁徙到五星生产大队哈达图小队。九连以银根生产队为主力，成立牧业排，分三个组。第一组由生产队骨干牧户组成，第二组由在此定居的当地十户牧民组成，第三组是牛鬼蛇神组，几个从内地跑来的盲流也被安排在里面。南斯日玛从八连到九连走马上任，被任命为牧业排排长。

阿尔善草原优质土壤和适宜的气候最适合放牧，南斯日玛和社员们一起出牧，接羔下夜。九连发展畜牧业的第一年就扛回了先进连队的锦旗。以往连队向上交粮最少，当年他们却交了不少肉食羊。一天，南斯日玛正在黄羊滩坡地放羊。一组组长、银根生产队队长朝伦巴特找到她。

“明天我们就要搬家，回银根。你们怎么办？”

“你们四十户都走吗？”南斯日玛听了一愣，虽然这些日子他们一直在嚷嚷，没想到这么快。

“都走。”

朝伦巴特是队长，这话是有分量的。如果牧民们真的走了，牧业排怎么办，跟着走吧，没有这样的道理。不走吧，真舍不得这些兄弟姐妹离开。整整两年了，和他们朝夕相处，同甘共苦，不论什么困难，有他们在身边心里踏实。她想走，可是不能，虽然她是银根大队也是牧业排的排长，可她是兵团的人，这里是她的家。生产队社员赶着牛羊一路要经过长途跋涉，前面不知道会出现什么情况。这时候她更应该和他们在一起。她打定了主意。

南斯日玛回了一趟家，把孩子送到阿爸那儿，有努恩吉雅额吉照应，她放心。瞅准铜川正在团里值班的空当，她回家拿了一些衣物。至于接下来发生什么事情，她隐约感到了莫名的担忧。她没有告诉铜川，这不是家长里短的小事，免得让他两难。

五

一望无际的阿尔善草原上，头一天还是人欢马叫，炊烟四起，第二天一大早，却变得空荡荡的。营盘、棚圈，废弃的土灶、灰坑，平整一新，四十座蒙古包一夜间消失了，拆卸后连同生产生活用品装在四十多辆牛车和三百多辆胶轮车、勒勒车上。走在前面的是一群群牛羊，大人们骑在马上来回吆喝，牧羊犬左右追随，几十个长长的勒勒车车队紧随其后。阿尔善河平缓开阔的谷地沸腾了，一股巨流奔向思念日久的家园。

一路上，银根队的牧民和三三两两骑马过来送行的当地牧人话别，两年的时间不短了，他们结下了浓浓的情谊。只见长者彼此交换着鼻烟壶，成年人一一交换着砖茶、奶酪、糖块、饼干等不多却也珍贵的礼物。

牧民们虽然没有说什么，可在内心深处感谢阿尔善公社哈达图队，躲过了接二连三的自然灾害。他们也是九连牧业排的牧民，好不容易发展起来的牛羊，源源不断地为兵团供应肉食。银根队牧民早已把这儿当成了无法割舍的第二故乡。从事理上讲，他们觉得理不亏。

队伍走出去大半天，后面传来马达的轰鸣声。

一辆吉普车拦腰插到勒勒车车队中间停了下来。牧民们一时摸不着头脑，围上去和吉普车上的人争辩着什么。勒勒车队绕过去，继续缓缓地向着前方奔去。

一个干部模样的人来到营盘地，找到南斯日玛。

“你是九连的排长，和牧民们不一样，为什么不帮助做牧民的工作，反而一起搬走。你还有没有原则，牧民们不能走。”

南斯日玛听了，眼睛瞪得牛眼那么大，那么圆。

“《农业六十条》上说了，人民公社三十年不变，如果上面没有别的说道，生产队迁回自己的公社就没错。我当了两年银根队牧民，还是他们的排长，我送他们走，违了纪还是犯了法？”

有理不在声高，对方听了不再说话，凶巴巴地看她。

“拜托，让一让。”

南斯日玛牵着辕牛，那串勒勒车，继续融入浩浩荡荡的回迁车队。

赶了一天停下宿营，一夜无语。第二天一早，回迁人马趁着凉爽又走出去二十来里，中午时分停下来，扎堆埋锅煮茶。一辆深绿色吉普车飞驰而来，车上的人打开车窗逢人打听。

“南斯日玛在哪儿？”

“在前面。”

“怎么又是你？”

九师政治部保卫科黄科长，南斯日玛认得他。难道已经惊动了师部？当年吴喜德的事情上领教过他的蛮横。黄科长张口就是一通训斥，仍然是那番话，但是口气明显严厉多了。

“你这是反军，煽动牧民，到底有没有组织纪律性！想想后果，你个人的前途，你父亲的，还有你的丈夫！”

“别给我扣这么大的帽子，吓死人，我承受不起。难道牧民们不能回自己家吗？我是排长，有没有责任保证他们路上的安全？”

要说黄科长职业使然，南斯日玛那是性格决定一切。她怕的是哭鼻子抹泪，给她来硬的，没门儿。

黄科长和他的保卫科厉害归厉害，道理摆在那儿，他们也不是不懂。双方僵持了一会儿，几个人不再说什么，上了车调头就走。

牧民们纷纷围拢过来，他们担心，要南斯日玛跟着回去，不要因为他们受到处分。朝伦巴特的大女儿格日勒平时和南斯日玛最亲，搂住她的脖子呜呜哭。多好的牧民啊，自己走是走不得，留又不能留下，还替她着想，真是难为他们了。可他们的南排长，认准的事儿，十头牛都拉不回来！

傍晚，又一辆吉普车追了上来。师里的干部找她谈话，这回是生产科长，主要谈几万头只牲畜的损失。南斯日玛一看其中还有铜川，扑哧乐了，走过去捶了一下。

“老头子，对不住啊，出来时没有告诉你。”

“这个时候了，对不起还有什么用，看把事情闹得这么大，快回去吧！”

“你给我们娘俩读的三顾茅庐，是不是就这个意思？”

“美的你，以为自己是诸葛孔明啊，净说没用的。”

铜川说什么两头是不落好的。他怜爱地看着晒得黑黑的妻子，回头望了一眼同伴，意思是“看了吧，我劝过了”。他是公事公办，说了该说的，此行的任务自然结束了。下面就看他们自己的了。

朝伦巴特代表牧民们说了自己的想法，对方回应可以回去研究，但大队人马得先回去。人欢马叫，一长串车队，一大群牲畜已经走到了半路，自然没有回头之理。双方愤愤地再次就此别过。

铜川、南斯日玛两口子，一个上了吉普车，一个牵着牛车，他们互相看了看，什么也没说，算是道了别。当铜川回头张望，看到那边一道忙碌的身影，竟有些依依不舍，心疼，还有担心。

走到阿尔善公社界外，大队人马欣喜万分，他们终于望见了敖包山。他们此行绕过罕乌拉山，沿着阿尔善河谷一路向着西南，接下来从敖包山向西北出发，前方就是家乡，那儿如同传来了特别的芳香。

大队人马停在河边，抓紧放养休整。此地正是阿尔善河的一个支流所在。南斯日玛听永青扎布说过，当年他们就是在这条河边遭到国民党土匪的抢劫。巧合得很，前面有一堆人等候着他们。带队的是贝勒旗革委会副主任阿勇嘎。

阿勇嘎也是来劝说他们返回阿尔善的。绳子打结只会越拉越紧，人民内部矛盾还是要在人民内部解决。他走到高处，拿着刺啦刺啦响的喇叭喊话，牧民们竖起耳朵总算听清了嗡嗡作响的声音。他们信任自己的领导，既然是贝勒旗牧民，当然要听旗革委会的指挥。走到半路的男人、女人、孩子、老人，愣头愣脑的牧羊犬，成群的牛羊，一定怀着一种奇怪的同样的心情。辽阔的阿尔善草原，在他们面前仿佛是一道倒立起来的高墙，不可逾越。

返回来一切照旧，一个月过去了，什么动静也没有，旗里没人过来，九师，还有四十一团也没了动静。牲畜奔着青草的味道，牧人朝着家乡的方向，他们心原本就飞了，休整和准备工作用去了一个月时间，家乡难得雨水充沛的讯息好像呼唤着他们，全队又开始了第二次三百里大迁徙。大概是他们返回自己家乡的决心感动了上面，这一次好像压根儿不知道有这么回事，没有任何人过来阻拦。

有过前面十多天的行动，情况已经十分明朗，南斯日玛这次没有一同出发。此前她还被一种强烈的情感催使着，这次只是过去送别。目送一串串勒勒车队、一群又一群牛羊，渐行渐远。她端着牧民们塞到手里的肉干奶食，泪眼蒙蒙，心里空落落的，难受。格日勒姑娘骑马落在最后面，挥着手，直到变成一个小小的红点。

她这个排长差不多成了光杆一条，能不能当下去还是一个未知数。看看可怜巴巴的家底，当班长都已经够呛！

“阿爸，在吗？”

一眨眼的工夫，锡林已经老大不小了。他还像小时候那样先喊两嗓子，大人不应声，从来不会拉开毡门进包，说黑洞洞的害怕。永青扎布嗯了一声，儿子才推门进来。包里还是原来的样子，他第一眼看了看镜框里的额吉的照片，额吉正在甜甜地望着他。旁边是一张八寸彩色合影照片。

地毯上四四方方叠着被褥枕头，上面的的确良苫布上绣着喜鹊登枝，不用猜，阿爸到底还是有了伴儿——那个老缠着他的少年伙伴。奇了怪了。他不想再看，嘴一噘扭头就出去了。这孩子，躲是躲不过，每次过来就嚷嚷一件事——要秘方。

永青扎布和回到阿尔善多年的南斯日玛，他们是“共骑一马的交情，大衣共盖和睦的朋友”。不再年轻的二人，一来二往，住在了一起。这一切好像是一场梦，阿尔善草原是他们生命的脐带。

作为父亲，永青扎布如何放心得下。秘方是金香家传的，她一次都没有说过要传给自己的儿子，只说要传给实诚的人。他也就一直找借口推脱了过去。看样子，今天无非如此。

到了外面，永青扎布看了一眼儿子，拿起立在包上的套马杆，看见老马溜达到了下面的滩上，正在雪地刨草吃。

“阿爸，我一来您就走，什么意思？”

“茶在锅里热着，手扒肉在碗柜，要吃要喝随便。阿爸是牧人，不放牧，你吃什么喝什么？”

“一年就吃您两只羊，心疼了？”

“我跟你婶子都是土埋半截的人了，还能带进地下吗？这家全是你的，心疼什么。”

“那家人对您有恩有德，我算老几！”

孩子心重，他说不过。永青扎布也不清楚他们一家怎么就和后面的一家，几十年扯也扯不清了。那个人没收他家大包，他们二十年不变照料不能动弹的额吉，这都是为了什么？他唉的一声，再没有言语。儿子说的话是没错，可是一个人做什么，都需要一个好听的理由吗！

牧业学校毕业，锡林不喜欢放牧，一直在外面闯荡。后来，他在外地租房子成了家。作为父亲，他气得眼里闪着一股无法遏制的怒火。成家立业是人生大事。这让嘎查的人怎么瞧他，他都不好意思跟别人提及。于是也就不闻不问。总之，他是愧对儿子的，那么小就让他失去了额吉，说什么都多余。两代人的隔阂，解也解不开。他信不过儿子——就怕儿子头脑发热把秘方卖了。由此，父子关系不冷不热，各过各的。

永青扎布闷着头，将套马杆丢在地上，低头进了斯琴花日额吉的蒙古包。他卷起皮衣袖筒，熟练地抱起老人放在一边，将下面的湿布换了，拿起干净的毛巾擦拭老人的身子。等到一道程序进行完了，浑身是汗。儿子不声不响，站在一边愣住了，猛地抱头蹲下。

“额吉在的话，多好啊！”

“额吉不要在意，这是金香我俩的孩子，二十好几了。”

额吉是锡林心底的珍藏，额吉是永青扎布全身心照料的弱者。永青扎布歉意地看了看眼前的额吉。她那混浊的眼睛突然亮了，如同多年无人动过的深井，摇摇荡荡打出水，打破了许多的宁静。斯琴花日对外界的感知，虽然仅靠不多的出出进进的几个人，细细留神，她还不是真正意义上的植物人，分明感受着外面的变化。衣食好了，蒙古包又加了两层新毡，草场又分给了牧户。

斯琴花日老了，活着了无意思，真想无牵无挂地死去。可她除了想，连死的力气都没有啊！开始，她没有在意小青年，以为又来了一个收羊的。循着抽泣声，她一动不动地扫过一眼，丰富的眼神里含有她的全部惊奇。小青年身上藏着一个熟悉的人。那是谁啊？她把全部能够想起来的记忆翻了一遍又一遍，想起来了，那不是喂她吃，喂她喝，给她揉腿捶背，端屎端尿，不知亏欠了多少辈子恩情的金香吗！

她的眼睛顿时布满了泪花，许多年由高兴的、悲伤的往事共同串联起来的一对对银珠，饱满膨胀。

永青扎布看到了，儿子一来，激起了老人的许多回忆，赶紧努了努嘴。失态的锡林站起来，歉意地弓着身子出去了。锡林从小就养成了节俭的习惯，不愿白白地乱花钱，他内心里确实是一个孝顺的儿子。他知道阿爸为他付出了多少，没有想到一天天的，这么辛苦。永青扎布心里一时也激荡起了许多波澜，他强装笑脸，擦去老人的泪水。

儿子走远了，永青扎布望过去，第一次发现儿子穿着城里人穿的那种时髦的羽绒服，低头快要走到他的破吉普车跟前。他张了张嘴，有些割舍不下，想想还是没有喊出声来。出了这么一件不愉快的事情，他的心里很不痛快。他的双眉紧紧缩在额前，由于时常这么紧锁眉头，使得他的两道眉头之间形成了左右对称的两条深深的纹路。含辛茹苦地拉扯长大，送孩子到盟里上学，希望他学到本事，有出息，可结果却是这样……是什么使得他不能成为让人夸赞的好青年？

永青扎布背起套马杆，扭头朝着相反的方向奔去。老马黑旋风支棱耳朵抬起头，正在无比温柔地望着他。

六

南斯日玛回到阿尔善，眨眼几年过去了。

说来，她是奔着额吉来的，还想治治自己的寒腿。七个泉眼神奇得很，每年入伏前她都过去泡泡腿脚的。一对寒腿，一到阴天，就像棍子一样迈不开。她还想尝试治一治额吉，兴许在五脏泉泡一泡，恢复过来也不是没有可能。她多想和额吉说说话啊，让她看看他们的日子，到外面看看流动的云朵。

刚回到阿尔善，感觉原来特别熟悉的已经生疏。就说上不了台面的厕所吧，连队随处可寻，草原上则不然。这里地广人稀，条件所限，且没有建造的必要。一袭蒙古袍用处极大，野外什么时候想解手，只需撩起长袍盖住，蹲下去就是了。这么想，南斯日玛丝毫没有不敬，只是离开日久，已经很不习惯。尤其是她除了逢年过节，快有二十年不穿蒙古袍了，怎么遮盖？

灰堆旁、芨芨草丛，好几次碰到永青扎布，不是骑马经过，就是过来送东西。提起裤子起来不好，不起来也不是，她是那么的难堪，恨不得钻进地底。

一天，她发现用过的麻纸、女人物品和乱飞的塑料袋，不知被什么人清理了，留下焚烧过的痕迹。难道是嘎查搞的爱国卫生运动？地上只有一个人的大脚印。每次她想向嘎查提意见，应该给每家每户盖上一间。可是说起这些小事，对她来说纯属矫情了。上有老，下有小，忙得四脚朝天。又后来，她惊奇地发现路口、芨芨草丛的几处空当，被什么人放上了石头树杈，羊倌马倌绕道走，她便有了一处安静的领地，再没有遇到尴尬。一定是有人替她想到了。

南斯日玛叨叨过回红星镇，额吉听到了，眨眨眼，那是摇头。一来二去，她就在阿尔善河边台地长住了下来。在永青扎布借给（她不想让他送）她的六个哈那的蒙古包里照顾额吉，平静地生活。时不时一急，不得不把永青扎布叫过来帮忙。多年各是各的生分，慢慢也融化了，不仅羊放到了一起，枕头也挨到了一起。当然是她鼓足勇气，把自己的铺盖搬到了他的蒙古包。她没有看到，背后额吉的眼神正在点头示意，含着欣慰。

永青扎布放牧不在家，这一天和其他日子没有什么区别。她暗暗打定主意，走到前面的蒙古包，取下门上的挂钩，像女主人一样打扫洗涮，点炉子烧水，和了面，切了干肉。先煮了一点，盛了小碗过去喂了额吉，等到忙完了，接下来等那个人。一天下来鼓起来的胆气，忽然又不见了，心里七上八下。永青扎布会不会生气，把她撵走？

永青扎布不紧不慢地骑着老马黑旋风回来了，离家不远的坡上有风，羊群专挑坡上歇息。远远地望去，以往静寂的蒙古包冒着炊烟，包门敞开，向前透射出一道白色光芒。许是儿子回来了。

低头进包，他猛地愣住了。

南斯日玛一天来好几次，落实政策发下来的一大笔钱，除了盖房子，他还买了一台十四英寸天鹅牌黑白电视机，倒成了她的专属。每天过来看郭靖和那个机灵鬼黄蓉到底怎么样了，看完就走。可是这个时间，还是头一次。南斯日玛听到那个人从外面进来，顿时紧张得站了起来，不再纤细的胖手不知放哪儿好了。难道她返老还童这么扭捏，可这实在不是某种预设。永青扎布只说了半句话，“你这是……”扫了一眼，什么都明白了，平静地招呼南斯日玛坐下。

南斯日玛一看永青扎布不动声色，对她的自作主张，不知是喜是怒，她哪敢坐下，抓紧把干肉下到沸水锅里，下了面，加了盐，出锅时放了一点葱花，一顿热乎乎的晚饭就做好了。等到他擦了把脸，她哆哆嗦嗦，盛了一碗放在黑亮的硬木小桌上，不敢看他，紧张地盯着硬木小桌。哦，原来是金香家的桌子。她记起了少时和阿爸路边借宿。

两个人你看我，我看你。南斯日玛第一次发现，永青扎布这回真的仔细看她了，再不是她少女时的那般痴痴妄想，看得她害了羞，虽然眼角额头爬满了不少的皱纹。

入夜，多少年的挚友第一次有了夫妻的情分。永青扎布显出老练的样子，什么也没有说，好像原本就要这样。多年的交往，两个人一个眼神一个动作就够了，原来需要保持的分寸可以不要了。面对生命中的第二个女人，他泰然处之，真是草原上高明的牧人，多年不用的技术，还是那么娴熟。南斯日玛瘫了，由着大喊大叫，不记得多少年没有过了。她心疼地摸了一下他的眉头上方又黑又深的疤，紧紧地靠在了少年时深深爱恋的男人身上，感受到他的爱，他的拖拉机强力，他的味道。原来一个人的梦，总有实现的那一天啊！

阿尔善河静静地流淌，丝丝浪花，观照了他们天真的童年，关注了他们火热的青春，也在观看他们不再激越，却也宁静绵长的中年时光。河流，地之母；山峦，地之父。一个人，生来只是天地间的一粒尘埃。除了膜拜，感恩于一切的赐予，又能如何？

后来，南斯日玛家里的两位老人不在了。这是草原的规则，人生的安排。额吉悄无声息二十来年，还有阿爸那么猝然……

南斯日玛要把家里唯一的老人努恩吉雅额吉接过来。老人哪儿也不去，一个人在磨坊生活。多年来，她在王府毡厂教农牧民和从内地过来的盲流，制作毡子、蒙古袍。蒙更高勒学习好，南斯日玛一直供到他上了大学，看着他分配到旗里，成了国家的人。

那一刻，南斯日玛理解了什么叫恸哭。当年扑火英雄倒下时，她还不理解，何其荣贵、隆重的追悼大会，那样崇高的荣誉。他们远道而来的父母接受不了现实，不时昏厥过去。多少年过去，那是和她此时一样内心奔涌而出的悲伤。

寒冬到了，自从见过锡林那么一回，额吉的眼睛好像多了一丝光亮，时不时嚅动嘴唇，试图说出什么。永青扎布听到一句“ji”的发声，南斯日玛不信，可是他什么时候开过这么大的玩笑。“ji——ji”额吉到底想说什么。两个人吃完饭，回到下方的房子，胡乱猜。

“额吉想金香姐姐了。”

夜半，南斯日玛靠紧男人后背，呜呜地哭了起来。永青扎布醒了，伸出手臂把女人揽过来，久久无语。抬头望向窗外闪亮的流动群星，不仅儿子在想，额吉在想，他们又何曾忘记。尤其是发生那件惊悚的事情之后。

制香秘方原本就有，永青扎布笃定不能交给儿子。

好不容易躲过被抄走的厄运，再不能有半点闪失，他和南斯日玛想着法子保管秘方手册。开始放在佛龛后面，又放到地毯下面，后来又把它藏在蒙古包围毡中间、羊圈顶棚、枯井石头缝隙……总之这个小本本把他俩折腾坏了。两个人每次取出来战战兢兢，绞尽脑汁想着下一个什么稳妥的地方，然后互相取笑，这么大的草原，怎么就找不到一个合适的地方哪？

站在阿尔善草原的任何地方回望，目光所极，一个又一个环圆形里，没有什么东西可以抓住，也没有什么东西可以放下。也许只有傻瓜才想这样一个不是问题的问题。永青扎布、南斯日玛没有片刻闲暇。

九月的一天，来了一辆农用车，儿子的朋友过来收羊。吃过饭，南斯日码去额吉的蒙古包，留下永青扎布二人有一搭没一搭地闲聊。好家伙，手里拿着大哥大，阿尔善又没有信号，显摆什么，还给他上课。永青扎布不爱听，可儿子难得开这么一次口，他忍了。

“阿尔善草原这么大，有什么用，跑一趟费了我一箱油。估计又赔了。”

“不赚钱，那你还跑？”

“我过来主要找合作伙伴。”

“什么伙伴？”

“大爷，这您就不懂了。西旗的沙窝子，大风刮出一顶金灿灿王冠，让一个放羊老汉捡到了，据说是匈奴单于的金冠。其实咱们这儿，好东西也多了，有古墓，还有恐龙化石。挖出一个，拿到黑市准发。”

永青扎布有些生气，这地上地下不管有什么，那可都是国家的，歪门邪道可不行。二十大几的人，越说越离谱。说什么阿尔善这个山那条河那些草原有什么用，和大煤矿大油田地下宝物一比，不值一提。永青扎布不想和他抬杠，推说累了，扭头回了下方的蒙古包。

第二天早上喝过了茶，永青扎布骑上马走了。山北坡阿木古楞有一匹小海骝马，已经约好时间。他过去看牙口、筋骨、关节，之前看四条腿直溜溜的，有劲。也该骟了。至于买不买，看了再说。黑旋风早该歇歇了。

南斯日玛安顿好额吉。额吉的眼睛没有多少混浊，心敞亮着哪，只是不能动弹，不能说话而已。她跟年轻人也打了个照面，出了牧。儿子的朋友他们放心，由着他吃住，太阳升高了，想去哪儿，来去方便。他们可不会领着一个二道贩子瞎转，收什么羊，丢不起这个人。

傍晚时分，南斯日玛、永青扎布发现家被翻了，虽然外表看不出来，可这是自己家啊！东西放在什么地方，丝毫不差的。农用车早不知所终。枕头下面的大哥大，臭小子一定着急落下了。败家子怎么交了这么个狐朋狗友。真是造孽！额吉的眼神露出惊恐，南斯日玛拍着她的前胸后背，好久才缓过来。

永青扎布坐上夏利出租车到了旗里，这次非去不可了。差点儿要了额吉的命，想起来都后怕。只记得儿子家在老邮电局家属房。咚咚敲，有个小孩光着脚丫跑过来开了门。儿子躺在沙发上盯着电视，还是彩色的，恨不得钻进打打杀杀的电视连续剧里面。没注意儿子后面的大人。永青扎布火起，二话没说，劈头盖脸扇过一个巴掌。

锡林蒙了，阿爸第一次到家里，咋来了就揍！

一路强压的怒火终于爆发，屋里还有陌生的年轻媳妇，孩子吓得哇哇哭。永青扎布惊愕：“他们是……？”

“她是您儿媳妇，这是您孙子努尔金。要打，最好连他也打了。”

锡林捂着脸，不由分说，把儿子推到阿爸跟前。阿爸不年轻了，还从来没见他发过这么大的火。什么，什么，家被翻腾？还吓着了病病恹恹的瘫老人？唉，都怨他在酒桌上吹牛。这件事对他是一个教训，交友不慎，怨不得他人。

永青扎布悔啊！儿子是该打，可儿子当了爹，他这个老子不闻不问，还一直蒙在鼓里。有一次，儿子好像跟他说了那么一嘴，家里正好进来一个人，一打岔，儿子没有再说。怀里丁零零响，永青扎布吓了一跳，这才想起那个方块家伙。脸上露出一丝厌恶，掏出来啪地放到茶几上。

大哥大这不是回来了！上午朋友还溜过来拧着他回去取，重要的事情倒是一句没敢言语。真提了，看不打烂他的狗头。

永青扎布一屁股坐进沙发，满是怜爱地抚摸着延续了他的血脉的孙子，用大手给他擦掉流下来的清鼻涕，抹在棉袍上。

孙子不认生，略带腼腆地坐到他的大腿上。

儿媳妇格日勒，银根队老队长朝伦巴特的大女儿，递茶请安。当年生产队遭灾走场到阿尔善，他和朝伦巴特打过一些交道。永青扎布问了亲家身体、草场、牲畜。不论家教还是举止，他对儿媳妇一百个放心。南斯日玛好像提起过，如何如何的水灵，如何如何的心善，还搂着她哭鼻子。不中用的儿子算是有救了。

为了迎接孙子的到来，永青扎布喜滋滋地做着各种准备。他在房前用积雪围了两丈见方冰场，用水罐车到青石老井拉了几天水填满，冰面上锃亮无比。大集体的时候，晒干庄稼，先在场院上泼水结冰，在冰上打场。社员们拆垛、铺场、压碾、过斗、装袋，打完糜子打小麦，还有荞麦，一车车拉到王府仓库。打冰场不知是谁发明的，否则天气寒冷，场院冻得到处是裂缝，农业点种的三百亩地，多少粮食掉进去也填不满，只便宜了老鼠。说来，这也是他突发奇想。孙子跑跑颠颠，机灵无比，一定喜欢。现在就差腾出手打个冰车了。

这一天很是奇怪。斯琴花日的手突然动了一下，伸开手指，慢慢张开了，她顿时有些兴奋，挪挪僵硬的大腿，也能动了。耳朵嗡嗡响，外面不远不近，好像有人说笑。仔细听，夹杂着金香银铃一样的声音。

斯琴花日号啕大哭，惊天动地，响亮而悠长。只可惜身边没有人。女婿坐上出租车走了，幼儿园刚刚放假，要她等着看重孙。南斯日玛穿上皮袍骑马跟牧。如今放牧不比往常，不少人家牛羊被盗，等到报案，差不多一个礼拜过去了，破获难度极大。牧民们只能自认倒霉。

此时，谁也没有听到这三十来年没有的稀有之声，撑满蒙古包，从一个个缝隙急急忙忙刺穿而去。连她自己都没有想到，居然还能坐起来，然后不管不顾下地开门。那个人，那个声音没有进来，就在前面萦绕，渐渐飘远。

斯琴花日不由自主地跟在后面。

她已经记不得自己多少年没有走过路了，还好，腿下生风，轻飘飘飞。前面是一道冰面，她光脚踩了上去。那个人，那个声音就在那儿，笑盈盈地看着她、等着她。

冰面温暖如春，难道冰是热的？

双脚焐热了冰，冰化成水，又锁住双脚。突然，斯琴花日双腿一软，面部朝下，不声不响摔了下去，重重的身体在冰面上发烫，滋滋作响。也不知过了多久，眼神里有一个模模糊糊的影子，一闪。

七

阿勇嘎到首府开会。

自治区计委主任，自治运动联合会时期的盟工委乌书记，专门把他叫到办公室。不久前，他参加农机部组织的出国考察，参观了一些农机设备生产企业。叫阿勇嘎过来，是征求他对引进农牧业机械外资项目的意见。

接过图片资料，阿勇嘎仔细看。

乌书记在一所大学见到一种新型风力发电机，他向校方索取了一份资料，回来交给畜牧机械研究所参考借鉴。全区有那么多牧业旗，广大牧民需要亮堂堂的照明。草原牧区最不缺的就是风能资源，由于技术所限，多少年白白浪费掉了。他说了，贪大求洋对自治区并不适合。从资料上看几个引进的项目，无不如此。

一家中型企业生产的网围栏，简单实用，自治区准备引进来。怎么说哪，这是一个不能兼顾的两难选择。目前不少盟市旗县，纷纷提出百万、千万头只的奋斗目标。牲畜头数上去了，同时也导致了草场的严重退化。再这样下去当然不利于经济发展。

“网围栏看着就比咱们的土围墙、石头围墙、水泥柱子加铁蒺藜先进，感觉对保护草场、科学养畜有好处。不过……”

阿勇嘎把接下来想说的话咽了回去，一闪而过的疑虑。他说不好也说不准。

改革开放，搞活经济，可实事求是的思想路线一刻不能忘记，没有根据的话不能随便说。

乌书记约来或者叫来阿勇嘎，很是高兴，他还有一个意外之喜。考察期间，他冷不丁看见所在城市的剧院有些不一样，外面挂着一幅很大的海报：《永远的阿尔善——月出之光》。虽然坐车一闪而过，可由于在异国他乡突然看到熟悉的汉字和竖写的蒙古文，让他一下子记住了。询问当地陪同人员，说是一位北美华人的演唱会。酒店大堂的报纸上也有宣传，他们称之为“广告”。

阿勇嘎在阿尔善已经跑了几天，他瞅准机会，从包里掏出那份从万里之地辗转而来的一沓少见的彩印报纸，递给永青扎布。

陌生又显熟悉的面孔占据了报纸的一个版面，女歌手旁边还有一包香，上面是一道醒目的黑色印记。这几天阿勇嘎指挥打井队已经打出了一口深水井，又作了联产承包制调研，难道要开始变魔术?

“你，你，怎么有……”

永青扎布惊呆了，是妹妹！少小离家的妹妹还活着！

尤其让他惊奇的是，多年前他和金香制好送到生产队的线香，怎么就那么巧，那么神奇地印在报纸上面?记忆的闸门猛然决堤，一辈子安于沉默的男人失态了，不中用了，泪水夺眶而出，溅落在那张珍贵的报纸上面。报纸懂得他的心思，于是迅速吸收了泪珠，将潮湿的思念迅速送达给了纸面上的至亲。

永青扎布的背到底驼了，可他并不想装得多么的稳重。哭吧，这样至少心里好受一些。扎着数不清小辫子的妹妹，还是当年的那个样子啊！

一夜无眠，早上喝了茶，他站起来，戴上礼帽。

“这么早？”妻子明白他的心思。

“不早。”

放牧是最好的宣泄，最好的表达。平日里山一样的沉稳，从永青扎布的身上跑远了，他像是毛头小伙儿，推开门急匆匆往外走。只听到海骝马的一声嘶鸣。漫长的路，只有他一个人，他如何能够猛然奔向几十年前，又马上回到现在?他在罕乌拉山脚下元宝形的大石头上，伸出干瘦的大手接过泉水。

世上没有一个神仙好汉，能把这泉水饮尽，他所喝到的只是他接过来的一捧。无数的细流无可阻止地汇入阿尔善河。地球（他的表达里还有天下的意思）

是平的，可他又很清楚它其实是环圆形的，草原是环圆形的，蒙古包也是环圆形的，一个人走远了总会顺着环圆形回来……

磨坊小屋，贝勒王府博物馆保安革瓦正在迷迷糊糊沉睡。

他做了一个梦，梦到一道白光一闪而过，斯琴花日奇怪地看了他一眼。梦做了一半，醒了，于是就记住了做的梦，特别奇怪的一个梦。伸手推旁边的努恩吉雅，让她解解梦。

努恩吉雅不在家。徒弟接走让她指点制作蒙古袍去了。顺便到山北坡妹妹家。他们两口子好不容易有了孩子，恨不得吃进眼里。养儿兴旺家族啊！孩子属马，多好的属相，叫巴特尔，还是他给起的名字。

作为生产队首任也是最后一任队长，令人陶醉的权力，就像革瓦的强健体魄，已经成为过去。两个女人的问题，纸包不住火，革瓦只剩下惶恐。可是哪怕阿尔善无人不知无人不晓，他还是他，装得正儿八经。

说来还是儿子蒙更高勒。学校填报一张表，父亲一档，想也没想填上革瓦。他长大了，只是实话实说而已。他们是一个模子刻出来的，还要怎么样。他不能再让额吉蒙受不清不白了。时常有同学跟他开那个只剩下玩笑的传说，恨他们怎么就不是王爷播撒的种子，这样好攀上海外关系，借机风光。

革瓦是被派出所的吉普车拉走的。一调查，他没有任何隐瞒，全部承认了，连派出所不掌握的也都倒了出来，诸如克扣公粮、盲流落户。他突然出了一身热汗，身上顿时轻轻松松，甚至打心眼里感激捅破了父子关系的儿子。

多少次了，他再不想愧对一动不动的发妻，他也不想继续亏欠王府墙根下提心吊胆二十年的另一个好女人。这个家没有她的名分，他不甘心啊！要判就判好了，他对不起任何一个至亲。一个人活着，不能永远是一本糊涂账。

干警们傻眼，蓝色油漆大木柜，装着全苏木男女老少的户籍底册。谁哪一年出生，谁从哪个地方迁入，谁死亡注销了户口，记得一清二楚。可在里面没有革瓦的婚姻登记。不知是动乱时期弄丢的，还是什么原因，反正谁也说不清楚。这么说来，努恩吉雅不是合法妻子，斯琴花日也不是，大的南斯日玛，小的蒙更高勒，都不是他的婚生子女。在两个女人和一双儿女之间，六十来岁的革瓦在法律上还是赤条条单身。至于斯琴花日，骑马过去迎娶，想来只是一个传统仪式，也不能算。

革瓦犯重婚罪被关了一段时间。

放回来，老也老了，他补办了各色手续，还和努恩吉雅一同过去接了斯琴花日。磨坊早先向东接出一间。儿子大了，假期里从贝子镇回来每天学习到很晚。三个大人嘛，就在一条炕上，互相也有个照应。他们已经是说也说不清、离也离不开了的一家人。炕席上的那面光荣的地毯还在，大人磨，小孩磨，磨旧了。革瓦到李掌柜如今的李经理的供销社，扯了腈纶地毯铺在炕上。旧地毯暖和，铺在斯琴花日下面。

待了一段时间，斯琴花日指挥，当然用她的一双特殊的眼神，女儿女婿又把她接回阿尔善河台地的蒙古包。说来，她过去，只是一个和解的仪式而已，又不是真住。金窝银窝，不如自己的狗窝住得自在。

革瓦的眼皮又跳开了。不行，今天得去看看斯琴花日。

革瓦套上马车出发了。巧得很，半路遇到老赵。三年困难时期，老赵为了换口活命粮，跑到边境，判了个劳动改造。劳改结束，回了一趟老家，领回来女人和三个孩子。革瓦跑到公社张罗着给他们一家落了户。如今也是阿尔善老户了。孩子们长大都出去了，留下老两口守着一群羊。

老赵赶着羊群，正要横穿砂石公路，革瓦停车让路。老赵认出了革瓦，革瓦的大衣外面系着那个破旧的宽皮带，铜环倒是贼亮。他袖着手抱着羊鞭，迎了过去，如同当年迎接队长下乡回来。

“哦，革队长，你这是去哪儿啊？”

“去看看姑娘她妈，还能去哪儿！”

“听说你那个儿子出息了，可是有几年没见了。”

“没什么，忙了好，回不回没啥。”

“怎么，还走后门啊？”

“早堵死了，你这个老赵。”

快到晌午，革瓦心不在焉，这个老赵没完没了，真是话痨一个。王府现在是博物馆，自治区文物保护单位，怎么还能让你走后门。笑话！他火烧火燎着急赶路，没心思唠这些没用的闲嗑儿。

看着革瓦赶着马车走远。老赵使劲甩了一下羊鞭，看能不能在空中擦出响亮的火花。摇了摇头，他心里确实有个梗过不去，当兵打仗的警惕性没了影。多少年下夜，算白挣了工分。一对狗男女一睡大半辈子，整出的胖小子，还出奇聪明，成了贝勒旗出去的第一个大学生，让人好生眼红。

记得早先有那么一个晚上，公社突击检查，他跑过去敲门。革瓦住在队部，那是生产队最重要的房间，里面新安了摇把电话。支书嫌王府晦气，不想把队部放在这儿，和革瓦吵了一架。因为这个，两个人矛盾颇深。他从来不到队部，乐得逍遥自在。差不多一刻钟后，革瓦打着哈欠开门，唠叨着说在外面巡查半夜，刚刚睡下。不仅老赵，还把公社干部哄得一愣一愣的。他下夜到底是玩忽职守，还是办了好事？就这，革瓦没请他喝过一次酒。不当队长多少年，还端个架子，忒不地道。

羊群跑远了，老赵一着急就开始内急，掏出疲软的家伙在路基上滋了一泡尿，积雪上射出一个浅坑。到底是老了，连撒尿都稀稀拉拉，没劲。

入冬，这还是革瓦第一次回自己的那个家。

从投入巨资修缮一新的王府，二十来里路，沿着阿尔善河弯弯曲曲一路向前。只见河面结了冰，冰下河水膨胀，憋不住裂开一条缝隙，涌出一股股水流，然后再次严丝合缝。随着一声响亮的爆裂声，下边的水流从冰缝中又一次冒出来喘口气。好在河道漫长，冻了又冻，可以随意地一直伸展下去。远远地看到房子前面一块方方正正的冰面，此时在太阳的照射下刺出一道白光，那是什么？

他抓起缰绳紧催着辕马奔过去，发现冰面上躺着一个人，光光的。革瓦的头炸了，马车还没有停稳，跳下车，跌跌撞撞，双手抱起那个好像熟悉又不敢想象的人——他的女人。她怎么跑了出来，她怎么会动，怎么会走了？只知道斯琴花日能动的只有眼睛，她用眼睛和别人说话。掰起指头算过，她这是躺了二十七年，还是二十九年？他都有些模糊了。

革瓦不管不顾地抱起女人，只听刺啦一声，情急之下，她的松弛的奶子，由于用力过猛，粘连在冰上。他把原配妻子的身体撕坏了！革瓦惊骇得瞪大眼睛，因为深深的内疚和痛苦，脸憋得通红，说不出话来。

剧烈的疼痛，猛地催醒了斯琴花日。她望着男人，多少年暗淡无神的眼睛显得非常大，而且炯炯有神。她笑了笑，咚咚作响的心脏，仿佛跳到了革瓦的身上，叫他接受不了。断了多少年的一根线团，神秘地接上，又扯断了，飘在他的耳畔。

“金香回来了。”

说罢，斯琴花日重重地沉到他的怀里。多少年没有发出的陌生话语，坠落，飞远了。革瓦突然心如止水，轻轻地放平斯琴花日，解开宽皮带，脱下皮大衣给她盖上。他站起来走了那么几步，左右寻找金香。金香怎么还不过来看看姐姐！

从前，那个女人也是这样死在面前。

不管是当队长，还是由于保护旧王府有功当上王府博物馆荣誉馆员兼保安，也不管是在沉睡，还是半梦半醒时分，多少年了。那一摊吐出来冒着泡的热血，还有一道白色之光，经常在他梦里浮现，睁开眼睛寻找，那个影子躲藏起来，总是寻而不得。

前面两百多米开外正是河湾，那棵粗大的榆树还在。此时光秃秃的枝丫笼盖着阿尔善河白雪覆盖的冰面，那儿有一道闪亮的跳动。冤屈的神，难道真的回来了？

革瓦踉踉跄跄走到阿尔善河河道，举了举手臂，一股热血轰鸣着涌上头顶。他像要呼喊前面不知是斯琴花日，还是金香的一羽身影。

脚下一滑，光光的脑袋摔在了冰面上。

正是中午，他走了。

第六章

有比正午更热的时辰吗

一

黑旋风啊，黑旋风！

永青扎布每次骑行，感受着少年伙伴的忠诚。换了新乘骑，那是黑旋风的悲哀。他看到了，可是没有回天之力，就像他无力面对自己的苍老。相伴三十年，老伙计高寿，也该歇息了。黑旋风懂，可它舍不得主人。

永青扎布的黑旋风跑起来左前腿和左后腿一同迈步，一顺边。这是打小压马调教出来的。骑了这么多年，从来没有过上下剧烈颠簸。老辈胡尔齐（说书艺人）讲，三国的奸雄曹孟德骑走马，唐太宗酷爱的六匹骏马中也有一匹是走马，成吉思汗的怯薛军骑着走马征战。清朝皇帝骑走马，还指令他的侍卫全部选用走马。民间演义付诸久远，神乎其神，好像确有其事。阿尔善牧民历来极爱养马和驯马。永青扎布丝毫不怀疑他的良马宝驹有着某种不为人知的高贵世系。

有一个版本，流传至今。当年卫拉特首领率军追击喀尔喀败军进入大清国腹地，康熙皇帝派国舅统领大军出击，不料大败而归。西蒙古军俘获无数战马，其中就有不少儿马和母马。一切战争手段没有什么规则可言，自然法则却不可抗拒，远方的马与本地马有机会做了很好的改良。几年后，康熙皇帝御驾亲征。两军决战，这一回西蒙古军大败，战马随同败军一路向北溃散，沿途流落到了阿尔善河两岸。朝廷指令贝勒王爷统一收养，旗民从中挑选出优良品种，慢慢形成了现在的阿尔善马。说来，阿尔善和好马是有缘的。

那是新中国成立五周年之际，贝勒旗选送阿尔善马参加自治区马类评比，被正式认定为优良品种。阿尔善马不仅具有蒙古马耐力好、速度快的特点，而且蹄子很厚，走硬路不用钉马掌。不过，如今的阿尔善马竟被列入破坏草原的黑名单。永青扎布茶不思、饭不香，忧愁无比。经常放牧马群的地方草场好。家畜和野畜是吃草的机器，也是播草的机器。这是再明白不过的道理。尤其大面积拉上网围栏后，根本没法儿养马。

永青扎布的黑旋风比较特别，正当壮年时没有去势。因为这个，没少做出出格的事情。当需要发挥种马的雄力时，才放归那么一段时间，不放是不行的。

每次看到黑旋风顺着母马的气味扬长而去，一年由着它疯那么一回，只当这是亏欠黑旋风的一种补偿方式。因为它那超强的繁殖力和破坏力，社员们有的啧啧称奇，有的少不了指鼻子瞪眼，骂骂咧咧。永青扎布不声不响，暗自高兴，如同这是他这种人在阿尔善的某种小小的得意。黑旋风让永青扎布操碎了心，也让他快乐无比。有了黑旋风，他一个人能干两个人的活儿，能挣两个人的工分。

儿马是马群中的王者，雄壮的力量不只制造一时的爱情，更要在其后十年二十年里全身心保护麾下的妻妾子孙。一群马有几个儿马，分别统领数量不等的母马。母马的多少由儿马是否强壮以及能打能拼决定，经过和别的儿马一番激烈踢咬争斗，将他群的母马圈过来归入囊中。所以，每个马群数量不等。有的儿马身边簇拥着四五十匹母马，有的则只有可怜的几匹。众母马泰然处之，完全听命于鬃毛很长、几乎拖到地上、跑起来随风飘舞的王者。除非母马被新的更强的王者掠去。阿尔善不多的两个马群里，体格健壮的黑旋风很受欢迎，虽然它的母马群不固定。

天一冷，又该它外出发疯了。黑旋风进入鼎盛时期，力大无穷，总能用它的铁蹄、坚硬的牙齿，把其他儿马收拾个半死，谁也拉不开。单独关在马厩，没用，已经挣断了好几条结实的缰绳。草原辽阔，把它从这边撵跑了，它又从那边跑过来，每年总有一次这样的闹事期。永青扎布担心爱马力气不济败下阵，受到新儿马的硬伤。还好，每每除了一些皮外伤，多少年没有遇到对手。有一年，背上被狠狠咬了一口，露着粉红色的肉。永青扎布心疼地用手压了一下伤口，黑旋风疼得直跳脚，眼看冒出了脓血。找阿木古楞讨要消炎粉，可半路出家的兽医什么也没有，只有一个土方。他按方子在伤口上浇煤油，黑旋风仿佛很舒服，伸长脖子抖动全身，甩了他一脸煤油。而永青扎布活该受罪，每年的这个时候到处寻找忘情狂妄的家伙……

永青扎布记得清清楚楚。那一年，黑旋风趁着夜色弄断牛皮缰绳跑掉了。顺着蹄印一路追踪，大致猜到了它的去处。天蒙蒙亮，一路沟沟坎坎赶过去，黑旋风已经把边防连的纯种山丹马祸害了个遍。头一年，永青扎布赶着马车给连队送饲草。黑旋风一阵狂躁，它闻到了一群母马经过时留下的特殊气味，张开腿排尿。此刻，黑旋风经过连续奋战正在打晃。他慢慢接近套上笼头，心疼地摸了摸它的前额。

“好大的胆量。咱们抓紧走，再不走，命没了。”

永青扎布心惊胆战，左右观望，飞身跃上马背，此时他并不关心黑旋风还有没有力气，一抖缰绳，狠命鞭打。一会儿工夫，冲过白桦林中的羊肠小路，然后隐没在草原深处。黑旋风不顾勒紧的缰绳，回头恋恋不舍地张望。人和马终于以最快的速度消失了。

那一夜不知怎么就那么的静，一匹外来儿马冷不丁闯进来，殷勤地闻着母马的屁股，静悄悄完成了一个又一个交媾。等到马倌发现了，他的十匹发情的军马已经不再躁动，正在安静地享受爱情的甜蜜。

边防团还没有送来种马，连队已经提前完成了一年一度的军马接种任务。可是儿马长得什么样，影儿都没有见到。“难道是边境对面嘶鸣嚎吼的儿马，飞越铁丝网进来了？”马倌越想越怕，他没敢言语。于是连队节省了一颗子弹，黑旋风脑门少了一个黑洞洞的枪眼。

军马腆着大肚子终于生产了，小马驹一个比一个漂亮，却不是连队要的纯种。连长哑巴吃黄连有苦说不出，把马倌叫过来一顿臭骂，只有叫他滚蛋，才能把这个事压下去，年底打发马倌复了员。看马倌老实肯干，没给纪律处分已经是宽大处理了。

辛辛苦苦放了几年马，部队待不下去了，还得回老家面朝黄土背朝天修理地球。马倌心有不甘，复员那一天，借了连队的马走了一天，他去找老乡铜川，留在了兵团，还是马倌。

军民共建，边防连把小马驹大方地送给了公社和个别几个生产队。马倌有事没事留意那匹让他脱了军装的儿马。开始以为是外国马，害怕边境纠纷，也就忍了。如今他怕个蛋了？后来，黑旋风进入他的视线，看毛色、体态，再看看那些活蹦乱跳的马驹。不是它的，又是哪一个？黑马洗不成白马，马倌难得一次舒心地笑了。

马倌一直寻找机会，他不喜欢阶级斗争的方式，就用男人的血气蛮力。每次，还没等马倌抽出马鞭，永青扎布心虚，老远看到了，一抖缰绳便跑。一年来，他发现那个年轻人一直在寻找什么，原来是在找他，找他的黑旋风。

“气死我了。”

就晚了那么一小步，马倌气急败坏，远远地呸出一口痰。无耻的黑马两腿间晃荡着两颗大蛋。马倌牙齿磨得生疼，只想立马放倒骟掉，捏出蛋，用他的洗得发白的解放鞋踩碎，踩进泥里。想当年连长拍着胸脯让他好好干，再干两年就可以保送提干，穿上四个兜的军装。如今，看样子只能当一辈子马倌了。

圆胖胖大脸马倌叫白金山，永青扎布牢牢记住了。

套马是牧民最为喜爱的活动。一为卖马，一车车卖到外地能给集体增加不少收入。再一个是驯马。马倌骑的马需要经常更换，换马的时候就到马群，把想换的马套住。牧人一个个纵马飞奔，扬起手中的套马杆，那无从驯服的烈马，自然不甘心失去自由，一次次闪展腾挪，旖旎而去。牧人在后边穷追不舍，迫近了，套马杆一挥，前端牛皮套绳一抖，安安稳稳兜住马的半个头。牧人就势坐在鞍后，身体后仰，坐骑四肢扣地向后用力，几乎坐到地上，像拴马桩定在那儿。再厉害再暴躁的马，这时也没了脾气，挣扎几下，乖乖地让人给它戴上笼头。骑上黑旋风，没有永青扎布套不住的烈马。

快乐不止于此，还有两年一次的集体打马鬃。那是专门给母马和没被分配出去的马打鬃。黑旋风是生产队唯一打了马鬃的儿马。剪下的马鬃卖钱，同时也是给它清洁身体。草爬子就爱钻在马鬃下面吸血，马经常在墙上树上剐蹭，鬃毛深处的还是蹭不掉，弄得它烦躁不安。一剪子下去，喷出一股血，有人以为挑破了马皮，其实是剪死了喝马血的草爬子。清除了寄生虫，马痛快地直打响鼻儿。

套马，剪马鬃，比的是力气和智慧，姑娘们就喜欢胜出的年轻人，每次围过来目不转睛地看，还没有求偶婚配的小青年也就格外卖力。有人先用套马杆套住马，另一人揪住耳朵，旁边的人马上动手剪下马鬃。很多马脾性生劣，拿蹄子乱踢，不让人靠近，只有把它放倒了才行，这就看年轻人的本事。有的紧一紧腰带，在别人将马套住的一瞬间扑上前去，紧紧地抓住马的两只耳朵，使劲将马头往下按，脚下伸到马的两条前腿一侧，腰身一转，把马别倒在地。还有力气大的双手抓住马的长尾，按压厚臀，直接按倒。

黑旋风是永青扎布最好的帮手。一起奔行，一起出牧，一起下夜，除了晚上睡觉，黑旋风一年中出去繁殖后代，他们没有分离过。浑身黑亮，四蹄一色雪白，叫作“雪里站”，没少吸引人，多少次有人出大价钱，他都没有动过心。黑旋风就是他的眼睛，他的腿，他的伙伴。当听到他的指令，像疾风闪电，不管前边是沟是壕，总是一跃而过，人们又喊它“疯马”。口青，听话，勇敢，是它的最大特点。一次，跳越一个雪堆，不小心磕了一下，把他扔进雪坑。回过头乖乖地看，似乎在道一声对不起。

这个冬天，老马怕是熬不过去了。永青扎布和老伴儿商量好了，想着找个好日子。他犹豫不决，一直下不了这个决心。南斯日玛怕男人伤心，趁他陪阿勇嘎在下面走了几天，独自一个人完成了古老的仪式。她围着黑旋风熏了艾草和香，在老马的额头和后背撒上洁白的乳汁，脖子上系了一条蓝色哈达。骑上马，她伤感地拽着老马的缰绳，后面跟着懵懂无知的年轻海骝马，走了很远很远的一段路，来到罕乌拉山西北的国营林场。这是他们从来没有到过的地方，这儿安全，安静。取下老马的笼头，她把海骝马留了下来，陪伴老马最后的一段时光。马是神圣的动物，牧民常从自家骑过的马中选出一匹神马，不再骑乘，也不能宰杀。老马黑旋风，就是他家的神马。已经两年不骑了，也不上笼头马绊，可黑旋风不会走远，时不时出现在他们的视线。

送走阿勇嘎，永青扎布往窗外看。奇怪，黑旋风怎么不见了踪影？

入夜，他突然坐了起来。黑旋风用嘴拱着门，马鬃拖到地上，脖子上的哈达褪了色，一对大方眼睛一闪一闪地对着他垂泪。他的心一紧，披了衣服出来，门口除了跑过来的大黑狗，还有风，什么也没有。永青扎布叹了一口气，望向远处罕乌拉山方向，那儿辰星闪耀。

幽深空寂的罕乌拉山下，老马，老狼，几乎同时感受到了彼此的存在。因为狼的气息，老马几经松懈的神经又一次绷紧，况且身边的年轻马需要保护，需要时时提醒，以便让它快快长大，不要落入了老狼的奸计。老马找到了新的意义，它用已经咬不动硬草的老牙缓慢咀嚼，填充着力量，日夜警惕。时不时把小马圈在身后，防备袭击。第二天太阳升起来了，暖和了，找一处避风之地，才侧卧睡那么一会儿。

老狼也已经退居二线，它没有老马的幸运有主人爱惜，早已失去交配权，被儿孙逐出群，孤魂一只。艰难地捕一些老鼠四脚蛇，啃食儿孙们弃下的无用骨棒续命。突然，它闻到了甘美的血肉味道，那是从老对手旁边的小马身上散发出来的。老狼决计享用自己生命中已经不多的美味。不管老马和小马走到哪儿，老狼不远不近尾随。

一个积雪融化的初春之夜。山上茂密的松林哗哗作响，树上的猫头鹰不时发出哦哦的短促而又拉长的声音，与山脚下两匹马扑哧扑哧的响鼻儿声一唱一和，做着某种特别的警醒。一声嚎叫，两匹马猛然遭到了五只饿狼的围困，叫来帮手的正是老狼。来不及防备，也算时时在防备，黑旋风指挥海骝马，时而屁股对屁股，时而碰碰鼻子头对头，发挥特有的撕咬、踢、刨、踹等全部功夫，同包围过来的狼群搏斗，不让群狼靠近一步。黑旋风对老狼的计谋十分清楚，一旦它的小伙伴炸群离开，必死无疑。

狼马之战仍在对峙。

五条狼好像暗地里商量好，突然一起扑了过来。从三个方向堵住了老马，不让它关照到海骝马。另外两条则冲向海骝马的防线，危急之下两匹马就要被冲散。黑旋风发现了危情，一声嘶鸣，晴天响雷，突然间震住狼群。黑旋风深知猛力不再，这是催促年轻海骝马利用转瞬即逝的空当，火速冲出狼圈。接下来它用前肢和松动的老牙当作武器，应战群狼，猛地身体直立，千钧之力集中在生铁一样的厚重白蹄上，照着狼头刨了下去。

老狼不管不顾冲在最前面，它要给绝情的儿孙们看看，它的威武雄风到底如何，眼看白色的闪电落了下来，老狼身子一避，老马扑空。老狼暗自得意，可是还没等它翻身，黑旋风四蹄腾空，随着溅起的泥雨，猛地飞起后蹄嘭的一声巨响砸向老狼腹部。只听一声惊天动地的哀嚎惨叫，黑旋风拼尽最后的力量，踢死老狼，逃出了重围。

黑旋风不见了。永青扎布心里说不出来的难受。又是一天天亮，听到蒙古包外面一声嘶鸣。侧耳一听，年轻海骝马。难道……

永青扎布和南斯日玛焦急地纵马飞奔，两个人心事重重，这样的结局，难道这么快就到来了吗？黑旋风为嘎查马群的繁殖作出了多大的贡献！天灾人祸中多少次挽救生命，骑上它救过南斯日玛，去找喇嘛大夫抓药，给了他们一家多少欢快荣光的时光啊！就在黑旋风宽阔的背上，当年年轻气盛的永青扎布和他的新婚妻子金香，完成过一道神奇的仪式，惊为天人。

远远地望过去，林场的铁丝网上有一样奇怪的东西悬挂着。莫不是？两个人滚落马上，急冲了过去，这是怎样惨烈的狼马大战啊！马嘴死死地咬着狼脖，狼咽了气，那匹马的身体垂落在铁丝网上，躯体已经被掏空，一条后腿被死死地缠绕在废弃的一堆铁丝网里，雪白的四蹄发出光亮。周围是嚎叫争抢的大雕、野狗。两个人号啕大哭，他们的黑旋风老了，不中用了，可它通人性啊，就是最后的时刻，也决计不以倒下的样子出现在主人的跟前，而是朝着离家相反的方向。黑旋风，用最后的气力救出了海骝马，逃出了群狼的围攻。可是它毕竟亡于苍老，殒命于主人的同类布下的阵地。

两个人跪下，双手合十。周围一片死寂，空旷无垠的宇宙仿佛只剩下黑旋风和他们二人。身后的两匹年轻的乘骑刨着地面，颔首发出阵阵哀鸣。

掩埋好黑旋风的骸骨，永青扎布站起来哇地吐出满口鲜血。

二

城里不能搞草原研究，马路上不能种草。

曾经不可为的，现在全部实现了。这么多年过去，阿古拉琢磨下来，苦头倒是吃了一些，可这句话里蕴含的深刻哲理，他在科学研究中受益了大半辈子。什么是好，什么叫坏，辩证地看就一清二楚。

故地重游，说来是一次头脑改造，是阿古拉强加给自己的。他需要到罕乌拉山阿尔善河畔走走看看，了解牧民们的生产生活，看看阿尔善河落差，地表径流，以及人与生物圈顶端的饲草都有哪些变化。说心里话，此次最想见到的人当然是小凤了。他们从分别那天起，就再也没有见过面。

阿古拉骑上永青扎布的坐骑上了山。

那马早已不是黑旋风，何况人，何况物。山里的大树粗了壮了，枝叶更加繁茂。找了半天窝棚的位置终于找到了，除了当年烧水做饭用过的几块熏黑的石头，其他已经了无痕迹。他站在那儿，多少怀恋的往事又浮现在眼前。顺着当年弯弯曲曲的小路，两边的大树少了，林间也稀疏开阔了许多，树下的腐殖质薄了。天然林是森林类型中的精华，是不可替代的陆地生态系统。想当年这里松涛滚滚，白桦依依，那是多么的壮观和幽静。实施天然林保护工程，就是由于生态保护意识差了，需要用制度进行约束。正所谓越是强调什么，也许越缺少什么。

不时，山林中闪出鬼鬼祟祟打猎的人影。以往春夏是不打猎的，因为这个季节正是野生动物的交配期。遇见采捡山货、柴火的乡人，聊起来才得知，现在家家住进平房，需要烧柴取暖做饭，于是山上多年的枯枝败叶成了宝，还有的人时不时砍倒活树取用，和护林员捉迷藏。

跨马出了罕乌拉山北坡的林缘地带，那棵突兀于林间的大树不见了踪影。阿古拉兴冲冲奔向再熟悉不过的草原，怀着一颗忐忑不安的心情急急奔过去。那片熟悉的方位上已不见那顶黑旧的蒙古包。两间土坯房看起来有了些年头，他多么希望看到不再年轻的那两位！

说来，那件事情过后，他曾遇到阿木古楞两次。突然觉出他是有意不让小凤出牧，尤其不往罕乌拉山方向。他和他之间自然而然形成了一种不是敌意，然而是冷淡的、具有悔意的、不自然的关系。阿木古楞就觉得曾经真的什么也没有发生过，只是一次头脑发昏，一个未曾做过的梦。小凤什么也不说，时不时不小心流露出来的笑意，那一定是一种涌动的幻象，对某个人的所有回忆以及爱意。从而使得他的内心受尽同样对等的屈辱，以及经受着剧烈的妒忌的煎熬。

阿古拉亦生出些许的不快，无法言说。此时就算围着炉灶烤着两只脚，可双手却是冷冰冰的。他偷偷看了看手表，暗自琢磨着这位老朋友（如果还是朋友的话）还会不会因为他不到五分钟就起身告辞而感到生气。

“现在，说什么又有什么意思。”

阿古拉记得当时他这样回答阿木古楞。话没有多说，可已经足够，牛也走远了，他们和上次一样，没有和解，起身拍拍屁股后面，分了手。他，还有阿木古楞，两个人并没有在一起打算多坐闲聊。如果阿木古楞是另一种蛮横无理的态度，或者听到阿木古楞殴打欺负小凤，那他一定开始行动。快刀斩乱麻，解决掉他自己的婚姻，然后和小凤走到一起。

时光静静地流逝了过去。

尤其来到一个无比熟悉的地方，多少熟悉的人和事，浮现在了他的面前。一种无名的思念，还有某种巨大的亏欠，在心头五味杂陈，来回交织缠绕。

在和小凤交往的短暂时光中，他不由分说，力主改造了他们家的蒙古包地面。那是做过的唯一一件有用的实事。自打下来劳动锻炼，他发现小凤家的地面冬季冰凉，其他三季也总是泛着潮湿。蒙古包扎在铲去雪的冻土上，铺着两三寸厚的羊毛毡，可还是免不了地冻冰凉。俗话说，傻小子睡凉炕，全凭火力壮。年龄大一些，毛病就出来了，浑身疼痛，关节扭曲，罗圈腿。送蒙更高勒的那一次，他没脱衣服就钻进压上皮大衣的被子里，严严实实蒙住头。第二天早上起来，哈气在头发上结了一串冰溜子，算是领教了那种“透心凉”。阿木古楞直夸他身体棒，打呼噜睡得那个香。这样的铺面，阿木古楞病病恹恹怎么行！

他偷偷量了尺寸。到生产队木工房借来锯，将山上捡回来的木墩锯开晾干，又借来刨子、凿子，利用一个月的空闲，做了三个结结实实的大床板，足有二十厘米厚。每一个床板由两个半圆形组成，便于拼接，充分考虑到了蒙古包地面形制。一个送给了永青扎布，一个给了斯琴花日。第三个做好后，他偷偷放了起来，有一天借来拉草的马车送到小凤家。永青扎布发现库房里的床板不见了，上面晾晒的干肉挪了位置，问了一声，他支吾了过去。

阿古拉好不容易又一次见到小凤。他趁阿木古楞在野外放牧，悄悄绕道而来。第一句话，他就问起床板，好像床板比小凤重要。小凤一听扑哧乐了。

“不怎么样，好像整个人飘着。”

“真的？”

“假的，骗你玩的。睡惯了真不错，下面一点儿不凉。”

“那个小马喜欢吗？碎木头做着玩儿的。”

“喜欢，可是……”

至于问询小凤的关键，她一言未发。他已经暗暗作出了决定，男子汉大丈夫……

阿古拉的脑海浮现着过去的影子。门吱一声开了，从土坯房走出来一个年轻人。

“小伙子，你是？”

“我叫巴特尔。”

“原来住在这儿的那一家哪？”多么希望好消息就在那儿等着他。

“我在这里好多年了，您说的是哪一年？”

“多年了，草畜双承包那个时候吧！”

“哦，您问的两位老人，都不在了。”

阿古拉僵立在那儿，只觉得突然涌过来的空虚和痛，冷不丁压在胸口上，那么的沉重。他不再多问，解下缰绳，骑马转身离去。小伙子站在那儿，脸上布满了浓浓的疑团。

阿古拉心里翻江倒海，只有回到这里，才使得他情不自禁愈来愈多地想起过去的时光。他不准备告诉任何人，那完全不是其他人应该知道的事儿。只有他和小凤，可是他们之间，从来没有机会再次谈及。那个时候他只想无声无息地消失，留给那一对可怜的人生活的安宁。他从来没有设身处地地想过，他们的日子那么苦，最起码应该给予他们一些接济，请他们到首府看看病……他可曾有过男人的硬气？

迟来的深情比草都贱。

来了几天的好心情突然消失了。阿古拉躺在蒙古包里一声不吭，霜打的茄子——蔫了。第二天，他就告别了老伙计一家。深深的疑问，他不想问，也不敢问。他需要回去忏悔游走久远的灵魂。人生就是这样，那些对的和错的，当一股脑儿混在一起，还要继续不清不白吗？至少他不能再这样下去了。

永青扎布看到了，科学家还是当年的古怪脾气，他试图找到什么一个玩笑活跃眼前的沉闷。比如说说女人，走南闯北，哪有不湿脚。

“怎么了嘛，让相好踹了？”

南斯日玛狠狠瞪了永青扎布一眼。回头拎过来一些奶食品、干肉给阿古拉带上。她是女人，心里明镜似的，况且努恩吉雅额吉跟她提起过。男人怎么就改不了粗心大意。

他是生活的罪人，现在只能加倍地补偿给科学研究。

现如今，草原上按农区的做法，开荒种粮开始盛行。在某些领域唯西方某派某家马首是瞻，在他们校园也颇为流行，上讲台写论文不拽上那么几句，显得土老帽。阿古拉有些困惑。虚心学习西方成功经验无可厚非，而眼下，不管什么学科无不奉行拿来主义，自我矮化。他们西院哲学系的一帮年轻人，张罗着在教学楼前立一个什么女神像。乌烟瘴气，简直是胡闹。

一些学者把西方公共用地的观念引了过来，力图推行草场私有化。也有人大造草原无主的舆论。西方经济学是私有制经济学，对私有经济进行管理而对公有的土地、草原、森林疏忽管理，必然上演悲剧。他们那套东西解释不了中国的具体实际。阿古拉研究的是中国老百姓的生存学问。

研究发现，由于气候变迁和人为因素的影响，环境恶化、土地沙化、草场退化，自治区草地产草量处于极不稳定的状态。他以阿勇嘎在贝勒旗的实践探索为例，两个人在自治区政协会议联署提交了提案。建议以草定畜，实现草畜平衡，为此急需做好以下几项工作。

第一，调整载畜量。草场资源潜力大的地区应加速发展，超载过牧地区要压缩牲畜头数。根据年成好坏调整载畜负荷，丰年多养，歉年少养，暖季多养，冷季少养。

第二，调整品种结构。根据市场行情和畜产品价格变化调整养畜品种。市场牛羊肉价格趋势看好，就多养肉用品种。依此，选择半细毛羊、细毛羊、绒用山羊，使畜群保持较高的生产能力，获得较高的经济效益。

第三，调整饲养周期。肉用家畜如果饲养周期过长，养畜规模的涨落就会与季节饲草供应不协调，使冷季草场增加了压力，会造成不小的经济损失。应对犊牛和羔羊作短期育肥，缩短饲养周期提高出栏率。

尤其阿尔善草原冷季长达七个月，而暖季只有五个月。冷季的枯草比暖季的青草单位面积产草量减少一半，蛋白质含量更是减少很多。应采取冷季多出栏，压缩存栏头数，暖季多繁殖，增扩存栏头数。发展季节畜牧业、生态畜牧业、商品畜牧业势在必行。为此，必须因地制宜、因时制宜，随时调整载畜量，实现真正意义上的以草定畜、草畜平衡。提案批转下来得到自治区职能部门的重视并被采纳。

说起来，阿古拉的研究到了另一个高地。这是阿尔善草原的滋养带给他的深层次思考。

三

岁月悠悠远去。

曾经的年轻人，照例是老了。而新的年轻人正是草原上的又一茬青草，蓬勃旺盛。

努尔金像风一样来到明根身边。明根装出无动于衷的样子，可她听到了自己的心在怦怦跳。俊俏的圆脸更是藏不住，红云早已飞了上去。放牧时，她远远地看见家门口有辆越野车停下来，留下一个人，车打了一个回旋，原路跑了。明根骑着摩托车赶过来，一看，正是时常想念的那个人。

努尔金已经有一年零三个月没有见到明根。摩托车一停，没等熄火，他奔过去就把明根抱了下来，哪管摩托车倒地突突打转。年轻人的嘴唇距离最近，最先找到了里面藏着的甜甜的糖果，这是一种奇妙的感觉。阿尔善草原水草丰美的季节又增添了一道爱情的风景。

明根醒了，睁开眼睛，睫毛一张一合，好像要把两粒晶莹的兴奋的泪花切碎。她打了一拳，推开了努尔金。

“别，让人看见不好。”

“方圆十来里，就你我，谁能看到？”

“天在地在草木在，就你我不成。以后成了家天天让你亲，就怕很快腻了。”

“迷信！”

“你看那道坡上，说不定巴特尔拿着望远镜看着咱俩，多不好意思啊！”说话间，明根的脸又红了，像是远处真有人在偷看。

“离他远点儿，不怀好意的家伙。”

“有事儿没事儿，每天羊羔一样跟着，真让人受不了。一个字——烦。”

“他敢追你，看我不打断他的狗腿。”巴特尔也是努尔金的同学，长他一岁。说起巴特尔，他有些愤愤不平。

“那你抓紧了，谁知道我阿爸怎么想。这两年他们一起捣鼓合作社，一起收羊什么的。”明根撇了撇嘴。

“谁不知道你是我女朋友。”

“还女朋友哪。这么久不见人影，谁知道心野到哪儿去了。”

两个人抬杠顶嘴，说说笑笑进了屋。

不知是外面的热风吹的，还是见到努尔金高兴，明根的脸红扑扑的，也许二者兼有吧。明根挑出自己最喜爱的木碗，碗里放了好多奶干、奶渣、白油，又放了一点炒米，几乎没了奶茶的余地，双手递给努尔金，眼里散发柔光。努尔金闻了闻奶茶，香喷喷的，伸手接过来就喝。

“你慢点儿，不怕呛着你。”

“见了你，渴。”努尔金长发一甩。

“乖乖，看你那出息，还首府来的才子、开发区大设计师哪！”

努尔金蒙圈。他本来想给明根来一个突然袭击，自己来到阿尔善，打算在家乡甩开膀子大干一场。看来她在电话里什么也不说，其实早已经知道了。

明根嘿嘿乐：“你到开发区可不是秘密，全阿尔善人都知道。巴特尔昨天还告诉我，前几天他去镇上买东西，说远远看见你，穿着一身西服坐进一个好车，正想着过去打招呼。你理都不理，坐进去一溜烟跑了。”

“你可别冤枉我了，我真的没看见他。”

努尔金记得当时坐的是一辆外表像镜子一样闪亮的轿车，他在车窗上还扫了一眼自己的长卷发，用手往上扬了扬，金利来领带一飘，露出别在上面的狼头领带夹，他打开车门一屁股坐进副驾驶，后排坐着吴院长。吴院长摆了摆手，司机心领神会，到了目的地，才知道前面的车里是蒙更高勒副旗长。蒙根高勒四十来岁的样子，别看年轻，辈分却大——明根的舅姥爷。他以后是不是也得跟着明根叫？努尔金暗自琢磨。

阿尔善阜原的变化是静悄悄的，也是巨大的。出了贝子镇还真别说，连努尔金这个土生土长的本地人都有点迷路。奔驰车在柏油路上一路飞奔，左转右拐，接下来在一个叫什么图腾的旅游点停了下来。努尔金隐约感觉，应该是到了阿尔善河的上游位置，靠右前方位置有一座蒙古包，下面横着一块锯开的圆木，上刻“阿尔善游牧博物馆”，几个大字描成深绿色。几个人进去，里面分门别类摆放着描金漆柜、马鞍、马鞭、捣奶桶、纺绳架、铜盆，坛坛罐罐，都是牧区生产生活用具，正面是供奉佛像的油漆彩绘供桌，只是不见佛像，方块说明中注明文物在盟博物馆借展。努尔金看了看，有些物品好像在哪儿见过。对了，有几件还是他家的老物件。小时候他在爷爷的库房里见过，上面布满了灰尘和蜘蛛网。爷爷说过，当年返还回来的物品，后来交给阿爸保管。敢情都卖了钱！

努尔金正在低头瞎想，讲解员兼服务员按了一下漆柜柜门，柜子动了，几个人鱼贯穿过了史上最小的博物馆，原来柜子是个玄关。前面大片的芦苇顿时映入了眼帘，中间是长长的栈道，早有人上来引领。他们走进去的另一个大蒙古包，就在阿尔善河拐过一个大回旋处。三面环水，不会被外面无关的人看到，真是别有洞天。努尔金大开眼界。

还别说，他们一行人先行进去的蒙古包博物馆，除了新，和家里的差不多。

家里的蒙古包好像自打他小时候起，就一直立在砖房的右前方，天热的时候爷爷奶奶会进去住，还有他和明根。

明根听努尔金唠唠叨叨，说起外面一堆有意思的事情。这个人真是发达了，还和舅姥爷一起吃饭喝酒。明根歪着头看着心里藏着的这个人，看不够。她皱了皱光洁的额头使劲想，想不出蒙古包里面怎么按一个开关，就能穿过去?

他是那样的好，头发理得那个帅，和电视里的帅哥一样，西服那么挺，刚才在地毯上打滚都没有弄皱。想到这儿，明根的脸还有些发烫，于是把脸别到一边。柜子上的小闹钟嘀嗒嘀嗒响，那是姥姥的旧物。进门左手边的绳子上挂着一些日常用的东西，刮汗板是阿爸的。散发着酸甜味道的捣奶桶，姥姥、额吉都用过。如果可能，是不是也可以放到那个小博物馆?

明根从自治区民族高等专科学校毕业回了家。努尔金就像丢了魂，想到自己又得过枯燥无味的生活，沮丧极了。打小他们就没有分开过的。他不是很清楚明根怎么就不能在城里找个工作。她一直是极怕进城的，早先拉她到贝子镇看电影，总是拖了又拖。也许是她自小没了额吉，她阿爸家里家外一个人忙不过来?

以明根的成绩，找个工作是不会有什么问题的。

努尔金大学一毕业，应聘到首府的新世纪应用技术研究院。巧合的是研究院吴院长听到他是贝勒旗人，说他早年在九师待过三年，还饶有兴致地问起阿尔善草原的许许多多。连队，开荒种地，建水库，还专门问起南斯日玛。当然吴院长提起来时，她还是一个美丽动人又十分干练的姑娘。南斯日玛，明根的姥姥，他的奶奶。据说，明根的姥爷过世后，她办了病退回到阿尔善，后来就成了他的奶奶。

听到南斯日玛多年前出走去了远方的寺院，吴院长颇是感慨沉默了一阵。仅此一次，之后再没有提及。后来才知道，四十一团是吴院长讳莫如深的一个话题。听得出来，他曾经在那儿受到无端的不白之冤。

待了这么久，努尔金好像一直看着明根，拉着她的手，看不够，拉不够。至于叽叽喳喳说了什么，不一会儿都忘记了，好像还没说到正题。

“我到阿尔善……是要……”

摩托车的突突声急促而响亮，明根的阿爸宝力道急匆匆进来了，打断了努尔金。见到长辈，努尔金站起来规规矩矩问安，垂手立在那儿。

“扎，坐吧。”

永青扎布老人在阿尔善的声望不可撼动，儿子锡林不成器，如今锡林的儿子来了，据说想翻天动地。宝力道心里面有一道坎。那是关于水库和被水库溃坝冲走的媳妇铜力嘎。就这个，他对眼前的小伙子也不会产生什么好感。他脸色生硬，说出来的话不冷不热。

“我听巴特尔打电话，说你来家里了，就赶了回来，没事儿吧？”

“没事儿，过来看看明根，从蒙专毕业后快两年没见了。宝力道叔您太了不起了，电视上看到您那达慕搏克赛进了前四名。”努尔金的口气有一丝殷勤，脸上小虫子爬般，火辣辣发烫。又是巴特尔，好像什么东西卡在喉咙，让他难受。

铁塔一样壮实的宝力道在四十一团的那达慕上，一举摔趴外地来的多个知名搏克沁。四十一团就是如今的阿尔善工业园区管委会。地名这东西比较顽固，叫惯了不好改。努尔金小时候见过宝力道脖子上套着一圈章嘎的威猛样子，随着对手间对冲闪击，章嘎上的彩带如狮子长鬃四处飘舞，把他看呆了。搏克比赛不受年龄和体重的限制。机会对每个人都是平等的，战场上被人放倒，哪有爬起来的机会。在努尔金看来那才是真正的男人游戏。这也是见了宝力道有些发怵的原因。此外，对他有些爱答不理，这又是为何！

“草场一年不如一年，就是得了冠军又有什么用！”宝力道瞟了一眼努尔金。

宝力道现在的八千亩草场说起来有些复杂。他是巴林旗人，家里兄弟多，草场少，娶铜力嘎，说来是上门到了阿尔善。岳母和媳妇是城市户口，只有努恩吉雅姥姥有草场。另外两位老人名下的草场在山北坡，二人故去后，加之那儿早先已经划归另一个嘎查，收回去分给了别人。草场，本来嘎查要收回去。宝力道把实际困难一五一十地反映到苏木，又把媳妇铜力嘎的户口划回牧区，这部分草场才划回她的名下，留在他家。还有一部分河谷草场租的是努尔金他爸锡林的。锡林一年不回来两次，每次都是他过去签合同，把租金送过去。说起来，他家的草场还有努尔金的一份。听岳母说过，现在这个位置，就是当年两家蒙古包前后都能瞭见的地方。这些，一一捋直了可没那么简单。

努尔金抬起手腕看表，顿时那么的难堪，来了两个来小时，还真没有顾上问复杂的草场、牛羊之类的问题。

“前面的阿尔善河怕是快要断流了，往后可怎么办啊？”

努尔金一惊，草原上消息传得飞快，这是一个谜，千百年前的那个年代就是这样。他们研究院做的就是阿尔善水库规划，煤化工项目的配套项目。出门在外，努尔金只听说阿尔善人来人往，大开大挖，阿尔善河水源地和周边牧户情况，就他掌握的数据明显有些不准确。他便打电话找明根，明根不知找了谁，要上了一套新的数据。他当即受到吴院长的表扬。

宝力道回到家其实也没有什么事。努尔金看出来了，长辈是不放心，怕晚辈做出什么傻事。想想刚才和明根的那般亲昵，还真有些让他猜到了。想想也是，谁又没有年轻过啊？

阿爸一来，明根躲到了自己的房间。两个人的一席话，不痛不痒，无关紧要。她听出了阿爸的心思，心里老大的不痛快。宝力道到女儿房间扫了一眼，看她低头甩着脚丫子，于是看出了她的恼怒，借口合作社有事，出门走了。

“差点儿忘了，也不知道我的羊跑哪儿了，我带你去兜兜风吧。”

明根一副难为情的样子，看了看努尔金。没等努尔金说行，还是不行，拽着他出了家门。一溜烟，摩托车飞出了好远，努尔金无处安放的手，赶紧抱住了明根的细腰。

羊肠小道上，上下颠簸，他的双手松了又紧，麻嗖嗖一片，那是从她的山峰传过来的电波。出了家门，明根心情大好。不过，此时她是不甘心的，扭头凶巴巴一瞪。

“努尔金，放下你的咸猪手，看我一会儿怎么收拾你。”

“别回头，看你的路。我不抱，早让你给弄丢了。话说回来，你是我的，我怎么就不能碰？”努尔金在她耳边大声喊。

努尔金的可人情话，从摩托车上方飘到草原上方，空气当中一定多了甜甜的滋味。明根扭过头。

“现在都什么社会了，还以为我是你家台吉的仆人、私有财产。我是我，你是你。”

“你是我媳妇！”

“胡说，你有证明吗？”

“这就是。”

努尔金努了努嘴巴，好像空气里藏着明根的柔唇。明根扭头顽皮地也努努嘴，让他够不着。努尔金得寸进尺，双手干脆攀到了美丽的山峰禁地。还别说，明根败下了阵。

“快松手，我投降，骑摩托车哪，别瞎闹。”

努尔金老实了。摩托车冲到高坡，刷拉一声停了下来。极目远眺，阿尔善草原悠远无边，那么静，那么绿，扑鼻的涩涩草香袭来，像是看不见的神仙随手撒下的灵丹妙药。努尔金嗷嗷大喊两声，声音传到很远的地方，婉转回唱。

蓝天和草原在地平线上交汇。此时，在天地衔接的缝隙里阿尔善河如同一条细线若隐若现，转眼看也看不见了。不过不必劳心费神，此时它正缓缓流淌在连绵起伏的山包后面。愈近，就在山包低了矮了的时候，河流从一丛丛红柳后面调皮地探出头，然后直直向前，接下来猛然打了个急转弯，逶迤而去。右手边的河岸上，游动着一群又一群牛羊，还有悠闲的马群。左手方向，层层薄雾环绕着远处的两座山包，山包中间藏着芍药谷。努尔金闻到一股脑飞过来的幽香。可是这完全是他的心理反应，芍药谷那么远，而且又不是六月花开的季节，他如何能够看到、闻到！

明根看得一清二楚，远处草场上她家的小羊羔蹦蹦跳跳调皮捣蛋，尤其三只角大公羊最显眼，额头上拳头大小的一撮黑毛晃来闪去，威风十足。放下望远镜，明根顺手用当成穗子的蓝色哈达缠了缠，放进皮筒。努尔金看了一眼，望远镜经常抓的地方磨得有些发亮，感觉有些生疏。

“怎么不用我给你买的俄罗斯望远镜，看得又远又清楚。”

“巴特尔抢跑了，说是到时候给我抓只羊。哼，谁稀罕他的羊。”

努尔金就觉得巴特尔真有些问题。

席地而坐，两个人说说笑笑。百灵鸟欢腾跳跃，趁他们不注意，偷偷蹦到周围啄食掉在地上的一些零食碎屑。努尔金突发奇想，他要捉住一只，送给浑身发散香气的明根。百灵抢上一口粮食，一次次逃脱，一跳一跃，简直要笑话俊男靓女。叽叽喳喳，如果听懂了，一定在说他们痴傻呆萌！

努尔金当然不会知道，很久以前，就在这个地方，年轻的爷爷守护着美若天仙的奶奶沐浴，也曾傻傻地逗弄百灵。

四

巴特尔骑摩托车突然闯了进来。

他看了一眼努尔金，心里隐隐作痛，不知道明根怎么就喜欢和这个变了样的人在一起，还一副很热乎的样子。还好，努尔金不知什么时候悄悄擦掉了脸上的唇印。

一上午，巴特尔在山坡上一直用俄制望远镜观察着他们两个的动向。明根跟他连招呼都没打，骑上摩托车匆匆忙忙回了家。看见他俩在外面抱在一起，太不像话了。还手拉手进了家，他更心烦。他烦望远镜怎么就没有穿透功能，如果那两个人……巴特尔头大，不敢想了。不知怎么就打电话报告给了宝力道。他是嘎查层层选拔出来的草原110联防队员，智商怎么就变得这么的低？

宝力道骑摩托车过去，出来又走了。巴特尔站在那儿一动不动，举着望远镜，胳臂酸疼，眼睛发涩，转身看见明根的羊群和远处的一群羊混了群。

羊群喀嚓喀嚓吃草。巴特尔躺在草滩上，衔着一根苦涩的芨芨草，一副心事重重的样子，抬头远望，黑云很没意思地吹来了又被吹走。只觉得自己是这个世界上最孤独的人。

此时的他，希望明根的羊群全丢了，又或来个大风，刮走才好。他又站起来望向远处，明根无影无踪还没有过来的样子。她怎么就这么缺心眼。人家不急，他却焦急异常。无奈之下，极不情愿地骑上摩托车过去追赶明根的羊群，好在他认得明根家羊的记号，好一阵子才把羊群分开，累得满头大汗。如果看到了努尔金放在明根身上的大手，估计得发疯吐血。那样，明根家的羊群一定是丢定了。

太阳渐渐下沉，三个小青年坐在那儿，也不说话，呆呆地看着前方，两股羊群顺着两个熟悉的方向，一一归圈。后来，他们下了坡到了青石井台，合上抽水机开关往水槽里抽水饮羊，羊就喜欢回来喝抽出来的好水，一波一波抢着喝，不喜欢阿尔善河的浑水黑水。等到放下肚子喝饱了，公羊羯羊小羊零零散散，一圈围着一圈，或站或卧，迎风歇息。

明根带着他俩进了正房下方的蒙古包。努尔金抬脚就坐到了北侧。巴特尔看他没大没小坐在上手位置，狠狠挖了一眼，真把自己当人物了，他算是白长了人家一岁。很不情愿地盘腿坐在下手的地方。明根看他俩顶牛怄气，好像还是为了她，假装没有看到。真是两只好斗的公羊。

明根洗洗手，开始忙活，喝茶总是第一位的。在牧人家，不管认识不认识的人到了家，首先必须递过一碗茶。这是礼数，少不得的。

“咕噜——”“咕嘟——”“咻——”

仨人喝茶，喝得最响，动静最大的当数两位青年男士，好像一场比赛。明根看了又气又恼，又想笑，这都成什么事儿了。

“努尔金，听说你现在是上面下来做阿尔善水库的工程师。你们是不是要截断咱们的阿尔善河！”巴特尔不说则已，一说就呛，带着刺，直截了当。

“是有这样的事儿，不过是助理工程师，离工程师还差一截，说了你也不懂。这是盟旗上下非常重视的大工程，建好了会造福咱们嘎查的每一个牧户，包括你。”

努尔金看了一眼生生闯进来的对手，哼地坏笑。傻小子，小时候一打架，仗着有劲，鼻子被你打出过多少次血。想不到吧，现在到底是谁厉害，谁有出息！

努尔金一说起工程，骄傲地扬了扬下巴，英俊潇洒的脸上春风得意。他有这个底气，好像看到自己参与的宏伟目标，在千百年没有什么变化的阿尔善草原上的实现，那时他和明根一定在幸福地生活。他的脸上挂着爷爷传下来的他们家族特有的鼻子和下巴，曾经的台吉后代。

“你说的，我听不懂。好端端的河断了，咱们下边的牧民怎么生活。河不流了，地下水位就下去了，上面的草还有活头吗？一想到这个，我就难受。看你小子还在这儿戏弄明根。”巴特尔冷冷地扫了一眼。

努尔金一听，还是那么没水平，没脑子，又蠢又笨的傻大个儿。他气不打一处来。

“不要没根没据瞎说。开矿办工厂就要用水，用水就要建水库。保护草原生态没有错，可不能用咱们牧区的偏远贫穷、停滞不前做代价，来保持原始的风貌吧？过去那种大抓畜牧业已经不行了，现在是工业立旗，文件上说得清清楚楚。”

“你爷爷是咱们嘎查最受人敬重的长者，他当年赞成游牧。”

“此一时彼一时，现在工业化是硬杠杠。”

“就你懂，苏木的人经常过来叨咕。可咱们牧民怎么也得放牧吧！”

“放牧，开矿，互不干扰。”

“说得好听，就那么多水，分给草原还是分给矿上？”

“哪个有利于发展，就分给哪一个，这叫适者生存。”

“当年建水库垮了，这是天意，怎么还要建？”

“过去人们吃不饱饭，现在改革开放快三十年了，能一样吗？”

“一样的草原，一样的阿尔善河，你是你爷爷的孙子，我是我父母的儿子，还要怎么样！”

两个人越说越僵。巴特尔不比当年，已经懒得再看努尔金一眼了。努尔金搜肠刮肚，他想到了规划上的一句话，那是蒙更高勒副旗长拍着胸脯说的。

“科学开发一小块，有效保护一大片。这样草原会少了什么？没有河的草原多了，不照样好好的。除了放几只羊，你能知道这些？”

努尔金自知这番狠话不小心含进了明根。说出去的话，泼出去的水，他后悔不迭。建不建水库，他们小年轻说了不算。说白了纯属瞎嚷嚷。于是话锋一转。

“话说回来，你别不高兴，明根和我啥关系，用我告诉你吗，别没事儿瞎掺和。”

巴特尔张嘴看明根，明根红扑扑的圆脸唰地白了。当年水库溃坝把额吉冲走，这是她不敢触碰的禁忌。盯看门外的大眼睛好像就要下雨了。巴特尔就怕明根生气不高兴，他把一长串到了嘴边的狠话，重新装进肚子，抓起短檐棒球帽，大手抹了一下嘴巴，站起来哼一声，弯腰跨出了毡门。只听见马靴嘭嘭踹了两下，摩托车突突着跑远了。

明根不声不响地从冰箱里拿出一块羊肉，和了面，支使努尔金洗了洗从外面揪来的沙葱。剁馅、擀皮、包包子、点火，一阵忙活，很快一锅喷香的包子端上锃亮的硬木小桌。

努尔金好久没有吃过这么纯正的蒙古包子，圆圆的花边褶子间冒着油花，一个接着一个吞，一盘很快见了底。明根看着努尔金难看的吃相，心绪有了些许平复。他说得好像也有道理，而且那么大的水库工程和一个努尔金，简直就是骆驼和一根驼毛。可是话说回来，阿尔善河怎么能说断就断啊？

天色不早了，努尔金看了一眼明根。明根看也没看，好像知道了努尔金的看。她站起来，打开衣柜。

明根穿的风衣，努尔金记忆犹新。

上大学的时候，两个人逛街。明根一眼相中了民族商场的一件米色风衣，围着看，好像韩剧女主角经常穿的样式。努尔金看她喜欢，早去收银台结了账。过后让明根一顿尅，什么还可以再砍价，不能让你买之类的。说归说，她喜欢。所以说，那一次让努尔金很是得意了一阵，有什么比自己喜欢的女孩高兴更让人高兴的事情啊？要知道他的生活费都是阿爸隔一段时间打进银行卡，也不易。

老实说，他阿爸什么都想做，可从来没有做成一件完整的事情。尤其不喜欢放牧，一个牧民的孩子，怎么就不喜欢放牧哪？而且钱上抠得很，每月花多少，不会多给一分钱。看人家明根阿爸，放牧不算，还合伙搞起了合作社。努尔金觉得衣服嘛，明根喜欢，自己省一省，慢慢也就补回来了，况且他还兼着一对一校外辅导，有点小外快。

傍晚时分，阿尔善草原一片朦胧。笼盖四野的橘黄，闪着光波，好似缥缈的巨幕，一一投向羊群，打着滚的马儿，砖房，蒙古包，还有弯弯曲曲的阿尔善河。那缓缓流动的不知是金灿灿的水流，还是恋人间相互依恋的美好心情。

摩托车飞快，驮着满满的橘色光芒。

努尔金头枕着明根的后背，安静地抱着。巴特尔走后，明根只说了不多的几句，他动了动嘴，想说出什么，又怕明根听不进去。努尔金记得，明根平时话不多，这次说了不少，小巧的鼻子上渗出了密密麻麻的汗珠，这是惹着她生气了。不说则矣，一说一长串。

“我听姥爷说过，成吉思汗征讨塔塔儿部时战马踏过，阿尔善河没断。康熙皇帝大战准噶尔军踏过，没断。阿爷爷追击国民党岗呼匪帮踏过，没断。姥姥开荒种地修水库，想断没断。”

明根思绪繁乱一股脑倒了出来。别人听不懂，努尔金懂。她说的姥爷是他的爷爷永青扎布。阿爷爷是爷爷的好朋友，老旗长阿勇嘎。而明根的姥姥，是他奶奶，除了他早逝的奶奶，是爷爷最亲的人。他们一起生活过好些年。

努尔金有心不服，可好久没见明根，又怕一时惹急了，低声顶了过去。年轻人到底嘴贫，一说一大堆。

“我可没有那么大的能耐，都是人家上面定的，而且经过论证那是有百利而无一害的，年轻人支持才对。要不，咱们阿尔善啥时候能过上好日子啊！你看看咱们草原上的海市蜃楼，谁到过，抓住眼前的才重要。劝劝你阿爸！”

努尔金原本过来看明根，就是想告诉她这些，而且他觉得这种生活已经离他想过的日子不远了。时间久了，明根自然会想开的。

阿尔善嘎查看起来真的落伍了，需要往前走，可到底怎么走，每个人都怀揣着各式各样的想象。大车碾压出来的路上，摩托车颠簸飞奔，明根不知不觉顺势滑向努尔金，原本矜持地留在两个人中间的两个拳头的距离贴紧了。明根大而结实地顶住了努尔金，让努尔金迷恋。

明根身上的好，每一件都是他的。努尔金并不避讳自己的喜欢。爱情就是自私和情欲的综合体，以前两个人在一起时，就不经意说起过。明根说他没正形，喜欢一个人应该喜欢对方的内涵思想气质，甚至朴实。不要把心思放在一些无关紧要的地方。不过她打心眼里喜欢努尔金喜欢她，觉得她和他注定就是一家。就像小时候，她跟在姥姥屁股后面，他缠着爷爷，他们一起在六个哈那的蒙古包里生活。冬天了，搬进暖烘烘的土坯房。到了晚上，有时姥姥搂着她睡，有时姥爷搂着她，有时候姥爷和姥姥睡在一起，她和努尔金共盖一条被子……

他犟时的亲热，明根大多也就半推半就。

努尔金感受了明根大大的顶，顿时忘了她的生气，顺势抱紧了。上次回来，两个人把摩托车扔在山脚下，相约爬山，顺着阳坡，用了整整三个多小时才艰难地爬上顶峰。努尔金依稀记得爷爷家有一对镜框，印着两行银字。直到上学多年，他才认出龙飞凤舞的那一对大字，眼前的山顶正是那般雄奇。他不由得扯着嗓子吟诵，明根也记了起来，两个人读给极目眺望的所有美好，读给他们在阿尔善海拔最高点的拥吻。

六盘山上高峰，红旗漫卷西风。

是啊，罕乌拉山和阿尔善河，好像天造地设。山望着河，河绕过山。一个阳刚，一个秀美，离也离不开。山水共同养育出来阿尔善草原，那是动植物的乐土，方圆百里所有人的共同家园。生于斯，长于斯，人们无不敬爱自己的圣水阿尔善。

后来，两个人从东边搀扶着下了山，迎接他们的是山脚下那块突兀出来的大石头。草原上这样孤零零的大石头很多，也不知远古时期怎么留了下来，阿尔善也不例外。他俩岁数虽不大，却记着老辈人的教导，神圣的罕乌拉山到处是禁忌，没有随便一说。到了山脚，好像突然挣脱了束缚。

“一左一右。”明根说了一声。

两个人不约而同地背对背，绕向大石头。努尔金绕过二十来步正要行动，抬头，他的前面几步远的地方，明根正背对着他，大而白的臀部似小山包在那儿挺立，山谷小溪一股股冲刷着细沙，她的周围是满眼挺立的草叶。顿时，努尔金大脑一片空白，僵立在了那儿。他屏住呼吸，痴痴地看，又或许什么也没有看，已经深深地装进了心里。此刻，桀骜不驯的青年心头升腾的不是欲念，眼泪不知怎么就流了下来。为了这个毫不设防的意外，他真的愿意一辈子亲近，好好保护这个至亲至爱的姑娘。

也不知过了多久，也许只是刹那，听到身后的喘息异动，明根扭过头发现了努尔金。她又害羞又着急，圆圆的屁股动了一下。

“努尔金，你怎么这样，人家方便你也偷看。我生气了。”

努尔金醒了，急忙辩白：“不是这样的，你不是说一左一右嘛，我本来绕了一圈过来，以为你在那边的。”

“什么这边那边，还不快走！”

努尔金听了训斥，慌慌张张转身就走。脑子里满是阿尔善河岸冲刷的声响，挥之不去。

夜色的掩护下，努尔金大胆地拥抱了明根，就好像拥抱着幸福的依靠，那个醒目的冲击。奇怪，明根没有呵斥。他们是不是可以这样一路偕行，一直到很远很远的地方，又或许首府?

美好的时光总是短暂。好像只是颠了不长的工夫，摩托车停了下来。努尔金抬头望去，可恶的，以往经过好长好长时间、要走很远很远的地方，就在眼前。这是发生在草原上的相对论。工业园区管理委员会和什么什么集团有限公司两块牌子，在摩托车的照射下闪出亮晶晶的怪模样，故意和努尔金过不去。

暮色沉降，天如锅底。

明根掉转方向返回家时，阿爸还没睡。见她平安回来，瞪了一眼，什么也没说，掐灭烟头，拉灭一闪一闪的电灯，就上床睡了。没风，风力发电机蓄电池快要耗尽了。

明根躺下了。一天下来，心情是那么的好，又是那么的乱。看了一眼枕边，努尔金临别时送的心型小盒子，不知里面是什么。

五

阿尔善的远，好像天边。努尔金想起来还有些后怕。

那一年，他和明根同时考取了首府的大学，家人将他们送上班车，一再叮嘱，努力学习，尤其从小一起长大，要互相帮助。谁能想到，两个人当仁不让，倒成了一对恋人。

长途班车在草原上跑了三天，明根晕车也吐了三天。阿尔善草原为什么那么漫长，那么遥远，谁能缩短走也走不到头的长路？努尔金坐在车上傻傻地想。

沉沉夜色，长途班车终于从草原爬上了山路。忽而飞快，忽而缓慢，阴山上的盘山路修在山顶直到沟谷。努尔金后来得知，古代阴山山脉，出三代帝王之祖，周文帝宇文泰、隋文帝杨坚、唐高祖李渊。他们三朝有着共同的岳丈独孤信，想起来有意思。胡服骑射、昭君出塞、木兰从军、孟姜女哭长城等等历史事件和民间传说，无不在此演绎。山涧有一条白道遗存，明清时期的生意人，冒险赶车从上边驶出驶进，一来二去，白色的石头上，时节如流的车轮就压成经过的车辙，留下一条条深深的凹槽。

到了民国，绥远省督统署警务处处长吉鸿昌带领人马开山修路，极大地方便了兵民过往通行。他挥毫书“化险为夷”四个大字，刻在山崖上，立碑记事。此地山远、沟深、路险，八路军李支队越过平绥铁路北上，在此与蒙汉抗日游击队会师，创建革命根据地，抗击日本侵略军……

努尔金、明根不约而同惊呼。他们终于看到了山脚下灯光闪烁的大城市，下了山，班车欢快地奔跑在马路上。首府的一个路灯，比阿尔善所有人家的电灯都亮，给他们匀一点，那样多好。此时，努尔金浑身的僵直生疼消失了，心疼地看了一眼刷白脸色的明根。

那个时候，努尔金暗地里咬牙，学好本领，离开那个既偏远落后且无可留恋的地方。四年的大学生活很快就过去了，除了假期回过那么两三次家。他一直在首府打拼，研究生毕业，一步步完成了人生的蜕变。还计划着快快挣一笔钱买一套房子，把明根接过来，再也不走了。免得她坐一次长途班车要死要活。那种两个人相亲相爱的梦幻，设计来设计去，就像他在图纸上写写画画，什么阿尔善水库项目用水用电环评，好像都快成了真。

研究院中标阿尔善水库规划项目。努尔金作为贝勒旗出去的技术骨干被派了回来，虽然他立誓不想回来，可这次大不一样，还真的不是一个相提并论的话题。

他已经理清了头绪，传统的畜牧业主导已经走进了死胡同，辽阔的阿尔善草原养育了他，可这片草原无法让一部分敢想敢干的人先富起来。他参与的就是工业化主导的历史性转变。牧民们将受惠于此。不知不觉，他的梦有些沉，有些甜，也不知是事业顺遂，还是白天一番爱情的滋润了，梦中还嘿嘿笑出了声。第二天早上，同事说他喊了一个女孩的名字。努尔金红了脸，一定是明根无疑了。

阿尔善水库项目是按目前盟内最大的大Ⅱ型水库设计的。碰头会上，蒙更高勒副旗长细心地整了整洁白的袖口，又摸了摸领子，这些匆忙的、下意识的动作，说明他的心情非常激动。

“阿尔善草原分布着丰富的矿产资源，煤炭预测储量在一百亿吨以上，依托煤矿，旗里规划建设合成氨、大颗粒尿素生产线和甲醇生产项目。这样下来，国民生产总值取得历史性突破，全社会固定资产投资较上年翻一番，GDP达到八个亿，是可以预见的。”

大项目落到了能源化工基地，距离水库大概十多里地。基地和努尔金住的工业园区中间挖了一条深渠，有的地方挖开的口子一年多了，没人管。前一阵子有附近的牧民找过来说，家里的两只羊掉进去出不来，被活活饿死。还有一家牧民的马掉进去伤了蹄子。典型的抓大放小，马大哈。这怎么行！为了这个事，他专门过去找项目部，派来一辆推土机才得以填平压实。

不过一码归一码。只要大烟筒一冒烟，就是新的经济增长极。水是工业的血脉，一点不假，深渠下面滚滚而来的保障用水，是一刻也不能停的。阿尔善水库，修修补补二三十年，一直是个半拉子工程。研究院承担水库项目，经过集体攻关，顺利完成了规划编制，而且印在了盟旗两级的规划上。大型机械轰鸣作业，昼夜不停。

努尔金接下来对施工作业做技术指导以及外围绿化美化设计，这是他喜欢的事业。他满怀希望地盼望着高水准的水库从图纸上挪到草原的那一天。阿尔善牧民不明就里，一定会感受到。这个秘密，努尔金想着在心里面再保留那么一段时间。他的能力、他对未来的安排，会给明根一个不小的惊喜。

阿爸的态度，让明根有些着急。除了努尔金，她想象不出还要和谁好，她也不需要和谁好。巴特尔？怎么可能！

小的时候，巴特尔跟着他额吉一来，他们三个小孩子聚到一起，每天疯玩儿。有一次捉迷藏，她钻进高高的芦苇荡，刚刚蹲下来，扑棱棱响，后面咕嘎一声一群鸟飞了出去，吓得她哇哇尖叫哭泣，跑出去抱住正在左右环顾的努尔金。“别怕，别怕。”努尔金像大人一样拍着她的后背。巴特尔站在一旁，胖手拉着红脸蛋做鬼脸，嘻嘻笑。傻大个儿，从小就让人讨厌。

明根差点儿坐在野鸭家，当了野鸭姑娘。怪不得人家一大家子冲出来飞走了，那是不欢迎她。她的心扑腾扑腾跳，脸红一片。她怎么抱住了努尔金，羞死人了。当年的小屁孩努尔金就知道流鼻涕，抬起袖子就擦。他怎么会记得。

如果河里没有了水，还有没有芦苇，野鸭天鹅还来不来？明根醒来，有些害怕，扯过被子把自己紧紧地包住。阿爸的态度，其实也是阿尔善河下游和周边地区农牧民的态度，也是她的态度。这是没有什么好隐瞒的。截断阿尔善河的消息传遍了嘎查。一股愤懑的情绪，还有滚滚而来的浓浓沙尘，此时一股脑儿弥漫在草原上方。

在阿尔善，为人忠厚、做事周全的永青扎布岁数大了，可口碑至今无人可以撼动。永青扎布变了，不声不响，如同经历了一场劫难。他记得，当年包产到户的节骨眼儿上，旗委书记阿勇嘎下来调研、打井，尤其送来那张稀奇的外国报纸。其实老旗长还有一项工作——回避。

纪委书记跟他说有群众举报，其他语焉不详。阿勇嘎明白了，纪委没有点透，一定有其道理，或许就涉及他。正好出去走走，等待结论。按道理，有案情是要汇报给旗委主要领导，这是组织程序。可这回，这个程序不能走了。信上说，阿勇嘎搞资本主义复辟，迫害五星生产队牧民永青扎布妻子金香！这个信件就锁在纪委书记、原四十一团团长关键的抽屉里。眼下联产承包是头等大事，旗委书记主抓。

关键灵机一动，当天夜里跑了一趟盟里，把材料递交了上去。这是一招妙棋。使得阿勇嘎想极力推行的“不分、不划”的畜牧业工作安排，至少在一周时间内，不会受到其他因素的干扰。走农业化还是牧业化，是发展问题，无关走资本主义道路。后来的新游牧政策，至少在阿尔善苏木（阿尔善嘎查除外）保留下来。

盟纪委调查，那封信出自关键的隔壁，他的副手。这怎么可能？可是侦查结果不会骗人。这一结果，让关键大为惊讶，惊出一身冷汗。好在他没有在内部碰头通气，战术上还是兵团锤炼出来的过硬作风。

随着调查的深入，金香之死和这位副手大有关联。当年，铜川的电话打到贝勒旗总机，接到办公室主任。这是办公室主任下达的一道指令。他不能允许外面来的电话绕开他，所有接班子成员的电话都要经过他的筛查。这个电话让他兴奋，贝勒旗死气沉沉的局面就要焕然一新了。

他打了一个时间差，先打了一个电话。三个小时过后才报告给革委会主持工作的副主任阿勇嘎。而且他并没有告之，自己将消息提前透露给了专案组，现在专案组指挥旗里的重要工作。他要的就是阿勇嘎派人调查案情的事实。至今，人们看到的确实只有当年人民保卫部的两页案卷。至于其他都只是传说。他对专案组毫不隐讳地说过，这个旗要在不久的将来，在他们的指挥下，再把历史的轮子倒转回去。

当然，正如人们后来看到的那样，过去的一段曲折历史终究是过去了。关键的副手被撤职、降级、追究了责任。努尔金的奶奶得到了平反。爷爷一直想弄明白当时的来龙去脉，但是没有找到答案。

现实提醒人们，过去并不遥远。

难道努尔金寻仇，非得参与建那个水库祸害自己的乡邻？当时打电话的明根姥爷不在了，她的姥姥是他的奶奶。这个账怎么个算法，过去总会有过去的局限，无法苛求。谁人可以飞跃到过去的历史中加以校正？关公战秦琼，只会发生在戏里。蒙古大军接到窝阔台汗过世的消息没有折返老营，继续西征。这违背历史真实。

阿尔善人经历过的苦难，一阵风过去了。尽管人们为错误和过失不停地付出惨重的代价，可生活终究要一直走下去，美好、正义才是生活的底色。只要地球不到再次混沌爆炸，永远都会这样。永青扎布老人那是少有的明白人，儿子不成器，但愿他辛辛苦苦调教出来的孙子不是那样的人。

这一天，周边牧民三三两两骑马开车来到宝力道家。不知是有人吆喝了一声，还是那么巧，都赶上了。宝力道有些意外，努尔金参加阿尔善河截流、煤水结合、煤化工什么的，已经一年多了，他也打心眼里反对。这是草原上的大事。可他又能怎么说，乡亲们早把努尔金当成了他的未来女婿。谁让他一家占着他们两家的草场，虽然是租的，可毕竟还是占着。再一个，谁让他的姑娘和人家小伙子骑着摩托车飞来飞去。这说不过去。话说回来，努尔金现在是公家派下来的人。他一个每天围着牛羊转的牧民，又能怎么着？

阿尔善河不能断，牧民生来就靠草原。谁人不懂。城里人的想法总是多的，他们在城里要吃的有吃的，要住有住的，挣着公家的，吃着公家的，听说只关心一个叫GDP的东西。什么畜牧业走进了死胡同，牲畜超载严重，生态急剧恶化，如果再不发展工业，群众就会面临严重的生计问题。什么开发百分之一保护百分之九十九之类。

坐在沙发上的几个牧民闷头抽烟，屋里烟雾弥漫，浓烟从门窗往外挤，家里的小羊羔受不了辛辣的味道，踉踉跄跄站起来打了一个喷嚏，吐出一口奶。宝力道盯着可怜。

矿产开发是苏木工业化之路！

宝力道想起之前的一个晚上，他在苏木大院砖墙上看到的标语。后面的感叹号奇大无比，好像一桶油漆剩下那么一点有些可惜，于是又认真描画了一遍。夜很是奇怪，畜牧业突破十万头只纪念碑，已经落寞的至高点，冷不丁进入他的视线。如果白天，如果还有这样的闲心你会发现，小广场上的纪念碑外面贴着一层水刷石，有的地方起皮脱落了。水刷石那可是当年流行的工程美化技术。

纪念碑曾经风光一时，不管是召开两干会，还是上面来人，一概就在前面合影留念。现在倒好，破破烂烂的样子没人搭理。基座一角被撞掉。不知是哪个醉鬼开车撞的。有人传闻是宝力道干的。宝力道骂骂咧咧："我连车都没有，拿球撞！"说来，他借锡林的破吉普车跑过几次车。至于是不是他撞的，酒后谁又记得。

"你看看，这可怎么办……"

"呼啦啦一大帮人，这叫什么事儿了。"

宝力道恼火，往外一瞅，还有几个骑马过来的人在外面干坐发呆。看这些人的眼神、说话的腔调，难道自己在乡邻面前就这副德行？如果现在他还是嘎查达，借他们三个胆。现在倒好，居然过来兴师问罪。都是为了努尔金，他倒要过去问道问道。经营合作社多年，他知道上面刮的风，可建水库还真不是一个小青年一个人能办成的。这些人怎么就无缘无故把气撒在他们父女身上。太过分了！

宝力道闷头踹上摩托车就走。只怨他想着事，话没有说清，过来找他商量的牧民们，以为他要去工业园区评理，骑马驾车一长串队伍跟在后面。这动静有些大，好像要去参加盛大的那达慕大会。一年一次的那达慕，他们就是这样大车大马招摇的。搭建蒙古包，垒上锅灶，好好红火几天，摔跤的摔跤，赛马的赛马，有的是酒，有的是肉，只要兜里有钱。那是难得的神仙日子。

黑云悄悄压了过来，下面呼啦啦扬起的土龙，差不多已经奔出十来里。远处山坡上有一副望远镜已经对准了他们，一圈圈聚焦危险信号。草原110联防队员巴特尔的电话打到了边防派出所，紧接着旗里远程下达了指令。于是还没等宝力道一行人的摩托车停稳，半路上早被堵了个严严实实。前一阵子，明根拧着巴特尔换回自己的俄式望远镜。老旧望远镜并不影响巴特尔发挥一名优秀联防队员的作用。这片网格由他负责。只是没有看清跑在前头的是自己熟悉的长辈。

“我到工业园区找努尔金，你们这是干什么？”

“努尔金是谁，你们这么多人做什么。快快回去，厂子停一天，你们嘎查全搭上都赔不起。”管事模样的气呼呼地说。

“我只是过来问问努尔金水库截流的事儿，关厂子什么事儿！”

“阿尔善河截流就是给厂子供水，这是盟旗的大事。你们还要反对不成？”

“厂子喝水，难道我们下边人畜就不用水了？河道没水，很快沙化玩儿完。”

管事模样的看他没事找事，带头挑事，使了个眼色，穿着一身迷彩服的几个人已经把宝力道从摩托车上架了下来。后面的牧民不知道前面发生了什么，吓得掉头就跑，也有几个人上前讨说法。

“你们这是非法拘禁。”宝力道的声音，淹没在嘈杂里。

“别蹬鼻子上脸，再不走，全抓起来蹲黑屋子！”

黑屋子，牧民们没人待过。不过无人不知，无人不晓，那是关犯人的地方。老辈人一直这么叫。早年间，老队长革瓦蹲过王府地牢。宝力道看到过文史资料上的那一段悲惨往事，好像叫《小喇嘛蹲地牢》。

“好端端抓人，还有没有王法！”

几个人犟，上前顶了几句，又被扭住。双方在草地上乱成了一团。扣住了人，一匹匹鞴好鞍子没人骑的马惊了，炸了，拖着缰绳四处逃窜。摩托车东倒西歪扣下七八辆，还有两辆皮卡车。事态总算平息了。管事模样的擦了把汗，拿起手机抓紧向上汇报战果。蒙更高勒副旗长分管工业、维稳综治，他坐镇公安局指挥中心调度。影响工业曲线的园区出了娄子，他十分关心。

工业园区好像深宅大院，外人怎么可以想进就能进？努尔金所在的研究院产学研基地就在最里面的一栋二层小楼上，绿树环绕，环境优雅，外面看不到这一具有南国风韵的优美所在。拱门上的匾额是大书法家行云的“草园”二字，亦行亦草，潇洒流畅。院子里有汉白玉凉亭，石桌上刻着楚河汉界，精致的黑白棋子，谁都可以来上一盘。此番景致真是下足了功夫。

这段时间，努尔金一门心思扑在他的宏伟蓝图上，水库疏浚加高加固工程业已告竣。截住了阿尔善河，无疑苍龙下凡，对贝勒旗煤化工产业，乃至周边相关产业的输水能力将大大提升，那是一幅激动人心的画面。他的面前码放着贝勒旗和邻近其他一些盟市旗县的五年发展规划，工业化是精细的社会分工，没有一个地方单打独斗一说。他的工作就是围着规划运转。而规划则要围着决策，完成领导的意图。这是不能摆到字面上的关键所在。

外面的热闹，努尔金此时一无所知。

水库综合利用可行性报告，他投入全部的精力，连续几天没日没夜赶。还有一些地方需要斟酌再斟酌，吴院长在等他的报告。在一堆大事好事面前，嘎查还有许多人活在自己的浑浑噩噩，这是多么的愚笨。

六

黑云越来越低，急雨骤如闪电，河水暴涨，奔腾的急流浩浩荡荡冲向下游。此刻，在二层小楼最里面的单身宿舍，明根好像想了许许多多，又好像什么也没想。一个个没有由头，没有关联的念头，一一对撞，就要冲破大脑。

“结束曾经的一切吧。”她含泪一笑。

努尔金有些惊诧于明根的反常。小伙子日夜趴在图纸材料上，上面催着他拿出响当当的报告。他又组织了一些漂亮的词语、柔和的声音，关于水库，关于富裕，还有两个人即将拥有的幸福，想着怎么样激起面前这个人的自豪感。可惜，此时此刻呈现在可人的明根眼前的，并不是他的坚固好看的水库，唰唰作响流向另一个好地方的河水。她有她的世界，望也望不到边的草原，快要开镰的牧草，成群的牛羊，还有梦想、思绪、惆怅，那是她日常的、熟悉的细碎……

“快了，再有两个钟头就好了。”好奇怪，明根怎么大晚上跑过来了？努尔金回过头看了她一眼。

努尔金第一次迷惑于明根近乎精巧的呈现。这是……

他打定主意，手头工作一结束就领着明根去领证，他受不了没完没了的煎熬。那个巴特尔已经明目张胆地向他示威，这还了得。

当黝黑的天幕划过最后一道闪电，他突然发疯，于是两个人厮打，然后傻傻地向前骑行。倏忽的光亮下面是一道天造地设的景象，罕乌拉山厚实雄壮，阿尔善河水长又清，山拥抱着水，水环绕着山，这山这水千百年都是一个样子，离也离不开。无山则水少了依靠，无水则山缺了灵性。无论硬朗还是柔和，这是上苍交予这片草原的一份特殊安排。

雨骤风停，努尔金握着明根的手沉入了梦乡。这一段时间他累坏了，刚刚发走邮件，又经过刚才离奇的声响，他睡得纹丝不动，那么的香甜，那么的酣畅，睡梦中发出了一阵紧似一阵的鼾声。

后半夜，明根醒了。她几次想要起身离去，看着眼前的努尔金，看着他嘴角泛起的一丝笑意，心上像是被铁片划了一道深深的口子疼痛不已。她眼含热泪，低头吻了吻他乱蓬蓬的头发，还有细长的眼睛，然后轻轻拿开他的手，摸黑找来衣物，顺势把贴身的内衣放在努尔金的枕边。这于她是最好的决绝。明根不知道这是不是某种旧俗，如同她就留在那个滑软的物品里，在她能够奉献之前，它一直存放在她的身上，于是晕晕乎乎，几乎离奇地留下了。《蒙古秘史》上记载，那时还没有孕育铁木真的女子诃额伦，在刚刚完婚的路途上遭遇草原上的抢婚，她深知软弱的丈夫不敌围攻，且怕男人被加害，便脱下带着体香的内衫递给自己的初恋，催着他快快逃走。她告诉丈夫：“只要保住性命，每个车沿上都有女子，把别的女子再叫作诃额伦就好了，闻着我的气味走吧！”书上的故事十分久远，这是一个无法解开的谜底。明根没有想到什么秘史，只希望努尔金找到别的姑娘，好好过日子！

她气冲冲骑着摩托车过来找努尔金，还是头一遭。

努尔金见了她，诡异一笑。明根看到努尔金又眯了眯眼，下巴还故意往上扬了一下，一副不怀好意的样子。她要过去狠狠扇他两个巴掌。不行，太便宜他了。抽出别在腰间的马鞭，在他的身上留下一条一条印记，像一匹不听话的年轻儿马挨打，这是他马上就能享受到的一顿滚烫的面条。这是她的全部恨意！

阿爸和好些人被抓走，一大帮大人小孩到家里谩骂哭诉。这一切，怎么奇怪地和他们父女发生了这么大的关联。阿爸判了刑，她怎么办？“有个穿西服的青年跑到管事的面前低三下四说着什么。一看就是努尔金背后捣的鬼。”胖脸白金山一惊一乍地对她说。

“您看清是他，还是别人？”

“长头发，一撮染成黄毛，除了努尔金还会是谁！”

明根的头顿时炸了。她经受的委屈全部爆炸了，没有想到她想得那么好的努尔金，却是这样的卑鄙小人，她还蒙在鼓里。这些年她不管不顾地付出着所有的痴情，多么傻，多么可笑！为了自己的蝇头小利，害她的阿爸，害乡亲们，只有阴险小人才会偷偷瞒着做那些见不得人的事儿！泪珠终于滚了下来，她擦擦眼窝，跳起身往外跑。

摩托车疾驰，泪水太多，不去管它，任由扑哧扑哧流下来飞走。心在滴血，血在膨胀，接下来迅速凝固成硬邦邦的石头。无疑她是柔顺的，总是把人与人、人与社会的关系，想得那么好，那么善。可她又是那么的要强，里里外外，心里面藏有一块明镜，容不得的。

三步并作两步登上楼梯，焦躁的火焰燃烧着她。马上就要见到决裂的人，让她说不出来抓心。多少年默默思念的人，此时却是如此的可恨！她只有恨，恨自己怎么就瞎了眼。难道她要恨自己的舅姥爷吗？

努尔金，她这回抽定了。她以为自己要说“……结束咱们这些年的好”，可是猛地看到努尔金一双布满血丝的眼睛，她翕动干燥的嘴唇，不知怎么却道出了另外的一句：

“咱们今天……（结束）……好吧？”

好像她的手使劲甩了过去，好像被努尔金接住了，好像她被努尔金抱住了，好像两个人紧紧地抱在了一起，好像她的嘴唇又一次被锁住，好像她晕眩窒息了，好像记住了一些情节，好像脑子一片空白，好像突然欣喜，好像流了泪，好像痛了，好像她都不知道自己到底做了什么，好像在激烈的平复里，好像结束了这个完全不一样的结束。正是这十四个好像，把明根推向努尔金，似乎并不是她自己决定与他结合。

那个人睡在她的身旁，像一个无助的婴儿偎依着她，手居然放在她的不该放的地方。明根恨死了没有骨气的自己，她的“结束”比蚊子声还轻，估计连自己都没有听到。不知道自己怎么就这么呆傻，怎么就把话说反了。真是没心没肺，无耻下作。

这一切，一股脑儿给了明根重重的压迫。她委屈极了，无声地剧烈抽泣，两行深深委屈的泪泉倾泻而下。她抽出手，不轻不重地抽向面对面的这个人。罪过，天大的罪过，阿爸和邻里乡亲们遭罪，她罪孽深重，竟然……她明白了，无论多大的罪过面前，她害不了人，只能自己祭献。

明根在心里埋下了一个很坏很坏的主意。

那一晚，努尔金好奇怪。明根夜半挑灯过来。屋子闷热，他在电脑上不停地敲着字，想着再敲几行就结尾，回头偶尔说了两句俏皮话，别的什么也没有说。而她坐上床边，热汗涔涔，脱下外衣，仅剩薄薄短衫……其实在他们忘我的那一刻，仅一两分钟之间，外面骤雨倾盆，好像落了许久，激烈飞溅。远处的水库大坝闸门咣当一声缓缓地合上了。

这一改变，惊天地，泣鬼神，开创历史的先河。从远方的大兴安岭和宝格都山美丽的腰身流淌，在广阔草原千回百转，欢快奔腾的阿尔善河，千百年来书写着属于自己的漫长与传说，逐水草而居，人与河流保持着温热与绵延。人的命运、孤独和热烈的爱，在河岸不分昼夜地向前奔流。纵是时光逝去，马、牛、山羊、绵羊、骆驼这些蒙古五畜，还有草原上的百灵鸟、天鹅、雄鹰以及所有的生灵，所有的以后，依旧葱郁。

天与地漆黑如墨。

沿着河岸的路上水汪汪泥泞湿滑，明根没有回头。心里面开了锅，双手紧攥车把丝毫不敢大意，摩托车如一尾泥鳅摇摇摆摆。不知骑了多少里，路边笔直的高压线铁塔往北拐了一个弯不见了，远处飘过来一道微弱的灯光。她稍稍松了一口气。穿过天兵天将随手抛下的浓浓黑幕，光柱照射出一道忽明忽暗的狭长的路。摩托车小心翼翼，来回扭动。突然，光柱一滑，一拐，一扎，只听明根啊的一声，顿时眼前完全黑了。

这一刹那，竟然如此诡异。

高天上黑压压的低云压过来，看到阿尔善河无力地剧痛呻吟，如同接到指令，迅急飞离了。此时，大鱼小鱼拍打着淤泥上下翻飞，野鸭惊叫，一群接着一群掠过河岸，可怜那些刚刚会飞的雏鸟，啾啾无声，孤单只影。

明根看到了天庭漂亮的鸟鸣，草丛中跃出的野兔，让她惊诧的是天庭的天空也是蓝的，旁边还飘着白云……

“明根，明根。”

她听到天上神仙正在说话。奇怪，听口音和人间的阿尔善草原没有什么两样。她骑到了河边，然后就升到了天庭。这个过程如此神秘，可这个不关她的事儿，谁让她不小心扎进河里，自有看不见的神仙神灵帮着她实现愿望。天庭没有痛苦，只有快乐。她会好好地保佑阿爸平安无事，过好俗世的每一天。保佑草原春夏绿绿的，秋天打下好多好多饲草，牛羊肥壮满圈，到了冬天长辈们窝在家里，吃肉喝酒聊天。这样她在天上也会快乐无比。

美丽无比的阿尔善河畔，待到春雪消融，阳坡上小草早早冒出尖尖的小角。而夏天，人们还没有准备好就到了眼前，太阳火辣火辣的。还有秋天，还有冬天，看也看不完的颜色，听也听不完的声响，天地人间为什么这么好啊？小的时候，有一天脑袋突然冒出来一个可怕的念头。她害怕，这一切的所有美好是不是一个梦。梦醒了，她看到的其实并不存在，她会活在另一个她从来没有见过的无底的黑暗世界。她害怕这个梦突然醒过来，最好永远不要醒过来。现如今，这个梦真的是醒了呀！

“刺啦，刺啦。”什么声音？还有大口的喘息声，呼喊声，好像是来到天庭的一个熟悉的人。这怎么可能？从人间到天上，可不是什么人想来就能来的。

她醒了，掐掐腿疼痛无比。

躺在宽大的床上，身上是一件宽大的陌生衣服，龙宫里的衣物不见了……

第七章

水库

一

明根不小心扎进河里，万幸没死。

她对自己怎么扎了进去，又怎么活了过来并不关心。往后的日子怎么过？她真的不想这么复杂的问题。昏睡一天一夜，她一无所知。

摩托车一头扎了进去，巴特尔飞一样跑过去，跳下河塘，摸黑把明根从泥里拔出来。他双手抱着明根一路狂奔，跌跌撞撞，一脚踢开家门，把她放在沙发上。她喝醉了酒，还是发魔怔？时不时哭泣喊叫，之后又是沉睡。巴特尔手忙脚乱地褪下泥人身上的全部衣物，战战兢兢如同捧着圣物，跪抱到床上。

他拿起毛巾上下擦，好几次把脸扭过去。明根没有同意，怎么可以随便偷看啊！湿漉漉的明根，像一只受惊的小兔无助地蜷曲着舒张着。泥水汗水打乱了头发，他笨手笨脚取下头绳，乌发随意披散，灯光下健美的样子，像极了《大众电影》上的斯琴高娃。她呼吸急促，微微呻吟。巴特尔坐在床边，大手抓住小手，轻声安慰，一会儿，她的呼吸正常了。他闻到了她高热散发的一种气息，吸着它，如同吞饮着她的身体的热量。刹那间，他幻想自己和她在一起走过了漫漫的岁月。他愿意与她一同赶赴死亡。由于困乏，他的头垂下来，挨着她的枕头度过一夜。

地平线不疾不徐露出了暖暖的光亮，一簇光晕落在明根苍白的脸庞，试图穿过打着弯儿的长长睫毛，照射到她的内心的无语之境。巴特尔打了个盹儿，醒来才想起告诉宝力道。

宝力道被抓，人们以讹传讹。实则第二天太阳落山，他就被放了回来。那是一次典型的非法拘禁，性质非常恶劣。他是旗政协委员，不履行相应的程序，不是谁想带走就能随便带走的。牧民们骑马驾车前往工业园区和那个人向上面打的报告，完全是八竿子打不着的两码事。

“宝力道叔叔：明根掉进了河里，在我家，还好，勿念！”巴特尔发过去短信，报了平安。

他又想起努尔金，拿起手机就拨。

明根的反常应该和努尔金有关。白天，他从远处看到明根骑着摩托车急匆匆走了，黑了天也不见踪影，他焦急烦闷，一下午什么也没干，也不想干。这两天接打几个电话，知道了大概缘由，他为自己打的那个草原110电话懊恼不已。

急雨过后，雾蒙蒙能见度极差。巴特尔惦记骑摩托车飞过去的人，左等右等，不见踪影。家里的灯开了一夜，就是希望明根远远地看到前方的光亮，不要迷了路。后半夜，他把耳朵贴在地上，除了一丝风，除了布谷呢喃，蟋蟀啁啁，那轰轰的声音一直没有出现。

夜不归家，叫什么事儿，急死个人。他心神不宁地走出家门，从山北绕过大石头，左拐走到那条路上。右手边的阿尔善河突然停滞，往常望过去的波光粼粼不见了，他惊惧无比。顺着泥泞的路往前走，明根如果在路上，迎面总会碰到的。在半路上如果没有看到一明一暗的车灯，相信他会一直走到工业园区的那座二层小楼……

努尔金的电话打不通，也不知是关了机，还是不在服务区。也好，什么事都有原因，又何必刨根问底。手机一丢，巴特尔头一磕便睡着了，这一晚实在是太累了。旁边的明根静如落叶。

老天爷没完没了，抽他的筋。宝力道急火攻心飞过来，推开门，看到客厅一堆泥乎乎衣物，女儿正在沉沉入睡，一颗悬着的心放了下来。巴特尔可怜巴巴地坐在马扎上，头扎到明根脚底下的被子上，发出短信的破手机丢在一旁。宝力道扫了一圈，泪水突然涌了出来。他轻轻地推开门，停下脚步，回头望了望，却什么话也没说。他真的相信，他的前世做过孽了。阿尔善河一张一合，为啥唯独惩罚他们一家？

那是日子刚刚有了些奔头的年月，阿尔善河上游轰隆隆的声音随风而来。他骑马过去，还是半路上被人截住，指鼻子瞪眼被撵了回来。一辆接着一辆大卡车驶过来驶过去，草场上压出几条深深浅浅的路，沉重得如同压着他的心上人。

人们纷纷传说，工程队要加高加固半拉子水库，周边开出农田种上玉米油菜，水库里面再投进去几麻袋鱼苗。少妇铜力嘎笑一笑摇了摇头，这怎么可能，她在四十一团家属院长大，大人们开荒种地挖煤发电，还有养鱼，打小什么没有见过。

“你每天跟着羊屁股，不懂不要装懂。鱼苗离不得水，怎么能装在麻袋，又不是正大饲料！”

“嘿嘿，就你懂，还放羊。”

宝力道一边圈水井，一边和媳妇抬杠。除了抬杠，还能怎样，他这个嘎查达当得了无意思。水库加高加固跟他们没有关系，草场压得不成样，社员们跟他急眼，以为干部收了好处，点头答应的。嘎查达算个屁，芝麻粒大的官，可没有那么大的权力。

那天西边晴空万里，只有游动的一丝低云。他圈的水井，离河道不太远，找来帮工，使锹弄镐挖了一天。直上直下计三米，出水掏出泥沙，井底下入一副杨木井盘，周围放上一层石头，剩下的井壁，打算自己拉来石头慢慢箍。他抡起摇把发动四轮拖拉机，突突喷出黑烟，出发。山脚下遍地都是石头，他已经拉了一大堆，砌井还差那么几车。装满一车往回走，半路上突然刮起了风。

抬头望去，滚滚乌云压了过来，远处电闪雷鸣，眼看急雨到了。宝力道赶紧熄了火，扔下拖拉机，跑到附近人家借了一匹马。雨说来就来，他顶着雨幕艰难地奔向自家羊群方向，怕就怕羊群被暴雨冲跑，冲丢了。

急雨小了，宝力道很晚才把羊群收拢回来。推门进屋，女儿一个人在家，抱着小羊羔，歪着脑袋在睡，腰间拴的绳子还在。铜力嘎，怎么没有回来？他焦急万分，又说不好为了什么。抽马艰难地来到河边盘井的地方，可是他怎么能够找到铜力嘎？天又被捅开窟窿，雨不停地倾倒，洪水漫过河床以排山倒海之势咆哮。哪儿还有他盘了一半的水井，哪儿还有他辛辛苦苦拉过来的十多车石头，他的媳妇哪？

宝力道呆了，僵立在河岸，望着洪水大声呼喊，用目光搜寻着四周，他多么希望媳妇蜷曲在某个不被雨淋的地方，又或者迎着雨艰难地朝他走来。可是，所有的奇迹都没有出现。宝力道不知道自己是如何挺回家，又是如何结开孩子身上的毛绳，告诉她，额吉去了哪里！

找啊找，他把左邻右舍跑遍了。找了上游，找下游。电话打爆了，还派出几个朋友到更远的地方去寻找。媳妇一定是生了气，怨他大雨天丢下她，这才不管不顾，去了谁家躲那么几天，气消了，惦念孩子自然回来了。一定是那样的，其他他一概不信。几天之后，下游的贝子镇传过来消息，说他们那儿发现了一具女尸，还有许多大鱼，是水库溃坝那次冲下来的……

五岁的明根成了只有阿爸的可怜孤儿。

明根扎进去的不是阿尔善河急流，而是岸边的淤泥。话说回来，就算她和她的额吉一样在河里死去，用不了多久，人是健忘的，生活还要继续。那天晚上，阿尔善河被咔嚓截住了。从此以后，两岸的生灵们，将要由他们（它们）自己顽强的生命力作出抉择，各自安好。在人类的伟力面前，河流弯弯曲曲的自由欢畅，不算什么大事。

阿尔善水库始建于兵团时期，后来由农垦系统投资，自治区水利基建工程公司设计，自治区成立三十周年献礼工程，阿尔善草原上的第一个标志性建筑。设计库容二点二亿立方米，历时三年建成。

水库溃坝的第三天，自治区联合调查组下来了。带队领导没有听盟水利局、农垦局准备的汇报。多年来水库发挥的作用固然重要，调查基于这样一个原则，查找发生问题的根源，再无其他。

会议开了半个小时散了，调查组找干部职工谈话。

阿尔善水保站曲工程师反映，由于资金所限，水库建成不久就留下了许多不完善的地方，渗漏严重，没有护坡。更为严重的是溢洪道基础薄弱，只是在沙基上覆盖了约二十厘米厚的水泥板。理论上，溢洪道基础应该以岩基或混凝土作为基础。由于很多的不完善，水库成了病险库。每年打报告维修，靠有限的资金，小打小闹，修修补补，一直没有解决根本问题。

调查组很快摸清了症结，阿尔善水库前后归口多个部门单位，由于条块分割、体制不顺等多种因素，终于造成溢洪道因暴雨泄洪垮塌，导致二亿多立方存水在几个小时内全部泄完。有多少头只牲畜被冲，有的说挺多，有的说极个别现象。有没有人被冲走，还没有统计上来。二百多里开外旗府所在地贝子镇古河道里，有人捡到二十来斤重的水库鱼，成为奇谈。

调查组认为，这么大的水库，上游没有水文站，是聋子瞎子，水库管理始终不重视专业人才提供技术支持。现有的专业人才没事儿干，养鱼养鸭。

座谈会上干部们低着头，钢笔唰唰记着。旗长秘书蒙更高勒此时还不知道他的同父异母姐姐家发生的巨大变故。旗直部门和苏木乡镇干部一个个皱着眉头做出沉思状。无知，还有重视不够，是多么值得汲取的教训啊！领导干部不懂经济不懂专业知识，不行了。新时期需要又红又专的干部。

那一次水库溃坝，南斯日玛和永青扎布到旗里送努尔金，幼儿园马上开学。等到停了雨通了路，他们又耽搁半天采买了一些生活日用品。回来让南斯日玛意想不到的是，夺去女儿年轻轻生命的，正是自己挺着大肚子激情满怀参与建设的水库。她痴了，呆了，丢下老伴，第七天上离家出走了。

水火是她的定数，她需要虔诚苦渡。

二

草原上刮起热风，空气燥热。五连开山炸石打炮眼，留下一名知青在蒙古包里做饭。他把热灰倒在外面的灰坑，引发荒火。火伴随着大风，张牙舞爪地窜向顺风的方向。附近就是八连。

八连的两栋平房坐落在丁字型山川的西北角。东面是一条两公里宽、南北走向十多公里长的矮山。前面是约一公里宽的山坡，并与南北走向的矮山交接。南面紧靠罕乌拉山余脉尽头的一座山，他们称作南山。连里盖房子打井用的石头，都来自身后的这座石头山。山上山下，山沟、草原和耕地之间都是厚厚的陈草。

丁字型地势上的营房破旧不堪，所有故事湮灭于时光。可是在南斯日玛心里却扎下了深根，她回想着那儿的一切。坐落的位置，到达的距离，夕阳爬过罕乌拉山照射过来的时间，甚至伙房在哪儿，在里面做过什么饭，都记得一清二楚。那是一堵墙，里面的一切念想，厚厚的样子仿佛可以防备核武器。她模糊记忆，抵挡顽固。

于是，三十年来她可以固执地不用向前迈出一小步。因为，所有的失去，幸好不是她的八连。

喇嘛大夫又开始当喇嘛了。他从阿尔善苏木卫生院退休，专门到旗里办了行医手续，接下来一趟一趟出远门。一个退了休的人，去哪儿行医，还是念经，谁能管得着，人们习以为常。南斯日玛到阿贵庙留下的唯一一座大殿献珠拉酥油灯，遇到了喇嘛大夫。南斯日玛感慨万千，她的亲人们，没有一个不是他给诊治、偷偷念过经的。喇嘛大夫到底还是当了住持大喇嘛。

“您以后可要多为咱们草原念念经！”

“想当年我给你家铜川念过，给死去的金香念过，把我吓得。多少年只在南山偷偷念，那儿没人管，也就一直没有忘记。”

“什么南山？”

“还不是那些兄弟姐妹！”

喇嘛大夫平静地说着过往。于是南斯日玛面前那道厚厚的围墙坍塌了。她再也控制不住自己，六十来岁的人了，还像年轻时那样，放声痛哭，只为了心里久久放不下的念想。原来，她一直在欺骗自己。

阿尔善草原躲藏在广阔大地不为人知的地方。来来往往的人们冷漠地看一眼破旧的王府和一些后来才盖了起来的房子。阿尔善牧民还是农牧场职工，包括她不需要别人的怜悯之情……南斯日玛不知道自己何时失去了曾经拥有过的那种激情和斗志。难道是水和火吗？慢慢消磨掉的，于是变得自卑，从而筑起高墙，原来只为逃避！

同样是兵团人的喇嘛大夫，义无反顾地上山，一上就是二十八年。那个动荡的年代，都是偷偷过去。拖家带口，需要多大的勇气啊！他说：“我们已看见道路，无须再恐惧。”

在他的面前，南山从来没有荒芜，破旧了的碑石，那是时光的痕迹，就像他们步入了老年，而里面的革命人却是永远年轻，那是他们的永恒。纷纷扰扰的商品经济大潮不算什么，有人下海经商，有人当官，这些与他的持念并不抵牾，他只是他。草黄了二十八回，绿了二十八次，有他在拔除杂草，有他在念经。足矣！

经过喇嘛大夫的多方考证，打火的经过是这样的。

五连发现火情，一、二、三排各留一个班保护连部，机运排在连队后面开出一条防火道。其他人兵分两路，一路直接上南山迎着火头扑打，另一路坐拖拉机向北绕到山后，再向沟里穿插过去，与上山打火的队伍会合。

历年来打火，在火势的后面和两头打，一有危险马上躲开，再想其他的办法。第一路队伍向南山迎着火势上去了，另一路人马坐着拖拉机拐过山弯，向沟底插了过来，那一团火头务必截住扑灭。说时迟那时快，西北方向的烈火翻几个大的跟头，已经窜到了山顶，和冲到山顶的第一路知青隔沟相望。滚滚的浓烟卷着呼呼作响的烈火跳跃着向山下扑来。这边的队伍见状，顾不得多想，挥舞着手中的扫帚、拖把等打火工具，冲下山去。

眨眼工夫，浓烟弥漫了整个山头。原方案是两队人马合力扑打，可没等他们碰面、相互鼓劲，浓烟和烈火便把他们隔开了，紧接着又把他们包围在一片火海。东方红拖拉机冲进浓烟，铁牛上的人们没有半点惧色，尤其是拖拉机手，被浓烟呛得直不起腰来，他把整个上半身压在方向盘上，油门稳稳地踩到底，直直向前冲击。

从山上冲下来的战士们刚刚到了半山腰，卷着热浪的浓烟包围了他们。有打火经验的人，打火时身上都带着火柴，万一遇到险情，就地放火，等火烧出一片空地，便趴在燃烧过的地方，这样当大火扑过来，着过火的地方是不会再燃起火的。战士们被烈火和浓烟包围，出路只有一条，那就是拼，向前冲，迎风冲出火海。他们的头顶身旁一片嘈杂，狐狸、旱獭、蜥蜴、兔子、老鼠、刺猬、百灵鸟、麻雀、野鸡、鹌鹑，还有蛇，惊惶失措四处逃窜，纷纷逃离庇护之所。这些生灵和人类无论是朋友还是敌人，此时被一道道火苗越挤越紧，以致空气中纷飞着这些可怜的小型动物不幸烧焦的浓烈气味。

“逆风往高处跑！”

据喇嘛大夫考证，指导员大声喊过这样的命令。风呼呼吼叫，指导员也许突然冒出了一种说不出来的恐惧，他要提醒年轻人，马上把他们带出去。火在山沟里打着滚，高温、低氧，只可惜吞没了指导员沙哑的呼喊声。年轻人上不来气，他们在火中挣扎，茫然不知所措，在这无情的大火中，生与死的界线只在于你能否跑出依稀仿佛的几步。平时跑起来哪怕十里二十里都不在话下的小伙子姑娘们，今天却迈不出一步、两步，一米、两米。

指导员跑到山沟把衣服往头上一包，冲进火海，一分钟、两分钟、三分钟……终于，他带着十多个知青冲出了火海，一转眼又淹没在大火之中，他在大火飞舞的空当又带出了七个人。

指导员的头发焦了，衣服烧成破烂，满脸是被火灼烧起的大泡，他抬起头，想喘一口气，一眼看见火中的一位女战士，于是又冲了进去。

火熄灭了，是战士们扑灭了大火，还是大火烧到防火道自行熄灭，谁也没有闲心关注。连长清点人数，发现好几个人未归，兴许走散到了其他连队，希望第二天早上都能一一归队。连长的脸上，由于痛苦变得狰狞可怕，他为什么不是他们中的一位啊，他想和指导员一样冲进去再也不回归，可是队伍怎么办？他要好好地带回去。

大火过后，至于怎么解决的，别人说起来，南斯日玛总是悄悄躲起来，不听，不敢听。因为五四青年节刚过，他们八连也投入了一场扑灭大火的战斗……

上山伐木时，南斯日玛见过圆木上的年轮，横断面上有许多圆圈，数一数，就知道那棵树生长了多少年。听那位吴姓战友说过，在树皮和木质中间有一层肉眼看不到的细胞，细胞整整齐齐围成一个圈，又不断分裂出新细胞，树木就会越长越粗壮，这层细胞叫作形成层。春夏雨季，木质疏松，颜色浅。到了秋天，天气变凉，分裂细胞的速度减慢，颜色就深，质地细密。一年又一年，就形成了一圈又一圈清晰的年轮。人的肉眼看不到细胞，也看不到树木的增长。树造年轮，人有轮回，大火过后的两个年轮，南斯日玛遭遇了洪水。

按照民间的说法，六十年一甲子，也是一个轮回，十二年是一轮或一纪。阿尔善迎来少有的好年景。经历了起起伏伏，生活到处都在变化，牲畜价格上来了，旗里的房屋可以买卖了，原来让人眼红的食品厂蒙古包厂粮站倒闭了，听说锅炉厂股份制改革，工人下岗，城里人巴不得在农村有几亩地，在牧区有一块草场……

见过喇嘛大夫的次日，南斯日玛独自一人爬上南山。

山不高，也不陡。左侧树木，右边禾草，山包上方是低矮的石制墓碑。前方是纪念碑，灰砖垒砌的质地在苍茫草原的天幕上刻画出一道高高的轮廓。烈火燃烧过的山坡，除了风，没有留下任何过去的踪迹。山坡上，沟底里，牧草明显黄了。一团团成熟的马兰花弯下了腰，褪去浅蓝和蓝紫，零乱地投在了众草的怀抱。传说马兰花是由不能和梁山伯相守的祝英台变的，外形像只蝴蝶，所以代表了爱的思念。

山脊一侧刀劈一样整齐陡峭。初秋高远的天，涂着忧郁的暮色，笼罩着远处牧户的蓝瓦屋顶，流干了的阿尔善河露出河床，如同一条长长的翻动的黑血，大畜小畜还有鸟儿围在低洼处的一捧捧水泡，互相争抢，好像那是能够喝到的世上的最后一滴水。南斯日玛仿佛听到了心灵深处隐约的、喧嚣的声音，她被死亡——一种从未体验过的重负所击倒，连当年隐藏在边境线对面山坳里的社会帝国主义坦克集群也无法与之比拟。一个人的痛苦真的不及对痛苦的同情那么沉重了。烈火中的青春，痛苦的纠结，鞭子一样抽打着她，那重复不断的想象更使她的痛苦无限延展。

安顿完女儿的后事，南斯日玛对着窗外的又一场暴雨，终于放声大哭了。她像一匹受了枪伤，还没有舔好痊愈的狼，发出凄厉的野性的哀嚎。她抵抗不住，不管不顾，奔向记忆里额吉唯一的那句话而去。

三

女儿的心思，宝力道心知肚明。至于巴特尔，他早认定是个干牧业的好苗子。男儿会壮，毛毡会伸。做事的一股闯劲像极了自己年轻时的样子。他把家里的羊群交给明根，私心里那是有意无意让女儿和小伙子会面的。撮合到一起，那是再好不过了。

看到女儿平安无事，心里的一块石头猛然落了地。巴特尔这孩子是不会亏待女儿的。就让她安安静静，待上几天吧！

宝力道骑上摩托车突突着又一次直奔工业园区。前两天就在这条路上被截被抓，没有什么好怵的，他去找浑小子，又不是闹事。问问他俩到底怎么回事，好好的，差点儿弄出不可挽回的天大惊险。推开门，办公桌空着，人不在。

“努尔金，在不在……”

“走了，说不准得一年半载，也许再不会回来了。”

有人爱搭不理抬起头地回了一句。办公室被翻了个底朝天。格子间，一个中年女士的相框倒了。窗户边，小青年偷偷放在抽屉里层的一副比较露骨的扑克牌被收走，那是从口岸偷偷带进来的。看起来办公室里的人一个个火气挺大。二层小楼建的时候原是会所，现在已经改成了公司，产学研基地占三个房间。部分员工每天开车从家里来回上班，只有从盟里来的两三个员工住在楼上。

“这叫什么话！”

宝力道气呼呼扭头就走。他再不想看到这个没有骨气、遇到难题开溜的家伙，忘得越快越好，到底和他老子一样是个孬种。

回到家，太阳已经爬过了蒙古包上立着的套马杆上方。头一次，临近中午他才把羊群放出去。羊群顺着固定的方向，急匆匆跑向远处的草场。骑上花斑马跟着羊群，来到牧草茂盛的地方，他把结实滑软的缰绳挂在鞍子上，下了绊子，花斑马一溜烟扑了过去，青草的味道刺激着它的嗅觉，嘴巴早就等不及了。

宝力道站在那儿，不知是忧伤还是喜悦，轻轻地哼起了长调，那是成家的时候，岳母南斯日玛哼唱的《罕乌拉》。那个时候，他好像灵魂出窍，只听了一遍就记住了。他的前方是高大巍峨的罕乌拉山，旁边是奔流的阿尔善河，女儿和棒小伙幸福快乐地生活……

明根的心情没有她阿爸的那么好。

醒了，可她其实真的不想这样的醒。她看都不看巴特尔端过来端过去的碗筷，她闻不到肉香，她对什么都不感兴趣。心里空空荡荡，只觉得自己和太姥姥一样已七老八十。身上除了干干净净洗好的胸衣和内裤，为什么穿着肥大的男人衣服，为什么在巴特尔家躺着，不想问。阿爸什么时候接她回去，不想问。

明根的委屈加之疼痛，长在巴特尔身上。这些天，坐卧不安，心口生疼。他对这个人异乎寻常地在乎，好像明根是他的神，由不得不去捧着护着。明根躺在他那张了无生机的大床，无形地温暖着他的被窝，已经是难得的照耀了。

然而，明根很快就发觉。便问："巴特尔，你看什么看？"

"看外面的草场，蓝天，还有牛群，羊群。我喜欢！"

"刚才？"

"我也悄悄看你，你不觉得吗？"

"真恶心！"明根咬牙怀恨，扭过头不去理他。

有一年开春，巴特尔在外面的草丛发现了一颗大蛋，伸过手想摸，到底还是没有碰。他怕鸟妈妈闻到他的气味不要它的宝宝。连续两天，他在附近观望，不见鸟妈妈踪影，也许被偷猎的人打死了，再也无法过来孵化。巴特尔脱下上衣，把大蛋小心兜回家，交给额吉。额吉猜到了儿子的心思，家里的母鸡正在抱窝。

他天天趴着看，一窝鸡蛋夹杂一颗大蛋终于破壳而出了。小鸟个头儿贼大，小鸡一样呆头呆脑，跌跌撞撞跟在鸡妈妈后面，蹦跶着练习啄食。小鸟毛茸茸的细毛一天天由深变浅，由灰变白，活脱脱一只可爱的小天鹅。

小鸡追不上小天鹅，小巴特尔追。

他跑到河湾，用阿爸编的柳条篮子淘小鱼小虾，喂小天鹅，还给它取了名字，叫刚。骑马放牧，刚跟在后面连跑带飞，撒娇跑不动了，他就下马把刚抱在怀里，骑马飞奔，惹得刚嘎嘎欢叫。那是一段多么美好的时光啊！他天天带着刚在野外训练飞翔，有时故意不投食。刚起初不知所措，没有办法，一步一回头，跳进河里觅食。到了晚上，刚顶开门，跳上炕，一动不动窝在他的脚底。

第二年，迁徙而来的一大群天鹅落在阿尔善河湾。它们每年都要在这里停留很长一段时间，孵化，休整，利用丰富的鱼类和洁净的苇草增加能量。这里也是它们的家。巴特尔把朝夕相处的刚放归到天鹅群，天鹅王排斥满是人类味道的怪家伙，啄得形单影只的刚羽毛零乱，悄悄又跑回了巴特尔身边，他乐得接受。阿爸看在眼里。

“刚回来了，你高兴，它高兴吗？”

“它当然高兴。”

“你好好看看。”

仔细看，刚真的不同以往，委屈地趴在一边，好像满眼都是被抛弃伤心的样子。对啊，刚不高兴了，它想远方飞来的新伙伴了。那一夜，巴特尔翻来覆去睡不着，直到想出了一个好办法，搂着刚睡到天亮。早上喝茶，随口一句，阿爸额吉都觉得孩子这个办法好。人啊，什么事一上心，主意就有了。

巴特尔抱着刚，好像面对一位熟悉的朋友，他一五一十地说着自己的计划。刚似懂非懂，嘎嘎啄他。他们一起奔向阿尔善河。清晨的河湾笼罩着一层薄雾，幽静异常，只有早起的青蛙咕咕对歌。巴特尔把手放进嘴里响亮地一声呼哨，惊起野鸭乱飞，藏在芦苇丛的天鹅像条小船一个接着一个驶出来，伸长脖子探望。

巴特尔拍了拍怀中的爱鹅，双手一举一扔，刚呼啸着向前飞去。水中的天鹅十分好奇，脖子直直地伸向刚，有的断定这是一个难得的美差，扇起美丽的翅膀飞掠过去。巴特尔的刚，知道秘密，它径直带着新的家人冲向鱼虾暗暗躲藏的好去处。以往静寂的河湾顿时变得欢腾与热闹。

没两天，巴特尔看到刚和爱慕了许久的一只年轻雌鹅在一起，成双成对，引颈对唱。巴特尔愣愣地看，他还小，不懂得情为何物，可心里老大的不痛快，好像高兴好像失落，依稀听懂了天鹅之间的语言，那是普天之下万物共有的爱与美的信号。

那一年的寒秋到了，天鹅一队队飞向南方。当最后的一支长长的队伍不得不离开时，鹅阵专程飞临到草原上的一座不起眼的土坯房上方，好像感谢房屋的主人给了它们安稳丰盛的休养生息。中间位置的那一只，突然一个闪电落在后面，那是刚。它落在房顶依依不舍地环绕着颔首致意，然后飞也似的追向望也望不到边的鹅阵。身穿蒙古袍的女主人小凤两条长辫短了许多，夹杂着白发，她用勺子向着鹅群的方向轻轻地洒着鲜奶，祝福它们平安远行。夫妇俩连声叹息，他们是那么的遗憾，孩子上学，恰好不在家！

周末，巴特尔回到家，话也不说，难受了好久。一段时间里，上课怎么也集中不了精力，好像他的刚正在空中盘旋，回头张望，然后远远地飞去，望也望不到了。

此时的巴特尔，不希望明根好了也要离他而去。

太阳升了落，落了升，不知度过了多少个昼夜，明根如同慢慢苏醒的一朵花，注意到床头粗壮的黄铜弹壳里插着一把野花，萨日朗花，芍药花，还有几种叫不出名的花。闻了闻，芬芳怡人。她就知道这是巴特尔跑到很远的芍药谷采的。这个粗心，看起来还挺心细的。为了她，居然把人家保护区的花偷偷摘了回来。她皱眉又像暗暗地乐。

她听努尔金说过，这些花可以制香。他奶奶留下一本秘方，可惜已经好久没有人制香了。前两天，她听到阿爸和巴特尔在窗外叽里咕噜耳语，什么让她安心待着，什么努尔金不见了。她没有悲喜，就好像没有听到一样。走了，她又如何。他没有告诉她，他连她的死活都不过问，她又如何知道他对他俩的事情是怎么想的。既然这样走了，他有他走的理由，她又何必追问！

那一次见面，原本就是为了结束。

夜里，明根突然醒了。月光从窗户照进来那么一条，又落到被子上，猛然看到巴特尔和衣坐在她的床前，脑袋趴在被子上，居然在她的脚底。这几天她还真没有在意巴特尔是怎么睡的，原来一直这样陪着她坐着睡的。就像巴特尔说过的，刚睡在他的脚底。明根的泪就下来了，心里好乱，她怎么面对这个傻傻的人？

又是一个傍晚，巴特尔放牧回来，把马拴好，进了屋就要进厨房洗手做饭。对面的明根递过来话，原来明根的嗓音是那么的好听。

“巴特尔，你一天晒晕了怎么的，鼻子闻不出味儿了？”

巴特尔嗅了嗅，还真闻出了饭香。这在之前是从来没有过的。明根早换上了自己的一套合身衣服，下厨房做了面片，里面放了干肉、几根土豆条，一盘凉拌沙葱上面还炝了扎蒙花，难怪香气满屋。明根往饭桌上端过来一大一小两个碗，巴特尔抓起大碗，风卷残云几口就消灭了，大呼好吃过瘾。明根盛了又盛，巴特尔大手一伸还要吃。

“不能吃了，不怕撑了你，想吃，下次再给你做。”

“好嘞！”

两个人难得对视一笑。这在以往也是从来没有过的。夜色深沉，他俩有一搭没一搭聊牛羊，聊草场，聊合作社，聊米面饭菜日子，说的话比以往多出了不少。明根到底还是忸怩，奇怪，以前她可是最烦他的，实打实的傻大个儿。

临睡，明根没有看巴特尔，她喊了一声，留下了话。

“热水器我早开了，你洗洗吧。这些天让你照料我，脏成啥样了，臭气熏天的。”

“今天——别坐着睡了，到里屋床上睡吧。”

巴特尔哎了一声，到隔壁房间找出干净衣服，等他蹑手蹑脚到后面的卫生间，明根早回了卧室，关了门，钻进被窝躺下了。一会儿，后面的卫生间满是巴特尔哗哗的冲洗声。多少天没洗了，少说半个月吧，这么臭。

明根睡着了。不知过了多久，雨下得很大很大，她浑身湿冷，在泥泞中吃力地骑行。空旷天幕的黑，那么高那么深，又好像这黑暗很近很近，暗黑的天幕里一只大手突然伸过来拎起她，她拼了命大声呼救。

“努尔金——巴特尔，快过来！”

巴特尔洗得不紧不慢，多少天了，是该洗了，看这搓出来的泥，幸好明根提醒他，他都忘了这一茬。热水一冲，身上是那么的舒坦，强健的身体饱满鼓胀，那是生命的勃发。他用毛巾擦了又擦，轻轻哼起了歌儿。明根在喊他，难道在做梦？顾不得多想，他急急湿湿地套上内裤，光脚跑了过去。打开台灯，原来明根又在说梦话。他抓起明根的手，轻轻地拍了拍。每当她在夜里说梦话胡话，大手就抓住小手，轻轻地拍一拍，随即就安静下来。

“明根，醒醒，这是在家，别害怕。”

明根醒了，满头是汗，原来还是那个甩也甩不掉的噩梦。她瞥了一眼，看到巴特尔只穿着一条内裤，顿时羞红了脸，赶紧用被子蒙住了头。

“巴特尔，你就不能多穿点儿，五大三粗的。”

巴特尔这才发现自己只顾着急，小跑过来，这和光屁股也没有什么两样，前凸后翘，胸口一片黑毛。双手捂前捂后，又如何能够捂住，脸红得就差抢过来明根的毛巾被披上。

日子不紧不慢地继续，第三天、第四天，还是第几天，谁也不去管它。

又是太阳落山，巴特尔饮了羊回来。昨晚扔下的脏衣服早让明根洗了，一件件挂在外面的拴马绳上迎风飘舞。巴特尔看了心里乐开了花，他猛然觉出了明根的变化，除了干这干那，人也越发有了光泽，那模样，那良善，像他的额吉，让他多了一份温情和依赖，又像是山谷里粉红粉白的芍药花，芬芳迷人。

奇异而忧郁的自我迷醉延续着。牧人的生活很平淡，对巴特尔来说却是那么的有滋有味，就像一年的白月过年。他不去想这样的日子还能过多久，两天三天，一周，半个月，他不去想这么复杂的问题，对他来说每分每秒都是最最愉快的时光。这是明根的照耀。

入夜时分，明根早早钻进了被窝。

巴特尔出去了，看羊群和几头牛，这是他每天晚上临睡前必做的功课。听到扑哧扑哧的声音，原来是他的那两匹在外游荡了好久的马儿回来了，打着响鼻，围着拴马桩用长尾甩打着蚊虫。巴特尔高兴坏了，过去一个个使劲拍了拍，摸了摸脑门，到仓房端过来半盆玉米，犒劳回家的夜游神们。

进了家，他到后面的卫生间抓紧冲了冲。他们这儿距离高压线铁塔近，每家每户出钱，嘎查协调刚刚通了常电，电器一应俱全，只是他的使用率很低。由于明根，近些天他保持了良好的卫生习惯。进了卧室，坐到明根的床前，继续当保护神，明根要他到隔壁房间睡觉，他怎么放心得下，也舍不得。奇怪，明根怎么还没有睡，正在看他，看得巴特尔有些害羞。只听到有句话轻轻飘了过来。

“你上来吧。”

“明根，你说什么？”

巴特尔呆住了，以为耳朵听差了，明根睁大眼说起了胡话。灯光一闪一闪暗了许多，许是外面的风大，电压不稳，明根的脸红红的，巴特尔不会看到。

“我让你上来。”

说完明根把头扭到了一边，床上留出了一块空地。巴特尔哆哆嗦嗦摸了上来，摸到的和他那次给她脱下脏衣时一样，身上没有一条衣缕细丝……

第二天上午，明根回家了。

宝力道发现了女儿的变化，安静了，沉稳了，话也不多一句。有那么一天，明根坐在自己简单的梳妆台前，把马尾辫散开来捋直捋顺，还试着像小媳妇那样从中间直直地分开，可到底还是没有分，重又包扎了起来，微微向上一卷，用块手绢盘了上去。

阿爸进屋了，她端过来饭，平静地说了多少天来的第一句话。

“阿爸，把我嫁给巴特尔吧！”

宝力道眼泪止不住地流了下来，看着女儿想说什么，可是话到了嗓子眼突然又给堵住了。清澈的阿尔善河，被大水冲了的媳妇铜力嘎，还有岳母南斯日玛，亲近的她们，都走了，一个去了宝木巴圣地，一个去了遥远的寺院。他是“呼日根”，上门女婿。无助地望向远方，一个个送去“呼日格”了。他多么不想再要“送去”——明根。此时，他的唯一啊！

宝力道难得堆出灿烂的笑，从家里出来了。只有空旷的草原能够盛放他的巨大喜悦。就算这片草原让人们无端地破坏着、索取着，阿尔善草原依然默默地宽容与领受。

四

生身之乡美如天堂，久饮之水甘似圣水。

如果把这句蒙古族谚语放在戴安妮身上，那是再恰当不过了。从北美飞到北京再到自治区首府，一路辗转，侄儿锡林已经带着她奔向她的阿尔善。不，她已经置身于阿尔善草原宽广的怀抱了。

一股清新的气息扑面而来，强烈地冲击着漂泊的游子，戴安妮的心脏按捺不住怦怦直跳，她怕自己承受不了视觉的心灵的巨大冲击，不得不含了两次细小的药丸。一路上不停地问这问那。

那里的草绿了吗？绿了。

那里有树了吗？有了。

那里有房子了吗？有了！

离开半个世纪，想得痴了，好像小孩，侄儿倒成了大人。百灵鸟一波接着一波跟在吉普车左右歌唱，不知那是多少代的后代了，仿佛带着她的悲伤和欢乐自由飞翔。

父母亲过世多年，她早有心理准备，人又不是神仙，自然规律谁能抗拒，可忍不住还是揪心地哭了起来。据侄儿说，她的哥哥和孙子跟着旅行团出游，不在家，让她生出深深的缺憾！

"姑姑，能不能带我到国外闯一闯？"

"怎么了，家乡不好吗？"

"好什么好，现在是商品经济，没钱就是孙子。"

"孩子，贫富只是一个概念，有家就有了一切。"

"家里多少年就这样，您也看到了。"

"家是天堂，孩子！"

"喝的水是阿尔善，养我的土地是金子。"说来，这并不是所有人的梦想啊！此刻，侄儿的美梦被姑姑破坏了，她的美好同样被侄儿毁了一半。

瞧这个侄儿。上学到旗里寄宿，上过牧业学校，还进过家电维修班，跑到不少地方做买卖。可怜的哥哥把钱拿出来供他在城里用，学这学那，让他的儿子生活得不比别人差。戴安妮突然间为没有见到的哥哥揪心，他的孩子是否理解当父亲的良苦用心？大人的一片心意不但得不到理解，反而遭到无休止的冷遇，甚至是憎恶。生活中常有这种相反的例子。子女们认为大人纯属活该，做出种种出格的举动，以为羞辱了自己最亲的人。

戴安妮最先要去的地方当然是家了。可是哪里有家，眼前连一点儿痕迹都没有了。可她并不觉得这是荒芜。牧人的生活就是如此，蒙古包搬走了，青草依旧，还要留下什么？她把从贝子镇一个叫遇见的鲜花店买的一捧洁白的百合花放在绿草如茵的草原上，含着热泪，凭吊着父母亲人，好像走进了热气腾腾的蒙古包。那个她生活的遗存，一种纪念物，使她想起了阿爸，还有她的生活在没有飞机与汽车时代的祖先。

阿爸是个勤快人，他的时间由太阳说了算。太阳醒了，他不慌不忙起来，先到外面照看牛羊，然后进来洗涮，焚香念经。记忆犹新的是，阿爸喝茶总是那么轻轻地吸溜一下，声音动听极了，好像平平常常一碗奶茶是圣水，那么的满足，倍加爱惜。等到喝好了，端起木碗一圈一圈舔净余下的几粒炒米，然后递给额吉，显示着他的威严。额吉不声不响接过来，轻轻地放到桌子上。这时，阿爸起身，束紧长长的黄绸子腰布，外面他的红马不耐烦地踏着碎步来回张望，等着他解下缰绳，奔向旷野。

阿爸出牧，总是那么的欣喜，那么的惬意。前方是阿爸的阿爸的阿爸的阿爸，也不知多少代阿爸观望过的罕乌拉山，还有那条晨曦中闪着波光的河流。罕乌拉山，阿尔善河也一定静静地回望着子民繁衍生息。

“大概我们再也见不到她了。”

“大概是见不到了。”

据说这是阿爸和额吉留下来的话。她感到阵阵心酸。此刻，她带着阿爸额吉的身体和眼睛，一一端详着眼前的一切。

夜里，阿爸提着昏暗的马灯出去了。那个马灯可了不得，是阿爸用两只羊从李掌柜那儿换的。去看一动不动卧着的羊群，亮晶晶的眼睛那是他们家的星辰。牛不慌不忙扭动大嘴反刍，马儿打着响鼻儿甩着尾巴。在戴安妮的记忆里，爱如潮水，牧人们就这样在寂静的阿尔善草原怀抱里，日复一日，悠然地放牧着生与死，人生何求！草原广阔，而人何其渺小，所有细碎，安卧于她的伟大身躯。

那个年月，那条海峡对面，曾经出去参加赛歌会的人们，命运全部烙上了新的印痕。王府笔帖式，一个草拟公文、上传下达的柔弱文人，担起了生活的重任。他出去购房，房子不大，房前屋后却有不少高低不平的荒地。他带领一帮女人孩子，锄草，平整土地，修成一条条横七竖八的格子。好在那个地方湿润，不用很费劲地担水浇地。到眷村买来种子，大家开始播种了。

在笔帖式叔叔的记忆里，贝勒旗的种菜史始于李掌柜。每年五月，李掌柜脱下长衫穿起短衣，一改老谋深算的样子，如同在家乡的黄土高坡，带领伙计在菜园里甩开膀子翻地、打垄、播种，那是他的欣喜，也是一种别样的回味。商号规定，派出分号的伙计，包括掌柜，一律不准带家眷，两年一回家。由于常年不在家，他在阿尔善草原有了女人，有了孩子。远方的家，地里有他辛勤劳作的婆姨，操着小脚操持着生活的重担。而他投注过去的更多的是一种说不出来的惦念。

安顿好奇怪组合的一大家子，笔帖式重新拾起学识，在祖国宝岛的一所大学教授蒙古文，从事蒙古秘史、明清蒙古史的研究，以至于后来成为国际著名的蒙古学学者。几年后，他迎娶了金夫人，照料小王子长大成人。金夫人至死等待着王爷过来和他们团聚。她和笔帖式约定，王爷来了，笔帖式先生离开。

辗转打听，他们甚至遇到了逃亡过来的岗呼。

岗呼早已不在军界，也许他原本就没有进过什么军界，只是让他冲在前面当炮灰而已。岗呼托军界的朋友查找自己的档案，结果国民党军庞杂的序列里根本就没有过什么“镇边保安团”，也就找不出乞求一些军饷的一丁点儿根由。每次都被军务部门打发了回去。后来，干脆大门口的岗哨都不让他进去了。“国民党不亡，谁亡！”他气得大骂，就差吐出了血。当年，他把命别在裤腰带，数次深入险境偷袭新生政权，差一点儿吃枪子儿，换来的却是这么一个挂羊头卖狗肉的空头上校团长。

坏事做尽的岗呼没有办法，找到几个过命的狐朋狗友合伙开了一家蒙古搏术馆。当年蒙旗国大代表和伪蒙疆自治政府官员，不少携带家眷过来。他们招收一些在台的蒙古族官员子弟教授搏克。后来办不下去，跑到日本学了柔道，回来后搏术馆重点传授柔道。曾经杀人越货的土匪许是报应，瞎了一只眼，常年戴着一个小眼罩。岗呼一五一十讲了他怎么在阿尔善放火，趁着混乱找到王爷，怎么坐上牛车，翻山越岭，扒火车，又怎么送上船。由于女人和细软还没有带出来，他又冒险返回去。于是，那位清朝贝勒第七代王爷，成了一个谜。

飞檐斗拱，雕梁画栋，已是过去陈迹。吉普车停在王府博物馆的照壁前面。王府现在由一家旅游公司承包收取门票。戴安妮交了十元钱，从原来只有举行隆重典礼和欢迎京城官员、贵宾时才打开的府门踏了进去。“一、二、三……”她站在那儿伸出指头急急地数着大门上密密层层的钉子。后来她才得知，两扇宽大的紫红色大门钉有纵横各七计四十九颗铁制门钉，那是贝勒王爷等级的象征。当年，他们一帮大人小孩子从旁边的侧门进出，她好奇地跑过去仰起头一五一十地数。哦，和记忆里的一个样。

热切地凝望，繁华早已不在，萦绕了大半辈子的赛歌会，难道就在这一间不足三十平方米的厢房里进行的吗？在她的记忆中，那是一个很大很大的地方。

那个时候，她的世界是阿尔善，王府就是中心，有幸迈进去，眼前如同充满着神话般的色彩。此时，仿佛阿爸挂在蒙古包外面的那条错结拉直的皮鞭，不小心丢在万草丛中，经过无数个雪雨冷暖的抽打，弯曲了一切所见，所闻，所感。

侄儿并不从事牧业生产，让她颇为惊讶，明明家有草场，却常年租给别人，自己在旗里鼓捣小买卖，看样子也景气不到哪里去。问了几次，侄儿低下头也不言语，每个人都有自己丰富的内心世界，哪怕是傻子，她不好再追问什么。当年的成分让一家人抬不起头，尤其是额吉的最后一幕，使得锡林的内心受到了巨大的伤害。从他生下来的那会儿起他就给他父母带来了不少麻烦，后来他又跑去悄悄和格日勒结婚。阿爸气得病倒在床上，一连躺了一个星期，跟他话都不说。只要一回到阿尔善，锡林就头晕目眩，心跳加速，使得他也就愈发少了回阿尔善发展牛羊的念想，这是命。

艾义思（戴安妮又变回艾义思）虽说没有经历那场浩劫。可她历经战乱，骨肉分离，几十年有国难回，也算另一番切肤之痛吧！过去了这么多年，她从侄儿身上留下来的苦闷和心灵创伤，依稀感知到了那段悲痛的过去。好在都已经过去，阿尔善草原望过去，依然如故。

“姑姑，你说阿爸为啥不给我秘方？”

“我不知道啊，你说说。”

“给我，最起码能卖出个好价钱。”

“你就没有从自身找点儿原因？”

艾义思问得轻巧，她已经猜出了一二。看来哥嫂真是一个办事有着分寸的细密之人。檀香木、杜鹃花、荷花和茉莉花没有不带有香味的，但是美德之味胜于一切。

“他说额吉交代，交给豁日黑人。除了自己儿子可亲，还会是谁？”

“孩子，秘方是祖上传下来的，交给谁自有说法。”

“什么说法，最后还不是给了后妈。”

“豁日黑。”

戴安妮突然蹦出小时候常常念叨的口头禅。心较比干多一窍，她想到了，哥哥按照嫂子的想法在寻找那个人啊！他们不想把秘方交给一个只想着占有的人，哪怕是自己的亲生骨肉。南斯日玛，哦，革瓦阿巴格的女儿，好像还和她同岁。这么巧，她居然和哥哥走到一起。能把这么重大的秘密托付给她，一定是哥哥最为知心的人了。

又一个夜晚到来了，阿尔善草原的天空繁星闪耀，戴安妮只觉得伸手可以触摸一样，那么的迫近，一股惆怅和闷闷不乐的感觉涌上心头。直到夜深了，不得不回到王府后面的旅店躺下，她真想一直看到东方发白，看着星星怎么依依不舍地渐渐隐去。

站在熟悉的土地上，少年时的记忆突然间疏通了，仿佛排山倒海向她涌来，忽然又坠入深谷。可惜，她想见到的人一个都没有见到，她为什么不能早点儿回来啊！

后嫂经历什么迈不过去的坎，这么狠心撇下哥哥。孙子努尔金，听说是一位好学上进的青年……

五

第二天一早，戴安妮已经指挥着侄儿在草原上飞奔了，前方正是他们家的夏营地。远远望去热闹非凡，扎着两顶崭新的蒙古包，吉普车、轿车、摩托车停下十多辆，还拴着好些马。敢情正在娶亲啊！

戴安妮一扫连日的阴郁，催促着侄儿。侄儿看着她，想说什么又什么也没有说，一踩油门很快就赶到了附近。把车停在不远不近的地方，他苦笑一下，摆了摆手，任由任性的姑姑跳下车，自报家门好了。她可是阿尔善当之无愧的老人了。

“赛努。”

“赛努，他赛因。”

你好。好，您也好。纯正的阿尔善口音拉近了彼此之间的距离，哪怕远隔万水千山，戴安妮迈进了她家的夏牧场人家。宝力道热情地招呼老人家不期而至的到访。安顿满头银发的戴安妮坐在沙发中间的上席，这时帮忙的年轻媳妇恭敬地端过来奶茶。多好啊，喜事迎来了路人，远方的人士，这是草原人家的兴旺。

宝力道身穿蒙古族盛装，头戴将军帽，胸前挂着十大杰出青年、劳动模范、政协委员的奖章徽章，还有几块运动健将的金银铜奖牌，走动起来叮当闪亮，给他增添了光彩，显得气派庄重。新娘的父亲就应该这样神气威武地出现在婚礼上。

戴安妮一口家乡话，周正而厚实，偶尔带出来一些古旧的词语，那可是如今在阿尔善无人可知的词汇。宝力道心里顿时生起说不出来的敬意，望了望陌生的长者，虽然从未见过，可分明有着某种熟悉的影子，她到底是什么人哪？

外面欢快的叫喊声此起彼伏，宝力道朝客人说声抱歉，出去要把新女婿接回屋里。女儿的那帮发小可不是好惹的，女婿可要受些罪了。

戴安妮站起来，趁机看看房间四周，正如所有人家那样，一眼就看到了墙上的相框。扫了一眼，认出相框里的哥哥，身穿蒙古袍，戴着一顶军帽，那眼睛那面庞就是阿爸的翻版，还和小时候一样下嘴唇微微上翘，显出沉稳的样子。旁边是女人（一定是金香），还有一个小孩子，她控制不住哭了。

里屋的门帘挑开了，出来一位身穿火红蒙古袍、腰束蓝腰带的美人，鹌鹑蛋形的圆脸，弯弯的眉毛，水灵灵的大眼睛。戴安妮看到新娘，擦掉脸上的泪痕，恢复了外在的平静，她抱歉地说声 I feel definitely sorry，非常对不起，又说了一句纯正的蒙古语，以示真诚道歉。不知是擦了胭脂，还是火红蒙古袍映照的，臊红着脸的明根笑了，这位白发和善、衣着随性时髦的老人真有意思。

“没有关系的，您是尊贵的客……”

只听嘭的一声，新郎闯进来了，明根一看，一种热乎乎的感觉涌上心头，她跑进了里屋。新郎官能冲进来，还是他的那帮兄弟太给力。南丁进入全盟那达慕搏克赛前十六名，这是给面子，按他的力气早顶进来了。南丁推着巴特尔闯进来，一看有小花，也是明根的好朋友，顿时红了脸，好像做错了什么事，挠了挠头。他可是正在有事没事猛追着她的。小花瞪了他一眼，好像在说“看把你能的”，像是气恼，又像是开心。

伴郎南丁、伴娘王小花二人，今天各为其主，巧嘴的伴娘不放过伴郎。天文地理百般拷问，别看搏克沁伴郎五大三粗，却是对答如流、滴水不漏，好像演练过，真是一个文武双全的好青年。

迎亲送亲的队伍落座，按照传统的礼节敬献了哈达。第一道献茶，第二道敬酒。巴林旗过来的宝力道叔婶坐在沙发中间，还有戴安妮。长辈们接过来奶茶，向新人致着美好的祝福。戴安妮受宠若惊，接过茶，夜莺一样的洋派歌唱家居然结结巴巴卡了壳。近乡情更怯，她深深晓得了。于是用手按住胸口，扬了扬下巴，这个自然而然的动作，让人眼熟，她稍稍安定心绪，得以完整地表达了祝福之意，借以掩饰无名的拘谨。额吉过世后，戴安妮极少有机会和他人用母语交流了。

旁边绸缎一样温润美妙的祝福，每句话的词首第一个音节押韵，一波又一波，潺潺如诗。里面有太阳月亮，有伟大的汗王，有无所不能的神灵，有四季宁和的草原，有巍峨耸立的罕乌拉山，有静水深流的阿尔善河，有五畜兴旺，有飞驰的汽车，有敬爱的长辈，有相敬如宾，有儿孙满堂，有漂亮勇猛的骏马，有眼前甘露一样的美酒。分明是有着丰厚基因的文化人类学口头杰作。

这是一场传统与现代结合的婚礼。外面的蒙古包里是远亲和乡邻们，旁边的圆桌是另一番热闹的景象。明根的姐妹们哄笑着逼着新郎唱歌，巴特尔唱了一首《小黑马》。

“不算不算，这么俏皮，这不是作弄咱们新娘子嘛！”

巴特尔急出了汗，连《我爱北京天安门》也上来了。他那夹带着蒙古语口音的歌词，把人们逗得人仰马翻。不行，再唱。巴特尔挠了挠头，有了，他清了清嗓子：

月光打在弯弯的阿尔善河上，
打碎的银子轻轻流泻。
小草……舒张……

歌声就那么飞了出来，婉转悠扬，家乡的美景深情，就好像镶嵌在歌里，就在眼前浮现。戴安妮惊呆了，虽然曲调稍稍有些变调，歌词还不连贯，飞越山川的歌声，突然断了，如坠落百丈悬崖，让人恍惚间品出未尽的缺憾之感。可毕竟还是有人在传唱，只要有情，只要有爱。她不由自主站起来，走到一桌人跟前，带头鼓起了掌。巴特尔也是听额吉时不时哼一下，记得不全。他有些难为情地望着眼前的老人。

戴安妮望着风华正茂的一对新人，双手合十，脱口而出：“我就给你们俩完整地唱这首《月出之光》吧，幸福的人，我真挚地祝福你们如月出之光，皎洁琼瑶！”

月光打在弯弯的阿尔善河上，
打碎的银子轻轻流泻。
小草舒张，
抖动身上的露珠。

阵阵的草香弥漫在月夜，
他们睡下了。

阿尔善嘎查，地图上找也找不到。

这里当然比不上费城交响乐团音乐会、维也纳金色大厅，可这里是阿尔善草原腹地，这是那首歌温热的母体。戴安妮放开歌喉倾情高歌，妙曼的词曲，浪漫而抒情，那是太阳、月亮、花儿、少年，所有有情人的所有爱意。

阿尔善的歌，献给阿尔善最幸福的人。她把新郎新娘敬献的一碗奶酒一饮而尽。绵软的奶酒暗含着草原内在的力道，多少往事突然浮上心头，儿时曾经湮灭了的，顿时恢复了过来，好像就在不远的地方，等着她回去呼唤。

参加喜庆的婚礼，戴安妮记起递手奉呈的美德，两手空空如何了得。她急中生智，从腕上取下戴了多年的南美金星紫檀手串，抓过新娘的手放上去，拥抱了温柔无比、满目含着良善羞羞答答的新娘。她怕自己控制不住又要落泪，破坏了游牧人家火热的婚礼，向着众人摆手鞠躬，转身推门而出。

屋里的人全都愣住了，一个谁也没有见过的陌生长者，怎么就唱起了纯正的阿尔善古歌？多少年了，那是一首人们在传说中意会，久已不闻的乌尔汀道。她是谁？

外面的侄儿，听着远处传过来的敬酒欢歌，还有姑姑的高歌，落了泪，毫无顾忌地呜呜痛哭。墙角阴凉处的大黄狗，站起来向前懒洋洋走了几步，伸过脑袋瞪着他，拴马桩前一长溜漂亮的骏马，支棱起耳朵齐刷刷望着他。阿爸和姑姑坐在一起互诉衷肠，该有多好。

艾义思并不知道，她的哥哥此时并没有远游，而是刚刚在旗医院脱离危险。由于老伴儿的出走，这些年他的身体变得很虚弱，一点儿小事就会惹得他不高兴、暴躁，这种情形下见面怎么行。锡林不想冒险，瞒了姑姑一路。

破旧的2020吉普车轰鸣着行驶在刚刚修通的柏油路上，平稳顺达，他望了望悲苦中深思的姑姑。戴安妮望着阿尔善斑斓的广阔天地，收藏在岁月的裹挟之下看也看不够，说也说不尽，花团锦簇。

“新娘——以前是努尔金——女朋友。”

六

戴安妮一口饭没吃离开小饭店。

这在她的几天行程里还是头一遭，“黄羊一条街”的一幕，深深地伤害了心中的那份美好。那个时候，勒勒车在绿浪翻滚的草原上慢悠悠晃荡，心里怦怦跳，她是那么的开心，又有些说不出来的紧张。勒勒车颠来抛去，大人小孩靠在一起昏昏欲睡，只有两条压弯了牧草的车辙，弯弯曲曲留在后头。那是她第一次离开家，前往王府参加赛歌会。

“快看，黄羊！”

哥哥的一声童音震醒了旁边的她，车上的大人小孩也都醒了。抬起头，只见勒勒车左手方向有一群黄羊在奔跑，步伐很大而且轻盈，跃起来又落下，划出一条又一条美丽的弧线。忽然，一只黄羊从勒勒车前面斜着横穿了过去，紧随其后的黄羊群，一只接着一只也从前面蹦跳而去。一会儿工夫，山坡上游动起一片黄云。黄羊四肢修长，全身土黄，跳跃奔跑起来的姿势，实在太美了。孩子们第一次近距离看到黄羊，七嘴八舌问赶车的宝力。她至今记得鹰钩鼻子宝力阿巴格说的话：“黄羊就是这么傻，只要有一只从车前跑过，后面的一定会全部跟着跑过去，没有一只会从车后绕过去。”

黄羊跃起的画面，深深地刻在了她的心里，好像就在昨天。戴安妮看着一盘肉，拿着筷子尝了一口，好香，有一股阿尔善草原的那股土腥味，再夹一口又有些不像，颜色发深，纤维粗似驼肉。

“这不是羊肉？”

“姑姑真厉害，当然是羊肉，不过是黄羊肉。”

“你们怎么连天羊都吃啊？”她气恼，忍不住吐了出来。

“姑姑，没事儿，现在只是偷偷打而已。”

戴安妮听过这样一个笑话，那是一位环保人士讲给她的。一次，那位环保人士和他的朋友发现了难得一见的黄羊群，立即驱车追踪。黄羊跑得很快，白屁股挤在一起蹦蹦跳跳来回晃动，没想到一路追到铁丝网。黄羊群到了铁丝网附近，在防火道纷纷停下来，不紧不慢悠闲吃草。一个个抬起脑袋望着他们，好像故意怂恿。

从饭店出来，她把这个故事讲给侄儿，侄子应该会很感兴趣。锡林听了一笑。

“姑姑，您就别再土老冒儿了，这算什么新闻，本来就是这么一回事。人穷思变。动物嘛，这叫条件反射。”

他的一个朋友家住在界湖附近，对面的鱼，总是比这边多。渔民打鱼，眼看着鱼群大规模游过来，游到边境线位置就停下来，浮在水中，先来后到的鱼很快变成整整齐齐的一排，啪地一转身，又回去了。鱼变贼了，和黄羊一个样，哪儿安全就奔哪儿。

阿尔善草原上已经很难看到大群黄羊奔跑了。听阿爸讲过，五六十年代草原上成千上万只黄羊来回迁徙。阿尔善草原上的黄羊在全国出名是在七十年代中期，兴起于八十年代末。贝勒旗出名的就是黄羊特色餐馆，什么手扒黄羊肉、黄羊肉包子、黄羊肉馅饼、沙葱炒黄羊肉，应有尽有，招揽跑边贸的客商、开大车的司机和外地游客，许多人因此发了财。直到后来黄羊列为国家二级保护动物，阿尔善草原自然保护区加入联合国“人与生物圈计划”。

提到黄羊，锡林从小司空见惯、不足为奇。改革开放初期生活还很困难，很少吃到肉，于是黄羊成了解馋的佳品。那时，额吉过世没几年，队里组织民兵开着卡车，到草原上打黄羊。黑夜，车灯一打开，黄羊见到灯光，傻傻地自己跑过来。等到近了，汽车直冲过去，枪声响起……待到天亮，汽车沿着车辙返回来捡羊装车。打来的黄羊分给各家各户，不要钱的。

一次，革瓦爷爷回来交给他一只小黄羊。

他高兴得又蹦又跳。小黄羊可爱极了，胆怯地瞪着一双大眼睛，支棱着耳朵，身上的皮毛像柜子里额吉的绸缎袍子一样光滑。他怕小黄羊跑了，用绳子拴起来。递给小黄羊糊糊，不吃。端给水，也不喝，可能在想爸爸妈妈了吧。几天后，早上醒来发现小黄羊死了，瞪着大眼睛，眼神里好像布满了忧伤。他想起额吉过世时睁着的一双大眼睛，伤心大哭。他跑过去哀求："你们别打黄羊了，它们多可怜呀！"革瓦爷爷嘿嘿笑了："臭小子，不打黄羊，你能吃到肉？"

队长爷爷第二天一早，安顿他阿爸照顾家里的瘫奶奶，穿着皮大衣戴着狗皮帽子又走了。说是带着上面来的两波人，都是过来解决肉食供应不足的。那个时候他对他们哒哒响的圆盘机关枪充满了好奇。

民以食为天。锡林苦日子过怕了，他那是好了伤疤忘了疼。牧业学校毕业，他原本打算回来放牧。一回来，他就对草场上到处疯跑的野兔发生了兴趣，于是专门从外地邮购回来电网、电野兔的逆变器和电瓶，在自家草场打了不少野兔，拿到镇上卖钱，被林业公安抓住。

他拒不认罪，自以为懂得多，胡搅蛮缠，辩称：草场是他家的草场，不是野兔的草场，法律虽然规定严格禁止捕杀野生动物，但范围应该控制在荒山野岭，而非包含归个人承包所有的草场。如果法院认为自家草场上打野兔犯法，那么野兔吃他家的草也没有经过他的允许，所以他请法院判决野兔停止侵害。按照这个逻辑，麻雀、野猪破坏农牧场庄稼地，那儿的人是不是也不能捕获？

法院审查认为，他在禁猎区、禁猎期内，使用禁用手段狩猎，破坏野生动物资源，情节严重，其行为已构成非法狩猎罪。考虑到法律在没有规定禁猎区、禁猎期之前，捕猎野兔为当地的普遍行为，被告人犯罪行为对社会危害不大。且经过检察院当庭沟通交流，他认罪认罚。对居住的地方也没有造成重大不良影响，于是判处他有期徒刑十一个月，缓刑一年。自此他更不想回来了。

正如弗洛伊德所说，成年人的行为可以从他儿时中找到痕迹。放在侄儿身上再合适不过了。隔代人各说各话，隔着各自的心事。戴安妮闷闷不乐地坐着侄儿的车，回到贝勒旗最高档的阿尔善宾馆。陪姑姑吃饭，还轮不到侄儿。晚餐，旗里的一把手阿勇嘎做东。

阿勇嘎听到故交的妹妹从海外回来了，他要尽地主之谊，请家乡出去的名人。戴安妮简单收拾了一下就从客房到了楼下的包间，在座的除了久闻大名的阿大哥、嫂夫人，就她一人。虽然初次见面，阿勇嘎像对自己的妹妹，风趣幽默，一下子拉近了彼此的距离。他讲起了贝勒旗的过去和现在，讲起了自治区计委领导带过来的那张报纸，讲起了她的哥哥对她的思念。一桩桩，既风趣，又含有无限的对往事的回味。

戴安妮唏嘘不已，走了一路，看了一路，少小离家老大回，好像哪个地方都有亲人的影子。简单的六道家乡菜，看着舒心可口，戴安妮放下了心，便扑哧一下乐了。

“艾义思妹妹，想吃什么家乡饭菜，尽管说，还是有什么忌口？”

“家乡的白食，比异国的烤肉香。有奶茶奶食馃条足够了。这个年龄点多了，都是浪费，刚才我是怕上那个黄羊肉。”

于是，她把中午在外面吃到的看到的一幕说了，惹得阿勇嘎笑了笑，唉地一声叹息。

“你说得对，叫‘黄羊一条街’确实不恰当了，谁让咱们走了那么多的弯路啊。阶级斗争为纲的路不走了，以经济建设为中心彻底走对了，可到处需要钱，财政一穷二白，用于城镇基本建设的经费存在不小的缺口，一时哪有什么更好的办法啊？”

阿勇嘎就带头打过黄羊。在当时的条件下，只有靠山吃山，靠水吃水，靠草原卖黄羊一条路了。于是就……

他回忆当年的经历，戴安妮仍然感到阵阵战栗。阿勇嘎给艾义思夹了一块真正的阿尔善手扒肉，的确肥而不腻，鲜嫩可口。

“我也不想打啊，可没有办法，还那么辛苦。我给大家讲，打是为了修路，冷不算什么，这样一煽惑，大伙儿的积极性就又上来了。再说，当时还没有野生动物保护法。用卖出去的钱修一条街道，是我们这个旗贯彻自治区“念草木经，兴畜牧业”经济建设主攻方向，坐上全区牧业旗人均纯收入第一交椅后，自我加压的一次尝试。”

戴安妮眼圈不知不觉红了，她无言以对。生活的路，悠悠长长，怎一个对错了得。有的只是困难时期人们的所有渴求，那是生存，还有一个接着一个艰辛付出和牺牲。

一座昂首张望的黄羊雕像树立在新路和老路的交会处，老路长约千米，正是贝勒旗用卖黄羊的钱修的第一条柏油路，曾经给过人们一段平平坦坦的通达和畅快。过去了这么多年，这段路和新路比起来，已经显得既狭窄又破旧，早已气象萧条。但是这就是历史与现实的映照。戴安妮（还是作为艾义思）盯着雕像绞尽脑汁猜测，那是人们纪念不满足于现状的探索精神，还是好日子面前应该记下一只只无助的殉道者？

她不便再无知地探问了。家有家事，国有国情，只要向着前方的路走对了，什么又可以阻拦人们的步伐啊！

她到过一个南美州岛国。不多的人口都是移民，说起来各种各样的鸟类才是当地的原始土著。棕榈树上的老窝是鹦鹉一代又一代的家。机场停车场上的树木比机场古老，城市道路两边的树，并不是修完路之后移植过来绿化的，而是当地人取树林中间没有树的地方修的。人与动物都是地球之友。

可是，人类需要一步步更好地发展。

七

努尔金揉了揉眼睛，伸长脖子再看证件，人家已收回去装进上衣口袋。他依稀记住那么两句：受贿，犯罪。什么，什么，难道他在做春秋大梦？

努尔金吓醒了，有人真的就站在床前。坐起来穿衣，可衣服在哪儿，原来临睡前整整齐齐叠放在床边的衣服，甩得到处都是。那几个人还好，帮着一一捡了回来，得以一件件套上，最后一件是手铐。这东西一点儿不好玩，收进手腕疼痛无比。他想起小时候跟在爷爷后面雪天放夹子，每次看到惊慌扑棱的野兔，心里乐开了花。

努尔金痴坐着看他们在宿舍翻找。文件，笔记本电脑，居然把吴院长给他的牛角杯也拿上了，真是太过分了。不明就里地签了字，自己到底摊上了大事，他胡思乱想，被人带离，坐进上面闪着灯的警车，门窗焊着铁条，那玻璃看样子还是防弹的。没有比这个更丢人的事儿了。走廊里同事们看见他的狼狈相，他马上就要成为人人打探小道消息的那个人，很俗地和电视上经常报道的画上等号。蒙上头套，眼前漆黑一团，他以后怎么见人，怎么回阿尔善？铁大门咣当一声打开，又重重地关上。他被关进了传说中的黑屋子。黑屋子不黑，整洁干净。一切像是电影里闪过的镜头。

那天傍晚，明根冷不丁过来找他，他忙得顾不上搭话。等到发走邮件，困乏到了极点，两个人说了什么，不知怎么就躺到一张床上，显得极不真实。这个过程他想象过无数遍，曾经在首府想过，有一次骑马时想，在大石头上想……

他挽着明根的手，欢天喜地去办证，婚姻登记处在一栋二层小楼，像极了他们研究院的产学研基地。他腼腆，明根害羞，有人看着他俩笑。

“你们猴子还结什么婚啊？”

“我俩怎么就成了猴子？笑话！”努尔金瞪大眼睛很生气，那位问话的女士很像他的小姨。

“看看你们，赤身裸体的不是猴子是什么，结什么婚，还不如待在树上，该干吗干吗！”很像小姨的女士冲着他们努了努嘴。

努尔金瞅明根，明根看努尔金，他俩这才发现，因为着急，两个人都没穿衣服，在那里闪亮一片。努尔金恨不得立马消失掉，他拉起明根就跑。可是如何跑得了，他已经动弹不得。努尔金睡眼惺忪，有人正在拍他，摇他，按着他。

明根什么时候走的，努尔金一无所知。

房间不大，四面墙壁包着厚厚的东西，努尔金扫了一眼，就知道了鼓鼓囊囊的用途。坐进方方正正的椅子，对面坐着两个警察，其中一位好像见过。上次工业园区揭幕，跟在蒙更高勒副旗长左右的好像就是他。努尔金本想点点头打个招呼，又觉得不妥，现在你是犯人或至少是犯罪嫌疑人，人家在审你。你以为你是谁，不合适。而且人家脸上没有表情，巴不得面对陌生人，撇清干系。

一问一答，努尔金想要回答的，一概不问，工业园区规划、水库截流、煤制油、煤水结合，诸如此类。对一些鸡毛蒜皮的小事却刨根问底，颇有耐心。他绞尽脑汁想，腕上的手表是他到研究院后一位一起做项目的老板送的，人手一块。一身西装是跟着蒙更高勒副旗长和吴院长外出考察时一起订制的。当时吴院长还夸：“好衣配好男，帅呆了”。

他分得清身外之物，哪些该拿，哪些不该拿。这是爷爷的严正教诲，也是他做人的本色。面对对面那种打破砂锅问到底的架势，他真的不知道再说什么了。灯明晃晃亮了一夜，可是真的照射不到他所不知道的阴暗角落啊！

第二天简单了许多，就一个问题，粗大牛角杯的来历。努尔金记得清楚，那是吴院长送给他的。吴院长说在一次饭局上，蒙更高勒副旗长用这个杯子硬是把他灌倒，差不多人事不省，还把杯子放进他的车里，说作个纪念。吴院长说了，他不想记住自己的狼狈，最好忘得一干二净，于是就把牛角杯送给了醉酒的努尔金。小的时候，努尔金在库房见过不少牛角制作的器物，都是爷爷做的。一次牛生了病，巴特尔他爸捣碎草药用水搅拌均匀，几个人抓住仰起牛头，拿木棒撬开牛嘴，然后用灌药勺往里灌。还有一个弯头喂奶器，专门给那些没妈的羊羔预备的，这个活儿是他的。爷爷奶奶一支使，他就开心地抱起羊羔喂。还有牛角做的顶针，爷爷说只做过两个，最好的给了太奶奶，另外一个给奶奶做的，后来南斯日玛奶奶使用。牛角酒杯也许也有过吧。后来一个个扔的扔，丢的丢。

吴院长送的牛角杯奇粗无比，杯口是包银大杯，也就是银碗。杯身据说是东南亚的野牛角，计有两尺许。酒桌上歌手敬酒，宾客须双手接过来托举，一只手顺势把弯曲过来的牛角抱在怀里，另一只手扶住杯口包银部位的银链子举稳，在优美的草原歌曲作用下，在一个个劝酒吆喝声中，酒是不可不喝的。杯子无处可放，酒只能灌进肚子。真是行酒令的筹码，酒局官场的合适之物。

努尔金一五一十说起了牛角杯，警察难得张嘴笑了。

“杯子你打开过吗？”

“包银杯子怎么能打开！”

“里面是一万美元和一张银行存折，你知道存折上有多少钱吗？”

努尔金呆了，世上还有这样的奇闻怪事，而且偏偏就找到了他……

明根脸色苍白，一阵紧似一阵地吐。出了门，到了外面，她忍不住把空奶桶丢在一边，蹲下来，双手掩了嘴。她心慌，还有欣喜，此时她还不想告诉巴特尔。听说城里的小媳妇为了要孩子，害怕辐射扔了手机电脑，有的几个月躺在床上一动不动，娇贵得很。阿尔善人天生就在日常劳作中完成孕育，直到疼痛无比了，才躺上去耐心等待，没有谁是例外的。成了家的明根虽年纪轻轻，已经是家里离不开的主妇，家里家外忙忙碌碌。新的生命就要降临了，她去旗里购买了婴儿衣物用品，悄悄地准备得妥妥帖帖。

明根用自己不算精准的算法，掰着指头计算着小生命的痕迹，计算着预产期。算了一回又一回，有那么几次，她惊住了，以为算错了。每天早上出牧数羊，阿爸说她机灵，数得最准。打开羊圈，留出一道空当，羊群左拥右挤，不知如何逃脱，瞥见留出来的口子，一挤一跳，她站在旁边飞快地数着一只只撒欢的生灵，有时拿根小棍子，有时点着指头，有时干脆微微点头，嘴里飞快地默念

一、二、三……一百，之后再从头开始。数到两个一百，再多出来那么五十来只，就是他们家的羊群。上面抓草畜平衡，三十亩养一只。有时候一分神，也会差出那么三两只，没有关系，第二天再数，总会算准的。明根掰着指头再算，可还是同样的一个结果，她有些害怕，小生命足足提前了一个半月。难道是……

在明根的世界里，她一直以为会成为那个人的新娘。

她不敢想，渐渐消淡的记忆撕开了口子。她不敢再去提及那个名字。好像那不是一个普通的名字，而是压迫她的一座山。那一天，他消失了，她恨过他，久久不解。她把过去掩埋，雪藏了起来，想着永远不再触挖。只当恍若做了一个梦，那么多年一直在用虚幻欺骗自己。

日子平静平淡。白天，吆喝着牛羊，她干起活儿来总是忙个不完。到了晚上，还有更忙更迫切的事情。小夫妻躺在床上难得说说话，明根雪白的手指，就会轻轻地滑向他的胸脯，巴特尔享受这种无言的抚摸，明根的眼神里充满了渴望，巴特尔禁不住浑身战栗，如同炉膛里的灰堆被一层层拨弄，压着的火噌的红了。一晃，真忘记了许多许多。

那几天，明根的心扑腾扑腾跳得像一只被捉住的百灵。又过了几天，不知怎的不再剧烈地怦怦跳了，突然就静了，没有人劝说，也没有人帮她。难道还要大声呼喊吗？就让秘密永远保守下去吧！这对巴特尔是多么的不公，他怎么想？可她又能怎样？对她而言，还没有生下的、以后注定还要降生的，都是上苍的赐予，不能胡思乱想，轻慢每一个生命的轮回。想着想着，她轻轻抚摸微微鼓了起来的肚子，在片刻的闲适里，满脸温情地想着心事。早起，就是拿着勺子翻腾锅里的奶茶，仿佛也能从搅动的热气里看到什么好东西似的，不小心洒到锅沿外，才回过神来。

巴特尔是个牧业上的好手，很少和那些整天醉醺醺的人在一起，酒偶尔喝一点儿，也不吸烟。每天琢磨的就是把日子过好，把羊发展好，把媳妇睡好。想到这儿他笑了。一帮没事儿干的酒鬼起哄说的，除了眼红嫉妒，还有什么，反正不是什么好话。

不知是哪一天，巴特尔知道媳妇怀孕，乐坏了，做梦都能笑醒。他是家里的独苗，他这个年龄，没有兄弟姐妹的人家是很少的，一般都是两个。巴特尔从外面一进来，忙这忙那，想着法子让明根多休息。怀孕的女人要注意身体，不能累坏了。人家农区就特别讲究，孕妇不能沾凉水。

外面的烦闷，他不想更多地说给明根。自从阿尔善河断了干了，加之年景不好雨水少，羊放得越走越远，已经顶到了草场网围栏边上了。外面是别人家的草场，由于牛羊多，比他家的还差。他担心家里简单划分的四季牧场，不够牛羊觅食一冬。

卖草料的车开来了。那是壮汉同学南丁和他的新婚妻子王小花。两个人毕业回来干得欢实。

想一想，家里的一半收入又要投进去了。

八

无论何时，阿尔善草原那些发生的、看到的、过去的、遐想的。所有所有，无不有着自己永不停歇的传奇与沸腾。此时，跟东南亚某国海滩上发生的一幕有着某种内在的联系。

班先生翻出漂流瓶以及那张书写着奇怪文字的纸张出神，多年过去了，他一直想着刨根问底。尤其久远年代与夫人的家世关联的中国往事，他特别感兴趣。夫妇二人首先来到博物馆，博物馆没有这段历史的线索。他理解，毕竟那是一段藩属朝贡的历史。但是情愿也罢，不情愿也罢，历史就是历史。

图书馆还好，他们找到了不少研究那一时期历史的著作，比如《元史》《大德南海志》。但是班夫人看了一会儿，再不做蒲甘王朝贵族后裔，因为她看到的是王朝面临崩溃的前夕。班苦笑，年轻貌美的夫人好任性，一个人如何选择自己的祖先。在班夫人的家族记忆里那是一段美好的生命旅程。

如果时光逆袭到十三世纪末叶，此时暹国使者带领数十名随从正沿着湄南河北上，上岸走陆路，整整走了三七二十一天。四十余年断断续续的战争阴霾已经从这个南亚次大陆散去了。大元王朝与安南、占城、缅、暹、罗斛一一确立了臣属通好的关系，贡使不绝。大元派出大军远征爪哇的消息又起，于是国主命令他前往大元送交金册国书。

他是暹王的使者，英俊洒脱，举手投足间满怀着浑身的机谋。他们自昆明进入广东，向广东道宣慰司说明此番出使来意。宣慰司看了他携带的金册国书，不敢怠慢，赐予度碟让他用最快的速度前往大都。

长路漫漫，暹王使者还是第一次离家这么远。好在东方大国群山连绵，江河纵横，他们奔行在连接天南海北的驿路，驿站每六十至九十华里处便有一站，用于打尖歇息换乘。从广东到大都有数不清的驿站。可以说，出行已是通途，这是陆路。沿途的行进速度，朝廷有专门的规定，他们乐得其成。他的家乡只有热季、雨季和凉季，山地高原潮湿。想来这个大国乘马日行七十里的铁规，以他的骑乘技术还是免了，马车日行四十里，正好适合他。

车轮吱呀吱呀，路两边的景物一一闪过，走走看看，每天经停两个驿站。使者在驿站每每晤见过往歇脚的官员，求教议事。一路感慨，一路收获。还没到达大都，他已经熟悉了迫使他们的城邦小国臣服的国度。虽然他在内心一直纠结于这一现实。

大都到了，暹国使者被一种宏大的气度所完全吸引。驿馆伙计告诉他，宫城周回九里三十步，东西四百八十步，南北六百五十步。庞大而又有序，而那种内在的无处不在的包容令他迷惑。不论从典章运作，还是在高官民人的衣食住行中游牧和农耕碰撞交融。而且东方大地和西方世界紧紧连接了起来。操各种话语的东西方人士各为其用各得其所，在大街小巷中接踵而过，东西方货物往来源源不断。以往他并不知晓。

在驿馆歇息，等待皇帝召见的日子里，暹王使者走到街巷，感受着浓浓的大都气息，他习惯了这样从未感受过的喧嚣与秩序。不久，从远处的钟鼓楼传过来洪亮的晨钟声后，他被引见，前往宫城，得到了世祖皇帝的召见和赏赐。

后来，他沿来时之路返回复命。次年，大元使者到暹国通好。但是态度还是十分强硬，他们忘不了十年前的一次重大事件，要求“诏招谕暹国王敢木丁来朝，或有故，则令其子弟及陪臣入质”。

暹国使者又到中国，依旧是进金字表。这次他见到的是新的皇帝，皇帝威名铁穆耳。铁皇帝对他礼遇有加，多次召见。看得出来，铁皇帝处处表现出对儒学和儒士的尊重，刚刚发出崇奉孔子的诏书，并新建文宣王庙于大都，同时增加国子学的学生。暹国使者有幸在此聆听受教。居留大都期间，他被赐予元女为妻，外加一名侍从，享受着官马使用的待遇。后来，他带着妻室侍从，佩带金符，与大元使者一起回返。这次走的是海路，由泉州借东北季风向南出发……

班先生带着具有中国血统的夫人来到中国大使馆。大使馆非常重视，工作人员查阅资料，向相关部门问询，告诉他们当年那个小女孩信中的巴彦图嘎盟在今天的大致位置。夫妇二人上网查找中国历史和事件，认定瓶子起码漂流了六十年。它经历了怎样的台风袭击、洋流作用，兜过上万海里的海洋运动，最后漂流过来出现在眼前，简直就是因缘际会了。

中国的解放战争资料方便查阅。前方打大仗，国民党政权兵败如山倒，大人物和重要物资纷纷撤往台湾。时局混乱不堪，具体哪些人去了台湾，没有一个确切的统计。在战争年代也属正常不过了。但是可以肯定的是，轮渡台湾海峡的船只大体是安全的。也就是说：爱义思应该还活着。

班夫妇计划，在合适的时间开始一段中国之旅。

第八章

阿尔善河水长又清

一

放牧的时候，巴特尔偶尔还能遇到岳父。

小两口一直劝，让他搬过来，互相也有个照应。宝力道含糊其词，独来独往惯了，就是不松口。巴特尔和同学南丁说起岳父孤苦伶仃一个人，他们成家立业也没有什么负担，让他有机会给留心一下相当的一个女人。他俩难得在旗里碰到一起，找了一家小饭馆喝酒聊天。南丁撇了撇嘴。

“人家有了相好，你们就瞎操心吧！”

“真的，干什么的？”

“听说是个大夫，说不定是个破货，他要戴绿帽子，谁管得着。”

“你妈才是破货，招惹光棍老白，整出你这么个东西。真是狗嘴吐不出象牙。”

巴特尔和岳父交情颇深，容不得他人胡乱说。张口就骂，恨不得捶了他。南丁也是听人说，只怨自己多那么一嘴，挨了骂老实了，端起酒自罚一杯。

巴特尔回来问，岳父嘿嘿乐。

“你小子消息还挺灵通的。”

“所以您一个人过？”

“她让我去旗里，可合作社怎么办，一堆破事儿，我没敢跟她说，让她来牧区。过来看看还行，人家有工作。愁啊，一点儿办法也想不出来。”

巴特尔一听，还真是一个不大不小的难题。

明根高兴坏了。不可思议，想不到自己的老爸这么厉害，勾住了人家城里的年轻阿姨，马上打电话审问。

“有好消息怎么不告诉本姑娘？”

“大人的事儿，你们小孩子瞎掺和什么。”

“谁是小孩子了，难道人家的小孩儿对你有意见？”

听巴特尔说，那位长得不错的阿姨带着一个十来岁的孩子。明根看不到阿爸，嘻嘻哈哈猛激，不过她知道阿爸一定是一副得意扬扬的样子。也难怪，为了照顾她，为了不让她受委屈，阿爸一直没再找一个。现在好了，他也该过好自己的小日子了，老是一个人，吃饭将就，喝酒闹妖。当女儿的怎么放心得下。

宝力道心里头结下了厚厚的一层痂。一年又一年的，他愧对铜力嘎，如果不是他的疏忽大意，她怎么会被大水冲走！儿女情长，他不配。如今这个痂，不知不觉自然脱落了。

身强体壮的宝力道，不是什么完人，稀里糊涂也做过错事。那是永远不能放到阳光下的隐秘。

以前，实际上就在不久之前，宝力道和旗里的食品公司经理或是外地客商还经常到饭店喝酒。遇见的一些女人的形象，不由自由地在他的脑海里浮现出来。那阵子，他的牛羊肉生意十分兴隆。

更早的时候，家里的母牛发情，附近有良种公牛的人家只有两户，山北白金山一口价，比河南女人整整多出五十元。一分钱也是钱！他赶着母牛蹚过阿尔善河会合，这是电话里说好了的。远远地，看到了那个曾经被他拒绝过的女人，牵着公牛正在等他。公牛大老远闻到了母牛的气味，口吐白沫，哞哞叫着奔了过来。

两个人碰了面也不说话，一左一右坐着等待。片刻，女人狠狠地瞟了宝力道一眼，不由分说，伸手抢过他的水壶就喝。宝力道挪挪屁股躲开了。

“大嘴真臭！”

“没有啊？”

“这不，刚亲了一口。”女人笑嘻嘻举了举水壶，递给他，往前面努了努嘴。远处，公牛母牛正在简单而纯粹地欢爱。

去年入伏前，女人骑着摩托车到他家，听到动静，他赶紧出来，挡在门外。摩托车半路漏油，让他给看看怎么修。宝力道鼓捣几下，这不好好的。女人不再藏着掖着，头一抬，挑明了想跟他过。早知道她男人是个逛鬼，常年不着家，可也没散伙。他没有答应，更没法让她进屋。

宝力道看那双火辣辣的眼睛，抬脚要走。女人从后面猛地拦腰抱住他，左腿一拌，摔倒了著名的搏克沁，滚到低洼处。他正要爬起来，没想女人一招治好。“当心我的帽子。”女人不忘低声说。

宝力道什么也没说，走人。要不是母牛，打死也不敢联系她。悔不该啊，就为了区区五十元。女人打电话闹，说除了公牛，她把自己交了，没良心的，没要双份工钱便宜了他。宝力道做错了事，乖乖地打过去配种钱。不就是配个种，至于这么兴师动众，让人们议论纷纷的。

不光彩的经历，不敢去记忆，虽然他的耳边至今还回响着河南女人的笑声，那笑声里有一种他许久没有听到过的调子，使他奇怪地感到呼吸急促。“狠狠心吧，伙计，寂寞也好！”宝力道自言自语痛下决心。从此，他注重身份名节。他是嘎查不多见的能人，脑子活套，点子多，除了家里的一群羊，合作社做得是风生水起。只有一点，对别人的撮合说媒，不问人品长相，一概摆手。久了，人们以为他这是身体有病，无法近女色。多年的鳏夫了，没人再关心他腰以下的问题。

合作社几个人收了羊，送到旗里的肉业公司。他们签有合同，公司收购后分拣包装贴上阿尔善原产地标签。在阿尔善牛羊肉专营店，他也有小小的收益。一有时间，就到专营店站一站。阿尔善的牛羊吃的是优质碱草，里面有芍药、黄芩、防风等多种药用植物，喝的是天然的矿泉水，就是他这样头大脸黑的牧民放的。他就是假一赔十的二维码，顾客只管放心购买。

那一天，宝力道在专营店。人来人往，一位中年妇女着急忙慌进来说要三斤羊肉。平平常常的一次碰面。

“你等等，我不会用秤，一会儿让他们过秤。”宝力道笑笑回应。

“你卖货的不会用秤，真是奇了怪了。”中年妇女扫他一眼。

“我是卖货的不假，可我真不会用秤，什么克呀的不懂，我只知道市斤什么的。”这件事让宝力道颇为脸红，而且已经不是一次两次了，他这个猪脑子，一学就忘。一五一十如实抖落。

“你这人，真有意思。”中年妇女笑了。

“要不这样，等店里的人来了，我给你送过去怎么样？你告诉我电话，我看你挺着急的。”宝力道不好意思，挠了挠头。

中年妇女看了看手表，她确实着急，随口说了一个号码，骑上电动车匆匆走了。没有工装，难道是老板？不可能，哪有皮糙肉厚的老板，一身肥肥大大的蒙古袍。她有些好奇。

傍晚时分，宝力道打过一个电话，骑着摩托车哼着歌，就去了一个小区单元，敲开了门。中年妇女有些惊讶，宝力道有些紧张，递过去手提袋拎着的一卷羊肉，扭头就走。她在专营店只是随口说了一嘴，人家当真送过来了。她有些慌张，以为女儿敲门，还穿着一身睡衣。

“我还没给您钱呢，进来稍等。”

中年妇女让他进来，她找钱。他脱了马靴，换上拖鞋，被让到沙发上，面前放了一杯茶。宝力道接过来，菊花在清澈的沸水中翻转舞动。心里一暖，他看了一眼女士。之前还真没有注意，只见她穿一身粉白色碎花休闲睡衣，肤白体丰，眼睛亮晶晶的，脸色温和，年龄大概在三十七八的样子。一问一答，两个人就熟了。原来她叫白雪，在蒙医医院药房工作，一个人带着孩子。孩子嚷嚷着想吃涮羊肉，她一着急就到学校附近的专营店买肉，不巧放学时间到了，匆忙又去接了孩子。

宝力道这一坐不知不觉一个小时过去了。白雪对阿尔善知道得还真不少，说她们医院的娜布其就是蒙更高勒副旗长的爱人。娜布其有一次说起，她爱人每天忙活阿尔善水库的事情，还说煤矿占用了牧民的草场就应该让牧民入股分红。

牧民以草场入股这样的事情，宝力道想过，政协会上也提过提案。谁又不想哪，凭什么几万块补偿款就能一了百了。现在是市场经济，市场配置资源，不是上面一个指令就能包打一切的。可他真没想过，会变成活生生的现实，什么事都得一步步来。有些事情说起来容易，做起来比登天还难。白雪的一席话，说到了宝力道的心坎上，两人越唠越起劲。

宝力道卷起袖子上了手。刚才他看到白雪把卷肉放在案板上，这么一会儿醒醒，正好可切。他把一卷羊肉薄厚均匀、肥瘦搭配切好，分成两份打包，交给白雪放进冰箱。余下的现吃。又调了一份葱姜蒜西红柿绿肥红瘦的锅底，配上一盘香菜冬瓜土豆粉条，看着就有胃口。火锅滚烫，白雪看着姑娘狼吞虎咽，蘸着他带过来的韭花酱，满口留香，这可是从来没有过的。小姑娘偷偷抬起头看他，白雪也感激地望了望宝力道。一推二让，不知不觉宝力道坐上了人家的饭桌，没有觉出有什么不自在。

第二天一早，宝力道接到白雪的电话，说要给他羊肉钱，昨天没有找到现钱。他这才想起俩人聊起来，都忘了这一茬。

“不要了，我家羊多了，还差那点儿。”

“那怎么行，一卷肉可是五斤啊，不少钱的。”

“真的不要了，我正骑摩托车。不说了。”

两个人虽然只见了一面，刚刚又加了微信，有事没事语音联系一下，问问对方忙些什么，互相发些草原歌曲、乌力格尔说书段子、人生哲理心灵鸡汤什么的，就像认识了许久。熟悉了，心近了。也不知手机是个好东西，还是两个人都是那么的需要倾诉。

说来也巧，也就三个月之后的光景，蒙医医院对口帮扶要到阿尔善苏木巡回义诊，其中就有白雪。白雪心里甭提多高兴了，好像变了个人似的，快乐轻盈。主治医师娜布其发现了白雪的变化，这人是怎么了，听到下牧区一改往日忧愁，好像七大姑八大姨在那儿。

差不多忙碌了一天，没有看到宝力道。怎么回事，难道故意躲她，白雪心里老大的不痛快。她到外面打去电话，说正在合作社忙碌，下午晚些时候赶过来。义诊结束，苏木派人收拾刚刚搬到旗里的小学，那个食堂挺大，准备招待医疗队。这些人都是医院大拿，谁又不看病呢，平时请都请不到的。也就想着法子把接待的标准提高一些。宰了羊，弄了几道硬菜，食堂里热火朝天。白雪半天看不到想见的那个人影，心里焦急，坐立不安，推说有个亲戚在外面等她，就出来了。

宝力道一来，两个人好像久别重逢，见了面分外亲近。宝力道大手一伸，把白雪轻手轻脚抓惯药的手捏在里面，她疼得哎一声，宝力道赶忙收手。白雪本来有些生气，左等右等不见人影，看了一眼黑黑壮壮的宝力道，气立马飞走了，心里就有些安心。鼻子一酸，好像眼泪要落下来。

“怎么了，抓药抓花了？”

“风眯的，没事儿。”

“去我家里看看，怎么样？”

“好啊！”

天气凉了，宝力道好想和她多待在一起，草原上又没有什么地方可去。那边已经欢歌，可他们不想掺和。不管有心还是无意，宝力道邀请她到家里做客，白雪喜滋滋高兴极了。这个人是不是孙猴子钻进铁扇公主肚子，她还真的很想看看现在牧民的生活是什么一个样子。只记得小时候缠着父亲跟着下过那么一次乡，父亲下去灭鼠防疫，她一个人待在招待所，后悔不迭，说来就是遭罪。

宝力道骑摩托车就像骑马，跨上就走，眨眼工夫飞出几丈。白雪从来没有过这种猛烈颠簸的体验，既害怕又欣喜。她生怕摔下去，只好紧紧搂住宝力道的腰。这个人的腰可真粗啊，双手抱不住。灵机一动，她把两个大拇指扎进他的腰布，握紧，把脸埋在他的后背。耳边是嗖嗖的风声，路边是阿尔善河干涸的河岸，像一条粗长的线条，在旁边白花花闪动，盯久了，让人眼花缭乱。

白雪的大拇指左右顶着他的两块厚肉，痒痒肉虫咬一样。宝力道真切地感受到了许久没有过的女人的身体传递的自自然然的温柔，她的脸贴在他的后背，滑滑的，这在他的生活中许久没有过了。骑着摩托车不觉心花怒放，头一仰，放开喉咙，飞出了一长串散发波纹的长歌，那是乌尔汀道《罕乌拉》。白雪在盟里上卫生学校时听过歌舞团演员的长调，在旗里更是时常听乌兰牧骑歌手演唱。听一个牧民高歌还是头一次，而且唱得是那样的雄浑苍劲，悠远绵长。婉转起伏的地方，没有一丁点等待和修饰，一个波次又一个波次的努古拉，也就是叫作折叠的发音，完全是浑然天成，一气呵成。

她听得醉了，不敢动，生怕一动弹，这个人受到干扰就不唱了。于是她静静地贴在他宽厚的背上，那个声音一定就在他的身体里来回酝酿，从胸腔喷薄而出。

夕阳照在了，
起伏的大地上。
西边是茂密的森林，
东面是长长流淌的阿尔善河。

还有那，
巍峨神圣的罕乌拉山，
护佑草原吉祥平安……

听呆了，听哭了。白雪鼻子一酸，伏在他的后背抽抽搭搭。宝力道的后脑勺传来了一股潮湿而又令人伤感的气流。他们在空旷的阿尔善草原上，沿着长长的干河沟旁的土路一路奔驰，天空中一只雄鹰飞翔而过，天上人间一路比赛。等到摩托车到了目的地停下来，宝力道后背湿了一片。

“你怎么——哭了，眼睛都肿了。”

“你唱得那么好，我听哭了。”白雪不想撒什么谎，而且这天高地远处就他俩，又躲避隐瞒什么。

“我就随便哼哼的，你却——下次，我不唱了。”

“我还叫你唱，我爱听。”白雪不禁嗔怪，她突然就想这么傻傻地天真少女一把。

“好。”

宝力道对女人的心思多少懂一些，女人老是爱反着说话，哭了其实也许是高兴吧！说话间，他拿出钥匙打开家门，两个人一前一后进了屋，开了灯。家里冷清，还有些阴凉，接下来烧水，熬茶，煮肉。中间的一段间隙，他出去看归圈的羊群怎么样了，有附近邻居、合作社的伙伴帮着照应没有什么事。

等他进来，白雪已经将沙发上桌子上床上杂乱的衣物物品，收拾清理一番。砖地也拖了一遍，利利索索，看着整洁舒服了。看他忙里忙外，一个人过日子真难。自己又何尝不是！

二

草原上入秋早，八月将尽未尽就下了霜。

在阿尔善，每个人坦然地领受夏天的短暂，随即开始迎接草原的盛宴。此时牧草开完了花，饱满结籽，看起来干了，其实还没有完全抽去水分。草籽这个时候营养最高，正好打草，于是一台台割草机上场来回穿梭。有的是牧民自家的，有的临时雇用别人家的。阿尔善草原满眼的褐色，就像炉灶上烤出来的发面饼焦黄诱人。直挺挺的牧草青黄相间，此时已经被整整齐齐割倒，一排又一排，乖乖躺下歇息晾晒，煞是好看。

四年转眼就那么过去了。又一次站在二层小楼上的阳台，观望远处上下起伏的旷野，依然是那么的柔和阴凉，努尔金贪婪地呼吸着空气中飘过来碱草艾蒿混合的涩涩味道，曾经闻到过的那种呛鼻的空气，如今又把他包围起来，这是北纬44° 温带大陆性气候腹地典型草原的气息，这是他之前忽略了许久的一种味道。

“你好，我的阿尔善！”努尔金心潮起伏。

如果他是情思飞扬的诗人一定飞出来更加美妙的诗句。可惜了语枯词穷的科技男，他在阳台上的椅子坐下来，无名地激动起来。今后，谁知道今后会是什么，此前他是一名努力工作的技术人员，从一个项目到另一个项目，各不相同。以后无论干什么，可他一定离不开这片熟悉的草原，熟悉的地方，尤其是熟悉的那个人……远处躺在地上的草龙，经过阳光的照射和劲风的烘吹，慢慢挤掉水分。打捆机不失时机地把众草的养分以及芳香严严实实打包成捆，等到拉回去摞成高高的草垛，那是为牲畜过冬准备的充足养料。

夏季昼长，那燃烧的璀璨的霞光，如一抹寂寞到底隐去了。上弦月升了上来，弦在左，弓背在右，繁星眨着眼也远了。人们说：“草原上的月，行路人的灯。”月亮照亮的那个方位，有他想要见的人。努尔金踱回屋里，他惬意地度过了一个又一个白天，也有黑夜的自由关照。现在只等有人过来换班，他立即就动身。

打开电视机，正是新闻联播时间。

努尔金漫不经心地看，突然坐了起来，直勾勾盯，清楚地记住了西装革履的标准男中音：

“环境保护督察组针对环境保护督察工作反馈了督察意见，指出需重视搞粗放式无序开发对生态环境带来的严重影响和后果。阿尔善‘煤水合作’发展煤化工的动议令人忧虑。”

变化好像是静悄悄的，突然就到了跟前。

阿尔善水库，不，工业园区的诸多项目如今成了上下关注的焦点。难怪研究院还有旗里，让他近一段时间，二十四小时寸步不要离开工作岗位。

阿尔善河源远流长，这是地壳运动的过程，人与大自然战斗的果实。努尔金上网搜索阿尔善河近几十年的相关数据，从开荒种地修水库，到水库养鱼创收，到大坝被洪水冲毁，再到他参与的水库加高加固供应矿山工业用水，不一而足。

电视上煤水合作前景的报道，对于努尔金来说，已经少了几年前的那种盲目与欣喜，有的只是忧虑，让他感慨良多。

从六十年代到八十年代，再到九十年代末，直至现在，全区可利用草场面积，预测实际数字应该比公布出来的数据要低。这是什么概念，就是说从二十世纪起，不到一百年时间，草原界线向北推过去二百公里，往西推过去一百公里，现在的草原挤在两个“三”上下的位置上。一个叫海拔三千米以上，如青藏高原海拔四千至五千米的草原还在用于放牧。再一个叫三百毫米降水量以下，三百毫米降水量以下的地方根本不能开垦种粮。

从首府动身回阿尔善前，努尔金专门来到北方农业大学，也就是之前的农牧学院，拜访研究植物学和生态问题的阿古拉教授。老人家是爷爷的好友，也是吴院长的校友。当年研究院中标阿尔善水库规划项目时，就曾请教过他，有意把他拉进专家组。教授听吴院长的项目介绍，一一驳斥。两人只差撕破脸面断交，不相往来多年。

见了努尔金，老人家很是高兴，老友的孙子，有老友的那股知事明理。他不想绕弯弯，提出了独到的两个“三”。两个“三”不是新话题，争议还不少。但是科学的问题需要科学研究下结论。他也在揪心地观望着阿尔善草原的来去。

“孩子，阿尔善水库的具体情况你比我清楚。我是一名学者，只能说阿尔善草原作为相对干旱的地区，上游截断水源发展矿业及附属产业是导致阿尔善湿地干涸的主要原因。过去千百年里湿地一直存在，目前下游湿地消失的现状与发展煤化工等人为因素，有着无法否认的关联，进而造成下游草原奄奄一息。”

努尔金也曾聆听过阿古拉教授的高论，以他的知识储备还无法判断其中曲直。此番再听，而且他就要回到阿尔善，感受就有些不一样。尤其一句“奄奄一息”，太形象了。努尔金突然想起了爷爷的那一匹两眼闪着光亮的老马，走向很远很远的地方，颤颤巍巍行将倒地，此情此景悲情壮烈。

“科学研究是实实在在的，做什么事情都要以事实为根据。”教授拍了拍他的肩膀，慈祥地望着年轻一代，像是无声的鼓劲。道别了古稀之年的教授，走在校园林荫小道，说说笑笑的学子擦肩而过，满满的活力。这种阳光里曾经也有过他的修长身影。时光啊时光，谁人可以追溯！

迈出黑屋子的努尔金，是被吴院长的研究生开车接回研究院接待中心的。听小伙子说，吴院长如今已经不是院长，退休返聘当名誉院长，虽然换了名头还在研究院工作。研究院也已经成为独立法人社团。现如今机构改革的力度非常大，研究院不能继续挂靠厅机关，吃喝拉撒都要靠自己。难怪搬到了高新技术产业孵化基地，这是这两年打造的新事物。他当然认不得了。

吴院长出差在外，传话过来让他安心休整，岗位的事儿等他回来再说。努尔金这才知道，判刑的只有他一个人，心里怪怪的。关键环节就是包银牛角杯子在他手上。矿老板给的是副旗长，蒙更高勒给了吴院长，吴院长在车里又给了他。最后收了美金和存折的是年轻的助理工程师。

有一则阿拉伯寓言故事。说的是一个主人有一峰老骆驼，老骆驼一天到晚任劳任怨地干活儿。有一次主人想看看老骆驼到底能拉多少货物，于是不断地加，还是无动于衷，主人在它背上轻轻地投了一根稻草，没想到就是这最后一根稻草使得老骆驼轰然倒下。努尔金懂，事物发展到了临界点，增加任何一点点因素都会使之崩溃。一根稻草，看起来没有什么分量，可是如果将稻草一根一根地码放，最终总有一根会把骆驼压垮。存折上的指纹，是最后的那根稻草。努尔金的指纹。难道是他醉酒时摆弄的吗？

吴院长有一次过去看他，表示事情无意间发生了，希望他不要多想，好好表现，出来照样好好干。别人的四年平平常常，努尔金独享漫长，他真正明白了母语世界里的黑屋子。那不是一抹颜色，而是人生的灰暗。此时，多么需要一个人单独躺一会儿，哪怕发一会儿呆。他忘记了许多本该独享的空间，该重新捡起来回味了。

自由是一只小鸟，他只想快快地飞到明根的身边，欣赏鸣叫。阿爸大老远过来看过他几次，每次问到明根，一问三不知。说来，明根在阿尔善，阿爸一年不去一两回，当然一无所知了。他一直没有听到明根的消息，更不用妄想她过来看他。他是那么热切地盼望过明根能够在固定的某一天，突然出现在面前，想象着明根是不是变美了、变胖了，或者还像原来那样不长心眼、活蹦乱跳？他突然又回想起那个暴雨之夜由十多个“好像”组合的奇怪结果，总觉得有些不安。

那个时候，钢铁的塔架和草原上古老的蒙古包遥相呼应，新的生活开始了，气象万千，神奇壮观。他盼着阿尔善河水早些流到工业园区。机器的轰鸣声，意味着一种速度，一种生机。草原上人欢马叫，钻进心坎的天作之美，都不算什么。两者一拧巴，牺牲掉的一定是好看不中用的河流和草原。

努尔金的心像猫抓一样，没着没落。出来后最大的变化，他猛然间少了曾经的轻狂，懂得了沉潜、思考和谦卑，生活的态度不止一种可能。发展的模式，文明的形态，不也一样吗！

没几天，他急匆匆奔向阿尔善项目区。他先去看了阿尔善水库，一道大坝依山而建，将两个山包紧紧合拢，遂成水库。一块大大的图板上注明水库建设的审批单位、总库容，正常水位每年提供工业用水量五千万立方米。努尔金这才知道，水库未向下游放水的目的是蓄容，就是保障庞大的供水能力。水库如果靠老天爷下雨，补水还没有蒸发的快！

有那么一段时间，他的梦里全是阿尔善河。哗啦啦的水流，河岸上牛羊不紧不慢地吃草，七八里外的那顶蒙古包有人进进出出，那是明根，好像手搭凉棚望着远方的他呼喊："为什么不回来，为什么不回来？"他醒了，醒了也是。"为什么不回来，为什么——不——回来？"在耳边萦绕。

头挨头的那位，低声问："是不是又梦到了你的阿尔善河？"

"嗯。"努尔金小声回应，好像还沉浸在激越的哗啦啦水流。阿尔善河怎么就一直不停地往下流哪？

后来，头挨头的那位说，睡梦里他不仅喊，还坐起来拼命捶床。他完全不知道。

努尔金对自己从来没有梦到水库感到纳闷，规划变成高高的大坝，本身就是了不起的飞跃。阿尔善牧人的新生活，没有进入他的梦乡。奇了怪了。

听阿爸说，阿尔善人面对着风光无限的大水库，收入没有增加反倒降了。矿在开，旗里就有税收，牧民就有占地补偿，努尔金表示着自己这样那样的疑惑。

阿爸的话闪烁其词，什么时候让人当过真。

三

白雪一个人在外面走出好远好远。

除了牛仔裤的唰唰摩擦和自己的脚步声，草原如此之静，如此之大，只觉得人在天地间只是尘埃，渺小到完全可以忽略不计。可人为什么总是试图占有无尽的大自然啊？她随意走着看看，想着走着，等到返回来，老远闻到了一股肉香。她从来没有过这种牧区生活的体验，这是一种不用分钟小时计算的慢生活。心静了，悠然自在。

脱了风衣挂在衣架上，洗了手，她在镜子里照了照，用手理了一下头发，抿抿嘴，好像在给勇敢的自己打气，然后安静地坐在茶几对面的靠椅上。宝力道让她坐到沙发上，她又换了回来。宝力道拿出一瓶罕乌拉老白干，白雪没有反对，也没说行。倒了，也就跟着喝了。

酒是那么的烈，手扒肉是那么的嫩香……

两个人如同相处了很久很久，面对面说着笑着，不知不觉心贴近了。只觉得他们的相遇就是冥冥之中的安排，虽说不免俗套，至少也是独特的一个，自自然然。白雪有些微醉，突然涌动莫名。

“宝力道，要不，你去旗里生活吧！”

这是没有技巧的，含有某种深意的表白与邀约。平日里也算精明的宝力道觉出了白雪的真诚，这一内里的热度，使得经营了许多年的堤坝顷刻间崩坍了，他的真诚碾碎了他的狡黠。不知怎的，老老实实地回应了。

“旗里是好，要啥有啥的，虽说阿尔善河断了、年景差了，可我这一大家子怎么办吧？”

白雪没有言语。她为自己的唐突略显脸红，可在这样一个不需要多少修饰的地方，她真是不想过多地掩饰，甘愿卸下外面披挂的一层叫作矜持的东西。变得傻，变得透明，变得简单。上次说的牧民入股矿区的事情，过后她找娜布其问过究竟。娜布其回家问了老公，才知道上面的愿望都是好的。煤矿让外地老板承包了二十年，那是有合同的。而且占用牧民草场的补助也都发了，虽然少是少了许多，可毕竟法律程序上再不能更改。白雪想起来对他说，宝力道没有言语，她就觉得他的心胸还是可以容纳许多东西的。至少目前看到的就是。

宝力道心大，可他和白雪一比，心虚了一大截。他一个底层牧民，怎么能有这种那样没有边界的非分之想。人家在城里要工作有工作，要长相有长相，还是烈属，爱人多年前在一次军事训练中为保护战友牺牲。她的品行和精神境界，容不得丝毫的轻慢。他搓了搓手，看着可爱的人有些不舍，可他更愿意接受自己内心的驱使。

“白雪，常来牧区，待久了你就知道了，草原生活和你们第一次看到的不一样，很苦的！”

宝力道说得实诚。之前，女儿女婿让他过去和他们一起过，方便一些。他不想打扰年轻人的生活，他们的小日子刚刚打基础，他不想过去指手画脚。一个人虽然忙些苦些，可也习惯了。他不敢说让白雪来牧区生活的话，这不是他能说出口的。一则白雪上班孩子上学，再有阿尔善河断了，他每天看在眼里，心里无时无刻不在煎熬，心里堵得慌，往后的生活会有什么变化，他都不敢想下去。这不是钱的问题，这是城里人经常提到的格局品味地位身份环境鸿沟，以及诸如此类。要说钱，也许他的确比白雪富有。

“行，我常过来，让孩子骑骑马、在草原上跑一跑，体验一下牧区生活也好，要不老一辈的习俗都快忘光了。”

白雪爽快地回应，两个人碰了一下杯子，觉得你来我来的话题，真的不是一句两句能够说好说清的。她突然想起两人第一次的遇见。

“你这人真是的，上次我只是说说而已，你当真送过去了，城里人可不全是这样的，到现在我还没给你钱哪。”

他看看白雪，挠挠板寸，笑了：“你就是给我难堪，一卷羊肉五斤，你要三斤，你说现在哪儿还有散肉？”

“真的吗，那你不早说，还给我送过去一卷？”

“小事一桩，提它做什么。老天让我认识了你，这不是挺好的。”

“什么老天老天的，咱只是个天底下最普通的那个小女子。”

“反正，我可是赚大了。”

“五斤羊肉就想打发我，我可是赔大了。你真坏。”

白雪乐了，站起来捶了一拳，落在宝力道身上的拳头软绵绵的。他是如此的喜欢。

一瓶酒不知不觉见了底。宝力道还要打开，白雪抢了过去。

“喝一瓶已经不少了，不能喝了，身体健健康康比什么都要紧。”医生的话总是对的，宝力道爱听，乖乖地变好了，头一次听劝。

白雪站起来，她要出去。宝力道怕白雪被狗吓着，扶着摇晃的她出了门，轰走大黄狗。大黄狗陶格斯哼哼着摇尾巴，它这是接受了白雪，主人醉了，哪里注意到它?

两个人搀扶着出了门，走出低矮的小院落，宝力道放开白雪，她差一点儿摔倒，于是他继续扶。被扶着的白雪着急，褪下裤子蹲了下去。阿尔善好不容易通了电，明亮的灯光投射下影影绰绰，他们的影子一高一低叠加在一起，像是小时候看过的巨大电影幕布把两个人全部盖住了。宝力道猛地把头扭到一边，他听到了许久没有听过的阿尔善河水的冲刷声。

静谧的草原之夜，悠远无边，如果仔细凝望，那面广阔的天空真的不是黑，不是暗，而是青，一种很深很重很黑的湛蓝。宝力道用粗壮的手臂挽着白雪的娇柔腰身，她的头靠在他的臂膀上，他们静静地遥望，在深邃的深蓝中身影婆娑。也不知站了多久，夜色传来一股寒意，他扶着白雪进了下面的蒙古包，白雪说过她晚上要住蒙古包的。一回来他就生了火，包里一定暖暖和和。白雪突然从后面抱住了他，放声大哭。

“怎么了，又哭。”

“你就让我哭吧，这里除了你，除了外面的牛羊大黄狗，没人知道我哭。自从孩子她爸年轻轻走了，我有十多年没有和其他男人单独喝过酒了，十多年没有放声哭过了，十多年没在男人面前这么——放肆了。宝力道，我喜欢你，咱们走到一起吧！”

竹筒倒豆子，直来直去，白雪一口气抖落。有些话本不该这么快，可这是高天笼罩下的阿尔善草原，这种天地交予的寂静，像是沉重的忧伤，需要她倾诉，需要他们接近，需要有力的臂膀给她哪怕小小的片刻安慰。宝力道看着她，她的话语，她的哽噎，那是情到深处。他心疼，不知如何是好。这些何尝不是他一遍又一遍的思量。

“好——白雪，你好好休息，等明早酒醒了再说。”

白雪把脸埋在他的后背，像是骑在摩托车时那样：“我没有喝多，刚才你一直照顾我，让我喝得那么少，换了别人真不知怎么样呢，你的心真细真善啊！”

她的话语，咚咚敲击着大鼓，钻进了大鼓里面，将许多许多美好弹奏了出来。他把她送到蒙古包门口准备离开。但是在他伸出手来和她击掌告别的时候，白雪从他的后面，攀到了对面，酒醉的探戈把身子探向前来，仰起头嘴唇向上一嘟，女人水一样的香气顿时扑了过去。

“你这个大傻瓜。”她说。

宝力道醉了，他做好迎接。两个人就那么紧紧贴着，跌跌撞撞进了蒙古包，就像是一对刚刚和解的敌方战士，举着双臂对着瞄准他（她）的枪投降，透过陶脑双双看到了月亮和辽阔静谧的星光。对他们来说，这样的生活许多年没有过了，他俩重新发现了其中的新鲜与美丽……

第二天一早，宝力道骑着摩托车把白雪送到她的队伍。

过来义诊的大夫们正在喝茶吃早点，准备着之后的返程。他们如何知道，经过了这么一个奇妙的夜晚，那两个亲人之间，除了饱含的深情、无声的挥手，已经没有了远远的道别。

四

阿尔善沼泽地，听说从前是多少年没有变过的一片蔚蓝。此时，半米深流沙，一圈套着一圈，从远处看像极了电视上原子弹爆炸的现场。巴特尔找一只走失的羊羔，摩托车不小心陷在流沙里面，车轮突突打转。芨芨草旁边长出大片牛羊不爱吃的灰灰菜，这是短短几年间草场退化的明显标志。省事的事情只剩下一件，家里几年没拉硝土给羊舔食了。往年这个时节可要忙上一阵，从外地运。如今水泡子个个见了底，白花花遍地都是。

羊群闻着湿气找草吃，越走越远。

巴特尔一脚加大油门试图冲过去，车轮突然偏向一边，陷了进去。他用手掏挖轮胎，沙子是流动的，挖得越深，沙子流动得越快，挖开了前面，后面又陷了进去。一出一进，白费了一身臭汗。他气得丢下摩托车，很晚才走回了家。

明根做好了饭，正在等他。她穿着一件干活儿时穿的旧衣服，虽普通，但难掩丰腴美丽。这位小少妇进屋，坐下来缓口气，她拿块湿毛巾给儿子塔拉擦了擦脏脸脏手。

小家伙在外面骑羊玩，让羊摔了几次还不甘心，硬是骑上去，跑了那么几步。嚷嚷着要和阿爸的银鬃栗色马比赛。明根拴住了五头牛犊，一匹小马驹跑过来围着蹭来蹭去，她干这干那，时不时看看孩子，心里面就柔软成那条只在梦中才会流淌的阿尔善河。那条河干了，生活的河流依旧和缓而安宁。他们怎么奔忙不算什么，只要孩子健健康康的，什么都不怕。

巴特尔进了屋，倒了碗茶喝了。明根端过来一盆拌汤、一碟酸奶汁腌制的沙葱放在茶几上。她先给丈夫盛了一碗，接着给儿子端过小碗，最后才是自己的。三人开始吸溜溜大合唱，夹几根沙葱，抓一口羊油炸的馃条。两个人看塔拉，小家伙吧唧着小嘴吃得那个香，普普通通小日子的热气充满了整个屋子。巴特尔低头划拉，几下结束了，他把一碟腌沙葱也消灭了，放下碗，抹了抹嘴，告诉明根摩托车在原来的阿尔善湿地误住了。明天早上骑上岳父的花斑马，拴上绳子拉出来。明根哦了一声没有言语。

主妇明根想着法子，做出虽平常却也可口的饭菜，慰藉一大一小两个胃。过去牧民不种菜，吃肉为主。据说兵团时期，知识青年插队大规模种粮，才开始种菜，生产队跟着也开垦了一块菜地。他们虽然不种，但是不怕，除了每次到旗里买一些，草原上总有一些野菜疯长，成为他们饮食文化中不可缺少的一环。沙葱，也叫蒙古韭，长在草原沙地，故称沙葱。春天一场雨，它就钻出来，牛羊爱吃，人更爱吃。当年，明根给努尔金做的蒙古包子，就是春季第一茬鲜嫩可口的沙葱做的馅儿。过日子讲究实惠，她从外面采来一堆沙葱，洗净，放入适量食盐的酸奶汁，一周就腌好了。一根根清香可口，风味独特，放上几个月都没问题。巴特尔如果喝酒，下得更快。到了秋天，沙葱开满紫红色的花，花期短短一个礼拜。明根抓紧采摘，她不多摘，摘多对草场无益，捡来仔细清理，里面难免有蜜蜂瓢虫捣乱。淘洗，绞肉机绞碎，加入食盐，一一装入罐头瓶，韭花酱就做好了。阿爸回旗交给继母，白雪交给娜布其，舅姥爷喜欢这一口。手扒肉、涮羊肉配着韭花酱，最好不过了。应季的韭花酱那种强烈而有穿透力的芳香，食之爽口，饭桌上的地位没有什么可以撼动。

第二天一早，巴特尔骑马赶着羊群出发了。明根起得更早，启明星还在天幕上挂着，她已经出去挤牛奶。这时各种声音在雾蒙蒙的微亮里苏醒了，牛羊百灵蛐蛐一个接着一个欢唱。“哲、哲。”这是明根的声音，吆喝着放出牛犊，牛犊吸了那么几口，明根重又拴住。一头接着一头，母牛催出来的奶，一会儿就涨满了乳头，接下来又被明根用力挤进奶桶。剩下的奶，放开的牛犊奔过去大口大口享用，母牛扭过头舔着小牛，小牛激动得小尾巴来回甩动。黄牛大角牛黑牛，有的是河南女人家的公牛后代，有的是西门塔尔牛，还有本地黄牛，一个个凸起亮晶晶的大眼睛，满是温柔。

天大亮，明根一大早的功课总算结束了。回到屋里，换上干净衣服，孩子光着屁股半睁着眼，将醒未醒，她拍了两下儿子的光屁股。塔拉噌地爬起来跳下床，跑到门口台阶，抓起早上鼓胀起来的命根子，射出一道又高又长的弧线，阳光的照射下抛物线上挂起七色斑斓。

尿尿的小男孩射出去的小彩虹，门口站着的一个人在惊奇地欣赏，这个人是努尔金。

努尔金把车停在远处。慢慢踱步，他的心情很烦乱，这四年怎么就发生了这么多稀奇古怪的事情。听人们说，明根现在和巴特尔在一起，他越发感到难受。明根怎么会和巴特尔在一起，什么意思？他当然知道是什么意思。可是不敢想，不敢承认。

弧线落下了，塔拉看见面前一个留着黑硬胡楂的大人正在望着他，小家伙害羞，扭头跑回屋里，抱住额吉的大腿，呀呀一指。明根听到家里来了人，赶紧用手拢了一下头发，出门迎接，只听啊的一声惊叫，僵立在那儿。努尔金，努尔金怎么回来了？他不是跑得无影无踪，去北京上海风光了吗？

努尔金到了跟前说了什么，她一句都没有听到。她的心，已经被这个深埋在心底的名字，一层一层叠加起来压迫，喘不过气来。

努尔金疾步上前抓住了明根的手，她的手上散发着草原的味道和女人的温暖气息。

“明根，我是努尔金啊，你这是怎么了，不认识了？你——这到底是怎么回事？”

明根缓过神，生硬地把手抽了回来。看着又黑又瘦胡子拉碴的努尔金，真的生分了许多，难堪，难为情，不知所措。身体里藏着的另一个声音已经脱口而出，箭一样飞向面前的这个人。

“我还想问你哪，整整四年多了，你走了，消失了，又出现了，你到底是人，还是让我大白天遇到了鬼？”

两个人的声音好大好大。你说你的，他说他的，各说各话，还是没有说出所以然来。屋里一声响亮的哭声传了过来，叫停了曾经相爱的两个年轻人的争吵。

俩人回过神，望向哭泣的小男孩。

“谁家的孩子？”

“我儿子。”

“你儿子？你结婚了？和谁？”

“巴特尔是他阿爸。”

明根的声音不大却是晴天响雷。这回，僵住的换成了努尔金。他怎么也想不到明根成了家，有了孩子，孩子的父亲还是他瞧也瞧不上的那个傻大个儿巴特尔。那他成了什么，那曾经的默契，刻骨的爱恋，成了什么他妈玩意儿？

两个人僵立在那儿，明根心里乱成一堆零乱的羊毛。说不清，理还乱。她忘了叫努尔金进屋。努尔金想着种种过往，像一根电线杆子枯立在那儿，也不知这样僵持了多久。摩托车突突着，停在了二人跟前。巴特尔骑着陷进沙坑的摩托车回来了。他用手压了一下短檐棒球帽，走过来不动声色地拍了一下努尔金。

“哦，原来是你，这么多年跑哪儿了，进屋吧！”

明根回过神，像做错事儿的孩子低头跟在后面。努尔金奇怪地瞪了一眼眼前乘人之危的家伙，坐进沙发不知说什么好，恨不得捶死他。这是一家在牧区也算殷实的人家，房前屋后，家里的摆设，一看就是勤快过日子的样子。明根端过来一碗茶，又将茶几上装有糖果奶食的盘子推到他跟前，之后退到一边坐下。巴特尔看二人这架势有些不对头，他对着明根努了努嘴。

“你去看看羊群，回来顺道去环保站那边的小卖部买两瓶酒。”

明根从衣架上取了件衣服出去了。努尔金看了一眼，是那件米黄色风衣，虽然旧了，褪了色，一眼就认了出来，鼻子一酸眼睛就有了些许湿润。他茫然地听着外面摩托车突突着飞远。

巴特尔搂过儿子塔拉，给他穿上衣裤放到地上，小家伙好奇地看了一眼努尔金，回过头，头朝里屁股朝外，轻手轻脚下了三层台阶，转过身跑到外面玩儿去了。短暂的沉默，由这一户人家的男主人巴特尔打破了。他对努尔金讲起了过去发生的种种。这一切，努尔金闻所未闻，仿佛是一个个和他无关的别人的故事，不过却真切地发生在了他和明根的身上。努尔金呜呜失声痛哭，他如何能够控制得了，为了不敢相信的眼前，也为了已经失去了的这一切。

外面，骑着摩托车的明根又何尝不是。

她的心好乱，她在外面漫无目的地颠着飞奔着，她想着这回是不是真该栽下摩托车摔死算了。可是，她不能这样，塔拉怎么办，还有巴特尔……先去看了外面的羊群，不到半个小时拐过高压线铁塔，前面就是环保站旁边的小卖部。她买了两瓶酒两瓶罐头一盒烟。努尔金原来是不抽烟的。现在，谁知道哪?

环保站立在那儿快一年，就在阿尔善河边不远的地方，距离她前几年不小心摔进河塘的地方不远。早知如此，那一年醒过来干什么啊！断了，干了的河边立起了环保站，她并不知道环保站是做什么的，也从来没有打听过。只知道房子里面的人时不时来了，又走了。远处空中灰蒙蒙的是离环保站十多里远的煤矿，那儿是禁区，她们过不去。本来那些矿，跟他们就没有什么关系，什么入股之类的，说起来好听，她没有听说过谁家分到过几张票子。挖的煤一车车拉走，那要归人家老板，税收上缴旗里。如果说和煤矿有关也不假，他们赖以生存的草原迎来了灾祸。小的时候，她家草场上的牧草有膝盖那么高，这几年连脚脖子都不到。时常落下细细的灰尘，她就盼着来个西北风刮一刮，还好一点。他们听人说，这叫污水靠蒸发，雾霾靠风刮。而且井里抽出的水也变坏了，牛羊拉稀、咳喘、流泪，牲畜患怪病成了常事。他们吃的喝的都是从嘎查唯一一口深水井拉回来的。那是老旗长多少年前带领打井队打的。老皇历了，他们自己都未必记得。

远处，牧民们开着打草机打草。坡地上一排排躺倒的，是她家比别人提前半个月打的伏草。每年这个季节巴特尔总是第一个打草。他听永青扎布爷爷说过：“伏天的草，冬天的宝，伏草能顶料”。后来，巴特尔翻《草原手册》，还真是那么回事，这个时候的牧草粗蛋白质含量最高。不过打伏草要担些风险。正值雨季，草含水量大，不少牧民不打，怕打下的草发霉腐烂。巴特尔有胆量，他每天收听收看天气预报，心里算计好了的，一斤伏草能顶二斤秋草或是三斤霜黄草的。

明根到了家，阿爸的家。

她也不知道自己怎么就骑到了这儿，她的蒙古包还在，现在成了继母白雪时不时过来居住的地方。虽然外表看起来和之前没有什么区别，可里面已经有了很大的改观，置办了不少方便日常生活的家用电器和物品。摩托车一停，大黄狗陶格斯跑过来蹭她。平日里她最喜欢陶格斯，每次来都逗弄那么几下，摸一摸毛茸茸的大方头。陶格斯体形结实紧凑，两眼上方有两个明显对称的白色圆点，典型的四眼，平日里对陌生人警惕性极强，对主人却忠诚勇敢、温和无比，时不时跑来大献殷勤。此时，明根好像没有看到，“毛脑亥，滚一边去”。大黄狗被呵斥，摇身一变，成了一条“破狗”，它一定听懂了，默默地看，摇着尾巴怏怏失落。

毡门旁的围绳上挂着马鞭，家里有人。进了上房，阿爸、继母都在，还有已经上了初中的妹妹艺岚娜。白雪带着女儿过来已经有两天了。宝力道、白雪二人看明根脸色阴沉，知道她遇到了事。

“努尔金来了，在家里。”明根低着头，闷声闷气，好像心里承受着无形的重压。

“努尔金回来，这个都在咱们的意料之外，可如今你成家都好几年了，回来又能怎样，你还不是过你自己的日子，难道要和他过不成？”宝力道早就听说努尔金回来了，他就知道总有这么一天需要面对。

明根听出阿爸话里的恼怒，她急得快要哭了出来。

“阿爸，我不是要跟他怎样。过去的事情早已经过去了，还提它做什么。我只是一时难以面对，他怎么这么突然就来了？”

“说起来努尔金这孩子也够可怜的，他在里面待了四年。快别说了，一起去看看。”

宝力道说罢，一家人准备停当。白雪装满出锅还很热乎的手扒肉，明根骑摩托车，宝力道开车拉上媳妇白雪、女儿艺岚娜。大黄狗陶格斯汪汪叫了几下，跑过来想要跟过去，他喝退。大黄狗怏怏地摇着尾巴留下看家。

五

说到蒙更高勒，在贝勒旗那是众所周知，人高马大，看得出年轻时也是位英俊不二之才。只可惜人到中年过早谢顶，他把旁边的头发梳过来拐了个弯，盖住额头。时不时拿出兜里的小木梳捋一捋。

分管工业那会儿，他最为大胆的设想是利用邻近卡伦盟的丰富水资源，搞盟际合作。简单地讲，就是把红河水接入巴彦图嘎盟的阿尔善河，引入阿尔善水库。届时再把用不完的水输送给邻近科尔沁市铝化工基地，搞盟市和县域双两亿项目。另一条管线延伸到边境口岸，打造花园式智慧口岸。蒙更高勒还有一个更为惊人的“天才”设想，那是一次接受电视台记者采访时，他用粗粗的彩色铅笔在墙上的地图上一挥，从渤海画出一道弧线，射到正北方阿尔善草原上方，引入海水用于煤炭开采。被记者以《工业化，草原上的大手笔》为题见诸媒体，名噪一时。

在蒙更高勒的噩梦里，饿是永远的主题。参加工作，日子好了，就是当上了副旗长，心头总也挥之不去。小的时候，记忆中父母二人白天几乎没有在一起过，到了晚上开始你来我往，说不清道不明。等他懂事，时不时提防同学们不知什么时候甩过来的逗乐玩笑，让他倍感自卑。生怕被人看不起，于是拼了命学习。分管工业，他更怕别人说他不懂工业，贝勒旗没有工业，如何走到全区一百零一个旗县区前列？

初中是他最为开心的时光，终于离开了同学们的白眼非议（也许只是他的敏感），虽然还是离不开饿肚子。别看阿爸是队长，可家里并没有多出一粒粮食，唯一的好处也就是上面来人吃派饭，阿爸打包一些剩菜剩饭，有时悄悄藏起来一点。

粮食定量一天一斤二两，填不饱一个男孩的大肚子，时不时眼冒金星。四分钱一顿饭，多了没有。每次可怜巴巴地望一眼打饭的大师傅，盼着饭勺稍微往上抬那么一点点，这样可以多吃上那么两口小米饭。一个宿舍的刘军是大师傅外甥，总是磨磨蹭蹭最后去吃饭。他在宿舍里地位最高，谁见了都要嘻嘻哈哈巴结一下。蒙更高勒除了学习，一直没有注意，等到发现了，赶紧在无人的地方悄悄问。刘军坏笑。

“我以为你小子肚子小，每天吃好了，连我是谁都不知道，你可真行啊！”

十个人围着刘军，心照不宣。到了晚上只要他使个眼色，早有两个人溜出去了。干什么？去给大师傅挑水。把两个大缸挑满了，早有两碗黄灿灿的锅巴等着。这是读书的时候蒙更高勒最为开心的事情。那个时候食堂的每顿饭不会有剩余，有的就是锅巴，那是许多人梦寐以求的美食。

一次，要好的同学家里给了五毛钱。他领着蒙更高勒偷偷出了学校大门，对面是东风百货商店。临近下班关门，货架上空空荡荡，饼干没有，点心没有，能吃的好像只有白糖。糖可是好东西，每家每月只供应二两，还要凭糖票。每当头疼脑热，就想喝额吉递过来的一碗白糖水。两个人躲在墙角，麻纸包着一毛五买的半斤糖，两个人着急往嘴里塞，太甜了，甜到心里。第二口，第三口……糖怎么这么难吃！怎么变苦了？吃白糖，在蒙更高勒的人生经历中具有别样的意义。

语文老师红梅是知青，他初中时的班主任。有一次，老师在黑板上写字，下面叽叽喳喳炸了锅。老师扭过头，下面静下来，蒙更高勒慢了半拍，一个人愣愣地站在那儿。谁捣乱就到外面罚站一堂课，这是纪律。她严厉地要求蒙更高勒站到外面去。可他就不。管不了刺儿头那还了得！她拽，蒙更高勒扶住课桌，眼看顶不住了，抓起老师的手就咬。老师的手和额吉的手一样香，咬了老师的手，却记住了手上的味道。手被咬了，她愣神，抹着眼泪跑了出去。同学们哇哇起哄，班里一时乱了套。

事情闹大。校长把蒙更高勒叫过去狠狠训了一顿。回到宿舍，他眨着眼睛使劲想，校长说了，红梅老师是国家的孩子！这孩子还分国家生的、额吉生的？国家的孩子真好，一定生在北京的金山上。那时候小，什么也不懂。

第二天上课，老师用缠着纱布的手一笔一画写着板书。蒙更高勒后悔死了。提问环节，老师没事一样第一个点到他的名字，他结结巴巴回答了，激动得差点儿咧嘴哭。这件事还没完，先是额吉过来赔礼道歉，生产队也来人赔不是，代表大队的是他阿爸。

阿爸拉来一车牛粪送到学校食堂。进了宿舍，抱住他就亲，这么大了，让人看到害臊死了。蒙更高勒哼哼唧唧躲开了，阿爸带过来的玉米面馅饼真好吃，一看就是额吉烙的，他三口两口吃下一张，噎住了，阿爸从水桶里给他端过来一缸水，喝下去顺了。那桶水是值日生从学校旁边的泉眼抬回来的，每天两个人值日。他们宿舍十一个人，单数不好配对，于是刘军不排值日，他负责指挥。听儿子叨叨，革瓦想想学生还分三六九等，成何体统！

大人生气，蒙更高勒偷乐。

额吉一走，阿爸又来。一个个给他带来好吃的，他分给要好的同学和那个刘军，别提多威风了。坐在班级一笔一画写作业时傻傻地想，是不是找个机会再咬一下老师的手。他为生出这样的念头吓了一跳，呸呸。老师平时对他那么好，教他们学习，还给他们理发洗衣裳。那一咬是他情急之下干的，出了丑。

红梅老师调到旗里，蒙更高勒也到旗里上了高中。他心里有一种随时抵挡老师训斥的准备。由于那次莽撞，远远看到老师走过来，就躲到墙根。老师找到他，笑眯眯地嘘寒问暖，对他的功课更是紧抓不放。三年的时光，他沐浴在老师那种额吉一样的关爱里，飞出阿尔善草原。

后来听说，红梅老师上了进修学校，回来当了教导主任，再后来调到了首府。红梅老师就是吴院长的爱人。世界真是说小不小，说大不大。由于这层关系，吴院长一到贝勒旗，他们就走得很近，不过他的老师除了通过一次话，一次都没有陪吴院长过来。许是顾忌，师生情归师生情，公事是公事，不能不明不白掺和在一起。

耳提面命，摆事实讲道理，蒙更高勒差不多全部接受了吴院长关于牧业旗走工业化发展的中长期规划。在政府财政转移支付不能足额到位的状况下，不走工业化道理，牧区的发展只能是水中的月亮，永远捞不到手上。规划完全符合上面的精神以及广大城乡群众求变求富的迫切愿望。

煤水结合协议一度写进盟旗发展规划，轰轰烈烈，只差几步就要变成现实。直到努尔金在电视上看到的那样。煤水结合项目被环保督察组叫停，工业园区管委会也随之撤销。

蒙更高勒现在分管环保。说过畜牧业已经走到尽头的他，除了管城区的大烟囱、花花草草，还抓农田草原环境保护。干什么吆喝什么，他的思想观念随之发生了不小的变化。谁治理，谁投入，谁受益，成了手里的一道新红线。他希望贝勒旗变得越来越美，吸引更多的游客旅游消费，贝勒旗无论历史文化、草原文化、红色文化、兵团文化都各具特色。

在阿尔善草原不管是短途游，还是自驾游，进入其中任何一块绿色宝库，都会让人流连忘返。除了闻名遐迩的清代蒙古贝勒王府博物馆，距离王府不远处的阿贵庙，还是全盟第一个党支部成立的地方。他利用业余时间刚刚考证出来。稿子修改完善后，准备找机会请教老领导阿勇嘎，也是他走向领导岗位的引路人。修缮寺庙，不是去宣扬传播宗教思想，挖掘其中的历史文化和红色基因至为紧迫。

有一次，吴院长到蒙更高勒的办公室，习惯性地看墙上那幅红笔划过的地图，奇怪的是地图不见了，原来的长方形位置如同一面白色投影，倒显出有些空空荡荡。蒙更高勒捋平贴在前额上的一缕头发，听他汇报项目中期推进情况。招标草原保护项目，巧的是中标的还是新世纪应用技术研究院。研究院又出现在红头文件里。于是相关单位便以新的文件为依据，使得他们的各项行动润滑顺畅，少一些干扰。

难道研究院包打天下？

截水项目、工业园区规划、煤化工设计、文创产品，不一而足。也难怪，这一次，他们应该最为得心应手，现如今环境保护立行立改的工作，大多是当年研究院做过的项目。就像一对矛盾，还没有谁比他们更熟悉情况了。

吴院长对努尔金耳提面命说过的："规划是什么，人家给了你十万二十万，你就要完成他们想要的设计规划。什么用地、用水、用电和环评拆迁，办法还不是一个个想出来的！咱们有专业知识，人家有指标任务，咱们做结合的文章。这里的学问就是学会上下结合、融会贯通。"

吴院长说的，努尔金并不完全认同。他谈过自己的看法，也犟过嘴，年轻人有个性，可项目照旧参与。在生存面前牺牲掉的总是年轻人不值钱的理想。

四年过后，努尔金重新回到研究院工作，当然是在吴院长力荐下才得以实现的。努尔金想先做些基础性工作，之后再考虑以后的事情。作为课题组成员，参与阿尔善草原生态环境保护与资源开发问题研究，办公地点在经济技术开发区（工业园区管委会撤销后新成立的机构）的二层小楼。环保站就是他们项目组在阿尔善草原测定植被群落特征，观察样方内外植物种类、盖度、高度、重量等等数据的地方之一。

这是一个温暖而又迷惑的日子。

整个天空仿佛笼罩在灰蒙蒙看也看不见的风景里，几团云彩有气无力地趴在空中，一股热气毫不吝啬地扑到车窗，风和车心无芥蒂互相追撵，全然不顾开车的人眯起一双细眼紧紧望向就要前往的地方。一到旗里，努尔金就着急下去跑环保站，其实主要还是过来看明根。明根的家原来在阿尔善河九曲湾以西，巴特尔家在罕乌拉山北坡，距离明根家十多里。努尔金本以为很快就到了，只是一路网围栏，绕来绕去费了不少工夫。

明根的大眼睛还是那么明亮，鹌鹑蛋形圆脸依然健美。要说变化，看样子腰粗壮了，哪像几年前摩托车上小蛮腰盈盈一握。小手更是硬实了许多，他着急伸过去抓住，已经不是曾经握过的涂了羊脂油一样细嫩绵滑。明根红了脸，生生地把手拽了回去。

一切都已经发生了改变。明根的眼神为什么布满了胆怯？

六

宝力道、白雪一来，气氛就活了。男人们上桌，女人在厨房忙碌，艺岚娜带着塔拉到外面玩耍去了。

沿途，努尔金一一看到了。回到旗里不久，他就以研究院专家身份参与接待上面的一个检查组。旗里设计的精品路线，最后一站是阿尔善河上游的新图腾旅游区，检查组看到了想要看到的草原生态保护的丰硕成果。这里有全区唯一没有划分草场的游牧示范区阿尔善苏木，拥有美丽的九曲十八弯，还有贝勒王府等丰富的人文历史资源。人点缀着美景，美景里面是悠闲的游客，骑马携行，练习早已成了玩技的射箭，亲身体验一把景区演绎的贝勒王爷的凄美爱情。一部电视连续剧的取景地带火了这块地方。

阿尔善河在阳光下闪动着波光，伸过长长的臂膀徐徐流连，升腾出美妙的梦境。走过去，那臂弯，又探过去拥抱着一顶硕大的蒙古包。恍然间，努尔金依稀记起一次留在这里的推杯换盏，粗大的牛角银杯。一切仿佛那么近，又感觉那么远……

一段时间，他一直想，想得头疼。千百年滋养过无数生灵、接受过多少人膜拜的阿尔善河，就在这短短几年里断流了。坐上饭桌，此时，努尔金不想说自己的破事——想必大家早已心知肚明，而是说出了心里面最想说的话。

“那一年让我做阿尔善河水库截流项目，我就做了，水库建了，养起了鱼，上游办起了旅游点，水送到了煤化工基地，引水工程接到了一百多公里开外的贝子镇自来水厂。”

“这是什么？”

努尔金像是问大家，又像自言自语。他说的，几个人第一次听，听不明白他说的意思。只觉得将近五年时间，努尔金说变就变，变化还挺大。

“没喝就醉，怎么变得深沉了，这和咱们有什么关系？”巴特尔拿肩顶了顶努尔金。

“当年最反感你的，就是不懂外面的形势。现在想想其实也不错，人其实就该傻乎乎一根筋。”

“损吧，你小子！”

三个男人哈哈笑，杯中的酒一饮而尽。

天渐渐低沉，黝黑得像是倒扣的锅底，比锅底还黑百倍。这是天亮前的征兆。星星已经退到乌云上方，乌云来回翻滚制造的雨点，开始轻轻拍打窗户。雨中大牛哞哞呼喊小牛，很远的地方传来轰隆隆的声响，分不清是雷声，还是有人放炮催雨。努尔金新近才知道的草场退化沙化等等情况，这一大家子人一直在苦苦面对。说多了徒增烦恼。

当年做阿尔善水库规划。吴院长私下里说过，开采煤矿需要大量耗水，差不多就是一比一的比例，合成氨、尿素耗水更大。阿尔善河作为一条内流河，不比东北大平原降水丰沛，来不及汇入大江大河，就消失在草原深处，滋养出阿尔善草原，实属大自然的奇迹。他懂了，阿尔善河截流，这是工业时代的愧疚，没有什么可以幸免。

雨淅淅沥沥下着，细雨如油，多么让人欣喜，这是牧人的节日。这户人家的酒席随着雨的欢欣，也跟着热烈了起来。三个男人接二连三碰杯。努尔金真切地看到了阿尔善河断流后的草原，感受到人们无声的承受。他研读过一些专著，资本的社会，天性使然，如果不追求利润的最大化，那就不叫作资本。世上的圆与缺，得与失，是一一对应的。但是人不是简单的机器，他们要生存下去，他们有着世上人类共有的喜怒哀乐，一个都不能少。

努尔金把撸上去的袖子放下来，扣住，他好想对一桌子人说，那些水库里的水，那些新的经济增长点，其实都是那条上游哗啦啦流淌的阿尔善河贡献的，也是祖祖辈辈生活在这儿的牧民们贡献的。有宝力道、巴特尔、明根，还有塔拉，不管他们知道不知道。

端起杯，努尔金什么也没有说。他算什么，如今他连自己是谁都不甚了了。他先恭敬地敬了作为长辈的宝力道、白雪，又敬巴特尔、明根。

“说真的，以后你们好好过日子吧！”

“你放心，日子就是这样。只要肯干，不好也不会不好到哪里去！”

巴特尔看着努尔金。说罢，两个人你看我，我看你，含着笑还有一时涌动的心底的全部善意，碰杯干了。

明根低头坐在一旁心里紧巴巴的，她想象着两个人喝多了借酒对骂，挥舞拳头。听到两个人说的话，悬着的心一时放下了。附近这样的事儿还少吗，南丁、王小花两口子就因为酒，闹腾得不行。小花时不时带着孩子跑回农牧场的父母家，南丁醉醺醺的。那个家都成啥样了。

心里反反复复打鼓，仿佛下了一晚上的决心，明根咬咬牙，颤巍巍站起来，含着泪望了望他，又望了望另一个他。

“要怨你就怨我吧，我曾经对你好，我现在对这个家好，这都是命。都怪我那时看问题简单，只想自己的难处，没有想过你到底为什么离开，其实——好好去问，也不是问不出来的。你在里面，最起码过去给你送衣物，送吃的。”

“您——就忘了过去的一切吧！”

此时，明根短短的两句话，已经从过去跨越到了今天。“你”和“您”，在蒙古语里，就是在同一辈分、熟悉和不熟悉人之间使用，也有着严格的界限。她早已打定了主意，保有这种内在的涵养了。

巴特尔没有恼怨，还真为明根的一番情谊所感动，这恰恰是他平时给予她较少的。他觉得两个人好，心里知道，比什么都重要，他说不出那些百灵鸟一样叽叽喳喳的甜言蜜语。也许什么学问都得学，才好啊！

“明根，你真的了不起。”

结婚以来，巴特尔第一次在别人面前夸媳妇。“阿莫日乌贵”，这句话有“了不起”的意思，也可以解读为“不容易”。也许了不起的，都是不容易的。无论是某种物，还是人心。巴特尔说完了，如同明根的红脸，噌地抹在他的脖子上。男人在晚上总是那么火热无赖，可是白天在别人面前，对自己的女人总是一副不理不睬的样子。明根眼里，巴特尔就是这个德性。今天难得！

努尔金无言以对。

他知道他的过去就这样结束了。新的开始还有些不知所措。干旱六十年的马莲籽遇到水气还会发芽，他的爱情要等到什么时候，还会和谁自由开放？

这是阿尔善草原普通的夜晚，这是牧人家普通的酒席。雨不知什么时候停了，月亮升了上去，皎洁明亮，探望着地下的芸芸众生。有的在遐想，有的在欢爱，有的在无声地忧愁。每个人，每一物，都好像是前世久远前的继续。

三个大男人喝了酒，一时没了长幼之别，除了翻来覆去行酒撒泼打诨，美丽无比的阿尔善河是火热的不变主题。原本普普通通的阿尔善河在他们的眼里开始神化，成了完美圣洁的化身。没有阿尔善河，哪有他们。没有他们，哪有今天的酒席？阿尔善河养育了他们，阿尔善河成就了他们，阿尔善河的欢腾忧伤也是他们的。阿尔善河是从来就不会断流的，也许一百年，一千年后还会回来。

“我们不要上面的钱，我们不要让人设计来设计去，我们只想过自己喜欢的日子。这看着都让人莫名安心的草原，这里的一切，这曾经清澈无比的阿尔善河，这自由自在的牛、马、山羊、绵羊、骆驼——牧人衣食住行离不开的五畜，都叫人疼爱。这一切也是额尔敦宝藏，取之不竭。”

宝力道说着说着，哭了，一桌人跟着也落了泪。还别说，喝了酒的巴特尔话也多了。

“惹急了，看我不捅到上面去。”

“你可别瞎说了。”

明根听了脸都白了，看看努尔金又看看阿爸，用胳膊捅了捅耷拉着眼皮的巴特尔。明根想过了，实在不行，就去城里打工，到饭馆端盘子，给老人当保姆，听说城里的老人就喜欢能跟他们说到一起的家乡孩子照看，再不行还可以去新图腾旅游点，唱《罕乌拉》……

后半夜了，草原如同进入了很久很久以前的混沌时期，一片寂静。这是一天里最安静的时候，白雪开着车送了努尔金，努尔金的车就那么扔在了明根家外面的草场，好在草原上用不着管它，安全无比。明后天他还可以过来取，他们还是亲人。

一路上，白雪告诉努尔金，明根刚刚发现又怀上了。他们的担子比较重，牧民靠天吃饭，可草场一年不比一年。白雪顿了顿语气，然后意味深长地看了一眼努尔金。

“你们几个人今后的日子也就这样了。希望你啊，以后能够给予明根、巴特尔他俩懵懂可爱的儿子塔拉更多的关爱。”

努尔金记得，等到他要从那户人家出来，塔拉醒了，坐了起来，对着他摆着小手，真的和他熟悉许久似的。“巴亚尔太。”说声再见。他的心当时就有被揉碎的感觉。

“城里那么多好姑娘，你一定会找到更好的。”

这是出门时，明根跟在身后悄悄说给他的。努尔金默默记住了，他会努力寻找。此时，努尔金包里藏着那年深夜明根悄悄临别时的赠予。虽然醉了，可是他还没到失去理智抖搂出来交还。不过，他不知道这世上是否还会有另一个明根？

……

巴特尔接过了岳父的衣钵。

搬过来也好，入赘也好，反正来到了红红火火举办婚礼的阿尔善河畔。原来的两家合成一家，这样至少家里少些开支。宝力道如今只做合作社，半路夫妻搭伙过日子，他们是掏心掏肺离不得。两头跑怎么行！他看中贝子镇一个门脸房，打定主意开一家涮锅店，是个不错的办法。巴特尔家山北坡那片草场，因为划归另外一个嘎查，除了自己的一小块，其他是人家白金山的，租了好多年。南丁、王小花和父母分家要用。

一年，两年，时光一晃又闪了过去。

努尔金翻着报纸，他翻到第八版，看得特别认真。整版是一张环境保护督察“回头看”公开情况一览表，其中的一个方框里是反映“阿尔善河水库截流，导致湿地沙化”问题的报道。

低头搜索下面的结果，不知怎的，他忽然想起了罕乌拉山。复杂早已归于奇简，好像此时自己正好站在半山腰，他要好好想一想，继续攀爬，还是向下奔向那块已经隐约可见的大石头？

七

距离完成阿尔善草原环评项目，大概两年零一个月的光景，努尔金辞职开了一家自己的公司。公司就叫“哗啦啦”。他想起阿尔善河在梦中流淌发出的声响。

工商局一盆凉水浇下来，打了回去，一没有专业类型，二没有体现出文化。那就改，于是他将“哗啦啦”换成“河流”——河流草业公司。经过这些年的打拼，他没有那么大的奢望到首府闯荡，可也不想困在贝勒旗，那就折中一下，于是公司注册到盟府地区一级。努尔金邀请吴院长担任顾问，师傅欣然应允。

吴院长在电话里聊表最大的支持。此时，他在哈敦高勒河岸，两只鹌鹑从红柳丛扑哧飞了过去，把他吓了一跳。停下脚步取下眼镜，他用垂下来的衬衣衣角，擦了擦镜片上的灰尘。前方的引河建坝项目区和曾经的阿尔善河水库加固、工业园区规划大不一样。那坝里的水不再喂矿山，而是盐碱地里的万亩葡萄酒庄园。

顺手抓起一根草放在巴掌揉碎，闻了闻，皱了皱眉。一个人的记忆很顽固。他总是忘不掉阿尔善草原春天的草甸子，那才叫一个美呢，到处是草，是花，最多的是羊草，最名贵的有芍药、黄芪。岁月一点点研磨了愤懑，虽然那是一段暗黑铺就的心路。对他来说，对过去岁月的回忆，真的远比它们本来的面目更有魅力。

吴院长就是当年被四十一团保送上大学的吴喜德。

河流草业公司甫一成立，就接了一笔单子。至于叫生意还是项目，努尔金说不清，也许两者兼而有之。网上填报发了过去，有一天接了一个电话，通知他的公司入选了，就这么简单。一来二去，公司第一桶金还是家乡给的。

努尔金到绿化带工地，前前后后已经看了两圈，城区基础设施已经全部到位，钉子户好不容易搬迁，断头路也贯通了。主街道两边整齐划一栽植了垂榆、柳树、丁香、樟子松。贝勒旗冲刺全国文明城镇验收，“卡脖子”工程能否彻底收尾，就看他的了。

努尔金敢揭这个榜，隐约听过外地有些地方做过，但到底怎么做，心里也没谱。阿爸快急出了病，他的主意大而无当，一概不能采纳。努尔金躲进一家旅店，一一规划路线图。办法总比困难多，手机电脑左右遥控。种子已经从外地发了快递。招工不愁，马路边揽活儿的民工，一抓一大把。

努尔金穿着一身灰色劳动布工作服，胸前印着“新世纪应用技术研究院”，当年第一次穿在身上那才叫一个神气。旧衣是念想，一直留到现在。第一步，他领着一帮民工，出动农用车四轮车，人歇活儿不歇，三班倒，三天完成了最苦最重的绿化区域内的种植土回填平整，找来园林绿化车在上面轻轻喷洒了一遍。第四天，外地的种子一到，指挥工人师傅画好线，把握播种深度、土壤湿度，均匀地撒下种子，覆上地膜保温保墒。抢播抢种，大干一周，前前后后用时十天，完事大吉。

秋意浓了，天一天天冻人。

十天转眼过去了，绿化带还是光秃秃一片。园林局长恨不得变成土行孙，把埋下去的种子吹出地皮，这样也比每天忐忑不安地向副旗长报告舒坦一些。蒙更高勒更是焦急万分，他分管这一块。每天借早上锻炼，晚上遛弯儿，蹲下来一一察看。旗里把这次文明城镇创建，作为促进生产发展、生态良好的抓手，全员动员，征地、拆旧补新，提高群众的文明意识，经过大半年的艰苦奋战，城区面貌焕然一新。就是一处处想象中的绿化区域，秃头疤瘌大煞风景。

心理学上的等待效应，据说能激起渴望和兴奋，创造神话。努尔金除了焦虑，除了想象种子到处吐穗扬花，其他一无所有。以他的精密设计，并不担心“放鸽子”，完不成任务，他是怕买回来的种子有问题。电视上时常报道，农民辛辛苦苦种的地，被假冒伪劣种子坑了，颗粒无收。如果那样，不是他一个小小的公司名声扫地，而是给贝勒旗具有非凡工作干劲的干部群众带来不可承受之重。

润物无声，夜里悄悄顶出来，那是禾草的特性。他相信，所愿皆所得，草一定会顶上来的。那个时候，满眼的绿就会布满街区角角落落，显得平常，人们看久了会觉得多余。现在还不要紧，还有时间。努尔金犯了病一样，披着羽绒服蹲在台吉街的马路牙子上。有些揽活儿的泥瓦工认识他，他们一起种的草。有路人凑过来打听刮白铺地砖通马桶。摇摇头，他只给草籽打工，想象着怎么用意念把不慌不忙孕育的胚胎拉出地面。

“你干吗这么慢吞吞，你是怕出来了很快抽穗吗？人各有各的活法儿，我不是为了一口饭种你，别以为你只是草，就和我们人类没有关系。你是这次评比的关键，你是我努尔金独立门户以来的第一位朋友、第一单生意、第一项重大工程。种出了你，我就感到心满意足了。帮帮忙吧，朋友。你快点出来吧，你会听出来的，你会发现的，你看我们是多么小心翼翼地伺候你的，比伺候坐月子的女人还精心，听说巴特尔就这样伺候二孩他妈……”

路上可真热闹啊！接送小朋友上学的，穿一身迷彩服叼着烟蹬着三轮车回收家用电器的，提着公文包着急赶路的，每个人都是那么的匆忙，这实在是一个奔忙的社会。努尔金喜欢街上闹哄哄的繁忙景象，那儿有城市所特有的一种邋遢的欢快气氛，令人惬意地感到兴奋，觉得在那儿随时都会有一番奇遇。来来往往的人们，不会注意到有个人蹲在那儿，不漏一人，沉浸在白日的梦境中无所事事地盯看品评。他给好车排队，给年轻女士打分。努尔金忽然恍惚，威严的台吉策马扬鞭从他前面绝尘而过……

他定了定神，吃惊地发现有个人骑着电动车从眼前一闪而过。绷紧的牛仔裤，乌黑的马尾辫向着两边来回飘动。那道背影渐渐远去，像是明根。她曾开玩笑说，时不时得去一趟贝子镇，好使自己跟上时代的发展。这是进城办事，还是过来看孩子?

有一年暑假，他和明根在阿尔善河边赛马。前半程他颇为得意，一直冲在前头，不时向后望一望后面小小的影子。到了后面关键的几里地，明根骑着花斑马越来越近，突然从旁边冲了过去。急得他用爷爷的黄羊腿马鞭左右狠狠抽打，可由于指挥失当，前半段，差不多用尽了海骝马的全部力气。

明根飞到他的前面，身子一收一紧来回晃动。努尔金呸一声磨牙，套进手腕的马鞭来回甩动，真想抽到那个圆嘟嘟的骄傲上面，看她还敢不敢得意。可他已经撵不上了，明根越骑越快，飞过了终点，开心地飞来银铃一样的笑声。差那么几匹马的距离，他才冲过设定好的青石老井台。

那一口老井台啊，有故事。那是少女南斯日玛傻乎乎等待永青扎布的地方。每次她用帆布水斗慢慢悠悠把木桶打满，心不在焉又倒回井里，盼着心上人快快过来帮她打满。心上人还蒙在鼓里，接过水斗，弯腰抖臂，扬手提拉，轻松潇洒，依是勤恳照办。有一次南斯日玛打完水再倒进去时，不小心脚上洒了水，挪动一下一动不动，这才发现毡靴被洒出来的水牢牢地冻在井台上。使劲拔，抽出脚来回用手拔，还是拔不动，这下危险了。这么冷的天不能光脚跑回去，她冷嗦嗦把光脚放进毡靴，急得她在井台上大喊大叫。方圆左右没有人家，当然没有人应声，急得真哭出了声。过了大概一袋烟的工夫，终于恼怨地看到大个儿。永青扎布发现了她的窘境，赶紧跑回去取来镐头，把她刨了出来。这是两位老人当成笑话，笑呵呵告诉两个小屁孩的。相思的人啊，从来不缺奇思妙想。

井台旁边青石上方的凹陷处，日积月累积攒了一层土，长出密密匝匝的青草，垂下来漂亮的牵牛花。两个年轻人在老井台旁抓紧遛马，两匹马翕动着鼻孔，就像炉灶上的洋铁皮水壶喷发蒸汽，急促地呼吸着空气。明根拿着刮汗板刮了刮马身上的汗珠，帮着降温。努尔金接过来刷，两匹马身上发烫，发出一股浓烈的马汗味，那味道像是从颈部发出来的，冲鼻。明根气喘吁吁，胸前的小山上下起伏，看样子心情不错，冲着努尔金妩媚一笑，颇有一番“怎么样”的意思。

男人比不过女人，成何体统。努尔金气坏了，自尊心炸裂。他灵机一动，计上心来，看他怎么压过这个不知好歹的丫头片子，如若不然，往后那还了得。于是瞪了她一眼，没好气地哼了一声。

“你有那么大的屁股能不赢？”

“输了就输了，关屁股什么事儿。”

“关系大了，厚厚厚，再跑十里你也颠不疼。”

“满肚子坏水，你怎么这样。”

努尔金还想别的什么歹毒的话继续攻击。明根骑上马跑了，看样子真生气了。努尔金飞上马背缰绳一抖，追了过去。明根回头抬起马鞭冷不丁照着他的屁股抽去。

“让你再胡说八道。”

那一抽虽然生疼，却是灵药，他的沮丧一下子消失了。他看着明根坏笑，腿一夹打马疾驰。于是，凭着偷奸耍滑，到底扳回了一局。虽然两人并没说过往回骑也要比试一番。骑行冲冲冲，生活就要一直向前。

十二天将尽，种子世界一片沸腾，刚刚召开的密码大会下达了命令。种子们领受任务，使出浑身解数，趁着夜色纷纷顶开薄薄的一层地皮，出现在各自的哨位。一大早，绿蒙蒙精神抖擞。晨练的人们最先看到了，如果靠近仔细观察，带着花骨朵儿的小苗（权当是小草），打着哈欠伸展了身子。按照播种时间长短，一批批破土而出，整齐划一的样子，真是大快人心。而且可以预想，经过此后七八天的生长，一定将是一片旺盛的景象，接受的将是更为盛大的阅兵。

努尔金像是打了胜仗的将军受到了上上下下的尊重，威风得又像古代骑着大象穿行两都的皇帝。他油然升腾出沉甸甸的责任，如同承接了家族史上的红色烙印。太爷爷给八路军送马印在文史资料上，爷爷第一个把红旗扛到阿尔善草原……努尔金被人请了出来，就像文明城镇验收，板上钉钉。

蒙更高勒对年轻人又一次刮目相看了，想当年小伙子跟着师傅一起做阿尔善水库项目，熟悉得很，说起来还是阿尔善乡邻。多年前和他外孙女成双成对的，只是由于一些原因，没能走到一起。为了当年那个惹是生非的包银牛角杯，他是不是也应该感谢年轻人?

如何在大街小巷的绿化带不出现裸露土层，努尔金选择种植了反季节生长的冬小麦。冬小麦理论上六到十天就可以出苗，而且长势快，他们这儿虽早晚冻人，午后和煦的暖阳是错不了的。工程后过渡期，作为一种观赏植物，裸土覆绿，防治扬尘，效果非常明显。入冬的第一场霜降下来了，直挺挺的草坪还保持了好久。

了解详情的内行，没有不夸努尔金奇思妙想的。说来，方法简单，工期短，也不是没有人想到过，可谁敢一试?那是和时间赛跑的智力竞赛，哪一个环节都不能出现任何差池。小试牛刀，考验的是拍板和应变能力。提升一个地方文明素质和群众生活质量如同一场绿化，一定不是一蹴而就的。文明城镇复查确认的结果还没有下来。园林绿化俨然成了一道亮丽的景致。

秋风硬了，草坪抽穗正忙，直挺挺一片碧绿。走南闯北的看出来是麦子，原来只是普普通通的麦子，呵呵一笑。小朋友可没几个人见过，个个觉得新鲜好奇。

努尔金实话实说，他告诉电视台记者——也就是他的小姨萨仁，这一绿化措施只是暂时的过渡，等到了明年，绿化带一定会有花有草，姹紫嫣红。

果不其然，第二年努尔金又承接了旗里的园林绿化工程。这回时间充足，不能再用应急的麦子。园林部门喜欢更具观赏和绿化效果的进口剪股颖草坪，还有郁金香。人们喜欢洋气，那就做呗!

其实，努尔金打心眼里喜欢当地品种和自然生长的结合，稍加修整设计亦十分别致，符合草原小城的风格。

第九章

财富

一

家族当之无愧的长者努恩吉雅，这次能到旗里小住，全靠徒弟们三番五次鼓动，比儿子管用。什么叫该享福了，活着把手艺传给想学的人，就是享福。摘下老花镜，放下针线，她摸了摸缝了一大半的袍子，柔软细密！做了大半辈子，做也做不烦。想一想，没有老额吉，哪有她的现在？

一个人感恩，就要把恩当成份子，就像春季查干苏鲁克大典敬献的供品份子，一个不剩地被人抢走。她讲的故事悠悠长长，徒弟们瞪大眼睛听，陪她哭，陪她笑。

早先，阿尔善出去讨生活的男人三三两两从外地逃回来。当兵吃饷的多半死在战场上，听说也有的跑到远方的五当召当了喇嘛。每当看到远处走来一瘸一拐的身影，不知多少双眼睛望了又望，默默地盼着那是自己家的归人。于是那户人家便挤满了人，问这问那，听听外面的战事，有无自己长辈、男人的消息。不一会儿，有人奔了出来，急匆匆喜形于色。而有的脚下乱了方寸，不知哪一个破烂蒙古包，又要传出阵阵哀号。

努恩吉雅、小凤就是这样一路逃难回来的。

她们俩，没有人迎接，可是除了回到阿尔善，再没有地方可去。到处是枪炮声，一队队人马从旁边奔过来奔过去，有的向东，有的向西，有的向南。小凤害了病，发烧，身上没有一点儿力气。努恩吉雅把破包袱往腰上一系，咬牙背起小凤挪步。小凤活着她就活，小凤死了她也不想活下去了。可是没有走出多远，累塌了。一个无力地躺倒在路边，一个焦急地守在旁边。太阳徐徐落山，如同等待那一抹最后的决绝。不知过了多久，伴着隐去的晚霞传来吱嘎吱嘎的声音，似远又近。

愣的怕横的，横的怕不要命的。努恩吉雅两腿一叉，两眼一闭，猛地站到路上等待重重的碾压。对面驶来的辕牛哪里见过这种阵式，受了惊，急急闪避。车把式嗨嗨喝住辕牛，发火骂娘。努恩吉雅发现转机，她从腰身拧出一块大洋，粗声粗气地递过去。车把式拿捏光头吹一口，咻的发出低沉的声音。

天无绝人之路。努恩吉雅赶紧把小凤抱到拉盐的空车上。车把式也不多问。这一路上不是逃荒的，就是活不下去身后插着草根的，加之天黑着急赶路，还要找一户人家借宿，问又何用。

第二天一早赶路，努恩吉雅和车把式有一搭没一搭聊。

“兵荒马乱，大哥还敢去拉盐？”

“怕有什么用，下人的命不值钱。”

“如果活下来，我哪儿也不去了，就在阿尔善，哪里的黄土不埋人。”

“妹子，你可说对了，活着就好。”

“大哥，你怎么知——知，我是——女人。”

努恩吉雅一惊，原来这一天都是自己骗自己。她时不时学着男人的样子粗声说话，用手比画着撒尿，抖一抖，好像前面空气里是她的阳具。等到车把式收起肥宽的缅裆裤，扭头走出几步，她匆忙跑到土堆后面蹲下，就急。真是丢死人了！

车把式嘿嘿一声，没有说话。他在这条道上跑了多少趟，数不清了，一趟一个来月，什么人没有见过。几天前，刚从妹妹家那儿路过。妹夫当兵吃粮，不知死活，全靠他接济。女人不是脸上抹上锅灰就不是女人了。

“姐，我冷。”小凤说话喑哑。

“哪儿不舒服？”努恩吉雅摸了一下小凤的脑门，发烫，身上软棉棉的。

“我好像病了，姐千万不要丢下我！”

“傻瓜，我是你姐，怎么会丢下你，要死一起死，不要瞎想了。”鼻子一酸，努恩吉雅拍了拍从小苦命的孤儿，想着下一步怎么办。小凤怕是害了伤寒，再这样下去会要了她的命。

车把式急得团团转，只怨贪财，晚上没有一家让他们进去，谁知道车上的人是不是痨病。好不容易找到一户孤寡老人家，好说歹说闯了进去。还好，老人给他们做了一顿简单却也热乎的榆树皮磨的糊糊，已是难得的美食了。小凤只吃了两口。不能再走了，可也必须走啊。夜里，过路的人想着一个又一个法子。车把式拍了一下脑门，有了。

第二天晌午时分，牛车吱嘎吱嘎停在一处红柳丛间。低矮的土房外面是浸泡皮子的两口大缸，难怪大老远闻到一股沤臭的味道。小屋里到处是布料、熟好熏好的羔羊皮。也不知车把式用了什么法子，他把努恩吉雅、小凤留下来，赶着车急匆匆走了。不论是官是匪，他们的盐车是一天不能停下耽搁的。

从一堆小山一样还没有做好的衣服堆里，五十来岁的额吉用红肿成一条缝的眼睛，看了她们一眼点了头，算是应承下了，只见她低下头又开始穿针引线。老额吉没有精力说话了，有一帮匪兵定好十天后过来取货，她已经两天两夜没有合眼了。老伴儿在山沟里的兵营养马，儿子赶车拉盐。两个女人落了脚，小凤养病，努恩吉雅帮着老额吉做工，学这学那。这一待就是半年的光景。

努恩吉雅是全盟第一批熏皮袍制作技艺代表性传承人。她不做徒弟们那种时髦新潮的蒙古袍，可也不反感。尤其是徒弟巧莲，从过去的纯手工制作加工，到现在增加两台缝纫机，还雇了几名机工，效率上去了，增加了收入。后来努恩吉雅得知，巧莲还是儿子初中同学刘军的女儿。刘军下岗在家，儿子给他找了一个下夜的活儿。努恩吉雅往那儿一坐，就喜欢盯看大姑娘小媳妇忙活，一走神扎了手指，放进嘴里吸。看着看着感觉自己也年轻了许多。

新学员来了，一对一教传统手法，指点紧要的制作技艺。至于工资一分钱不要，人老了要钱干什么，只要传统的东西传承下去，比什么都重要。蒙古袍、皮袍在过去就是一个平常的衣物，现在精品很是抢手，从日常用品展示到了博物馆。她的王府磨坊的家，改造成为努恩吉雅非物质文化遗产陈列室，供游人参观。墙上挂着蒙古袍、皮袍，磨盘上摆放着针头线脑老物件、奖状证章。时代怎么发展，由时代说了算。努恩吉雅双手向上捋了捋满头银发，她不糊涂。

她离不得磨坊，那可是她的窝啊！食指一天不戴顶针、做些针线，心里就发痒，火烧火燎总觉得缺了点儿什么似的。儿子劝也劝不动。幸福的人是热爱劳动的人，想一想也是。老太太高兴就好。

额吉在家里的那几天，蒙更高勒亲自上手。以前最爱吃额吉烙的馅饼，额吉做不动了，他进厨房显摆两下，再摆上一对牛眼小酒盅，额吉还能喝一盅。儿媳娜布其劝，喝酒不好啦，伤身体啦，她不管。看牛眼小酒盅，再看自己的高勒，眯着眼睛，只有高兴。牛眼酒盅是蒙更高勒从磨坊拿过来的不多的旧物。近些年，他参加过多少酒局打死也记不得了，用过多少种酒杯更是不计其数。比较稀罕的有包银牛角杯、水晶高脚杯、银杯、木碗，还有一次用过金杯。可只有家里的小酒盅看着最带劲。还有床头柜上的小铜铃，那个时候额吉裤带上总是挂着一堆钥匙，钥匙上系着小铜铃。额吉走到哪儿，丁零当啷就响到哪儿。

努恩吉雅、小凤一对叫花子，不幸中的万幸，乱世安身老额吉家。生性纯朴善良的蒙古人，一向对远方的客人热情招待，更何况是一对走投无路的女人，一个还是身患重病的小姑娘。老额吉听了努恩吉雅的几句话，什么都明白了。什么病不病的，她不怕，不嫌弃。她把病人扶到炕上躺下，按照习俗，放好小方桌，摆上几片奶食品，然后递过茶。小凤见到生性善良的老额吉，露出难得的笑意。

还别说，努恩吉雅也帮了老额吉的大忙。那时，不知来路的土匪扔下一堆破皮烂布和一句狠话，十天之内做出十件袍子，做不出来就用她顶针的食指换，还有她儿子。

努恩吉雅安顿小凤，换上自己的一身女人衣裳，上了手。那时的女人谁又不是自小被教大的啊，老额吉做繁杂的行针、刺绣和镶边。她接过来一件件缝扣子，做简单收尾。老额吉有时焦急发了脾气，她一声不吭。一回生二回熟，她将老额吉说的一一记在了心里，手上的活儿也快了许多。

考验老额吉的时候到了。好在多了一份人手，两个人没日没夜总算按时交了活儿。虽是一件件应急之作，可每一件行线针脚均匀，平整美观，而且采用的是烦琐的库锦镶边。等到第十一天早上土匪要来，努恩吉雅早早藏进红柳丛。炕上的小凤像是得了痨病，吓得兵痞们捂着鼻子退了出去。土匪凶残，倒也认一个信字。老额吉的食指好好地留在手上，也就一时无忧。儿子照旧拉他的盐，土匪窝里也就少了一个当炮灰的。

交了差，老额吉长舒了一口气，小凤的病让她焦急，指派儿子阿木古楞去找庙里的喇嘛，结果不仅没有找到，连个懂卜卦的人也没有找到。难道，就这样眼睁睁看着小凤一天天凋谢不成？不声不响的阿木古楞，情急之下，忽然闪过一个法子。

“有一次听人说，有一种病叫羊毛疔霍乱，听起来那个发病的症状和小凤的很像。”

老额吉看了一眼努恩吉雅，面面相觑。傻儿子这是怎么了，听谁瞎说一气，可又说不出什么，唉地叹了一口气。努恩吉雅早已无计可施，看了他一眼。

“那你问一问小凤。”

他转过身，面对迷糊中的人。哪知炕上的小凤听得一清二楚，也许这就是一个人冥冥之中面对生的强烈渴望。

“如果真是那个病哪？”

“背上用针挑。”

“那就挑吧。”

两人一问一答，小凤居然点了头。

努恩吉雅本以为小凤不信，可现在……万一感染了怎么办。小凤看大家一动不动。

“姐，还不赶紧挑，愣着干什么！”

努恩吉雅咬咬牙，她要老额吉把几个缝衣针放进锅里煮沸，让阿木古楞把小凤扶起来，她脱掉小凤的上衣。阿木古楞用胸口顶着小凤的头部，两只大手稳稳地扣在她的左右肋部，小凤坚挺的小奶子一顶，他慌里慌张出了一身汗。

努恩吉雅接过老额吉递的针，噙着泪在小凤的背后使劲挑。阿木古楞看不见，只听到嘣嘣挑破皮肉的声响。努恩吉雅心疼地挑了两针，停了下来。

“小凤，疼的话，喊一声。”

“不疼，姐，你就挑吧！”

努恩吉雅狠下心，又挑，大喊道：“你们看，真有毛，我已经挑断好几根了。”

“那你挑，一个别剩。”小凤咬紧牙关，皮肉的疼痛好像给了她刺激，说话的口气重了。

不到一袋烟工夫，努恩吉雅挑完了，贴上布片止血，赶紧给小凤穿好衣服，扶着躺下。由于过于紧张，努恩吉雅累瘫了，躺倒在小凤的旁边，看了一眼小凤，小凤不仅睡着了，还发出了响亮的呼噜声。

“奇了，看样子，小凤的病，姐真的给治好了。”

“不是我，是你。”

努恩吉雅高兴，阿木古楞咧嘴憨笑。大概后半夜，只听小凤叫：“姐，姐。”于是东倒四歪的三个人，几乎同时骨碌爬起来，“醒了？”“醒了。”

“我饿了。”小凤睁开眼，眼睛大而闪亮。

努恩吉雅还没有来得及答话，老额吉下了炕，趿拉着鞋。

“我猜你醒过来会饿的，猫耳朵早捏好了，我去下锅。”

阿木古楞噌地下地，出门抱来一堆秸秆，锅连炕的灶火，一下子映红了小屋。不大一会儿，老额吉端碗递给小凤。小凤不记得上一次是在什么地方吃的饭，她确实饿了，很快把一碗吃了下去。阿木古楞接过碗还要盛，老额吉制止。

“不能再吃了。”

努恩吉雅双手捂住脸猛烈地抽泣。病魔在这家人的恩情面前吓跑了，小凤得救了。眼下家家穷得叮当两响，买来富人家藏在地窖霉成粉末、结成块的小米，配上大葱大酱，算是难得的美食了。这比吃野韭菜啃青草树叶，好得不能再好了。小凤连着吃了两天白面掺着玉米面做的饭，顿顿金贵。这点粮食，不知老额吉缝多少新衣裳，阿木古楞赶多少趟盐车才能换回来！

努恩吉雅何德何能，领受了老额吉的全部美意、技艺、做人的道理。这是她从王府逃出来，将要走向另一种人生旅程的第一捧圣水阿尔善。她还学会了做胰子。曾经贵为福晋，现在快乐的贫苦妇道人家，不做怎么行啊。别人宰羊，求回来一块胰脏，剁，砸，掺上碱面等一些只有她知道的东西制成胰子。干净惯了，不洗一洗、擦一擦，那可不行。

小凤一天天好了起来，让努恩吉雅百思不解的是，世上怎么会有什么羊毛疔霍乱，而她居然用针挑，治好了。小凤只盼着拉盐的人什么时候回来，阿木古楞回来就会有一两块方糖奶酪之类好吃的，还有黑黏土，好像她的身上就需要补充这些东西，多少年亏空落下的。她除了馋得慌，竟还生出了不一样的一种牵挂。

旗里是教不成熏皮袍的。一则没有场地，再一个人多，污染了那还了得。蒙更高勒管这个，她不能给儿子添堵。

儿子刚到旗里上学那个时候，贝子镇只有两条砂石马路，一条由东到西，大概五六里长，另一条从南到北，也就几百米的样子。最为风光的十字路口，周边几乎集中了全旗最好最有用的部分。有百货商店、粮站、国营饭店、交通旅店、电影院、邮电局。牧民时而骑马经过，军人来来往往。除了西头的水塔和东边的大烟筒，全旗最高的两栋二层小楼，远远望去，那叫一个威武。在里面穿上四个兜的中山装走动，想一想那叫气派。儿子现在居然成了那儿的领导，你说她脸上风光不风光。那个时候，贝子镇最不缺少的就是空地。周围保持着原始的状态，杂草丛生，成了野狗们的乐园。

后来的后来，努恩吉雅到王府毡厂上班。男工人抬着毛到阿尔善河，三天洗一次。她看不下去。

“你们这么洗，下边的人家怎么取水吃？”

“离着这么远，会脏了谁的锅！你的？”

“饭菜是吃的东西，你们在上游洗毡子，和洗脸洗屁股有什么两样？怎么不脏！”

“狗拿耗子多管闲事，你谁了，管得倒宽。”

革瓦刚刚出事，抬不起头，谁还理她。努恩吉雅连喊带骂不管用，况且是公社允许的。一年四季，就是数九寒天他们也得打开冰窟窿洗，不少工人冻坏了耳朵和手脚。她暗地里叫好……

娴熟制作一件熏皮袍，别说在旗里，就是放在全盟，掌握技艺的传承人，大多年事已高，有的后继无人。

这些年抗白灾抗黑灾，有人学手艺，那是巴不得的好事。绵羊皮反复清洗软化，用牛粪火烟熏，最后把处理好的羊皮缝在一起，防潮防虫。看似简单，过程繁杂得很。每一步都得细心，不然做出来的皮袍不好看、不耐穿。一道道工序印在努恩吉雅的脑子里，在巧莲和其他徒弟面前，她毫无保留。她怕这样的机会越来越少：

第一步，挑选毛色干净、颜色相近、大小相差不大的九张左右成年绵羊皮。羊皮用水打湿，微干的时候抹上一层黏土，用弯刀刮，用手反复揉搓，去除羊皮上的油脂。等油脂除净，清洗干净，放到阴凉干燥的地方晾干。

第二步，鞣皮。先在羊皮上涂一层畜用盐和呛鼻的酸水，叠成方块，放在阴凉处。每天翻动一两次，三到四天阴干。再把羊皮上的污渍去除干净，叠成小方块，放入装有酸奶黄水的缸里泡，四五天之后将羊皮取出来再次阴干。晾干了，再一次涂上一层畜用盐，每天用手揉一两次去除污渍，再涂一遍。如此反复三四天，羊皮铺在有露水的草地上，盖上毡子，放一天。之后，将浸软的羊皮向外轻轻地撑。

第三步，弄好的皮子，三张缝成一个桶状。选一个干净的地方挖一个坛形大坑，坑口上方用三根木头支成架子，将缝合好的三张皮绷在木架上，坑中点燃牛粪。牛粪要用放了两三年的陈年牛粪，而且是冬天拣好的，这样的牛粪熏制上色好、褪色难，燃烧也容易，烟味清香不呛人。用烟熏一至两小时呈焦黄色。熏好的皮子再用浓浓的川字牌砖茶水刷一刷，固定皮子的颜色。

最后一步，老额吉曾经交代过的。剪裁熏好的羊皮，用软和的羔皮做袍子领和袖口，用小羔皮带毛的皮条和绸缎镶边，缀上银扣，一件熏皮袍就做好了。努恩吉雅手把手地演示，弟子们掏出手机录。努恩吉雅叹一口气，当年她用脑子记。阿尔善草原冬季严寒，阿尔善牧人也爱美，于是创造出了具有浓厚地域特色和独特文化内涵的熏皮袍。

“唉，现在做的人越来越少了，就是嫌麻烦。市面上的仿制熏羊皮，里外都是人造的，没有熏制的羊皮保暖，做起来倒是容易，没有了手工一道又一道完成的味道。”

人老嘴碎，闷在肚子里想事儿。

别说是熏皮袍，许多以前需要人工动手的东西，全都交给了机器。多少年后，蒙古袍袖子是一定会变短的，人人不动手了，人手的功能自然就要退化，男人女人的胳臂短了，手指却进化好了。努恩吉雅盘腿坐在炕上，戴上老花镜，正给儿子补一双露出后跟的袜子。冒出这么奇怪的想法，心里咯噔一下，她摊开一双手艺人的手，还是那么修长绵滑，像是老树伸展的新枝。

二

移民村亮化工程招标公告在网上出来了，河流草业公司中标。抛开开支加上不可预设的因素，还是有很大利润空间的。政府的信用那是用不着怀疑的。之前让他扬眉吐气的绿化工程，就是政府采购。

标书写得清清楚楚：工程所需资金来源，国有投资百分之一百，自筹零，政府投资百分之一百，非国有投资零，工程计划投资九百三十一点五五万元。好不容易凑了二百万做担保，才得以中标。

飞沙走石，曾经细密如毯、牛羊成群的阿尔善草原，冷不丁如同进入了末日。说来，努尔金比嘎查牧民早一年到了移民村，牧民整体搬迁，他做前期的工程。

努尔金和明根见面的机会一下子多了，话却少了。

努尔金一直过不了心里的那个坎儿，一想到关键，就很生气。他恨自己当年在大石头上怎么就没有把火印早早打到她的浑圆的屁股上，最好怀上孩子，那样她还敢不敢野。至于阿尔善河断流，风雨交加那一晚，稀里糊涂的，怎么能算数!

听爷爷讲，奶奶的祖上是从遥远的大雪山一步步迁移过来。据说太爷爷长着鹰钩鼻子。他在镜子里时不时看，自己的鼻梁是不是弯钩，眼睛是不是凹陷。曾经着迷地听《江格尔》，江格尔可汗的战将，总是会把永不消退的宝木巴火印，第一时间打在俘虏脸上，叫他们做江格尔的属民，永不背叛，年年进贡。

遮天蔽日的沙尘暴扫荡了阿尔善草原。

整整一年，发抖干瘪的草籽和草根告别，跟着沙兵沙将远远地逃命，牛羊沉重的蹄子踏硬了草原上弯弯曲曲的小路。

嘎查达小革命，穿着一身迷彩服，戴着大墨镜，骑着摩托车一家家催。谁家不同意搬，他就不回去。唠叨来唠叨去，无非到了移民村就有砖房有暖气，有干净的自来水，有三十多个频道的电视。有厕所，夏天不怕蚊子，冬天不冻屁股。总之，搬过去什么都是好的。上面定的事儿，终归是有道理的。

接二连三白灾黑灾，牲畜死的死，处理的处理。家家堵上门窗，拆下蒙古包，全部的家当打包装箱，有的人家奶桶也都装上了。新牧民移民村建在贝子镇西北五里处，十多排房子和院落齐刷刷好像一个模子倒出来的，整齐划一。这是阿尔善嘎查牧民将要入住的新居。

电视上专家科普讲座，草原上大面积农耕，包括开垦、开发水资源、饲料基地，占草原整体退化的七成以上，加剧了风蚀作用，形成农业吃草原、风沙吃农田的恶性循环。连续几年春季的几场沙尘暴，一年比一年厉害，席卷北方大地，引起了不小的关注。努尔金关注自己的工程，他给大工派活儿，小工由大工指挥。什么道路硬化、村标、广场硬化、人工湖、环湖小路、路面硬化、旗台、花栏墙、U形水槽、护坡工程、排水沟、宣传标语墙、新建超市、景观台、休闲亭以及小公园建设，标段里内容繁杂，合并同类项，无非如此。这段时间，努尔金负责规划设计，料不够，缺什么，指挥进料进货。没几天，工程热热闹闹全部动了起来。

两居室房子是巴特尔抓阄抓的。他拿着纸条从前往后数到第十排，再往左数第二十号房子，就是他们家的新房。明根跟在后面晕头转向。在阿尔善成长也到首府上过大学的明根，对贝子镇，对城市——当官的、工厂老板、饭店服务员、环卫工人、摊贩、学生、呆傻要饭、歌厅小姐的城市，抱有一种自然的恐惧心理。其实明根所恐惧的不是城市本身，而是为了生活。生活，这个无边无际的，充满着成堆垃圾、无聊、暴力而又经常飘浮着她喜欢的蓝蓝的天空的生活。这次，她不是过来看孩子买东西，不是在阿爸的饭店当三两天服务员，不是到舅姥爷家串门，而是彻底搬过来——生活。入夜，她坐在床上东张西望，忙了一天，累了，之后无声地躺下了。

巴特尔知道明根还没有睡，他不敢说话，唯恐一句说得不对惹恼了她。屋里屋外，两个人在新家倒像是客人。巴特尔刚从院子里回屋，看看能不能把一堆蒙古包立起来，可夜里又如何能够？用不着着急，而且像第二天一样的大白天还有很多很多。他还不习惯，估计还没有记住他们住在第几排第几户的明根，也不习惯。别看她说喜欢，喜欢什么，喜欢那么多车、那么多楼、那么多人，还是那么多花花绿绿的电视节目？她在饭店做了一阵子还不是回了家。那是离不开他。晚上握一握手，她就不做噩梦。

第二天一早，没等巴特尔分清移民村的东西南北，就去找不知道去哪儿能找到的警察，又被大喇叭叫过去领奶牛。昨夜，当院里堆着的蒙古包哈那、条毡等物件让小偷偷了。这种事，在阿尔善从来没有遇到过。他恨自己怎么没有把大黄狗带过来。小革命一说移民村要文明不让养狗，他就把大黄狗送到农牧场王小花他爸那儿寄养。三头黑白花奶牛看着喜人。公家个人各出一半。他们家的草场算是彻底解放了，闲就闲吧，只要闲出曾经茂盛的碱草，再好不过了。

罕乌拉山脚下藏着一处这样的洼地，满塘都是苇草，面积有废弃的嘎查小学篮球场那么大，泉眼常年不断。那是他家的一块福地，养一些牛羊没问题，就是灾年吃喝花销也能对付。巴特尔喜欢过去，牧人的时间不在手腕上，有太阳和月亮就够了。

那个时候，天蒙蒙亮，明根拴住牛犊，开始挤奶。随后，他将当天新鲜的牛粪收拾到一边。往后的时光和风将牛粪里外翻个儿，烘干，一块块堆得漂漂亮亮。他家的牛粪堆高大整齐，如同那是他们勤劳能干的象征。干干的牛粪在缓慢的平常日子里，送进炉灶，用于一家人熬茶煮饭取暖。白天，他站在坡上，用努尔金的那个俄式望远镜，瞭一瞭牛羊的踪迹，看看远处的热风……

热热的唇气一飘，移民村升了起来，飘荡在半空，一群天鹅跟着展翅舞蹈。可到了跟前，红砖房、树木、天鹅全都跑了，不见了。巴特尔去镇里一回来，小革命正在家里等他。临街有一间平房，村里打算交给他，看能不能开一间摩托车修理铺，可以给过路的矿车充气、换轮胎。巴特尔只知道草原上摩托车跑着跑着没了油，掏出家伙往里撒泡尿，跑上三五里没问题。自己的摩托车怎么鼓捣都行，无师自通，给别人修，那是万万不行的。

“我可没有那个本事。”

“不会，学嘛，死狗扶不上墙。”

看他的一副㞞样，连嘎查最能干的人都不想干。小革命扔下一句狠话，气呼呼头也不回，走了。

巴特尔现在除了养好奶牛，什么都顾不上想了，哪儿还有精力做其他。他家原本养过本地黄牛。阿尔善河断了，老鹰飞过来叼走河底最后的晒干的鱼虾，苇草吸收地底的湿气露出了头，后来到底还是蔫了，干了。河干了，没两年不远处的水泡子也没了。牛卷不上草吃，舍饲喂养又不划算，也就没有办法再养牛。奶牛虽说是牛的一个品种，可是和黄牛比起来大不一样，就说喂，以他积攒的一些经验，需细细打理，丝毫马虎不得。巴特尔没有一天不在围着奶牛转，喂草喂料，溜达放风，打针刷澡，清理棚圈。镇上鼓动牧民们到广场上唱乌尔汀道，他原本会些《月出之光》，明根唱《罕乌拉》，没有闲心凑热闹。

小的时候，巴林旗的胡尔齐说唱艺人来了，一家家串门唱，一住一两天。他们小伙伴们每天沉醉在格斯尔汗率领大军追赶草原恶魔莽古斯的战斗中。莽古斯逃窜到了阿尔善草原，发现身后烟尘滚滚、杀声震天，眼看就要被格斯尔汗追上了，狡猾的莽古斯摇身一变，化作一只兔子藏在草丛。格斯尔汗的猎犬发现了，狂吠着扑过去。莽古斯见势不妙，又变作一只山雀飞上天空。格斯尔汗的猎鹰张开翅膀扑了上去，叼住了山雀的喉咙。格斯尔汗消灭了十二个头的莽古斯，夺回爱妻图门吉日嘎朗……

在格斯尔汗战胜莽古斯的地方，后来凸起一座山峰。那座山就是罕乌拉山。而蜿蜒流淌的阿尔善河，据说就是图门吉日嘎朗哈敦被囚后，日夜思念格斯尔汗流下的泪水。每当巴特尔淘气不睡觉，阿爸就讲心狠手辣、奇丑无比的莽古斯吓唬他。月明星稀，伴着松涛好像传来阵阵厮打之声，那是格斯尔汗在和莽古斯奋勇搏斗。

明根喊巴特尔起床，巴特尔梦中的格斯尔汗不见了，他拿着一块湿布把黑白花的奶头擦洗干净，明根半蹲着双手交替捏住奶头飞速挤进桶里。曾经挤过无数次黄牛、山羊奶的明根，有些吃不消，每次腰酸背疼。后来坐在小板凳上挤，四五十斤的奶挤出来，那不是一件小活儿。巴特尔看明根辛苦，到镇上买了吸奶器。上午九点，他骑着摩托车驮着奶桶，哼着曲儿送到十多里开外的奶站。

一年了，许是经验不足，没有挣上多少钱，有了一万多元禁牧款打底，孩子有阿爸一家照料，日子还算对付。第二年一到，巴特尔想着日清月结，好好算笔账，不是奶站打了白条，就是草料赊了账，或是打了小卖部欠条。有一天认真算了一笔，他吓了一跳：草料钱五千二百一十多元，奶站回来了八千零五十二元，也就是说他们两口子起早贪黑，半年下来两头奶牛上只挣了不到三千元。这要在阿尔善，刚刚值一头刚生下来的牛犊。

俗话讲：“阿爸是我的王，我是花牛犊的王。”辛辛苦苦，哪有什么赚钱的花牛犊！这一天，巴特尔脸黑窝火，不到天黑，无所事事出去转了一圈，拐进马二羊头馆，要了一盘蒜捣羊头肉，一盘水煮花生，一瓶罕乌拉，一个人喝闷酒。说巧不巧，刚喝了一杯，挑开门帘进来了一位瘦高个儿——努尔金。

巴特尔摆了摆手，叫努尔金坐到了自己的对面，喊过来服务员加了两个菜。努尔金除了跑政府催工程款，就是做他的治理矿山的白日梦。这回纯属怄气，说好的移民村项目款迟迟下不来，工人们三天两头追着他要工钱。

两人碰杯喝酒，话不多，为钱为利的烦心事差不多都一样。你一杯我一杯，辣辣的罕乌拉老白干灌进去，痛快极了。一瓶下去，巴特尔打开话匣子讲起了阿尔善。在努尔金看来，那里一定施了什么魔法，光秃秃如同荒漠化草原。那些曾经的繁茂，神话传说中格斯尔汗战胜恶魔莽古斯之地，在巴特尔微醉的神情下开始演绎得微风刚刚吹过，绿草像一块巨大的毯子，鸟儿正在鸣叫。如此之美，如此令人神往。而努尔金眉飞色舞穿梭官场之道以及变着法子的生意经，巴特尔不懂或者提不起精神。

有了酒，努尔金在自己面前来回扭曲变形，于是巴特尔十分愤怒地就想揍了包工头努尔金，为了过去的一切不快。揍，可以，可又万万不能。在移民村，巴特尔这样的玩笑和别人开过几次，过后除了脸上留下一道疤，没有什么意思。那个一激动就动拳头的小青年不见了，成熟老成了许多，正如蒙古族谚语："向着太阳不会冷，向着党没有错"。他现在是嘎查重点培养的入党积极分子。

小饭店昏暗的灯光下，两个曾经心生过不少芥蒂的年轻人，头对头，不知嘀咕着什么。不得不走了，巴特尔不由分说结了账，将一口都没吃的不知是羊肉还是鸭肉的蒙古包子打包，结束了战斗。他觉得无论努尔金多么有钱，他都不会让努尔金请了他。他不想欠下这个人哪怕一丁点的情谊。就像阿爸永远不会欠下那个人的施舍。他回他的家，政府给盖的热热闹闹上了电视的红砖房。而努尔金还要奔向他的公司，一个漂亮姑娘正等着他。

"他妈的，牧区城里通吃，这还叫个人了？"巴特尔对着移民村路灯远去的那道斜长的背影，低声嘀咕。

阿尔善牧民是有觉悟的牧民。从踊跃参与民主改革到如今，这个传家宝他们从来没有丢过。每家每户一个不落按了手印，全都搬了过来。可是没有两年，除了老人孩子，年轻人大多不见了踪影，不用问，打工走了。养奶牛的人家越来越少。这个可由不得大道理硬杠杠，什么围封转移的重大意义，危房改造、安全饮水、街巷硬化、村村通、校舍建设、卫生室、文化室、连锁超市和养老医疗低保等等好处。说得天花乱坠，没用。

巴特尔三十来岁，坚强的心皱成一把干草。皎洁的月出之光，十方圣主格斯尔汗英名远扬之地，已是过去的想象。明根坐在当院的蒙古包外——警察破案找回来的蒙古包，抬头静静地凝视着从云隙间射出来的几道光芒。那些光芒好像伸出的白色无力的手，搭在他们家的红砖房上。天空不再清爽迷人，远处不会有咩咩叫的羊群来回奔走，大黄狗陶格斯快有两年没见了，更别说跑过来闻一闻、蹭一蹭她的衣襟。

三

巴特尔突然接到一个陌生电话是在午夜。这一天，他到镇上找岳父商量事情，只听到电话里哭诉："巴特尔，你快过来一下，努尔金被人打了……"

打上车，巴特尔第一感觉，涌动出一种无比卑鄙的舒畅。心里想：臭小子，看你干的好事，你也有今天。转而他又很是自责，可耻无聊，落井下石，牧民的后代可不能有这样下作的念想。等到他急匆匆赶过去，努尔金全身血迹躺在医院，几个白大褂正在忙前忙后。明根也从家里赶了过来，旁边是一位不认识的姑娘，应该就是传说中的努尔金漂亮女助手了。姑娘及时叫了救护车。刚才就是她打的电话。

巴特尔告诉明根和女助手，上次他和努尔金喝酒就听到工人要工钱的事儿，就想这事没有那么简单，总会出点幺蛾子。果不其然，活干完了，验收也结束了，基建款迟迟下不来。努尔金上一次跑相关部门磨破嘴皮，拖欠工程款下来一点。一年过去了，找蒙更高勒副旗长，又要回来一部分，可还是杯水车薪，全靠垫资。

等钱回家的农民工，着急上火，喝了酒，把努尔金堵住。打他最狠的是一位外号“大手”的老年农民工。“大手”为了给孙子还赌债出来打拼，由于上了岁数，努尔金给他派最轻的活儿，看混凝土搅拌机，时不时关照一下。“大手”喜欢光膀子干活儿，肩上有一道疤痕，喝了酒时不时炫耀当年怎么怎么英勇。正应了那句话：不是老男人变坏了，是坏男人变老了。派出所录了笔录，放进看守所。

还好，努尔金除了几处外伤，没有伤到内脏，回了家一时还动弹不得，需要静养。爷爷干着急没有办法，父母亲轮流照顾，几天下来都快累塌了。后来，巴特尔派去明根帮着照料。女助手专事公司往来业务。工地上的烂摊子，由巴特尔、女助手出面，不懂装懂抓紧处理。加之工人闹事，工程款又到了一部分，总算付清了工人的工钱。努尔金无力地一挥手，也不再追究“大手”，平平安安打发走了。这个岁数说句不好听的，气极攻心死了，他可承担不起。

明根先到继母那儿接了小儿子艾力。白雪和娜布其每周固定一天在外面练瑜伽，耽搁不得。明根带来一堆羊肉。吃什么补什么，她信。

“你先睡一觉，我去给你煮肉，多吃肉多喝汤，好得快！”

等到努尔金吃完了，又替他上上下下按摩了一会儿，盼着他能够早日下地活动。这一段时间，她按时按点尽心尽力，这也是她家原本欠下的债。小时候，她依稀见过姥爷照顾太姥姥，听说整整二十来年，非亲非故的，那可不是什么人都能做到的。

努尔金躺在床上，抱过来牙牙学语的艾力，左端详右看看，越发觉得可爱。逗得小家伙咯吱咯吱直笑，呀呀、阿阿、巴巴、飞飞乱叫。他听到小艾力真的好像叫了一声阿爸。

“你听，艾力叫我爸爸了。”

“别欺负小孩子。”明根不干。

“本来就是阿爸嘛！”

“美得你。”

“那大的，像吗？”

“讨厌。想孩子，抓紧找一个，扯个证。”明根已经不动声色。

“真俗，现在谁着急结婚？”

“你们这些男人，怎么能这样。”

努尔金的身体总算稳定下来，主要是尾椎骨裂。他阿爸去庙里找年老的喇嘛大夫，老人家说没有大碍，过段时间就好了。锡林半信半疑，老大夫看都没看怎么知道，他心里猫抓了一样，不放心。

努尔金一天天好了起来，已经下了地。明根脸上有了笑意，家里也有了生气。这些，努尔金一一看在眼里，他在明根忙前忙后的时候，每天追着定定地看曾经的女神，安静中透着一股成熟与干练，除了眼角爬上了两道细细的鱼尾纹，好像还是那个时不时要笑他的牧家女孩。而明根脑后好像有一双慧眼。

“你别看了，多看看你那个助手。”

“谁看你了，黄脸牧民婆，我在逗艾力。”

巴特尔专门到蒙医诊所咨询，疑难杂症慢性病，找蒙医没错的，还把大夫的电话要了回来。阿贵庙住持、老蒙医喇嘛大夫的大儿子子承父业，开了一家诊所，名声在外。难怪他老父亲不再坐诊号脉了。巴特尔回来一说，明根感觉很开心，看来他还是关心努尔金的。

努尔金经过一段时间的调理已经好了过来。惊觉的毛病那是改不过来的，知道的人，也不那么害怕。往常心情不好，劳累，夜里就会歇斯底里地大喊大叫。这段时间，明根算是领教了。

而努尔金心头的疑问，一定要找机会问明根的。这是明根在他家的最后一天。

“那一年，你怎么不等我回来，就……”

“过去的事了，说它干什么，早忘了。”

努尔金急了。他不由分说地对明根说，要她离开巴特尔，要她和他过从前那种无忧无虑的日子，要她当这个家的女主人。努尔金语无伦次激动万分。这两天，爷爷不在，父母也不在，他们去移民村帮巴特尔照料奶牛，送饲料去了。他冷不丁抱住了明根，盖住了明根干燥的、由于焦急由于忙碌而没有滋味的嘴唇。明根身上除了肉，怎么没有了曾经散发的甜蜜的热气？

明根生生地把脸扭到一边，把他推开。努尔金还要黏，情急之下，她伸手扇过来一记耳光。

“好好的，你怎么又发疯？”

“我怎么能跟你呢？”

“两个孩子怎么办？”

“巴特尔怎么办？”

“过日子不能由着自己的性子，你怎么就不明白？”

“别人不替我着想，可我不能不为别人着想。这是咱们的祖训啊！”

明根的泪顿时下来了。她哭诉，连珠炮般责问。

努尔金一时错愕。

此前他们确实已经兄妹相称了，可明根在他眼前晃动的一个月，他无时不在看着她的柔情，她的温暖。心里的虫子又活了，他们曾经的好，曾经的无拘无束，曾经的一切，好像又复活了。他对自己唯一的那次苦恋记忆太深，这使他打算永远不会和任何人结成终身伴侣。他的这种死心眼儿的忠诚可能会使那些他认识的姑娘感到气恼。每当他想到自己一定永远得不到家庭生活的乐趣，由于退缩后怕，也享受不到做父亲的满足时，总不免叹气。但这是他为了自己的理想，也为了那个可能和他同享欢乐的伴侣而准备做出的牺牲。

此时，他幻想拆散一个好端端的家庭，把她放倒在床上，重新拥有，退一步保持男女之间的一种暧昧，时不时带来快乐的相好关系也好。反正他不想再找别的女人了。女助手由于他的冷漠刚刚气恼离去。

这一刻，他突然觉出了自己内心深处的阴暗与自私。简直乘人之危！被震醒的努尔金，躲到卧室。思前想后，他把明根多年前放在枕边的那个东西找了出来，轻轻一握。趁明根在厨房不声不响怄气忙碌，悄悄放到她的包里。许许多多的不明白，没有人告诉他。他也是阿尔善的牧人之子，永远都是。阿尔善的牧民响应上面的政策，卖了牲畜到了贝子镇边上的移民村，除了禁牧款，不知以后怎么办？阿尔善又挖了好几个矿，矿工就上了几千号。牧民们在矿山周边自家草场放不多的牛羊，怎么就不行了，怎么就破坏草场了？

回家的路上，明根骑着一辆六成新的女式自行车，那是继母白雪的。她愁眉苦脸，心情很差。努尔金怎么还在发疯，这会毁了他一辈子，毁了她一家。她不做那样没脸没皮，只想着自己快乐的不忠的女人。她的心里，这辈子恐怕只有巴特尔的位置。

打开包取出钥匙，她发现买来的几双袜子上面还多了一件闪亮的物品。暗黑处一抓，那么柔软，明根顿时明白了，抿嘴一笑，放在鼻子上嗅了嗅，就像品酒师品酒。进了屋，放回到一堆衣物里面，身上粗了一大圈，还怎么能戴得下。

明根发现，她在努尔金家忙碌的一个月，巴特尔换了脑筋，以前家里的大事小情还问问她的意见，这次干脆自作主张将养了两年的三头奶牛全都处理了。男人心硬了就好，她没有言语。买主是开草站的南丁、王小花。他们两口子从周边的两个移民村低价回购了十多头奶牛，计划回哈达图农牧场养奶牛。父母有地，草料便宜，交通方便。老人岁数大了，也需要在身边照料。

新牧民移民村亮化工程热热闹闹，房子涂了涂料，院墙重砌，圈舍新建，硬化了水泥路面，基本实现了通电、通路，有标准文化室、卫生室、村级幼儿园，有便民超市、有广播，住房有保障，养老医疗有保障。可真实的情况却并没有那么无限美好，政府债务张开了巨大的口子……

一大早，努尔金开车出发了。移民村工程款留下了一点尾巴。和公家的部门单位打交道那是慢不得，也急不得。他此行要到阿尔善草原寻找新的商机。

几天下来，巴特尔还了小卖部、草站的欠条，低价处理了自行车等等用不上的东西，农用车上各种物品装得满满当当，蒙古包卸好码放整齐。怎么拉过来的再怎么拉回去。天还没亮，一家人出发了。巴特尔怀抱艾力，欢快地叫："快叫一声阿爸，阿爸回去给你小马驹骑。"

巴特尔除了固执己见，再无其他。

上面的政策下来了，草场好的地方允许回迁。这次他算是摽上了。临出发都没有回头看一眼住了两年的好房子。就算上面不再给他禁牧款，罕乌拉山脚下泉眼旁废弃的小学篮球场大小的苇塘，也能养活几头牛几十只羊。贷款借不上，就借高利贷，加上卖奶牛的钱，买些牛犊羊羔，只要吃苦肯干，牲畜总会一点点再发展起来。

他们躲开一路上一辆接着一辆，望都望不到头的拉矿车，顶着冲天的尘土，想在太阳落山的时候看到高高的罕乌拉山。过了大石头下方，加点油门，天黑下来的时候就能赶到家。扒掉堵住门窗的砖石，洗洗涮涮，炉子里点上外面放了两年的陈年牛粪羊粪砖，屋子里很快就会暖和起来。

历史总是惊人的相似，当年银根队回迁自己家乡的一幕，在阿尔善草原上又重演了一遍。

年轻夫妇看到了曾经熟悉的景物，心情就大不一样，开心得哼起了歌。他们真切地感受到，他们只属于这片看着让人安心的草原，掰也掰不掉，分也分不开了。过去那叫逐水草而居，新一代牧民发展了古旧的传统，这叫市场决定资源配置。使得集体和个人有更多活力和更大空间去发展经济，创造财富。

真真正正放下了明根，纯情也罢，欲念也罢，努尔金多年的疑惑和火星灭了，他长长地舒了一口气，像是一种叹息，又像鼓励了内心深处一直没有承认的另一块已经出现的忽明忽暗的念想。一个影子近了。“农牧结合”，不知怎的，他想起不久前吴楚克说过的馅饼。

吴楚克来到阿尔善草原，美其名曰到河流草业公司实习。河流公司办公地点就在经济技术开发区的那栋二层小楼上，新近招了三名员工。旗里对入驻开发区的小微企业有优惠政策。从移民村工程转战而来，那小楼名副其实又成了努尔金的老巢。

吴楚克迫不及待地往外面跑，努尔金巴不得她跑。看吧，阿尔善除了水库，除了矿山，除了稀稀落落的人家，全是草原，够你看的了，就怕很快看腻了，受够了。努尔金需要她乖乖地早点打道回府，不想误人子弟。

第一次带她出来，努尔金直奔罕乌拉山脚下的大石头。他在前面引路，一前一后，伸手拉着吴楚克上来。大石头上方是用大小石头垒就的敖包，上面插着几根柳树枝。大石头缝隙里的杂草仅仅吸收了一点雨水，便在周围肆意疯长。在大石头的某一处小洞穴藏着奶奶的秘方手册。至于具体位置，他也不甚了了。

站得高，看得远，努尔金顿时觉出周身的轻松，忍不住发出嗷呜一声狼嚎，声音在山石间飘荡回响。吴楚克激灵吓了一跳。草原上游动的热风，在两个年轻人的脸上滑动。广阔无垠的草原，赤野空寂，没有了成群的牛羊，盘旋在空中的雄鹰，孤独地寻找着地上的猎物，干旱的草场成了老鼠的乐园。好在几天前刚刚下了一场难得的透雨。初识阿尔善草原，给了吴楚克强烈的震撼。

两个人上山一走半天，每走一步都有新鲜的景观。跑够了，回到公司小屋。

吴楚克左顾右盼，猛然看到努尔金笔记本电脑旁一个锃亮的黑皮口袋，伸手抓过来。一股脑儿倒出来——一堆羊拐。爷爷交给努尔金的，说来已经成了老物件。爷爷说，小时候每次和妹妹玩儿，总是败下阵来，妹妹心满意足，那么的开心。姑奶奶远在美国，努尔金每次和未曾谋面的老人家联系，也很开心。他要老人家方便的时候再过来，爷爷得了魔怔，没完没了地念叨。明年盟里有一个民歌演唱会，何不过来唱一首家乡的《月出之光》！

吴楚克饶有兴趣地抓过锃亮的拐骨。努尔金称之为“沙阿”。牧区长大的孩子没有不会羊拐游戏的，他自小就记得和沙阿有关的一段秘史。小铁木真和扎木合第一次结拜为安答，他把一个铜灌的羊拐赠给扎木合，扎木合则赠他鹿拐。三次郑重起誓的安达后来成为敌人。当成吉思汗面对他的俘虏扎木合，两人不约而同从脖子上掏出少时互赠的信物，除了无休止的战斗，那是他们最贵重的珍藏。

草原上有“肉中拐骨是一宝”一说，啃完一块骨头，牧人总会把拐骨留下来，刮得干干净净，装进皮口袋，日积月累，有的人家保存下来多达几百枚，少则几十个。拐多之家牛羊多，说的就是这个意思。一到冬闲，不论男女老幼，把赢对方的羊拐当作一大乐事。

小的时候，爷爷时不时把他接到阿尔善。每次把黑皮口袋中的羊拐倒出来，让他辨认哪一面代表的是哪一种牲畜。连接羊后蹄和小腿的地方，有一块游离的骨头很特殊这就是“沙阿”，学名踝骨，俗称“羊拐”。羊拐六面六个形状，有宽有窄、有凸有凹、有正有侧。民谚讲：“高高山上绵羊走，深深谷地山羊过，向阳滩上骏马跑，背风弯里黄牛卧，倒立起来叫不顺，正立抓个大骆驼。”老辈人用五畜的名称给羊拐的各个面命名，还创造了各种各样有趣的玩法。

看吴楚克跃跃欲试，努尔金来了兴致，招手邀玩。“不会不会。”吴楚克连连摆手。母亲也曾告诉过她，那时的她有动画片可看，有一本本幼儿画报，如何记得这等土里土气的玩物。

努尔金把四枚羊拐放在床铺，从最简单的玩法开始。随手一撒，呵，四枚一个样，怎么都是绵羊，他伸手从她前面要来四枚俘虏。你来我往，你输三枚，我赢两枚，一来二去，吴楚克大致明白了玩法。晕头转向，怎么输了这么多。她有些着急，前面只剩下一枚羊拐，马上就要举手投降了。轮到了她抛掷，心有不甘，闭上眼睛默念天灵灵地灵灵，狠狠心随手投了过去，睁开眼睛——四匹马。太不可思议了。她伸手把黑皮口袋夺了过来。努尔金说过，黑亮羊拐只剩下四十九枚。除了她的一枚，投过去四枚，四十一比四。她大获全胜。

玩赖，没有这样的规则。努尔金当然玩得很不好。他嘿嘿乐，再来。吴楚克把黑皮口袋往怀里一收。昨晚她加班赶论文，就要倒下了。况且已经赢了，再玩无非又是输，还不如见好就收。

“我得睡一会儿了，画个三八线，男左女右。”

“我不困，你睡你的。”

吴楚克背朝努尔金躺下，这几天下来，她还不太适应，伤心过，愤怒过，战胜过，不停地接收看到的听到的所有所有，再怎么高效性能的头脑都需要放松、歇息。她着实累坏了，不一会儿弹奏起了细微的鼾歌。

努尔金看了一眼吴楚克，随手编起的马尾辫黑而且密，钻进了白皙的脖颈。他呆呆地盯看，恍惚间切过来了一道明根的影子。

他咕噜咽了一下口水，轻轻推开阳台的铝合金小门。阳台空间很大，既能遮阳，视野也开阔。躺椅上眯了一会儿，睡不着，他轻轻地哼唱起一首歌：

当我听到马嘶声，
我就知道谁来了，
我静静地等待哦。

当我听到马嘶声，
我就知道谁来了，
我静静地等待哦……

四

提上蛇皮编织袋登车的样子，仿佛还在明根眼前晃动。从移民村回来不到一年，明根又回到镇上打工，巴特尔很不情愿。家里要草场有草场，牛羊也有了一些规模，还没到低三下四当小工的地步。媳妇要模样有模样，想想也放心不下。可她定的事儿，几头牛也拉不回来。明根说了，去大盛粮油也就季节性干两三个月，怎么着也是一笔收入。

塔拉在旗里上寄宿制小学，如今二宝艾力也会跑了。家里的花销就像飞。说来，大盛粮油招工是努尔金过来告诉她的。去打工又不怎么着。努尔金要是还藏着什么鬼把戏，倒不如把他那个东西割了，喂狗。

努尔金、明根已经从曾经的恋人成了兄妹，这是人生、生活教给他们的道理。至少在明根这边，作出了彻底的切割。努尔金先前把放进密封盒子的传家宝交给明根保管。多年前阿爸的朋友偷走的那个是假的，里面是空的，用来迷惑外人。至于以后交给什么人，那就要听从内心的安排。心里面让你托付给谁就是谁，那是没有错的。爷爷交给了奶奶，老人家出走前留给了女婿。宝力道放在身边多年，看到努尔金有了正形，物归原主，交给了他。出来做事不放心，努尔金放在银行一段时间，这样当然最保险，可心里面的感觉不太好。河流公司一成立，就托付明根代他妥为保管。

提前也不打声招呼，努尔金开车就来了。

明根有些恼火，这个人一来，总是不当不正。她在客厅正给艾力喂奶，有些脸红，有些怕，可又想放肆些，谁让他对自己的婚恋一点儿不急。于是故意不去整理撩开的衣服，任由二宝贪婪地趴在那儿吃，心说："哼，瞅吧，急死你，还不快点儿找个好姑娘！"

努尔金有些不好意思，不声不响坐到沙发上。看沙发扶手，还有满屋子的墙上，赤橙黄绿，彩笔一道道涂得如同壁画，这小子可真够淘的。此时，孩子吸溜吸溜发出的声音越发响亮，好像要把屋子震响。也不知过了多久，吸足了，明根坐直了逗弄孩子，脸上啪啪印了两个图章。孩子咯咯笑着躲闪，从母亲的怀里滑到两腿中间平安落地，南极小企鹅似的趺趺撞撞。努尔金探身拍了拍孩子屁股，真他妈让人眼红。看人家一个接着一个生，一个赛过一个可爱，再看看他！

明根临出去打工，独自一人到罕乌拉山脚下，爬上当年有过甜蜜回忆的一堆由大小不一的巨型圆石组成的方阵。她在大石头中间的摩崖佛像后一个不大的天然凹形洞口摸了摸，里面的东西完好无损。这一方式是努尔金最为喜欢的，虽然他也不知道明根放的确切地方，明根一说他就点头同意了。连接天地万物的绝好之地，奶奶一定特别喜欢，秘方手册还有上面的那首诗，也一定喜欢。

恢复香坊，努尔金也不是没有想过。可他对原料比例配方和整个制作技艺一无所知，可以说一窍不通，仅凭薄薄的手册谈何容易。况且，至少目前他还志不在此。眼下，他最想介入的还是矿山尾矿治理。好的开始是成功的一半。这不，公司有了一些起色。

从坐落在贝子镇西北郊的农畜产品产业园，往远处望过去还能看到一片屋顶，那是他们曾经生活过两年的新牧民移民村。听明根说，平时在厂子里就是看看机器，累是累不着，就是噪声大。巴特尔已经感受到了，听她说话，慢条斯理，现在扯着嗓子喊，他的耳朵都快被震聋。长此以往，明根受得了，他也会发疯。每周日休息一天，明根坐上公交车就去看塔拉，给孩子买些日用品，到阿爸的饭店吃肉，再带到洗浴中心给他搓澡。小家伙学会了害羞，说一个个光溜溜的他害怕，以后再不和额吉一块儿洗了。明根也感觉到了，那么多人唯独有个小男孩，看别人怎么瞪她。

这两年雨水忽多忽少，沙化草场恢复得特别慢，也不知是阿尔善河干涸造成的，还是全球气候变化所致，反正光靠养羊越来越不行了。合作社当然做，巴特尔做牛羊肉分拣，保证销售出去的肉品质量上乘。宝力道开他的饭店，其他几户有的负责草料，有的负责把几家的牛羊合群放牧。说来，他们的合作社还属于一种自发松散的状态，全凭大家自觉自愿，有事一起商议，参加合作社就要各自承担一块。他们不是公家，大家来去自由，各做各的，经济独立，又相互依存，什么对头就去闯一闯。反正现在比在移民村强多了。

巴特尔平时最烦明根唠叨，一天叨叨个不停，他大多听之任之，不说话，偶尔顶那么几句。如今明根打工一走，身边少了唠叨，终于解放了耳朵。巴特尔是个勤快的人，早上起来洗巴洗巴，喝完茶，打开羊圈出去放羊，碰上熟人拉拉话，中午就在外面对付一口，下午早些回来接着开始弄饭，杂七杂八一堆事，一天也就过去了，一个人还不简单。一次，他把旧饭菜放在锅里加热，到外面看羊，忘了热饭这一茬，结果回来锅里的水烧干了，饭菜也全烧焦，开着煤气罐，险些酿成大祸。尤其时间长了，听不到明根唠叨，晨昏颠倒，更烦。没事儿就看电视上大惊小怪有用没用的连续剧打发时间。他有些琢磨不透，这个世道看起来一片大好，实则诡异多变，大事小情都不按常理出牌。

他到底想念起了明根的好，盼着媳妇出门，自由散漫一下，还真不行，他俩是一物降一物的欢喜冤家。一天翻看手机，不知怎的脑子里飞来一堆奇怪的想法，估计就是人们常说的灵感。这件事，他是不是也可以做？巴特尔犹豫不决，左思右想，正想和岳父商议商议。他们恰好过来，还带来了二宝。

宝力道看女婿又黑又瘦，无人管束，以为过来蹭饭喝酒，原来他还想着怎么赚钱。这个女婿没说的，从来没让他操过什么心。只是疯丫头怎么就这么不懂事，留下巴特尔一个人在家，里里外外，看把他操磨的。要是知道明根还是努尔金介绍过去的，他非过去收拾了不可。

他一五一十陈以利害，做事最忌讳下不了决心。想到了，觉得可行，就去大胆地试。这不是迷信，而是年轻人的敏锐。前怕狼后怕虎，当不了好猎手。想当年他做合作社，开始只是为了撑个脸面，那时嘎查达被免，脸上挂不住，想着做点儿像样的事情，不要让人瞧扁了。说来就是二道贩子。后来正规卖羊肉，接下来收获了现在的老婆。看看现在，红红火火开饭店。做什么事都有风险，但更多的是机会，机会说来就来，说走早没了影。

白雪准备好了饭菜，在一旁逗弄艾力，听一老一少聊天，越发不对劲。岳父正跟女婿拿她开涮。她可不管巴特尔在不在，放下孩子，笑眯眯揪住了宝力道耳朵。宝力道一时得意，忘了白雪在旁边。他就是嘴欠，怎么能拿自己媳妇说什么划算不划算哪！

黄发卷毛艾力跑过来，看着姥姥姥爷斗嘴，拍着胖手加油。巴特尔搓了搓手，他早已见怪不怪了，抱过来二宝亲了亲。谁让岳父找了这么个疼人又厉害的年轻媳妇。他是舒服的，活该。阿尔善可没有哪个女人敢揪男人耳朵，那还不反了天。明根也不敢。

热风一吹，阿尔善河干河床对面金灿灿一片。眼看就要秋收了。正午时分，巴特尔不动声色地骑着摩托车跃过双孔涵洞桥，赶到了同学王小龙家，栅栏门闩着，家里没人。上次过来是接走寄养的大黄狗。王小龙是王小花她哥，当年和他一起上学，后来去外地打工，成家立业不来了。农牧场的狗汪汪叫，不时追着摩托车做出撕咬的动作。巴特尔不怕，让它追，狗仗人势，离开势力范围，就蔫了。一溜烟骑到地头，老两口正在地里扎草人，赶鸟。岁数大了，家里的地多半包了出去，留给自己种的已经不多。王大爷当过多年的农牧场副场长，遭遇转制破产，他和老伴儿原本就是逃荒过来的苦命人。认命了。

巴特尔是奔着黄豆来的。

老人絮叨，去年收大豆。豆价每天涨，一直放到阳历年十一月，涨到每斤两块六，他才出了手。“什么老年人年轻人，赚钱是最好的师傅。”走进田间的巴特尔想。

老人掰着指头算，地里黄豆收了大约二点三吨，按每斤两块六毛四，能卖出去一万二，加上补贴款四千八，收入一万六千八。支出方面雇人雇机械作业费两千一，流转费两千。二十垧地，一垧地净收入七千多，今年总共挣了十四万多一点。两位老人还是晋北乡音，可他们已经是离也离不开的阿尔善人了。他说的垧，就有些让人不解了，难道五湖四海，入乡随俗？两位老人心心念念的是，这么好的地往后靠谁种。儿子不用指望了，女儿女婿过来养牛比他们还忙，时不时还靠他们帮衬。巴特尔并不奇怪，阿尔善就他们那么几户没雇羊倌，不少老人进城陪读，还不是一个样。

他又跑了几家种植户，虽然前有旱灾，后有沙尘暴，可对黄豆的影响还真不大。农牧场田间基本都有机井。有了水，产量就高，加上价格高，家家赚了钱。

这一垧到底是多少亩？巴特尔从地里出来，才想起刚才忘了问老人家。到加油站加了油，远远地看见场部前面的两排高大的红砖房，一定是南丁、小花买的那个大集体时的库房。从他们移民村回购的奶牛，也不知现在怎么样了。这次有事，不能耽搁叙旧了。他用马靴往上一提换了二挡，手一拧加把油，再次冲过阿尔善河上的涵洞桥。

黄豆产业链的下游是加工厂。巴特尔给明根打电话。明根刚起来，最近闲得慌，厂子又派她做销售，把之前库存的成品发出去，加工黄豆时再回来照看设备。她压低声音悄悄告诉巴特尔，加工厂每天本来可以加工一千吨，听说往年这个时候最忙，外面停满送黄豆的货车，一天收三四十辆。今年不知怎么回事，冷冷清清的，厂房停了工。去年黄豆收购价每吨三千一，今年十月份新豆刚上来，价格就蹿到了四千四。厂子原本想着价格会跌下来，结果越等越高，现在每吨五千五左右。

老板说了，收不起了。明根不知躲在什么地方，学起老板的腔调还挺像。据她打听到的消息，厂子赔赚的平衡线是每吨三千九，高出这个价就亏损。现在大多数时间一直停工，一个月开工才五天左右，只是为了完成客户的采购合同。

听明根这么一说，巴特尔心里更加托了底。不知道她怎么训练得手脚如此麻利，观察如此精准的。他说出了自己的想法，明根吓得声音一跳，电话里好像正在连连摆手。巴特尔都能想到她此时的表情会是一个什么样子。她那个习惯总是改不了，一惊一乍的。

“农牧场职工赚了钱，可这工厂谁知道，你可别乱来。”

“喂，喂喂，这信号怎么这么差……”

习惯了明根的高分贝。啪啪作响的机器改变了他们的声调。今天偏不，巴特尔着急压了手机。只一秒，他拥有了一粒豆子掉落下来的果决。话说回来，明根要是知道他在干什么，还不凿开初秋的薄冰，投了团结湖。听说那都是贝子镇地底下污水管流进去的废水改造而成，想一想臭烘烘的，他可长不出翅膀飞过去救她。当年施救，那是一片深情似海；现在嘛，一湾浅水泡子，归于平静。

巴特尔怕明根骂，主意却比秤砣还沉。

赶早赶晚，巴特尔接连收了二十来吨，抢的就是时间。大盛粮油去年招标，按照当时黄豆三千二、三千三每吨的价格，再加上利润，跟种植户签了合同。现在涨到了每吨五千多，等于是现在每加工一吨黄豆，就要赔掉两千块。所以，公司加工少之又少。再怎么生产，其实也是亏损。主要是为了完成客户的合同，以及小部分打出品牌的高端产品。加之他们收购生产的都是非转基因黄豆油，相对于人们担心的转基因，价格自然高出那么两三成。一桶油没有多少钱，大爷大妈们可不买你的账，柴米油盐，一分是一分。所以厂家大都不敢轻易提价。在客户一方的销售价格不能上扬的情况下，成本过度增加就会给企业带来负利润。以眼下的行情，加工企业只能停产，因为一生产就意味着亏损。

明根这样的临时工，只是在维护那些不多的生产罢了，哪一天说不定就打发回家了。

明根还蒙在鼓里，他这次算赚大了，巴特尔暗乐。他家怎么不是卧底，就是特务？他突然想起了阿爸额吉，他们一个曾是贝勒王府丫鬟，一个给巴林王爷拉盐，都为封建势力效力。一想到这儿，巴特尔心口生疼。

生性贤能的额吉端庄大方，人缘特别好，一辈子没跟人吵过架红过脸，从来没有大声责骂过他。额吉是他们家的牛，家里家外，不声不响只知道干活儿，做什么事情都要做到最好，教给他善良和勇敢！慈祥的阿爸打小疼他宠他，恨不得含着捂着，扶他上马，教他怎么夹马、踏镫、提缰。他长大了，阿爸却没有享受过一天的好日子。在他不久于人世的时候，告诉木雕小马、床板，还有许多许多。他恨不得把身上的血抽干，换成阿爸的……

巴特尔不声不响，把黄豆送到了该送到的地方。那是弯弯绕的商业秘密。按理说，商品的价格由供需决定。供不应求，价格就能涨，反过来就跌。多少人的神经紧绷着，供应多了，下游因为价格高，需求少了。明明是供大于求，为啥价格还能高高在上呢？

黄豆都去哪儿了，高价是否持续？

黄豆当然不会上天入地。人间的平常俗物，想来无非进了粮企大粮仓，还有贸易商手里。十月末，粮企出动了，每斤两块二，低于市场价，基本上没收到。多数黄豆还是被比较活套的贸易商收走了。巴特尔联系的就是贸易商，他做牛羊肉生意交的一个外地朋友。据他说，自己手上有黄豆但不多，毕竟价格高也怕跌，但今年确实有不少其他行业进来的资金，在赌豆价上涨。市场上的热钱，甚至和这个行业不相关的人也悄悄进场囤货，押黄豆。黄豆变成了金豆。

巴特尔不押黄豆，他也没有本钱。他押的是时间差、距离差。今年的黄豆，看起来交易结束了。他打探清楚了，其实种植户手里还有两三成的样子。就像王进财老人。加工厂收到的大豆也在三成左右，多数还是在贸易商和相关资本手中。这也是今年价格高的关键所在。

巴特尔的几车黄豆只是赚取了买卖双方的一个个不分高下的分歧，一个个等待的焦虑。外地朋友帮他，其实也是帮他自己的生意，这叫双赢。手机上打进来的一笔红包，如果拿在手里，够巴特尔数上一阵子了。至于以后的价格，大家分歧较大，议论纷纷，有人说大豆短期内因为囤积炒作，导致价格上涨，最后迟早要出货。等没有了涨价预期，那就是大跌。一位手握资本的搅局者，悄悄来到贝勒旗坐镇指挥，他不以为然，叼着烟使劲吸一口，指头一弹，把烟头射进墙角。此君是多年贩粮的老油子。他的观点是，今年的收购价高，贸易商、资本方不会轻易降价出货，后期绝对还有上涨的空间。一个字：等！

大豆的价格以每天一分，有时几厘的速度在涨，很慢。等它掉，可能就是一毛一毛往下掉了。这是巴特尔的悲观预测。但是就算掉了，也找不到他。大豆涨到两块七，他一粒不剩出了手。

这么多年打饲草，每年除了自家留用，多半儿还不是这样让外地的二道贩子收了？怎么看，都是一个理儿。

如果算是投机，叫人说好了。无所谓。

五

明根不想在大盛粮油继续耗下去了。开公司就是一个骗，你骗我，我骗你，最后骗社会。自己种不出一粒大豆，还开了个加工厂！

终于赶上十九路末班车，十站地，再走那么一百来米，路北就是阿爸的罕乌拉涮肉坊。这段时间快忘了草原美味，要不是想吃肉了，她才不来又一个骗社会的公司。

“可怜的。”宝力道看女儿又黑又瘦，一见面就嚷嚷吃肉，看着高兴，心疼。生活是最好的老师。你看，她这不是走出来了嘛！他围起围裙，亲自下厨，从冷藏箱拿出一堆半成品，一会儿就弄出了一桌，有手扒肉、血肠、蒙古包子，当然奶茶开道。看她吸溜吸溜喝出了馋馋的声响。

“你不能慢点儿，老大不小了！”宝力道逗起了两个孩子他妈，在大人面前孩子永远是长不大的。

“您家这么多好吃的，本姑娘吃不穷。”

“以后还不都是你的，傻丫头。”

“我才不稀罕，看看那个公司，不种一粒大豆还开工厂。”

“不种怎么就不能开，这叫社会分工不同。”

接了一个电话，宝力道躲到一边，低声嘻嘻哈哈。明根来气，晚上关门，不当不正电话就来了。这阿爸组成新家也就这么些年，有两个小钱烧的，德行。啪，她把啃了一半的骨头扔进盘子，抽出纸巾擦了擦嘴，凶巴巴地盯着他。宝力道一看坏了，嗯嗯挂了。

“你先回去待几天，巴特尔和你一样，黑瘦黑瘦的，以后这样可不行。”

“他烦我唠叨，这不正好。”其实巴特尔不在身边的日子，她也特别不习惯，心里怪想的。没人握手，害得她又做噩梦。让人耳聋的急雨又来了，仿佛全世界尽是密密的雨云。

“你就在这儿给我看几天店，阿爸出趟门。”

“不看。”明根看都不看，噘嘴。

“这孩子怎么了，不让你白看。少不了你一分钱。”

“让你媳妇看嘛，社会分工不同，还找我？”

“没大没小的，那是你说的。”

“那我怎么说，肥水流了外人田，我管得着吗！”

“刚才那是刘总的秘书，不要想歪了，阿爸真有事。你额吉陪你妹妹，还要给你看二宝，没时间。这不，快高考了。”

“知道了，我去去就回来。我可不敢保证饭店不赔塌了。”

明根收拾桌子。她就是眼馋，放开肚子吃，还能吃下多少。人就是一个不知满足的动物。前一阵子在厂子，那个老板，叫她出去吃饭，她碍于努尔金和他的朋友关系跟着去了。就他们俩，把她窘的。让他灌得不成样，怎么回来的都不知道。只记得老板带她去开房，她虽然晕晕乎乎，倒也清醒，跑出去打上车回了宿舍。房间里的一位女工刚刚被辞退回家。老板跟着过来，想住下来，说什么孤男寡女，多好的事情。原来早就设计好了。她是什么人，每天和牛羊、傻大个儿巴特尔打交道，情急之下一把力气推了出去，插上了门。老板在外面猴急拍门，好在旁边屋里有人，他才快快地走了。

在我们生活的这个社会，处处潜伏着复杂的人情关系，怎样为人处世是一门大学问。老板是粮站下岗工人，好不容易支起现在这个公司。由着自己胡来，这世道还不乱了套。努尔金来电话，她没提这档子烂事。可她得想，她和努尔金再没有什么说不清道不明的。交给她保管的那个盒子还没有拿回去，她可不敢给他保管太久。

眼下，阿爸可不要没良心负了白雪额吉。

一个合作社倒腾牛羊肉的牧民，他何德何能。如果没有当年阿尔善煤业刘总借给他的四十五万巨款，上下几百平方米的街面房盘不下来，罕乌拉涮肉坊估计永远是一个传说。如今连锁店加盟店进军首府首都，还开到了广州。四十五万，苍天啊！他那片退化草场，银行不感兴趣，他连贷款都贷不上。手艺人努恩吉雅姥姥是不是贝勒旗的第一个个体户，他不敢肯定。那个时候的人，靠的是勤劳。现在行吗，除了吃苦，还要具备人无我有的视野，真金白银支撑。别的都是扯淡。

事不大，那是刘总沉甸甸的信任。前几年他也反对过兴建水库大坝、开矿。人家刘总也是开矿的，格局却很不一般。宝力道因为有了一次报答恩人的机会而高兴。

盟里大街上跑的油电一体公交车刚刚淘汰，换成了新能源小客车。一辆中型公路客运车报废年限是十五年。反正没到报废年限，可以再利用。宝力道找到公交公司经理，他们是政协一个界别的委员。听说拿到牧区走场使用，痛快地卖给了他。大草原上随便开，安全无比。唯一的出入是，两辆淘汰下来的公交车并没有开到他的牧场，而是到了煤矿。矿上说了，绝对不会用到井下。过去了半年，宝力道差不多忘掉了这件事。

“看你做的好事。”有那么一天，白雪电话里劈头盖脸。

“怎么了，正开中层会哪。”宝力道发蒙，一时摸不着头脑，一出来就追，典型的更年期！

“别废话，看新闻。”

三步换作两步抓起遥控器，大厅里的电视播出天气预告。难道新闻联播放了他的事迹？不可能，记者好久没有采访了。

问谁，谁不知道。

明根更是忙得团团转，从家里回来后容光焕发。让她到收银台，死活不干，驴脾气，就当服务生。那就当呗，看她能干到什么时候。打电话给白雪，不接，弄得宝力道一下午一点心情都没有了。到了家，白雪没好气，瞪了他一眼，扭头进了卧室。客厅的电视机开着，好像专门给他预备着，正在播出晚间新闻：

……阿尔善矿业有限责任公司井下发生重大运输安全事故。目前，造成多人死伤。据初步分析，事故直接原因是违法违规使用非法改装车辆向井下运输人员且严重超载，车辆失控，引发事故。事发车辆采用国家明令禁止井下使用的干式制动器……

“难道是……”

“不可能，新闻联播怎么可能上他们这个小地方。”

可是，画面上的车辆，那么熟悉。巴彦图嘎飞马客运公司，车门上半圆形的一行字还没有变形。宝力道头炸，一屁股蹦了起来，他的心飞到矿上，接着飞到三百公里开外的盟人民医院。远道而来的女人们撕心裂肺地痛哭……

他的妻舅、副旗长蒙更高勒在电视上，拿着稿子低着头，正念着什么。宝力道恨死了自己，精明来精明去，还是受骗了。人家托他买报废小客车，他只当知恩图报。可就是那辆报废车，导致多名矿工遇难。叫天天不应，喊地地不灵。出来打工挣钱的矿工，往往是一家的劳动力、顶梁柱，一旦出了事故这个家就垮了，天就塌了。重大运输安全事故无疑是对企业安全作业的一次惩戒，可是承担巨大代价的却是最底层的矿工。

“不要多想了，该是你的责任咱们就要承担。衣服我都准备好了，先吃了饭。”不知何时，白雪坐在旁边，不忍心，她咽下了关键一句。

“不吃，死了那么多人，你送我过去自首吧！”

“算你还有点儿良心，不过饭还是要吃的。”

宝力道不管不顾往嘴里送，不知吃的是牛肉羊肉还是什么肉馅的包子。大嘴一抹，放下筷子，轻手轻脚到孩子房间瞄了一眼，就出了门。他没跟二姑娘打招呼，孩子正在卧室学习，一门心思做题。另一个房间里，小外孙睡得正香。

闭上眼睛，他的眼前全是那个矿。他也曾下过矿，拐那么十几道弯，承受地下负氧的车辆斜插到了地底五公里处的作业面。下面灯火通明，头盔上的矿灯闪亮地射向想看的任何一个方向。作为一名政协委员，也作为矿上面的牧民，他看到了罕乌拉山的下方，那是恶魔莽古斯的藏身之处，那是黑色的财富之洞。

地底下已经没有山水神灵，那些神灵都飞走了。

六

吴楚克来到河流草业公司。说来得从努尔金接的一个电话谈起。努尔金埋怨，也不提前打个招呼，这大小姐何苦来哉。

嘈杂声吵醒了车里眯觉的努尔金。眼前发生荒唐一幕，一辆电动车撞倒一个行人，倒车就跑。努尔金气炸，下车抄近道便追，可还是让他给溜了。社会上怎么总少不了这样的渣男！女人昏倒在地，看样子摔得不轻。救人要紧，他抱起女人放到越野车后座，捡来地上散落的一大一小两个包。新汽车站在台吉大街的尽头，远离城区，周围还没有装摄像头。被碰被撞只能自认倒霉。长途车到站，出租车、三轮车才跑过来揽活。平时只有推着平板车卖瓜子、鞋袜的老人还有常年卖水果的胖女人，录好的小喇叭拖着乡音，翻来覆去叫卖。师傅的电话又打过来了。

“别管闲事了，接人要紧。”

“怎么能说是管闲事，行了，不跟您说了。”

挂了电话，到医院大约有那么二十多分钟的样子，被撞的女人醒了。

“我这是在哪儿，头有点晕。”

“大姐，我这是送您上医院。”

“不用麻烦你了，我坐会儿就好了。”

“您这是被撞了，还是去医院吧。放心。”

急诊交费、检查，女人躺在病床上输液。她接打了几个电话。努尔金见到一个女孩匆匆赶过来，交代了一下，看样子问题不大，转身离开了。

好家伙，手机十来个未接电话，有师傅的，还有不知什么人的。师傅的女儿一定等好久了，车站小广场空无一人，卖瓜子水果的摊位也不见了踪影。他给师傅打过去电话，师傅一听有些不高兴：“乱弹琴。”

总算联系上了。原来，人家到了已经有一会儿了，说是打车到了医院。黑灯瞎火地去那儿干什么？

推开急诊室，那位他送过来的大姐还在输液。

“小伙子，你总算来了。刚才让你费心不说，还交了押金。孩子快谢谢叔叔。”

“没事儿的，谁遇到都会这么做的。”努尔金笑了笑。姑娘站起来，叔叔长叔叔短，表达着感激之意。

努尔金着急退出急诊室。这孩子去哪儿了，他在走廊掏出手机又打。一问一答，未曾谋面的吴楚克何许人也？

那位姑娘从急诊室出来，左右观望。敢情，她就是自己今天要接的客人。努尔金尴尬地笑了笑，长舒一口气，第一次正式见吴楚克，他的脸瞬间通红。对面的她，中等个儿，披肩发，白皮肤，翘鼻子，大眼睛明亮而灵动。

“你就是吴楚克啊，让我好找。”

“本人正是。怎么，你认识我妈？”

“这事说起来吧，有些复杂。你妈，被电动车撞了一下，我正好吧，碰到就送到了这儿，害我误了接你。”

“这么说来，我可得让我妈给你赔不是了，误了你的接站大事。”

第一面，无厘头的唇枪舌剑。吴楚克出了车站不见接站的人，便打电话给喋喋不休的父亲，说自己自行离开了。巧合的是，此时努尔金正在送她的母亲到了医院。好像肥皂剧。

“大姐，她是您女儿啊，我过去接她，才遇到您的。”

“什么什么，你叫我妈大姐？”

“就是啊，我一直这么叫的。”

“你叫我妈大姐，我叫你什么？”

“你不是叫了我叔叔吗！”

“美得你，那你叫我爸什么？”

老大不小的努尔金卡了壳，挠了挠头，他一直叫院长的，情同父子。女人看了这一幕乐了。

“楚克，不要这么没礼貌，人家可是妈的救命恩人。”

“大姐——不，师娘，可不能这么说，您只是擦破一点儿皮，言重了。”

“怎么不是，当时我一看到血，吓得晕了过去。撞得重了，没有你过去救，那可如何是好！”

“我爸还教育出了这么良善的人才，难得。”吴楚克撇起嘴，瞪了他一眼，她把对大人的一丝怨言变为对对面这个人的感激，用一双大眼睛传递了过去。

努尔金有些疑惑，师傅电话里只字没提师娘也要过来的。听说他要搭救路人甲，叫他别迂了，免得上当受骗。他很不客气地扣了电话。

输完液，又检查了一遍，终于出了医院大门。

华灯初上，三个人这才感到饥肠辘辘，还没吃晚饭。不当不正，师娘的肚子还那么咕噜响了一下。吴楚克看了努尔金一眼，他立马心领神会，油门一踩。

罕乌拉涮肉坊到了。

努尔金走在前面，领着母女俩走进旋转门，喊了一声“服务员”。服务员来了，是明根。她怎么在这儿？明根也看到了努尔金和他身边的两个陌生女人，一个上了岁数，另一个年轻漂亮。

“赛白努，欢迎来到罕乌拉涮肉坊。”

“你不在大盛粮油，怎么来了这儿？”

“哪儿早不干了。来了有些日子了。”

“不错，当经理了！”

“就是服务员，我怎么能当得了经理？”

“那不是你爸一句话的事情。”

“我什么都不懂，当经理还不把饭店搞黄了。”

说话的当儿，明根把三个人领进小雅间，拿过菜单点了菜，送过来一壶奶茶、一小碟奶食。等她出去了，吴楚克看这两人好像很默契又有那么一丝别扭的样子，有些好奇，笑了笑。

“你认识人可真不少，连饭店服务员都认识。”

“她叫明根，我阿尔善的同学。”

“哦，那让她一起坐呗，给我们讲一讲阿尔善。”

“那你说，看人家坐不坐。”

等到明根进来，努尔金作了介绍。明根和师娘，“你好、身体好。”蒙古语一会儿工夫就热聊了起来。这让他颇为惊奇，明根怎么就知道人家会说，他居然一无所知，一直普通话交流。

“你怎么知道阿姨会说？”

“这还用猜吗，看一眼，听语气就知道，我可是饭店服务员哦。”

吴楚克母亲摸着明根的手，顿生喜欢，这小媳妇可真喜人，嘴甜，人长得俊，一看就是牧区孩子，实实在在，真好。再看她那个丫头，一副玩世不恭的样子，以为全世界都欠她。

吴楚克也在欣赏明根，应该比自己大不了多少，两道皱纹爬上了额头，看那眼神自自然然含着善解人意的神情。人家都是两个孩子的妈了，为了自己的家出来打拼，多不容易。

努尔金不声不响坐在那儿喝茶，明根叫他到外面说事，说起犯了事的阿爸，顿时泪眼婆娑，这可怎么办啊？他也想不出什么法子，安慰明根不要担心。现在是依法办事，该是你的责任推不掉，不是，也找不上门。有她舅姥爷在，一定会秉公处理。

“塔拉——学习还好吧？”

“还好！班里不是第一，就是第二。”

努尔金冷不丁问起塔拉。他总是忘不了多年前那个腼腆地对他说声再见的孩子，奇怪。明根一惊，莫不是他知道了什么，孩子已经渐渐长大。有那么一次，她趁巴特尔心情好，鼓起天大的勇气扭扭捏捏地告诉了丈夫。她不想隐瞒下去，更不能欺骗，不希望这件事成为生活的沉重枷锁。如果巴特尔接受不了，她可以静静地离开，一个人带着两个孩子生活。巴特尔平静地看了她一下，说了一句：“我知道。”她当即跑到里屋，呜呜大哭，就差把房子震塌。

“过来一起吃饭，陪客人说说话。”

“我一个服务员怎么能上桌，虽然饭店是阿爸的，可怎么着饭店有饭店的规矩，要不都乱了套。”明根摆了摆手。

馅饼端上来了，而且从中间改了一刀，倒符合现在的食客精致节俭的要求。吴楚克取过来半张，倒上蒜末蘸料，好吃极了。她点了点头，用筷子敲了敲碟子。

“都说馅饼好吃，为什么？”

“好吃就好吃呗，哪有那么多为什么。”

“妈，你这就不对了，什么都有个原因吧。努尔金，你说说。”

馅饼是罕乌拉涮肉坊的一道招牌特色面食。当年宝力道请来德高望重的努恩吉雅姥姥，一五一十教了面案师傅，得到了真传。难道这馅饼还有什么讲究？

“不知道啊，那你说。”努尔金夹起来一口吞了，吧唧一下嘴巴。他被将了一军，恶作剧般看她，扬了扬下巴，努努嘴。

“因为馅饼是农牧结合的产物，白面是农产品，肉馅是畜产品。所以好吃。”

吴楚克说话虽有些戏谑的成分，倒也有点深意，给努尔金留下了特别的印象。他给两位客人殷勤地倒茶。还别说，那么说说奶茶，他们打小一天离不开。奶是北方的，茶是南方的。川字牌边销茶，清代旅蒙商还当过货币使用。有些事情细抠起来，有点意思。

吴楚克吃好了，用餐巾纸那么轻轻一抹，看了看努尔金。

“唉，你和明根关系不错嘛。”

努尔金心里的秘密很深很深，猛地让人揪出线头，顿时脸一红：“就是同学嘛，什么——好不好的。”

“看你这人，吞吞吐吐的。心里一定有鬼。”

“你是不是看什么人都那么坏啊，包括你爸。”

吴楚克嘿嘿乐了，说了一声“就是”。母亲狠狠挖了女儿一眼。努尔金出来结账，收银台告之，明根结了。打电话，已经关了机。

努尔金把母女二人领回了家，反正家里就他一人，母女俩也就同意了。父母领着爷爷去兴安岭泡温泉去了，说这个季节疗效最好，已经连续去了三年。努尔金安顿好二人，打开电视，正在沸沸扬扬播着矿难善后处理新闻。

吴楚克朝屋里扫了一眼，极普通的单元楼房，看样子有些年头了。书架上摆着一些外出旅游带过来的工艺品，一个老式袖珍闹钟，已经停下不走了，拿起来看到上面的“铁锚”二字。她坐到沙发上和努尔金一起看电视，母亲在洗漱间洗她那件蹭上血渍的衣服。

“那个出事的矿车，就是明根她爸给联系买的。”

“哦，还有这样的事情。”

努尔金谈了谈自己的公司，问了吴楚克的专业方向。他就不明白了，一个学习生物工程的高才生怎么会到他的迷你公司实习。

说归说，吴楚克傻帽似的跟着努尔金，已经半年有余。

七

在一望无际的大草原，猛然出现一栋拔地而起的高楼，那是怎样的一种气派？宝力道带路，努尔金开车，距离阿尔善煤业集团有限责任公司还有二十里，就已经远远地感受到了八层大楼的威力。

林秘书出面热情接待，她是刘总多年的秘书、公司董事。此前努尔金已经电话接洽。一个专注于挖矿，一个想在多出来没用的渣山上做文章，想一想互补性都极强。上面规定，一吨煤拿出一到两元用于草原修复。一条鱼投进阿尔善水库，那就是蔚蓝的大海。承揽下来，对他的小微企业那是一笔大数目。不敢小觑。

蛇有蛇路，矿有矿规。宝力道有过惨痛教训，按照调查组的认定已经承担了自己的责任，政协委员资格随之也被撤销了。刘总从外地飞过来诚恳致歉，因为不能相忘的知遇之恩，宝力道心里的那道坎也算迈了出去。再怎么着，阿尔善煤业是贝勒旗的纳税大户。

林秘书和宝力道热络交谈，努尔金不便插话，静静地听。林秘书的第三只眼睛也在观望新的合作伙伴。两个人是高手过招，身未动，心已远，捉摸着彼此的招式。努尔金从提包里掏出装订整齐的规划书，放在她的前面。

宝力道把林秘书的名片放进兜里许多天，直到皱皱巴巴才交给努尔金。那一刻塞给他的远不止一张名片，而是对一种机缘的召唤，连接着他的命运。努尔金焉有懈怠之理。

林秘书哦的一声回过神，有一搭没一搭闲聊，戛然而止。何其精妙。她随手哗地翻到规划书的后面。

前面都是一堆大而无用的废话，最后一两页才货真价实。一如阿尔善矿，挖得越大越深才是无尽的财富。努尔金制定的“两月见型、当年建制、两年见绿、三年见效”的治理措施，高度契合了调查组目前还没有公开的整改意见。她从一个特别隐秘的渠道略知一二。和她年龄相仿的努尔金能够拿出类似的规划，让她心头一震。

阿尔善草原千百年才积累那么几十厘米厚的表层土，种草复绿是关键的环节之一。需要至少三十厘米厚的表层土壤。她翻到最需要的那一页。

“牧区多年草畜双承包，土从哪里来？”

“我们想过异地取土，可那样成本高昂，这不是节约，是豪华治理。”努尔金坦言。

“异地取土不符合我们矿的实际。”

“我们主要在煤矿周边的渣山上想了办法，从渣山上筛出较细的颗粒，配合牛羊粪和菌肥，进行土壤改造。”

“你的办法虽然常规，却是一个比较实际的选择。”

“煤矸石上肯定种不出草，需要土壤重构。矿区生态修复是系统工程，包括地貌重塑、土壤重构、种植等环节。遇到什么问题解决什么问题，咱们先易后难，有序推进。”

“好，你给我们做出一块样板。”

供需双方一拍即合。

努尔金、吴楚克随即被领到另一间办公室，进行下一步的程序性工作。吴楚克饰演的是努尔金的助手，她细心地观察林秘书林董事。年纪轻轻深谙官场商战，了不起。

林秘书平静的外表下，心头实则翻江倒海。公司接二连三接受各种检查、督查、回头看、倒查，现在急需有一块地方做出明显整治的样子。必须做。

俗话说：“说曹操，曹操到。”其实下半句才是精华，却少有人知，“当面错过，岂不好笑”。她看好的是宝力道，进而是他的前妻舅。至于宝力道介绍的打工仔，只要有本事，乐得其成。此前她在董事会上通报了问题的严重性，还有外面沸沸扬扬的反腐风暴，可还是有人不以为然。

宝力道有些感慨。士别三日，当刮目相看，他对这个努尔金还真有了不一样的认识，还真有他爷爷的一股尿性。一个字——倔。当年的水库项目，好像占着真理，由不得别人说。

站在巨大的矿区环境治理展板下面，哪位盟长旗长来过，贡献了多少税收，回馈了多少失地牧户，治理了多少面积，林秘书如数家珍。介绍毕，她先行告辞了。努尔金没有说话，上面星星点点长出来的草，刮风下雨，飞鸟拉的粪便，粪便里有草籽，那可不全是人工修复。内行人一看便知。

“草原叫恶狗啃了！”努尔金上车骂出了声。来回绕了一圈，停下车，一鼓作气爬上最大的一座渣山，眼前的一切让他目瞪口呆。看看煤田二十年大开发的杰作吧，听说这样的渣山足足有十九座，还有十一个露天矿坑。他们所在的这一堆，只是撒上草籽作了简单恢复，边坡草木稀疏，大面积土层裸露，治理恢复效果很差。巴音塔拉，富饶美丽的草原，三十年前南斯日玛奶奶就是在这里赶着勒勒车陪同银根队牧民回迁家乡的。

吴楚克掏出笔记本作了这样的描述：

开膛破肚式采挖形成的巨型凹陷区域，自东南向西北方向，蜿蜒五公里，形成一条宽约一公里、深达三四百米的沟壑，犹如在阿尔善草原上劈出一道伤口……

返程，努尔金把宝力道送到他的女儿女婿家，也是这位宝总曾经的家。宝力道想着在牧区住上几天，近期饭店正是淡季，旗里快要待出了病。给努尔金穿针引线，顺便再帮女婿放几天牛。一个经营牧场、屠宰加工、开饭店的老板，怎么能天天窝在家里。他给白雪打电话报告了情况，主要是请假。送走两个孩子上了学，白雪一个人在家里待得无聊。女儿上了大学，紧接着塔拉上了初中，艾力上了小学，都有事，难道就她没事？

“原来你给努尔金牵线是假，回去是真。”

“都是真的，就待几天。”

“你这个骗子，骑上破摩托车唱歌，把人煽惑的。现在我倒成了你家保姆。”

“大错特错，您现在是罕乌拉涮肉坊有限责任公司董事长。享不尽的荣华富贵！”

“你想胖死老婆是不是，不知道我现在喝凉水都长肉？”

“那你使劲吃你的水果营养餐，光长漂亮不长肉。”

两个人也不知是抬杠，反正秀个没完。白雪离不得宝力道，头不那么靠上去，一晚上睡不成觉。一挨上他肉墩墩的后背，马上哈欠连天进入深睡眠。奇了怪了，也许是多年焦虑攒的。看来还要好几天，把她恨得牙疼。女儿女婿在，没他睡不着的蠢话，不好说出口。失眠的滋味，让人好难受。宝力道也离不得白雪，他的小九九没有她耳提面命，还真玩不转。为了不多的回扣，在矿上吃过大亏不说，早先更是鬼迷心窍，私自报了自己当反偷渡先进个人，结果撸掉了他的嘎查达。白雪偶尔敲打敲打，不让他犯错，好处多多。

看了矿区，说实话，宝力道心里堵得慌。努尔金想做矿山治理，媳妇拧着他找舅舅，说了年轻人能帮就得帮。蒙更高勒把林秘书的烫金名片递给他，他犹豫好些天才交给努尔金，引见过来。矿山那是典型的泥沙俱下，浑小子可千万别让人闪了。宝力道不免担心，自己是不是又做错了！

由阿尔善矿引发，全区迄今为止最大规模的生态整治行动开始了。但如何愈合这道巨大的伤疤，各方无不面临重重挑战。河流草业公司在巨大伤疤的一角作业，已经一个多月了。关停整顿的是煤田，生态修复项目照旧。

努尔金跑了一趟阿尔善，专门去请小革命和巴特尔。

吴楚克带人先行到大石头下面搭帐篷，做了各种各样的准备。小革命现在是支部书记，巴特尔任嘎查达。能把嘎查两委班子请过来，不容易。小革命高兴，巴特尔也另眼相看。努尔金现在干什么都有鼻子有眼，他们怎么就没有想到这般好处？改变现状，带领乡亲们过上好日子，这是他们遇到的最大难题。可除了照猫画虎，还拿不出立得住的办法。以往他们举办那达慕，喜欢一马平川的地方，其实完全可以反其道而行之。就像今天的座谈联谊，办到山脚下，把旗里的全民健身运动拿过来，给传统的“男儿三艺”赋予新内容，还可以考虑建步道，发展生态康养旅游。大家热热闹闹，开动了头脑风暴。

明根早早过来帮忙，灌肠煮肉非她莫属。男人们座谈，她在一旁端茶倒水，静静地听。这个地方她闭着眼睛都熟，许多年前让那个人偷看，羞死人了。她趁众人开始吃喝忙乱，爬上大石头，悄悄攀到摩崖石刻下方的僻静之处，伸进手摸了摸里面，拍了拍手上的尘土，满意地笑了，然后原路下来。

吴楚克看见明根一个人攀上了大石头。等她下来，迎过去，两手攀爬巨石一样勾住了她的肩膀，两个人亲热地聊起了天。她好羡慕姐姐的皮肤，脸蛋上的一对高原红，那叫一个美，尤其那双大眼睛，更美，就像阿尔善水库望也望不到底的一抹蓝。少女勾人、少妇勾魂，除了她男人，难道这抹蓝就没有淹没过那位正在胡说八道要赖的人？他们从小一起长大。她不信。

努尔金治理矿山废渣，嘎查全力以赴。大风刮起来的黑灰把附近人家的牲畜祸害惨了，那儿是该好好治理了。这是造福子孙后代的大好事，没有不支持之理。牧民们最不缺的就是牛羊粪，除了必备的燃料之需，那就拉。小革命和巴特尔合计，眼下他们弄的嘎查中长期发展规划，很一般，还需要河流公司的鼎力支持。努尔金在众目睽睽下打了包票。于是乎双方皆大欢喜。

矿车来来回回拉牛羊粪。作业区这边工人从渣山上筛出较细的颗粒，配合牛羊粪，搅拌机轰鸣着改造出大堆大堆的可利用土壤。努尔金大致测算，二者是五比一的比例，阿尔善矿区大约需要牛羊粪接近一百万方，堆起来占地面积那是一座山，标准足球场都装不下。

矿车进进出出，把家家户户多出来的牛羊粪拉了个精光。周边干干净净，美丽乡村环境卫生这一块提前完成。小革命电话报到苏木，要求来人验收，上上下下都挺满意。后来越发感觉不对劲。矿山环境综合整治缺口怎么这么大?

牧民们个个傻了眼。

有的拿石头往下砸，耳朵贴在草地上，听一听地底下是不是咚咚轰鸣。有的找嘎查领导，打听煤矿挖到了哪里，房子哪一天下沉可了不得，牛羊在草场上伤腿，更不是一次两次了。至于发生地动，会不会塌陷下去，谁都不敢想。这个问题太大，脑瓜灵光的小革命回答不上来，巴特尔除了放牧有一套，更不知道了。只听说他们这儿是易于开采的露天矿，原来还有曲里拐弯挖进去的矿洞。两个人头炸，就去找苏木，苏木领导也说不出所以然。眼下贡献牛羊粪是大事，发动其他嘎查全部行动。

河流公司还有其他承包公司，后来跑到了更远的苏木乡镇和农牧场。牛羊粪实际也只是筹集到三分之二那个样子。努尔金租赁的矿车满世界找牛羊粪、拉牛羊粪，已经跑到了距离煤矿一百多公里开外。牧民把牛羊粪倒在路边，装卸方便。现在需要公司到牧民家的棚圈自取。原来一百一车，后来两百，现在涨到五百元。如果说矿区是巨大的蚁巢，矿车就是没有繁殖力、负责照顾蚁后的工蚁，源源不断地从地底运出将要温暖社会的黑色能量。矿车变成拉粪车，穿越草原，最累的工蚁总算利用一点机会参与修复日夜繁忙的蚁巢。往常，这些矿车只跑固定的运煤公路，如今轰鸣着四处跑。牧人们烦闷，说不出由来。

吴楚克往空中放飞无人机，拍下来进行数据比对。大坑里正在放炮作业，矿区不是停工停产了吗？正是这种情况，最使她不能平静，而她又不能无动于衷，常常惋惜。说来奇怪，吴楚克觉得命运不该把她打发到草原，如果她不来这儿，就不会无谓地劳心伤神，而且她也不会这么近地认识他。她的心情正是这样的：不到半年，努尔金用阿尔善男人笨重的马靴踩在了她开满了芍药花和野罂粟的心尖上，零落成泥。她欣赏他愈挫愈战的那种满不在乎的态度。努尔金不在公司，她以总经理助理自居，把工作摆布得有声有色。那个人却是一副无动于衷、不理不睬的样子。

努尔金用粘满煤灰的手接了一个电话："马上落下无人机，矿区不准拍照，否则三分钟后马上击落。"他赶忙解释这是治理渣土用的。回身告诉吴楚克，叫她快快落下嗡嗡叫的东西，别没事找事了。

有了好土，还要有水。水的问题容易一些，那是努尔金早先干过的。阿尔善水库专供矿区，地下有两条管道，昼夜不停。只要接上水管，阀门一开，可以直接浇到平整出来的渣山上。

中午太阳正毒，努尔金开车跑上游公司。矿山小社会，应有尽有。走进去，水池旁回荡着一群鸭鹅的欢叫，公鸡卧在一排活动房的阴凉处，刚下蛋的母鸡咯咯叫。工人们正在午休，活动房里偶尔传过来鼾声。好不容易走出来一位，努尔金赶紧走过去打听。那人倒车要走，也不说话，努嘴指了指蓝色板房。

"您是经理……"

敲门进去，努尔金把半句话咽了回去。项目经理他熟悉，水务局工程师老曲。多年前做水库项目，他们时常联系。说明来意，听说公司刚刚进了一批水管，想趁空当借用一下。老曲爽快地答应了。他给二人递过去矿泉水，聊起了过去建水库管水库的事情，一阵唏嘘，现在又绕回来用水库。

努尔金指挥人马，水管直接喷到了平整出来的渣山上，抓紧在上面撒上草籽。两天的工夫，工程下去了不少。不出意外的话几天就能冒出新草了。

正当挑灯夜战，巴特尔带着明根过来了。巴特尔找老曲，明根找吴楚克，互不相干。前段日子，巴特尔去旗里，她安顿买来吃的用的，防晒的，还有女人用的。一个大老爷们儿进超市买这个，巴特尔急眼。明根一阵敲打："那你找什么媳妇，女人就这么麻烦，你不懂！"

努尔金正在指挥工人喷水浇山，巴特尔冒出一股无名火。

“看看你干的好事。我们在下面要水没水，看看吧，矿上拿好好的水浇这些没用的废渣。”

“复绿工程，没水可做不成，有什么办法。”

“反正你只赚不赔，建水库赚。就是治理一堆垃圾，还是赚。”

“我说妹夫，你这脑瓜开窍了，现在赚的人总是会赚。”

“这么大工程，你小子也可以吧？”

“理论上赚了，现在还不知道钱到底谁出。”

“那你们还干？”

“等做完这块再说，先垫着。政府出面，不至于亏了咱们小公司吧！”忽然想起移民村工程，他的声音低了许多。

无奈归无奈。渣山披上一层改良土壤后种什么，迫在眉睫。上面制定的草种选购招标公告已经挂在政务网。大致测算，以阿尔善煤田修复面积来看，需要草种差不多十来万斤。最终，爷爷推荐的草地早熟禾、冷地早熟禾、中华羊茅和短芒披碱草，进入了公司采购目录。尤其碱草属于一等优质饲草，是天然草场的当家草种，具有抗寒、耐盐碱、耐瘠薄等特性。用单一草种试图恢复草原生态，爷爷听到了很不满意。

永青扎布垂垂老矣，老而弥坚。

在阿尔善，很少有人像永青扎布那样引人注目地享受迟来的某种荣耀。在他还是一个六十岁半大老头儿的时候，有文化向钱看的人并不认识他，年轻一点儿爱马的人像白金山则拿他开玩笑。后来他庆贺七十三岁本命年时，阿尔善草原这时掀起了一种惶恐不安的感觉，正如沙尘暴的威胁掀起骚动一样，人们逐渐明白在他们中间这么多年一直生活着一个了不起的牧民哲人，而他们大家谁都没有察觉。到他八十岁的时候，他一刻离不得蒙古袍的外表显得有点不同寻常，觉得这倒更像人们期待的一个老年牧民所应具有的样子。不只牧民们三三两两过来请教，各种各样的人也都习惯去拜访他。

永青扎布对这片草原熟悉得不能再熟悉，没想到短短二十来年，走进去没过膝盖的丰美草原，一些地方已经到了人工修复治理的地步。牧草的分布跟人的活动不一样，不说十年二十年，就是千百年也不会有太大变化。他在电话里大声絮叨：“咱们这儿原来有不下三十来种牧草，只种四种，绝对不行。”

第十章

牛踩下去比羊轻

一

“你是和阿尔善煤业签的合同吗？”蒙更高勒在矿区明察暗访，碰巧遇到了努尔金。他依稀记得给过宝力道一张名片，看来年轻人对接成功了。

“怎么可能，像我们这种，已经属于四包了。”努尔金对旗长如实报告。

蒙更高勒是在努尔金辞去研究院工作转而全身心地从事园林绿化及生态环境整治，才有机会更多了解他的。那时候，他是一个修长体格、略显腼腆的小伙子。现在充满着一种自信的神态，宽宽的肩膀，长着一双坦诚的灰蓝色大眼睛，一头卷曲的头发，方方的下巴微微翘起，具有一种诚实、整洁、健康的阳刚之气，像一个随时准备奔跑的运动员。

煤田生态修复的所有难题，主要还是资金。之前，矿产资源开采股份就被转让了三次。努尔金干的那一块标段被划到一个大公司，又分包到老曲所在的那个公司。煤矿企业以往很少拖欠工程款，现在还没有打过来一分钱。他们现在该赊账的赊账，连运输牛羊粪的费用都拖欠了不少。上上下下都在巴望旗里的下一步行动。

让努尔金茶饭不思，无比焦虑的就是欠款。

欠款背后是阿尔善煤矿生态整治成本的高昂及其复杂。这个局面，矿上一家说了不算，蒙更高勒说了也不管用，这就要找到政府和市场行为的契合。不久前，贝勒旗在影剧院召开的投标大会，盛况空前，各路老板悉数到场，也有的远程遥控。矿区生态整治三个标段的招投标，一锤定音。标段一是南矿区和北矿区，中标价十亿元。标段二、三在东矿区，最高投标限价分别为四点六亿和五亿。三个标段总投资约二十个亿。河流公司的复绿工程中标区域在南矿区，一块一千万元的项目。

大家无不抱着乐观态度，认为这次治理资金多得不得了，企业会赔偿一大笔。阿尔善煤业赚了上百亿，如果生态赔偿三十亿，什么都解决了。况且还有其他几家企业。蒙更高勒在种草复绿培训会上说过这样的话。

事实上，治理资金已经出现了卡壳。前一段时间，查封了和阿尔善煤业相关的二十多个银行账户，所有账户的余额合计一点六亿，和生态治理所需资金相去甚远。执行起来困难重重。吴院长先前对努尔金吹风预警，顾问顾问，顾而不问。掏心窝子提醒一次，他还没有听进去。

政府招标书上提到，整治的资金来源是违法开采罚没收入、生态损坏补偿、财政补助。可由于前期资金没有着落，施工企业需要垫资。为了补救，上面正在做矿区生态修复的总体规划，目前还在进一步论证和完善。

工程焦头烂额，每到收工，努尔金时常一个人待在房间。那天蒙更高勒前脚刚走，他开车赶到公司小楼，然后顺着远处扬起的尘土方向，一路追到阿尔善煤业大楼，为保险起见，亲手将一个牛皮纸袋交到旗长手上。没有这次偶遇，他写的东西怎么能轻易放到旗长的案头。不知道的人还以为他找蒙更高勒办什么紧要事情。努尔金愚钝可爱，他写的是一份调查报告。这份报告不是以承包公司的名义，而是基于他所掌握的专业知识和发现的苗头性倾向性问题提出意见建议，供决策参考。其中有这么一条，鉴于目前旗里的财政还不富裕，阿尔善煤田周围牧民又不多，对水系造成的影响早在多少年前就已形成。除了先种一些，还可以通过自然的修复，风吹草动，自由流动，让植物群落自己活起来、动起来，慢慢变得多起来。这是目前所能采用的最好办法。

吴楚克焦急万分，她打电话请教老师，老师也是类似的观点。阿尔善草原作为生态脆弱的高原地区，整治修复须慎重、科学。尤其回填是否必须必要，要看对人、水系和地质影响有多大。老师参与研制出的一种菌肥，给他们运过来一车作渣山修复实验，效果很不错。

贝勒旗面临着上上下下的巨大压力。蒙更高勒对努尔金提及，“如果不填坑，会显得旗里不作为。”在这个方面，努尔金自然而然接近了阿古拉教授的观点和爷爷的朴素认知。生态修复不必太着急，可以一步一步做，慢一点也没关系。大自然不仅会精心地打扮自己，还会巧妙地安排自己。爷爷在流沙地撒上草籽，浮草固沙。阿古拉在撂荒地种草。这样的事情，他们当年没少干。

阿尔善煤业，那是大抓工业的背景下，招商引资的重点企业。刘总通过收购中标企业百分之一百股权，从而间接获得阿尔善煤矿百分之四十的股权。煤炭领域倒查，刘总涉嫌非法采矿罪、行贿罪，被移送到了司法机关。一经披露，对他寄予厚望以及感恩的人们无不震惊。

蒙更高勒是老旗长阿勇嘎发现的苗子，通过公开选拔，年纪轻轻就当上了副旗长。如今，多年的媳妇熬成婆，摆正当了旗长。想当官就别想发财，他真正体验了什么叫如履薄冰。喊了多少年狼来了，没人听。狼真的来了，都傻了眼。就他所知，一些企业直到前几年才取得采矿证。此前只有探矿权，以探代采非常普遍。

林秘书早早跑到首府，请来业内资深律师阿斯如·何。难道她早有预料？阿尔善煤业公司盗采事件曝光，从而启动煤田生态环境损害赔偿鉴定评估，接下来就是磋商和诉讼。上下最关心的问题是，生态环境损害赔偿的评价标准是什么？董事会认为对企业采矿生态赔偿的要求太高，他们还将面临非法采矿罪的倒查和追责。

何律师下了一番苦功。他从满屋子的合同、档案和材料中抽丝剥茧，找到了维护当事人合法权益的关键。扭转乾坤，亦无不可。此前轻易不把对手放在眼前的林秘书，佩服得五体投地，亲自驾车，周到服务。阿斯如·何身材壮实，目光犀利，下巴底下留了一小绺山羊胡子，脸色白净，气色很好。他的外表有些不同寻常，倒更有人们期待的一个律师所应具备的派头。

阿斯如·何提出了自己的观点，阿尔善煤业公司虽然没有取得采矿权，但是一直在相关监管许可下生产，煤得以挖出来，运出去。他说了，从危爆物品、生产、运输等环节，煤矿受到多个部门的监管。由此，公司在过去的生产中已经合法合规缴纳了资源税等税收，法律不支持公司承担过高的赔偿要求。煤矿采煤量清清楚楚，根据这一额度作出赔偿，则可能高达几十个亿。

上面来的督察组也已经工作了一段时间。平躺在阿尔善草原深度超百米的南北两个大坑，着实让他们震惊。挖掉了足足一座中等城市建成区面积。

“吨煤的草原修复投入是多少？”

“一吨煤一到两元。”

而他们掌握的情况和矿上所说，差距很大。阿尔善煤矿占用、损毁土地面积迅速扩大。南露天矿复垦资金吨煤投入不到五分钱，北矿复垦资金吨煤投入一分钱……

努尔金多年前读过《资本论》。他又一次翻阅，找到曾经画过重点的经典名句。他想知道为什么“一有适当的利润，资本就胆大起来”。原来“所谓原始积累”正是这样：

如果有百分之十的利润，它就保证到处被使用；有百分之二十的利润，它就活跃起来；有百分之五十的利润，它就铤而走险；有百分之一百的利润，它就敢践踏一切人间法律；有百分之三百的利润，它就敢犯任何罪行，甚至冒绞首的危险。

于是，马克思这样总结：“资本来到世间，从头到脚，每个毛孔都滴着血和肮脏的东西。”

河流公司在一家现已查明严重违规的矿上作业，这对努尔金的理想倒是一个讽刺。可是不得不说，上游这样的企业，带动下游像他们这种中规中矩的小微企业，有事做。这是一个悖论。

努尔金有自己的宏大设想，他要做出一个又一个花一样好看的样板。不管是人工干预引领生态系统自我修复，集成措施治理退化、沙化、盐渍化草地，针对狼毒型退化草地的修复，还是采用围栏、免耕、施肥共同发力的典型，从而为区域内各类草原生态修复、牧草适宜性、混播比例、种植方案拿出符合实际和相对精准的技术范式，可推广可复制。河流公司滚雪球一样做大做强。

坐着林秘书的奔驰越野上，阿斯如·何如约而至。他们先到努尔金的公司和项目区转了一圈。职业使然，作为多年的朋友，同时作为阿尔善煤业聘请的律师，他提醒努尔金，做事情不能走钢丝，须有完备的法律保障。说这些，他并不瞒着林秘书，都是事业中人，用不着回避。此时，晚霞照进巨大的深坑，那里正在燃烧。和火烧云一样浓烈的，除了地底，还有人心。曾经一纸扑灭自燃的行文，变成了疯狂的盗采。阿斯如·何发现，这是以探代采背后隐藏的更为严重的问题所在。

看得出来，阿斯如·何和林秘书好像谈起了恋爱。一个是老旗长阿勇嘎的孙子，另一位是贝勒旗商业开拓者李掌柜的外孙女。有意思。

月亮正好露出了半个脸。

努尔金打电话叫老曲，又喊吴楚克。吴楚克有些勉强，架不住鼓动还是来了。推开门，老曲已经到了，跟着老曲一起来的还有巴特尔，戴着一顶绛紫色棒球帽，正坐在马扎上摆手说笑。

工地上的饭局简单而又别致。一盆手扒肉，一盘心肝肺灌血肠，土豆白菜茄子粉条乱炖，配以手撕熏鸡、凉拌黄瓜、水煮花生米。努尔金站起来表达了对阿斯如·何、林秘书、老曲的感谢和欢迎，尤其隆重地介绍了巴特尔。他听出了大概，巴特尔不请自来，原来是奔着老曲和阿斯如·何。牧业合作社和矿上建的小型牛羊粪发酵肥料加工厂投产，加工出来的肥料已经就地利用。确实可喜可贺。

阿尔善草原上的夏天，白天闷热难耐，紫外线能把人灼伤，到了晚上又像入秋一样凉爽。此时，白天的热已经被天上收走，于是鼓励这群偶尔发疯的人们，在宁静的夜色中享受一场胡说八道，还有满满的惬意。

巴特尔眯起棕色眼睛哼唱起了歌，没有人邀约，气氛对了，就唱了，那么雄浑、深沉而又婉转。喧嚣声静了下来，紧紧地吸引着人。那是努尔金的姑奶奶唱了大半辈子的歌。一曲刚落，另一个人又唱，这无拘无束的歌，有眷恋，有思念，有憧憬，更有渴望，歌声传出去那么远，那么久。是啊，生活怎么能没有歌！吴楚克捅了捅努尔金，努努嘴。努尔金会唱的歌儿实在少之又少。

“你一个人时唱的那首。”

“我……”

努尔金醉眼蒙眬。难道，那天中午她没睡？他无拘无束自由奔放了一回。于是又一次动情地高歌，“当我听到马嘶声……”

阿斯如·何跳起了安代舞，吴楚克站起来哼着嘿登登，揉肩，轻抖肩，好一个优美的萨吾尔登。阿斯如·何挤了过来，吴楚克半是退步，半是迎合，两个人默契十足。食堂里人人能歌，个个会舞。每个人都显得有点兴奋和沉醉，极尽快乐之能事。老曲在那儿摇头晃脑，好不痛快。林秘书暗自气恼，站起来飞出一曲激昂的歌。

南方飞来的小鸿雁呀，
不落长江不呀不起飞，
要说起义的嘎达梅林，
是为了蒙古人民的土地……

旋律不复杂，却强烈地感染人。煤老板像是当今的王爷，林董事唱军阀混战时期抗垦的歌，还真有些特别的意趣。

“我这位朋友长得标致吧？”

“当然标致。”

阿斯如·何盯着他的林秘书，拍手击节，华尔兹舞会上的绅士般行着注目礼，不忘跟旁边的努尔金吹嘘。简单一些，开心一些，一帮人的闲谈，一帮人的笑声，一帮人有事没事旁敲侧击的趣话，再加上一帮人闪烁其词的艳羡，阿斯如·何没有经历过，林秘书更没有，使得他们的兴致还有某种虚荣又复活了。然后和一伙人完全融入起来了。

还有在座的努尔金和吴楚克，让人当成情侣，叫晃悠悠的巴特尔逼着喝交杯酒……

总算结束了，明天还要继续各自的工作。

醒过来已是明晃晃的白天，努尔金眯开眼，发现自己窝在吴楚克的活动板房。两个人一左一右各占了一张单人床。满屋子酒气香气，他一时猜不透这香气从哪里传来。

昨晚怎么回来的，他完全失忆。一定是巴特尔干的。这个巴特尔还真让他瞧扁了。草场退化沙化，上下吵翻了天，他们联系大公司办肥料厂。而且，努尔金看出来了，只要他什么时候不恋到一个女人的肚皮上，他心里就不舒服。男人的那点儿心思啊，难得！

趁吴楚克还没有醒，努尔金轻手轻脚逃了出来。

吴楚克早早醒了，头疼，不想动、不想说话。琢磨不透，努尔金怎么跑进来的。听到狗一样嗅来嗅去出了门，她一时忍不住，扑哧一乐。女人香，男人慌。

二

巴特尔要减羊增牛。

这些年，他们进城养牛，回来养羊，贩过粮，跑过车，做过翻译，时不时收购活畜。小两口想着法子折腾，只是解决了温饱。两个孩子前后脚眼看着大了，再这样下去怎么行。巴特尔翻来覆去想了好长时间。

他家地处阿尔善沙地边缘，草场植被稀疏，生态环境越来越差，受草场破坏、羊肉价格下跌等多重影响，养羊的利润变得越来越小。一只羊身上剥不下两张皮。琢磨下来，还是养殖结构有问题。

听巴特尔唠叨卖掉羊群，一个不剩。明根不同意，过去卖奶牛不跟她商量，也就罢了，牧民不放羊，放什么？她惦记家里，不放心，涮肉坊也不做了。一回来，各睡各的屋，面对面不说话。

巴特尔急，头发长见识短，怎么就听不进话。早上喝茶，他逮住机会把明根摁在沙发上。

“我一会儿出去挤奶，你这是干什么？”明根更急。

“干什么，给你上课。”

“学没上几天，你上什么课？”

“一头牛犊大概是一只羔羊价格的十几倍，咱们养十几只羊需要的草料和踩踏的草场，平均下来比一头牛多得多。”

“胡说八道，这是什么道理？”

“蹄腿理论，人家杭盖说的！”

劳模杭盖，明根在电视上见过。

阿爸跟着旗里的参观团，大老远跑去杭盖家看了一圈。回来鼓动他们过去长长见识。他俩一个不动，另一个推说没有时间。牛踩下去比羊轻，这个道理无人不知，可是想到做到的只有杭盖一人。一头牛相当于五只羊的收入，但是五只羊有二十只蹄子，羊喜欢刨着草根吃，对草原破坏大。一头牛只有四条腿，牛只吃草尖，不影响草的生长。杭盖家的草场，原来也是一块牲畜过载、草场退化、进去出不来的沙窝子，自从养牛抓草畜平衡，既保护了草原，还减轻了劳动强度，收入不降反增。人家只养了五十多头牛，年收入达到四五十万。

夜色渐深，家里吹进来一股雨水将至的泥土和青草的气息，蛐蛐一波波鸣叫。明根沉闷了几天，不吭声了。她上过大学，明这个事理。巴特尔趁机悄悄钻进被窝，结束了冷战。人家在曾经最差的草场上养出了最肥壮的牛，有这样的好事，咱们是不是也可以跟着试一试？

还别说，蹄腿理论打动了明根。

肥瘦相当的二岁羯羊专供涮肉坊，老一些的卖给收羊贩子。羊羔一天全部被人们买走了。卖掉了羊，巴特尔跑了一趟科尔沁市。说来那儿是阿爸的祖籍地。多亏一位陌生老哥跑前跑后，鼎力相助。雇车拉回来十二头纯种西门塔尔小牛，其中还有两头左冲右撞、黄亮黄亮分外健壮的公牛犊。

他家签的草畜平衡责任书，记有草场面积、现有牲畜数量以及草原监理部门测算出来的最高载畜量。过去一听到上面检查，悄悄把多出来的羊群赶到山沟里，像做贼一样。有时上面来一个突然袭击，乖乖认罚。这样浑蛋的事儿，以后可不能干了。

巴特尔家的两块草场相距较远，中间隔着努尔金家的草场，租过来快有十年了。所以真正能利用起来的只有两家连成片的那部分，靠近阿尔善河床，一直到罕乌拉山山脚。剩下的只有十来米宽的网围栏过道相通，牲畜在不相连的小块草场之间来回移动很是费劲。他的养牛经，大多是永青扎布爷爷教的，他和明根时常过去探望老人家。永青扎布爷爷讲，牲口只吃一种草缺营养，也会生病。外地买回来的牛，有一次站在那儿舔砖头，这就是一直吃一种草，缺营养了。圈在网围栏里，牛群没法儿四处走动，又老想吃，想走动，每天就像没吃饱似的，这样反而破坏草场。有一次，他把牛群完全撒开，把它们赶到山坡上，再溜达到下面的泉水泡子，悠闲自在，一趟就吃饱了。

嘎查第一个养牛户的牛，膘情好，单价还高，有人拐弯抹角，难道喂了什么禁用的化肥或者催肥剂，这哪里是牧民该说的话？巴特尔脸红脖子粗，有口难辩，别人的嘴，自己的路，也就不去理会。草场踩踏少了，牧草长势和营养也随之提高，牛吃了当然会长得更好。家里人来人往，有买牛犊的，取经的，闲聊的。大伙儿看得出，巴特尔是从心里往外涌出了欢喜。

高兴肉好吃，永青扎布爷爷说得不假。只一年，他们家收入二十来万。出栏一头牛收入一万五，别人家两头才卖两万多，这是很刺激的对比。巴特尔尝到了少养精养、生态恢复、收入成倍的甜头，让人发愁的沙窝子重新变成了水草丰美的草地。很多只有小时候才见过的草，现在又冒出来了。牛群不再疯跑，养殖成本也降低了。他们家头一次没有租赁草场，自家的牧草足够过冬，只额外买了一车紫花苜蓿。

巴特尔不声不响，还用西门塔尔牛和本地牛进行杂交，选育优质肉牛。他是兽医的儿子，这个难不倒他。他家的牛列入盟级优质良种核心群，牛犊的价钱增加了不少，凡是从他家购买牛犊的牧户，有政策性补助。

永青扎布岁数大了，腿脚不便，可脑子还不糊涂。

南斯日玛出走后，他感到有一种很不快活的东西紧箍着身体。半路夫妻确实很难，难道真的还不如牧羊犬忠心吗！她那一瞬间的举动，难免不会引起不太熟悉的人的误会。他也多年误解那是一种只考虑她自己、不管别人感受的自私行为，于是对她时不时流露出反感。直到年迈，没事儿干了，琢磨来琢磨去，猛然发现那只是她极端疲倦时的一种无意识的举动，他便开始埋怨自己当年没有照顾好她、慢慢开导她。都是他的错，他没有给过她一丝安宁，她出走前那阵子，他还在用怀疑折磨她。久了，这已经成了他的郁结不开的一块心病。

永青扎布有自己朴素的观点。说一千道一万，阿尔善草原好下去的关键就是牧草再生，不论是孙子搞什么矿山治理，还是牧业生产。阿古拉一来，絮叨巴特尔如何如何养牛。他轻易不夸人，尤其是现在的年轻人。阿古拉好奇一个年轻牧民会有这样的思路，今非昔比啊！

有一根看不见的绳子，紧紧地拴着阿古拉。

那个时候，他的心落了地，也沉了下来。如果说，南京大学的导师教给了他探求真知的方法，那么阿尔善草原留住了他，引导他心无旁骛地驰骋在草木世界。在这个未开垦的处女地，他比对国际拉丁化命名、汉语名称，不懂的地方一一请教牧民群众，询问蒙古语名称、功效，由此记录了许多饲用植物的蒙古族民间利用的传统经验。

记得一个年景不好的春天，生产队的马和羊极度瘦弱。永青扎布把冷蒿放进锅里浸煮，羊倌马倌们用牛角灌勺一个接着一个灌进家畜嘴里。还别说，生产队弱畜的体力得以快速恢复。还有的牧民用黄花葱的鳞茎，饲喂瘦弱的家畜，借以恢复体力，也很不错。接羔期给母畜催乳，牧民们选择在冷蒿草场放牧。夏末秋初，则选择山韭多的草场。草原上处处都有宝贵的群众智慧。

不请自来，他打算好好谈一谈。

现在的生活远比二十多年前更先进富有，如今的人也一定比过去的人们更随和。几年前在那户人家老宅门口见过的小伙子，原来就是巴特尔。阿古拉不免吃了一惊。上次回来，他一直在想那个孩子的身世，清清楚楚记得阿木古楞是被土匪打坏了下身的。名医喇嘛大夫难道后来治好了？也未尝不可。

阿古拉心头疑云密布，趁巴特尔出去圈牛，轻轻掀起毡子看了看床板，他也不知自己为什么要翻动。这户人家的旧床板有什么含义，试图证实什么。还有柜子上的一个乌亮的小木马，多么熟悉啊，阿古拉顿时心里一热。

阿古拉想错了。巴特尔并不擅长交流，冷冷地看了他一眼，丝毫没有谈下去的意思。这让阿古拉颇为难受。明根夹在一老一小中间，困惑不已。巴特尔这是怎么了？

阿古拉！一个好人，一个研究植物和草原的大专家……每当在复杂的人际关系中烦闷无比，在喧嚣的城市失去自我的时候，他就想起当年自己骑着马，独自徜徉在阿尔善河畔、罕乌拉山坡地，辽阔的草原让他舒心平静。那个时候人与人之间的关系简单明了，纯洁深厚。尤其他和永青扎布，人所共知。有人干脆戏称他们“穿一条裤子都嫌肥”。他倒也默认，他们的友谊是一种神交。

按说经历、文化这些原本会构成障碍的因素，却分明成了他们沟通的内核。他俩每天都有说不完的闲嗑，有用没用的，荤的素的，关于知识点的。有一次居然说起五彩鸟，他一直记忆犹新。

“自然界大概有这种叫‘五彩鸟’的鸟吧。碰到过这种鸟没有？”他问永青扎布。

“那是古书上写的。”永青扎布答道。

“这我知道。但是不管古书还是传说常常是以真事为基础的。比方说，那个时候就有这种五彩鸟，整天鸣叫：成吉思！成吉思！当然这也许是声音相近造成的联想。所以我想这个故事中是不是也有这种声音上的联系？也许草原上真有一种鸟，它们叫的声音跟‘成吉思’这个名字相近，于是真成了那位英雄的尊号？”

“这个我可不知道。我没有想过，不过阿尔善没有我没有走过的地方，还从来没有碰到过这种鸟。想来世上并没有这种鸟。”

“很可能没有。”他若有所思地回应。

“如果没有这种鸟，那古书上写的是不是也是虚构？”

阿古拉记得古书上的这个传说。铁木真登上蒙古汗国汗位之前，几只五彩鸟在天上盘旋鸣叫：“成吉思！成吉思！”于是成吉思汗的名号诞生了。

永青扎布听了他的一番话，觉得那些五彩鸟就是百灵鸟。他开始怀疑自己，也许有的百灵真的那样叫过吧。

“那本古书上写的大体都是真实的。过去一定有过什么事，有些地方用了曲笔。我总觉得有这种鸟。什么时候有人就会碰见，也许就是咱俩中的一位。”

“若是有，那倒可以。”永青扎布没有把握，犹豫道，就像不是他们会碰到五彩鸟，而是五彩鸟定会专门过来拜访他们。

当重新分配阿古拉的工作，他们依依不舍地告别，牧民们中午晚上排着队请他过去喝酒，每次他都由于激动感激留恋而酩酊大醉。生产队还开了隆重的欢送会，赶来送行的牧民们依次在他的胸前别上一枚像章，挂了满满一胸。很多牧民哭了，他也禁不住呜呜大哭。

小凤当然没有来，她在另一个生产队。而且，他们有一阵子没有见了，他想着这样悄悄结束……

现在，他和这位年轻人作着艰难的交流。难道，现在牧民的商品意识达到了如此境地不成。现在的人比过去的人脾气要坏，待人接物到底没法儿和过去老辈人比啊！他受不了这种冷漠。

巴特尔胸口生疼，狠狠心，他把憋了好久的一句话，猛地抛向转身就要离去的人。

“我的额吉是——小凤。”

没有开头，也没有结尾。然而就是这么一句，在阿古拉的心上钻开了一万米深的矿洞。矿洞里面是他在罕乌拉山北坡蔓延的一段深情，取之不竭。那是小凤，留在心底的嘎日笛给予的。因为有她，因为一次生活的过错，他全身心投入一段非凡的科学研究。他怎么也不会想到，他的生活、科研，会和这个地方发生一辈子的联系。

他突然间理解了年轻人这些年对他的所有冷遇，愣怔在那儿，脸上的笑意僵了，什么也没有说，也没有回头。他一时还接受不了年轻人的奇怪表情，只想快快回到从前，珍贵如她。在困难的时期，他在草原牧人的怀抱得到了温暖，却唯独辜负了她。

后来的后来，巴特尔对他的生身父亲说。

那一天，老天爷变了脸，气温骤降，狂风怒吼，雪花肆虐，额吉到外面取牛粪迟迟不见回来。阿爸着急，腰间拴了一根长绳，一头固定在厚床板上。外面分不清天和地，白毛风抽得他睁不开眼睛，直不起身，待在包外不是迷路，就是冻伤。阿爸拽着绳子，猫腰把蒙古包用勒勒车和马鬃绳团团系住、加固，叩开毡门艰难地爬回家。

他哭哭啼啼，嚷嚷着出去找额吉。阿爸怎么也管不住，怕他有个三长两短，没敢再出去。白毛风唰唰猛烈撞击蒙古包，顶毡噼里啪啦响。阿爸像是说给他听，又像企盼。絮叨他的额吉装了牛粪往回走，二三十米这么近，一定转了向，躲到了旁边的羊圈。草原上的羊圈，门朝南，找到门，也就找到了方向。羊群挤在一起暖和。额吉一定好好的。每天早上打开羊圈大门，捂了一夜的羊群上方总是热气腾腾。

风势小了，阿爸赶忙到羊圈，左找右找，头顿时大了。额吉不在里面。那个时候蒙古包外面插着一个天线，刚刚通上ETS电话，阿爸马上打电话报警求助。边防派出所通知草原110报警点联防队员和就近有机动车的牧户，赶到了他家。然后分成两组打开警笛、车灯，不停地用对讲机联络，不漏掉任何地方，直到第二天在十多里开外的一处芨芨草丛找到走失整整十三个小时的额吉，可惜晚了一步。

阿尔善草原上有一面闪着粼光、静静安卧的湖泊，就是额吉湖。上苍赐予的神奇宝地，盛产大青盐。草原让人安静，站在额吉湖岸远望更让人安心。那湖好似从地底有一股气力在不停地向上托举，看不见的涌动结出一层层晶体。四季如常，色青味醇而厚实。草原上的盐曾经比金子还贵重。一则对人们生活至关重要的盐，大多生之于偏远，再则从边陲运出去十分的艰苦。听阿爸讲，过去年代沿用勒勒车、铁轱辘车运盐，野行露宿，日夜行走，来回一两个月。当年他给王府、国民党拉过盐，后来给共产党领导的民主政府拉盐。每天运盐的勒勒车达三百辆、铁轱辘车五十多辆，缓解了东北地区食盐供应紧张，成为自治政府和骑兵部队的主要财政来源。阿勇嘎老旗长指挥盐警队以盐山为掩护，击溃岗呼残匪占领盐湖的企图。他则躲在盐山后面保护牛车。

人没有盐吃不能延续生命，心灵的寄托同样必需。后来，家里来了两个要饭的女人。洁白如玉的青盐，于是成为牧人表达纯洁盛情的礼物。

看一眼盐湖岸边的额吉敖包，石头垒就，低矮而又简单。也许叫作“额吉”的敖包不应该是这样的。每次路过就想到“豁日黑”，有可怜、可爱之意，还不够，更有深沉怜爱的涵义。无比善良美丽的额吉又何尝不是如此。

质朴柔弱，绵绵奉献。

三

黑风口，那是阿尔善牧人的禁忌之地。矿产开发没有幸免。下面是多金属矿，以铁矿石为主。努尔金赶过来投标尾矿治理。公司外面停着不少好车，吴楚克数了数，有福特、吉普，还有奔驰。

努尔金的也是一辆奔驰。想一想，他们一家和奔驰车是有那么一些缘分。刚刚提车回来，爷爷围着看，啧啧咂嘴，认出了前面闪亮的星星。

那还是二十年前一个冬天的早上，永青扎布出牧了。他穿着一件新的熏皮袍，一股皮张闷香的味道还很浓烈。天有些冷，不紧不慢地颠马，停下来时不时拿出望远镜，瞭一瞭。远处是配种站。老伴儿过世，阿木古楞带着年幼的儿子放种羊，距离队部和人家都很远，便于管理。他们放的五只美利奴羊，每一只比他的坐骑还值钱，因此待遇很高，每天要喂玉米胡萝卜。吃了精饲料还得调胃口，父子俩每天赶出去让它们散步、吃青草。

每次距离种羊群近了，他就赶着羊群，抓紧离开。离得近了，种羊闻着气味就要疯跑，管不住。所以他对配种站的情况还比较了解。墙根有一堆黑乎乎的东西，几天前还什么也没有。他用马靴后跟磕了磕马肚。

催马，七八里很快就到了。

配种站关了，拉来一大堆牛粪，堆得还有些离奇。这不合常理。他扒开几块，牛粪下面露出一辆新新的黑车，敢情夜里坏人干的。永青扎布胆大心细，可他从来没有见过这样的阵势，不声不响把牛粪放回原处，左右看了看，赶紧离开。

公安干警蹲坑，当场抓住两名过来提车的走私分子。他们是坐着旗里一周一趟的邮车进来的，难怪没人注意。除了牛粪堆下面的这一辆，夜幕下神不知鬼不觉，在人们眼皮底下溜进路边牧人乐饭店车库的又一辆黑车，随即也被端掉。小努尔金跟着爷爷看热闹，越看越喜欢，他想掰掉黑车上的星星，亮晶晶好看极了。

第三批走私车藏在集装箱车上。刚过南北交界的敖包山收费站就被人赃俱获。由贝勒旗过来的集装箱大货车检验检疫手续完备，还有农畜产品绿色通道证明，理应立即放行。后来听说，执勤干警从大货车的轮胎承重发现了疑点。轻装车和装满冷鲜肉的重物车是不一样的。那个地方永青扎布熟悉，正是遭遇匪徒的抢马之地。

走私大案，轰动一时。给阿尔善草原带来了极大的不安，打破了牧民们往日生活的平静。旗边防委员会要阿尔善苏木上报反偷渡先进个人，准备轰轰烈烈地宣传，在全社会掀起一场反偷渡反走私人民战争。宝力道很不情愿地找到这位岳父，他的本意是老人家就别掺和了。

“奖励嘛，您当然最有资格……”

“驴粪蛋子表面光，我可不要什么表彰，这是咱牧民的本分，用不着给我一个人戴高帽，领奖状。”永青扎布摇了摇头，态度很坚决。

正合我意，宝力道反身偷乐。

永青扎布就是想不通。每周一次，多少年来带给他们牧人许许多多等待、喜悦和外面消息的邮车，彻底栽了跟头。宝力道心说，嘎查大事小情，哪一个不是他操心。老头那是纯属偶然，他不报案，还有别人，都是嘎查指挥有方。

奔驰越野车，速度飞快。

黄羊在边境铁丝网里面奔跑，陪着他们返程。吴楚克一丝落标的沮丧，顿时无影无踪。她笑了，他俩可不是过来抓它们的。“黄羊一条街”她专门去看过，往日的辉煌早没了踪影。阿尔善草原腹地也已经很难看到黄羊群。听说很久以前，一大批黄羊溜达到牧民家的蒙古包周边，野外时不时发生盘羊黄羊撵着家羊杂交。有的是牧民们有意为之。家畜到了繁殖季节，牧民们有目的地驱赶它们靠近同种野生畜群，创造机会。杂交后代身高体壮，有很强的适应恶劣环境、抗灾的能力。

吴楚克扫了一眼努尔金，乱蓬蓬的卷发，还有不一样的灰蓝眼睛，这个男人正在一点点淹没她。说他有文化吧，还那么野蛮，张口骂人动手打人样样精通。有时候还胆小，每次他都受不了她放肆地看，总是别过交锋的眼神，败下阵。最近让她颇为不安的是，他变了，变得有些沉闷，问什么也不好好应答，好像瞒着她什么大事。

越野车有些飘，她的目光从蹦跳的黄羊身上又一次移到旁边的灰蓝眼睛。不经意嗨了一声，努尔金从五分之一秒的游离中醒了。

“是不是困了？”

“没有。”

他有些慌乱，依旧嘴硬。吴楚克不由分说，指挥越野车从边防公路下来停在草原上，熄了火。

黄羊跟着停止了奔跑，一个个支起脑袋张望。铁丝网里面是双方之间的隔离带，每年在界桩我方一侧都要用拖拉机翻耕，宽度一百米左右。长度管段不一，几十公里，几百公里不等。俗称防火道。

“你眯一会儿吧，我给你讲个故事。”

“什么故事？”

“没什么，催眠。”

吴楚克的故事没有开头，就切了过来——

那个时候，女人觉得自己的一切都是那么的平常，和同龄的孩子没有什么两样。在她十九岁的那年，阿爸一次下乡，为了早些赶回家，打马抄近道进了黄羊滩。

巴林草原还有他不熟悉的地方吗？那一次恰恰出了问题。有人在沙窝子里下了套子，没有套住野兔，套住了马蹄。马一惊，开了一天会，正在马背上打盹儿的阿爸，重重地摔到树桩上。受惊的马跑回来，不安地围着阿爸。阿爸站不起来，催马赶紧过去叫人。

马听懂了，一瘸一拐消失在暗夜。等到阿爸醒过来，是在苏木卫生院。由于失血过多，他被输进了血液。但是，吊瓶里的血浆不是第一个赶来的女儿的。她的哥哥在队里放马，被叫了回来，化验血型后很快就从他的胳臂上抽血。

女儿想不通。她生气、哭闹，为什么不抽她的，不快点救她的阿爸。就因为她瘦弱吗？可是忙乱中没有人理会。

阿爸出院了，躺在家里休息。看着女儿的脸色总是不好，含着不依不饶的恼怒。想说什么，看看额吉瞟过来的眼神又忍住了。女儿尽着所有的孝心，有时候批改作业晚了，舍不得吃饭盒里学校的小米饭和炖菜。拿回家放在炉子上加热，一勺一勺喂阿爸。阿爸的泪流在心里，上苍有眼，给了他们这么好的女儿！

女儿不是没有过疑惑。从小到大，父母对她比其他兄妹都亲。她有哥哥，现在是马倌，还有一个姐姐一个妹妹，也都没念多少书就辍了学，当了牧民。只有她成了国家的人，当了一名民办教师。

凭什么，就她聪明伶俐?

女儿并不想深究，自小这样的话题还少吗?

小学的时候，正赶上了阿爸从公社书记上被赶下台，没完没了地让他交代“八一一”事件。苏联对日宣战攻打日本关东军，阿爸作为伪兴安陆军军官学校六百余名爱国师生之一，杀死日本反动军官，举行武装暴动，迎接苏蒙红军。暴动部队在王爷庙成立民警大队，维持治安。后来改编为中国人民解放军骑兵一师，参加辽沈战役黑山阻击战。

一天，有个男孩抢了她的窝头。她哭着要抢回来，男孩指着她：“你没有爹妈，路上捡回来的。”女儿听到这样气人的话，哭着找老师评理。老师看了看，又气又好笑地说：“他抢你的窝头是不对。可他说得没错，你要不是国家的孩子，早被开除了，怎么就不明白。”

明晃晃的天塌了，她哭肿了眼睛，跑回家。额吉听了，眼睛瞪得牛眼那么大，安于逆来顺受的她，摔门而出。后来听说，额吉不管不顾指着老师骂，又迈开大脚跑七八里找男孩家长。这还了得。一调查，她是为了国家的孩子受欺负，才发疯骂人的。于是就在公社范围做了批评教育。至此，再没有同学敢抢她的书本干粮、说她的坏话。

那几天，她很兴奋。老师同学们是那么的好，好像她是班级里最惹人喜欢的好学生。一天傍晚，她蹦蹦跳跳走近家门，听见阿爸额吉细语。

“四个孩子里数她身体最弱……”

“要不是我的问题，孩子不会这么小遭这么多罪。”

暮色深沉，她蹑手蹑脚，透过门缝，看见父母二人低着头，讷讷无语。那一幕，她终生难忘。阿爸一个人的工资口粮已经养不起四个渐已长大的孩子，于是阿爸作出了一生中的又一个重大决定：放弃工作，回家当牧民。在牧区捡拾刮在树杈上的羊毛，也不会让孩子们饿着、冻着。

那一天，阿爸拉着女儿的手：“姑娘，本来我们决定一辈子不再提及。你也大了，阿爸不能再瞒了，你的血，真的没法儿给阿爸输啊！”

“你是当年我好说歹说求阿勇嘎旗长，拿着字条，从贝勒旗阿尔善保育院领回来的南方孤儿。”

“胡说，我就是您的亲生女儿。”

女儿泪如泉涌。她所领受的，不是“亲如”，而是“就是”一家，有着比融进血液更为深沉的爱。

后来，女儿出嫁了。女婿是她在外地进修时一眼相中的文化人。谈婚论嫁，女婿带过来不少礼物。阿爸一一看在眼里，等到他们要回首府，阿爸招手叫过来女婿。

“我们家红梅，打小，我们就亲着她，护着她，没有骂过一次。”

他顿了顿，又说：“如今，我们把她交给你了。你一定要对她好。像我们一样疼她，共同建立幸福的家。”

女婿望着从苦难中走过来的长辈，信誓旦旦：“二老放心吧，我一定做到！”

女儿女婿高高兴兴地走了。可是阿爸并无多少喜悦，坐在那儿发呆。

“难道这个女婿不合你的意，还是嫌岁数大了一些？”额吉忍不住问。

“女婿当然很优秀，只怕是女儿以后要受一些苦了。”

“你这是发什么神经，能掐会算的？”

“老婆子，你不懂。感恩，是一个人最好的品质。”

“女婿这不是好好的，莫名其妙。”

后来，中央组织部的批复下来了。“八一一事件”确定为起义性质，参加人员按照起义人员对待。五十多年过去了，平反不平反，阿爸其实早已释然，深藏的心愿终于落了地。

以后的时日，女儿才明白了阿爸的担忧，懂得了她和阿爸之间具有的比血脉更为连通的东西。

那一周，女婿滔滔不绝。奇怪的是只字未提他的上山下乡。阿尔善草原，阿尔善河，还有那儿的干部群众，难道都成了他的对立面？他们眼前的厚很河，就是阿尔善河分流出来的支流。那是一条有恩的河，何况一个人。

吴楚克的声音似远又近。

努尔金有了电一样的悸动，紧闭的眼睛关不住盛满的湖水，决堤涌流。睁开眼睛，防火道里的黄羊群不见了，只有一座笔直的界桩，感叹号一样屹立在绿野之中，像一位刚强的战士。

吴楚克依在车窗，大大的眼睛噙着泪，流到白皙的脸颊，倔强的柔唇一动不动。她也不知道为什么讲了这个故事。这个故事里没有她，有的只是包裹新生儿的一块襁褓。

努尔金惊奇地发现，他的大手不知什么时候紧紧扣着她的小手，只觉得自己的全部情感贴近那只潮湿的手掌。

他突然涌出了想要亲吻那道泪花的冲动。

四

柔和的阳光照进北方农业大学的一栋普通住宅楼。随着光影斑驳，退休二十年，阿古拉又像站在讲台上给自己的博士硕士授课。他穿着方格衬衣，披着一件陈旧的但款式很好的宽松的马甲，面对下面两个聪明好学的年轻人，既严肃又坦率，还露出一副动人的谦逊的神情。努尔金带着吴楚克来了。

今天讲的《草地资源》，正是他从事六十多年草原学、植物学研究的一部百科全书式著作，一座学术高峰，名副其实的草木之山。

《草地资源》收录国内饲用植物六千七百零四种，其中包括六千三百五十九种、二十九亚种、二百九十六变种、十三变型及七品种，分属五个植物门、二百四十六科、一千五百四十五属中。钩应夏，沉应冬，他走过中国温带、亚热带和热带的三个气候带草地，有的是他劳动锻炼之前，有的是在阿尔善草原完成，还有的是重新回到工作岗位之后。这是他利用十五年时间完成国家重点牧草资源考察研究的结晶。老人家叮嘱，深入研究植物首先要解剖植物的花序，一花一世界，探究植物学，无不从这里起步。努尔金、吴楚克只有傻傻的沉浸。

小时候，努尔金就见过教授。那时候的他，体格健壮，幽默健谈。听说更早就在牧区扎下了根，和爷爷奶奶、南斯日玛奶奶结识。

阿古拉教授的声音洪亮而浑厚。他很会讲故事，说的话一点儿也不单调乏味。他喜欢谈论植物，热情地向两个听众讲述这些植物的优点，如同那是一个个活生生的人，一个个鲜活的人生。

世界上最早科学定义植物学是在十九世纪后半叶，自从人类利用植物开始就有了民族植物学的萌芽。他在山野之上，细步绮思，发表专文创立植物学分类学科——蒙古民族植物学，将之定义为研究蒙古民族与草原之间相互作用的一门科学。正是植物学在蒙古高原及其邻近地区的重要发展，来自大自然，放之大雅之堂，科学终于扔掉僵化的外衣，最终阐明蒙古族在国家科学研究和人类文明发展的进程中与植物相互作用的科学文化，为人类进步作出的贡献。默默地，晶莹地，这是草木的灵性，这是中华民族的慧眼。他在家国的博大海洋，受惠于此。

老人家对花草的知识让他俩吃惊，他知道所有花草的名称。那些拉丁文字从他的舌头上发出来就像青贮玉米从粉碎机吐出去一样顺畅。教授告诉努尔金和吴楚克，矿山治理必须增加哪些饲草品种，从哪儿可以搞到，以及哪些品种特别美丽、适应性好。

植物学名，在国际上通指植物的拉丁学名。阿古拉专门研究过世界植物命名领域的蒙古族文化。据他研究，在蒙古高原以及毗邻地区用蒙古文拉丁化命名发表的属有两个：一是豆科的锦鸡儿属，是蒙古族植物原名拉丁化的植物属；另一个是禾本科的帖木儿草属。植物命名中的种加词由蒙古文拉丁化命名的植物有一百九十种、二亚种及九变种。他如数家珍：

用“蒙古”一词拉丁化做种加词的有六十五种，分三类：一是用形容词“蒙古的”做种加词命名植物有五十四种，如蒙古扁桃、沙冬青、绵刺等；二是用名词所有格“蒙古”做种加词的植物有三种，如蒙古针茅、锋芒草、蒙古短舌菊等；三是用形容词“蒙古的”之前加“内”组合做种加词有七种，如内蒙古鹅观草、圆叶蓼等。

用蒙古族旧时部族名拉丁化做种加词的植物有二十六种，如科尔沁杨、乌拉特绣线菊、布里亚特葛缕子、准噶尔石竹等。

用蒙古高原及山名拉丁化做种加词的有六十五种，如兴安柳、阿拉善苜蓿、贺兰山棘豆、阿尔泰羊茅、赛汉山缬草、圣山蝇子草等。

用蒙古文高原原名拉丁化做种加词的有黑沙蒿、锡林婆婆纳等。

用蒙古文河湖名拉丁化做种加词的有额尔古纳早熟禾、海拉尔绣线菊、青海鹅观草等。

用地貌蒙古文名称戈壁拉丁化做种加词的植物有十三种，如戈壁霸王等。

用植物蒙古原名拉丁化做种加词的有长叶铁扫帚及小芨芨草等。

令阿古拉教授着迷的还有数不清的以植物命名的地名，其含有的许多地理、历史和乡土文化的内容，无不体现着中华文化的深厚底蕴。察尔森镇名。始于清崇德元年，沿用至今。蒙古语“察尔森”是由壳斗科的蒙古栎之名“察尔森”而来。蒙古栎的成年植株称“察尔斯”，而在幼株的灌木状时叫“沙尔根”。如今察尔森镇所辖村屯，仍有一个叫“沙尔根”。就在察尔森，日军参谋部大尉中村震太郎等四名间谍，因到中国东北从事间谍活动，被中国军人捕获，并处决。之后，震惊中外的“九一八”事变爆发。“中村事件”成为日本侵华的借口之一。

随着教授的讲述，两个年轻人如同看到了植物身影的无声摇曳，谁能说这不是中华文化的体现和传播啊！他在康桥大学作的学术报告，当时引起不少文化人类学学者的兴趣。教授笑称，主办方当即买来两升啤酒庆贺。那是对中华文化的一次特别礼遇……

阿古拉教授用科学的方法和心灵的感知，触摸草原。细思量，草木工厂在光的作用下制造有机物，养活大自然几乎所有的生物。这样想来，谁人又可以敢于轻慢草木、自然、生物圈哪！教授的一席话，如同几年前形象比喻“奄奄一息”的那一次，给了努尔金久久的思索。

告别了阿古拉教授，努尔金还有吴楚克，将许多不解之谜留下来慢慢求解。开发煤田，在理论上挖了就要回填，种草复绿是缺少不得的关键一环。

又一次站在修复过半的渣山，努尔金惊奇地发现，矿车一辆又一辆驶过阿尔善河双孔水泥桥，长长的白色尘土与干涸流沙的河床交叉，组成一个“+”，从侧面看又像大大的“×”。

登高望远，吴楚克心情大好，如同牧人站在山包手搭凉棚远望畜群。谁喃喃自语，好像一处山川河流、草地山包，牲畜啃食的牧草，随即就有了名字。他们聆听的分类学好像就是如此，她突发奇想。

“如果这一片草原的名字，是你随口起的，那该多好！”

“我可不敢。”

“努尔金草原。”吴楚克一副绞尽脑汁的样子，随口飞过来一句。

努尔金皱了皱眉头，没有说话。阿尔善确实是他的草原，多少人在这里出生入死，多少人无比依恋的故地，他只有敬畏。草原自然都有自己的名称。比方那片草原和另一个他不认识的也叫努尔金的人有过什么紧密的联系，那个草原也就叫“努尔金”。人们凭着记忆，哪怕就是那个努尔金离开了草原，人们也都知道努尔金就在那里。阿尔善草原就是一个例子。只是因为那儿古来有过甘露阿尔善，于是就叫阿尔善草原，人们都记熟了，自然而然，用不着命名，广而告之。

扭过头，他望向身后的深坑。

他的草原受了伤，望过去，心情总是无比沉重。他没有吴楚克那样的好心情。

就在上午，他们去了芍药谷。他答应将秘方手册交给她做研究。

他的一个同学在景区入口处担任保安，打电话对他说：“芍药开了，带着美女来吧！”

“是我叫他留心观察的，再没有比这个消息更准确的啦。”努尔金说着，难得一笑，记得每年的六月中下旬，正是花开时节，观赏期较短。

一走进谷地，一片片盛开的粉红色、红色、白色还有黄色的芍药花便映入眼帘。生于旷野，娇而不妖，倒是令人感到犹如吴楚克的心，仿佛心底也开满了花似的。吴楚克的视线移到遍布谷内的野生芍药花海，就不想离开。她忽然想起家里的一株芍药。

那株芍药，开始她也不知道是什么花，自她记事起或很久以前就在那儿。父亲叫它“扯了”。“扯了”开始栽在平房小院，后来搬家到了楼房，父亲将芍药的根，挖出来包好，移到爷爷奶奶家的小院。入冬了，父亲还要在上面搭上树枝盖上东西保暖。再后来她离家读书，慢慢淡忘了可怜的移来移去的“扯了”——现在想来，那一定是一株不知何年何月就来自这片谷地的芍药。

努尔金也唤醒了儿时的记忆，他和明根、巴特尔一帮小伙伴，经常在家乡的草地里找各种野果吃，其中有一种两头尖尖、中间圆圆的“特莫物格”，俗名地梢瓜。还有一种紫色酸甜小果“乌吉莫”……

努尔金把自己分成两个人用。一个他被财富套牢，把钞票作为概念，从园林绿化、渣土治理诸如此类的项目，穿梭成银行流水线，打到一个叫作河流的诗意抒情的公司，在虚拟中填充他的全部的欲壑。另一个他，拼命地拽着前面的他，他是他爷爷的孙子，他爷爷是永青扎布，他没有权利辱没爷爷在这个地方的威望。于是，他时不时从另一个“我”中分身，想着为“更多的人”。

想一想，阿尔善草原的历史，记在书本上只言片语，柔弱的草木却记得所有——所有人，所有事，所有之路。草木用自己小小的挺立，书写着让世人能够看得见的“伟大”一词。那是草木的特质，那里草木有灵。这正是努尔金离也离不开的思想之根。

五

小黄牛肚胀如鼓，瞪着大眼，躺在地上扑哧扑哧大口喘气，旁边的大牛小牛急眼，刨地。巴特尔更急，按压一下，大肚子怕是要炸了。

他急出了一身汗，打电话找兽医。有人骂，你还想找谁？阿爸是兽医，原本半通不通，他更是只懂一些皮毛。喊过来明根，叫她骑上摩托车跑一趟苏木，看能不能找到兽医。

留下病牛，巴特尔赶着牛群出牧，走到半路，他马上折返回来，围着难受的小牛团团转。又到库房翻腾，找到阿爸留下的一包熟牛皮包着的一套工具，找到一根穿刺用的长银针，擦了又擦，用罕乌拉原浆酒喷了三遍。一不做二不休，他摸了摸小牛鼓胀的瘤胃部位，猛地扎进去，抽出来。小牛激灵直起身子，顺着针眼噗地排出一股臭气和黄水，圆圆的肚子像是放了气的气球，瘪了。小牛舒服地甩了甩尾巴。

纸箱里有一本从来没有动过的厚书，他拿出来拍了拍上面的一层灰。小牛吃霉变青饲料许是中毒？一页页找，对照书上土方，跑到周边采回来一些大黄、牵牛子、蓖麻子，拿到厨房烧水煎煮，加入一勺青盐，去渣过滤。等到温凉，他拍打安抚小牛，用牛角灌勺把半盆发黑的汤剂灌进小牛的大嘴。等到忙碌完了，衣服全湿透了。

没到半个时辰，小牛扑腾站起来，张开后腿支起尾巴，喷出一泡稀稀的粪便，抬起头哞地叫了一声，跑远了。没生过孩子还没听过娃哭吗，情急之下，巴特尔也当了一回兽医。

太阳快要落山，明根回来了。果不其然，眼下苏木还真找不到一个兽医，原来的老兽医岁数大回了旗里，新毕业回来的年轻人没干多长时间辞职走了。

那本厚书是舅姥爷送给他的。前几年搬到移民村时，明根好说歹说，拉着他去过两次舅姥爷家。舅姥爷蒙更高勒话不多，问的都是他们牧民平常遇到的事情，奶牛效益，以后的打算，等等。巴特尔紧张得不知怎么说为好，毕竟人家是领导，不比他们平头百姓。回来时除了送给他们吃用物品，还带给一堆书报，从中抽出一本递给他说："有时间多翻翻，兴许用得着"。

只要劳动，怎么也能啃上骨头。

巴特尔除了胡子硬了，心也硬了，每天闷着头干活儿。少说话，多干活儿，明根早已见怪不怪了。看看满满当当的库房吧，挂在墙上，摆放在架子上的是不同季节牧区牧业生产使用的工具——发电机、马鞍、斧子、镰刀、改锥、钉子、铁丝、绳索、接羔的毡袋、控制种畜交配的胯裆，应有尽有。一个勤劳的牧人，什么又能落下呢！这些家什，放在露天可不行，刮风下雨，就是露水也沤坏了。

放牧是个技术活儿，诸如打草留茬、接羔保育、灌药打虫，空有一身力气可不行。这一堆书刊，从移民村回迁时一同带了回来，和零七碎八的杂物一起堆满库房，扔是不能扔的，那是长辈送的。治好了小牛，巴特尔重新翻出来一本本看，看得入迷。这天，努尔金来了，拿起茶几上的书本调侃。

"呵呵，是不是要接着上初中，正好和艾力同班。"

"你们看书是装有文化，我看书是用。两码事。"

"奇怪，我师傅的书，怎么跑你这儿了？"

"我怎么知道。"巴特尔瞪了一眼。

努尔金掏出手机拍了扉页上面的签名，给师傅发了过去。师傅的字很特别，很像雷锋叔叔的斜体字。从来顾而不回的师傅，马上回复过来一个疑惑的表情。努尔金又给吴楚克提及，吴楚克也有些奇怪，难道《草原手册》还有什么故事不成？全民经商，父亲从大机关出来创办民办机构，说明有闯劲，有魄力。除了念叨过的那位牧民朋友，她从来没有听他讲过知青生活。他有多少战友，抗过灾打过狼吗？明根跟她提及，吴院长和她姥姥年轻时在野外遇到狼群，第二天毫发无损回来了。吴楚克闻所未闻。

茶几中央的盘子里面放着漂亮的巧克力和奶糖，努尔金伸手抓了一块就吃，手机突然响了。他屁股还没有坐稳，站起来急匆匆要走。吴楚克来了电话，旗里来人检查账目，叫他抓紧往回赶。努尔金心情很差。公司赔钱破产无人过问，一本只出不进的烂账，倒是查得勤快。

走到大门，伸手正要按遥控。怎么回事，越野车前后左右划了好几道口子。乖乖，坚强的战士正在顶保险杠，一对微弯的小飞刀左右开弓，啪啪作响。羊都和他对着干，他气歪了鼻子，飞起一脚把捣乱的小山羊踢跑。听到大嗓门，巴特尔出来了，一看，没把他笑岔气。真是他的好羊，懂得收拾坏人。

“哥们儿，怎么回事啊？”

“赔，这顶成什么样了。”

“喂喂喂，赔你个头，羊顶的，又不是我。”

“你他妈的满肚子坏水，羊也差不多。”

“羊是羊，别扯到我身上。”

“那好，我把羊宰了好不好？”

“多大个事儿，你他妈胡说八道什么。”

两个人原本就有些说不清道不明的疙瘩，推推搡搡不知怎么就动了拳头。嘴上说不过，一恼就动手。三十大几又怎么了，这叫血气方刚。两个人也不是真打，大声戗戗。大黄狗汪汪叫不拉偏架，一个是主人，另一个也熟悉味道。

一辆富康出租车停了过来。无遮无拦的尘土一路高歌，从两个男人头顶削了过去，弄得两人灰眉土眼。两个人忘了吵架，一前一后，就要拎出司机。明根下来了。她去旗里看两个孩子，买了一些吃用的东西，兴冲冲赶回来。看到眼前一对鼻青脸肿的灰人，就知道了怎么回事，气得胸脯一起一落，抓起脚底下一根红柳条，狠狠抽向巴特尔，再抽努尔金。她可不向着任何人。两个人猴急抱头。

“太不像话了，还什么嘎查达、总经理。丢人。”

明根将柳条一撇，气呼呼恶狠狠地瞪了一眼，扭头进了屋。两只公鸡蔫了，低头拎起地上的大包小包。明根嘭地把门从里面插了，任他们咚咚敲。提起暖壶倒了一碗砖茶喝了，恢复了冷静，放宽了心，这时才感到有些眩晕和疲劳。回头看两个傻样，扑哧乐了。

牧归时分，牛群哞哞叫，慢悠悠回来了。

巴特尔趁机到青石井台抽水饮牛。这娘们儿生气他可受不了，躲一躲再说。

说来是明根打电话叫努尔金过来的。

她径直从衣柜里掏出一个心形小盒子递到他手上。一直想着瞅准机会物归原主的。偷偷藏起来的小盒子，巴特尔没有见过。里面的信物，她曾经多少次在一个人的时候拿出来，想象戴在无名指的感觉会是什么样子，试了又试，不大不小，正好。小盒子陪伴过她，温暖过她。她还从来没有想到，这样一件小东西，如果它来自自己所爱慕的男人，那样温暖人心。现在想要交还回去，又是那么的压迫催人。

多年前送给明根的戒指，没想到又回到了手上。盒子还热着，留存着明根手上的热量。努尔金掂了掂，放回手提包。说来，他也是顺便过来告别的。关于又一次不得不转身的离开以及抉择。各种事由交织，想说什么，却什么也不想说。

他突然想起一个听闻，想着作弄，还她那根细长的红柳条。

“唉，你那个苏打水是怎么一回事？”

“讨厌。不该问的别问。”

明根愣神，正在遐想曾经傻傻的美好，她狠狠地白了一眼，脸上火辣辣一片。一定是阿爸说的，再三再四叮嘱他保密，怎么能这样。还不是她刚到涮肉坊办的糗事，让人笑掉大牙。

有个顾客喊着要苏打水，她跑到后厨弄了一勺，冲了一杯送过去，那位直接喷了……

划了几道口子的越野车走远了。

也好，至少还有山羊惦记。沿着阿尔善干涸河沟旁边的柏油路，那车越走越远了。

六月，草原又开始了新一轮的勃勃生机。

八户牧民自发联合的合作社，今天正在拆除草场上的网围栏。抓过度放牧，就抓要害。有的牧民没有主意，虽然没有参与，却也很是期待。别人干活儿，他们骑马骑摩托车从四面八方赶过来，有的帮忙，有的交头接耳看热闹。网围栏拆除容易，当年立起来，那可是费尽千辛万苦，基本上都是卖了牛羊、贷款拉起来的。你不拉，别人家的牛羊就要进来占便宜。打伤羊腿牛蹄的案子已经不少了。卫星定位仪确定草场位置，每家每户分毫不差。不拆不知道，拆掉的网围栏足足七万多米，以后怎么分工，干多干少谁说了算？

这些天，阿尔善嘎查的男男女女、老老少少，没有一个人的心里是平平静静的。他们从远处的山坡上，从红砖房前，从追赶牛羊的草场上，从驾驶的皮卡车，从飞驰的摩托车上，睁大眼睛望向人声鼎沸的地方，等待嘎查新的事件的发生和变化，因为这关系到他们每一户人家。人人按照自己的草场、畜群、财产、脾气性格，用各种不同的态度，接受新发生的事物。有人乐意，有人发愁，有人怀疑，却装着同一种未知的新奇。

“合作社试点，把碎片化草场整合起来，恢复四季轮牧，观察整合后的草场对草原生态恢复起到了哪些作用，再和没有加入合作社的草场比对，进而判断这条新路，是否可行。”合作社理事长小革命西装革履，细眼炯炯有神，他正在镜头前介绍情况。过来采访的是萨仁。

萨记者是大前年到移民村采访时他们认识的。镜头前，小革命的一番“重大意义显著成效”，让萨仁动容，很快作出了一期很是让人热血沸腾的报道。就是那一期，奶牛村设想得很完美，比如奶牛、牧民、市场三个方面，设计时，认为这些都是人为可以控制的，假设都是可能的。其后，实际情况和设计有了很大区别。害得她的水准时不时让人拿出来诟病，把萨仁恨的。她对满嘴跑火车的小革命也就一直不冷不热。

后来的一次采访，小革命找努尔金帮忙。萨仁是努尔金的小姨。加之小革命软磨硬泡，找出各种不错的理由，她照出不误。小革命实在忘不下初次。萨仁误了时间，下车气喘吁吁小跑，为他人着想的善良，在那儿呼之欲出，他的心被无可救药地点燃了。小革命铁了心，非她莫属。萨仁有些不以为然，后来慢慢习惯了这种攻势，不急，装作毫无察觉，一句话——考验。她在心里面的方框来来回回打对勾打叉叉，除了个头儿矮那么一些，长得也算有棱有角，为人风趣幽默，有一股干事创业的闯劲。还不错吧！他的攻势难道是在部队学的——出其不意，层出不穷。

萨仁纠结，虽然说十年寒窗没有什么了不起，洄游牧区，还真不是她的目标。尤其让她苦恼的是，阿爸早替她相中了小革命。他说了，一群生个子马中一眼就能相出好马，不会看走眼。现在别看这个基金那个基金叫得欢，家里有地，诚实肯干，才是实打实的资本。

阿尔善草原何止诗和远方。因病因懒的，好端端草场租给富户打工谋生的，占有牧民草场获取利益的，面对形形色色的现象和问题，职业使然，由着她的性子早做成台里的焦点新闻了。

萨仁是脱贫攻坚报道的主力。人们传说，她在和一位牧民企业家谈恋爱。小革命曲线救国，尽心尽力给她推荐合作社、矿山企业、农场的新闻线索。宝力道在嘎查最早成立合作社，涮肉坊越做越大。巴特尔的养牛经，也有故事。萨仁是小革命的女神，他恨不得所有人都看她的《让我们一起奔小康》栏目。

天有些阴冷，巴特尔起了个大早。

牛群这些天和他摽着劲。这些年养牛积累了一些经验，可一家一户还是受到局限。制约发展有太多的难题，定居不挪动了，花上大笔开支拉网围栏，看起来保护了个人利益，节约看护牲畜的劳动，牲畜喂养得更好了。可回过头看，还是没有解决根本问题。草场上没有水源的牧户打机井，成本少说也得十多万，打不出水的人家常年到别人家的水井买水，一百只羊一天五元钱。没有盐碱滩的牧户，分季节给牲畜补充不同的矿物质营养，防止牲畜因缺乏矿物质元素而生各种疾病。而草场划分在盐碱滩的牧户，牲畜过度舔食碱斑又常常出现腹泻，不停地采购兽药，这些永青扎布老人说过的，对他们来说都是闻所未闻的怪事。嘎查两委合计，蹚出一条路。养羊小组由小革命负责。巴特尔管养牛小组。

这次按照本人意愿，巴特尔和临近的两个牧户包下了合作社八户人家的一百来头牛。等到调教好了，流动倒班，解放出人力，还可以做其他事情。这天一大早，巴特尔忙得满头大汗，各家各户送过来的牛，挤满了他家的牛栏，一个个躁动不安。牛栏太小了，起码还要扩大二十倍，用拆下来的网围栏做几个大棚圈。关牛犊也得需要单独的棚圈。这次分工赶季节，有些操之过急，基础设施后续还得抓紧跟上。

天大亮，空气中飘动着晨曦还没有散去的味道——湿湿的青草和牛粪混合起来的一股味道。吱嘎打开牛栏大门，牛群轰地冲了出去。此时牛群晕头转向，还有些分不清出牧的方向，需要牛倌们赶到草场。巴特尔收拾完牛粪，从后面赶了过去。牛群一群一群低着头卷着草，等到吃饱了，就躺在树荫下微闭大眼，扭动嘴巴倒嚼。

下午归牧，牛群一个个腆着大肚子，脑门上好像安了导航，分帮分派，四处奔逃。三个人骑摩托车骑马来回追，撵也撵不住，还是跑了一多半。打电话，各家各户把跑回去的牛又给赶了过来。由着牛脾气，今天不改，明天照旧。

明根难得和巴特尔放一次牛。

牛倌同伴去旗里送孩子上学。明根看巴特尔一个人跑前跑后吃力，腾出半天帮他。巴特尔高兴，结婚前两个人各放各的羊，骑摩托车差不多每天碰面。当然都是他故意套近乎。成了家，一起放牧还真是头一回。中午，两个人在树荫下简单吃了午饭。明根收拾好餐具，准备回去。她约好了出租车，明天一早出发，又该到旗里看孩子了。洗洗涮涮，督促学习，哪一样都不能落下。巴特尔眯眼看着草场上满眼的绿，以往的沙丘起起伏伏，上面是沙地柏、小叶锦鸡儿和山杏等灌木，下面是连成片的碱草，层层叠叠，布谷鸟咕咕咕咕叫个不停，显得幽静而欢快。他有些落寞不舍，笨嘴拙舌张了张嘴。

“奶，我只放心自己的牛，手，我只相信摸惯的，你走了我怎么办？”

“老大不小，怎么就没个正形。这回是大伙儿的，这么多母牛，这么多媳妇，忙得过来吗，反了你了。”

明根追打，打打闹闹，夫妻俩脚下一滑，滚到草地上。扩大牛栏，给牛耳装定位，打预防针，购置挤奶器，联系挤奶工，干不完的活儿，每天起早贪黑连轴转。一个多月来，两个人还是头一次亲近。野外可真带劲啊！

不出工的日子，巴特尔难得躺在客厅沙发上，双手抱着枕在后脑勺，闭上眼睛似睡非睡。手机响了，是艾义思老人，便坐起来视频聊天。老人家在他们婚礼上唱的歌，那是人们时常热议的话题。阿尔善草原上的婚礼，论气派，至今还没有超过他们的。听到几群牛合到一起，炸群跑了，努尔金的越野车让山羊顶成了花车。草畜双承包，牛羊早就训练好了我家你家，人就更别说了。“那个羊怎么就那么厉害，专挑主人当年的小情敌下手。”老人家忍不住笑。

洋派老人一说，巴特尔想想也是，顿时来了精神，连日来的奔波劳累没了踪影。他怎么就没有想到这一茬。

明根在厨房做饭。端过来酸奶面条放在茶几上，瞪了一眼男人。“怎么，不拿我开涮不舒服啊！”她虎着脸，抢过来手机，好像演出变脸魔术，转眼便眉开眼笑。一会儿，就颠颠走着给老人家看房前屋后。右手下方位置是牛栏，远处是草场，左手背靠的是罕乌拉山，此时是那么的厚实黛绿。下方是那条白花花的阿尔善河。听说上面正在研究跨区补水。她想不出来这水从哪儿来，难道天上？

“老话讲得好，水是银子，草是金子。傻孩子，办法总会有的！”

艾义思喜形于色，她新近写了一首歌。这是为一部正在打造的实景舞台剧创作的，据说贝勒旗乌兰牧骑正在紧张排练。

巴特尔和明根，一个坐一个站，支起耳朵，屏住呼吸听。是他们的道，是他们的道沁。两个人窒息在那儿，久久不能平息。歌声有着《罕乌拉》的沉郁，还有《月出之光》的妩媚，更有一股说不出来的气度，如同快乐注入悲凉。

六

花香满径，小巧盈人。

白人社区的一间阁楼式寺院，少有人知。因为遇到了同胞，戴安妮和住持相谈下来，成了无话不说的朋友。他是辗转于此的卡尔梅克喇嘛，亦是她的祖国称之为土尔扈特的同宗。不大的寺院供奉着从古老的河畔背过来的一尊佛像，宝相庄严，至为珍贵。

重返故土，那是美好的理想，还是迫在眉睫的抉择?

那个时候，一把利刃，高悬在卡尔梅克喇嘛的祖先——土尔扈特人头顶。他们的草原广阔无际，春天鲜艳的郁金香开满草原。东面是亦的勒河，由北向南一路奔腾，源源不断地汇入里海。可是，这拥有的所有记忆，所有美好，他们不得不痛苦别离了。新仇旧恨百余年，英勇无畏的渥巴锡汗下定了决心，武装起义，重返祖邦，以求民族的生存。经过近四年的酝酿准备，渥巴锡召集最为核心的头人、大将和大喇嘛召开秘密会议，做出了尤为绝密的决议——虎儿年行动。

十八世纪后半叶这一年将要到来的白月，是土尔扈特人历史上永远值得纪念的日子。这一天，喇嘛们早早起来焚香念经，他们用哈达把佛像层层包好，装入七个结实的毛毡提包，交由最为忠诚勇敢的队伍管护。英勇悲壮的东归征程，以反抗沙俄压迫的武装起义为标志开始了。

“开拔！”那是义无反顾的决绝。

“我们的子孙永远不当奴隶，让我们到太阳升起的地方去!”人民异口同声高呼。

拖家带口的三路大军，乘着马车、骆驼和雪橇，在骑兵部队的保护下，英勇地击溃了一路绞杀，用血肉之躯回击前行的路上一个又一个围追堵截。自由是心灵的追求，自由也是强大的武器，土尔扈特军民击破了禁锢自由的最后一道枷锁。誓言，以及记忆，他们的后代口口相传。

住持的语气平静如常。无数的人们在征战、疾病和饥寒交迫中倒下，土尔扈特军民历尽亘古以来没有的艰难困苦，历时八个月之久，行程万里，终于到达渴望中的祖国边境。

存在于亦的勒河流域一个半世纪的土尔扈特汗国，至此不复存在。那条河流后来以伏尔加河的名称，把一个民族迁离的身影留了下来。由于河流没有结冻而留居西岸，包括按照自己的意愿留下来的土尔扈特人，后来以“卡尔梅克”的族称，经历种种巨大牺牲，注视佛灯至今。英勇的土尔扈特人经历苦难，终究重返故土。戴安妮去意彷徨。

门外是熟悉的喧嚣，走进暗红色的门楣，两旁开满了郁金香，怎么说哪，她又成了艾义思。一个诵，一个听。一缕烛香不急不躁，把他们包裹起来，似曾相识。年长的住持已经无法使用母语，两个人习惯了用另一种语言交流对远方草原的所有向往。他们的母亲河，一个激越，一个舒缓，一样的温馨，一样的五畜兴旺。历史与现实的长河，生长着他们童年的相同梦境。

进入不惑之年，那是她的首个独唱会。筹备事宜头绪纷繁，她需要安静，细细思量。艾义思和住持告别，怀着一丝美好的心情出发了。临行前，作了布施，求了一包香。

到达目的地，她拿出香包。香包用极普通的麻纸包裹，打开三横两竖的纸绳，麻纸上面隐约可见一枚黑色方印，印纹是蒙古文白头字母“ᠪ”。记得额吉说过，他们家有过这样的印钮。每一包都要盖上印钮，用以保持作坊的信誉。艾义思感到一种刺心的，同时又是甜蜜的回忆，青草诱人的气味仿佛从远方扑面而来。她把脸颊轻轻地贴了过去。记者在一旁咔咔拍摄。她并不知道许多年前，卡尔梅克喇嘛到过雍和宫，这些香是从那儿进的。那是困难时期的某种特殊安排。

后来，那份报纸辗转到了国内……

戴安妮理了理卷曲的白发。距离她上一次回国已经过去许多年。蓝天下的草原令人陶醉，引发她深思，幻想大地与时间的关系，你会忧伤时间到底为何物，何时终止，又垂注到了哪里。白云苍狗，世事沧桑，命运的环圆形需要闭合了。

“现在我要回去了。人生的结局就是这样。”

侄孙隔空谈了一些稀奇古怪的想法，着实把她吓了一跳。惊奇，也很赞赏。

做事情就要着眼大势，站在阿尔善看阿尔善，怎么行！此前，她更多的是从亲情回望母土，这次她决计以一种“无用之用”，回望人生一样蓬勃的草原，进而构建起自己的“有用之用”。孙子请她创作一部实景舞台剧，展现在世界面前。她欣然应允。

红彤彤接天连地，一点黝黑在舞台上翘首寻觅着什么，猛然间光柱打到中央，光柱下面，那是一只落单的精灵。百灵鸟左顾右盼，那么惊恐，那么渴望，用灵巧的嘴梳理着羽毛，向远方眺望，叽叽喳喳，伙伴们快要飞临辽阔的草原。远方的天际线，风霜雪雨四季变换……

戴安妮急迫地想要见到南斯日玛。她必须去见，第一次听到她的下落，就决心寻找了。一犹豫，倏已经年。通过卡尔梅克喇嘛，她有了一丝线索。就算不是为了剧情，她也要把这个傻女人当作特别的礼物带回来，交还给哥哥。

在大海一样辽阔的草原深处，明根摘下腕上一刻不离的紫檀手串，捧在手心亲吻，听到洋奶奶要找她的姥姥，她激动得泪都下来了。刚刚唱过的《罕乌拉》，穿过草原一样宽广的海洋，引得戴安妮浮想联翩。这首长调原本由她的哥哥传唱，后来是南斯日玛、宝力道，一路传承到明根，已是奇中之奇了。

唐人有诗云：“胡马，胡马，远放燕支山下。跑沙跑雪独嘶，东望西望路迷。迷路，迷路，边草无穷日暮。”那是在祖国宝岛，老师在讲台上读，讲台下的戴安妮如同看到可怜兮兮的自己。

近期，重读几年前在阿尔善草原记录下来的一大本民歌，她突然有所感悟，哼一哼不同曲调的歌，会不由自主地和前人交流交融，感知他们的思念、感恩和爱。每首歌说来都是一段历史，一段当时的社会风貌，活动着生动无比的人情世故。不仅古诗，古歌亦是。她多么希望阿尔善草原的孩子们都能认得自己身边的这些宝藏。

而心头浮现的疑问，需要飞过去遍访名家，面对面求教。比如蒙古族长调中歌颂母亲的歌，其艺术质量之高、数量之多，堪称举世罕见，而其中尊母恋母情结的社会条件和历史根源，她却知之甚少。再比如《罕乌拉》《月出之光》，背后有着怎样的故事？

通过勤快的明根，戴安妮已经隔空录制了好几位长者的歌声。努恩吉雅也动员好了，这次回去就让她唱一首苍凉的《努恩吉雅》……

甘顶寺，那是善男信女的圣地。只有意志坚定，一生潜修，历经千难万苦才能到达。在条件艰苦的旧时代，更多的人是走不到半路的。所谓的远，并不遥远，戴安妮一路辗转很快飞了过去。其实，现代社会的一个远，更多的只是一个人的心理感受。

那山唤作莲花山，古寺古树依山叠砌，相互掩映，景致壮丽。早上一起来，她就奔了出来，转眼工夫外面已是潮水般涌动的同胞。她犹豫了，去哪儿寻找南斯日玛？长号海螺号发出此起彼伏的震撼声，两千名喇嘛正在肩扛手抬一面巨大的堆绣，沿着山路走到半山腰。东方第一缕曙光照射到了大地，此时正好，只见众喇嘛缓缓地放开，佛像从山坡一直铺放至山脚，徐徐展现在成千上万信众游客面前。晒佛仪式蔚为壮观。听说四种巨大的堆绣佛像，每年只晒一种，今天晒的是宗喀巴佛像。

经卡尔梅克喇嘛引见，戴安妮拜见住持，得以瞻仰了宗喀巴大师画给母亲的自画像。突然间心静如水，出来前的种种焦虑消失了。命运让她找到了，就是找到了。找不到，那是命该如此。

至尊唐卡，戴安妮得以亲见。随同自画像，大师的信件同样至为深情：

于我情深似海、恩重如山的慈母协萨阿曲及所有兄弟姐妹们，你们是否安然无恙？

儿于今日收到你们托富商诺日桑布从远方带来的物品——母亲的发辫、妹妹做的氇氆垫、弟弟在西宁买的象牙念珠，以及父亲用了多年的转经轮，为此我充满欢喜。

这些东西带给我一种你们仿佛就在身边的亲切感，特别是当我看见母亲的银发。往日我在故乡的时候，双亲年少貌美的样子历历在目。即便反复忆起师尊，告诫自己诸法无常，仍难断心中思念之情……

游人如织，跟随阳光的疏离，戴安妮行走在殿堂之间，一切显出超然，一天如何能够。那就慢慢地走，静静地看。听说寺内珍藏着浩如烟海的历史、文学、哲学、医药等方面的专著，多少学问家穷尽一生是否能够学到一二？何况是她。

第三天，她从喧嚣走近周边的幽深。那里是僧侣居士歇息饮食、感受人间烟火之处。僧舍和民居建筑群围绕着山体和宏伟的殿宇，错落有致，风格独特。她抚摸红色的墙体，多么想要走进里面，多么希望遇到寻找的人啊！

六十多年悄然过去了，就算南斯日玛出现了，又如何认得？

夕阳照在了，
起伏的大地上。
西边是茂密的森林，
东面是长长流淌的阿尔善河……

伴随弥漫在空气中的清风，一股似曾相识的歌声正在不远处的屋舍里飘荡，经过晨雾一粒粒细碎的碰撞，由远及近，穿越而来，风箱一样在耳膜边响彻。戴安妮愣怔在那儿。

还有那，
巍峨神圣的罕乌拉山，
护佑草原吉祥平安。

歌声千回百转，像是含有了佛乐的空灵。这不是明根唱的《罕乌拉》吗！怎么会出现在甘顶寺，莫不是放的音响。不对，莫不是——？

突然间，她浑身战栗，下意识地要疾步推开大门走进去。可是双腿灌铅，立在那儿，迈也迈不动了。都说南斯日玛万念俱灰，不来相认，岂不永远错过？

誓你之言，约我之心。站立在那儿动弹不得的戴安妮，有如神助，已经脱口吟唱：

月光打在弯弯的阿尔善河上，
打碎的银子轻轻流泻。
小草舒张，
抖动身上的露珠。

阵阵的草香弥漫在月夜，
他们睡下了。

她泣血回应。阿爸额吉在高高的山上望着她，鼓励着她，今天是一对兄妹之歌重逢的吉日！

望向展过巨型唐卡的山坡，那儿传来阵阵的风声。亲人们一定藏在了后面。她顿时泪如雨下。

一位居士走了出来，久久地凝望。

她的脸庞，经过了岁月的磨难，沉静无比，双手不知不觉已经攀到戴安妮身上。戴安妮醒了，步履顿时变得轻盈。循着歌声，红墙碧瓦下，两位岁月老人什么也没有说，颤巍巍紧紧地拥抱在一起。

南斯日玛早上起来，心神不宁，回到居室静静坐下，稍好一些，站起来不知怎么就哼唱起了埋藏在心底的古歌。她告诉艾义思，自己原本要和众人一同出行，没想到记错了时间，将昨天记成今天，便留了下来。她很少记错时间的，因为出行很少，半夜醒来还确认了两次。现在终于知道了原因。

三天三夜，她们把过去的岁月又走了一遍。

第十一章

草香

一

太阳升得老高，白茫茫的草原晃得人睁不开眼，远处雄伟的罕乌拉山蒙着一圈淡蓝色的雾气。牛群卧在霜雪闪亮的牛栏里吐着白气，有几头站起来伸了伸懒腰，银鬃栗色马在远处的梁上低头吃草，百灵鸟藏在四面八方不停地鸣唱。

生活还是原来的那个样子。

喝过茶，巴特尔过去抓了马，赶着牛群出发了。合作社已经在账面上统计好了每家每户的牲畜头数，今天统一数数，先要账物相符，之后再作下一步的打算。东方开阔的草地上一个个黑点，驱赶着一团团白色、红色、黄色、黑色的云在不停地流动。雪原上各种声音交织，显得异常通透而且响亮。近了，那是牧人们策马挥鞭，追赶着羊群牛群，滚动在晴空万里、辽阔无垠的草原怀抱。忽然，对面出现了一个黑影，越来越近，风驰电掣般俯冲下来，升腾起一股股白烟，冲到面前猛地站住了。马上的人英姿飒爽，皮帽系在脖子上，露着一头漂亮的头发，小革命赶来了。他管羊，忘了牛，特意绕过来安顿。

“巴特尔，你负责数牛。”

“哦，好。”

巴特尔早作了安排。他往远处挥了挥手，牛倌们看到了，赶着几群牛，冲他而来。牛群特征十分明显，有西门塔尔牛、黄牛、黑牛，还有新品种大山牛。每个群里总有一两头逞能的，横冲直撞，丝毫不听牛倌们的呵斥。巴特尔不信这个邪，只见他立在马镫上，认准一头硕壮的犍牛穷追猛打，一直赶到西北山坳，然后又飞奔回来，接二连三地轰赶自以为是的家伙们。这一招儿灵。在大伙儿的合力驱赶下，几群牛终于成功汇合了。各路牛王有的当仁不让地站在前面，有的悄悄藏在后面，彼此打量，观察动向，唯恐妻妾孩童们被拐走，被特殊的气味吸引过去。于是用它们熟悉的方式吼一吼，稳住阵脚。于是在整个大群里，一个个小群围成一小圈儿僵持在那儿。只有备受呵护的牛犊任性，甩动小尾巴打开缺口，冲到中间互相打闹，很好地稀释了牛群。

一溜烟，小革命奔向羊群汇集的地方。那是夏天给羊群药浴驱虫的大池子，进口宽阔，出口狭窄，里面除了一层浮雪，正好利用。又来了十来个牧民，大家在马上围成一圈，碰头分了工。小革命站到石头堆砌的池子上指挥，两个牧民把住出口的铁门，留出羊能够挤出去的一条空当。

羊倌们欧欧吆喝，手拿鞭子驱赶羊群，一群接着一群，赶进干池子。羊群左拥右挤，前头的瞥见了铁门，一蹦一跳，挤了出去。羊倌吆喝吓唬，用长皮鞭没头没脑地乱抽，嘴里嗨嗨大声叫唤，后面的羊群推着前面的羊群，于是乎鲤鱼跳龙门一冲而过。大家不喊了，除了两个把门的控制流量，其余的人飞快地点着指头数羊。这是一种很方便的方法。

过来帮忙的几个牧民，头顶飘动着一圈圈哈气，倚着套马杆站在后面，防止个别羊趁乱炸出群，津津有味地看热闹。突如其来的壮观场面，除了岁数大的牧民结束大集体分配牲畜时见过，年轻人还是头一次经历。

当牧人们赶着数过的羊群浩浩荡荡赶向西北山梁，远处有个人赶着一群羊，急匆匆朝着他们过来。那群羊离大群越来越近。那人也不管，向小革命几个人迎过去，马蹄下的雪嚓嚓作响，往后甩出一捧一捧细碎的雪块。小革命一看是短墩墩个头儿、圆胖胖大脸的白金山，袖手拎着长鞭。早年间从农牧场入赘到嘎查，也是老户了。油腻腻的部队火车头棉帽看样子有些年头了。

“金山叔，这是跑过来捣什么乱。”

“书记，我家也想加入合作社。”

“您把羊赶进来，混了群，少了一只两只怎么办？”

“数过啦，山羊四十八只，绵羊一百零三只。”

“哦，您想好了再说。”

说话的当儿，小群羊飞快地插向大群，转眼不见了。存心就想混群，有备而来的人，一时还是有些吃惊，看了一眼小革命，张嘴想要说出什么。小革命假装没有看到，干脆不理他。合作社不是车马大店想进就进，也是有规定的。他抖一下缰绳，磕了磕马镫，提马就走。白金山见小革命不理不睬，从后面策马追了过去，好不容易齐头走到一起。他家就在附近，可以喝喝茶，慢慢聊。心想，王八蛋才舍不得，干吗那么不相信人呢！儿子南丁、儿媳妇小花可以作证，他们一起数的。要不是他俩闹，他才不干。

羊群游动到山梁阳坡无雪的地方，漫坡散开，足足有一两里地长，差不多有一个团！这是嘎查实打实统率的一支大军。俗话说得好，“天色绝不是靠雄鸡啼鸣才亮起来的。”牧业合作社拆除了以往形成分界的网围栏，正如人们有过的疑虑，整合出来的草场面积一定不会变大，也不会缩小，可是使用面积无形中放大了。草好的地方放羊，沙地养牛，四季转场，实行分区保护，用不着担心亏了谁、肥了谁。

夏营盘“朱斯郎”，要选离水源较近且蚊虫较少的地势高的草场，保证牲畜采食抓好水膘。而秋营盘“那木尔扎”，就得到碱韭、蒙古韭、木地肤等饲草多的地方，有利于牲畜抓油膘。“额布乐哲”，字如其义就要到冬季枯草高的草场，离贮备干草的地方较近。能应对雪灾，就是一个好的冬营盘。道理简单又深奥，就要靠合作，一户不能少……

要说风险，小革命说了：“赔了算我们干部的，赚了都分给大家。”

“真是吹牛不上税。”白金山笑眯眯地望着小革命走远，略带狡黠地暗暗思谋。从他的外表，可以断定他一生都在不停地辛苦工作。他有一种普通牧民所特有的态度，直率、热诚而又不失圆滑。

永青扎布又活络了，老年痴呆从他身上一时消失了，说起话来头头是道。家有老人，如有一宝。巴特尔、明根在砖房前面支起一顶崭新的蒙古包，把老人家接了过来。努尔金打过来一笔购置蒙古包的费用，被他们原路退了回去。永青扎布爷爷为嘎查作出过贡献，是大家都很尊敬的长者，也是他们两家共同的宝贝。钱谁出都一样。也不知努尔金在忙什么，自从上次过来见了一面，还像当年那样消失，无影无踪了。

明根皱眉鄙视。

“哼，又遛了。真是胆小鬼害怕自己的影子！”

艾义思要来，还要把南斯日玛给找回来，永青扎布只希望早日见到。那个时候，年迈的阿爸额吉始终固守着一个执念。得不到女儿的消息，就有可能活着，说不定哪一天从前面的山包走了过来。于是早上喝茶，除了自己的碗，他们还摆上给艾义思预备的碗。如果哪一天女儿真的推开门进来，马上就能喝上一口热热的奶茶。尤其上了岁数，他们天天坐在扔到蒙古包前边的勒勒车上，向着远处罕乌拉山脚的那条弯弯曲曲的小路眺望。阿爸逢人打听，打听最多的是买卖沁李掌柜。解放前他是咱们党的内线。相识几十年的李掌柜也老了，耷拉着脑袋装聋作哑。如果花上钱出趟远门，能替他们寻回来，一定在所不辞。也比这样不停地唤起他的无助，让他安心一些。供销社只卖烟酒糖茶日用百货，他如何知道！说起来，他打小也是一个苦孩子，长到十一二岁没有穿过裤子。十三岁上跟着拉骆驼的父亲跑张库大道。父亲害急性痢疾命丧驼道，他继续当小驼夫。后来在好心人的帮助下，落脚到阿尔善。

到了夏天的夜晚，阿爸吹灭了灯，有时毡门也不关，怕女儿回来听不到动静。没想到，这一等，等到黑发变成白发，等到他们被煤烟熏倒……

刚刚开春，阿尔善嘎查筹备日久的股东大会就要召开了。

永青扎布穿上崭新的蒙古袍，头戴浅黄色礼帽，可见对参加大会的重视。巴特尔过来接老人家。听巴特尔絮叨，他眯起一双闪着亮光的细眼，似懂非懂。

“我看你们的合作社倒有点像从前的互助组。”

“除了您，还从来没有人这样说过。”

“人有高矮胖瘦，能力高低，大家共同过上好日子，必须合作互助嘛。这才是咱们的社会主义。”

“还是您老觉悟高，可还有不少人不想加入。嘎查又不能命令。”

永青扎布没有说话。当年，他们盼着打破大锅饭，解决好吃懒做的问题，实行畜群自有，草场由牧户承包使用。结果畜群小而全，正常畜群结构遭破坏，集体经济一无所有。与此同时，草场被分割，无法轮牧，牧民只能在自家的承包草场放牧，一年四季反复踩踏，结果草场出现退化、盐碱化、沙化。尤其人们的脑壳一味由着自己，不出问题才怪。

会议还没有开始。小革命沙哑的嗓门最大，找到位子坐好，看好自己家孩子，会议马上开始了，他絮絮叨叨维持秩序。小孩子好像过年，满屋子捉迷藏，疯跑。大人们抽烟的，说笑的，来晚了找地方坐的，你一言我一语，属白金山的声音最高。坐在前排中间位置的永青扎布耳不聋，这帮人吵吵嚷嚷，舌头对着嘎查最卖力的人。

他有些气恼，会上不说、会下乱说，成何体统。他走到前面从小革命手里拿过话筒，看了看没线，不知声音从那里传过去。大喇叭，包红绸的话筒，他不陌生，早先生产队没有这个玩意儿，可不行。他用手敲了敲话筒。

“毛主席他老人家说过青年人好像早晨八九点钟的太阳。有些人不要再说那一套过时的东西，什么嘴上没毛、办事不牢，现在有这么好的政策，有这么好的年轻人扛着红旗在前头跑，还不是为了咱们嘎查牧民都能过上好日子。你们不要小康，我老头子要！”

多说无益，坐回原处。他想起少时怀揣回来的红旗，有人说成是他扛回来的，这怎么可能！当时还处在封建王公和白色恐怖的双重压迫下，只有共产党领导的人民军队才真正实现。他又想起困难时期，那个时候成分好的人家，蒙古包前都插有国旗。他在包前也插上一条笔直的旗杆，他心头所盼望的，就是给别人一个印象，我家也是好人， 说不定哪一天也要挂上呼啦啦响的红旗。不仅后来成为他岳父的革瓦，连阿古拉见了也笑话他，拿他没有办法。

永青扎布是智慧的化身。他那卷曲的头发稀疏而灰白，这种颜色跟他很般配，使他那张坦率的、太阳晒黑的脸显得年轻了许多。那双望着满屋子乡邻的眼睛既明亮又清澈。他蜷曲着身子，不像年轻的时候那样细长（当然看到他年轻时的人不多了）。不少人倒是从他孙子努尔金身上隐约找到那个影子。嘎查有威望的长者发了话，还别说，吵吵闹闹消停了。有人心疼拆除网围栏，那是权属，定心丸，草场连成了片，生活好像没有了牢靠。

心有疑虑的五六户牧民到外面合计，一个个权衡利弊，咬咬牙下定了决心，他们到会议室找来小革命、巴特尔。于是股东大会召开前的最后十五分钟，合作社协议书上增加了最后一批牧户。大家一五一十签了字，龙飞凤舞，怯怯如蝇，字如其人，有的想跟着干，有的还有些担心。白金山的羊群混群最早，最后一个签字。

大会开始。首先宣布合作社的规章制度。会前，嘎查领导和牧户一一协商，白纸黑字签字画押。合作社劳动力分别承担羊倌、牛倌、管理、后勤和财务工作，每个月领取工资。两千零三十七只羊，二百一十一头牛，九十三匹马，以及棚圈、拖拉机、打草机、捆草机、活动房车等等基础设置，全部入股统一经营（后加入的另行计算）。经营权流转，规模化经营。年底全部利润的百分之八十按照每户入股份额分红。剩余的百分之二十，一半用于基础设施建设、临时用工支出和扩大再生产，另一半用于给合作社老年人缴纳养老保险，奖励考上大学的孩子们。

第一项议程，大伙儿举手、鼓掌，一致通过。

第二项议程，合作社化解入股牧户债务风险。此前嘎查两委班子商量，着手解决低收入牧户普遍存在的债务多、负担重、生活水平不稳定的问题。这个问题比较普遍，也比较棘手。巴特尔咨询过何律师，还到苏木司法所，他们认为完全符合法治思想、法律要求。如果股东大会上群众一致通过，就立即付诸实施。

主持会议的巴特尔刚刚提出来，下面你一言我一语，会场炸了锅。穷户，还有让贷款压弯了腰的牧民喜笑颜开，松了一口气。富户有些愤愤不平，觉得吃亏，一个个阴沉着脸。小革命拿过话筒，他又来气又高兴，群众有想法，证明他们走对了。

“我们准备用整合后的草场作为抵押，以合作社的名义进行贷款，用这个贷款偿还之前属于入股牧户个人的债务和贷款。”

停顿片刻，等到会场静下来，接着说：“嘎查拿出来的思路和办法是，牧户将部分草场转让给集体经营三至五年，由合作社承担牧户债务、负责偿还贷款，通过转移风险，让牧民彻底摆脱没完没了的债务危机。”

上午的会议在嘈杂中结束了。

中午管饭，有面包、火腿肠、酱牛肉、奶豆腐、盒装鲜奶、奶茶，大伙儿围坐在一起，连吃带喝。听说都是合作社办的厂子做的，瞪大眼睛不敢相信。说白了这是嘎查培育新型牧业经营主体的一次展示。他们昨晚才从厂子里拉过来，连夜摆放整齐。小革命一一介绍，听起来像是单口相声。目前已经成型的产品有冷冻鲜肉和这些琳琅满目的熟食制品。就说肉制品和奶，从饲料种植、养殖到屠宰、加工、销售产业链，每一块都需要人手。合作社吸纳的全体牧户，只要肯干，都能致富。

南丁最小的弟弟昂琴腼腆地坐在主席台上。这次股东大会吸引了从嘎查走出去的三名大学毕业生回到家乡。返乡创业有股份，还有工资待遇保障。小伙子现在是理事长助理。阿尔善草原足够宽广，从嘎查走出去的孩子回来完全可以当一只展翅翱翔的雄鹰、成为一匹飞奔的骏马，草原的未来终究要交给年轻人，牧区振兴还是要依靠知识文化。现在嘎查党支部，牧业合作社，新成立的以动物卫生、诊疗、疾病预防为主要业务的畜牧服务有限公司，大学生比例超过了六成。这是一笔长远账。

二

下午的培训，第一个上台的是永青扎布。马群和草场退化有没有关系，大家都想听一听。永青扎布没有多少文化，又不会讲课，拗不过巴特尔，就当和乡邻们唠家常了。他那因为紧张而泛红的脸上渗出了汗水，抖动干瘦的大手，捋了捋白胡子，眼睛变得柔和起来，闪过一丝笑意。

“现在草场上的针茅多了，这种草，羊不喜欢吃，马却很喜欢。返青时马群把针茅尖吃掉，切了草尖它就不怎么长了，其他好草就开始长。没有马群，这种草得不到切割清理，自然就占优势，影响其他草的长势。所以现在咱们草场上好草逐渐少了。旗里下发的《致牧民的一封公开信》就很好，要求咱们严格实行隔年轮刈制度，植被盖度在百分之三十以下、草群平均高度在十五厘米以下、干草产量在每亩三十公斤以下的草场禁止打草。在轮刈的基础上每打草三百米宽，保留宽二十米以上的草场植被作为草籽带，留茬高度不低于六厘米。留的茬高一些，除了留下草籽，还靠留茬留住大风吹来的牛羊粪，让草原更有肥力。另外，马群在草原上来回跑，把草籽，还有花粉打掉撒落在地上。马蹄像刀刃似的，踩下去就是一个坑，等于种了草籽。现在草原上马少。草场上为什么到处是针茅、沙蓬。就是这个道理。

以前遭遇雪灾，我在前面放马群，羊群在后面就吃到草了。因为马聪明，能用蹄子把又厚又硬的雪层刨开，露出下面的干草。所以人们常说只要马群在，牛羊就不怕了。马喜欢当开路先锋，最不喜欢吃被其他牲畜踩踏过的牧草。马特别喜欢跑，一会儿在山坡，一会儿在平地，一会儿又在河边泡子里站着。暴风雪天，必须不停地跑，用跑来热身，防止冻伤。圈在网围栏就不行了，跑一会儿站在那儿，低着头，一口雪一口干草地嚼，屁股瘦成三角，实在可怜。长时间站立，身上就会受凉虚弱，尤其母马，身上着凉容易流产。以至于有的马像毛驴，根本就不能成为骏马。

现在去哪儿找我的黑旋风那样的好马。有时为了黑旋风少受些管制，我好几个钟头不声不响地牵着它吃草，一点儿也不腻烦。它吃饱了，好像我的肚子也鼓了……”

永青扎布从黑旋风又扯到海骝马，好像海骝马机灵得过分，已经来到外面正在翘首等着他。这堂课生动有趣，在欢快的说笑声中结束了。

阿古拉重点讲了网围栏。

草原上普遍使用的网围栏，尤其随着第二轮草场家庭承包制的全面实施，逐渐成了被定居放牧、农田种植或是畜牧饲养化最为普遍的草原建设项目。有人戏称网围栏是改变世界面貌的七项专利之一，经过三十多年的推行，限制了牲畜采草范围，导致常年在狭小的草场内重复放牧和不间断践踏，剥夺了牧草恢复时空。被分割的草场与外界植物群落基本隔绝，无法接受不同牲畜用体毛、粪便传播的花粉和种子，使得植被群落日趋单一化。如今，草原植被密度、高度下降，优质牧草减少而劣质牧草增多，植被种类也大幅减少，似乎已成为不争之实。经过多年的检验，在带来一系列新的生态与社会问题的时候，未能出现专家们曾经所断言的那般神奇和无限美好，更没有产生当年极力吹捧的，普遍“提高草产量二至三倍”的新西兰或加拿大式效应。

阿古拉讲的这些理论有些高深，他讲的故事，在座的牧人也没有听说过。

铁丝网是十九世纪由一个叫约瑟夫的美国人发明，据说这和他的牧童经历有关。约瑟夫一边放羊一边看书。在他埋头读书时，牲口经常撞倒用木桩和铁丝围成的栅栏跑到附近的田里偷吃庄稼。牧场主十分恼火，炒掉他已经不只是时间问题。约瑟夫不想丢饭碗，他发现羊很少跨越旁边长满尖刺的蔷薇围墙。一个大胆的想法浮上心头：为什么不用细铁丝做成带刺的网呢？于是他把细铁丝剪成五厘米长的一小段，然后缠在铁丝栅栏上，并将细铁丝的末端剪成尖刺。果然偷吃庄稼的羊没有了办法。约瑟夫再也不必担心会被辞退，可以继续看他的书了。

颇有商业头脑的牧场主开设了一家工厂，专门生产这种新的放牧栅栏，生意火热。牧场主开始为手下牧童的发明专利热火朝天地工作。后来，网围栏引进来，大家都是实践者。

众所周知，农村联产承包制大获成功，农民生产积极性空前高涨。于是，这个政策套用到牧区。广袤的草原按人头分割，分包到户，产权分明，从国外引进来的网围栏派上用场，方便了牧民在自家草场，按不同季节、不同地块轮换放牧，解放了他们的时间，无需全天守候，只要早晚把牲畜赶进去就行了。但是任何事物都存在矛盾，阿尔善草原着手治理退化沙化难道不正是一个例子吗？

两个小时的课，大屏幕上图文并茂。大家听得来劲，看得新奇，一个无解的设问，结束讲座。阿古拉摘下老花镜，看了看下面的小革命、巴特尔、永青扎布和熟悉不熟悉的牧民朋友们。没有真诚人文关怀的研究是虚伪的——这是他们的活动给人们的另一个教育。阿尔善了不起的牧民们自己当然不会知道，他们已经把看似深奥的理论戳破了。拆掉网围栏，拆除了发展的壁垒。鼓励养马，提高生物多样性。

回到家，巴特尔把录下来的课翻过来再看，听得出神。亲近的长辈嗓音有一股磁性，亲切自然，娓娓道来，巴特尔听着听着流出了眼泪。明根又一次大为惊诧。以前每次提及阿古拉教授，他就显得极不自在，这又是怎么回事？她负责剪辑两位长辈的讲座，一土一洋，发到视频号上非常受欢迎。

小革命到旗里接来阿古拉教授。老人家从首府直接飞到了贝勒旗，自从有了通勤机场，出行大为方便，以往长途班车七扭八拐跑三天，现在只需要一个小时。小革命把萨仁也一同接了过来。牧区最难得的就是每一次的革新，请大教授做客牧民讲堂，她当然跟进报道啊！

一段时间，小革命有事没事往旗里跑，谁也不奇怪。一定又去找萨记者谈一些人生的关键。萨仁走起路来，马尾辫有规律地上下左右甩，眼睛迷人闪动，心脏已经进入小革命的狙击范围，就差那么一丁点了。有一次，他到贝子镇，跟她打了一声招呼，不见了。

到了周末，萨仁左等右等不见他的踪影，破天荒找上门，小革命一个人干坐在专卖店，一副愁眉苦脸的样子。她猜出了大概。牛羊肉多了，品种丰富了，门店勉强维持，看样子快要塌了。

“让你装大尾巴狼，这回装不下去了吧！”

“你们城里人这是怎么了，就会欺负我们牧民。”

“一说话，城里人乡下人，看你那点志气。”

“说得轻巧，那你卖，理事长归你。”

“现在全国大市场，人们的消费习惯变了，你们不变怎么行。”

把合作社的牛羊肉卖出去、卖得更远，光靠商铺零散买卖，绝非长远之计。萨仁说了，必须迈出直播带货这一步。

小革命不是没有想过，可他们请不起网红，又没有自己亮眼上镜的人。萨仁扑哧一乐，努了努嘴。

“我？”小革命脸红心跳，他怎么可以。

“试一试嘛！”萨仁掏出手机，手把手教，小革命紧张得眼睛都不知道往哪儿看了。也不知是她拍得好，还是小革命原本就帅气，画面中他的样子还挺逗、挺上相。小革命咬了咬牙，豁出脸面，拼了。

等到月上梢头，视频总算在手机上编辑制作完成。萨仁笑得直不起腰来，只觉得又做了一档不错的节目。小革命打着呵欠，他不放心，怎么也得用专业设备吧。萨仁说了，这样最真实。他抬起手腕一瞅，都已经过了午夜，应该带萨仁去休息，他想着这等好事，头一歪，趴在桌子上睡着了。

萨仁把视频发到网上，才松了一口气，轻手轻脚关了灯，在行军床上躺下来，今晚只能这样对付了。睡意蒙眬中，她比往常略显温柔地瞟向他，觉得嘎查书记嘛，有颜值更有产值，不免平添了一份爱意。黑暗里，头一点也沉了下去。

第二天一早，小革命被父母的电话吵醒，夜不归宿不说，还在那儿丢人现眼卖肉。怎么回事？他们早起看手机，冷不丁看到儿子龇牙咧嘴的样子，不过磕磕巴巴的普通话倒挺利落。

还别说，有人欣赏他的油腔滑调。一天下来，小到一包牛肉干，大到整箱冷鲜肉，牛羊肉大大小小往外足足发了三七二十一件。被逼上梁山的小革命，心惊肉跳，一时喜忧参半。他想好了，没有名胜景区，就拍家乡最自然的风景：悠闲晒着太阳的牛，阿尔善特有的肥尾羊，骑马放牧的牧人，干净整洁的制作过程……萨仁说了，这样最打动人。

一阵风，小革命带着萨仁来到罕乌拉涮肉坊。

想想两个人待在一起已经一天一夜，太不可思议了。吃着，笑着，小革命不知怎的想起这几天贝子镇风传的一件奇事，他大着胆子问，记者总是知道挺多的。

“听说有个女的把另一个人的舌头咬了，是咬掉了吗？”

“你连这个都知道？不要紧，伸出来试试。”

“我不敢。”

“怕我咬掉？”

小革命壮胆把舌头伸出来，吓得闭上眼睛，好像真的会被咔嚓咬掉，然而却被另一个温暖而柔软的东西碰了一下。

萨仁凑过去恶作剧，羞红了脸，埋头喝茶。

小革命心花怒放，趁机伸过手臂轻轻搂了搂她的后背，还想着贪得无厌地继续用舌头吸住另一个舌头。萨仁噘嘴，站起来倒茶，往铜锅里加菜涮肉，躲闪开了。

"我就是这样的人，你可不要胡来。"

"好吧。"小革命有气无力地说。

他多次鼓动萨仁，搬到他的楼房，空着也是空着，让她一个人想怎么住，就怎么住。萨仁说了，不住，照样租房，还真没有动弹的意思。两人彼此大有离也离不开的架势，老大不小了，可还是那么拖着。哪像明根年轻时那么傻，感觉合适了，直接叫过来睡到一起。巴特尔亲口传授过经验。小革命学不来，他也很想她的美丽和她那使人沉浸其中的柔情。萨仁这人，说胆大吧，骨子里还比较矜持。

股东大会圆满结束。

经过了满满的一天，牧民们带着收获，驾车的、骑摩托车的、骑马的，还有附近步行的，一一奔向已然亮了起来的灯火人家，他们的四周是充满希冀的广阔原野。萨仁的镜头从远处切了过来，她拿着话筒娓娓道来：

拆除昔日的网围栏，阿尔善嘎查牧民们心焦心疼的碎片化草场，彻底连成了片，这是国家草牧场确权改革政策给他们吃了定心丸。牧民、牲畜、草原，游牧系统的三个要素形成了天然的相互依存和相互制约的关系，传承千年且独一无二。现在就是要把促进生产力的传统恢复过来，活力要素挖掘出来，人和牲畜动起来，草场既能得到恢复，也能得到均衡的营养，这样才有草原和咱们老百姓美好的未来。新的时代，唯其新……

让人意想不到的是，合作社蹦出来一个新工种——马倌。拆除网围栏时有人还担心散养的马。人以群分，物以类聚，没几天散养马自然成群，房前屋后，在松了绑的草原上，已经习惯了自由自在地奔跑。还别说，好几个人想当马倌。

谁又不喜欢马哪！

马群是草原的象征，没有马群的草原有什么意思。赛马、选马倌，这是按着永青扎布的主意来的。小型赛马会是永青扎布所喜欢的一种仪式。大概是因为最能展示男子汉的气魄吧！这种仪式，永青扎布年轻时时常参加，并不觉得新奇。据说现在那达慕大会因经费关系，还有一堆审批，不是说办就能办的。于是他鼓动巴特尔举办了这种想到了可以找个场地，随机就能办起来的小型仪式，或者民俗活动。这不，轰动阿尔善嘎查，周边其他嘎查来了那么多人马。多么热闹啊！

巴特尔对老人家非常敬重，他在牧业生产上的每一步，无一不是老人家的真传。老人家一辈子骑马、爱马，大集体时是生产队的马倌，草畜双承包，马群没了，每家分下来两三匹，别人家卖了马，买了摩托车，他却一直骑马，还替别人家养了几匹。在他小的时候，一眼相中了他家的小海骝马。

马倌嘛，不必劳心费神，他已经物色了一位。

三

带着努尔金交给的香册，吴楚克走了。

努尔金奇怪，他和吴楚克本来就不是真的，每天插科打诨，结果却准确无误。刺激又吸引，他已经越来越觉出吴楚克的好来。一追，她痛快地答应了，说了一声，“那就试试吧！”

“咱们回阿尔善，我放羊，公司归你。”

“上次做梦，把我当成明根还不够啊，缺了德的。答应让我骗了，我就去。”

“千万别，我还想传宗接代哪。”

“就你，不够格。”

“我不优秀吗，还是怎么着！”

“把秘方交给我。”

“胆大妄为，真敢想。”

“怎么，我——不——可爱吗？”

真事隐，假语村言。两个人戏谑中却是托付了人生的重大。来来往往的一年里，他们暗暗地完成了彼此的试探。吴楚克多次表达出对香册的浓厚兴趣，她想运用生物工程技术另辟蹊径。努尔金翻来覆去想，吴楚克心地纯洁，有文化，胆大心细，就算不是他心心念念的女朋友，也一定是“豁日黑之人”无疑了。

薄薄的香册手抄本，封面无字，因滴落过水滴（泪滴？），而致大半页洇了，模糊不清。右下方钤黑色阳文“ᠣ”字方印，倒也清晰，增添了一分古朴雅趣。扉页上是那首短诗，如同藏着一个悠悠久远的隐秘故事。内文由蒙汉两种文字穿插书写，有的地方用汉字，有的地方用蒙古文，有时交织在一起，旁边手绘草木插页，标注寥寥数语。香方手册整齐干净而漂亮，是民间手稿中难得的上品、艺术品、珍藏品。吴楚克第一步拍照，好不容易保存下来的手抄本再也经不起折腾了。有的地方粘连在一起，须用镊子一点点揭，每一页翻动一次足矣。

吴楚克沉浸在时间的香方里，香的隐秘、曼妙、营造，不经意间想象自己就是制香手艺人，拿着一把镰刀，背着背篓，采撷天地草木之灵气，时时又化作一缕萦绕的情愫，于无尽处观看寻常人家的忧喜。这是一次奇特的历险。就说其中用香的精致，完全超出了她的想象。

熏衣兰花香，属沉香型、药香型。黑角沉半两、丁香一分、□□半分、□茶末一钱、麝香一字、定粉一米粒。按照方子把材料制成香饼、香丸、香末，做不同方式的使用。此方字迹磨损脱落，吴楚克心生出了不小的遗憾。

赫然在目的公主香。蜘蛛香一两，白芷半两，零陵香半两，砂仁半两，丁香三钱，麝香五分，当归一钱，豆蔻一钱。制作方法看起来简单，谓之“共为末囊盛佩之”。仔细辨认配方，一个个气味丰富，明朗绮丽，透露着王族的高贵。

吴楚克的心，裂开了一条缝隙，如一次强烈的地动。研二时，父亲的一通电话，云山雾罩，把她空降到了阿尔善。这是一个梗，打小埋下的。

有一次，努尔金聊起她的父亲。她默不作声，看他喋喋不休，她不由得皱了皱眉头。

“有完没完，你是二十一世纪的奴才啊，肉麻。”

“我说你爸好，可没有想着巴结你。”

“好什么好，教了你什么？”

“哎哎，你这态度，还是当女儿的哪！”

“女儿怎么了，烦。”

“没有你爸能有你，能上大学，能读研究生，能到阿尔善，能认识……”

“能你个头。没我爸，没你，能把好好的阿尔善河断了？”

“没我们，还有别人，现在咱们这不是在治理吗！”

“就你，就咱们这个小公司，你是不是在做梦？”

真人CS，正酣。努尔金使用五六式半自动步枪，打一发，拉一下枪栓，接着再瞄准。吴楚克用的是更为先进的八一式轻机枪，疯狂扫射。

两军对垒，步枪机枪砰砰哒哒哒交织在一起。战事遭遇阿尔善河，阿尔善水库，阿尔善河断流，努尔金很快败下了阵。那是努尔金的痛，他的痛醒了，阿尔善河不会醒，还那么一直一直断着，下游还那么苦巴巴地盼星星盼月亮。

吵过了，静了。其实他们吵，也不是想着谁说得有理。吵过了也就过去了，纯属抬杠。

从阿尔善草原腹地走出来，转眼又过去了一年。自以为了却了一桩心事，她到底还是离开了。阿尔善草原美，美得让人忧愁，让人生疼，使得她没着没落往下沉。手机不停地咔咔拍，听起来像一只蟋蟀在歌唱。难道她的心丢在草原，丢在灰蓝颜色的海子了吗？那一次在越野车上讲完故事，她发现努尔金一双闪着泪花的细长的眼睛，像极了墙上成吉思汗画像上的眼睛。

许多人会说，草原偶尔过去看看还很新鲜，待久了那种单调真会把人憋出病来。然而真的待久了，去多了，又会怎样哪？真的盼望起，除了她，草原目不暇接的斑斓，每位轻视的人也能得到。

初到阿尔善草原，寻找什么，她不甚了了。她以及一拨拨外来人群，他们只是一群新式工农兵，品头论足的旁观者，在认识草原法则的道路上刚刚起步。看看草原，看看悠闲的马儿，看看蓝蓝的天上白云飘。或者什么也不看，什么也不想，就那样漫无目标地行进。看到了山之茂密，看到了草木的宝藏，看到了牧人波澜不惊的生活，他们一生从事接羔、放牧、剪毛、清理棚圈、贮草这样的牧业生产。像在电视上看到的那达慕盛况，对牧民们来说，一年也就那么几天的欢快，所以也就格外珍惜，尽情投入。就是到苏木购买生活日用品时无拘无束地喝上那么一顿两顿，一年也没有几次。更多的时候，日复一日劳作，在她看来的无限单调和艰辛，他们坦然面对，乐此不疲。草原养育了牧人，牧人拥有了草原般宽广的胸怀。

所有的优美过后，任谁都会承认，阿尔善草原空旷辽远，寂寞，足以吞没任何坚强人士的任何耐性。她也曾怀恨起父亲，把她放置在这样没有意思的草原深处，还叫实习。哼，让她学习骑马，放羊，还是打草？经济技术开发区那一排红砖砌就的二层小楼，便是她的禁闭室。她想象不出还要待多久。

但是过往已成瞬息，那是怎样一种痛苦的向往啊！

离开草原，她是什么？她只是待了不到一年，身上散发了一些青草和羊膻味的都市女孩，无足轻重。辽阔的草原，巨大的矿洞，地平线上游弋的牧人，那里的颜色如此之深地记住了，而后藏在电脑，一如存进了大脑。

尤其不懂蒙古语，她的心总在那儿游离。她像学习英语那样，下了一番苦功，“厚很”是女儿，“呼”是儿子，“阿尔善”是甘露圣水，爱是“海日”。她发现蒙古语是那么的优美……

为什么，美丽总是带着泪眼。团聚的幸福，收获的喜悦，还有诉说衷肠的长调，动人心魄如《罕乌拉》。也许美丽是短暂的，欣赏总是匆匆。那好吧，就那样看着、想着、过着，在草原，在人生的季节里不停地留存一帧帧画面吧！这是个体的世界大势，这是私有的生存公式，有心人的世界，因为里面有了一个个青春的印染，便美不胜收。

她对着努尔金说着言不由衷的话，发着莫名的脾气，而且在没人的地方长哭了一番。她知道自己距离一个熟悉的地方又远了。那些景物都是世界，那些消失的也是世界。想了，爱了，就觉得没有一种事物或者存在是一无所有的。就像阿尔善草原，饱含了一切的生计取舍，那么灿烂地奉呈。

吴楚克在试验室进行第N次试验。她时而安静，时而焦躁，眼前满是神奇的想象。不知怎的，她突然认认真真地想起了父亲提过的那位牧民长者。

草原的冬天，奇寒无比，牧民们喜欢戴狐狸皮无沿帽子，轻巧暖和又漂亮。知青们想要戴上一顶谈何容易，简直是异想天开了。然而，机会来了。

吴喜德搭车到师部医院治疗冻伤，看完冻伤天晚了，他住在师部招待所。同一个房间的是一位牧民大哥。他听懂了，牧民大哥专程到红星镇供销社卖狐狸皮。每年都能打到几只，补贴家用。吴喜德眼前一亮，张口就要买一张。只要有了狐狸皮，帽子不愁做不成。牧民大哥爽快地答应了，答应一个月内把皮子寄到连队。说起来他和牧民大哥睡过的大炕，后来他的初恋南斯日玛和铜川也住过。招待所内部不成文规定，紧挨着的三个房间专门安排下面上来的人。他们浑身不是汗臭味，就是羊膻气，还有虱子。

日子在焦急的等待中，一天天过去。别说一个月，三个月过去了，天气也暖和了，仍不见皮子寄来。盼望变成了失望，又变成无名的愤怒。他后悔自己怎么就那么轻信一个素不相识的人，甚至哪个公社哪个生产队，叫什么名字都不知道。他恨死了骗走五块钱的骗子。好在没有提前显摆，炫耀他在全连第一个有了狐狸皮帽子，成为别人的笑料。怎么不让人气炸！

一年后的一天，从大学校园出来到邮电局取包裹。他并不认识贝勒旗邮东西的人。南斯日玛，怎么可能。早把他甩了，嫁给了复转伤残军人。那人活脱脱青面兽杨志。《水浒传》好就好在“招安”。

他胡思乱想。打开包裹，里面是一张熟好的黄灿灿狐狸皮。手一拎沉了下去，真是好皮子。还有四角八分钱，一张纸条。

斯赫腾乃吉：

上次回来后，我干活儿摔伤了胳膊，没能打猎。今年打了三只，挑了最好的，到供销社问了价，当时收了你五块，应找你四角八分。听说你上了大学，真为你高兴，并为没有及时寄去皮子表示道歉。

祝好！

以上是家里知青弟弟写的。

抬头为蒙古文，正文是汉文。吴喜德能用白头字母读出蒙古文，认出了“知青朋友”。心头顿时一热，两个毫不相关的句子，原来可以这么妥帖地安放到一起，这于他是从来没有过的一种感受。抚摸着柔软的狐狸皮，突然战栗了，他有一种强烈的震撼和异样的悸动。那位被他诅咒了无数遍的牧人并没有骗他，完全是他错怪了人家。

四十年过去了，他记不清那位一面之缘的牧民，可是他那真诚善良的品格，牢牢留在脑海。依稀记得是一个晒得黑黑的中年牧人，说起话来露出白白的牙齿，穿一件破旧熏皮袍。

女儿外出求学，唯独一五一十告诉给了她。

四

巴特尔、小革命跑了一趟农牧场。

说起来，这是明根牵的线。明根、王小花是闺蜜，孩子还同班。两个人时不时坐上出租车结伴去看孩子。自从家里有了车更是方便了许多。一天，她开车去接王小花，小花上车就看到了明根牛仔裤上的几条青草印。扑哧乐了，趴过来耳语。明根一直在屋外忙碌，出来时拿起衣架上的一条裤子就换，提上包，没有注意。一看，脸噌地红了，还不是上次在野外滚的。小拳一捶，嘴上不依不饶。

“怎么不行吗，要不你也试试！”

“我可没有妇联主任那两把刷子。”

“说真的，蚂蚁可讨厌了。”

“怎么爬上了你的……？”

两个人说说笑笑，又掐又打。王小花在电视上看过阿尔善牧业合作社干这干那热火朝天，听明根一路叨叨，更是真切。

没过几天，南丁、王小花两口子找到巴特尔。巴特尔打电话叫来小革命。这次他们过来，想把草场租赁给合作社。罕乌拉山北坡他家那片草场虽和阿尔善嘎查接壤，属邻近的嘎查。在阿尔善嘎查的，由他爸经营，划到了合作社。巴特尔、小革命合计，觉得当作一处夏季草场比较适合。前些年草场植被差，一到立夏，巴特尔就张罗到百十公里外租赁草场。每只羊每月十元，租赁三个月两万四，还不算投入的人力物力。合作社有了就近的一处草场走场，那是皆大欢喜的事情。那片草场还有巴特尔许多说也说不尽的儿时美好记忆。

明根出来进去，端茶续水，忙碌做饭。

双方谈妥草场租赁。南丁、王小花特别高兴。他们南下哈达图农牧场承包土地，兼而照顾家里的两位老人。草场每年临时租赁，让不熟悉的人走场打草，没人给你考虑载畜量，还在上面挖草药，反正祸害得不成样子。合作社作大事业，商定草场入股，这样再好不过了。王小花比男人还急，日子两头跑，两头不景气。两个人一同从建筑学校毕业，几年前她就用专业眼光，盯上了当年大集体时停放拖拉机、脱粒机、农机具的两排库房，东拼西凑支付了一半现金，打了欠条，买下了别人正眼瞧不上的废弃库房。老建筑结实牢靠，低价买回来移民村奶牛，热热闹闹养起了奶牛，结果赔塌了。这不堵上库房门窗，想打退堂鼓，退还给农牧场，反正大门钥匙交了，欠条在场部扔着。不省心，还没有信用，王进财看女儿女婿就来气，一通臭骂。

说心里话，巴特尔之前也盯上过那两排老建筑，位置极好，向阳避风，教授父亲此前提示合作社应重视冷季饲养。这次亏得南丁两口子过来提醒，他早忘得一干二净。

无人问津的破库房居然有人大老远跑来承包。场长偷乐。

别看职工兜里个个有钱，场子自负盈亏、自主经营，穷得饿死。农牧场倒是火了开业还没到一年的马二羊头馆。地处交通要道，旗里盟里的食客来回路过，必须停下来吃上那么一口特色，周末结伴游玩更是少不得大快朵颐。熟人熟路，有人奔过来，他硬着头皮招待，于是白条堆了一大摞。再不还，该有人请他喝茶了。双方意见出奇的一致。管他是不是冤家路窄，这次他们只谈合作。原先的地界之争交给法律。

国庆节前，阿尔善冷季牛托养基地暨贝勒旗牧区现代化“万羊万牛工程”启动仪式，在一阵喜庆的鞭炮声中隆重举行。蒙更高勒带领旗四大班子领导专程前来剪彩，可见对这个项目的重视。他从兜里掏出讲话稿。说来蒙更高勒的口才极佳，声情并茂，说起来没完，意识到这一点，每次便用讲话稿约束自己。他的讲话主要指出实现牧民增收所具有的重要意义。其中有这样的一段话：“双万工程”的实施将进一步明确贝勒旗天然草原土壤、植物种类、矿物质营养的现状，帮助选育优质的阿尔善肥尾羊种羊和阿尔善牛优质品种，提升阿尔善牛羊在市场中的品牌地位。

多方筹资，修缮一新的废弃库房，转眼改造成了标准化牛舍。其中两千平方米做饲喂棚，五百平方米做接牛犊使用的暖棚，五百平方米饲料加工棚。另一间储存青贮饲料。合作社还购买了铲车、搅拌机、发电机、撒料机，一些零七碎八的工具。合作社利用闲置库房保暖、遮风避雪的特点，发展冷季养牛，一来避免了新建牛舍的巨大投入，二来提供了良好的养牛条件，农牧场最不缺的就是秸秆。

农牧场家家也都养殖，只是规模小，基本属于自然散养。基地推出了新业务，大牌子上写着几个大字：代养散养牛。职工们一传十，十传百，还是担心牛吃不好，牛多了怕染病。后来有人掰着指头算了一笔账：一天大牛每头二十三元、牛犊每头十七元。自己放，草料饲料都得自己买，每天铡草、除粪，这是少不得的工序。现在的农牧场苦了一帮老年人，地他们种，孙辈他们进城陪读，牛放出去养，根本忙不过来。基地的喂养场地、兽医房、牛犊暖房一应俱全，加工搅拌，投喂混合饲料，都有专人负责。扣除托养费，每头牛收入净增六七百元。有人尝到了甜头，职工们跟着陆陆续续送来了三头五头散养牛。但凡进入基地的牛，牛耳都要戴上耳标，相当于牛的身份证。

巴特尔带着两个帮手喂牛，付出的辛苦不言而喻。自从建成冷季牛托养基地，他没有睡过一个早觉，更没有睡过一个懒觉。刚开始三个人轮流睡在牛舍旁边的值班室，半夜还经常起来看牛，生怕牛病了。直到步入正轨，他才打道回府。小革命每隔一段时间，派人过来换班。从盟牧科所聘请的专家还定期过来指导疫病防治。大家算是豁出去了，没有一份执着、一股牛劲，怎么能养好集体的牛，别人家的牛！

哈达图农牧场，距贝子镇有四十多分钟的车程，容纳了许多从农村过来进城务工和到农牧场承包土地的人。再加上贝子镇郊外又建了很多住宅，农牧场常住人口比起前些年增加了一倍多。托养牛基地，虽说是在农牧场，严格地讲，那已经不是乡下的概念。

冬天，合作社计划出栏的肉牛和待产母牛托养到基地，在上游减轻了牛倌们的劳力。巴特尔一门心思发展下一批西门塔尔牛和本地牛改良的大山牛。他带着一堆问题，正儿八经来到北方农业大学参加了一期兽医培训班。他们的肉牛保险经验推广到了盟里。上面给每头牛补贴四百元，牧民个人支付八十元。如果造成损失，每头牛有一万多元的赔偿，养牛户跟着受了益。合作社招录过来的大学生已经接手负责冷季牛托养基地技术服务，电脑上输入每头牛的编号信息，观察牛群膘情体重，包括打针吃药、出栏时间。根据这些信息，有出有进，良性循环。

基地有了模样，场长跑到嘎查，还不是为了农牧场的两户建档立卡贫困户。巴特尔觉得可行，合作就是你帮我、我帮你，互利互惠，还有永青扎布爷爷说的互助。基地带动了农牧场种了青贮，少了长途运输的成本，而且也需要长期工。两名贫困职工带着自家的“扶贫牛”一同入驻，负责加工添加饲料、清洁养殖区，还没了单独放牛之苦，本乡本土，就近有了一笔稳定的收入。

一个冬天下来，嘎查差不多把投入的四十来万扯平了。一百来头牛制造的牛粪，隔一段时间煤矿会来车拉走，肥料厂有了充足的原料供应。有人说农牧场赔了，有人说赚了。反正双方签了十年合同。但说无妨。

不知不觉，阿尔善嘎查、哈达图农牧场多少年前的老问题，又提上了议事日程。王进财大半辈子种的田，到底归农牧场还是嘎查，官司打了多年。嘎查起诉了农牧场，一审胜诉。农牧场上诉。说来话长，存在纠纷的三百亩地是当年四十一团种麦子撂的荒。兵团撤销转制，地自然归农牧场，农牧场上诉不无道理。嘎查有自己的理由，四十一团种了一年撂荒不假，是生产队种草，当年打了几万斤饲草，之后又种了两年，一直到草场基本恢复原貌。

双方各执一词，不是什么秘密。

因为这一遗留问题，当年在革瓦的顶牛下，嘎查没有参与全苏木游牧，唯独划分了草场。“穷性不改！”永青扎布气极，平生第一次指着他的鼻子骂。他一辈子和革瓦不对付，就是后来和南斯日玛一起过，他和这位岳父的关系也没有好几分。如今再看，还是显出了老队长的高明之处。草场虽然区区三百亩，无论如何不能亏了集体。

嘎查有证据。小革命找当年种草的阿古拉教授出具了书面证明。教授还送了一本旧版《贝勒旗志》，上面记得清清楚楚。巴特尔自然站在自己嘎查这边。前几年明根在大盛粮油打工，他倒腾的黄豆，说来就是从那块地上种出来的。来龙去脉，他很清楚。为此他找阿斯如·何律师求教。当年老辈人种的草，还是他爷爷把关定向、点头肯定的。巴特尔听阿爸说过，草籽都是阿古拉从野外一把一把撸下来，之后和永青扎布爷爷赶着牛车拉到地里，老队长派人扶犁一起种的。这个人，此前使得他一直处于崩溃的边缘，如何面对纠结万分。他的额吉不是不正经的女人，小时候同学骂他是婊子的小子，他捡起石块打破了他的头。都是因为那个人，可是——，他说不出口。于是大多时候不声不响地回避。

直到有一天，战胜自己，选择面对。现在倒觉得他像一个英雄，嘎查授予他荣誉村民，名副其实。

经过新一轮合作，阿尔善、哈达图两地走动频繁，而且据说官司已经有了和解的迹象。就比如，嘎查同意修改库房租赁合同，十年改为两年一签，提高租金，农牧场增加一笔收入。农牧场认输，将那块悬而未决的三百亩地交还嘎查。双方交换，各取所需，也不是没有可能！

合作社聘请努尔金的父亲锡林当了业务经理。这个人的长处是外面熟人朋友多，搞联络跑外交是个好手。还把南丁、王小花请了过来，负责基地的日常管理。转了一大圈，两排废弃库房归他俩。人家买下来时就已经办理了过户手续。昔日废纸一张，成了一宝。却不知农牧场正找他们打官司，打算收回产权。欠条还躺在场部保险柜睡大觉。区区一半资金，凭什么。

剪不断，理还乱，生活就是这个样子。

五

香册的后半部，另加页码装订，纸张用的是小学生作业本。首页书“草香”二字，似女性字迹，笔力朴拙。制香草木记有三百余种，根、干、茎、枝、皮、叶、花、果实或树脂等皆可成香。例如，茉莉、薰衣草取自花蕊，豆蔻、小茴香、丁香取自果实部，甘松、木香取自根部，有的则取自树脂。

吴楚克一振，大脑犹如洞开一般。

阿尔善草原的奇花异草，她密密麻麻记了好几个本子，还制作了不少标本。阿尔善草原无疑是全国温带草原中最具代表性的典型草原，涵盖了温带草原中的森林草地、湿地草甸、草甸草地、干旱草地、沙丘草地和荒漠草地等所有类型，也是温带草原生物多样性最为富集的地区之一。目前已知的野生植物种类有一千二百四十八种，占自治区植物总种数的百分之五十四点五，其中又以草本植物居多。由于地处寒温带，植物生长期短，许多植物在合适的气温里抓紧完成生长、开花、结果。草原花季于是格外令人沉醉而留恋了。

花卉是草地植物的代表。她见识过马兰花、小黄花、芍药花、山丹花、金莲花、柳兰花、蚂蚱花、狼毒花、柳叶菊、桔梗花，还有许多叫不上名的野花。春夏之季，花开不断，尤其六月漫山遍野，自由怒放。此外还有防风草、白头翁、益母草、草原花椒、勿忘草、火烙草、黄芩、苍耳。很早以前，秘方手册的主人就做了记录，可见她非常喜爱这些花朵和植物并且拿来作为制香原料。那位隐入尘烟、永远三十八岁的少妇说过的：“真想把所有的花都看遍啊！”这是永青扎布爷爷亲口告诉她的。尤其短芒鹅观草。发现它的是阿古拉，也是金香，也将会是她……

寻丝觅迹，香原来是舶来品。吴楚克感到惊奇。东南亚、南亚及欧洲的香料随着日益活跃的海上丝绸之路传入中国，沉香、苏合香、鸡舌香成为汉代王公贵族的炉中佳品。到了唐朝，西域的香料通过横跨亚洲腹地的丝绸之路，源源不断运抵中国。从宋代史书到明清小说的描述，都可以看到香的痕迹。宋代以后，香和人们的生活已十分密切。香册上的香方具有域外制香的精要，还和煨桑这一来源于药物烟熏疗法的藏香，丝丝关联。

吴楚克请教学识渊博的阿古拉教授。在老人家眼里阿尔善草原全是宝，目前已知的具有药用价值的野生花草计有四百多种，是重要的中医、蒙医药材的产区之一。花草不仅装扮着草原，成为很好的饲用植物，更是制香取之不尽的丰富资源。一花一草，那是生命脉动的气息，这正是吴楚克决计攻克的理想之境。

罕乌拉山脚下的大石头，本是玄武岩石林。此番再来，吴楚克专门扎下野营小帐篷。京城的科研进入死胡同，整整半年，了无进展。她在东西南北三四十平方公里范围，千奇百怪的大小石头间，需要彻底陷进去。突兀出来的石头，有的圆润挺拔，有的俏丽婀娜，犹如出自高明的能工巧匠之手，像哲人深思，如雄鹰栖息，似群龟蠕动，更像骏马奔腾。在岩石的下方有几处泉眼，如细丝落到一块元宝形石头上，小溪潺潺，雾气弥漫。由于这一大片大石头地处偏远，分布比较分散，上天的眷顾，近些年来才走近喜欢寻幽探秘的游人视线，因而受到了很好的保护。

白天，爬上亿万年前的天地混沌之物，上面少有人知的岩画令她着迷，太阳人面、北山羊、盘羊、鹿、虎豹，狩猎、牧放、舞蹈。巍巍石林，谁在吹笳，想象久远前的人类子民，柔和浑厚的喉音围绕在铁与石撞击的现场，在大石头间迂回。那些画里有他们的衣食之资，留下的故事，还有一个个至今萦绕在周边的心事。

“噢呜——”暗夜下不时传来低回长腔的狼嗥。吴楚克并不害怕，只当是草原美学的生动注脚，仿佛虎狼撕咬野驴鹿群。盯着通红的篝火，她好想和狼面对面作一番长情的对话。

听努尔金说，明根就是把香册藏在这个地方。

真是一位心思缜密的姐姐。有这么一种人，刚刚接触就使人产生好感。她的脸庞红润且白皙，身上凹凸有致，于丰满间有苗条，于纤细间有质感，人又是那么的勤快朴实。吴楚克心头不免还有些小小的嫉妒。那小小的嫉妒，还远没有消散。香册回到它的圣地，在天地草木的怀抱汲取养分，再妥当不过了。她何德何能可以领受这份沉甸甸的爱？

她也曾和努尔金爬过这座山，登上顶峰，还有大石头。她突然想起在家时，多少年月，日日观看，以至于无感的阴山。他和她（那个她）途经于此。

“真想回去上阴山看看。”

“阴山？”努尔金那副神态好像是说莫名其妙。

“我想从阴山鸟瞰，不是首府的华灯初上，只想看看日落后山的天色。”吴楚克重复了两遍。

“好，下次去了，上呗！”努尔金多少察觉到了什么。他跟吴楚克说过年轻时翻山越岭的那段小插曲。

“这还差不多。”

吴楚克说完，似乎只顾天边还残留着的一抹淡淡的霞光，没有回头瞧努尔金一眼。努尔金感到吴楚克有一种不可名状的低落，他把手搭在她的肩上。他看着她的脸，他并不知道自己是否爱上了她，只是喜欢安安静静地坐在她的身旁，看着她那飘逸的头发，她的声音清朗纯真，好像蕴含着一股美好而坚定的力量。无疑，吴楚克隐隐约约觉察到努尔金在特别地关注她。他总是咯咯地轻声笑笑，并且迅速地瞅上她一眼。有时用他那种粗俗的方式逗她，她便用她那种中学生一样的俏皮话回敬他，然后没心没肺地笑。她的笑既坦诚又亲切，仿佛她这么笑是因为她喜欢他。然而，她邀努尔金上阴山，难道只是为了获取一番表白？

记得有一次，那是在二层小楼。吴楚克一本正经地问努尔金。

“先生，请问你想做一个什么样的人？”

“我要做爷爷那样的人。”

他坐在那儿正儿八经地回答，她被他的这句话感动了。也许恋爱中的人都是盲目的，她愿意和他一起做普普通通而又高尚的人。

石林南端紧临巴特尔、明根家草场。这次，只有明根知道她的到来，她需要必要的保障。吴楚克没有告诉努尔金，此时和他没有多余的话可讲。实际上，他们的眼神里装进了彼此更传情的语言，当他们说些漫不经心的戏言时，好像里面包裹着另一番深沉悠远、绵绵不断的絮语，远比说出来更有意味与力量。此时，她只愿在大石头下面漫想。芳香与力量，人与自然生命共同体，她需要自由比对，从生命、天体、世界万物，一直到亮晶晶的分子。

由香到香水，一字之别。

那是勒勒车和神舟飞船，各有各的神韵，各有各的所依。

吴楚克狂喜，她终于成功了。她已经无可救药地相信，从那首诗人阿哈唱不尽的英雄史诗发端，一条爱的旅程，如果有心，总会以某种方式返回遥远故乡，因缘际会。沉寂日久的那个香，已经在另一个香里复活。

这个味道，似远又近，清香怡人。这是曾经有过的，消失的，许多前人投注了无限的情感，心中想的、知道的、做过的香。她的眼前，顽皮的分子上下左右不规则地跳跃，终于组合成美妙的气息，那里含有所有人的美好。

吴楚克故意冷了努尔金一年。

这回看他敢不敢和她开一家草香公司。孺子可教还好说，要是再把公司搅黄了，乖乖地牧羊，做个匠人制香得了，正好三十年没人做了。她将香册封面上的钤印拍了照，找到胡同深处的手艺工坊，复制出一枚久以失传的印钮。印钮錾有一个蒙古文“ᠣ”字，古拙中透露着现代的元素。送给他是不是比较合适？

作为社会新阶层人士，努尔金要来社会主义学院参加为期一年的深造。吴楚克有些惊奇。努尔金总是吹嘘他脑子里的那些伟大的计划，并不计较她对他那些华而不实的设想所开的玩笑。坏小子想一出是一出，真是让人捉摸不透。

我们都是草原上生活的好兄弟，
我们写月亮的光和太阳的光，
用于做香歌唱。

从京城开车一路向北，驶进草原小城。

巨大广告牌一闪而过，那是诗人阿哈的诗。香册和诗，弟弟不远万里背到阿尔善草原，迄今五代。此行，应蒙更高勒旗长邀请，吴楚克前来洽谈项目落地。双方计划采用“资金、土地、技术”入股方式，鼓励农牧民种植花卉和药材，依托她的草香重点实验室，在阿尔善草原建成一个远近闻名、招花引蝶的“香谷”。

六

嘎查组织青壮年牧民出发了。他们要坐几百公里的车程，前往杭盖家取经。一路上，戴着一顶短檐棒球帽的巴特尔脸红扑扑的，他是那么的兴奋。前几年就是因为听到蹄腿理论，他大胆地试，大胆地闯，现在牧业合作社里数他股份最多。早年间阿爸常常念叨布达拉宫，如果谁能去，那是前世修下来的福分。这次，反正他也朝圣。

杭盖没有传说里的那么神，也是一位红脸膛的蒙古族汉子，不高不低的个头儿，普普通通，和他们长得没有什么两样。他笑呵呵地搓着手，眼前是一帮前来听他讲怎么干活儿的牧民兄弟。

巴特尔站在那儿一时傻了眼。这不是“老哥”吗，几年前在科尔沁牛市的一次偶遇。老哥想来熟悉行情，热心地领着他和牛贩子砍价，脸红脖子子粗的。等到交了钱，把牛弄上了车，却不见了踪影。呸，遇到了托儿！

想不到是他？

“大家都来找我，让我给想办法。大家有多少草场我不知道，全区各个地方的情况也都不一样。其实由牧民自己决定养什么，最合适。前提是必须达到草畜平衡。”

“劳模兄弟，咱们草原原来什么样，现在还是什么样，是不是一个个离开牧区才算是过上了好日子？”白金山挤过来问询。儿子儿媳指望不上，在农牧场承包土地，管理基地运营。小儿子毕业回来还是抓不住，跑到合作社，每天跟在小革命屁股后面不知道瞎忙活什么。

“保护好草原，咱们为动植物提供繁衍生息的通道和机会，这是应该做的。

那么咱们哪？把草原基础设施建设好，呼吸着新鲜的空气，住在宽敞的小别墅，享受电器、网络带来的便利，享受城市文明，这就是咱们牧民美好的日子。如果谁想离开牧区，那是人家的自由。反正我就喜欢草原上放牧，这是我的职业荣耀。”

看看人家植物园似的草场，功能齐全的棚圈，还有那些优哉游哉的牛群，话不用多说，这是一种无声的召唤。杭盖四十多年蹚出来的路，让阿尔善牧民们耳目一新。巴特尔牢牢记住了农牧民培训基地墙上刻出来的两行红字，那是杭盖的原话：畜牧业生产经营中必须找到收入最多点、支出最低点、劳动强度最低点、生态最好点、精神面貌最高点。

没错，社会主义是干出来的。

晚上赶回宾馆，大家议论纷纷。根深蒂固的传统养殖观念，嘎查两委几个年轻人一时难以撼动。应者寥寥，没有关系，先做出样子。咱们就说眼前放的、住的、穿的、戴的、铺的、盖的、骑的、开的，谁敢跟人家比一比？看到了实实在在的收益，牧民们就会效仿。再不用前些年那样骑摩托车一家家催了。自己家的事情自己定，但是必须动起来，共同富裕可不是平均富裕。

真该动动脑子，别以为草场恢复了，有点小钱，就忘乎所以。吃饭时，大家你一言我一语，话题回到养羊基地刚刚发生的事情上。当值的羊倌心大，撒开羊群，留下一条狗，擅离职守跑到那达慕会场，看完六十四名搏克手怎么一跤定胜负。结果等他回来，山坡上躺倒一大片死羊，脖子上全是血，有的还没断气。两条狼趁无人跟群，顶着风过来，干得机警，连狗都没有发现。

白金山岁数最大，听了满脸通红。谁也没有注意到，他不声不响出去拎来一瓶酒，也不知是给大伙儿赔不是，还是想喝闷酒，于是大家起哄跟着喝。一瓶见底，又出去买来一瓶。

吃饭不上酒，吃的什么劲儿。集体出门还自己花钱买酒喝。白金山心里老大不痛快，人总会犯错，众人面前还真有些让他下不了台。可恶的狼，恨得他牙痒痒，怨他过于仁慈，下次让他碰上，非得追到口吐白沫，撵死它不可。狼吃羊那是天性。狼经常嚎叫，羊群竖起耳朵，瞪大眼睛，这种机警带动了免疫力，羊一年内就很少得病。有一句谚语：“有石头的地方盖房子好，有狼的地方放牲畜好。”不过这次损失确实是大了一些，算他倒霉。

“被掏的羊我赔，年底分红扣了不就得了。我说那个杭盖，有什么了不起的，又没有长出三头六臂，害咱们坐火车坐班车赶过来。看他什么，还不是一样的人，看他的满脸大皱纹，手上的老茧，还是他背的高级照相机？”白金山气呼呼说罢，吸溜又下了一大口。

小革命、巴特尔从外面回来。巴特尔领着小革命和杭盖叙旧，兼而洽谈业务，聊得投机，回来晚了。看到众人连喝带吵，小革命走过去不客气地抢过酒瓶。公款吃饭自己买酒也不行，要喝回家喝去。一看，又是好喝酒、爱红火的白金山挑起，他那剃得溜光的脑瓜泛着一层光。

羊群被狼掏了，损失挺大，巴特尔提出让他干老本行。现在都后悔让他当马倌了。

“杭盖家的草场牛群是和咱们的差不多，咱们过来主要学人家怎么动脑筋，怎么闯，怎么致富。牲畜不是命根子，草原才是命根子。这样的肺腑之言，亲耳听了，亲眼看了，我都觉得咱们来晚了，之前还有些不信，差一点儿错过。”

人生总会遇到各种各样的波折。有时不期而遇，有时无从选择，有时如影相随，天灾人祸带来的是物质生活的艰辛，爱情波折带来的是彷徨失意，前进中的磨难和挑战带来的是激扬……有过许多辉煌，也有过不少曲折的阿尔善牧民，也在摸索自己的一条朴素的生态学原理：牲畜太多，会造成天然草场退化，没有牲畜采食、践踏、排泄，天然草场也会退化。经过了三十多年草畜双承包，草与畜的动态关系，一定不能从一个极端走到另一个极端。适应与和谐才是目标。

孑然独立的阿尔善嘎查，如同狠心离家的浪荡小子，终于归入全苏木的草原游牧系统统一整体。这一区域涉及二十二个嘎查、三千六百二十五户、九千一百五十三名牧民，通过罕乌拉山和阿尔善河连接成了六个游牧核心区。罕乌拉山北部草场划定为夏牧场，而南部阿尔善河以南为冬牧场。苏木采用夏牧场、冬牧场轮牧的方式，让牛羊都能得到充足的饲草。阿尔善嘎查的一片片草场就像它的主人们，有些气喘吁吁，有些醉氧，说不出话来。阿尔善人如同梦见三个连续的场景：首先草场被碾碎，预示着他们将再次进城；接下来是牲畜被吞没；最后便是走得更远。

梦是意味深长的，同时也是美的，如今变成一种过去的时态。经过了一个冬天的蛰伏，谷雨一过，淡淡的浅草，一阵风铺满了整个阿尔善草原。牧民们惊奇地发现，野生动物和其他嘎查的家畜过来采食和经过的时候，像老辈人说的那样，许多植物种子沾在身上也一同带了过来……

经过国家有关部门考察申报，阿尔善草原游牧系统被联合国粮农组织正式认定为全球重要农业文化遗产。全球唯一一个蒙古族特色的草原游牧系统。

阿勇嘎老了，在孙子阿斯如·何（原名何文明）、孙媳林子阳的鼓动下，飞过来真真切切地感受了他为之奋斗、梦寐以求的动人景象。沧海桑田，这是一件多么具有深远意义的事情啊！

那时的他，带领文艺宣传队第一次到草原演出，一辆马车、几匹马驮着七八名队员，星空为幕，草地是最好的舞台。星星之火，文艺宣传队后来发展成为乌兰牧骑——红色文艺轻骑兵。

那时的他，参加工作队到贝勒旗建立人民政权，从盟工委乌书记那儿学到了不少新词，“调查研究”就是其中的一个。想一想，保护或者开发草原的任何流派和随之而来的西方什么主义都不适合他。这个世界可以难有一套可以称得上放之四海而皆准的真理，就像没有百分之百的酒精，但是不能没有抗拒各种思潮的能力。他不属于任何“群”：阿尔善草原没有什么群，除了羊群、马群、牛群。

那时的他，忙碌着一件件百废待兴的事业，开不完的会，忙不完的工作，拨乱反正，改革发展。

分别二十来年的贝勒旗，令阿勇嘎思绪万千。飞机场、车站、柏油路、熟人、熟人成年的孩子，没有一样不与记忆吻合，真像出差出了一趟远门回来。以前他几乎认识这儿的每一个人，就算没有说过话，至少也很面熟。座谈会上的发言，比新中国诞生还早两年零五个月、我国第一个少数民族自治区的见证者，他一笔一画作了长时间准备。秉持自己多年的思考，又赋予了新的思想。尖锐吗，却是事实。从新中国成立到十一届三中全会，还没有草原的概念，法条统称为荒地。随着社会主义法制进程的不断完善，后来才有了草原法。

由于草原牧区发展问题的复杂性，地域的广袤和差异性，他深切地感到在牧区开展工作的难度。比如，既要保护生态环境，又要发展经济；既要推进牧区文化的改造，又要保持优秀草原文化；既要保存游牧经济的合理内核，又要与现代化结合。为此，他提出今后应改变过于强调草原牧区经济功能的观念，而应重视其应有的生态、文化和国防功能。

雪白的剑眉一扬，阿勇嘎的声音不紧不慢，像是从胸膛里迸发，低沉有力，语重心长，最后他说道：

“游牧文化独具特色，牧民生活多姿多彩，对于草原游牧系统的挖掘和保护，必将使蒙古族游牧民族的生物多样性、知识体系、文化多样性以及农业景观得以长期留存，这种生产方式得到延续和发展。对于改善牧民赖以生存的自然环境，为高端畜产品生产创造条件，并防止资源耗竭性开发和避免环境恶化提供了新途径。”

努尔金对阿尔善生态环境越来越好，牧民的腰包也越来越鼓的新闻并不奇怪。他的小姨采访出镜作了深度报道。这一次，他差不多从人们的视线中消失了一年半时间。这于他的生活不算什么。人有多少能耐，人能忍受多少磨难，眼下他再次证实一回。每一回都是重新开始。他那原来黄沙满天飞的阿尔善嘎查，现在是有山有水的美丽牧村，确实了不起。他还看到了小姨父小革命以一种搞笑的方式做直播。呵，还不错。羊群晒着太阳咩咩撒欢，一头头牛享受美食。那期视频，他不卖肉，倒是侃起了牧区经济学：

什么叫第一产业？喂牛，养羊。

什么叫第二产业？杀牛，宰羊。

什么叫第三产业？加工销售为一体的产业链。冷鲜肉，外加手扒肉、羊头、牛肉干、牛蹄、酱牛肉、奶制品，还有驰名美食界的罕乌拉涮肉坊，户外露营终极目的地——罕乌拉石林。咱们大石头见！

激变的乡村视域下，努尔金没有个人体验，没有研究，对外面的新鲜事物，除了艳羡，不做无根无据地评头论足。

河流公司资金链断了，垮了。自黑屋子出来，很长时间他被一种说不清的痛楚折磨，不管是在干活儿还是休息，也不管熟睡还是打盹儿，痛楚变成恐惧，有时恐惧又以痛楚的方式浮现在眼前。他在梦中时常手脚痉挛。醒过来的感觉多好啊，那梦不再虚幻，阳光暖烘烘地洒在身上，可以驱赶噩梦。这些年他费了不少心血，虽然没有挣到大钱，但是他从来不感到遗憾。因为无论这些失意还是成功使得他在这个圈子里站住了脚，没有吃过苦，没有流过泪，没有品尝过收获的喜悦，他就不会有今天这样的眼界。

人是动物进化来的。猴子都知道护着自己的果实，更何况人类？他的见解低俗，还拿不上台面。自私不是一个人与生俱来的，而是私有制的产物，自从原始社会出现剩余产品就已经出现了。他喜欢刨根问底，拆掉网围栏，没有了分界，将来又会是一种什么情形。这里可能存在通常意义上的事与愿违，或马克思所说的“历史的狡计”。再比如，哪一天出来一拨智力超群的专家，设计出豪华休闲公园之类的宏伟规划，规划变成现实，牧民一个个成为园林工人和菜农，承载这片草原的悠久文化又会安放到哪里？那将是另一个全新的课题。

阿斯如·何代理阿尔善煤业打官司。河流公司承担下游项目，自然无法置身事外。努尔金把自己关在二层小楼，枯坐冥想。可他并不难过，回想这些年他都做了些什么。他只能打胜仗，不能受挫折，受一点挫折，就闹情绪。绿化工程，移民村建设，矿山治理，哪一个不是投机取巧、蝇营狗苟，为了钱。巴特尔说他是包工头错了吗？这是欲罢不能的幻景，他做的是理想中的境界——尽管他的理想很幼稚、很简单、很传统，但终究是个理想，这些赋予了他的性格一种现实而些许脱俗的色彩。他也终于发现，现实要多于梦想，大大地多于梦想。从前他是被正义的强力关进黑屋子，这一次他心甘情愿自己围困自己。

一年多时间，努尔金变得神神秘秘。

临近年关，他飞到首府跑了几个自治区的相关部门。办完事，随后坐上西去的动车前去拜访他的顾问。这次，他主要就这一年的工作征求意见。说来，他曾经的顶头上司吴顾问，超级喜欢拦河建坝。这不，开始在哈敦高勒河边重操旧业。他是一个很会把握时势的人。岁数大了，头发花白，执拗的脾气却是一点儿没有变。

回巢的鸟，飞得不一样；相爱的人，眼神不一样。

女儿和努尔金一来，他只用了一秒钟发现端倪。在孩子的个人问题上，他和爱人红梅绝对民主。每个人都有自己的独立思考和选择，只要孩子们自己满意就够了。况且努尔金是他一手带出来的，诚实肯干，有头脑有担当。就说当年牛角银杯的案子，小伙子硬是自己扛了下来，不是什么人都能做到的。两个人有共同的理想，阿尔善草原更好地发展下去，年轻人责无旁贷。

在观点问题上，师傅可没有那么温和。眼睛闪烁着光芒，脖子一拧，随手把一沓材料撇上书桌。他对努尔金此时还秘而不宣的报告猛烈抨击，毫不客气。这就是自治区创新创业型人才拿出来的东西吗，这么重要的建议和发现会是外行人异想天开提出来的吗，所谓论点论据不切实际不知所云空想连连空话连篇。如果用一个词儿形容，简直就是嗤之以鼻了。

吴喜德的内心总有一股不和解的冲动。一件笔记本事件让他纠结了几十年，没有消减半分。他问心无愧，怎样安排自己，这是他自己的努力，不烦扰别人，绝不消沉，绝不混日子。有人道听途说搬来一套庸俗论调，说个别人牺牲自己，使得他被推荐上了大学。这个传言对他是莫大的污名。

临近退休，吴喜德在人事档案中翻到了那一页保送表。活生生的现实还是重重地碾碎了他几十年的笃信。他简直不敢相信自己的眼睛。斯人已逝，戳破了纸的签名还安静地躺在那儿：刁铜川。

他努力睁大眼睛，泪水仍旧遮住了视线……他好像突然理解了那片草原，那片净化灵魂之地。人世间，没有什么比寄托在身体里的纯朴的心灵更美丽的东西了。在阿尔善草原，没有任何人亏欠于他。实则他得到的远比失去的更多，更珍贵。

努尔金猜对了，至于阿尔善草原怎么发展下去，他的师傅倒是对自己的什么“草原园林公园计划”掩不住兴奋。

七

在流传下来的故事里，诗人阿哈其实不是诗人，而是一位久负盛名的行吟歌手。

一把琴，天生一副好嗓子，再加上充满激情的超强记忆力，这些组合起来，就是诗人阿哈传唱的绵长如山河壮丽的《江格尔》。据说，一次在大户人家的传唱中，他如醉如痴，纹丝不动，连续唱了一天一夜。没有合眼，没有停歇，有如神助。人们来了走，走了来。有的不得不回去收牧，有的不得不回去吃口饭，有的硬是让家里的女人唤了回去，再听下去出来又一个江格尔齐如何是好，老人孩子怎么办，牛羊怎么办，庄稼怎么办?

因为，谁也没有诗人阿哈那般潇洒，那般了无牵挂，那般快快乐乐。在他面前，仿佛世上原本就没有烦恼、痛苦和悲伤之物。那一天，坐在角落聆听的还有一位情窦初开的少女，我们姑且称之为花儿！努尔金这样对吴楚克说。

花儿悄悄追着诗人阿哈听了整整三年《江格尔》，诗人阿哈却从来没有遇到注意过她。每一次，花儿只是坐在他看不到的角落，静静地听，回家躺在被窝里默默记唱。她相信自己已经记住了一万行——可以成为一名古代万户长了。她微笑着沉入了梦乡。

一天早上醒过来，她惊奇地发现家里坐着许多乡邻，有男有女还有孩童。她大吃一惊，这是怎么一回事？人们比她更吃惊。

“什么，什么，你不是唱了一晚上《江格尔》了吗！”

难道她在梦中唱了一个晚上？这怎么可能。花儿惊呆了。

旁边坐着一位深陷了眼眶的青年。她的脸顿时通红。

她的阿爸因为害怕，早早地把未过门的女婿叫回来，寻求对策。花儿见了青年惊奇万分，想什么来什么，难道诗人阿哈听闻她的歌声也跑过来了吗?

她怔怔地看着心目中的情郎。

可是她想错了。他不是梦中情郎，而是梦中情郎的孪生弟弟，她真正的情郎。小的时候，父母就把她许配给了那个人。可他空有一双凹陷的眼睛，眼神何曾有过飞光流波!

弟弟在宰桑衙门制香。

他还是第一次见到花儿，他梦中的爱人。老人家把他招了回来。他以为要谈论他们的终身大事。他欣喜若狂。他和诗人阿哈是一对孤儿，父母在他们很小的时候就过世了，好在贤明的父母在世时和要好的一户牧人家结下了儿女亲家。能和花儿成亲，这是他在宰桑衙门当牛做马、制香劳役的唯一动力。

花儿是那么的失望，世上居然会有长得一模一样的人。可他不是她的梦中情郎。他的眼神不是，他的歌喉不是。咬咬玉牙，把心一横，她永远也不会和一个没有歌声的人生活下去，否则她鲜艳的生命，将止于残酷的当日，永远凋谢。

夜深人静，背起小包裹的花儿，轻轻喝退门口好奇的狗儿，急急忙忙离家出逃了。

情郎在哪儿，无人不知，无人不晓。顺着歌声的踪迹，半天工夫就找到了诗人阿哈。诗人阿哈浑然不知，正在那儿纵声传唱:

江格尔到了七岁，
他将勇猛不凡。
东方的千百万魔鬼，
向他归降。
江格尔无私无畏，
心怀坦荡。
六千又十二名勇士团聚在他身旁，
英雄的业绩光照四方。
江格尔的英名，
到处传扬。

可是，今天他累了，不想再唱了。

看看下面的人吧，一个个痴痴呆呆，如无表情。他无比寂寞惆怅，天地人世，难道就这样辜负他的天纵歌喉吗？想毕，倒头便睡。谁人不知他的怪诞，放下馕，放下一壶鲜奶，众人四散而去。不用急，不必催，第二天自然还会唱下去。反之，没有了歌，他怎么过活。

也不知过了多久，于静谧处突然一曲天籁轻轻地扑入诗人阿哈的耳畔。仿佛水流，有时婉转低回，有时奔涌回放，又似欣赏花的姿容，有的含苞待放，有的灿烂盛开。难道他在做梦，这是神曲，还是梦中的想象？

江格尔纵马飞翔，
在他前面出现了一座黄金宫殿。
他从紫檀窗口向里张望，
他看见了什么呢？
看见了天仙般美丽的姑娘。
向左看，她左颊辉映，
左耳上的耳坠光闪闪。
向右看，她右颊辉映，
右耳上的耳坠明晃晃。

她的身旁有一块胜利绸手帕，
她坐在那里光辉灿烂。

江格尔从窗口跳进，
拉着她白皙的手走出宫殿，
双双跨上阿兰扎尔飞驰在草原上。

来到蔚蓝的湖畔，
用白石筑起一座石屋，
他们在一起生活，结为夫妇。

他神色慌张地坐了起来，两个人的眼睛，电闪雷鸣撞击到一起。难道他们见过？他们当然见过，那是在神曲当中，在花儿一次次直勾勾的深情目光里。诗人阿哈醉了。

“你是谁，从哪儿来，请问你的芳名？”

“我是江格尔的奴仆，我叫花儿。”

于是，他们用《江格尔》互相作答。

他是江格尔时，她是阿盖夫人；他是洪古尔时，她成为恶魔莽古斯；他要奔向远方时，她是阿兰扎尔神驹……他们不知道在那间仅能安身的土屋，只有他们二人，两个人浑然不觉，直唱到雄鸡响亮地叫了头一遍，他们醒了。歌声结束，江格尔汗胜利凯旋。因为他们需要倾诉彼此全部的爱慕，于是四目相对，再没有分开。

“把我的眼睛都望穿了，你怎么才出现？”

“不，我一直在您的身边。”

诗人阿哈答应了花儿含着娇柔的邀约，他没有任何理由拒绝美人与歌声。花儿是《江格尔》的万户，谦虚一些，他可以位居两个万户长了。他们俩一个久负盛名，一个崭露头角，本来就是一样的江格尔齐，本来就该合二为一。

他们唱，他们疯狂。

他们疯狂，他们唱。

黎明蓦然向他们迎来，就像一只早睡早起的百灵鸟一跃而上。在第三天缠绵的梦里，他们被前来追寻的弟弟遇到了。于是，诗人阿哈惊骇万分。他歌唱英雄、美好、没有死亡、没有贫困、百花烂漫，他歌颂人民在宝木巴永远幸福生活。他是勇敢和美的使者——江格尔齐！

诗人阿哈在弟弟面前羞愧难当。

这一天，当贫苦的牧人农夫劳累了一天，又要围拢到一起想听歌，可是哪里还有歌声？哪里还有诗人阿哈？他走了。谁也不知道他几时走的，又去了哪里。只知道白天看见有个人向西走向那座高高的大雪山。

那一天，几乎就在同时，弟弟也走了。他连宰桑衙门都没有去，一年算是白干了，不多的几枚工钱也没有算。他原本计划再用两年时间挣到足够置办婚礼的钱财，就去岳父大人家提亲。此时，随身只带着祖先留传下来的香方簿册，已经足够。

在弟弟的心目中，诗人阿哈和花儿，才是天造地设的一对神仙眷侣，他们理应幸福地生活下去。

他们一个向西，一个向东。

可是，两个人谁也没有想到，后世的所有人更没有想到，他们留下了花儿，于是，留下了永远的忧伤。

尾声

一

爷爷，当时还不是一个老人，而是和黑旋风以及后来的海骝马一样健壮的永青扎布。他的力气真大，把小努尔金从马背上高高举过头顶。矮壮的努尔金眼前顿时天旋地转，既害怕又新奇，忍不住痒得咯吱咯吱欢笑。爷爷把他轻轻地放到草地上，追赶羊群去了。秋天是配种的旺季，公羊追逐爬胯，疯跑。

暖阳下，努尔金躺在柔软的熏皮袍里看着蓝蓝的天，那儿有一只鹰，越飞越高，越飞越远，钻进云朵转眼看也看不见了。

“叽叽——喳喳”“叽叽喳喳”，努尔金惺忪睡眼，皮袍上落着两只百灵，一蹦一跳追逐玩耍，声音美妙动听。他屏住呼吸，一动不动。此时，他也是一只灵巧的百灵，想大声歌唱，但是他没有对着伙伴们鸣叫，它们还不懂他的话，虽然他把自己归入它们同类。头一沉，他又睡着了。他梦见自己用尖尖的嘴巴拱进羽毛，那个痒痒的感觉奇妙极了。

一个小黑点，由远及近，从一条线的天边滚了过来，远淡近浓，地面微微震动。两个小伙伴抖动漂亮的翅膀，倏地飞走了。努尔金醒来，饶有兴趣地看，玩兴正浓。他恨透了海骝马，噌地钻出皮袍，三步并作两步，小跑过去，咚咚踢。只可惜小马靴够不上马肚，另一条短腿顿时失去重心，把自己重重地绊倒。海骝马不介意小主人生气，伸过来鼻子扑哧嗅了嗅，好大一股热气。他舍不得玩伴，趴在地上撒泼呜呜哭。

记忆永远。

地球绕着太阳周而复始自由运行，作为自然万物中的一粒尘埃，他和落在身上的百灵鸟又有什么两样，各司其职而已。阿尔善草原北望瀚海，东临大兴安岭，西至蓝山，谁人可知这一块让人充满无限眷恋的地方。有时候，努尔金又觉得阿尔善草原，那实在是天和地，一对宇宙男女，秘密孕育出来的非凡杰作。人类的所有改朝换代运动，没有削减它的海拔，也没有缩短它的漫长。爷爷年轻的时候骑着黑旋风跑了整整一个月，他们去给远方的骑兵团送马。按老人家的算法足足有二十一个驿站地。可是他没有古代勇士的幸运，以没有走出去而郁郁寡欢。

努尔金结束了为期一年的学习，专门过来陪伴爷爷。

永青扎布痴痴地等待着妹妹，还有受尽了委屈的爱侣。他紧紧握住孙子的手，竖起耳朵，听孙子讲京城这样那样的事情，如同一点一点接近自己的所有心愿。草尖黄了，百花俱败，他又想起了那一年秋雨摧残的日子。

南斯日玛变得疯癫，她到青石井台打了满满一斗水，试图浇灭身体里燃烧的烈焰，凉水滋滋冒着一股热气。当年的大火，这次的水库溃坝，接二连三地惩罚她，难道是那一次扑灭火灾没有报告要领，还是后来的偷偷告密（或是告状）？换句话说，她对一群好人的安危漠不关心，而对一帮坏人给予了效劳。对一切过错的悔恨，像草原上不常有的地动，顿时颤动心扉。白天连着黑夜，黑夜之后是白天。每过一天，无情地摧毁着她心底埋藏的那看似坚固却也脆弱的堤坝。悲伤把悲伤抽出来，那就用肉体的痛苦镇压灵魂的痛苦。简单收拾了包裹，她悄悄坐上远行的班车。

“甘顶寺。”是记忆里额吉说过的唯一一句话。

甘顶寺在哪里，她不知道。她不停地坐车下车，只要在车上就好了。路上，一个又一个乡人，上车下车，坐在旁边平静地念叨毫不惊人的生计。因为生活原本如此卑微。而她又要前行了，前方，那是一个念想。

这一天，急速行驶的班车的右侧猛然出现了一条长长的山脉。那山，如此之怪，除了灰色石质，目光所及再无其他一物生长。地火刚刚熄灭，山峦刚刚升腾，除了目光，好像人类的所有表演，比如筑屋耕种，比如有钱人穷人，比如算计设防打招呼高兴生气，千万年里还没有准备。

那山唤作蓝山。

班车顺着路边箭头的指示，直奔山脚。小站别看小，却是方圆数百里独一处汽车加油、乘客歇脚的站点。没有标牌的小站旁是一座小庙，名阿贵庙，名字如同家乡的那座。看得出修缮也就是近些年的样子。年轻喇嘛走在前面，领着南斯日玛从庙后奔向山谷，愈深愈险，愈高愈奇。

他们攀向山崖上天然形成的石窟——一处修行之所。石窟悬在山间半空，加之当年将洞口巧妙封堵，得以保全。里面保留着二三百年前的模样，有法器一件。

直到拾阶而下，才将山谷两边刚刚急匆匆错过的景致收入眼底。几棵遒劲的榆树从山石间迸出，也不知用了多少年的非凡气力。树杈上悬挂蓝色白色哈达，有一串串达拉，上面刻有密密麻麻的文字。山间涌出一捧清泉，流出三五十步，一拐弯注入前方的山石之间。看着走着，一回头，南斯日玛惊出无比的欣喜。那是什么？山崖上自然形成几道简约的轮廓。她久久凝望，好一尊打坐的佛像。那佛面对前方的石窟，她用心房接受了发现的奇遇。年轻喇嘛说此前还从来没有人发现。

南斯日玛百思不得其解，为何庙后空旷干燥的山谷有久久升腾的紫雾，难道蓝山由此得名？佛的影，对她已是隐喻。

前方，她到了要到的甘顶寺，感受了想要感受的所有。若一个人因为做了什么事情而忏悔，泪流满面，那么他就没有做好这个事情。艰难前行，难道就是为了获得一种证悟？

到头来，所谓开悟，其实就是了解自己而已。

她用手拍了一下光洁的额头，不知怎的想起了吴喜德，那个被她叫作“吴秀的”的人，在脑海里一闪而过。出来前垮塌的水库，听说又立了起来，十分牢靠。就是他，还有小时候时不时钻到她被窝的孙子努尔金，他们一同参与修建。她听到了，居然没有惊奇一下。

当学会把心静下来，这种平静是她曾经拥有过的。过去是一条路，既有痛苦的印记，也有幸福的记忆。多少年过去了，宛若一梦。她开始无时不在思念可怜的永青扎布。刚走到一起的时候，虽然不再年轻，可还是那么急迫地想着给他生下孩子，那将是他们一生呵护的见证。他们时不时做着功课，可长了一层膘的肚子，那么的不争气……

南斯日玛红了脸，老也老了，还——莫不是永青扎布，正在掀开门帘窥望？

多像分别之日，他出门放牧时投过来的眼神，有询问，还有故意弄出来的挤眉弄眼，他的恶意一点都不像。而她的出走，却真实地完成了对他的伤害。她心里不知道重复了几千遍，那早该说出而从未说出的话。她错了，她辜负了苦尽甘来走到一起的老伴儿。试图用一种虚幻麻醉自己。

她思念阿尔善草原，孩子们黝黑而充满好奇的眼睛——那也是她的眼睛。所有的生机，都是人生的奇迹。

听说，阿贵庙多年没有修缮了。这些年积攒的善款怎么花，弟弟现在是旗里的领导，是不是要跟他商量一下？

心头没有了忧伤，就像额头上少了皱纹。

有艾义思相伴，该动身了。

二

永青扎布捏着孙子的手，沉浸在他的环圆形，“很久很久以前，天和地处于没有分离的迷雾状态，世界处于像云彩一样缥缈、混沌和寂静。不知过了多久，出现了光明与黑暗，不久光明闪亮的那一部分变成了天，黑暗混沌的那一部分变成了大地。这一过程经历了人类所无法想象的漫长时光……”

爷爷爱讲故事，努尔金自小就是合格的听众。

不讲故事的时候，爷爷有时拿出达拉。小时候，找爷爷宰羊的人多，他们时不时吃上一块肩胛骨肉。习俗里这是一块不能独食而须分吃的肉。吃净了肉的肩胛骨也不能随意丢弃，一定要用刀捅开一个口子才行。爷爷摆布达拉，若有所思。这是一种古老的卜卦，有复杂的符号和辨识方法。说起来他也不是真的求什么卦，也许又想起了过去的事情。“眼球般宝贵，像鼻梁般正直”，许多人还这么说，说的正是他的爷爷。年老的牧人按照大自然交予的规则，不紧不慢地修补记忆，在时间的河流里静静淘沥逝去的冲动与激情。

爷爷絮叨的神话，有如夏日里突降的雪片砸在脸上，努尔金激灵一下，像是从一次惊悸中突然醒来。宇宙开始从混沌到万物的出现，万物又是从小到大、由少到多演化成为当今世界。它的外部形状是环圆形，旋转是宇宙天体的运行方式。于是在古代蒙古人的思想进程中，他们以天、地、人为三位一体，以流动的生活或思想为出发点，从日出到日落的地方为思维界限，在人与自然的和谐统一中探寻人世间的真谛。古代蒙古人对宇宙最初状态的揭示，与现代经典理论物理学的描述惊人相似：黑洞在爆炸之后，宇宙便呈现出一片混沌的状态。

如果没有神话传说，人类的幼年、草原的先民将是多么的无聊单调。太阳是月亮的母亲，大地混沌，于是出现了高山，出现了森林，出现了飞禽走兽，出现了人类的祖先，他们开始学会机警地观望眼前的陌生世界。

如果没有出现草原，人类的祖先还将生活在幽闭的森林。在草原上，人类学会了站立起来瞭望天敌，拿起石头猎取小动物，由草食动物变为杂食动物，并通过摄取动物蛋白质，促进了大脑的发育。正因为有了草原，才有了人类的采猎以及后来的畜牧业和农业。

在努尔金随之而来的思索里，历史与现实交织，神话和哲学思想融合，草原特有的静与动、方与圆、多与少、人与自然、意志与智慧、传统与现代，一一对接。那些过去的历史在浩瀚的无穷世界如同瞬间，新一茬青草郁郁葱葱，草原又开始了新一轮环圆形周期活动，于现实的天幕，以一种思想的方式不断隐现。无论怎样，提供人们一个立场。草原到底有什么用？也许原子弹最有用。可他相信，一万年后，人类还会需要草原。

整整一年，一个字一个字地敲。不行的，大段大段推倒重来。他喜欢打字噼里啪啦的声音，喜欢把脚踩在椅子横档上来回晃动的那种感觉。

努尔金一头扎到那栋二层小楼。办公室门口换了新牌子——“草原英才”工作站。夜色沉寂，白天的喧嚣里没有注意的美好，从窗户钻了进来，静静弥漫。阿尔善草原的人们夜里常常被这种自然的气息和声音催醒。站在阳台，他长长地舒展了一下身体，夜色沉寂，满天星斗，闪烁着宇宙的灿烂，一阵凉风送来涩涩的草香，还有狗吠。“人在自然里最自然”，脑海突然蹦进来一句话，忘了是谁说的。他深情地望向远方熟悉的那一道黝黑。

阿尔善草原进入了沉沉的梦乡。

那个梦好长，两千多年前就开始了。身着曲裾深衣的张骞凿空西域共历十一年，绫罗绸缎礼服破了，便穿粗布短衣，又穿兽皮衣袍。他以胡杨枝为节杖，留心观察，他被扣留之地的一种芬芳的紫花苜蓿所吸引。等到汉匈和好返回长安，随行的马车上装着两个皮口袋，那是他亲自采集的种子。一如伟大的汉武帝热切地等待他的奏报，汉地的军马同样需要这种优良的养料，将鼓励它们踏向更远的远方。

历史的号角依是远去了。紫花苜蓿一路放飞，管它什么上古中古，还是今世，只管延绵流芳。它和全国各地特有的野生种质资源，共同培育出了更多的优良品种，生于田边、路旁、旷野以及河岸沟谷，而它们在北方的阿尔善草原则具有更好的耐寒性和适应性。

接下来的梦里，阿尔善草原的柠条出发了。一种锦鸡儿属小灌木，被引进到北美大陆，作为沙化草原治理的生态卫士，骄傲地担负起了国际交流的使命。还有阿尔善草原广为分布的羊草，别名碱草，苗期粗蛋白含量可达百分之二十以上，适口性好，营养丰富，是抓膘育肥离不开的重要牧草，成为我国唯一出口的优质乡土草。羊草产业方兴未艾，引发广泛关注。

努尔金在原公司班底上成立草原研究院，已经一年有余。他没有一天闲暇，呼吸着令人心醉的自由气息，每一个要到的地方仿佛都隐伏着新的风险，而将来又是一个新的未知。在这样的生活里他才是真正的他。自治区正在贝勒旗试点，研究草原生态建设在应对气候变化中的支撑作用。努尔金带领团队承接了其中碳汇经济学的一个项目，差不多跑遍了阿尔善草原轻度和重度放牧区、打草场、禁牧区、撂荒地。他真真切切感受到了阿尔善草原的大与远。

奇怪，这个“大与远”没有再让他产生焦虑。占全区草原面积四分之一的这片草原地带，磨破了越野车两个前轮，两个后轮也有些堪忧，还有他一双靴子两双旅游鞋。他们马不停蹄地进行样点布设、数据采集、参数测定，按照科学的方法记录不同利用方式对草原碳汇的影响。

毋庸置疑，草原形成了地球上最大的碳汇。

从他们项目组研究的初步结论来看，牧民在维持和增加生物多样性以及提供生态系统服务等方面发挥着至关重要的作用，如固碳和水源涵养。这些年通过持续不断地实施禁牧休牧、草畜平衡等措施，土壤扰动活动减少，草原固碳能力和土壤蓄积碳能力不断增强。全区草原总地上生物量可储存约两千九百万吨碳素，地下生物量大约储存碳素二点六亿吨，地下土壤有机碳库四十四点五亿吨。这是一个还在沉睡的惊人数字。

努尔金走进自治区有关部门对接。

工作一结束，他径直前去看望阿古拉教授。这次，他有了意外的小发现，教授的书架上多出了一个四五厘米高的牧羊女木雕。仔细盯看，几刀下去显得朴拙简洁。老人家那张长满老年斑的脸上，露出了一丝不易察觉的羞涩。

努尔金虚心求教：“草原作为巨大的碳库，该怎么发掘？”

教授看了他一眼，只说了两个字：“草业。”

他告诉努尔金，草业是我国创新的一个名词。当年，任继周、钱学森等一批科学家提出要用现代系统论的观点，来看待草原进行物质生产的过程。想当年他在西部某省，时常骑着自行车赶到草原生态研究所向任先生请教。

记得拨乱反正开始刚刚一年。一天早上，阿古拉正在城郊搞饲草状况考察，城外大喇叭播放新闻，忽然传来新华社重要消息："党中央、国务院决定从即日起将从内蒙古划出的东部三盟和西部三旗重新划归内蒙古。这是党中央全面落实民族区域自治政策的重大举措。"听到广播，他心如潮涌，疯传了几年的传闻原来是真的。

东三盟、西三旗重新划归自治区，他也回来了，回到草原研究所。研究所聘请任继周院士担任学术委员会委员，时常邀请过来评审讲学。冬瘦、春弱、夏壮、秋肥的概括，正是任先生的观点所在。先生从哥哥任继愈先生的学术研究得到启发，提出运用哲学思维认识草原，为此提出主攻冷季……

阿古拉教授坦言，两位先生提出的草业，作为独立的一业，既不依附于畜牧业，也不是单纯的草原放牧业，是中国对世界文明的一大贡献。

回到工作站，努尔金盯着墙上的世界草原分布地图出神。

最宽最长的那一条草原地带，正是从中国延伸至欧洲多瑙河流域的欧亚大草原。很少有人知道，中国是草原大国，草原面积居世界首位。全国超过百分之四十的国土面积，都被一类神奇的植物覆盖，那便是草。当草连绵成片，再加上一些灌木等植物，便构成了人们所熟知的草原。横亘在祖国版图最为醒目的北疆草原，占全国草场面积的百分之二十七。当太阳从它的东端冉冉升起，它的西端还在甜美的梦乡。世界上最好的、最知名的草原，太阳要走两个小时，也是影响中国最为深重的草原，千百年来用南来北往的浓墨重彩，描画了历史的粗犷与柔情。

努尔金的眼神是那束要走两个小时的光。

建设我国北方重要生态安全屏障、国家重要农畜产品生产基地，同样离不开一个字：草！

道理很简单，人们赖以生存的自然环境需要草，生态治理需要草，乳肉绒毛产业发展需要草。草原不仅包含一个区域性的共同的经济社会问题，同时关联着全球性问题。

大抵来说，起着统领作用的，便是一篇文章的灵魂。草是草原的草，于是努尔金回到了他的“草原”——我国草原生态保护建设，在全球处于前列，草原的中国话语要滋润世界叙事。

三

班先生和夫人飞到古老而又现代的文明国度，一路辗转到了贝勒旗。辽阔的阿尔善草原扑面而来。他们又神奇地站在努尔金面前。

努尔金如同做了一个斑斓的梦。

顾不上多说什么，他和吴楚克带着班夫妇，越野车向着前方一路奔驰。路上，努尔金兴奋地给姑奶奶打过去电话，告之缘由，然后把电话递给班先生。电话两边的两个人热络交流，恰如大珠小珠落玉盘，阵阵惊呼。

据班讲，歌唱家惊呆了——还有这样的事情？

也许当时过于混乱过于惊恐，她怎么也想不起来居然往大海扔进过一个瓶子。一个人一生经历何其丰富，太多太多过往，又能记下多少哪！

而努尔金所说的，无一不是故事的拼接，他希望客人谅解。

此时，故事的主人，他的姑奶奶，跟着大人晕头转向到了“满洲国”新京。飞机刚刚落地，还没等他们走出机场大门，有个声音在头顶上有气无力地环绕。领队的笔帖式在日本留过学。这个声音听似镇定，却是那么的有气无力，那是行将灭亡的气息：“朕深忧世界之大势与帝国之现状，欲以非常之措施收拾时局，兹告尔辈忠诚勇武之臣民如次。朕着帝国政府通告：兹已接受美英中苏四国之共同宣言……”原来大喇叭正在反复播放日本天皇宣布无条件投降的“终战诏书”。难怪到处是跪倒在地，失声恸哭的日本人。电车按着喇叭，慢悠悠行进，不明就里的市民袖着手匆忙赶路。“满洲国”好像还蒙在鼓里，实则突遭惊天变故，就要跟随灭亡了。

笔帖式带着大人小孩急匆匆穿过马路，招手叫了三辆人力车，从机场直奔火车站。那是很远的一段路，有“满洲国”老绵羊票子开道，车夫才算作罢，喜滋滋往前跑。他们趁日本人的无耻傀儡政权还没有动乱垮台，坐上火车得以迅速逃离。到了北平，本以为离家近了，翻过喀拉根，谓之聚集之门的张家口，就是他们迫近的北方草原。可是他们已经被特务挟持到了天津，然后再没有回来……

努尔金是在笔帖式的著作中读到这一幕悲惨往事。

艾义思由金香的额吉照料，她们成为相依为命的母女。笔帖式后来应聘于北美一座大学，继续着历史文化的研究。艾义思则改名戴安妮，留学北美，学习声乐。后来把额吉接了过去，赡养送终。

远远望去，除了漂亮的彩钢屋顶砖房，还有一顶熟悉的蒙古包。古朴与现代，蒙古包和草原还是那么的贴近。班夫妇的眼睛湿润了，他们终于完成绵延三十年的一个夙愿。

永青扎布的心碎了，他用枯藤一样的双手握住粘满沙石贝壳的瓶子和迟到的信。原来以为世界很大很大，那个环圆形看起来还真不大，看着看着就要完整地闭环了。于是他明白了，一个牧人在草原上为什么永远不会感到孤单。他眯起眼睛忍不住向前眺望，妹妹和南斯日玛手挽着手，仿佛从山包那边走来。

“您还有什么需要吗？扎布先生。”班用亮晶晶的眼睛看着他。

“我说不出来缺什么。经你这么一提，我只想再有几年硬朗的身子和力气，好让我继续等下去。”

努尔金觉得自己并不是一个多愁善感的人，但是听了爷爷这个出乎意料，却又如此富有个性的回答，不禁感到喉咙一下子哽住了。然后一字一顿忠实地翻译出来。

晚间，班先生在推特上传了一张图片和几句话。他决定留下来走一走，看一看，准备回去把中国北方阿尔善草原上的故事，讲给更多的人。夫人虔诚的心愿也已经圆满。

时光回溯到十三世纪末叶，元廷请暹国国主亲至朝贡，使臣陪着国主来到元朝。暹国与元朝的关系更为密切。不意，暹国之北的八百媳妇国爆发叛乱，进犯，铁皇帝派遣将领率军征讨。铁皇帝只当这是一次离间他和国主的偶然事件，赐国主以鞍、马、金衣等赠品。

暹国史上的英主后来第二次来到中国，带走不少陶瓷工匠，因而开创了暹国的陶瓷业。他们的瓷器和中国瓷器制法相同，后来瓷器上的图画改为大象和鱼，但颜色仍仿青花瓷。

据《元史》记载，暹国共九次遣使入访中国。正当使者第二次出使，在湄南河西岸的城邦，一个漂亮的男婴呱呱坠地。元朝女子所生的班夫人先祖出生了。

后来的中国明清两朝和暹国后世王朝都有密切的交往。暹国使者此后不见于史。班夫人讲，她的那位先祖后来回到母亲的国度学习。中国不拘一格用人，尊崇儒家，皇帝授孔子“大成至圣文宣王”的最高封号，这是东方大地古来所没有的。暹国使者的那枚金符，几年前出现在苏富比拍卖行……

四

努尔金的报告被采纳了。

消息第一时间传遍了阿尔善草原。浑小子兴冲冲，吊儿郎当，做什么事都守口如瓶，原来骗了所有朋友和熟人。说起来还真有来自蒙古族先祖交予的一股柔中带刚的基因。

国际草原节，将由国家和自治区多个部门共同举办。世界各地、“一带一路”沿线国家官员、商人、牧民将共同见证盛况。参加蒙古包圆桌会议，经贸洽谈，共同发表对草原、对文明、对世界的认识。

国际草原节开幕式，设在阿尔善河床一处温性典型草原。罕乌拉山勾画出起伏的地平线，草原上生物多样，种子植物有三百余种，野生动物有狍子、狐狸、狼、野兔、旱獭、天鹅、野鸭、大鸨、灰鹤、百灵鸟……远处是现代化矿山企业，一处处漂亮的牧场，正在建设中的“香谷”。细细留心，还有洼地的青石老井台。

硕大的大石头下方绿草如茵，牧民们穿上节日盛装，有的骑马，有的驾车，三五成群聚拢在一起前来参加演练。跟他们的父辈一样，他们的眼睛也是黑的，还有一些是灰蓝色的，他们突出的颧骨也还那么红润。他们好奇地望向前方，那种天真的、一本正经的态度和神情，未免有些好笑，可却是认真的，从他们啧啧称奇的感叹中都可以看到。

头戴一顶绛紫色棒球帽，晃着蛤蟆镜的巴特尔，骑着摩托车跟在牛群后面。无人机在空中不停地驱赶，带着耳记定位的牛群充满了好奇，突然前头威猛的大山牛大吼一声发了飙，直奔红灿灿呼啦啦作响的旗子，几个不听话的属下紧随其后把两边用于装饰的低矮栅栏冲得七零八落，巴特尔气呼呼加大油门猛追。看得众人哈哈大笑……

话说当年，一位民国先生从人口的角度看到了一条线。

让人惊奇的是，这条线在被发现后，迄今依旧岿然不动。中国耕地资源和草地资源的分布，几乎以这条线为界。这条线还与中国地形的二三阶梯分界线、四百毫米等降水量线高度重合。当时先生慨然长叹："其多寡之悬殊，有如此者！"这条看不见的线，被后人称之为"胡焕庸线"。

看不见的胡焕庸线，一路越过阿尔善草原。

陡然间，新鲜的感受冲击胡焕庸线，还有努尔金。他从一万米高空俯瞰，希望飞机飞得低一些再低一些，从空中能够看见他的伤心之河，幸运之河。阿尔善河，源于大兴安岭以及支脉宝格都山，七条水系组成丰沛的水网，受地壳升降弯曲的作用，如同一双大手捧着大地的原始物质，在一处巨大的扇形流域，开始塑造富庶的草甸草原。七条水网这时已经汇成这条叫作阿尔善的河流，纵横东西，浩浩荡荡，蓬勃盎然。然后，竭尽全力向着一个近乎悲剧的结局，一咏三叹，走完三百公里流程，静静地注入自己滋养的这片草原的母性躯体，绵绵不绝演绎无数生命的跳动。

那一天，成了全球草原和牧民的节日。

努尔金带着爷爷，抬头望去，环圆形天幕上繁星闪耀，梳着数不清小辫子的小姑娘正在篝火旁歌唱……

2020.4.21 — 2021.5.6 初稿

2021.10.17 — 2022.1.2 二稿

2022.1.3 — 2022.5.4 三稿

2022.7.24 — 2022.10.31 四稿

2022.12.13 — 2023.3.16 五稿

2023.6.28 — 2023.8.16 六稿